दीर्घतमा

दीर्घतमा

सूर्यकान्त बाली

प्रभात प्रकाशन, दिल्ली
ISO 9001:2015 प्रकाशक

प्रकाशक • **प्रभात प्रकाशन**
4/19 आसफ अली रोड,
नई दिल्ली–110002

संस्करण • 2020
मूल्य • पाँच सौ रुपए
मुद्रक • आर–टेक ऑफसेट प्रिंटर्स, दिल्ली

DEERGHTAMA *novel* by Shri Suryakant Bali ₹ 500.00
Published by Prabhat Prakashan, 4/19 Asaf Ali Road, New Delhi-2
e-mail: prabhatbooks@gmail.com ISBN 978-93-5322-932-0

ममतामयी **माँ यशोदा**

को

जो संकटों में भी

धैर्य की प्रतिमा बनी रहती थीं।

1

दीर्घतमा को क्या पता था कि आज क्या होनेवाला है। वे तो बस अपने एक संकल्प की उत्सुकता से भरे हुए ज्ञानसत्र की ओर बढ़े चले जा रहे थे। उन्नीस वर्षीय दीर्घतमा अत्यंत सुंदर, गौरवर्ण, लंबे और भरे हुए शरीर के स्वामी थे। उनके केश घुँघराले थे। पहली बार देखने में ही देखनेवाले पर भरपूर प्रभाव डालने की क्षमतावाले। पर दीर्घतमा को पता ही नहीं चल पाता था कि उनके व्यक्तित्व का क्या प्रभाव देखनेवाले पर पड़ा। आँखों से अंधे जो थे वे। दीर्घतमा जन्मकाल से ही दृष्टिहीन थे। अपने पुत्र को अंधा पैदा हुआ देख ममता कितना रोई थी। उसकी आँखों से बरसते आँसू कई दिन तक थमे ही नहीं थे और वाणी तो जैसे उससे रूठ ही गई थी। जब स्थिर हुई तो बच्चे को छाती से चिपकाकर जो कुछ पहली बार कहा वही बच्चे का नाम पड़ गया। ममता बोली थी, 'तमस से भरा जीवन तू कैसे जिएगा मेरे लाल? कैसे बिताएगा अँधेरे से भरे जीवन के लंबे-लंबे वर्ष?' और बस, तभी से हर आश्रमवासी उस बालक को दीर्घतमा कहने लग गया, जो फिर उसका नाम ही हो गया–दीर्घतमा मामतेय। ममता का पुत्र दीर्घतमा।

दीर्घतमा अपनी विशिष्ट उत्सुकता से भरे हुए उस स्थल की ओर तेजी से बढ़े चले जा रहे थे, जहाँ ज्ञानसत्र होनेवाला था। प्रद्वेषी ने उनका हाथ थामा हुआ था और वह उन्हें विश्वासपूर्वक वहाँ लिये जा रही थी जहाँ विद्वानों और मंत्रकार कवियों का जमघट लग रहा था। प्रात: सूर्योदय से भी लगभग दो घंटे पूर्व वे दोनों अपने आश्रम से चलकर यहाँ पहुँचे थे और पूरा मार्ग उन्होंने पाँच-साढ़े पाँच घंटे में पूरा कर लिया था। वैशाली के राजा मरुत्त ने जिस विशालकक्ष में ज्ञानसत्र का आयोजन किया था, वह स्थल राजप्रासाद के ही एक कोने में था और मरुत्त का राजप्रासाद नगर के छोर पर बना हुआ था। इसलिए वनप्रांतर और ग्राम प्रदेशों को पार करते हुए और प्रद्वेषी का हाथ थामे दीर्घतमा को समय पर ज्ञानसत्र में पहुँचने की जल्दी थी और वे राजप्रासाद में जाकर अपने भाई भरद्वाज से मिलना चाहते हुए

भी पहले ज्ञानसत्र में ही जाना चाह रहे थे।

"प्रद्वेषी, क्या ज्ञानसत्र की परीक्षा सचमुच बड़ी कठोर होती है और उसमें उत्तीर्ण होना सरल नहीं होता?" प्रद्वेषी का हाथ थामे तेजी से चले जा रहे दीर्घतमा ने अपनी उत्सुकता को एक प्रश्न का आकार दे दिया।

"हाँ आर्य," प्रद्वेषी बोली। प्रद्वेषी दीर्घतमा से लगभग आठ वर्ष बड़ी थी। जन्मकाल से ही ममता ने अपने दृष्टिविहीन पुत्र का दायित्व प्रद्वेषी को सौंप दिया था। प्रद्वेषी तापसकन्या थी। सुंदर थी, बुद्धिमत्ती थी। पर कुछ चंचल प्रकृति की भी थी। दीर्घतमा के प्रति वह जन्मकाल से ही ऐसी आकृष्ट हो गई थी कि उसे हरदम बस एक ही विचार रहता कि दीर्घतमा को कोई कष्ट न हो, कोई असुविधा न हो। सत्ताईस वर्ष की भरे शरीरवाली वह रूपवती तरुणी प्रद्वेषी दीर्घतमा का हाथ थामे उनके साथ चलते-चलते ही बोल रही थी—

"आर्य, मनुष्य के मन में कब विकार आ जाए कौन जानता है? प्राय: मनुष्य विवशता में ही निर्विकार रह पाते हैं। इसलिए इन ज्ञानसत्रों का रूप ही कुछ ऐसा बना दिया गया है कि किसी अपात्र या कुपात्र मंत्रकार के लिए इन परीक्षाओं को लाँघ पाना कठिन ही नहीं दुस्साध्य भी होता है।"

"हाँ प्रद्वेषी, पर तुम केवल मनुष्यों को ही क्यों कोस रही हो कि वे विवशता में ही निर्विकार रह पाते हैं। क्या संपूर्ण ब्रह्मांड की यही स्थिति नहीं है?"

"पर क्या आवश्यक है कि मनुष्य के स्वभाव को सदा ब्रह्मांड के साथ जोड़कर ही समझा जाए? क्या मनुष्य के स्वभाव का अध्ययन स्वतंत्र रूप से नहीं हो सकता आर्य?"

"हो सकता है प्रद्वेषी, हो सकता है। पर हम मनुष्य हर क्षण प्रकृति में ही जीते हैं, इसलिए प्रकृति के साथ इस ब्रह्मांड के साथ हमारा जुड़ाव स्वाभाविक है और अनजाने में ही हमें प्रकृति से बहुत कुछ मिलता रहता है, शरीर के पोषण के लिए भी और स्वभाव के निर्माण के लिए भी। तुम स्वयं ही देख लो। प्रकृति को भी इतने आयामों ने अपनी-अपनी ओर सँभाल रखा है कि उसे भी उसी विवशता में ही निर्विकार रहना पड़ता है। देखो तो जिस पृथ्वी को हम वसुंधरा कहते हैं, जिस पृथ्वी को हम भूमि-माँ कहते हैं, वही पृथ्वी थोड़ा सा अवसर मिलते ही अहंकार में आकर झूमने लगती है तो भूकंप आ जाता है और हजारों प्राणी अपना जीवन खो बैठते हैं। तब इस भूमि-माँ को अपने प्राणियों पर अपनी संतानों पर कोई दया नहीं आती। पर प्रद्वेषी, एक अपवाद तो है।"

"आर्य, प्रकृति और प्राणियों के इस संबंधवाली धारणा पर मैं कभी आपसे विस्तार से बात करूँगी।" प्रद्वेषी देख रही थी कि हर बात को दार्शनिक ऊहापोह से जोड़ देनेवाले दीर्घतमा ने उसके सामान्य कथन को भी ब्रह्मांड की रचना और प्रकृति के स्वभाव से जोड़ दिया था। "पर आर्य वह अपवाद क्या है ?"

"प्रद्वेषी, मनुष्य की माँ एक ऐसा प्राणी है, जो विवशता में नहीं अपने स्वभाव के कारण निर्विकार रहती है। अपनी संतान के प्रति वह कभी छली नहीं हो सकती। पुत्र तो कुपुत्र हो सकता है, पर प्रद्वेषी सुन लो और गाँठ बाँध लो कि कोई माता कभी भी कुमाता नहीं हो सकती, चाहे सामने मृत्यु ही खड़ी उसे क्यों न धमका रही हो।"

"मैं आपसे पूरी तरह सहमत हूँ आर्य" यह कहकर प्रद्वेषी बोलते-बोलते थोड़ा रुक गई। उसे आभास हो गया था कि यदि अपनी बात पूरी करनी है तो दीर्घतमा को सुनकर फिर बीच में ही विराम देना पड़ेगा। कुछ क्षण का मध्यांतर देकर वह फिर बोली, "आर्य दीर्घतमा, इन ज्ञानसत्रों पर बड़ा भारी दायित्व डाल दिया गया है मंत्रों की प्रामाणिकता की परीक्षा का और परीक्षा में उत्तीर्ण मंत्रकारों को ऋषि पद पर प्रतिष्ठित करने का।"

"हाँ प्रद्वेषी, कार्य तो कठिन ही है। यहाँ तो स्थिति यह है कि हर आश्रम और विद्याकुल में शताधिक मंत्रकार हैं और यदि प्रामाणिक काव्य के मानदंड अति कठोर न हों तो कविता सचमुच चारणों की दासी बनकर रह जाए।"

चलते-चलते दीर्घतमा थक गए थे। प्रद्वेषी ने तो दीर्घतमा का हाथ भी थामा हुआ था, इसलिए उसके चेहरे पर श्रांति के थोड़े ज्यादा चिह्न नजर आ रहे थे। मौसम वसंत के अवसान के बाद का था। ग्रीष्म प्रारंभ हो गया था। इसलिए कई घंटे लगातार चलते-चलते पसीने की बूँदें भी दोनों के माथे पर बीच-बीच में छलक आया करती थीं। दीर्घतमा आज तक कभी किसी ज्ञानसत्र में नहीं गए थे। जब उन्होंने प्रद्वेषी से अपने आश्रम के निकट ही वैशाली राजप्रासाद में होनेवाले ज्ञानसत्र में जाने की इच्छा प्रकट की तो उनकी हर इच्छा का सम्मान करने को हर क्षण तत्पर प्रद्वेषी एकदम उन्हें वहाँ ले जाने को तैयार हो गई। इस उत्साह में उसे अपनी श्रांति और पसीने की भी कोई परवाह नहीं थी। अब वे चलते-चलते राजमार्ग पर आ गए थे, जिसके दोनों ओर वृक्षों की कतारें थीं और इस कारण मार्ग पर शीतलता का वायुमंडल बना हुआ था। ज्ञानसत्र में जाने का उत्साह और इस शीतलता ने उनके कदमों में और भी तेजी ला दी और थोड़ी देर के बाद दीर्घतमा ने चलते-चलते ही प्रद्वेषी से एक नया प्रश्न पूछ लिया।

"प्रद्वेषी, तात बृहस्पति को ऋषिपद की प्राप्ति कब हुई थी? हुई भी है या वे वैसे ही स्वयं को ऋषि कहने लगे हैं?" दीर्घतमा के कथन में निश्चित ही व्यंग्य का मिश्रण आ गया था।

"नहीं आर्य, वे अभी ऋषि नहीं हुए, पर आश्रम के कुछ चाटुकार तापस उन्हें वैसे ही ऋषि कह देते हैं। आर्य इस ज्ञानसत्र के कार्यक्रम का यदि मुझे ठीक से ध्यान आ रहा है तो कल की संगोष्ठी में उनकी परीक्षा हो चुकी होगी और आज उनकी परीक्षा का परिणाम घोषित होगा।"

"तब तो हमें ज्ञानसत्र में शीघ्र ही पहुँच जाना चाहिए प्रद्वेषी।" सहसा विषयांतर करते हुए दीर्घतमा बोले, "क्या भरद्वाज वहाँ मिलेगा?" फिर स्वयं ही अपने प्रश्न का मानो उत्तर देने की शैली में कहने लगे, "कैसे नहीं मिलेगा, उसका तो घर है यह। भाई से मिले हुए कितने दिन हो गए।" कहते-कहते दीर्घतमा भावुक हो गए।

"हाँ, हाँ, मिलेंगे आर्य, भरद्वाज भी वहाँ मिलेंगे", प्रद्वेषी बोली, "पर आर्य अब आप धैर्यपूर्वक मेरी बात तो सुन लें, अन्यथा सभास्थल में प्रवेश कर जाने के बाद मैं फिर बहुत नहीं समझा पाऊँगी।"

"हाँ प्रद्वेषी, लो मैंने अपनी जीभ काट ली", हँसते हुए आर्य दीर्घतमा बोले, "बताओ प्रद्वेषी, ज्ञानसत्र के बारे में बताओ।"

"मंत्रों की परीक्षावाले ज्ञानसत्रों में सात परीक्षक होते हैं जिनमें से एक अध्यक्ष होता है।"

"ये सभी ऋषि होते होंगे?"

"लो आर्य, आप मौन नहीं रह पाए?" प्रद्वेषी मुसकराई, "पर आपकी जिज्ञासा तो सटीक है। परीक्षक ऋषि ही हो यह आवश्यक नहीं। उनका मंत्रकार होना भी आवश्यक नहीं। परंतु वे विज्ञ और आप्त पुरुष होते हैं, जिनके चरित्र और व्यवहार पर किसी को संदेह नहीं होता।"

"तो क्या वे ही परीक्षा लेते हैं, कैसे लेते हैं परीक्षा?"

"नहीं आर्य, अकेले वे परीक्षा नहीं लेते। प्रायः वे परीक्षा होने देते हैं, पर परिणामों की घोषणा वे ही करते हैं। परीक्षा लेनेवाले तो दर्शक-श्रोता भी होते हैं और प्रायः दर्शक-श्रोता ही परीक्षा लेते हैं, जिनके प्रश्नों का उत्तर देना सरल नहीं होता।"

"इन दर्शक-श्रोताओं में भी बड़े ही विद्वान् व्यक्ति होते होंगे?" दीर्घतमा ने सहज रूप से पूछा तो प्रद्वेषी ने कहा।

"हाँ आर्य, अब सभास्थल आ गया है और हम उसके अंदर हो जाएँगे।

अवकाश मिला तो मैं वहीं सबकुछ आपको समझा दूँगी।"

प्रद्वेषी का हाथ थामे दीर्घतमा ज्ञानसत्र के सभास्थल में प्रवेश कर गए। सभास्थल एक बहुत बड़े विशालकक्ष में था। विशालकक्ष में एक ओर पूर्व की ओर मंच बना था, जिस पर सात आसंदियाँ पड़ी थीं, जिन पर अध्यक्ष मंडल के सात सदस्यों को बैठना था। दाईं और बाईं ओर की तीन-तीन आसंदियों के बीचवाली आसंदी अध्यक्षमंडल के प्रभारी अध्यक्ष की थी जो सभापति भी होता है। मंच के नीचे दोनों ओर आमने-सामने आसंदियाँ पड़ी थीं, जिन पर एक खंड राजन्यों के लिए तो दूसरे खंड की आसंदियाँ ऋषियों विद्वानों और याज्ञिकों के लिए आरक्षित थीं। शेष विशालकक्ष में कहीं छोटी आसंदियों की कहीं काष्ठपीठिकाओं की तो कहीं काष्ठफलकों की पंक्तियाँ पूरी सजावट के साथ रखी थीं, जिन पर दर्शकों और श्रोताओं को बैठना था। मंच की आसंदियाँ खाली पड़ी थीं। विद्वानों और राजन्योंवाले खंड में लोग आकर बैठ चुके थे और धीरे-धीरे संवाद कर रहे थे। दर्शको-श्रोताओंवाली पंक्तियों में लोग बैठने की प्रक्रिया में थे और यहाँ कोलाहल भी काफी था।

सभास्थल में प्रवेश करते ही दीर्घतमा सोचने लगे, 'तो मैं आज अपना मंत्र परीक्षा के लिए प्रस्तुत कर ही दूँ। मुझे विश्वास है कि मेरा मंत्र प्रामाणिक मान लिया जाएगा। न माना गया तो भी कोई हानि नहीं। प्रद्वेषी से पूछ लूँ? क्या करना है पूछकर। उसे भी चकित कर दूँगा परीक्षकमंडल के आगे अपना मंत्र रखकर। पर यदि मंत्र प्रमाणित नहीं हुआ तो प्रद्वेषी क्या सोचेगी? उसे दुःख तो अवश्य होगा। पर कोई बात नहीं, उसे बाद में मैं सांत्वना दे दूँगा। हाँ, मेरे असफल होने पर तात बृहस्पति को प्रभूत हर्ष होगा। और यदि वे परीक्षा उत्तीर्ण हो गए तो मेरी असफलता पर वे नाच उठेंगे। अनुज भरद्वाज को बहुत कष्ट होगा यह देखकर।'

सोचते-सोचते दीर्घतमा ने संकल्प कर लिया कि वे अपना मंत्र परीक्षा के लिए प्रस्तुत करेंगे। दीर्घतमा ने पाँच मंत्रों की सृष्टि कर ली थी। पर सौतेले पिता बृहस्पति के मारे उन्होंने यह रहस्य किसी को बताया भी नहीं था। ज्ञानसत्रों में मंत्रों की परीक्षा होती है और ऋषिपद प्रदान किया जाता है इस बारे में तो वे अब तक जान चुके थे। पर ज्ञानसत्र कैसे होते हैं, यह उन्हें विशेष पता नहीं था। इस ज्ञानसत्र में आने का उनका उद्देश्य अपना मंत्र वहाँ परीक्षा के लिए रखना था। पर प्रद्वेषी को भी उन्होंने अपना यह उद्देश्य नहीं बताया था, इसलिए कि कहीं असावधानीवश उसके मुँह से रहस्य का उद्घाटन न हो जाए और उनको ज्ञानसत्र में जाने ही न दिया जाए। लिखना

उनके लिए चूँकि संभव नहीं था, इसलिए अपने पाँचों मंत्र उन्होंने अपनी स्मृति में सुरक्षित बिठा लिये थे। पर जाने क्यों उन्हें पक्का भरोसा हो रहा था कि उनमें से एक मंत्र को तो कठोर-से-कठोर ज्ञानसत्र में भी स्वीकृति मिल सकती है।

"आइए आर्य इस पंक्ति में हम बैठ जाते हैं।"

प्रद्वेषी बिठाने लगी तो दीर्घतमा बोले, "प्रद्वेषी, हम कहाँ बैठ रहे हैं? आगे-आगे की पंक्तियों में मध्य में या अंतिम पंक्तियों में?"

"आर्य, हम मध्य में बैठे हैं।"

"क्यों? आगे की पंक्तियों में क्यों नहीं?"

"आगे की एक अथवा दो पंक्तियों में वे मंत्रकार बैठते हैं जिन्हें अपने मंत्रों को परीक्षा के लिए प्रस्तुत करना होता है।"

"जो फिर तात बृहस्पति वहाँ बैठे होंगे?" दीर्घतमा का स्वाभाविक प्रश्न था, क्योंकि आज बृहस्पति उन्हें अपने प्रतिद्वंद्वी लग रहे थे।

"हाँ आर्य।"

"तो क्या मध्य या अंतिम पंक्तियों में बैठे लोग अपनी परीक्षा के लिए नहीं कह सकते?" दीर्घतमा ने अपनी उत्सुकता को जिज्ञासा का धीरजभरा आवरण पहनाते हुए पूछा तो प्रद्वेषी बोली, "कह सकते हैं आर्य। सबसे अंत में तो कोई भी अपनी परीक्षा के लिए कह सकता है। पर आर्य आप यह सब क्यों पूछ रहे हैं?" दीर्घतमा प्रद्वेषी के इस प्रतिप्रश्न के लिए तैयार थे। बोले, "प्रद्वेषी तुम्हीं ने तो कहा था कि तुम सभास्थल का पूरा विवरण मुझे दोगी इसलिए पूछ रहा हूँ।" दीर्घतमा अपना संकल्प प्रद्वेषी को बताना चाहते हुए फिर से छिपा गए। इस पर प्रद्वेषी ने कहना शुरू किया।

"सुने आर्य। यह सभास्थल एक विशालकक्ष है। सामने एक मंच है जिस पर सात आसंदियाँ पड़ी हैं, जिन पर अध्यक्षमंडल के सदस्य बैठेंगे। मध्यवाली आसंदी थोड़ा बड़ी है, उस पर अध्यक्ष बैठेंगे।"

"तो परीक्षा कौन लेंगे?" दीर्घतमा ने अपना वही प्रश्न फिर से दोहरा दिया जो उन्होंने सभास्थल में प्रवेश करते ही पूछा था और जिसका उत्तर उन्हें प्रद्वेषी दे चुकी थी। पर चूँकि वे आज अपना मंत्र प्रस्तुत करने की उत्सुकता भरी उत्तेजना में थे, इसलिए फिर से वही प्रश्न पूछे बिना रह नहीं पाए। पर प्रद्वेषी अपनी बात कहने की जल्दी में थी।

"मंच के नीचे दाईं ओर विद्वान् और ऋषि बैठे हैं तो बाईं ओर राजन्यवृंद हैं। वैशाली के राजा मरुत्त भी इसी खंड में बैठेंगे।"

"ये अभी आए नहीं क्या?" दीर्घतमा सबकुछ जान लेना चाहते थे।

"बस आते ही होंगे। हाँ तो आर्य जहाँ हम बैठे हैं, इस खंड की आगे की दो पंक्तियों में परीक्षार्थी मंत्रकार आकर बैठ चुके हैं और पीछे की शेष सभी पंक्तियों में जहाँ हम बैठे हैं? श्रोता और दर्शकों ने अपना स्थान ग्रहण कर लिया है।"

"प्रद्वेषी मुझे दर्शक मानती हो या श्रोता?" दीर्घतमा को अपनी अंधता बार-बार कचोटती थी और उसी कचोट में उन्होंने गहरी साँस खींचते हुए प्रद्वेषी से पूछ लिया।

"आर्य," प्रद्वेषी ने दीर्घतमा का हाथ अनुरागपूर्वक कसकर पकड़ते हुए कहा, "आप कभी नहीं जान पाएँगे कि आप क्या हैं। आपकी बाहरी आँखें भले ही न हों पर हम सबके बीच वास्तविक दर्शक तो आप ही हैं, आर्य आप ही हैं।"

"तो परीक्षा कौन लेगे यह अभी भी स्पष्ट नहीं हुआ प्रद्वेषी।" दीर्घतमा से पूछा।

प्रद्वेषी ने कहा, "दर्शकों और श्रोताओं के बीच ही यह परीक्षा होती है। अध्यक्षमंडल के सदस्य तो प्रश्न पूछ ही सकते हैं। दूसरा कोई व्यक्ति भी कोई भी प्रश्न पूछ सकता है, आपत्ति कर सकता है, प्रस्ताव रख सकता है, विरोध कर सकता है, अनुमोदन कर सकता है। विशालकक्ष में बैठे इन सभी लोगों के समवेत निष्कर्षों के आधार पर ही अध्यक्षमंडल अपना निर्णय सुनाता है।"

"पर यदि दर्शकों में ही कोई द्वेष और पक्षपात से युक्त आचरण कर दे तो?" दीर्घतमा अचानक सौतेले पिता की ओर से आशंकित हो उठे।

"तो फिर अध्यक्षमंडल के विज्ञ और आप्त सदस्य अपने अनुशासन का दंडप्रयोग करते हैं।" प्रद्वेषी ने समझाया।

तभी घंटानाद हुआ। प्रद्वेषी ने दीर्घतमा को बताया कि मंच के पिछवाड़े से अध्यक्षमंडल के सदस्य राजा मरुत्त के साथ विशालकक्ष में प्रवेश कर रहे हैं और परीक्षकों को विनयपूर्वक उनके आसनों पर बिठाकर मरुत्त नीचे राजन्योंवाले खंड में आकर बैठ गए हैं। जैसे ही सभी लोग करबद्ध मुद्रा में खड़े हो गए तो उसके आभास में आर्य दीर्घतमा भी अध्यक्षमंडल की ओर हाथ जोड़े खड़े हो गए। थोड़ी देर में फिर सभी बैठ गए।

सभास्थल में सन्नाटा छा गया। प्रभारी अध्यक्ष अपने आसन से उठे और खड़े होकर बोलने लगे, "स्वस्ति श्री महाराज मरुत्त विद्वद्वरेण्य एवं सहृद्बंधु। दो दिन के इस ज्ञानसत्र का यह दूसरा और अंतिम दिन है। कल की संगोष्ठी में जिन मत्रकारों ने स्वयं को परीक्षा के लिए प्रस्तुत किया था, उनमें से कोई भी ऋषिपद के योग्य नहीं समझा गया।"

यह सुनकर दीर्घतमा का हृदय जोर-जोर से धड़कने लगा। उन्हें सहसा याद हो आया कि अभी थोड़ी देर पहले प्रद्वेषी बता रही थी कि तात बृहस्पति का परीक्षाफल भी आज ही आना है। वे हैरान थे कि क्या वे भी परीक्षा में असफल हो गए या कुछ और ही बात है? उनके इस असमंजस को मानो वाणी देते हुए एक दर्शक ने पूछा "तो क्या कुलपति बृहस्पति भी परीक्षा में उत्तीर्ण नहीं हुए?"

प्रश्न की शैली से स्पष्ट था कि बृहस्पति का प्रभाव काफी था। उनका असफल होना एक ऐसे ज्ञानसत्र की बड़ी घटना माना जा रहा था, जहाँ सफलता-असफलता को बड़े ही सहज रूप से विनयपूर्वक सुना जाता था।

"हाँ, कुलपति बृहस्पति के मंत्रों को भी इस कोटि का नहीं माना गया कि वे उन्हें ऋषि पद प्रदान करवा सकें।" अध्यक्ष ने निर्विकार स्वर में घोषणा करते हुए कहा, "अब आज मैं यहाँ उपस्थित शेष मंत्रकारों को अपने-अपने मंत्र गाकर सुनाने का आग्रह करता हूँ।"

इधर बृहस्पति की असफलता की घोषणा सुनकर सभा में सन्नाटा छा गया तो उधर भरद्वाज रास्ता बनाते हुए सीधे दीर्घतमा के पास आ गए। धीरे से बोले, "आर्य भ्राता, मैं भरद्वाज आपके चरणों में प्रणाम करता हूँ।"

प्रसन्न दीर्घतमा खड़े हो गए। पुलकित हो 'भरद्वा भरद्वा' कहते हुए उन्होंने बाँहें फैलाईं तो भरद्वाज ने स्वयं को उनकी बाँहों में डाल दिया। भाई को आलिंगन करते चूमते दीर्घतमा की सुंदर विशाल खुली पर दृष्टिहीन आँखों में आँसू आ गए। तभी मंच से आदेश आया, सभी को शांतिपूर्वक अपने-अपने स्थान पर बैठने का निर्देश मिला तो भरद्वाज दीर्घतमा को बिठाते हुए और प्रणाम करती प्रद्वेषी को प्रसन्न चेहरे से मानो उत्तर देते हुए बोले, "आर्य आइए, अभी बैठ जाएँ। बाद में प्रासाद में चलकर बातें करेंगे। क्यों ठीक है न प्रद्वेषी।"

अध्यक्ष ने इस बीच एक बार फिर से परीक्षार्थी मंत्रकारों को अपने मंत्र प्रस्तुत करने के लिए कहा। पर बृहस्पति की असफलता से मानो शेष परीक्षार्थियों को साँप सूँघ गया। कोई भी परीक्षार्थी अपने मंत्र प्रस्तुत करने का साहस नहीं बटोर पाया।

"लगता है इस बार ज्ञानसत्र निष्फल ही समाप्त होनेवाला है।" भरद्वाज ने दीर्घतमा के कान में फुसफुसाया तो दीर्घतमा को एक नई ही बात कहने की सूझी।

"भरद्वा, यह तो सुना था कि कुछ स्त्रियाँ वंध्या होती हैं। पर एक पुरुष के वंध्या हो जाने के बाद शेष मंत्रकारों ने विनयपूर्वक स्वयं को वंध्या मान लिया है, यह उदाहरण पहली बार सामने आया है।"

भरद्वाज को हँसी आ गई। वे अपने पिता के प्रति दीर्घतमा के उपेक्षाभाव से सुपरिचित थे। प्रद्वेषी के चेहरे पर शरारत पैदा होने लगी थी। उधर अध्यक्ष अपनी भूमिका को ठोस तरह से निभाते हुए कह रहे थे, "लगता है और किसी मंत्रकार के हृदय में अब परीक्षा देने की इच्छा ही नहीं बची है। ज्ञानसत्र की समाप्ति की घोषणा से पूर्व मैं सभी दर्शकों व श्रोताओं से आग्रह करता हूँ कि यदि इनमें से किसी को कुछ भी कहना हो तो कह सकते हैं।"

"अध्यक्ष सभापते" अपनी धीर-गंभीर वाणी में दीर्घतमा ने सहसा उठकर बोलना प्रारंभ किया तो प्रद्वेषी और भरद्वाज दोनों चकित रह गए कि आर्य को अचानक क्या सूझा है। "यदि आपकी अनुमति हो" दीर्घतमा बोल रहे थे, "तो मैं अपना एक मंत्र परीक्षा के लिए प्रस्तुत करूँ?"

प्रद्वेषी ने देखा, तात बृहस्पति जो प्रथम पंक्ति में परीक्षार्थी मत्रकारों के बीच बैठे थे, थोड़ा चकित और क्षुब्ध होकर पीछे की ओर देखने लगे थे। "अनुमति है" अध्यक्ष बोले। "पर पहले आप अपना परिचय तो देंगे?" मंच पर बैठे अध्यक्षमंडल के एक अन्य सदस्य ने पूछा।

"हाँ आर्य, मैं स्वर्गीय आर्य उचथ्य और स्वर्गीया आर्या ममता का पुत्र दीर्घतमा मामतेय हूँ।"

"अर्थात् दीर्घतमा औचथ्य?"

"हाँ, आर्य अध्यक्ष, कह सकते हैं। मुझे इस पर आपत्ति भला क्यों होगी? पर आर्य सभापते मेरे जन्म से पूर्व ही मेरे पिता का देहांत हो गया और उनके कनिष्ठ भ्राता आर्य बृहस्पति ने मेरी माँ को फुसलाकर उनसे विवाह कर लिया। मेरी तो उन्होंने उपेक्षा की ही, मेरी माँ का भी उन्होंने भरपूर तिरस्कार आजीवन किया। अपने पति के हाथों सदा तिरस्कृत और अंततः मर जानेवाली वत्सलनिधि माँ ममता के नाम पर मैं स्वयं को दीर्घतमा मामतेय ही कहना चाहता हूँ।"

विशालकक्ष में चारों ओर 'साधु, साधु' का हर्षनाद हो रहा था तो बृहस्पति का चेहरा क्रोध में तमतमा रहा था। बोले, "आर्य अध्यक्ष मुझे भी कुछ कहने की अनुमति मिले।"

"नहीं," अध्यक्ष ने दो टूक शैली में निर्णय दिया, "दीर्घतमा से परिचय देने को कहा गया था और उन्होंने अपना परिचय देने के लिए जितना आवश्यक था उतना भर कहा है। यह विवाद उठाने का अवसर नहीं है। हाँ तो वत्स दीर्घतमा, अपना मंत्र गाओ।"

प्रद्वेषी को कुछ भी समझ में नहीं आ रहा था। जब से दीर्घतमा का जन्म हुआ था, तब से वह उनके साथ थी, पर जान ही नहीं पाई थी कि विराट् मस्तिष्कवाले इस युवा के हृदय में मंत्रसृष्टि कब हुई? दीर्घतमा के दार्शनिक व्यक्तित्व से वह भलीभाँति परिचित थी और इसलिए अब वह सुनने को उत्सुक हो गई कि देखें उन्होंने कैसा मंत्र रचा है।

अध्यक्ष और सभा को प्रणाम कर दीर्घतमा बोले, "मैंने मंत्र तो एकाधिक रचे हैं, पर इस ज्ञानसत्र में मैं केवल एक ही मंत्र परीक्षा के लिए गा रहा हूँ।" और दीर्घतमा गाने लगे—

"इन्द्रं मित्रं वरुणमग्निमाहुः
अथो दिव्यः स सुपर्णो गरुत्मान्
एकं सद् विप्राः बहुधा वदन्ति
इन्द्रं यमं मातरिश्वानमाहुः।"

दीर्घतमा का स्वर कोई गायकोवाला तो था नहीं। पर मंत्र गाने के लिए जितनी कुशलता चाहिए वह उनमें थी। उसी कुशलता का सहारा लेकर उन्होंने किसी ज्ञानसत्र में पहली बार आकर अपना मंत्र गाया। भरद्वाज का मन किया कि वे खुशी के मारे नाच उठें। पर ज्ञानसत्र की गरिमा और मर्यादा के कारण यह संभव नहीं था। प्रद्वेषी की आँखें भर आईं। उसका मन किया कि वह खुशी के मारे आर्य दीर्घतमा से लिपट जाए। पर एक तो ज्ञानसत्र की मर्यादा थी। फिर दीर्घतमा के साथ उसका वैसा संबंध था भी नहीं। इसलिए मन मसोसकर रह गई। पर इस ज्ञानसत्र-यात्रा में ही उसके मन में दीर्घतमा के लिए प्रणय का भाव जन्म ले चुका था, जो इस मंत्र को सुनकर और सदन की प्रतिक्रिया को देखकर परिपक्व होने लगा था। मंत्र गाकर दीर्घतमा बैठ गए और धीरे से पूछा।

"प्रद्वेषी, सदन कैसा अनुभव कर रहा है?"

दीर्घतमा के हाथों को भरपूर स्नेह और अनुराग से पकड़ते हुए प्रद्वेषी बोली, "आर्य, पूरा सदन हर्षोन्मत्त है। अध्यक्ष की पुलक को भी मैं साफ देख पा रही हूँ। आसार तो अच्छे दिखाई दे रहे हैं। काश, आप भी इस दृश्य को देख पाते आर्य।"

"प्रद्वेषी पता नहीं क्या बात है, आज मैं तुम्हारे नेत्रों के माध्यम से सबकुछ देख पा रहा हूँ। कुछ नया सा अनुभव हो रहा है। प्रद्वेषी मुझे हमेशा थामे रहना। बोलो थामे रहोगी न?"

"आर्य!" प्रद्वेषी भावुक हो गई। तभी विद्वानोंवाले खंड में से एक ऋषि उठे

और बोले, "अध्यक्ष सभापते, जब से ऋषि विश्वामित्र ने गायत्री मंत्र की रचना कर पद्यमयी ऋचाओं की रचना की परंपरा का सूत्रपात किया है, तब से जितनी भी ऋचाएँ रची गई हैं, आर्य दीर्घतमा की इस ऋचा को मैं गायत्री के बाद की सर्वश्रेष्ठ रचना मानता हूँ।"

"परंतु ऋषे" अध्यक्ष ने जानना चाहो, "आप अपने कथन को प्रमाणित करने के लिए कोई तर्क दें तो यह सदन उस पर और अधिक सार्थक ढंग से विचार कर पाएगा।"

"अध्यक्ष आर्य" वही ऋषि बोले, "इस ऋचा में विभिन्न देवतारूपों में जिस मूलभूत एकत्व की बात कही गई है, वह नया और अद्भुत विचार है। इतना ही नहीं, सत्य को एक बताकर और विद्वानों द्वारा उसकी विभिन्न व्याख्याओं की बात कहकर आर्य दीर्घतमा ने जिस दृष्टि का परिचय दिया है, उसका दर्शन मैं काव्यजगत् में पहली बार ही कर रहा हूँ।"

दीर्घतमा चकित थे कि उनके विचारों को ये ऋषि इतने सही ढंग से कैसे रख पा रहे हैं।

अब अध्यक्ष के बोलने की बारी थी, "यदि सदन को कुछ और न कहना हो तो क्या मैं अपने विचार रख सकता हूँ?"

चारों ओर शांति थी। इसका संकेत समझकर अध्यक्ष ने कहना प्रारंभ किया, "हमारे देश और समाज में राजनीति की तुलना में विचार को अधिक महत्त्व दिया गया है। यही कारण है कि राजनीति के शिखर पुरुष भी विद्वानों और ऋषियों के आगे प्रणाम की मुद्रा में खड़े होने में गौरव अनुभव करते हैं। आर्य दीर्घतमा का यह मंत्र हमारे देश की इस विचार परंपरा में अत्यंत महत्त्वपूर्ण योगदान बनकर सामने आया है। विभिन्न दैवी शक्तियों में एक ही सत्य की सत्ता की बात कहकर और एक ही सत्य की प्रत्येक को अपने तरह से व्याख्या करने देने की बात कहकर आर्य दीर्घतमा ने निश्चित ही हमारे देश की विचार प्रणाली को एक नई दिशा दे दी है।"

"तो मेरा प्रस्ताव है कि आर्य दीर्घतमा को ऋषि का पद प्रदान किया जाए।" ऐसा कहकर जैसे ही राजा मरुत्त प्रणाम की मुद्रा में खड़े हुए तो पूरे विशालकक्ष में हर्षोन्माद छा गया। काफी देर तक जब हर्षध्वनि होती रही तो फिर से अध्यक्ष खड़े हुए और बोले, "यदि किसी को इस प्रस्ताव पर आपत्ति हो तो अभी भी उसके तर्कों की परीक्षा हो सकती है।"

सभा में निस्तब्ध कर देनेवाली शांति छा गई। कुछ देर प्रतीक्षा कर फिर से

अध्यक्ष ने कहना प्रारंभ किया, "ऋषि दीर्घतमा, मेरी ओर से आप इस पूरे ज्ञानसत्र का साधुवाद और अभिनंदन स्वीकार करें। कृपया बताएँ कि मंत्र में निहित विचार तक आप कैसे पहुँच पाएँ?"

"आर्य सभापति, महाराज मरुत्त एवं सभी सभासदों को मैं अपना प्रणाम और अनुग्रह व्यक्त करता हूँ। आर्य अध्यक्ष, हमारे हृदयों, विचारों, ऋचाओं तथा यजुषों में जितने भी देवरूपों का वर्णन होता है, वह इतना अद्‌भुत और हृदयग्राही होता है कि कई बार आश्चर्य होता है कि इन सब देवरूपों का निवास कहाँ है? किस लोक में वे रहते हैं और कैसे हम इनके दर्शन कर पाते हैं?" दीर्घतमा बोल रहे थे और प्रद्वेषी के हृदय में विचित्र किस्म का स्नेहज्वार उठ रहा था। वह मंत्रमुग्ध सी दीर्घतमा को बोलते हुए सुन रही थी, "मैं तो जन्मांध हूँ। परंतु सभापते मुझे पूर्ण विश्वास है कि नेत्रों से युक्त कवियों ने भी इन विभिन्न देवरूपों का कभी दर्शन नहीं किया होगा। करेंगे भी कैसे? ये देवरूप वस्तुतः हमारे चारों ओर बिखरी प्रकृति के ही विभिन्न रूप हैं। कोई वरुण है, कोई इंद्र है तो कोई अग्नि है। आर्य अध्यक्ष, यदि ये सभी देवरूप प्रकृति की ही विविध अभिव्यक्तियाँ हैं, तो निश्चित ही इन सबमें प्रकृति तत्त्व समान हैं। इन रूपों में जो सत्य है, वह प्रकृति है, जिसे हम चाहें तो ईश्वर कह सकते हैं। मेरी इस ऋचा में इसी अनुभूति को काव्यरूप दे दिया गया है कि प्रकृति अथवा ईश्वर नामक सत्य एक है, अविभाज्य है और विभिन्न देवरूपों के माध्यम से हम इसी एक सत्य की उपासना करते हैं और जैसा हम चाहें इस सत्य को वैसा आकार देने को भी स्वतंत्र हैं।"

यह कहकर दीर्घतमा बैठ गए। प्रद्वेषी ने उनके दोनों हाथ अपने हाथों में ले लिये। सभा में हर्ष-निनाद हो रहा था। दीर्घतमा की ऋषि के रूप में प्रतिष्ठा हो चुकी थी। सबकुछ इतना अचानक हुआ था कि प्रद्वेषी को कुछ समझ ही नहीं आ रहा था। उसे तो बस एक ही बात समझ में आ रही थी कि वह दीर्घतमा की हो चुकी है और अब बृहस्पति के क्रोध और प्रतिशोध से दीर्घतमा की रक्षा करना उसका एकमात्र कर्तव्य है। उसे दीर्घतमा को लेकर आज ही अपने आश्रम लौट जाना था और वह इन दुश्चिंताओं में घिर गई कि पता नहीं बृहस्पति अपने इस जन्मांध सौतेले पुत्र से क्या दुर्व्यवहार करें। आश्रम के कुलपति तो बृहस्पति ही थे न।

प्रद्वेषी मन-ही-मन प्रभु को मनाने लगी।

2

अपने समय के बहुत बड़े दार्शनिक और कवि दीर्घतमा महानता और दुर्भाग्य का अद्‌भुत मिश्रण प्रकृति द्वारा बना दिए गए थे। उन्नीस वर्ष के नवयुवा दीर्घतमा अत्यंत गौरवर्ण थे और उनका शरीर बहुत ही भव्य और सुंदर था। प्रकृति ने उन्हें बड़ी-बड़ी सुंदर और आकर्षक आँखें दी थीं, पर उनमें ज्योति नहीं थी। इसलिए न तो वे अपने आसपास को, न किसी दूसरे के रूप-आकार को और न ही अपनी भव्य आकृति को देख पाते थे। लोग प्राय: उनके सुंदर शरीर की प्रशंसा करते तो उन्हें लगने लगता कि हाँ, वे भी शायद सुंदर ही होंगे, अन्यथा एक अंधे व्यक्ति को अकारण ही कोई क्यों शारीरिक सुंदरता की प्रशंसा का पात्र बनाएगा।

दीर्घतमा की आँखें इतनी बड़ी और सुंदर थीं कि पहली बार देखने पर किसी को विश्वास ही नहीं होता था कि इतने आकर्षक नेत्रोंवाला व्यक्ति अंधा भी हो सकता है। पर प्रकृति ने उनकी बाहरी आँखों की ज्योति छीन ली थी तो उनके हृदय और मस्तिष्क में एक ऐसी विराट् ज्योति विचारों और भावनाओं की भर दी थी कि दीर्घतमा अपने समय के बहुत बड़े विचारक और कवि बन गए थे। पर बाहरी आँखें तो बाहरी आँखें ही हैं। उनके बिना जितना कष्ट दैनिक जीवन में किसी को हो सकता है, उतना कष्ट दीर्घतमा प्रतिदिन और प्रतिक्षण अनुभव करते थे। बेशक प्रकृति ने इसकी भरपाई उन्हें एक बड़ा विचारक बनाकर कर दी थी और उनके हृदय में गहरी भावुकता और संवदेनशीलता भी भर दी थी, जिसके कारण वे मनुष्यों, पदार्थों और परिस्थितियों को पूरी गहराई और तीव्रता से परखते थे, इस हद तक कि आसपास के लोग चमत्कृत हो जाया करते थे। पर इसी संवेदनशीलता का एक आयाम यह भी था कि वे अपनी अंधता को भी प्राय: इतनी ही गहराई और तीव्रता से अनुभव करते और बस लाचार बेबस हो जाते।

प्रकृति ने उनसे एक और अन्याय भी किया था। जब वे अपनी माँ ममता के गर्भ में थे तो उनके पिता उचथ्य की मृत्यु हो गई थी। जन्म के बाद उनकी माँ ने ही उनका विपरीत परिस्थितियों में लालन-पालन किया। जब वे दस वर्ष के थे तो उनकी माँ का भी देहांत हो गया। वे जन्म से ही माँ के साथ रहे और माँ से उन्हें अद्‌भुत लगाव था। यद्यपि उन दिनों अपने नाम के साथ पहचान के लिए पिता का नाम जोड़ने की ही परंपरा थी, परंतु कई लोग माँ के नाम से अपनी पहचान बनाना चाहते थे। दीर्घतमा उन्हीं कुछ लोगों में थे, जिन्होंने अपनी माँ ममता के नाम पर

अपनी पहचान बनाई–दीर्घतमा मामतेय। उन्होंने अपने पिता को नहीं देखा था। केवल माँ को देखा था, और देखा क्या अनुभव किया था। इसलिए जब दस वर्ष की आयु में वे अपनी माँ से बिछुड़ गए तो पहली बार उन्होंने स्वयं को पूरी तरह अनाथ पाया। तभी से हृदय की संवेदना को वे बहुत ही गहराई से अनुभव करने लग गए थे और अनुभव के ऐसे ही कुछ क्षणों में उन्होंने स्वयं को मामतेय कह दिया, ताकि जब भी उनका नाम लिया जाए, उनकी माँ की याद उन्हें तब–तब आती रहे।

माँ के साथ दीर्घतमा के इस अनन्य लगाव का एक कारण और भी था। प्रद्वेषी ने उन्हें बताया था कि जब वे अपनी माँ ममता के गर्भ में थे और उनके पिता की मृत्यु हो गई तो पिता उचथ्य के कनिष्ठ भ्राता बृहस्पति ने उनकी माँ के साथ सहवास का प्रस्ताव रखा, जिसे ममता ने सिरे से ही नकार दिया। क्रुद्ध बृहस्पति ने ममता को इतना परेशान किया कि उस अतिशय रूप से डरी हुइ गर्भवती का गर्भस्थ शिशु अपनी ज्योति खो बैठा। इस घटना को सुनने के बाद दीर्घतमा इतने उत्तेजित हो गए थे कि उन्होंने तीन दिन तक उदासी में भोजन ही नहीं किया, सोए भी नहीं। बस बैठे रहे या फिर रोते रहे। प्रद्वेषी ने उन्हें यह घटना ममता के देहावसान के बाद बताई थी और इसे सुनकर दीर्घतमा मानो अचानक प्रौढ़ हो गए थे। फिर किसी तरह बालक दीर्घतमा को गोदी में बिठाकर प्यार से पुचकार कर प्रद्वेषी ने बार–बार समझाया और कहा कि एक–न–एक दिन वे दोनों मिलकर बृहस्पति से इसका प्रतिशोध लेंगे, तब कहीं जाकर दीर्घतगा सामान्य हुए।

दस वर्ष की अवस्थावाले दीर्घतमा को जब प्रद्वेषी ने यह घटना बताई तब वह स्वयं अट्ठारह वर्ष की पूर्ण युवती थी और पिछले दस वर्ष से ही, अर्थात् दीर्घतमा के जन्मकाल से ही वह उनके साथ थी। प्रद्वेषी उसी आश्रम की एक तापसकन्या थी, जिसके पिता सुदक्षिण दीर्घतमा के पिता उचथ्य के बालसखा थे और उनके आश्रम में उनके साथ ही एक अलग कुटी में रहा करते थे। सुदक्षिण की मृत्यु उचथ्य से दो वर्ष पूर्व हो चुकी थी। प्रद्वेषी का पालन–पोषण उसकी माँ सुद्वेषी ने किया था और ममता तथा सुद्वेषी में प्रगाढ़ मैत्री थी। जब पितृविहीन शिशु दीर्घतमा का जन्म हुआ तभी उसे जन्मांध देखकर और बृहस्पति के कुत्सित स्वभाव को देखते हुए भविष्य की कई आशंकाओं से ग्रस्त होकर ममता ने सुद्वेषी से कहा कि वह दीर्घतमा को प्रद्वेषी की देख–रेख में रख देना चाहती है। सुद्वेषी को भला क्या आपत्ति हो सकती थी ? बस तभी से प्रद्वेषी दीर्घतमा के साथ थी। वह रहती अपनी पर्णकुटी में थी, पर दिन में चार–पाँच बार आकर दीर्घतमा की देखभाल कर जाया करती थी। यह क्रम

पिछले उन्नीस वर्ष से चल रहा था और दीर्घतमा अब उन्नीस वर्ष के पूर्ण सुंदर नवयुवा थे तो सत्ताईस वर्ष की होने पर भी प्रद्वेषी बीस वर्ष की नवयुवती जैसी सुंदर और लावण्यमयी थी। प्रद्वेषी की माँ सुद्वेषी का देहांत पिछले वर्ष हो गया था। पर इसके बावजूद प्रद्वेषी ने अपनी ही पर्णकुटी में रहना बंद नहीं किया।

प्रद्वेषी के व्यक्तित्व में कई गुणों का समन्वय था और लगता था कि प्रकृति ने मानो उसे दीर्घतमा की देखभाल के लिए ही इस पृथ्वी पर भेजा था। वह सुंदर तो थी ही, अत्यंत तीव्र बुद्धिमत्ती भी थी। उसके स्वभाव में चंचलता का समावेश था, पर यह चंचलता उसके उस आत्मविश्वास में से उपजी थी, जिस आत्मविश्वास ने उसे निर्भीक बना दिया था। इसलिए माँ की मृत्यु के बावजूद उसने न केवल उसी आश्रम में अपनी पर्णकुटी में अकेले रहने का निर्णय किया, अपितु दीर्घतमा का संरक्षण भी करते रहने का अपना संकल्प आश्रम के कुलपति बृहस्पति को जता दिया था। यह सब इसलिए महत्त्वपूर्ण था, क्योंकि आश्रम में हर कोई जानता था कि परमविद्वान् और मंत्रकार होने के बावजूद कुलपति बृहस्पति का व्यवहार अपने भ्रातृपुत्र दीर्घतमा के प्रति अच्छा नहीं था, बल्कि कुत्सित ही था।

सत्ताईस वर्ष की होने के बावजूद प्रद्वेषी ने विवाह नहीं किया था। बल्कि संकल्प कर रखा था कि वह विवाह नहीं करेगी। कारण थे दीर्घतमा। आश्रम का वातावरण और दीर्घतमा के दार्शनिक व्यक्तित्व को देखकर प्रद्वेषी को स्पष्ट हो चुका था कि दीर्घतमा को एक संरक्षक सदा चाहिए और विवाह के बाद आवश्यक नहीं कि उसका पति दीर्घतमा की देखरेख करने दे। फिर गृहस्थ के दूसरे दायित्व बढ़ जाएँगे तो पति की ओर से कोई आपत्ति न होने पर भी उसके नए दायित्व उसे दीर्घतमा की वैसी देखभाल नहीं करने देंगे, जैसी दीर्घतमा को आवश्यकता है। चूँकि वह जन्मकाल से दीर्घतमा की देखभाल कर रही थी, इसलिए वह हृदय से अपने उस दायित्व के साथ एकाकार हो गई थी। पता नहीं क्यों उसे आभास हो गया था कि जिस क्षण दीर्घतमा उसके संरक्षण से दूर हो जाएँगे, तभी उन पर कोई भी आपत्ति आ सकती है।

ज्ञानसत्र के दौरान पहली बार प्रद्वेषी ने अनुभव किया था कि उसके हृदय में आर्य दीर्घतमा के लिए प्रणय का उदय हुआ है। जिन दीर्घतमा को वह उनके शैशव से देख रही थी, उनके प्रति संरक्षिका का भाव ही प्रद्वेषी के मन में आ सकता था और उसी संरक्षिका-भाव से ही यह दीर्घतमा की देखभाल भी कर रही थी। पर ज्ञानसत्र में जब बातचीत के दौरान अचानक दीर्घतमा ने पूछ लिया कि "प्रद्वेषी मुझे दर्शक मानती हो या श्रोता?" तो प्रद्वेषी के हृदय में अचानक एक ऐसे अनुराग ने

जन्म लिया, जिसका अनुभव उसने दीर्घतमा के संदर्भ में अपने जीवन में पहली बार किया था। फिर जब दीर्घतमा ने उसी ज्ञानसत्र में अपना मंत्र परीक्षा के लिए प्रस्तुत कर दिया और वे ऋषि मान लिये गए तो प्रद्वेषी ने इस प्रणयानुराग को और भी अधिक तीव्रता से अनुभव किया।

'तो क्या आर्य दीर्घतमा भी मेरे प्रति प्रणयभाव रखने लगे हैं?' अपनी पर्णकुटी में दीर्घतमा के लिए प्रातराश का प्रबंध करती हुई प्रद्वेषी सोच रही थी। कल का दिन जहाँ एक ओर जबरदस्त थकानेवाला रहा था, वहीं दूसरी ओर विशिष्ट उपलब्धि का भी रहा था कि आर्य दीर्घतमा को ऋषिपद की प्रतिष्ठा प्राप्त हुई थी। कल प्रातः सूर्योदय से पूर्व आश्रम से चलकर ज्ञानसत्र में उपस्थित होकर प्रद्वेषी कल ही दीर्घतमा को वापस आश्रम में ले आई थी और वापस पहुँचते-पहुँचते रात्रि हो गई थी। रास्ते भर वह चाहकर भी दीर्घतमा से खुलकर बातें नहीं कर पाई थी, क्योंकि कुलपति बृहस्पति साथ थे और पूरा मार्ग तनाव से भरी यात्रा में ही तय हो पाया। इसी तनाव के मारे यात्रा समय से पूर्व ही पूरी भी हो गई थी। पर श्रांति और विलंब के मारे वह कल सायंकाल का भोजन दीर्घतमा के लिए नहीं बना पाई थी। इसलिए हड़बड़ी में थी कि वह जल्दी से प्रातराश तैयार करे और आर्य दीर्घतमा के पास ले जाए। इसी हड़बड़ाहट में उसकी चित्त की गति भी बहुत तीव्र हो रही थी और उसी तीव्रता में वह सोच रही थी।

'कल आर्य दीर्घतमा ने यह क्यों कह दिया कि प्रद्वेषी पता नहीं क्या बात है आज मैं तुम्हारे नेत्रों के माध्यम से सबकुछ देख पा रहा हूँ, कुछ नया सा अनुभव हो रहा है, प्रद्वेषी मुझे हमेशा थामे रहना। मैंने तो उन्हें थाम ही रखा था। हमेशा ही थामे रहती हूँ। हाथ पकड़कर उन्हें हमेशा राह भी दिखाती हूँ। फिर आर्य दीर्घतमा ने भावावेश में आकर इतना सबकुछ क्यों कह डाला?' प्रातराश तैयार हो गया था। गेहूँ का दलिया था, जिसमें दूध और शर्करा डालकर उसे स्वादिष्ट बना दिया गया था। दीर्घतमा को यह प्रातराश अतिशय रूप से रुचिकर था और ऋषि बन जाने की प्रसन्नता में वह दीर्घतमा को उनका सबसे रुचिकर पदार्थ ही प्रातराश में खिलाना चाह रही थी। प्रातराश को पात्र में डालकर वह कुछ ही क्षणों में दीर्घतमा की पर्णकुटी में आ गई।

दीर्घतमा की पर्णकुटी का एक ही कक्ष था। जब वे आठ वर्ष के थे तभी उनकी माँ ममता ने विशेष रूप से सोच-विचारकर एक ही कक्ष की यह पर्णकुटी उनके लिए बनवाई थी। उसे प्रतिवर्ष नए सिरे से ठीकठाक करने का प्रबंध भी

ममता ने करवा दिया था। दीर्घतमा चूँकि नेत्रज्योतिरहित थे, इसलिए एक ही कक्ष की पर्णकुटी बनवाई गई थी, ताकि उन्हें चलने-फिरने में कोई कठिनाई न हो। पर्णकुटी का वही कक्ष विशालकक्ष भी था, वही वासकक्ष भी था, वही ध्यानकक्ष भी था और वही अध्ययनकक्ष भी था। कुटी के अंदर प्रवेश करते ही बाईं ओर शैया पड़ी थी, जहाँ दीर्घतमा शयन करते थे। उसके आगेवाले कोने में अध्ययन के लिए एक स्थान बना हुआ था। आर्य दीर्घतमा भला स्वयं क्या अध्ययन करते? पर अपने पुत्र की भावनाओं के सम्मान के लिए माँ ममता ने वहाँ अध्ययन के लिए एक स्थान बनवाया था, जहाँ बैठकर दीर्घतमा प्रद्वेषी से कई तरह के ग्रंथ सुनते और मनन करते। इस कोने के साथ ही एक द्वार बना हुआ था, जहाँ से बाहर जाकर दीर्घतमा स्नान आदि का नित्यकर्म करते। इसमें उन्हें किसी की सहायता की आवश्यकता नहीं पड़ती थी, क्योंकि उसका पूरा अभ्यास उन्हें हो गया था। दाईं ओर एक काष्ठपीठिका पड़ी थी, जिस पर एक गरम गद्दा बिछा पड़ा था, जिस पर बैठकर दीर्घतमा प्राणायाम करते और ध्यान लगाते थे। पर्णकुटी के बाहर एक बड़ा सा बरामदा था, जहाँ चार आसंदियाँ और एक काष्ठफलक पड़ा हुआ था। इन आसंदियों पर बैठकर दीर्घतमा आगंतुकों के साथ वार्त्तालाप करते। प्रद्वेषी से उनका संवाद इसी बड़े बरामदे में हुआ करता था। दीर्घतमा की यह पर्णकुटी उस विशाल पर्णकुटी की बगल में ही बनाई गई थी, जिसमें ममता अपने पति बृहस्पति के साथ रहा करती थी। बृहस्पति चूँकि आश्रम के कुलपति थे, इसलिए उनकी विशाल पर्णकुटी एक विशाल परिसर में बनी हुई थी।

"आर्य दीर्घतमा, खूब भूख लग रही होगी न?" पर्णकुटी के बरामदे में कदम रखते ही प्रद्वेषी ने आत्मीय भाव से पूछा तो दीर्घतमा कहने लगे।

"प्रद्वेषी भूख तो नित्य ही लगती है, दिन में एकाधिक बार वह अपनी छाया मेरे ऊपर क्या प्राणिमात्र पर डाल जाती है। पर आज तो मैं किसी दूसरी ही क्षुधा से व्याकुल हो रहा हूँ।"

"क्या आर्य, कौन सी क्षुधा है यह?" प्रद्वेषी ने जैसे-तैसे पूछ तो लिया पर उसकी हृदयगति बहुत तेज हो गई थी।

"अरे वही क्षुधा, प्रद्वेषी, तुमसे बातें करने की।"

प्रद्वेषी का चित्त यह सुनकर कुछ फिर से सामान्य हुआ तो बोली, "आर्य, मैं तो आपसे नित्य ही घंटों वार्त्तालाप करती हूँ। फिर आज उसमें कौन सी नवीनता दिखाई दे रही है?"

"प्रद्वेषी, सब समझती हो फिर भी अनजान बनकर मुझसे सुनना चाहती हो। तो सुनो फिर। हम बातें तो नित्य ही करते हैं, पर प्रद्वेषी कभी-कभी जीवन में कुछ विशेष घट जाता है तो उसके बारे में अपने सर्वाधिक आत्मीय से जब तक बातें न कर ली जाएँ तो भावुक मन को कहीं चैन मिलता है क्या?"

"हाँ आर्य, कल आपको ऋषिपद प्राप्त हो जाने के बाद मैं तो बस जैसे-तैसे ही चुप रह पाई। वापस आश्रम लौटते समय कुलपति बृहस्पति साथ में थे इसलिए वातावरण में ऐसा तनाव भर गया था कि बस मन मसोसकर चुपचाप मार्ग तय करने की यातना से गुजरना पड़ा। इसलिए देखिए न आर्य मैं आज कितनी जल्दी प्रातराश लेकर आ गई हूँ," काष्ठफलक पर दलिये का पात्र रखकर स्वयं एक आसदी पर बैठते हुए प्रद्वेषी बोली, "देख रही हूँ कि आप भी आज थोड़ा जल्दी ही नित्यकर्म से निवृत्त हो गए हैं।"

"आज तुमने दलिया बनाकर अच्छा ही किया। मुझसे पूछकर बनातीं तो मैं भी तुम्हें इसी प्रातराश के लिए अनुरोध करता," कहकर दीर्घतमा ने पात्र हाथ में ले लिया और चमस से दलिया खाने लगे। खाते-खाते ही बोले, "प्रद्वेषी क्या सच कहती हो कि कल ज्ञानसत्र में मेरे ऋषि बन जाने के अतिरिक्त और कोई विशेष घटना नहीं घटी? क्या तुम्हें कल मेरे ऋषि बन जाने की अपार प्रसन्नता के अतिरिक्त और कुछ विशेष अनुभव नहीं हुआ?"

प्रद्वेषी को समझ में नहीं आ रहा था कि वह क्या उत्तर दे। सोचने लगी कि क्या आर्य को मेरे प्रणय की अनुभूति का आभास हो गया है? वह जानती थी कि आर्य दीर्घतमा की संवेदना अतीव गहरी है और वे जन्मांध होने पर भी प्राणियों और उनकी चित्तवृत्तियों का जबरदस्त अध्ययन कर लिया करते थे। अपने सौतेले पिता बृहस्पति के हर वाक्य के पीछे के भाव को पढ़ने में उन्होंने कभी धोखा नहीं खाया था। प्रद्वेषी सोच में खोई थी कि फिर से उसे अचानक दीर्घतमा की आवाज सुनाई दी।

"प्रद्वेषी कहाँ खो गई हो? क्या मेरा प्रश्न इतना कठिन है कि तुम उसका उत्तर नहीं दे पा रही हो?"

"नहीं आर्य, वह बात नहीं। पर समझ नहीं पा रही हूँ कि कैसे उत्तर दूँ। आप तो शब्दों के स्वामी हैं और भाषा आपकी चेरी है। मनुष्य के हृदय के ऐसे विशिष्ट ज्ञाता हैं आप कि सोचते हम हैं और हमारे विचारों को शब्दों का आकार आप दे देते हैं। जब आप सबकुछ जानते ही हैं आर्य, तो बोलने की मेरी कठिनाई को आप ही दूर कर दीजिए न?"

"अच्छा प्रद्वेषी छोड़ो इस प्रहेलिका को। यह बताओ कि तुम मुझसे आयु में बड़ी हो न?"

प्रद्वेषी को लगा कि पहेली को हटाने की बात कहते-कहते आर्य दीर्घतमा ने उसे नए रूप में प्रस्तुत कर दिया है। उसका हृदय फिर से अपनी गति की सीमा लाँघने लगा। जैसे-तैसे स्वयं को सँभालकर बोली, "हाँ आर्य, मैं आयु में आपसे बड़ी ही हूँ।"

"फिर मुझे आर्य क्यों कहती हो?"

"आर्य जब से बोलना शुरू हुई हूँ, मुझे यही सिखाया गया है कि आपके पिताश्री आर्य उचथ्य हमारे आश्रम के और यहाँ के विद्याकुल के कुलपति हैं, इसलिए उन्हें तो आर्य कहना ही है, उनके परिवार के सभी पुरुष सदस्यों को आर्य और सभी स्त्री सदस्यों को आर्या कहना है। बस तभी से आपकी माँ ममता को आर्या कहने लगी थी और आपके जन्म के बाद आपकी देखरेख का भार मुझ पर डाला गया तो दूसरे आश्रमवासियों की तरह मैं भी आपके नाम के साथ आदरसूचक आर्य लगाती हूँ।"

"हाँ, वह तो सब उचित ही है।" दीर्घतमा बोले। इस बीच वे अपना प्रातराश संपन्न कर चुके थे। बोले, "प्रद्वेषी थामो तो मेरा हाथ। मुझे बाहर खुले में ले चलो। मैं वहाँ कोमल घास पर तुम्हारे साथ घूमते-घूमते ही कुछ बातें करना चाहता हूँ।"

प्रद्वेषी ने दीर्घतमा का हाथ थामा तो दीर्घतमा ने प्रद्वेषी के हाथ को अनुराग और प्रणय की पूरी ऊष्मा के साथ पकड़ लिया। आसंदी से उठकर बरामदे से नीचे खुले प्रांगण में उतरते हुए बोले, "प्रद्वेषी कल ज्ञानसत्र में मध्य की पंक्तियों में बैठ जाने के बाद तुमने जितनी बार भी मेरे हाथों को स्पर्श किया, वह तुम्हारे अब तक के स्पर्श से नितांत पृथक् था।"

सुनकर प्रद्वेषी का हृदय कमल मानो खिल उठा। जो बात वह कल से ही अनुभव कर रही थी, पर उलझन में थी और निश्चित नहीं कर पा रही थी कि आर्य दीर्घतमा को अपने इस मनोभाव के बारे में बताए या न बताए, बताए तो कैसे बताए, आर्य दीर्घतमा ने उसकी समस्या को चुटकी में हल कर दिया है। अब निष्कर्ष जो भी हो, पर प्रद्वेषी ने आर्य दीर्घतमा के साथ इस विषय पर बातें करने का मन बना लिया।

वह बोली, "क्या अंतर था आर्य? मैं तो वही थी।"

"नहीं प्रद्वेषी, तुम वही नहीं थी। कल की प्रद्वेषी वह नहीं थी, जो पिछले उन्नीस वर्षों तक मेरी देखभाल करती आ रही थी। प्रद्वेषी अब तक तुम्हारा स्पर्श

एक संरक्षिका का होता था," कोमल घास पर प्रद्वेषी का हाथ थामे मंद-मंद चलते हुए दीर्घतमा अब अविराम बोलते जा रहे थे, "प्रद्वेषी, कल का तुम्हारा स्पर्श संरक्षिका का नहीं प्रणयिनी का था। जिस अनुराग भरे हृदय से तुमने मेरा हाथ पकड़कर मेरे प्रश्न का उत्तर दिया कि मुझे दर्शक मानती हो या श्रोता, वह स्पर्श मेरे लिए नया था, वह अनुभव मेरे लिए नया था। प्रद्वेषी, तब मैं ज्ञानसत्र में बेशक एक श्रोता था, पर तुम्हें तो मैं स्पष्ट देख रहा था। मैंने देखा कि प्रद्वेषी का हृदय मेरे प्रति अनुराग से भर गया है। जब मेरे मंत्रगान के बाद पूरे सभास्थल में हर्षनाद भर उठा था तो मैंने देखा कि प्रद्वेषी मुझसे लिपट जाने को आतुर हो रही थी और संभवत: अवसर की मर्यादा ने उसे रोक लिया था। प्रद्वेषी तुमने अपने हृदय की सारी व्याकुलता और उत्कंठा को अपने आर्द्र करस्पर्श से व्यक्त कर दिया। प्रसन्नता और प्रणय के कारण तुम्हारे हाथ गीले हो गए थे और काँप रहे थे।"

बोलते-बोलते दीर्घतमा क्षणभर के लिए चुप हो गए और फिर पूछने लगे, "बोलो प्रद्वेषी, बोलो यह सत्य है न? बोलो, यह सत्य है न?"

"हाँ आर्य, सत्य है। आर्य यदि अनजाने में अपराध हो गया हो तो क्या आप मुझे क्षमा नहीं कर देंगे?"

"प्रद्वेषी, तुम इस महाभाव को अपराध क्यों कहती हो? जब आकाश में काले मेघ छा जाते हैं और आकाश को अपने अंक में भर लेना चाहते हैं तो क्या वे अपराध करते हैं? जब चपला विद्युत् उन काले मेघों के अतिनिकट जाकर उनके परिपूर्ण हृदय का जल पी लेना चाहती है तो क्या वह अपराध कर रही होती है? जब मेघों का जल पृथ्वी के तल पर बरसकर पृथ्वी को तृप्त कर देने को व्याकुल हो उठता है तो क्या तुम उस जल को अपराधी कहोगी? सूर्य की किरणों का रस पीकर यदि वनस्पतियाँ प्रसन्न होकर मदोन्मत्त हो जाती हैं तो क्या वे वनस्पतियाँ अपराधी हैं? तो क्या समुद्र का जल भी अपराधी है, जो वह पूर्णचंद्र को देखकर उसे पाने को व्याकुल हो उठता है और जब तक थककर शांत नहीं हो जाता, तब तक वह शक्तिभर ऊपर उठ-उठकर अपनी व्याकुलता दिखाता रहता है?"

प्रद्वेषी हर्षातिरेक में मानो झूम उठी थी। बोलते-बोलते दीर्घतमा रुक गए। प्रद्वेषी के हाथ दोनों हाथों से थामते हुए बोले, "इस समस्त प्रकृति में हर कोई दूसरे के निकट आना चाहता है। प्रद्वेषी, क्या तुम मेरे निकट नहीं आई हो? मुझे आर्य दीर्घतमा कहकर अब तक तुम सम्मान के मार्ग पर चलकर मेरे निकट आई थीं। अब प्रणय के राजमार्ग पर व्याकुलता से दौड़कर तुम मेरे पास आई हो तो प्रद्वेषी,

तुम कोई अपराध नहीं कर रही हो, एक प्राकृतिक और स्वाभाविक कर्म कर रही हो। अपने को उस महाभाव से जोड़ रही हो। मैं तो दस वर्ष की आयु में प्रौढ़ हो गया था और अब मैं देर से युवा हुआ हूँ यह तो समझ में आता है। पर प्रद्वेषी, तुम क्यों इतने वर्षों तक बालिका बनी रहीं? प्रद्वेषी, कुछ तो बोलो?"

"आर्य, मैं इतनी गहराई में नहीं जा सकती जैसे आप इतने सहज रूप से चले जाते हैं। हो सकता है कि मेरे हृदय का कोई अज्ञात कोना आपके युवा होने की प्रतीक्षा कर रहा हो और मुझे इसका कभी इससे पहले आभास तक न हुआ हो। पर आर्य, आपने मेरे हृदय में उठी इस नई भावना को श्रद्धा और आदर के इतने ऊँचे शिखर पर बिठा दिया है कि मैं आयु में बड़ी होने पर भी आपके आगे नतमस्तक हुए बिना नहीं रह सकती।"

यह कहकर जैसे ही प्रद्वेषी आर्य दीर्घतमा के चरणों को स्पर्श करने के लिए झुकी, तभी पीछे से किसी ने कहा, "यह प्रात:काल ही इतनी श्रद्धा के उदय होने का क्या कारण है प्रद्वेषी?"

"आर्य कुलपते" अचानक कुलपति बृहस्पति को वहाँ उपस्थित देखकर प्रद्वेषी सकपका गई। पर जल्दी ही सँभल गई और बोली, "कल आर्य दीर्घतमा को ऋषिपद की प्राप्ति हुई है। कुलपति की संतान होने के कारण वे हमारे सम्मान के पात्र तो पहले से ही थे, अब ऋषि हो जाने से वे श्रद्धा के पात्र भी हो गए हैं। आर्य क्या श्रद्धेय महापुरुषों के चरणों में स्वयं को समर्पित नहीं कर देना चाहिए?"

"ठीक कहती हो प्रद्वेषी, मुझे भी अपने पुत्र की इस उपलब्धि पर कल से ही बड़ा हर्ष हो रहा है," कुलपति बृहस्पति बोले। वे अचानक अपनी पर्णकुटी से बाहर आए तो प्रद्वेषी और दीर्घतमा को देखकर उधर ही आ गए थे। जब वे प्रद्वेषी से बातें कर रहे थे तो प्रद्वेषी को एक ही आशंका खाए जा रही थी कि कहीं कुलपति ने उनका प्रणय-संवाद सुन तो नहीं लिया है। उधर दीर्घतमा सोचने लगे कि यदि कुलपति इतने ही हर्षविभोर हैं तो कल सायं आश्रम वापस लौटते समय उन्हें किसने अपने हर्ष को व्यक्त करने से रोक रखा था! मुझे भरद्वाज से बातें करने से उन्होंने क्यों रोक दिया?

"वत्स दीर्घतमा, कल तुम ऋषि हुए और आज तुम्हें मैं एक और हर्षदायक समाचार सुनानेवाला हूँ।" बृहस्पति ने कहा।

"तातश्री, आपकी बात सुनकर मुझे आश्चर्य नहीं हो रहा। जीवन में जैसे कष्ट और विपत्तियाँ एक साथ बहुत सारी आ जाती हैं वैसे ही उपलब्धियाँ भी प्राय: एक

साथ ही आ जाती हैं। जब आप कह रहे हैं तो निश्चित ही समाचार हर्षदायक होगा। आर्य बताएँ मैं सावधान हूँ।"

"वत्स, आज ही प्रात: एक अश्वारोही दूत महाराज मरुत्त के राजप्रासाद से यहाँ आश्रम आया था। वह समाचार दे गया है कि आज अपराह्न में महाराज मरुत्त आर्य दीर्घतमा के साथ अपनी दुहिता के विवाह का प्रस्ताव लेकर आश्रम पधारनेवाले हैं।"

"तातश्री, क्या मेरे साथ विवाह का प्रस्ताव लेकर? कोई भी राजकन्या मुझ जन्मांध से भला क्यों विवाह करना चाहेगी? क्यों कोई मेघ अपना वृष्टिसंपात मरुस्थल में व्यर्थ कर देना चाहेगा?"

"वत्स, तुम्हारे जैसी गहन बातें तो मुझे आती नहीं। पर यह प्रस्ताव स्वयं राजदुहिता की ओर से है, ऐसा संदेश महाराज मरुत्त ने भिजवाया है। इसलिए मैं अति प्रसन्न हूँ। प्रद्वेषी अब तुम जाओ और दीर्घतमा के लिए मध्याह्न के भोजन का प्रबंध करो। फिर जब वत्स दीर्घतमा विश्राम कर चुकें तो उन्हें हमारी पर्णकुटी में ले आना। सदा की तरह इस बार भी महाराज मरुत्त अपनी दुहिता के साथ हमारी पर्णकुटी में ही अतिथि बनकर रहेंगे।"

कहकर बृहस्पति चले गए। प्रद्वेषी अवाक् और ठगी सी अनुभव कर रही थी। वह क्या सपने बुन रही थी और उधर विधाता की योजना उसे कुछ और ही दिखाई दे रही थी। वह मध्याह्न का भोजन बनाने चली गई, पर उससे पहले दीर्घतमा का हाथ पकड़कर उन्हें उनकी पर्णकुटी के बरामदे में पड़ी आसंदी पर चुपचाप बिठा गई। दीर्घतमा ने अनुभव किया, प्रद्वेषी का स्पर्श उसके मन में पैदा हुई नई उत्कंठा की सूचना दे गया तो उसका मौन भविष्य को लेकर पैदा होनेवाली दुश्चिंताओं को मुखरित कर गया। आसंदी पर चुपचाप उदास अकेले बैठे दीर्घतमा सोच रहे थे, 'इस प्रस्ताव में तात बृहस्पति का कोई स्वार्थ न हो, ऐसा संभव नहीं है। क्या हो सकता है वह स्वार्थ?'

3

दीर्घतमा हमारे देश के इतिहास का एक बहुत बड़ा नाम है। दीर्घतमा का जन्म जिस कुल में हुआ उसे हम लोग परंपरा से आंगिरस कुल के नाम से जानते हैं। एक परंपरा इस कुल को अथर्वांगिरस कुल के नाम से याद करना चाहती है।

अथर्वा ऋषि का नाम अथर्ववेद से जोड़ा जाता है। पर यह घटना बहुत बाद की है। दीर्घतमा से लगभग एक–दो पीढ़ी पहले वसिष्ठों के वंश में एक बड़े ऋषि हुए अथर्वनिधि। संभवत: उन्हीं दोनों नामों को मिलाकर अथर्वांगिरस कुल का साझा नामकरण हो गया होगा। ऐसा क्यों हुआ? अवश्य कोई बड़ी घटना घटी होगी, जो अब हमारे स्मृतिपटल पर ठीक तरह से अंकित नहीं है। वैसे दीर्घतमा के प्रपितामह का नाम भी अथर्वा माना जाता है।

दीर्घतमा इसी आंगिरस कुल के थे। इस कुल के आदिपुरुष आंगिरस को किस कालखंड में रखा जाए कोई स्पष्ट नहीं है। पर इस कुल का वैशाली राजवंश के साथ संबंध बहुत प्राचीन माना जाता है। वैशाली राजवंश भारत के पूर्व में राज करता रहा है, जिसने उस नदी के किनारे अपना नगर बसाया था, जिसे हम आज गंडक नदी के नाम से जानते हैं। वैशाली का नाम इस राजवंश की एक प्रख्यात दुहिता विशाला के नाम के आधार पर बाद में पड़ा था। परंतु चूँकि स्पष्ट नहीं है कि इससे पहले इस वंश का नाम क्या था, या नगर का नाम क्या था, इसलिए इतिहास में इसको बाद में मिले वैशाली नाम से ही जाना जाता है। आंगिरस कुल के ऋषि परंपरा से ही वैशाली राजकुल के राजपुरोहित रहे थे।

इसी परंपरा में कुलपति बृहस्पति भी वैशाली के तत्कालीन नरेश के राजपुरोहित थे। इस नरेश का नाम था, मरुत्त, जिनके राजप्रासाद में हुए ज्ञानसत्र में दीर्घतमा को उनकी तरुणाई में ही ऋषिपद प्राप्त हो गया था। पर इन बृहस्पति का नाम आंगिरस कुल में कोई बहुत आदर से नहीं लिया जाता। वैशाली नरेश मरुत्त से भी बृहस्पति के संबंध श्रद्धा और सम्मान के नहीं थे और बृहस्पति के राजपुरोहित होने के बावजूद मरुत्त के हृदय में बृहस्पति के कनिष्ठ भ्राता संवर्त के लिए अधिक सम्मान था। अथर्वा को दीर्घतमा का प्रपितामह मान लिया जाए तो अथर्वा के पुत्र हुए उशिज। उशिज के तीन पुत्र हुए—उचथ्य, बृहस्पति और संवर्त। उचथ्य अल्पायु में ही मृत्यु को प्राप्त हो गए थे। उन्हें अपनी पत्नी ममता से अनन्य प्रेम था। अपने जीते जी उचथ्य संतान का मुँह नहीं देख पाए। पर जब उनकी मृत्यु हुई, तब उनकी पत्नी ममता गर्भवती थी और उचथ्य के पुत्र दीर्घतमा का जन्म उचथ्य की मृत्यु के बाद हुआ।

बृहस्पति के संबंध अपने दोनों भाइयों उचथ्य और संवर्त से अच्छे नहीं थे। ऐसा लगता है कि अपने बड़े भाई उचथ्य के जीते जी ही उसकी दृष्टि अपनी भ्रातृजाया पर थी। तभी तो उचथ्य की मृत्यु के बाद गर्भवती ममता से बृहस्पति ने संभोग का प्रयास किया, पर ममता ने उसकी एक नहीं चलने दी। इस पर बृहस्पति

ने ममता को इतना तंग किया कि डरी हुई ममता का पुत्र गर्भ में ही अंधा हो गया था। बाद में ममता को बृहस्पति ने अपने साथ विवाह के लिए विवश कर दिया, परंतु बृहस्पति ममता का कभी सम्मान नहीं कर पाए। सतत तिरस्कार से दीन-हीन ममता का कुछ ही वर्षों में देहांत हो गया। ममता से उन्हें एक पुत्र प्राप्त हुआ—भरद्वाज।

दीर्घतमा के प्रति बृहस्पति का व्यवहार बहुत ही औपचारिक और कुत्सित था। प्रखर प्रतिभाशाली दीर्घतमा इस सत्य से सुपरिचित थे और बृहस्पति के लाख चाहने पर भी उन्होंने कभी उन्हें पिता का सम्मान नहीं दिया। अपने नाम के साथ भी उन्होंने बार्हस्पत्य तो छोड़ आंगिरस या औचथ्य नाम भी नहीं जोड़ा। वैदिक परंपरा ने निस्संदेह उन्हें दीर्घतमा औचथ्य ही कहा है, पर अपने मंत्रों में स्थान-स्थान पर दीर्घतमा ने स्वयं को दीर्घतमा मामतेय ही कहा है। इतना ही नहीं अपनी माँ को कभी अकेले तो कभी पिता के साथ उन्होंने कई तरह से काव्यमयी अभिव्यक्ति प्रदान की। दीर्घतमा की इस विद्रोही प्रवृत्ति से बृहस्पति और भी अधिक चिढ़े रहते थे।

बृहस्पति राजनीतिक संबंधों के महत्त्व को खूब समझते थे। कहीं प्रखर मेधावी दीर्घतमा को वैशाली नरेश मरुत्त के यहाँ राजपुरोहित न बना दिया जाए, इसलिए उन्होंने कुछ ऐसी योजना की कि अपने पुत्र भरद्वाज को मरुत्त के राजगृह में लालन-पालन के लिए भेज दिया, परंतु इससे दीर्घतमा और भरद्वाज के संबंध कभी खराब नहीं हुए, अपितु दोनों भाइयों के संबंध मधुर बने रहे और भरद्वाज के वैदिक काव्य पर अपने ज्येष्ठ भ्राता दीर्घतमा का प्रभाव स्वीकार किया जाता है।

बृहस्पति के संबंध अपने छोटे भाई संवर्त से अच्छे नहीं थे। कभी आश्रम के कुलपति उचथ्य थे तो तीनों भाई एक साथ रहा करते थे। ज्येष्ठ भ्राता उचथ्य के देहावसान के बाद बृहस्पति चाहने लगे कि संवर्त भी आश्रम से चले जाएँ। पर दीर्घतमा की प्रतिभा से आकृष्ट और उनके जन्मांध होने की विवशता को ध्यान में रखते हुए संवर्त उसी आश्रम में रह रहे थे। पूरे आश्रम में दबदबा तो बृहस्पति का था, क्योंकि वे ही अब कुलपति थे। पर सभी आश्रमवासियों के हृदय सम्राट् आर्य दीर्घतमा थे और आदर के पात्र थे तो आर्य संवर्त। इसलिए आर्य संवर्त को यह देखकर कष्ट हो रहा था कि उनके कुल में पहली बार इस युवावस्था में ही किसी मंत्रकार को ऋषिपद की प्राप्ति हुई है तो भी पूरे आश्रम में उत्साह और उल्लास पूरी तरह फूटकर बाहर नहीं आ पा रहा है। उन्हें यह देखकर और भी कष्ट हो रहा था कि आज के प्रात:सवन में आर्य बृहस्पति ने इस समाचार की घोषणा तक नहीं की, जबकि परंपरा के अनुसार प्रात:सवन ही वह अवसर है, जब लगभग सारा आश्रम

वहाँ उपस्थित होता है और पूर्णाहुति के बाद सभी तरह की घोषणाएँ आश्रमवासियों के बीच उसी समय की जाती हैं। इसी कष्ट से व्यथित होकर वे कुलपति बृहस्पति के पास आए और कहने लगे।

"आर्य भ्राता, कल वत्स दीर्घतमा को ज्ञानसत्र में ऋषिपद की प्राप्ति हुई, यह हमारे कुल और हमारे आश्रम के लिए निश्चित ही बड़ी घटना है, जिससे हम सभी को गौरव से भर जाना चाहिए। यदि आज प्रात:सवन में आपकी ओर से इसकी घोषणा हो जाती तो प्रत्येक आश्रमवासी गौरव और प्रसन्नता की अनुभूति से भर जाता।"

"हाँ प्रिय संवर्त, मैं तुमसे शत–प्रतिशत सहमत हूँ। मेरा हृदय तो इसलिए भी प्रसन्नता से अभिभूत है कि यह महती घटना मेरे सामने घटी। संवर्त यदि तुम भी कल ज्ञानसत्र में वहाँ राजप्रासाद में होते तो देखते कि कैसे अपने पुत्र से पराजित होने पर पिता गर्वोन्मत्त हो जाता है।" बृहस्पति ने अपनी अभिव्यक्ति कुशलता का पूरा परिचय देते हुए कहा।

"सचमुच आर्य अपने पुत्र से पराजित होने का सुख भी अद्‌भुत होता है। जब कभी वत्स शरद्धान मुझे किसी जिज्ञासा या प्रश्न में निरुत्तर कर देता है तो मन करता है कि उसे अपनी बाँहों में भरकर चूम लूँ। पर अब वह किशोर हो गया है तो मेरी बाँहों में आने में थोड़ा संकोच करने लगा है।"

बृहस्पति इस विषय को लंबा नहीं खींचना चाह रहे थे। पर संवर्त को ऐसा कोई संकोच नहीं था। वे बोलते जा रहे थे।

"आर्य, आज आर्या ममता जीवित होतीं तो पता है उनकी प्रतिक्रिया क्या होती?"

"क्या भला?" बृहस्पति पूछने को विवश थे।

"वे शताधिक संख्या में करंभ बनातीं और प्रत्येक आश्रमवासी के मुँह में खुद खिलातीं।"

"हाँ संवर्त, अब ममता नहीं रही तो मैं सोचता हूँ कि वत्स दीर्घतमा के प्रति अपने एक कर्तव्य की पूर्ति कर दूँ।"

"यह क्या आर्य?" संवर्त सहज रूप से जिज्ञासु हो गए।

"आज अभी मैं जो सुसमाचार वत्स दीर्घतमा को देकर आया हूँ, वह तुम्हें बताने बस मैं तुम्हारी पर्णकुटी की ओर आ ही रहा था।" यह कहकर बृहस्पति ने अपराह्न में राजा मरुत्त के आश्रम में आने की बात बताई और उनके आने का

उद्‌देश्य भी बताया। सुनकर संवर्त के चेहरे पर स्वाभाविक प्रसन्नता की रेखाएँ सहज रूप से उभरती दिखीं।

वे बोले, "आर्य भ्राता, कल प्रात:सवन तक तो बहुत विलंब हो जाएगा। मुझे इतनी अधिक प्रसन्नता हो रही है कि मैं स्वयं को कल तक के लिए रोक नहीं पा रहा हूँ। आपकी अनुमति हो तो आश्रमवासियों को ये दोनों समाचार दे दूँ।"

बृहस्पति के लिए मना करना सरल नहीं था। उन्होंने अनुमति दे दी। पर बोले, "देखो अपराह्न में भ्रातृजाया सुकेशी और वत्स शरद्वान को लेकर उधर पर्णकुटी में आ जाना। नरेश यहीं आएँगे। साथ में स्वयं राजदुहिता सीमंतिनी भी आ रही हैं।"

मरुत्त की ओर से आए इस विवाह प्रस्ताव को लेकर संवर्त प्रसन्न तो थे ही, पर अचानक काफी सशंकित भी हो गए थे। बृहस्पति को प्रणाम कर वे वहाँ से उठे तो सीधा अपनी पर्णकुटी में गए, जहाँ उनकी पत्नी सुकेशी मध्याह्न के भोजन की तैयारी में थी। जाते ही पूछा, "क्या वत्स शरद्वान अभी विद्याकुल से नहीं लौटा?"

"नहीं आर्य, अभी तो उसे आने में पर्याप्त विलंब है," सुकेशी बोली। "परंतु आपको शरद्वान के आने का समय भलीभाँति विदित है, फिर क्यों ऐसे पूछ रहे हैं आज?" सुकेशी रसोई में खड़ी-खड़ी ही अपनी बात कहे जा रही थी।

"वह तो ठीक है सुकेशी, तुम थोड़ा अपने काम को छोड़कर इधर आओ तो, तुमसे कुछ महत्त्वपूर्ण मंत्रणा करनी है।"

अपने हाथों को पहने हुए कपड़ों से ही स्वच्छ करती हुई सुकेशी रसोई से बाहर अपनी पर्णकुटी के विशालकक्ष में पति संवर्त के पास आकर उनके साथ की एक आसंदी पर बैठ गई। बोली, "कहिए आर्य, आप कुछ चिंतित दिखाई दे रहे हैं।"

"हाँ आर्ये सुकेशी, मैं निश्चित ही चिंतित हूँ और मेरी चिंता वत्स दीर्घतमा को लेकर है।"

"क्यों आर्य, क्या आर्य बृहस्पति ने दीर्घतमा के लिए कोई नया संकट उत्पन्न कर दिया है?"

"हाँ सुकेशी, इसे संकट ही मानो और इस बार यह संकट नरेश मरुत्त की दुहिता सीमंतिनी और वत्स दीर्घतमा के विवाह प्रस्ताव के माध्यम से उत्पन्न होता दिखाई दे रहा है।"

"तो क्या आर्य बृहस्पति वत्स दीर्घतमा का विवाह राजदुहिता सीमंतिनी के साथ करवाना चाहते हैं?" सुकेशी ने थोड़ा चकित होकर पूछा तो संवर्त ने समझाने की मुद्रा में कहा।

"कहने को भ्राता बृहस्पति कह रहे हैं कि विवाह का प्रस्ताव स्वयं नरेश की ओर से आया है और इस संबंध की इच्छा और किसी ने नहीं स्वयं राजदुहिता सीमंतिनी ने प्रकट की है। पर मुझे इस पर विश्वास नहीं हो रहा।"

"परंतु आर्य मुझे तो इसमें अविश्वास का कोई कारण दिखाई नहीं दे रहा। कल ही वत्स दीर्घतमा को ऋषिपद प्राप्त हुआ है और उसकी प्रखर प्रतिभा से प्रभावित होकर यदि राजदुहिता सीमंतिनी के हृदय में भव्य आकृति और विलक्षण मेधावाले दीर्घतमा की जीवनसंगिनी बनने का भाव पैदा हुआ हो तो मैं इसमें आश्चर्य का कोई भी कारण नहीं देख पा रही हूँ।"

"हो सकता है तुम्हारा सारा आकलन ठीक ही हो। पर सुकेशी, तुम जानती हो कि ज्येष्ठ भ्राता ने अपने पुत्र भरद्वाज को मरुत्त के यहाँ लालन-पालन के लिए बाल्यकाल से भेजा ही हुआ है।"

"हाँ, तो इससे क्या?"

"और अब वे राजदुहिता को अपने दूसरे पुत्र की वधू बनाकर मरुत्त को अपने संबंध पाश में पूरी तरह बाँध लेना चाहते हैं।"

"पर वैशाली नरेश के हृदय में ज्येष्ठ बृहस्पति के लिए कोई सम्मान का भाव तो है नहीं।" सुकेशी ने फिर से अपनी आशंकाओं को तर्क का सहारा दिया तो उसी तर्क को अपनी दिशा देते हुए संवर्त बोले।

"सुकेशी, तुम्हारे इसी तर्क में सारा मर्म छिपा है। ज्येष्ठ भ्राता जानते हैं कि नरेश मरुत्त के हृदय में उनके नहीं, मेरे लिए अधिक सम्मान है। इसीलिए उनका प्रयास है कि वे हर तरह से मरुत्त को संबंधपाश में बाँधकर मुझसे दूर कर दें।"

यह सुनकर सुकेशी को बहुत दुःख हुआ कि उनके मंत्रकार पति ऐसी बातों से विचलित हुए जा रहे हैं। वह अपनी आसंदी से उठकर खड़ी हो गई। फिर उसने संवर्त को आसंदी से उठाया और उन्हें अपनी बाँहों में भरकर आँखों में झाँकती हुई बोली, "आर्य आप विद्वान् हैं, देवताओं के साथ भाव सान्निध्य में रहते हैं और उनकी स्तुति में मंत्रों की रचना करते हैं। सभी आश्रमवासी और वत्स दीर्घतमा आपका हृदय से सम्मान करते हैं। आपका यह स्थान आपके गुणों के कारण है। आप क्यों अपने गुणों पर ज्येष्ठ बृहस्पति की योजनाओं की कुटिल छाया का दुष्प्रभाव पड़ने देते हैं? आप इन सब बातों को भूल जाइए और अपनी सरलता में विद्याभ्यास करते रहिए। चाहे आपके ज्येष्ठ भ्राता कुलपति हैं, पर इस आश्रम को और यहाँ के विद्याकुल को आपकी कितनी आवश्यकता है यह आप भी जानते हैं। इसलिए छल और कुटिलता

में रहते हुए भी आप स्वयं को स्थितप्रज्ञ बनाए रहिए। ठीक है न आर्य?"

सुकेशी की स्नेहवाणी सुनकर संवर्त द्रवित हो गए। बोले, "सुकेशी, तुम वास्तविक अर्थों में मेरी सहधर्मचारिणी हो, जो सदा मुझे धर्म का मार्ग दिखाती रहती हो। जब तक मेरी डोर तुम्हारे धर्मपरायण हाथों में है, मुझे किसी बात का भय नहीं है। अच्छा मैं अब विद्याकुल जा रहा हूँ। आज जो घोषणा प्रात:सवन में नहीं की गई उसे सभी को बताने अभी जा रहा हूँ।"

"कौन सी घोषणा? दीर्घतमा के ऋषि बनने के समाचार की?"

"हाँ सुकेशी। जब यह बताने जा रहा हूँ तो राजा मरुत्त के आने का समाचार भी सबको देता जाऊँगा। तुम भोजन तैयार करो। अपराह्न में तुम्हें और शरद्वान को भी आर्य बृहस्पति की पर्णकुटी में चलना है।"

"पर इन समाचारों के प्रसारण की अनुमति आपने आर्य ज्येष्ठश्री से प्राप्त कर ली है न?"

"हाँ सुकेशी। अभी मैं आर्य भ्राता के यहाँ से ही तो आ रहा था।"

इतना कहकर संवर्त चले गए। उनके जाने के बाद सुकेशी फिर से आसंदी पर बैठ गई और सोचने लगी, 'धन्य है राजदुहिता सीमंतिनी जिसे दीर्घतमा जैसा पति प्राप्त होगा। वह इसलिए भी धन्य है कि उसने राजदुहिता होकर एक जन्मांध ऋषि को अपना जीवन सहचर बनाने का निर्णय किया है। विवाह के बाद जब वह यहाँ आ जाएगी तो पूरे आश्रम में नया वातावरण पैदा हो जाएगा। ज्येष्ठ बृहस्पति ने अपने आधिकारिक व्यवहार से आश्रम में यज्ञीय और आध्यात्मिक वातावरण को तनाव से भर रखा है। वत्स दीर्घतमा और आर्य संवर्त के विद्यानुराग और विचारशीलता का प्रभाव न हो तो विद्याकुल को उद्दंड बनाने से कोई रोक नहीं पाए। यह तो अच्छा ही है कि दीर्घतमा की वाग्मिता से मुग्ध छात्र-छात्राएँ उन्हें ही अपना वास्तविक कुलपति मानकर स्वाध्याय में लीन रहते हैं।'

अचानक सुकेशी को भोजन बनाने की सुध आई और उसे याद आया कि आर्य संवर्त ज्येष्ठ बृहस्पति की पर्णकुटी में चलने को कह रहे थे। वह आसंदी से उठी और तेजी से रसोई में जाकर कामकाज में लग गई। पर उसका ध्यान दीर्घतमा में ही लगा था। फिर से सोचने लगी, 'राजदुहिता सीमंतिनी आ जाएगी तो वत्स दीर्घतमा को कई तरह की कठिनाइयों से मुक्ति मिल जाएगी। फिर जो काम अब प्रद्वेषी को करने पड़ते हैं, वे सब सीमंतिनी का दायित्व बन जाएँगे और प्रद्वेषी अपना जीवन स्वतंत्रतापूर्वक जी सकेगी।'

किंतु प्रद्वेषी का ध्यान आते ही सुकेशी को सहसा दूसरी आशंकाओं ने आ घेरा। वह सोचने लगी, 'क्या दीर्घतमा का सीमंतिनी से विवाह हो जाने के बाद प्रद्वेषी अकेली नहीं पड़ जाएगी? जो प्रद्वेषी दीर्घतमा के जन्मकाल से ही उसकी परिचर्या कर रही है, उसे क्या उसका इस तरह किसी दूसरी स्त्री का हो जाना सह्य हो पाएगा? कौन जाने कि प्रद्वेषी ही दीर्घतमा से विवाह करना चाहती हो और संकोचवश वह अपने मन की बात किसी से भी न कह पा रही हो? दीर्घतमा से भी न कह पा रही हो?'

यह सोचते ही सुकेशी बेचैन हो गई। 'देखो तो, यह संसार भी कितना निष्ठुर है। अपने को छोड़ किसी दूसरे के बारे में सोचता ही नहीं। प्रद्वेषी बिन माँ-बाप की हो गई है। सत्ताईस वर्ष की हो चुकी है। पूरे आश्रम में किसी को सूझा ही नहीं कि उसके विवाह की भी चिंता की जाए। कुलपति को भी चिंता नहीं हुई जो सारे आश्रमवासियों के पिता समान माने जाते हैं। दूसरों को दोष क्यों दूँ? मुझे भी कहाँ चिंता हुई? वह दीर्घतमा को सँभाल रही है, इसी को हमने अंतिम सत्य मान लिया है। छिः।'

सोचते-सोचते सुकेशी उद्विग्न हो गई। 'क्या प्रद्वेषी को इस नई घटना का पता होगा?' यह सोचकर सुकेशी का उद्वेग और बढ़ गया। उसने निश्चय किया कि वह आर्य संवर्त को भोजन कराकर उन्हें शरद्वान के साथ ज्येष्ठश्री की पर्णकुटी में जाने को कह देगी, और वह स्वयं पहले प्रद्वेषी से मिलने जाएगी। सुकेशी ने तेजी से काम निपटाना शुरू कर दिया।

4

सुकेशी जब प्रद्वेषी की पर्णकुटी पहुँची तो प्रद्वेषी दीर्घतमा के लिए मध्याह्न का भोजन बना चुकी थी। प्रद्वेषी का यह नित्य का कार्यक्रम था, जिसे वह पिछले कई वर्षों से उसी अचूक क्रम से पूरा करती आ रही थी, जिस अचूक क्रम से सूर्य और चंद्र अपनी गति के हिसाब से राशियों में भ्रमण करते रहते हैं या ऋतुएँ अपने क्रम से आती और जाती रहती हैं। आज अचानक आर्या सुकेशी को अपनी पर्णकुटी में आया देखकर प्रद्वेषी को आश्चर्य तो हुआ, पर यह कोई ऐसी असामान्य घटना नहीं थी कि प्रद्वेषी बस चकित ही रह जाती। आश्रम में सभी तापस-तापसियाँ एक-दूसरे की पर्णकुटी में इस तरह आते-जाते रहते थे और लगभग सौ मुनि-परिवारों

का यह आश्रम अपने समय के किसी भी दूसरे आश्रम की तरह एक बड़े परिवार जैसा ही था।

"आएँ, आर्या सुकेशी, आपका स्वागत है। लगता है कि आर्य संवर्त को भोजन आदि कराकर पूर्ण निवृत्त होकर आई हैं आप।" आर्या सुकेशी को प्रणाम करते हुए प्रद्वेषी बोली।

"प्रद्वेषी, मैं तुमसे आयु में कोई बहुत बड़ी नहीं हूँ। तू मुझे प्रणाम मत किया कर।"

"आर्या, आप आयु में मुझसे बड़ी हों या छोटी, इससे क्या? आप कुलपति परिवार की हैं। इसलिए सभी आश्रमवासियों की तरह मेरे हाथ भी आपकी ओर स्वयमेव प्रणाम की मुद्रा में उठ जाते हैं।"

"क्या तू मेरी सखी नहीं हो सकती?" सुकेशी से रहा नहीं गया।

"आर्या, आप कैसे कह सकती हैं कि मैं आपकी सखी नहीं हूँ? पर जैसी सखी होने की कामना आप मुझसे कर रही हैं, वह भाव केवल चाहने भर से तो नहीं प्राप्त हो जाता। उस भाव का तो क्रमशः विकास होता है। और जब एक बार सखीभाव विकसित हो जाता है तो फिर वह हमारे व्यक्तित्व और स्वभाव का अंग बन जाता है। क्यों आर्या, मैं कुछ गलत कह रही हूँ क्या? आज आपने मेरी ओर सखीभाव रखना प्रारंभ किया है तो हो सकता है कि कुछ समय में वह भाव हम दोनों का स्वभाव ही बन जाए।" दीर्घतमा के लिए बनाए भोजन को विभिन्न पात्रों में डालते हुए प्रद्वेषी बोले जा रही थी।

सुकेशी ने प्रद्वेषी की इस बात को बड़े ही आनंद से सुना। सोचने लगी कि इतनी बुद्धिमत्ती प्रद्वेषी से आज तक वह वैसी निकटता क्यों नहीं बना सकी, जैसी निकटता उन दोनों के लगभग समवयस्क होने के कारण आपस में हो सकती थी। किंतु दीर्घतमा की परिचर्या में प्रद्वेषी ने स्वयं को इस सीमा तक एकाकार कर दिया था कि सुकेशी का वह सहज संबंध नहीं बन पाया, जो अन्यथा बन सकता था। यही सोचते-सोचते सुकेशी बोली, "देख रही हूँ कि दीर्घतमा की शुश्रूषा करते-करते तुम्हारी प्रतिभा का भी अद्‍भुत विकास हो गया है।"

"आर्या क्या करूँ? आर्य दीर्घतमा सामान्य व्यक्ति नहीं हैं। जिस मंत्र के कारण उन्हें कल ऋषिपद प्राप्त हुआ है, वह मंत्रार्थ किसी सामान्य बुद्धि के बस का है ही नहीं। आर्या सुकेशी अगर आपको लग रहा है कि आर्य दीर्घतमा की परिचर्या करते-करते मेरी बुद्धि का भी विकास हो गया है तो मैं सचमुच इसे अपना सौभाग्य

मानती हूँ। आर्य तो विचारों और नई-नई उद्‌भावनाओं का विराट् समुद्र हैं। समुद्र के पास रहते-रहते यदि पानी के कुछ छींट मुझ पर पड़ जाएँ तो इससे बड़ा आनंद मेरे लिए और क्या हो सकता है ?"

सुकेशी ने पाया कि अभी कुछ समय पूर्व वह अपनी पर्णकुटी में भोजन बनाते समय प्रद्वेषी-दीर्घतमा संबंधों के बारे में जो सोच रही थी, वह उसे ठीक ही लग रहा था। सुकेशी को लगा कि प्रद्वेषी कहीं-न-कहीं दीर्घतमा को पूरी तरह समर्पित हो चुकी थी। यह देख सुकेशी अब सीमंतिनी-दीर्घतमा विवाह के संभावित परिणामों की कल्पना कर सिहर उठी। उसे अनुभव हुआ कि हो सकता है कि परिस्थितियाँ ऐसी बनती चली जाएँ कि उसे अपने परिवार में कोई निर्णायक या महत्त्वपूर्ण भूमिका प्रद्वेषी को लेकर निभानी पड़ जाए। वह देख रही थी कि प्रद्वेषी को, एक पूर्ण सुंदर सुविकसित देहवाली परमयुवती प्रद्वेषी को, जिसे अपनी कोई चिंता ही नहीं थी। चिंता थी तो बस एक ही कि आर्य दीर्घतमा को कोई कष्ट न हो। प्रद्वेषी सहसा उसे अपनी निकट की सखी प्रतीत होने लगी, जिसे सहारा देने के लिए निकट भविष्य में उसे कभी भी आगे आना पड़ सकता है। इसलिए सुकेशी आज प्रद्वेषी से ढेर सारी बातें कर लेना चाहती थी, ताकि प्रद्वेषी अपने मन का सारा वृत्तांत उसके आगे खोलकर रख दे।

"प्रद्वेषी, तुम्हारी बातें सुनकर लग रहा है कि मुझे भी कल तुम्हारे साथ मरुत्त नरेश के राजप्रासाद में हुए ज्ञानसत्र में जाना चाहिए था। पर प्रद्वेषी, यह तो बता, इस दीर्घतमा ने वह मंत्र रचा कब ?"

"आर्या यही तो मेरे लिए भी अभी तक रहस्य बना हुआ है। देखिए न मैं दिन में चार-पाँच बार विभिन्न प्रयोजनों से उनकी पर्णकुटी में जाती हूँ। एक बार तो उनके पास बैठकर उनके लिए स्वाध्याय करती हूँ। मैं पढ़ती जाती हूँ और वे सुनते जाते हैं। फिर दिन में कम-से-कम एक बार प्रायः मध्याह्न के भोजन के उपरांत उनके साथ मेरा लंबा संवाद चलता है। पर मुझे भी पता नहीं चला कि आर्य दीर्घतमा ने कब यह मंत्र रचना कर ली। आर्या, एक बात और भी है।"

"यह क्या ?"

"ज्ञानसत्र में अध्यक्ष-सभापति को आर्य ने बताया कि उन्होंने एकाधिक मंत्र रचे हैं और परीक्षा के लिए एक ही मंत्र प्रस्तुत किया।"

"प्रद्वेषी जहाँ तक मैं समझती हूँ वत्स दीर्घतमा तुम्हारे बहुत निकट है। इस पूरे आश्रम में तुमसे अधिक निकट और कौन होगा भला। पर देखो कितना रहस्यपूर्ण है

वह कि उसने तुमको भी नहीं बताया।"

"नहीं आर्या, ऐसा मत कहें। वे रहस्यपूर्ण हो ही नहीं सकते। वे तो सृष्टि के रहस्यों की गहराइयों में उतर जानेवाले विराट् प्रतिभाशाली व्यक्ति हैं। आर्या एक बात ध्यान से सुन लीजिए। केवल वही व्यक्ति सृष्टि और ब्रह्मांड के रहस्यों की गहराइयों में उतर सकता है, जिसका अपना व्यक्तित्व स्वच्छ जल की तरह पारदर्शी हो, स्फटिक की तरह उजला हो कि जिसमें आप चाहें तो अपनी आकृति देख लें। रहस्यमय स्वभाव का व्यक्ति सृष्टि के रहस्यों को कभी नहीं समझ सकता।"

यह सारी बात प्रद्वेषी ने विशेष उत्तेजना में बोल दी तो मुदित मन होकर सुकेशी बोली, "प्रद्वेषी, संदेह नहीं कि तुमने दीर्घतमा के स्वभाव का पर्याप्त अध्ययन कर लिया है।"

"मुझे और करना भी क्या है आर्या। अन्यथा न समझें तो एक निवेदन करूँ। मैं आर्य दीर्घतमा के लिए भोजन तैयार कर चुकी हूँ। आर्य प्रतीक्षा कर रहे होंगे। आपकी अनुमति लेकर मैं आर्य के पास जाना चाहती हूँ। शेष बातें फिर कभी कर लेंगे।"

"तुम तो एकदम पगली हो प्रद्वेषी। मैं भला क्यों अन्यथा लूँगी? पर तुमसे बातें करना इतना अच्छा लग रहा है कि आज मैं भी तुम्हारे साथ चलती हूँ। वैसे भी ज्येष्ठ बृहस्पति की पर्णकुटी में आज अपराह्ण जाना ही है। तब तक तुम्हारा साथ रहेगा।" कहकर सुकेशी प्रद्वेषी के हाथ-में-हाथ डालकर उसकी पर्णकुटी से बाहर आ गई। प्रद्वेषी ने द्वार बंद कर उस पर साँकल चढ़ाई और दोनों फिर हाथ-में-हाथ डालकर दीर्घतमा की लघु पर्णकुटी की ओर चलने लगीं। चलते-चलते प्रद्वेषी बोली।

"आर्ये, आज आपके साथ संवाद करते इतना अच्छा लग रहा है कि मन कर रहा है कि यह क्रम चलता ही रहे।"

"हाँ प्रद्वेषी, तो मेरी भी प्रतिश्रुति सुन लो। तुमने हमारे कुलसूर्य दीर्घतमा को बड़ा कर उन्नीस वर्ष का दार्शनिक युवा बना दिया है, अब मैं भी दिन में एक बार तुमसे जरूर मिला करूँगी।"

"आर्या सदा मेरी ही पर्णकुटी में आएँगी या मुझे भी अपनी पर्णकुटी में प्रवेश करने देंगी?" जैसे ही प्रद्वेषी ने यह कहा तो दोनों ही खिलखिलाकर हँस पड़ीं। फिर अगले कुछ क्षण मौन का साम्राज्य छाया रहा और थोड़ी देर में दोनों आर्य दीर्घतमा की पर्णकुटी जा पहुँचीं। आर्य दीर्घतमा बाहर बरामदे में आसंदी पर विचारलीन बैठे थे। अंदर प्रवेश करने से पूर्व प्रद्वेषी को शरारत सूझी। उसने अपने होंठों पर दाएँ हाथ की तर्जनी रखकर आर्या सुकेशी को मौन रहने का संकेत किया। बिना कुछ

बातचीत हुए ही सुकेशी समझ गई कि प्रद्वेषी क्या शरारत करना चाहती है। उसने प्रद्वेषी को पूरा अवसर दिया।

"आर्य दीर्घतमा लीजिए मैं मध्याह्न का भोजन लेकर आ गई हूँ। थोड़ा विलंब हो गया है, उसे भी आप सदा की तरह क्षमा कर ही देंगे?" प्रद्वेषी के शब्दों को औपचारिक मान सकते हैं, पर उसकी शैली में यह सब कहते हुए सहजता ही थी।

इस बीच सुकेशी धीरे से बिना किंचित भी ध्वनि उत्पन्न किए एक आसंदी पर बैठ गई।

"नहीं प्रद्वेषी, तुम्हारा विलंब से आना कभी अपराध और क्षमा का विषय होता ही नहीं, क्योंकि तुम जब भी विलंब से आती हो, तब कारण तुम्हारे प्रभुत्व की परिधि से बाहर के ही होते हैं। फिर आज तो तुम विलंब से भी नहीं आई हो। तुमने अकारण ही विलंब और क्षमा की बातें प्रारंभ कर दी हैं। मैं तो कुछ और ही कहना चाह रहा था।"

"क्या आर्य?" प्रद्वेषी को लगा कि संभवतः आर्य दीर्घतमा सीमंतिनी वाला प्रसंग छेड़ना चाहते हैं, जिसकी चर्चा आज प्रातः कुलपति बृहस्पति ने की थी। उधर आसंदी पर चुपचाप बैठी सुकेशी मंद-मंद मुसकरा रही थी।

"मैं तो यह कहना चाह रहा था प्रद्वेषी कि तुम आज अकेली नहीं आई हो और तुमने बताया ही नहीं कि तुम्हारे साथ कौन आई हैं?"

"दीर्घा तुमने कैसे जान लिया कि प्रद्वेपी अकेली नहीं आई है और जो साथ आया है, वह पुरुष नहीं स्त्री है?" इससे पहले कि प्रद्वेषी झेंपती, सुकेशी ने पूरे परिदृश्य की बागडोर अपने हाथ में ले लेनी चाही।

"आर्या सुकेशी माँ, अपराध क्षमा करें। मैं आपके चरणों में प्रणाम करता हूँ। मैं तो बस इतना ही कहना चाहता हूँ कि प्रद्वेषी अपनी वेणी में कभी भी सुगंधित पुष्प नहीं धारण करती।"

सुकेशी दीर्घतमा की प्रत्युत्पन्नमति का चमत्कार देखकर प्रसन्न हो गई। बोली, "अच्छा दीर्घा, आगे से कभी इस तरह दबे पाँव नहीं आऊँगी। अच्छा यह तो बता कि तू अकेला बैठा क्या सोच रहा था?"

"आर्या माँ, आप ही तो हैं जो ममता माँ के चले जाने के बाद मुझे दीर्घा कहती हैं और तू कहकर पुकारती हैं। मैं तो आर्य दीर्घतमा बन-बनकर सचमुच त्रस्त हो चुका हूँ। माँ आप नित्य क्यों नहीं आतीं मेरी पर्णकुटी में?"

"देख दीर्घा मैं नित्य आया करूँगी। पर अभी तू यह बता कि तू अकेला

इस बरामदे में बैठा क्या सोच रहा था?" सुकेशी इस प्रतीक्षा में थी कि दीर्घतमा के विचार सीमंतिनी के आसपास घूम रहे होंगे और इस बहाने वह प्रद्वेषी के साथ दीर्घतमा की उपस्थिति में खुलकर बात कर सकेगी।

"आर्या माँ, क्या आप सचमुच जानना चाहती हैं कि मैं क्या सोच रहा था? मैं मंत्र रचना कर रहा था।"

"मंत्र रचना? आर्य कौन सा मंत्र रचा है आपने?" उत्सुक प्रद्वेषी ने भोजन काष्ठफलक पर रखकर काष्ठफलक को दीर्घतमा के पास सरकाते हुए पूछा।

"मंत्रों के शब्द तो अभी रच ही रहा हूँ प्रद्वेषी, इसलिए वह तो बाद में तुम्हें लिखवाऊँगा। पर अभी बिंब ठीक तरह से बन गया है वही बताता हूँ।"

"दीर्घा तुम कल ऋषि बने हो। आज आर्या ममता जीवित होतीं तो जो वे करतीं वही मैं कर रही हूँ।"

"क्या माँ सुकेशी?" दीर्घतमा अचानक जिज्ञासु हो गए।

"यह कि ममता आर्या तुम्हें अपने हाथ से पहले भोजन करातीं और फिर तुम्हें अपने अंक में सुलाकर घुँघराले केशों को ममता और वात्सल्य से सहलातीं। लो, अब तुम अपना बिंब समझाओ और मैं तुम्हें भोजन कराती हूँ।"

दीर्घतमा की आँखों में आँसू आ गए। बस इतना ही बोल पाए 'माँ' और उनकी आवाज रुँध गई। उठे और प्रयत्न करके वे आर्या सुकेशी के चरणों पर लेट गए। सुकेशी ने उन्हें उठाया और उनका सिर अपने हाथों में लेकर से दीर्घतमा के आँसू पोंछे, आसंदी पर बिठाया और फिर उन्हें अपने हाथ से भोजन कराने लगी। स्वयं सुकेशी की आँखें भी भर आईं और माँ-पुत्र दोनों को रोता देखकर प्रद्वेषी भी अपने आँसुओं को रोक नहीं पाई।

भोजन करते-करते दीर्घतमा अपना काव्य बिंब सुनाने लगे। प्रद्वेषी भी पास में ही दूसरी आसंदी पर बैठ गई। दीर्घतमा बोल रहे थे।

"मैं एक ऐसी माँ को जानता हूँ जो धैर्य की पराकाष्ठा थी। वह माँ मेरे पिता के प्रति पूर्ण समर्पित थी। पर वह डर के मारे दूसरे पुरुष के गर्भ को धारण करने को बाध्य हो गई। उस पुरुष ने सदा उसका तिरस्कार किया, पर उसने अपना धैर्य नहीं खोया।"

"वह लोगों की श्रद्धा का केंद्र बन गई और लोग उसके पास सदा 'नमस्कार' वाणी बोलते हुए आते। तो क्या पृथ्वी माँ को, इस धरित्री को द्यौ या अंतरिक्ष ने ऐसे ही परित्यक्त करके नीचे फेंक रखा है?"

"ऐसा कैसे हो सकता है ?

"जब मेरी माँ अपने पति के साथ तादात्म्य भाव से जुड़ी थी, तब उस दक्षिणा का अद्‌भुत कुशलता से भरी मेरी माँ का गर्भ स्थिर हो गया था। वह द्यौ ही उसका वास्तविक पति था अंतरिक्ष नहीं। तब मेरी माँ को एक वत्स पैदा हुआ था। पैदा होते ही वह रोने लगा। उसके नेत्रों में ज्योति नहीं थी, पर वाणी को वह देख रहा था, उस वाणी को जो तीनों लोकों में व्याप्त है।"

दीर्घतमा बोल भी रहे थे और सुकेशी के हाथों से भोजन भी करते जा रहे थे। फिर सहसा बोले, "माँ, अब और खाने का मन नहीं कर रहा। अब तुम मुझे अपने अंक में सुला दो। मैं अपने आठ वर्ष पूर्व के जीवन में वापस पहुँच जाना चाहता हूँ।"

सुकेशी ने दीर्घतमा को आसंदी से उठाकर खड़ा किया। फिर बरामदे में ही उन्हें एक आस्तरणिका पर कौशेय की चादर बिछाकर उस पर लिटाकर स्वयं उनके सिरहाने की ओर बैठ गई। फिर दीर्घतमा के सिर को अपने अंक पर रखकर धीरे-धीरे उनके घुँघरालेबालों को सहलाने लगी। दीर्घतमा के बताए बिंब को सुनकर उसकी आँखों में आँसू आ गए। सोच रही थी कि 'इस बालक को अपनी माँ कभी नहीं भूल सकती। भूलना तो दूर वह उसकी संवेदनाओं में काव्य बनकर समा चुकी है।' उधर दीर्घतमा कह रहे थे—

"प्रद्वेषी, पत्र-लेखनी-मसीपात्र तो ले आओ। इस बिंब को मैंने शब्दों की लय प्रदान कर दी है। लो, दो मंत्र लिख लो।"

प्रद्वेषी भीतर कक्ष में गई और क्षण भर में पत्र-लेखनी-मसीपात्र लेकर आ गई। आकर सुकेशी के पास बैठ गई। दीर्घतमा बोलने लगे और वह लिखती जा रही थी—

माता पितरमृत आ बभाज
धीत्यग्रे मनसा सं हि जग्मे
सा बीमत्सुर्गर्भरसा निविद्धा
नमस्वन्त इदुपवाकमीयुः।
युक्ता मातासीत् धुरि दक्षिणाया
अतिष्ठ्द गर्भो वृजनीष्यन्तः
अमीमेद् वत्सो अनुगामपश्यत्
विश्वद्रूप्यं त्रिषु योजनेषु।

"अरे दीर्घा तू तो सचमुच मंत्रकार बन गया है। ज्ञानसत्र की बात मैं नहीं

जानती। ले, मैं तुझे आज ऋषिपद पर प्रतिष्ठित करती हूँ," कहकर सुकेशी ने दीर्घतमा का माथा चूम लिया। फिर बोली, "यही तो वह मस्तिष्क है जहाँ तू इतनी ऊँची-ऊँची बातें समाए रहता है। मेरा आशीर्वाद है कि तू गहन से गहनतर विचारक बनता चला जाएगा।"

"माँ" दीर्घतमा भावुक हो गए।

"अच्छा तो अब मुझे वह मंत्र सुना जो तूने कल ज्ञानसत्र में परीक्षा के लिए प्रस्तुत किया था।"

"माँ सुनाऊँगा, अवश्य सुनाऊँगा। आर्य संवर्त और कनिष्ठ भ्राता शरद्वान भी आते होंगे। सबके सामने सुनाऊँगा। एक बात बताऊँ?"

"बोल तो," बालों को सहलाते हुए सुकेशी ने लाड़ से कहा।

"हाँ, आज वर्षों बाद तुमने मुझे फिर से वत्स बना दिया है। दीर्घतमा मामतेयो जजुर्वान् दशमे युगे।"

"जरा समझाकर बता न इसका अर्थ। तू तो बात-बात में मंत्र बोलने लगा है।"

"हाँ, तुम्हारा पुत्र दीर्घतमा मामतेय दस वर्ष की आयु में ही जीर्ण हो गया था, प्रौढ़ हो गया था। आज वह फिर से बाल हो गया है।"

सुकेशी ज्येष्ठ बृहस्पति को कोस रही थी कि कैसे उन्होंने अपने कुत्सित व्यवहार से एक विलक्षण प्रतिभा को कष्ट प्रदान किया है। पर आज उसे उसके अतिरिक्त कुछ और भी लग रहा था, 'ममता' आर्या की मृत्यु के बाद मैंने भी तो दीर्घतमा की सँभाल नहीं की। मैं भी तो इसकी माँ समान थी। मैंने भी तो माँ का कर्तव्य नहीं निभाया। ज्येष्ठ बृहस्पति के आतंक के मारे मैं भी अपने विवेक को भूल गई। यदि मैं रोज दीर्घा से मिलने आती तो ज्येष्ठ मेरा क्या बिगाड़ लेते? मैं तो प्रद्वेषी के सिर सारा भार मानकर निवृत्त हो गई, निश्चिंत हो गई। सुकेशी, अब प्रतिज्ञा कर आगे से ऐसा नहीं करेगी और दीर्घा का पूरा ध्यान रखेगी। सुकेशी स्वयं को ही संबोधित कर रही थी।

थोड़ी देर के लिए मौन छा गया। वातावरण भावुकता से भर गया था। सुकेशी कुछ और भी कहने की सोचकर आई थी। पर दीर्घतमा ने सारी परिस्थिति ही बदलकर रख दी थी और सुकेशी का मातृत्व अचानक अपनी पूरी ममता और वात्सल्य के साथ उमड़ आया था। कुछ सोचकर सुकेशी ने फिर से बोलने का प्रयास किया।

"दीर्घा, आज नरेश मरुत्त आ रहे हैं और साथ में राजदुहिता सीमंतिनी भी आ रही है।" जैसे ही सुकेशी ने कहा प्रद्वेषी पत्र-लेखनी-मसीपात्र उठाकर भीतर कक्ष में चली गई। अंदर जाकर उसने मंत्रों को यजुर्वेद संहिता की एक प्रति में जो उसने स्वयं अपने हाथों से लिखी थी सँभालकर रख दिया। जब वह बाहर आई तो उसने दीर्घतमा को कहते सुना।

"माँ, मैं तो देख नहीं पाता, पर तुम तो नित्यप्रति देखती ही हो कि एक सूर्य है जो युगों से इस पृथ्वी को प्रकाशित कर रहा है, युगों से पृथ्वी को उसका अर्थात् पृथ्वी को अपना रूप दिखा रहा है और युगों से पृथ्वी को ऊर्जा दे रहा है। माँ सूर्य युगों से ऐसा न कर रहा होता तो क्या पृथ्वी को तुम इस भव्य रूप में देख पातीं, जैसी आज देख पा रही हो?"

प्रद्वेषी को सारी बात समझ में आ रही थी। वह समझ गई कि आर्य दीर्घतमा उसे सूर्य और स्वयं को पृथ्यी मानकर बात कर रहे थे। वह सोचने लगी, 'क्या आर्या सुकेशी को भी यह बात समझ में आ रही होगी, क्योंकि आर्य दीर्घतमा तो हर बात की गहराई में चले जाते हैं।' उधर दीर्घतमा बोले ही जा रहे थे, "पर उसी पृथ्वी का अंधकार दूर करने के लिए खद्योत और जुगुनू भी कभी-कभी वर्ष में एकाध बार क्षण भर के लिए चले आते हैं। पर माँ, क्या कभी खद्योत पृथ्वी का अंधकार दूर कर पाए? उसे उसका रूप दिखा पाए? उसे ऊर्जा दे पाए?"

"नहीं दीर्घा, खद्योतों के बस में सूर्य बनना कहाँ है।" सुकेशी ने प्रद्वेषी को आदरपूर्वक देखते हुए कहा।

दीर्घतमा सुकेशी के अंक से उठ बैठे। बोले, "प्रद्वेषी, मेरा हाथ थामो। चलो माँ फिर से आसंदियों पर बैठकर ढेर सारी बातें करेंगे। तात संवर्त और भ्राता शरद्वान भी आते ही होंगे।"

तीनों आसंदियों पर जा बैठे तो उन्हें आश्रम के दूसरे कोने में से कुछ कोलाहल उठता सुनाई दिया। दीर्घतमा बोले, "प्रद्वेषी कैसी विडंबना है कि कोलाहल को ठीक से सुनने के लिए भी दूर क्षितिज पर ध्यान से देखना पड़ता है। देखो तो, यह कोलाहल क्यों उठ रहा है? मेरी क्षतियों की पूर्ति और भला कौन कर सकता है?"

प्रद्वेषी देखने लगी। उसे कुछ समझ में नहीं आया। पर कोलाहल धीरे-धोरे बढ़ता हुआ उन्हीं की ओर आता लग रहा था।

5

दीर्घतमा, सुकेशी और प्रद्वेषी जिस बरामदे में बैठकर आपस में बातें कर रहे थे, वह बरामदा आर्य दीर्घतमा की पर्णकुटी का था। माँ ममता ने जब अपने जन्मांध पितृविहीन बालक की पर्णकुटी बनवाई तो उसने बरामदा जानबूझकर काफी बड़ा बनवाया था, ताकि दीर्घतमा अपना अधिकांश समय वहाँ बैठकर बिता सकें और उनसे बातें करनेवाले लोग भी वहाँ बैठकर उनसे बातें कर सकें। एक बरामदे और एक ही बड़े कक्षवाली उस कुटिया के पिछवाड़े में थोड़ी जगह खाली छोड़ दी गई थी, जो पर्णकुटी परिसर की पिछली सीमा तक लगभग पाँच-छह हाथ थी। वहाँ जाने के लिए पर्णकुटी के पीछेवाली दीवार में एक द्वार बनवा दिया गया था। यह खाली स्थान मुख्य रूप से दीर्घतमा के स्नान आदि के लिए था। विद्याकुल के एक दायित्वपूर्ण छात्र का यह कर्तव्य बना दिया गया था कि वह नित्य प्रातः दीर्घतमा को नित्यकर्म के लिए आश्रम से बाहर वनप्रांतर में ले जाता और फिर उस खाली स्थान पर दो बड़े पात्र पानी के भरकर रख देता, ताकि दीर्घतमा सुविधानुसार स्नान आदि अवशिष्ट नित्यकर्म कर सकें। इसमें उन्हें किसी की सहायता की आवश्यकता नहीं होती थी।

जिस विशाल पर्णकुटी परिसर का अंगभूत यह लघुपर्णकुटी थी, वह कुलपति बृहस्पति का आवास था। उस परिसर में एक सुंदर यज्ञशाला थी और कुलपति के विशिष्ट अतिथियों के लिए एक अतिथिशाला भी थी। पूरा परिसर काफी बड़ा था, जिसका मुख्य प्रवेश द्वार पश्चिम की ओर था। परिसर मुख्य रूप से दो भागों में बँटा था। पूरे परिसर का आगे का तीन चौथाई भाग खाली था, अर्थात् उसमें कोई आवास नहीं था। प्रवेश करते ही दाईं ओर पशुशाला थी, छोटी सी, जिसमें बस दो गउओं के लिए स्थान था और उसके साथ ही एक बाड़ा अश्व के लिए बना था, जहाँ कुलपति बृहस्पति का अश्व बँधा रहता था। अश्वारोहण बृहस्पति की सर्वाधिक रुचि का विषय था और प्रायः सायंकाल वे अश्वारोहण करते हुए दूर वनप्रांतर में चले जाते। कई बार वे अश्व पर बैठकर उसे धीरे-धीरे चलाते हुए गंडकी नदी के किनारे-किनारे कई कोस तक घूम आते। बृहस्पति अपने जीवन में अकेले थे। दीर्घतमा को वे कभी अपना पुत्र नहीं मान सके। ममता का देहांत हो चुका था, हालाँकि उससे भी उन्हें कोई विशेष स्नेह कभी नहीं था। वे तो बस उसके मादक सौंदर्य पर मुग्ध थे। अपने पुत्र भरद्वाज को उन्होंने मरुत्त के यहाँ भेज दिया था, जहाँ उसका बाल्यकाल

से ही लालन-पालन हो रहा था। अश्वारोहण उनके इस अकेलेपन का अकेला और सबसे बड़ा साथी बन गया था।

इस पशुशाला के पास ही यज्ञ की एक बड़ी सी वेदी बनी हुई थी, जहाँ नित्य यज्ञ होता था। इस प्रात:सवन में सारे आश्रम और विद्याकुल के वासी अनिवार्यत: इकट्ठे होते और आश्रम संबंधी महत्त्वपूर्ण घोषणाएँ यहीं इस अवसर पर कर दी जाती थीं। दीर्घतमा के लिए और उनकी परिचर्या में लगी प्रद्वेषी के लिए प्रात:सवन में आना अनिवार्य नहीं था, पर वे वहाँ प्राय: नित्य आते और श्रांति अथवा रुग्णता की विशेष परिस्थितियों में ही वे नहीं आ पाते थे। आज प्रात: वे दोनों ही प्रात:सवन में नहीं आए थे, क्योंकि कल वे सूर्योदय से काफी पहले ही ज्ञानसत्र के लिए राजप्रासाद की ओर चले गए थे और रात्रि को वापस आश्रम लौट आने के बावजूद श्रांति के कारण प्रात:सवन में आज नहीं आ पाए थे। पर एक विशेष बात आज यह हुई कि प्रात:सवन में आर्य दीर्घतमा के ऋषित्व की घोषणा नहीं की गई थी। इसलिए कुलपति, संवर्त, सुकेशी और प्रद्वेषी के अतिरिक्त किसी को उसकी सूचना नहीं थी।

परिसर के बाईं ओर का सारा क्षेत्र खाली था। उस पर हरित-कोमल घास उगी हुई थी, जिस पर प्रात:सवन में पर्व-त्योहारों पर और अन्य विशेष अवसरों पर सारा आश्रम इकट्ठा हो जाया करता। दाईं ओर जहाँ पशुशाला और यज्ञशाला थी उसके साथ-साथ ही एक मार्ग मुख्य द्वार से पीछे के उस एक चौथाई भाग की ओर चला गया था, जहाँ तीन आवास बने हुए थे। इस तरह जहाँ एक ओर पूरा परिसर दो हिस्सों में बँटा था, आगे का तीन चौथाई खाली और पीछे का एक चौथाई आवास, वैसे ही खाली भाग भी दो हिस्सों में बँटा था, दाईं ओर एक चौथाई में पशुशालाएँ और यज्ञशाला और बाईं ओर के शेष तीन चौथाई में घास का मैदान था। इन दोनों हिस्सों के बीच मिट्टी का पक्का मार्ग बना था, जो सीधे दीर्घतमा की लघु पर्णकुटी की ओर जा रहा था। जहाँ से बाईं ओर कुलपति की पर्णकुटी थी और उसके साथ कुलपति के विशिष्ट अतिथियों के लिए अतिथिशाला बनी हुई थी। तीनों पर्णकुटियों के बीच काफी स्थान खाली था, जहाँ कई तरह के सुंदर फूल खिला दिए गए थे और प्रत्येक कुटी के पिछवाड़े में भी खाली स्थान छोड़ दिया गया था। आर्य दीर्घतमा इसी स्थान पर स्नान आदि करते थे। आज प्रात: वे प्रद्वेषी के साथ जिस घास पर धीरे-धीरे चलते हुए बातें कर रहे थे और प्रद्वेषी ने उनके चरणों पर प्रणाम किया था, यह वही घासवाला प्रांगण था और उनके साथ बैठकर सुकेशी और प्रद्वेषी जहाँ बातें कर रही थीं, यह उसी कुटी का बरामदा था।

बरामदे शेष दोनों पर्णकुटियो के भी थे, पर उस बड़े बरामदे की तुलना में छोटे थे। कुलपति की पर्णशाला में एक विशालकक्ष के अतिरिक्त चार कक्ष और थे, जिनके अंदर विशालकक्ष से होकर जाना पड़ता था और विशालकक्ष के लिए बरामदे से होकर जाना होता था। अर्थात् बरामदा चौड़ा कम और लंबा काफी ज्यादा था। वहाँ अतिथिशालावाली पर्णकुटी में कोई विशालकक्ष नहीं था और दो वासकक्षों और एक रसोई कक्षवाली इस शाला के प्रत्येक कक्ष में बरामदे से होकर जाना होता था। यह अतिथि कुटी एक तरह से वैशाली नरेश के लिए ही विशेषरूप से बनवाई गई थी, क्योंकि आंगिरसों और वैशाली राजवंश का शुरू से ही पोराहित्य-संबंध होने के कारण नरेश प्राय: आश्रम में आते रहते थे।

पूरा परिसर कई पीढ़ी पहले ही बन गया था और आंगिरस कुल के कुलपति इसी परिसर में रहते चले आ रहे थे। बस एक नई कुटी ममता ने अपने जन्मांध पुत्र दीर्घतमा के लिए बनवा दी थी, अन्यथा पहले यह स्थान भी खाली था। पूरे परिसर का प्रबंध विद्याकुल के छात्रों के जिम्मे था और विद्याकुल के आचार्य छात्रों के बीच यह दायित्व क्रमश: बाँटते रहते थे। आजकल आर्य संवर्त विद्याकुल के आचार्य थे। पूरे परिसर की सीमा पर अशोक के वृक्ष लगे हुए थे, जो पूरे परिसर को जबरदस्त भव्यता प्रदान कर रहे थे।

भौंहों के ऊपर हथेली रखकर जब प्रद्वेषी ने फिर से अच्छी तरह से देखा तो उसे लगा कि आश्रम के पश्चिम की ओर से कई सारे लोग एक समूह के रूप में पूर्व की ओर बढ़े चले आ रहे थे। वह सोचने लगी कि आश्रम के पश्चिमी भाग में तो विद्याकुल है तो क्या वहाँ के लोग इधर आ रहे हैं? जैसे-जैसे कोलाहल बढ़ता गया और उसे जो दिखाई दिया, वह उसने बता दिया—

"आर्य दीर्घतमा, ये तो विद्याकुल के छात्र और छात्राएँ इधर चले आ रहे हैं। वे बहुत प्रसन्न दिखाई दे रहे हैं और जो कोलाहल आप सुन रहे हैं, वह उनकी आपस की बातचीत का है।"

"मुझे लगता है कि आर्य संवर्त से तुम्हारे बारे में सूचना प्राप्त कर ये छात्र-छात्राएँ तुम्हारे पास ही आ रहे हैं दीर्घा," सुकेशी बोली, "अभी प्रभात के क्रियाकलाप करने के बाद आर्य संवर्त ज्येष्ठश्री से अनुमति लेकर पूरे आश्रम और विद्याकुल में तुम्हारे बारे में दोनों सूचनाएँ देने गए थे।"

"दोनों सूचनाएँ? ज्ञानसत्रवाली घटना के अतिरिक्त दूसरी सूचना कौन सी है माँ?" दीर्घतमा ने विचित्र जिज्ञासा भरा चेहरा बनाकर पूछा।

"अरे वही कि मरुत्त नरेश आज अपनी राजदुहिता को लेकर इधर आश्रम में आनेवाले हैं।"

"तो क्या सीमंतिनी का संदर्भ अभी से आप सभी ने मेरे साथ जोड़कर देखना प्रारंभ कर दिया है? प्रद्वेषी, क्या तुम भी ऐसा मानती हो?" दीर्घतमा बोले। कोलाहल और निकट आ गया।

प्रद्वेषी चुप थी। उसे सूझ नहीं रहा था कि वह क्या उत्तर दे। उधर सुकेशी को अपने पर ही खीझ आ रही थी कि दीर्घतमा जैसे तीव्र बुद्धिवाले संवेदनशील व्यक्ति के साथ बातचीत करने में उसने शब्दों के उचित प्रयोग का संयम क्यों नहीं बरता, पर स्थिति को सँभालने के विचार से बोली।

"दीर्घा, मेरे शब्दों को इतनी गंभीरता से मत लो। इनका वह अर्थ कतई नहीं था, जो तुमने ग्रहण कर लिया है। लो ये छात्र-छात्राएँ तो पर्णकुटी परिसर में प्रवेश कर धूम मचाते हुए तुम्हारे पास ही आ रहे हैं। इस वानरसेना को तुम्हीं सँभालो। हम दोनों भोजन करके अभी वापस लौट रही हैं। संभवत: वैशाली नरेश भी उस समय के आसपास यहाँ आ जाएँगे। चलो प्रद्वेषी आज तुम मेरे साथ ही भोजन कर लो।"

"चलें, आर्या।" कहकर जैसे ही दोनों सद्य:सखियाँ दीर्घतमा की पर्णकुटी से नीचे आईं तो उन दोनों को प्रणाम करते हुए विद्याकुल के सभी छात्र-छात्राएँ दीर्घतमा के पास आ पहुँचे। संवर्त का पुत्र शरद्वान भी उन्हीं में एक था। सभी ने आकर एक-एक कर दीर्घतमा के चरणों को स्पर्श करना प्रारंभ कर दिया तो मुसकराते हुए वे बोले, "अरे यह आप लोगों को क्या हो गया है? सभी मेरे चरणों पर कैसे आते जा रहे हो?"

"आर्य, आज हम सब हर्षोन्मत्त हो रहे हैं। कुलपति की अनुमति मिल जाए तो हम सभी आज इस प्रांगण में नृत्य करने की उत्कंठा से भरे हुए हैं।" एक छात्र ने कहा।

"जो समाचार हमें प्रात:सवन में ही मिल जाना चाहिए था, वह हमें अभी-अभी आर्य संवर्त से मिला है। अभी तो हम आए हैं। आर्य अभी तो समस्त आश्रमवासी यहाँ आनेवाले हैं।" एक अन्य छात्र ने कहा।

"क्या आज छात्राएँ नहीं आई हैं, जो छात्र ही बोले जा रहे हैं?" दीर्घतमा ने स्मितपूर्वक पूछा तो एक छात्रा सबसे आगे आकर बोली।

"आर्य, हम क्या इनसे पीछे रह सकती हैं? आर्य, आप कृपा करके हमें वह मंत्र तो सुनाएँ, जिसने हमारे हृदय सम्राट् को ऋषि का पद प्रदान किया है। हम सभी

छात्राएँ उसे समवेत स्वर में गाएँगी और हमारे गान पर ये छात्र लोग नृत्य करेंगे।"

"अच्छा तो ये तेवर हैं। हाँ तो लिखो वह मंत्र, लिखो। पर समवेत नृत्य और गान तभी होगा, जब आर्य संवर्त, आर्या सुकेशी और प्रद्वेषी आ जाएँगी।" दीर्घतमा बोले।

"ठीक है आर्य मैं जाती हूँ और त्वरापूर्वक उन्हें ले आती हूँ।" एक छात्रा ने कहा और कहते ही वह तेजी से आर्य संवर्त की पर्णकुटी की ओर चल पड़ी। पीछे से दीर्घतमा ने एक अन्य छात्रा को अपना वह मंत्र लिखवाया जिस पर उन्हें ऋषित्व की प्रतिष्ठा मिली थी। मंत्र लिखा जा चुका तो फिर से संवाद प्रारंभ हो गया।

"आर्य आपने यह मंत्र कब रचा?" एक छात्र ने पूछा।

"क्या आपने और भी मंत्र रचे हैं आर्य?" एक छात्रा ने जिज्ञासा प्रकट की।
"किंतु आर्य, आपने हम छात्र-छात्राओं को अपनी इस मंत्र सृष्टि के बारे में बताया क्यों नहीं?" एक और छात्रा-स्वर सुनाई दिया।

"आपने हमें बताया ही नहीं कि आप ज्ञानसत्र में परीक्षार्थी बनकर जा रहे हैं?" शिकायत का एक स्वर गूँजा।

"देखो इतने सारे प्रश्न एक साथ पूछोगे तो मैं पगला जाऊँगा और किसी का भी उत्तर नहीं दे पाऊँगा। वैसे मेरे पास सभी प्रश्नों का एक उत्तर भी है। सुनोगे तो चकरा जाओगे?" दीर्घतमा बोले।

"वह क्या?" कई सारे स्वर एक साथ उठे तो दीर्घतमा बोले, "क्षमा। क्षमा माँगता हूँ आपसे।" सुनते ही चारों ओर खिलखिलाहट का स्वर गूँज उठा। तभी आर्य संवर्त विद्याकुल के दूसरे अध्यापकों के साथ वहाँ आ पहुँचे तो थोड़ा गंभीरता का वातावरण बन गया। दीर्घतमा को बताया गया तो वे सभी अध्यापकों और आर्य संवर्त के सम्मान में श्रद्धापूर्वक प्रणाम की मुद्रा में खड़े हो गए। इन्हीं सभी अध्यापकों से दीर्घतमा ने भी अपनी संपूर्ण विद्या ग्रहण की थी और यज्ञ कर्म में प्रवीणता प्राप्त की थी। वे यज्ञ को एक बहुत ही महत्त्वपूर्ण कर्म मानते थे और पिछले समय में कुछ महत्त्वपूर्ण यज्ञों में बृहस्पति और संवर्त के साथ कई राजाओं के राजप्रासादों में जा चुके थे। वैशाली नरेश भी यज्ञ कर्म में संवर्त और दीर्घतमा की प्रवीणता से बहुत प्रभावित थे। इस बीच आर्य संवर्त बोले।

"वत्स दीर्घतमा, हम विद्याकुल के सभी अध्यापक तुम्हें ऋषिपद प्राप्त होने पर गौरवान्वित अनुभव कर रहे हैं। यहाँ उपस्थित हम सभी लोग तुम्हारा वह मंत्र सुनने को उत्सुक हैं, जो कल तुमने परीक्षा के लिए रखा और बदले में इतनी तरुणाई

में ही कठिनता से मिलनेवाला ऋषिपद प्राप्त कर लिया।"

गतिविधि की यह तीव्रता अंततः कुलपति बृहस्पति को भी अपनी पर्णकुटी से बाहर खींच लाई। धीरे-धीरे चलते हुए जब वे दीर्घतमा की पर्णकुटी के बरामदे में पहुँचे तो उनके आने के बारे में बताए जाने पर वे उसी प्रणाम मुद्रा में बोले, "आर्य तातश्री, ये सभी छात्र-छात्राएँ आपसे विशेष अनुमति प्राप्त करना चाहते हैं।" इसी बीच आश्रमवासी भी एक-एक कर पर्णकुटी परिसर में इकट्ठा हो रहे थे।

"कैसी अनुमति ?" बृहस्पति ने गंभीर मुद्रा में ही पूछा।

"हम सभी छात्र-छात्राएँ आर्य दीर्घतमा के पुरस्कृत मंत्र की लय पर गान और नृत्य करना चाहते हैं।" इससे पहले कि दीर्घतमा बोलते एक छात्रा ने साहसपूर्वक बोल दिया। उधर जो छात्रा परिसर से बाहर गई थी, वह आर्या सुकेशी और प्रद्वेषी के साथ लौट आई थी। और इस तरह कुलपति बृहस्पति का पूरा परिवार विद्याकुल के सभी सदस्य और लगभग सभी आश्रमवासी परिसर में आ चुके थे। बृहस्पति को लगा कि इस समय मना करना कई तरह की समस्याएँ पैदा कर सकता है। इसलिए उन्होंने यही कहना उचित समझा।

"मैं अपने प्रिय आश्रमवासियों, श्रेष्ठ छात्र-छात्राओं और अध्यापक वृंद से अलग तो नहीं हूँ। जितने प्रसन्न आप हैं, मैं तो उससे भी अधिक प्रसन्न हूँ। आप सब को ज्ञात हो कि वत्स दीर्घतमा को उस ज्ञानसत्र में ऋषिपद प्रदान किया गया, जहाँ मैं परीक्षार्थी के रूप में असफल हो गया था। पुत्र से पराजित होकर पिता को जो आनंद प्राप्त होता है, उसे इस समस्त आश्रम में केवल मैं ही अनुभव करने का गौरव पा सका हूँ। इसलिए मेरी प्रसन्नता की थाह किसी को नहीं हो सकती।"

बृहस्पति बोल रहे थे तो सभी लोग बिना ध्वनि किए उनकी बात को ध्यान से सुन रहे थे।

थोड़ा रुककर वे फिर बोले, "अभी धूप है, ग्रीष्म उतर रहा है, इसलिए आप नृत्य गान का पूरा आनंद नहीं ले पाएँगे। पर इस मध्याह्न में भी सभी छात्र-छात्राओं को नृत्य की अनुमति है।"

सुनते ही चारों ओर हर्षध्वनि हुई। पर संभवतः बृहस्पति का वक्तव्य अभी समाप्त नहीं हुआ था। हाथ ऊपर उठाकर उन्होंने सभी को शांत कर फिर बोलना प्रारंभ किया।

"अभी मध्याह्न में भी सभी छात्र-छात्राओं को नृत्य की अनुमति है। पर कल वैशाखी का मंगल पर्व है। क्यों न कल भी रात्रि को यहाँ इसी परिसर में फिर से

इकट्ठा होकर उत्सव किया जाए?" सुनते ही इस बार हर्षध्वनि हर्षनिनाद में बदल गई। उधर छात्र-छात्राओं ने नृत्य-गीत की तैयारी प्रारंभ कर दी तो इधर संवर्त और दीर्घतमा के मन में एक जैसी बात उठ रही थी कि कुलपति बृहस्पति की इस आह्लाद भरी उदारता के पीछे क्या प्रयोजन हो सकता है।

जिस छात्रा को मंत्र लिखवाया गया था, उसने शिला पर खड़े होकर जोर-जोर से मंत्र गाना शुरू किया और सभी छात्र-छात्राएँ उसकी लय पर मंत्र को गाकर दोहराने और नृत्य करने में लीन हो गए।

काफी देर तक यह कार्यक्रम चलता रहा। बृहस्पति, संवर्त, सुकेशी और प्रद्वेषी आसंदियों पर बैठकर देख रहे थे। दीर्घतमा पूरे वातावरण को अपने हृदय में उतार रहे थे। आश्रमवासियों की उपस्थिति में नृत्य-गीत चल ही रहा था कि पर्णकुटी परिसर के मुख्य प्रवेश द्वार पर एक राजभृत्य दिखाई दिया। राजभृत्य को देखते ही कुलपति बृहस्पति समझ गए कि वैशाली नरेश राजा मरुत्त आ गए हैं। वे तेजी से पर्णकुटी परिसर के प्रवेश द्वार की ओर जाने लगे। प्रद्वेषी ने राजभृत्य को देखा तो उसकी हृदयगति तीव्र हो गई कि लो, सीमंतिनी आ गई।

6

कुलपति बृहस्पति की पर्णकुटी के विशाल परिसर का आगेवाला प्रांगण, जिसमें बहुत ही सुंदर और हरित कोमल घास उगी हुई है। अभी साँझ नहीं हुई है, पर सूर्यदेवता ढलान पर हैं। कुछ समय पूर्व ही सारा आश्रम इस प्रांगण में इकट्ठा होकर दीर्घतमा को उनके ऋषि बन जाने पर साधुवाद देने आया था। छात्र-छात्राएँ नृत्य कर रहे थे, गा रहे थे और किशोर छात्र-छात्राओं के बीच स्वयं को पाकर आर्य दीर्घतमा भी लगभग किशोरों जैसे सहज होकर बातें कर रहे थे, प्रसन्न हो रहे थे। पर वैशालीनरेश मरुत्त और राजदुहिता सीमंतिनी के आश्रम में आने का समाचार पाते ही सभी आश्रमवासी और विद्याकुल के अध्यापक और छात्र-छात्राएँ अपने-अपने आवास वापस लौट गए थे। पर्णकुटी परिसर में मध्याह्न के उत्सव-कोलाहल के बाद अब उसका स्वाभाविक मौन और शांति लौट आई थी।

अपराह्न की इस वेला में अब प्रांगण में कुछ आसंदियाँ लगा दी गई थीं। इन आसंदियों पर गोलाकार वृत्त में कुलपति बृहस्पति, आर्य दीर्घतमा, आर्य संवर्त, वैशालीनरेश मरुत्त, राजदुहिता सीमंतिनी, आर्या सुकेशी, प्रद्वेषी और शरद्वान बैठे हुए

थे। वृत्ताकार पड़ी इन आसंदियों के मध्य एक गोल काष्ठफलक रख दिया गया था, जो खाली पड़ा था। थोड़ी देर बाद एक ऋषिकुमार ने आकर एक मझोले गोल पात्र में सजाकर रखे गए पुष्पगुच्छ को धीरे से उस गोल फलक पर रख दिया। इससे वातावरण में हलकी सी सुगंध आने लग गई।

"आर्य नरेश," बातचीत का क्रम प्रारंभ करते हुए बृहस्पति बोले, "आज आप बहुत ही शुभ अवसर पर आश्रम में पधारे हैं, जब वत्स दीर्घतमा को आपके ही द्वारा समायोजित ज्ञानसत्र में ऋषि के महान् गौरव की प्राप्ति हो गई है। इस शुभ अवसर के उपलक्ष्य में कल वैशाखी पर यह आश्रम वत्स दीर्घतमा की अभिनंदन-प्रतिष्ठा करनेवाला है। सभी आश्रमवासियों की ओर से मैं आपसे अनुरोध करता हूँ कि आप भी कल इस आह्लाद पर्व में उपस्थित रहें।" बृहस्पति बहुत ही नपी-तुली और औपचारिक भाषा में बोल रहे थे। वे इस शैली में पर्याप्त निपुणता प्राप्त कर चुके थे। पर दीर्घतमा को यह शैली नितांत छल प्रतीत होती थी।

"आर्य कुलपते" नरेश मरुत्त बोले। नरेश लगभग पचास वर्ष की आयु के थे। उनका शरीर पर्याप्त बलिष्ठ और सौष्ठव से भरा था। वे अत्यंत बुद्धिमान थे और ज्ञानार्जन करते रहना उनका स्वभाव था। अपने राजप्रासाद में विभिन्न विषयों पर ज्ञानसत्र व चर्चाएँ करवाते रहा करते थे। पर कल मंत्र परीक्षावाले जिस दो दिन के ज्ञानसत्र का आयोजन उन्होंने किया था, वह वैशाली राजप्रासाद में पहली बार हुआ था। इस ज्ञानसत्र के परिणाम पर नरेश अतीव मुग्ध इसलिए थे कि उनके ही कुल पुरोहितों के एक प्रतिभाशाली वंशज आर्य दीर्घतमा को अपनी तरुणाई में ही महान् ऋषिपद की प्राप्ति हो गई थी। बृहस्पति के आमंत्रण की प्रतिक्रिया में उनका उत्तर बहुत अधिक सहज था। वे बोल रहे थे—

"मैं कौन सा इस आश्रम के लिए नया हूँ। और आर्य, मैं कौन सा यहाँ अतिथि हूँ, जिसको आमंत्रित कर आप लज्जित कर रहे हैं। मेरे पिताश्री मुझे राज्य का दायित्व सौंपकर इसी आश्रम में वानप्रस्थ जीवन बिताया करते थे। मुझे भी अपना वानप्रस्थ इसी आश्रम में तापसों के मध्य व्यतीत करना है। और फिर हम वैशाली नरेशों के लिए तो आपने पर्णकुटी भी बनवा रखी है।" मरुत्त के इस अंतिम वाक्य पर सभी को आनदपूर्ण हँसी आ गई।

"किंतु पिताश्री," सीमंतिनी ने कहा, "यदि कल आर्य दीर्घतमा की अभिनंदन प्रतिष्ठा होनेवाली है तो इससे बड़ा अवसर आपको कृतार्थ होने का कब मिलेगा? आर्य के ऋषि हो जाने पर ज्ञानसत्र के आयोजक के नाते आपका वैसे भी दायित्व

बनता है कि आप उन्हें सौ धेनुएँ और यथाशक्ति स्वर्णमुद्राएँ समारोहपूर्वक समर्पित करें। यदि यहाँ कल समारोह हो रहा है तो आपको इस अवसर पर अपने दायित्व की पूर्ति कर ही लेनी चाहिए।"

सीमंतिनी की आयु बीस वर्ष से अधिक थी, पर अपने पिता के कुल पुरोहितों के इस पुराने आश्रम में वह पहली बार आई थी। वह परम सुंदरी और तेजस्विनी थी। उसकी वाणी में मधुरता थी और स्वभाव में धैर्य। राजपरिवार में पली होने के कारण ऐश्वर्य उसके आकार और स्वभाव का अंग बन गया था। परंतु अपनी विचारशीलता के कारण वह अपने ऐश्वर्य को अपने पर प्रभावी नहीं होने देती थी। दीर्घतमा के बारे में, उनके जन्मांध होने के बारे में उसने काफी पहले से सुन रखा था। पर कल राजप्रासाद और ज्ञानसत्र के सभास्थल के बीचवाले प्रांगण में उसने पहली बार दीर्घतमा को देखा था। आर्य दीर्घतमा तब भ्राता भरद्वाज से कुछ बातें कर रहे थे। उनकी शारीरिक भव्यता पर वह तभी मुग्ध हो गई थी। पर जब उसे ज्ञानसत्र के बारे में विस्तार से बताया गया तो उसने निश्चय कर लिया कि वह इन्हीं पुरुषोत्तम से विवाह करेगी। सायंकाल उसने आर्य दीर्घतमा से मिलने की इच्छा प्रकट की तो भरद्वाज से ज्ञात हुआ कि कुलपति बृहस्पति के साथ वे आश्रम वापस चले गए हैं। उसे थोड़ा अचरज हुआ, पर उसने अपना विवाह प्रस्ताव प्रेषित करने में विलंब करना उचित नहीं समझा और अपने पिता मरुत्त से कहकर सीमंतिनी ने अगली प्रात: अर्थात् आज ही अश्वारोही दूत के माध्यम से अपना प्रस्ताव और पिता के साथ आश्रम में आने की सूचना भिजवा दी थी।

"सीमंतिनी तुम्हारा प्रस्ताव अच्छा है और मैं आज ही एक राजभृत्य को राजधानी भेजकर अपने वित्त सचिव से प्रतिष्ठा समर्पण का प्रबंध करवा देता हूँ।" नरेश ने अपनी पुत्री के प्रस्ताव पर तत्काल सार्थक प्रतिक्रिया दी।

प्रद्वेषी निरंतर सीमंतिनी को देख रही थी और उसे उसमें वे सब गुण दिखाई दे रहे थे, जो आर्य दीर्घतमा की जीवनसंगिनी में होने चाहिए, परंतु इसी बात से उसकी मनोव्यथा भी बढ़ती जा रही थी, क्योंकि दीर्घतमा के साथ अब प्रणयभाव से जुड़ जाने के बाद, वह उन्हें खोना नहीं चाहती थी और उसे डर लग रहा था कि कहीं आर्य उससे छिन तो नहीं जाएँगे। आर्या सुकेशी कभी प्रद्वेषी को तो कभी सीमंतिनी को देख रही थी और उसे समझ नहीं आ रहा था कि प्रद्वेषी के हृदय पर जो बीत रही है, उसमें उसकी सहायता कैसे करे।

"आर्य" सीमंतिनी ने दीर्घतमा की ओर लक्ष्य करके कहा, "आर्य दीर्घतमा,

कल आपने ज्ञानसत्र में जो विलक्षण मंत्र गाया था, यदि आप मुझे पात्र समझें तो उसके विषय में कुछ विस्तार से बताएँ।"

अब तक जितनी संक्षिप्त बातचीत हुई थी, उसमें दीर्घतमा ने कोई भाग नहीं लिया था। पर सीमंतिनी ने अब तक जितना भी बोला था, जिस शैली में बोला था, उससे उन्होंने अनुमान लगाया कि राजदुहिता बुद्धिमत्ती है।

दीर्घतमा बोले, "आर्या सीमंतिनी, कल ज्ञानसत्र में इस पर जो बातें कही गई थीं, वे सब तो आपके ध्यान में होंगी ही।"

"क्षमा करें आर्य दीर्घतमा, मैं कल ज्ञानसत्र में नहीं आ पाई थी।"

"इसका अर्थ यह हुआ कि आपको मेरी इस मंत्रसृष्टि के विषय में किसी अन्य से ज्ञात हुआ होगा!" दीर्घतमा ठीक दार्शनिक मुद्रा में आ रहे थे।

"हाँ आर्य।"

"आर्ये, अब आप ही बताएँ, जो मैंने ज्ञानसत्र में अपने इस मंत्र के विषय में कहा था, वह ठीक था या वह जो आपने किसी अन्य व्यक्ति से उसके बारे में सुना?" दीर्घतमा ने पूछा तो सीमंतिनी कुछ सकपका सी गई।

सीमंतिनी बोली, "आर्य मैं आपके प्रश्न का निहितार्थ नहीं समझ पाई।"

"इसमें कोई विशेष उलझनवाली बात नहीं है आर्ये सीमंतिनी। मैं तो इतना भर कहना चाह रहा था कि जो आपने मंत्र के विषय में अन्य किसी से सुना आवश्यक नहीं कि वह वही हो, जो मैंने वहाँ कहा था। तात्पर्य यह नहीं कि जिसने आपसे उस मंत्र के विषय में कहा, वह गलत, अशुद्ध अथवा अनुचित था। मैं तो केवल इतना भर कहना चाह रहा हूँ कि वह निश्चित ही उससे कुछ-न-कुछ तो पृथक् था ही जो मैंने वहाँ कहा, ठीक वैसे ही जैसे आपने उस व्यक्ति से जो कुछ सुना वह वही नहीं है, जो आप अब तक समझ पाई हैं।"

सीमंतिनी चकित थी कि वह क्या कहे।

"आर्या सीमंतिनी, यह जो मैंने आपके सामने अर्धविक्षिप्तों जैसी बातें कही हैं, उसका निष्कर्ष यह है कि प्रत्येक व्यक्ति हर बात को, धारणा को या सिद्धांत को अपनी तरह से प्रस्तुत करता है। हम सामान्य जीवन में देखते हैं कि एक ही बात को अनेक व्यक्ति अनेक प्रकार से समझते हैं, मानते हैं और देखते हैं। अब मेरे मंत्र का ही दृष्टांत लीजिए। जिस मंत्र को मैंने कल ज्ञानसत्र में गाया, उसे प्राय: सभी श्रोताओं ने सराहा। उनमें से कोई एकाध श्रोता ऐसा भी हो सकता है, जिसे वह मंत्र अच्छा न लगा हो।"

अभी दीर्घतमा अपनी बात कह ही रहे थे कि बीच में कुलपति बृहस्पति ने टोक दिया, "मुझे तो नहीं लगता कि कोई एक भी श्रोता वहाँ ऐसा था, जिसने वह मंत्र न सराहा हो।"

"हो सकता है तातश्री, आपका अनुभव ठीक हो। पर फिर भी मेरा कहना यह है," दीर्घतमा अविराम बोले जा रहे थे, "कि यदि सभी ने उसे सराहा तो भी प्रत्येक सराहनेवाले के अपने कारण होंगे, अपने तर्क होंगे और निष्कर्ष भी अपने ही होंगे।"

"आर्य आप बिल्कुल ठीक कह रहे हैं।" सीमंतिनी बोली।

"इसका अर्थ यह हुआ कि एक ही मंत्र की सराहना अलग-अलग प्रकार से हुई और आप नहीं कह सकतीं कि किसका प्रकार ठीक था और किसका प्रकार ठीक नहीं था।"

"परंतु आर्य", अब प्रद्वेषी के बोलने की बारी थी, "यह निष्कर्ष तो जीवन के प्रत्येक पक्ष पर घटित हो सकता है।"

"हाँ प्रद्वेषी, तुम्हारा कहना बिल्कुल ठीक है। आर्य संवर्त, आपको स्मरण है, आपने एक बार अयोध्यानरेश ऋषभदेव का एक सिद्धांत बताया था, जब आप विद्याकुल में हम छात्रों को जीवन और सृष्टि संबंधी प्रवचन दे रहे थे?"

"क्या वत्स?" संवर्त ने स्मृति पर जोर डालते हुए कहा।

"आपने कहा था आर्य कि महाराज ऋषभदेव कहा करते थे कि इस सृष्टि का कोई सत्य अंतिम नहीं है?"

"हाँ वत्स, ऋषभदेव के नाम से हम सभी का इस सिद्धांत से परिचय है।"

"पर तातश्री, सत्य तो एक ही है। दो सत्य तो हो नहीं सकते। इसलिए यदि आर्य ऋषभदेव का कथन ठीक है तो इसका अर्थ यह हुआ कि यदि कोई कहता है कि उसने सत्य को अतिम रूप से जान लिया है तो उसका यह अहंकार मिथ्या है।"

"अहंकार तो सदैव मिध्या होता है आर्य।" सीमंतिनी बोली।

"परंतु आर्या सीमंतिनी, हम उसी मिथ्या अहंकार में अपनी धारणाओं को, अपने विचारों को, अपने कथनों को, अपने स्वभाव को अपने मानदंडों को इस तरह से प्रस्तुत करते हैं मानो वे ही अंतिम सत्य हों।"

सीमंतिनी को दीर्घतमा के उस मंत्र का निहितार्थ अब भली प्रकार से समझ में आने लगा था। पर कुछ सूत्र अभी भी उसे दुर्बल लग रहे थे। मंत्र को अधिक स्पष्ट रूप में समझने के लिए उसे अभी और प्रवचन सुनने की आवश्यकता अनुभव हुई।

वह बोली, "आर्य दीर्घतमा आपकी कही बातें समझ में तो आ रही हैं। पर

अभी थोड़ा धुँधलका है, जिसे आप ही दूर कर सकते हैं।"

"सीमंतिनी" दीर्घतमा एकदम विचारावेश में आ गए। जब-जब वे विचारावेश में आते तब-तब उनके निष्कर्ष अधिक सरल, अधिक ग्राह्य और अधिक संक्षिप्त शैली में प्रस्तुत हो जाया करते थे। उसी विचारावेश में वे बोले, "सीमंतिनी, सीमंतिनी, मैं कह रहा था कि मेरा मंत्र वही एक था, जिसे कुछ ने सराहा होगा, कुछ ने नहीं सराहा होगा और सराहने या न सराहनेवालो में प्रत्येक के तर्क अलग रहे होंगे। प्रद्वेषी कह रही थी कि जीवन के प्रत्येक पक्ष के बारे में प्रत्येक व्यक्ति अपने ही पृथक् प्रकार से पृथक् धारणा रख सकता है। आर्य महाराज ऋषभदेव ने हमें समझाया कि इस सृष्टि का कोई सत्य अंतिम नहीं है। आर्ये, स्वयं आपने अभी कहा कि जो कहता है कि उसने सत्य को अंतिम रूप से जान लिया है, वह अहंकारी है और अहंकार सदैव मिथ्या होता है। माँ सुकेशी अब आप ही बताएँ, मैं क्या कहना चाह रहा था।"

"अरे दीर्घा, इतना समझा दिया, क्या अब भी कुछ बाकी बचा है। तू यही तो कह रहा है न कि सत्य तो एक ही होता है, पर प्रत्येक व्यक्ति उसे अपनी तरह से देखता है और मान बैठता है कि उसका कथन ही अंतिम है, पर यह उसका मिथ्या अहंकार है।"

"हाँ, आर्या माँ।" दीर्घतमा की आँखों में आँसू आए। सूर्यास्त के बाद ग्रीष्म के तापमान में थोड़ा कमी आई थी और मंद शीतल पवन बहने लगा था। आर्या सुकेशी ने सारी बात इतनी सहजता से कह दी थी कि दीर्घतमा का विचारावेश भावावेश में बदल गया। उसी प्रसन्न मुद्रा में वे बोले।

"वत्स शरद्वान, आओ मेरे पास आओ।" दीर्घतमा ने बाँहें पसार लीं। शरद्वान अपनी आसंदी से उठे और ज्येष्ठ भ्राता दीर्घतमा के पार्श्व में आ खड़े हुए। दीर्घतमा ने अपनी दाईं भुजा से उन्हें अपने से सटा लिया। बोले, "देखो वत्स, इस प्रकृति माँ को देखो। मैं तो देख नहीं पाता, तुम मेरी वाणी की आँखों से वैसे ही देखो, जैसे मैं प्रद्वेषी की आँखों से देखता हूँ। देखो वत्स, यह प्रकृति माँ तो बस माँ है। माँ तो एक ही होती है न, चाहे हम उसे ममता कह दें या सुकेशी। वैसे ही प्रकृति माँ भी एक है, जिसे हम कभी इंद्र कह देते हैं, कभी मित्र कह देते हैं, कभी वरुण कह देते हैं, कभी अग्नि कह देते हैं और कभी कह देते हैं कि देखो वह रहा गरुड़, जो अपने सुनहरे पंखों से आकाश मंडल में विहार कर रहा है। वत्स शरद्वान प्रकृति माँ एक ही है, पर हम उसे इतने नामों से इसलिए पुकारते हैं, क्योंकि जो उसे जिस नाम और रूप से

पुकारता और जानता है, उसका वही नामरूप उसको सर्वाधिक रुचता है। जैसे सत्य एक है, किंतु विद्वान् लोग उसकी व्याख्या अनेक प्रकार से करते हैं, अपने तर्कों और कारणों के आधार पर करते हैं, वैसे ही प्रकृति माँ एक है, पर फिर भी हम अहंकार वश उस माँ को इंद्र, यम और मातरिश्वा इत्यादि ही कहना चाहते हैं। शरद्धान पूछो तो आर्या सीमंतिनी से, उन्हें यह व्याख्या कैसी लगी, भले ही वे सहमत हों या न हों।"

शरद्धान लगभग बारह वर्ष का बालक था अभी। दीर्घतमा को वह बहुत चाहता था। उनकी पर्णकुटी में आता तो वापस अपनी कुटी में जाने का नाम नहीं लेता था। प्रायः प्रद्वेषी उसे उसकी पर्णकुटी छोड़ आया करती थी। इस समय दीर्घतमा के दाएँ पार्श्व में उनकी बाँहों के स्नेहावेश में लिपटा हुआ वह सीमंतिनी को देखकर मंद-मंद मुसकराने लगा। प्रद्वेषी उठी और दीर्घतमा के पास से उसे लेकर वापस अपनी आसंदी पर जा बैठी और शरद्धान को उसने अपने अंक में भर लिया। दीर्घतमा ने अपने आविष्ट प्रवचन से विचारों और भावों का ऐसा तरल वायुमंडल उत्पन्न कर दिया था कि सीमंतिनी से रहा नहीं गया। वह अपनी आसंदी से उठी और आर्य दीर्घतमा के चरणों को स्पर्श कर प्रणाम करती हुई बोली।

"आर्य, आप धन्य हैं। आंगिरस कुल धन्य है जिसमें आप जैसे अद्भुत विचारक का उदय हुआ है। वैशाली राजकुल भी धन्य है, जिसके आप सरीखे कुलगुरु हो जाएँ।"

संभ्रम में दीर्घतमा खड़े हो गए। बोले, "सीमंतिनी, विचारों के लिए आपके हृदय में इस सम्मान को देखकर अच्छा लग रहा है। ये आपने मेरे चरणों को प्रणाम नहीं किया। यह प्रणाम उस सत्य को है, जो हमारे आस-पास ही सदैव होता है, पर हम उसे देख नहीं पाते, उसे समझ नहीं पाते, अपने तर्कों से उसकी यथारुचि व्याख्याएँ करते रहते हैं। आर्ये उस सत्य को खोजो, उस सत्य को देखो।"

प्रद्वेषी और सुकेशी अपने-अपने कारणों से भावाभिभूत हो रही थीं। प्रद्वेषी तो दीर्घतमा को इस तरह विचारों के अनंत आकाश में सुंदर पंखोंवाले गरुड़ की तरह उन्मुक्त विचरण करते प्रायः नित्य ही देखती थी और बस देखती ही रह जाती थी। सुकेशी इसलिए भावाभिभूत थी कि कैसे दीर्घतमा, आयु में शरद्धान को छोड़ सबसे छोटे होते हुए भी अपनी प्रखर प्रतिभा के कारण यहाँ सभी के अग्रणी हो गए थे। वह सोच रही थी, यदि दीर्घतमा जन्मांध नहीं होता तो निश्चित ही वह पूरे काव्य जगत् पर निर्द्वंद्व शासन कर रहा होता और फिर ज्येष्ठ बृहस्पति को भी उसके बारे में कुत्सित विचारों का साहस नहीं होता। पूरा आश्रम बृहस्पति के स्थान पर दीर्घतमा

को ही अब तक अपना कुलपति बना चुका होता।

जब से पर्णकुटी परिसर में यह सायंकालीन बैठक जुड़ी थी, तब से संवर्त ने कुछ विशेष अपनी ओर से नहीं कहा था। अब उनसे रहा नहीं गया। पर वे इतना भर ही कह पाए, "प्रिय वत्स दीर्घतमा, मन कर रहा है कि तुम्हारे इस विलक्षण मंत्र को एक बार तुम्हारे मुँह से गाया जाता सुनूँ। वत्स, तुम्हें मेरा आशीर्वाद है कि यह मंत्र इस देश के विचार प्रवाह में ऐतिहासिक भूमिका निभाएगा।"

दीर्घतमा ने आकाश की ओर मुँह किया। मानो कुछ देख रहे हों। वे भला क्या देख सकते थे? पर उनसे बड़ा सूक्ष्मद्रष्टा भी यहाँ दूसरा कौन था? बोले, "प्रद्वेषी, शरद्वान आओ, हम तीनों मिलकर वही मंत्र गाते हैं और तात संवर्त को आह्लाद से भर देने का पुण्य प्राप्त करते हैं।"

तीनों ने मंत्रगान प्रारंभ किया तो मरुत्त और सीमंतिनी भी स्वयं को रोक नहीं पाए। संवर्त तो वैसे भी गा रहे थे। सुकेशी उठकर दीर्घतमा के पास आ गई। मंत्रगान संपन्न हो गया तो लंबे कद के दीर्घतमा के सिर को अपनी ओर झुकाकर उनका सिर चूमते हुए बोली, "इतनी गंभीर बातें करता है, पर अपने परिवार के प्रत्येक सदस्य से कितनी गहराई से जुड़ा है तू। दीर्घा, तू कौन है दीर्घा, बता न तू कौन है? तू हम जैसा तो नहीं लगता। चल आज मेरी पर्णकुटी में। मैं आज फिर मध्याह्न की तरह तुझे अपने हाथ से भोजन कराऊँगी। प्रद्वेषी आज ही क्यों, अब आज से नित्य दीर्घा मेरे पास बैठकर भोजन करेगा। प्रद्वेषी तू भी साथ रहा कर। कभी हम दोनों इसकी पर्णकुटी चलेंगे तो कभी तुम इसे हमारी पर्णकुटी लाया करना। ठीक है वत्स?"

"माँ" कहते हुए दीर्घतमा रो पड़े। सीमंतिनी सोच रही थी, कैसे हैं आर्य दीर्घतमा। न इन्हें अपने विचारों पर वश है और न भावों पर। ऐसे विचारक और संवेदनशील व्यक्ति को जन्मांध बनाकर प्रकृति ने अपने इस पुत्र से कितना अन्याय किया है। पर दीर्घतमा हैं कि फिर भी प्रकृति को माँ ही कहे जा रहे हैं।

रात को सभी निद्रा के अधीन हो चुके थे। पर बृहस्पति की आँखों से नींद उड़ चुकी थी। कल ज्ञानसत्र में जो हुआ बृहस्पति तभी से बहुत चिंतित थे। दीर्घतमा का इस तरह सम्मानित होना, उन्हें अपने अस्तित्व को ही भारी चुनौती देता दिखाई दे रहा था। उन्हें इस तथ्य का आभास पूरी तरह था कि वैशाली राजकुल में उनका वह सम्मान नहीं है, जो ज्येष्ठ भ्राता उचथ्य का था और जो अब कनिष्ठ भ्राता संवर्त का है। वे याद करने लगे दस वर्ष पूर्व का वह घटनाचक्र जब उचथ्य के देहावसान के बाद नरेश मरुत्त संवर्त को ही अपने कुल का पौरोहित्य प्रदान करना चाहते थे,

पर स्वयं संवर्त ने ही मर्यादा की बात कहकर इस दायित्व से मना कर दिया, क्योंकि बृहस्पति उनसे ज्येष्ठ थे और उचथ्य के बाद वैशाली राजकुल का पुरोहित बनने का अधिकार बृहस्पति का है, इसी मर्यादा की बात संवर्त ने की थी। नरेश मरुत्त निरुत्तर हो गए थे। राजकुल पर उनकी पकड़ बनी रहे, इसके लिए बृहस्पति ने प्रयास करके अपने पुत्र भरद्वाज को वैशाली राजप्रासाद में लालन–पालन के लिए भेज दिया था।

उनींदे बृहस्पति अपनी पर्णकुटी के बाहर के प्रांगण में उसी स्थान पर बेचैनी से भ्रमण कर रहे थे, जहाँ आज सायंकाल ही एक भव्य संवाद दीर्घतमा के विचार–नेतृत्व में हो चुका था। बृहस्पति पश्चात्ताप करने लगे कि उन्होंने क्यों कुछ तापसों के बहकावे में आकर स्वयं को वैशाली में संपन्न हुई ज्ञानसत्र परीक्षा के लिए प्रस्तुत कर दिया था। उन्हें वहाँ असफलता मिली, यह संभवत: बड़ी घटना न बनती। पर दीर्घतमा की विराट् सफलता ने उनकी असफलता को गहराई से अंकित कर दिया था और अब वैशाली राजकुल में इस असफलता को बड़ी चर्चा का विषय बनने से वे कैसे रोक पाएँगे, यही उनकी चिंता थी। बृहस्पति जानते थे कि वैशालीनरेश के मन में दीर्घतमा के लिए अपार स्नेह और सम्मान का भाव है। दीर्घतमा बृहस्पति को कोई सम्मान नहीं देते, यह भी वैशालीनरेश को अच्छी तरह से पता था और इसके बावजूद दीर्घतमा का आसन उनके मन में बहुत ऊँचा था। बृहस्पति को भय यह था कि कहीं ज्येष्ठ उचथ्य का पुत्र होने का तर्क देकर नरेश मरुत्त दीर्घतमा को ही अपना कुलपुरोहित होने की घोषणा न कर दें। उनके विचार को संवर्त का समर्थन मिलेगा और संवर्त के समर्थन के महत्त्व को बृहस्पति भलीभाँति जानते थे।

इधर उन्होंने कल से ही भाँप लिया था कि प्रद्वेषी और दीर्घतमा एक–दूसरे के प्रति प्रणयभाव रखने लगे हैं। यह उनके लिए चिंता का एक और विषय था। यदि कहीं प्रद्वेषी का विवाह दीर्घतमा से हो गया और संवर्त–सुकेशी का उस नवयुगल को संरक्षण मिल गया तो वैशालीनरेश का कुलगुरु संबंधी संभावित प्रस्ताव और भी शीघ्रतापूर्वक आ सकता था। आज उन्हें आभास हुआ कि क्यों ममता दीर्घतमा की नई पर्णकुटी को इसी परिसर में बनाने पर निरंतर बल देती रहती थी और अंतत: वह अपनी जिद पूरी करवाकर मानी। आज रात बृहस्पति पछताने लगे कि यदि उन्होंने तभी संवर्त की तरह दीर्घतमा की पर्णकुटी भी इस परिसर से बाहर आश्रम में कहीं अन्यत्र बनवा दी होती तो कितना अच्छा होता।

इन सभी समस्याओं का समाधान उन्हें उस विवाह प्रस्ताव में दिखाई दिया जो राजदुहिता सीमंतिनी ने भेजा था। प्रस्ताव आने के बाद से वे सोचने लगे थे कि

यदि दीर्घतमा का विवाह सीमंतिनी से हो जाए तो कई समस्याएँ स्वयमेव ठीक हो जाती हैं। उन्हें विश्वास था कि विवाह के बाद सीमंतिनी आश्रम में नहीं रहेगी। वह ऐश्वर्यशील स्वभाव की है और दीर्घतमा को ही अपने साथ राजप्रासाद में रहने के लिए ले जाएगी। दीर्घतमा जैसे ही राजप्रासाद में जाकर रहेंगे तो राजपुरोहित बनने की उनकी संभावनाएँ समाप्त हो जाएँगी। उनके चले जाने से यहाँ संवर्त का पक्ष दुर्बल पड़ेगा और भरद्वाज के पहले से ही राजप्रासाद में होने के कारण वे वैशाली की राजनीति को भी अंततः प्रभावित कर पाएँगे।

पर आज सायंकाल की संवाद परिचर्चा में सीमंतिनी ने दीर्घतमा के आगे अपना विवाह प्रस्ताव नहीं रखा, इससे बृहस्पति काफी सशंकित हो गए थे। जिन कारणों से अर्थात् दीर्घतमा के विचार-प्रवचनों के कारण सीमंतिनी को विवाह प्रस्ताव रखने का अवसर ही नहीं मिला वे कारण तो सदा बने रहेंगे। दीर्घतमा तो किसी दूसरे को बोलने का अवसर ही नहीं देते। जहाँ वे होते हैं तो बस वे ही होते हैं। दूसरा वहाँ हो नहीं पाता। विचार-गोष्ठी के अतिरिक्त कोई दूसरा काम भी उनकी उपस्थिति में नहीं हो पाता। पर बृहस्पति को संतोष इस बात का था कि नरेश और राजदुहिता अभी इधर आश्रम में ही हैं और वे प्रयास करेंगे कि ऐसी परिस्थिति पैदा हो कि जिससे विवाह प्रस्ताव शीघ्रातिशीघ्र रखा जा सके।

इस प्रस्ताव के रखे जाने के तुरंत बाद वे प्रद्वेषी का प्रबंध कर देना चाहते थे। अभी उनके लिए संतोष का विषय यह था कि सीमंतिनी को प्रद्वेषी के दीर्घतमा के साथ संबंधों का वैसा आभास नहीं था। पर आज सायं जिस तरह से सुकेशी ने दीर्घतमा और प्रद्वेषी के भोजन का दायित्व अपने ऊपर ले लिया था, इससे भी बृहस्पति की चिंताएँ बढ़ जाना स्वाभाविक था। प्रद्वेषी को दीर्घतमा से विमुख करना अब उन्हें अपनी सबसे बड़ी प्राथमिकता समझ में आ रहा था। इसलिए यदि कल वैशाखी के उत्सव-समारोह में राजदुहिता सीमंतिनी दीर्घतमा के साथ अपने विवाह का प्रस्ताव रख देती है तो उसके बाद प्रद्वेषी को दीर्घतमा से विमुख कर देना सरल हो जाएगा। पर यदि कल प्रस्ताव रखने का अवसर नहीं बन पाया तो भी प्रद्वेषी से कल रात ही निर्णायक संवाद करना उन्हें आवश्यक लगा।

बृहस्पति को लगा जैसे बीता हुआ कल उनके लिए बहुत महत्त्वपूर्ण बन गया, वैसे ही आनेवाला कल भी उनके लिए इतना ही महत्त्वपूर्ण और निर्णायक बन सकता है।

7

"आर्य नरेश मेरे ऋषि बन जाने के उपलक्ष्य में आप मुझे सौ धेनुएँ और प्रभूत स्वर्ण मुद्राएँ देकर परंपरा का ठीक ही पालन कर रहे हैं। पर मेरी समझ में आज तक यह नहीं आया कि ऋषि बनने का ऐसा पुरस्कार क्यों नियत किया गया है ? क्यों ऐसी परंपरा डाल दी गई है ?" दीर्घतमा ने पूछा तो वैशालीनरेश का बहुत ही विनम्र उत्तर था।

"आर्य दीर्घतमा मामतेय, प्रजा का प्रतिनिधि होने के नाते मैं श्रेष्ठ परंपराओं का पालन करना अपना कर्तव्य मानता हूँ। मेरी मंत्रिपरिषद् ने निर्णय किया कि ऋषिपद की प्रतिष्ठा की परीक्षा के लिए एक ज्ञानसत्र का आयोजन किया जाए। परिषद् का निर्णय क्रिया में लाना मेरा दायित्व था। मेरा अहोभाग्य कि इस ज्ञानसत्र में किसी मंत्रकार को ऋषिपद पर प्रतिष्ठित किया जा सका। नहीं तो आर्य कितने ही ज्ञानसत्र निष्फल समाप्त हो जाते हैं आप जानते ही हैं।" दीर्घतमा स्वयं को आज के अवसर पर मामतेय कहे जाने पर भावुक हो गए थे। परंतु नरेश के कथन को बीच में रोकने का कोई कारण नहीं था। इसलिए वे नरेश को सुनते ही जा रहे थे, "मेरा और भी अधिक अहोभाग्य कि इस ज्ञानसत्र में यह ऋषिपद आपको प्राप्त हुआ। इसलिए ऋषि को पुरस्कृत करने की श्रेष्ठ परंपरा का पालन कर रहा हूँ। इसमें कोई त्रुटि हो तो मुझे अवश्य बताएँ। परंपरा क्यों पड़ी, इस समस्या का समाधान या तो आप कर सकते हैं या फिर राजदुहिता सीमंतिनी। बुद्धिमानोंवाले प्रश्नों का उत्तर तो आप लोग खोजते रहिए।"

कुलपति बृहस्पति के पर्णकुटी-परिसर में आज सायं वैशाखी का पर्व मनाया जा रहा था। विद्याकुल के सभी अध्यापकों व छात्र-छात्राओं के अतिरिक्त सभी आश्रमवासी भी वहाँ उपस्थित थे। वैशाखी के गीत गाए जा चुके थे। छात्र व छात्राएँ सामूहिक रूप से वैसा ही नृत्य-गीतादिक कर चुके थे, जैसा उन्होंने कल इसी स्थान पर मध्याह्न के समय किया था। कल तो वैशालीनरेश के आने की सूचना मात्र से सारा वातावरण औपचारिक हो गया था और नरेश तथा राजदुहिता के परिसर में आने से पूर्व ही सभी अपने-अपने आवास लौट गए थे। पर आज नरेश और राजदुहिता की उपस्थिति के बावजूद पूरे कार्यक्रम में उत्साह और उत्सव का अपार प्रभाव था। राजदुहिता सीमंतिनी अपने ऐश्वर्य के बावजूद सभी आश्रमवासियों से इतना घुलमिल गई थी कि वातावरण में अपूर्व सहजता आ गई थी।

सभी आश्रमवासी व विद्याकुल के लोग प्रांगण में छितरे हुए थे, जबकि वही आठ लोग जो कल सायं इसी प्रांगण में आठ आसंदियों पर गोलाकार बैठे थे, आज वे उन्हीं आसंदियों पर कुलपति बृहस्पति की पर्णकुटी के बरामदे में पंक्ति में बैठे थे। वहीं आर्य दीर्घतमा को सम्मानित व पुरस्कृत भी किया गया था। सौ धेनुएँ की प्रतीक स्वरूप एक धेनु को उनके पास लाकर उनके हाथों का स्पर्श करा दिया गया था और धेनुओं को फिर आश्रम की पशुशाला में बाँध दिया गया था। स्वर्णराशि को दीर्घतमा ने आश्रम की व्यवस्था के लिए कुलपति को दे दिया था।

यह संवाद यहीं बरामदे में और पुरस्कार आदि प्रदान कर दिए जाने के बाद चल रहा था। संवाद हो रहा है, यह देखकर विद्याकुल के छात्र-छात्राएँ व अध्यापक बरामदे के पास आकर घास पर ही प्रांगण में बैठ गए थे और आश्रमवासी तापस और तापसियाँ भी कुछ आगे सरक आए थे। अनेक तापस-तापसियाँ विशाल प्रांगण में आपस में ही छोटे-बड़े समूहों में वार्त्तालाप में लीन थे तो बच्चों का एक ही कार्यक्रम निरंतर चल रहा था, उछलकूद का कार्यक्रम। हाँ, कुछ ऋषिकुमार व ऋषिकुमारियाँ व्यवस्थाएँ देखने के लिए बरामदे में आए हुए थे।

"आर्य दीर्घतमा," सीमंतिनी ने पिता मरुत्त का सूत्र थामते हुए कहा, "मुझे लगता है कि यह परंपरा ठीक ही है और आप जैसे ऋषि को देखकर तो लगता है कि इस परंपरा का सूत्रपात बहुत ही सोच-समझकर किया गया होगा।"

"वह कैसे?" प्रश्न शरद्वान ने किया, जो अब तक सीमंतिनी से काफी हिलमिल गया था।

"वह ऐसे," सीमंतिनी मुस्कारते हुए बोली, "कि कल को यदि वत्स शरद्वान भी ऋषि हो जाएँ तो उनके पास इतनी गउएँ रहें और इतना धन रहे कि वे जीवनयापन की समस्याओं व चिंताओं से मुक्त होकर मंत्र रचना में जीवन धन्य कर सकें।"

शरद्वान सुनकर प्रसन्न हो गया। तभी अध्यापकों में से एक ने प्रश्न किया, "आर्ये, आपका तर्क तो ठीक है। पर क्या विद्यार्जन और मंत्र रचना में लगे प्रत्येक व्यक्ति को इस तरह की चिंताओं से मुक्त करना आवश्यक नहीं? केवल ऋषिपद पर प्रतिष्ठा हो जाने के बाद ही ऐसा क्यों आवश्यक माना जाए?"

"आर्य, आपका तर्क बिल्कुल ठीक है," मरुत्त बोले, "परंतु समाज को अपनी सहायता देने के बल्कि कहना चाहिए कि विद्या के उत्थान में अपना हाथ बँटाने के कुछ तो नियम बनाने ही होंगे, कुछ तो मानदंड स्थापित करने ही होंगे।"

"नरेश का कथन ठीक है। क्यों न राजकोष द्वारा विद्याकुलों को दी जानेवाली

अनुदान राशि को इसी का एक रूप माना जाए? आश्रम तो वैसे प्राय: स्व-निर्भर ही होते हैं। पर आवश्यकता पड़ने पर उन्हें आर्थिक सँभाल देने का काम भी तो राज-शासन द्वारा होता ही है।" संवर्त ने कहा तो शेष सभी अध्यापक सहमत होते दिखाई दिए। फिर भी इसके बाद एक छात्रा ने बोल ही दिया, "इसलिए ऋषिपद पर प्रतिष्ठित व्यक्ति का विशिष्ट सत्कार होना ही चाहिए। इससे ज्ञात होता है कि समाज में श्रेष्ठता को पहचानने का स्वभाव है और श्रेष्ठता का सत्कार करने का विचार भी उसके पास है।"

"परंतु आर्य दीर्घतमा," एक अन्य छात्रा ने पूछा, "हम सभी के मन में एक प्रश्न आज प्रात: से ही बार-बार उठ रहा है। आपके अतिरिक्त और कौन है, जो हमें उसका संतोषजनक उत्तर दे सके। प्रश्न यह है कि वैशाखी को पर्व मानने का क्या कारण है?"

बृहस्पति इस प्रश्न को सुनकर उखड़ गए। वे इस प्रतीक्षा में थे कि कब यह विचार-चर्चा थमे और राजदुहिता को अपना विवाह प्रस्ताव रखने का अवसर मिले। परंतु उनकी समस्या यह थी कि जो प्राथमिकताएँ उनकी थीं, वे वहाँ उपस्थित किसी भी दूसरे व्यक्ति की नहीं थीं, यहाँ तक कि स्वयं सीमंतिनी की भी नहीं थीं, जिसे यह प्रस्ताव रखना था।

"सुनो," दीर्घतमा बोले, "आनंद पाना, आनंद की खोज में रहना, मनुष्य का मूल स्वभाव है। हम सभी जीवन में आनंद चाहते हैं। और उस आनंद को पाने के लिए हम कई तरह के उपाय ढूँढ़ते रहते हैं, कई तरह की विधियाँ बनाते रहते हैं। मनुष्य अपने को प्रकृति के सबसे अधिक निकट पाता है। इसलिए आनंद पाने के लिए वह प्रकृति का दोहन इस रूप में करता है कि कभी ऋतु परिवर्तन को उत्सव का विषय बना लेता है, कभी सूर्य के संक्रमण के नाम पर पर्वों की रचना कर लेता है, कभी किसी अमावस्या या पूर्णिमा को अधिक महत्त्वपूर्ण मानकर उल्लास में आ जाता है।"

प्रद्वेषी देख रही थी कि आर्य दीर्घतमा ने फिर से प्रकृति और मनुष्य के परस्पर संबंधों की नए प्रकार से व्याख्या कर दी थी। बातचीत को नया रूप देने के विचार से बोली, "किंतु आर्य, क्या प्रकृति के साथ तादात्म्य के अतिरिक्त कोई दूसरा आधार हमारे पर्वों का नहीं हो सकता?"

"प्रद्वेषी, परसों जब प्रात:काल तुम मेरा हाथ थामकर मुझे ज्ञानसत्र में ले जा रही थीं, तब भी तुमने यही कहा था कि क्या आवश्यक है कि मनुष्य के स्वभाव

का सदा ब्रह्मांड के संदर्भ में अध्ययन किया जाए? मेरा उत्तर, प्रद्वेषी यह है कि यह आवश्यक है।"

"क्यों आर्य?" यह प्रश्न सीमंतिनी का था।

"इसलिए राजदुहिते कि प्रकृति हम सबकी माँ है और कोई भी प्राणी अपनी माँ से अलग कुछ नहीं हो सकता। जो माँ नौ-दस महीने तक अपनी संतान को अपने उदर में सँभालती है, जो माँ अपने स्तनों की ऊर्जा दूध के माध्यम से अपनी संतान को देती है, जो माँ कष्ट में पड़कर भी अपनी संतान के कल्याण को नहीं भूलती, जो माँ पुत्र के कुपुत्र हो जाने पर भी कभी कुमाता नहीं होती, उस माँ से अलग प्राणी कुछ भी सोच सकता है क्या? जन्म देनेवाली माँ व्यष्टिरूपा है तो प्रकृति माँ समष्टिरूपा है। इसलिए सामूहिक उत्सवों को प्रकृति से अलग हम कैसे देख सकते हैं। जो सामूहिक उत्सव प्रकृति से काटकर किए जाएँगे, उनसे पैदा होनेवाली प्रसन्नता अंततः हमें शिथिल और संकटग्रस्त ही करेगी।"

सुकेशी सोच रही थी कि इस बालक के हर विचार और भाव पर माँ कैसे छाई हुई है। कल ही तो वे इसका एक दृष्टांत देख चुकी थी।

दीर्घतमा के इस तर्क को सुनकर सीमंतिनी लगभग हिल गई। माँ के होने और न होने का अर्थ क्या होता है, यह वह कई बार अनुभव कर चुकी थी, क्योंकि वह भी मातृविहीन बालिका थी। पर माँ को लेकर इस गहराई तक उसे किसी ने पहली बार पहुँचाया था। सुनकर दीर्घतमा के प्रति उसके हृदय की श्रद्धा और भी बढ़ गई। तभी अचानक उसने देखा कि एक छात्र ने खड़े होकर कुछ कहना प्रारंभ किया।

"आर्य दीर्घतमा, यदि आप हमें विद्याकुल में नित्य पढ़ाना प्रारंभ कर दें तो वास्तव में हमारा उपकार हो जाए।"

"प्रिय, हम यह तो कह नहीं सकते कि अगले क्षण क्या होनेवाला है, तो फिर नित्य का बंधन कैसे बाँध लें? फिर भी विद्याकुल के बारे में हम सभी आचार्य संवर्त के अनुशासन में हैं। जैसा वे उचित समझेंगे, कहेंगे।" दीर्घतमा बोल ही रहे थे कि उसी छात्रा ने फिर से पूछना प्रारंभ कर दिया, जिसने इससे पूर्व वैशाखी को पर्व मानने के कारण के बारे में पूछा था।

"आर्य, हम बाल्यकाल में सुनते थे कि वैशाखी पर्व इसलिए मनाया जाता है, क्योंकि उस दिन सृष्टि का निर्माण हुआ था?"

लगातार संवाद होता देखकर शेष आश्रमवासी भी उस बरामदे के निकट आ गए थे और जैसे-जैसे संवाद बढ़ रहा था, लोग सरकते-सरकते आर्य दीर्घतमा के

निकट आते जा रहे थे। उधर बृहस्पति का मनस्ताप और रक्तचाप दोनों बढ़ रहे थे, इधर दीर्घतमा नामक विराट् मस्तिष्क सभी समस्याओं और चिंताओं को लाँघकर छात्र-छात्राओं के साथ विचारों की अठखेलियाँ ठीक उसी उत्साह और सहजता से किए जा रहा था, जिस उत्साह और सहजता से प्रांगण के दूसरे मुख्य प्रवेश द्वार के पासवाले छोर पर अशोक वृक्षों के नीचे बच्चे अपनी क्रीड़ाएँ कर रहे थे।

छात्रा की जिज्ञासा देखकर दीर्घतमा को आनंद आ गया। वे प्रसन्नता में ताली बजाने लगे और बोलना शुरू हो गए। एकदम आविष्ट हो गए वे। अपने ही विचारों और भावों के भँवर में डूबते-उतराते दीर्घतमा ने सहसा मंत्र रचना प्रारंभ कर दी तो प्रद्वेषी भागकर साथवाली लघु पर्णकुटी में जाकर पत्र-मसीपात्र-लेखनी ले आई। दीर्घतमा रुक-रुककर मंत्र रच रहे थे और वहाँ उपस्थित सभी लोग भाव-विभोर होकर सुन रहे थे। दीर्घतमा के इस विराट् रूप को देखकर बृहस्पति घबरा गए, सीमंतिनी चकित रह गई तो सुकेशी की आँखों से झर-झर आँसू बहने लगे। दीर्घतमा कर रहे थे—

“को ददर्श प्रथमं जायमानम्
अस्थन्वन्तं यदनस्था बिभर्ति
भूम्या असुरसृगात्मा क्वस्वित्
को विद्वांसमुपगात् प्रष्टुमेतत्।”

“कभी तो यह पृथ्वी पैदा हुई होगी? जब पैदा हुई थी या हो रही थी, तब क्या किसी ने उसे पैदा होते देखा था? मैं तो नहीं मानता कि जिस सत्ता से पृथ्वी पैदा हुई होगी, उसका कोई समरूप पृथ्वी जैसा रहा होगा। पृथ्वी यदि ठोस है तो निश्चित ही उसका जनक वैसा ठोस, मांस, मज्जा, मेदा, अस्थियोंवाला नहीं रहा होगा। नहीं रहा होगा तो फिर पृथ्वी में प्राण कहाँ से आए? कहाँ से आया रुधिर और कहाँ से आया चैतन्य? है कोई विद्वान् जो इन प्रश्नों का उत्तर दे सके?”

सहसा दीर्घतमा रुक गए। प्रश्न पूछनेवाली छात्रा का नाम पूछने लगे तो उसने बताया, ‘मनस्विनी’। फिर बोले, “सुनो मनस्विनी, दीर्घतमा का प्रलाप सुनो और खोज लो अपने प्रश्न का उत्तर उस प्रलाप में से। दीर्घतमा, तुम हो अस्थियोंवाला एक शरीर। तुम हो एक ऐसी काया, जिसमें प्राण भी हैं, रक्त भी है, चेतना भी है। तो क्या तुम्हारे भीतर वह शक्ति है कि तुम अपने जैसी एक और काया बना सको? यदि नहीं है तो निश्चित ही इस धरती और ब्रह्मांड को बनानेवाला कोई तुम्हारे जैसा हाड़मांस का पुतला नहीं होगा। कोई और ही होगा परमेश्वर। कोई विलक्षण और

अलौकिक होगा। पर कैसे पता चले उसका? मैं तो ठहरा अंधा, बिना आँखोंवाला। क्या किसी आँखोंवाले ने उसे कभी देखा है? नहीं देखा तो किसी गुरु से पूछकर बता दे। पर कहाँ है बतानेवाला गुरु? कहीं है क्या?

पाकः पृच्छामि मनसा विजानन्
देवानामेना निहिता पदानि
वत्से बष्कयेधि सप्त तन्तून्
वितत्नरे कवय ओतवा उ।

"देवताओं को भी जिसके बारे में कुछ नहीं पता, उन्हीं लोकों के बारे में, ओ मनस्विनी, मैं जानकर रहूँगा। मेरे मन को तो इन लोकों के बारे में कुछ भी पता नहीं है, इसलिए मैं अपनी बुद्धि को स्वच्छ करके, अपनी प्रतिभा को परिपक्व करके जानने आया हूँ कि कोई तो बताए कैसे बनी यह धरती?"

"कवियों को सब पता है प्रद्वेषी। लिखो। वे तो क्रांतदर्शी हैं। मैं नहीं जानता, पर कवि लोग तो जानते हैं। वे ही बताएँ कि जिसने शेष छह लोकों को स्थिर कर दिया है, क्या उसी किसी अविनाशी तत्त्व ने इस पृथ्वी की भी रचना की है?"

थक गए दीर्घतमा। मंत्र रचना कितना विकट भावकर्म है, इसका साक्षात् दर्शन आंगिरसों के इस आश्रम के तापसों, विद्यार्थियों और अध्यापकों ने किया। प्रद्वेषी ने दोनों मंत्र लिखे। पत्र मनस्विनी को दिया। पत्र लेकर वह छात्रा बरामदे में आकर खड़ी हो गई। एक-एक पंक्ति को गाकर पढ़ने लगी तो प्रांगण के उपस्थित सभी लोगों ने पीछे-पीछे दोहराना प्रारंभ कर दिया। छात्र-छात्राओं ने लय पर नृत्य करना प्रारंभ किया तो दूर खेलने में मस्त बच्चे भी उस नृत्य में सम्मिलित होने को भागे चले आए और नाचने लगे। सीमंतिनी तो क्या सभी के लिए यह अद्भुत दृश्य था। प्रद्वेषी और सुकेशी ने कल भी दीर्घतमा को मंत्र रचते देखा था। पर आज की तो छटा ही कुछ और थी।

अँधेरा उतर रहा था। वैशालीनरेश मरुत्त खड़े हो गए। हाथ ऊपर उठाकर सभी को शांत होने का संकेत उन्होंने दिया। सभी शांत हो गए तो बोलना प्रारंभ हुए।

"आज के इस अभूतपूर्व दृश्य से मैं सचमुच विचलित हो गया हूँ। वैशाली राजकुल धन्य है, जिसके कुलगुरुओं की संतान दीर्घतमा जैसे महान् विचारक हैं। वैशाली राजप्रासाद में कुछ समय बाद बृहद एक दिवसीय याग का आयोजन किया जानेवाला है, जिसका संचालन कुलपति बृहस्पति और आचार्य संवर्त करेंगे। मेरी ऋषि दीर्घतमा से विनम्र अध्यर्थना है कि वे भी इस याग में उपस्थित रहकर

वैशालीवासियों को अपने विचारक व्यक्तित्व का परिचय निकट से पाने में सहायता करें।"

संपूर्ण प्रांगण में तुमुल हर्षनाद हुआ। प्रद्वेषी उदास हो गई। उसे लगा कि यदि आर्य दीर्घतमा वैशाली गए तो क्या वे वहाँ से लौटकर आएँगे भी या वहीं सीमंतिनी के होकर रह जाएँगे। दुविधा में पड़ गई प्रद्वेषी। उधर दुविधा में बृहस्पति भी थे, पर उनकी दुविधा के आयाम दूसरे थे।

उत्सव संपन्न हो गया था। लोगों के होंठों पर आर्य दीर्घतमा के आज के रचे मंत्र तैर रहे थे। पूरे प्रांगण का वातावरण गीतमय हो गया था। दीर्घतमा नहीं जानते थे कि अपने व्यक्तित्व से वे क्या तरंगें पैदा कर चुके थे। वे अपनी आसंदी से उठकर खड़े हो गए। धीरे-धीरे अटकते, चलते हुए बोले, "प्रद्वेषी कहाँ हो, जरा सँभालो तो मुझे।"

"मैं यहाँ हूँ आर्य। अभी पहुँची।" दीर्घतमा को प्रद्वेषी की आवाज से लगा कि वह रुआँसी हो रही थी। पर थकान के मारे वे अभी कुछ भी बोलने या पूछने की स्थिति में नहीं थे।

8

प्रातःसवन से निवृत्त होकर कुलपति बृहस्पति अपनी पर्णकुटी में आ चुके थे। सारा पर्णकुटी परिसर जब खाली हो गया तो वे अपने आवास के बरामदे में आकर एक आसंदी पर बैठ गए। वे गहरी चिंता में थे। उनकी चिंता यह थी, जिस एक प्रस्ताव के माध्यम से उन्हें अपनी समस्त समस्याओं का समाधान दिखाई दे रहा था, वही प्रस्ताव बार-बार विलंबित हो रहा था। उनकी इच्छा बलवती होती जा रही थी कि सीमंतिनी शीघ्रातिशीघ्र दीर्घतमा के सामने अपना विवाह प्रस्ताव रखे। पर वह अवसर आ ही नहीं पाता था और इसका कारण स्वयं दीर्घतमा थे। अपनी विचार श्रृंखलाओं को वे ऐसा उलझा देते या अपने आसपास उपस्थित लोगों को विचार सोपान पर वे इतना ऊँचा उठा देते और अपनी भाव तरंगों में सबको ऐसा बहा देते कि विवाह प्रस्ताव रखने जैसी स्थितियाँ ही नहीं बन पाती थीं। इसलिए इन्हें अब एक नई समस्या ने आ घेरा था। सभी दूसरी समस्याओं के समाधान करने में समर्थ इस विवाह प्रस्ताव को कैसे रखा जाएगा?

वे इसी विचार में डूबे थे। थोड़ी देर में एक ऋषिकुमार आया। अपने साथ कुलपति के लिए प्रातराश लाया था। इस विशाल पर्णकुटी परिसर में तीन पर्णकुटियाँ थीं, परंतु पूरे परिसर में रहनेवाले प्राणी केवल दो थे, दीर्घतमा और बृहस्पति, जो अपनी-अपनी पर्णकुटियों में अकेले-अकेले रहा करते थे। दीर्घतमा के लिए प्रातराश-भोजन आदि लाने का दायित्व प्रद्वेषी का था। कुलपति के लिए प्रातराश और भोजन का प्रबंध विद्याकुल के रसोई कक्ष में होता था। प्रातराश सदैव उनकी पर्णकुटी में लाया जाता था, जबकि भोजन करने वे कभी-कभी स्वयं भी विद्याकुल चले जाया करते थे। तीसरी पर्णकुटी विशिष्ट अतिथियों के लिए थी, जिसमें प्राय: वैशालीनरेश ही रहने आया करते थे और उनके भोजन आदि का प्रबंध उसी कुटी के रसोई कक्ष में होता था। आजकल वैशालीनरेश मरुत्त अपनी दुहिता के साथ वहीं रह रहे थे और परसों प्रात:काल वापस राजधानी लौट जानेवाले थे। दो दिन अभी बीच में थे।

संभावना यही बन रही थी कि आर्य दीर्घतमा को भी वे अपने साथ रथ पर बिठाकर राजधानी ले जाएँगे, जहाँ शीघ्र ही एक-दिवसीय याग का आयोजन होनेवाला था। इसलिए बृहस्पति की इच्छा थी कि विवाह का प्रस्ताव शीघ्रातिशीघ्र रख दिया जाए। पर वैसा होना संभव नहीं हो पा रहा था।

बृहस्पति इन्हीं विचारों में खोए हुए प्रातराश कर रहे थे। नित्य की तरह आज भी प्रातराश में फल थे और दूध था। वे प्रातराश भी कर रहे थे और विचारों के जालों को बुन और उधेड़ भी रहे थे। तभी उन्होंने देखा कि प्रद्वेषी एक पात्र में प्रातराश लेकर दीर्घतमा की पर्णकुटी की ओर जा रही है। वे सोचने लगे कि विवाह प्रस्ताव रखना तो राजदुहिता सीमंतिनी के हाथ में है, पर प्रद्वेषी से बात करना तो मेरे हाथ में है। मैं अपने काम में क्यों विलंब करूँ।

थोड़ी देर तक बृहस्पति यही सोचते रहे कि प्रद्वेषी से क्या-क्या बातें करनी हैं, उसे क्या-क्या समझाना है। वे सोच रहे थे कि सहसा उन्हें दूर दीर्घतमा से बातें करती हुई प्रद्वेषी की आवाज सुनाई दी।

"आर्य दीर्घतमा," पर्णकुटी के बरामदे से नीचे उतरती हुई प्रद्वेषी कह रही थी, "कल रात की तरह आज मध्याह्न भी आऊँगी और फिर भोजन करने आर्या सुकेशी के पास चलेंगे।"

"प्रद्वेषी," आसंदी पर बैठे-बैठे ही दीर्घतमा कह रहे थे, "आज पर्णकुटी छोड़ने का मन नहीं कर रहा। जाने क्यों आज इस पर्णकुटी से बहुत लगाव अनुभव

हो रहा है। मेरी माँ ने कितने स्नेह और वात्सल्य भाव से यह पर्णकुटी मेरे लिए बनवाई थी। मन कर रहा है कि इसी में बैठा रहूँ और इसी में समाया रहूँ। आज यह पर्णकुटी ही मुझे अपनी माँ के अंक जैसी लग रही है, जिसे छोड़ने की इच्छा ही नहीं हो रही?"

"क्या बात है आर्य, आज आप इतने भावुक क्यों हो रहे हैं?"

"पता नहीं क्या बात है प्रद्वेषी?" दीर्घतमा बोले, "पर संभवत: परसों माँ सुकेशी ने मुझे अपने अंक में सुलाकर तब की याद दिला दी, जब माँ ममता नित्य सायंकाल इधर पर्णकुटी में आकर भूमि पर आस्तरणिका बिछाकर उस पर कौशेय वस्त्र डालकर मुझे अपने अंक में सुलाया करती थी। प्रद्वेषी, सुकेशी कितनी स्नेहमयी हैं। परसों वे मुझे माँ जैसी ही लग रही थीं। सहलाना, वैसे ही मेरे सिर को सूँघना, वैसे ही मेरा माथा चूमना, वैसे ही प्यार से दीर्घा कहना। मानो माँ ममता लौट आई हों।"

"यह तो अच्छा ही हुआ आर्य?"

"अच्छा तो हुआ, प्रद्वेषी। पर तुम जानती है कि असाध्य रोग से ग्रस्त रुग्ण व्यक्ति के चेहरे पर मृत्यु से पूर्व एक विशेष आभा का प्रसार हो जाता है? प्रद्वेषी जिस दीये का तेल समाप्त हो चुका हो बुझने से पूर्व उसकी एक लौ बहुत ऊँची उठ जाती है। माँ सुकेशी से मुझे जो ममता मिलनी प्रारंभ हुई है, पता नहीं वह क्या है? किस बात की सूचक है वह? इसलिए प्रद्वेषी, माँ द्वारा बनाई इस पर्णकुटी को आज छोड़ने को मन नहीं कर रहा। माँ सुकेशी से कहना कि वे आज भोजन लेकर इधर ही आ जाएँ, हम तीनों भोजन एक साथ करेंगे।"

"ठीक है, आर्य, पर आप इस तरह विचलित न हों।" प्रद्वेषी यह कहकर जैसे ही वापस जाने लगी तो बृहस्पति ने उसे बुला लिया।

"दुहिते, प्रद्वेषी!"

आज प्रद्वेषी चकित थी कि कुलपति उसे दुहिता कहकर पुकार रहे थे। वह सीधा उन्हीं के पास आ गई और प्रणाम करके खड़ी हो गई।

"जी, आर्य कुलपति।"

"प्रद्वेषी मुझे तुमसे आश्रम की एक समस्या के बारे में गंभीर मंत्रणा करनी है। मध्याह्न के भोजन के बाद वत्स दीर्घतमा को विश्राम के लिए सुलाकर इधर आ जाना थोड़ी देर के लिए। कुछ महत्त्वपूर्ण बातचीत हो जाएगी।"

"जो आज्ञा आर्य," प्रद्वेषी बोली। कुलपति को उसने फिर से प्रणाम किया

और वापस चल पड़ी। सोचती जा रही थी कि आर्य कुलपति को यह अचानक मुझसे मंत्रणा करने की क्या आवश्यकता पड़ गई? आश्रम की वह कौन सी समस्या है, जिसे लेकर वे मुझसे कोई महत्त्वपूर्ण बातचीत करना चाहते हैं?

प्रद्वेषी को तो ऐसी कोई समस्या आश्रम में दिखाई नहीं दे रही थी। उसे क्या पता था कि उस समस्या का नाम है–प्रद्वेषी।

"आर्य कुलपति के चरणों में मेरा प्रणाम अर्पित है," कहकर प्रद्वेषी बृहस्पति की पर्णकुटी के द्वार पर बरामदे में आकर खड़ी हो गई। उसने देखा बृहस्पति अंदर विशालकक्ष में एक आसंदी पर आँखें मूँदे बैठे थे। किसी गहन विचार में लीन लग रहे थे वे। प्रद्वेषी मन–ही–मन घबरा रही थी कि जाने कौन सी समस्या है, जिस पर कुलपति उससे मंत्रणा करना चाहते हैं।

"आओ प्रद्वेषी। भीतर विशालकक्ष में आ जाओ। बाहर थोड़ा ग्रीष्म की अनुभूति हो रही है।"

कुलपति की बात सुनकर प्रद्वेषी भीतर जाकर खड़ी हो गई। बृहस्पति का संकेत देखकर वह उनके सामने ही एक आसंदी पर बैठ गई। प्रद्वेषी चुप थी। बृहस्पति भी थोड़ी देर चुप रहे, सोच रहे थे कि कहाँ से बात प्रारंभ की जाए।

फिर बोले, "प्रद्वेषी, यह अच्छा हो गया कि कल से आर्या सुकेशी ने वत्स दीर्घतमा के भोजन का दायित्व अपने ऊपर ले लिया है।"

"जी आर्य।"

"वैसे आर्या सुकेशी को यह दायित्व तभी से उठा लेना चाहिए था, जब ममता इस संसार को छोड़कर चली गई थी।"

"परंतु आर्य वैसी कोई समस्या भी तो नहीं थी। मैं थी न? कई वर्षों से मैं ही आर्य दीर्घतमा के प्रातराश, भोजन, विश्राम, परिभ्रमण आदि का प्रबंध कर रही थी और आर्या सुकेशी को उसमें कोई त्रुटि दिखाई नहीं दे रही होगी।"

"हाँ प्रद्वेषी, यह तो मानना ही होगा कि तुमने दीर्घतमा की निरंतर और त्रुटिहीन परिचर्या की है। मेरे पास दीर्घतमा जैसी भाषा होती तो तुम्हें सचमुच शब्दों के अभिनंदन का पात्र बना देता। ममता ने इस काम के लिए तुम्हारा चयन कर बड़ी ही दूरदर्शिता का परिचय दिया था। वैसे ममता के चले जाने के बाद यह संपूर्ण दायित्व मेरा ही हो जाना चाहिए था कि उसकी पूरी और हर तरह की देखभाल करूँ। पर प्रद्वेषी, तुम जानती हो कि दीर्घतमा ने मुझे कभी अपना पिता स्वीकार नहीं किया।

आज तक नहीं किया। दीर्घतमा का व्यक्तित्व विराट् है, इसमें मैं उसे दोष भी नहीं दे सकता।" जैसे-तैसे बृहस्पति को यह सब कहना पड़ रहा था।

"आर्य कुलपते, आपने मुझे आश्रम की किसी समस्या पर मेरे विचार जानने के लिए बुलाया था।" प्रद्वेषी बोली।

"हाँ प्रद्वेषी, वैसी कोई समस्या जैसी समस्या नहीं है। पर बात दीर्घतमा के जीवन से जुड़ी है, इसलिए मुझे तुम्हारी मंत्रणा महत्त्वपूर्ण लगी, क्योंकि ममता के बाद इस आश्रम में तुम्हीं हो जो दीर्घतमा को अच्छी तरह से जानती हो।"

"यह मेरा सौभाग्य है, आर्य।"

"हाँ प्रद्वेषी, मैं इसे सौभाग्य से कम नहीं मानता और देखो मुझ अभागे को कि जिसे यह सौभाग्य कभी मिल ही नहीं पाया। प्रद्वेषी, दीर्घतमा युवा हो गया है, उसके विवाह के बारे में क्या कहती हो?"

"हाँ आर्य, ठीक विवाह योग्य आयु है उनकी। यदि आप उनके लिए किसी श्रेष्ठ कन्या को प्राप्त कर सकें तो आर्य दीर्घतमा का विवाह शीघ्र ही कर देना चाहिए।" प्रद्वेषी ने पूरी तरह से औपचारिक भाषा में कहा। पिछले तीन दिनों से वह जिस द्वंद्व और हताशा में जीने लगी थी, उसी को मानो बृहस्पति एक ठोस आकार देने जा रहे थे और प्रद्वेषी जानती थी कि अगला प्रसंग सीमंतिनी का ही आनेवाला है। पर इस बारे में उसने अपनी ओर से कुछ नहीं कहा।

"प्रद्वेषी, परसों प्रभात मैंने तुम्हारी उपस्थिति में ही दीर्घतमा को बताया था कि राजदुहिता सीमंतिनी उससे विवाह का प्रस्ताव करने आश्रम आ रही हैं।"

"परंतु उन्होंने अब तक वह प्रस्ताव संभवत: रखा तो नहीं है?" प्रद्वेषी पता नहीं किस दुर्बल आशा-तंतु को पकड़कर साधना की सफलता के सबसे ऊँचे सोपान को पा लेना चाहती थी।

"इससे कोई अंतर नहीं पड़ता, प्रद्वेषी। राजदुहिता यह प्रस्ताव रखने ही आई है। बस दीर्घतमा जब भी होते हैं, वे विचारों के ऐसे शिखरों पर सभी को ले जाते हैं कि और कोई विषय या प्रस्ताव वहाँ किसी के द्वारा रखा ही नहीं जा सकता। परसों प्रात: वैशालीनरेश अपनी दुहिता के साथ वापस चले जाएँगे। राजदुहिता यह प्रस्ताव यहाँ भी रख सकती हैं अथवा वापस राजप्रासाद में जाकर भी रख सकती हैं।"

"वहाँ कैसे?" प्रद्वेषी को धक्का सा लगा।

"संभावना यही है कि परसों जब नरेश राजधानी लौटेंगे तो वे दीर्घतमा को भी अपने साथ ही रथ में बिठाकर ले जाएँ।" सुनकर प्रद्वेषी के हृदय को चोट सी

लगी। कल रातवाली आशंकाएँ उसे सत्य सिद्ध होती दिखाई दे रही थीं। पहली बार ऐसा होगा कि वह एक ऐसे आश्रम में रहेगी, जहाँ दीर्घतमा नहीं होंगे। अब तक दीर्घतमा जहाँ भी गए थे, वह छाया की तरह उनके साथ-साथ रही थी। पहली बार वह सीमंतिनी के साथ जाएँगे और ठीक उन्हीं कारणों से सीमंतिनी के प्रति उसके हृदय में विपरीत भाव उत्पन्न होता जा रहा था, जिसने अभी तक आक्रोश का रूप नहीं लिया था, क्योंकि दीर्घतमा के आश्रम लौटने की संभावनाएँ क्षीण नहीं हुई थीं। पर अब ठीक उसी क्षीण आशा पर मानो वज्रपात करते हुए बृहस्पति ने पूछ लिया।

"प्रद्वेषी, तुम क्या समझती हो, दीर्घतमा से विवाह के बाद सीमंतिनी को आश्रम में आकर रहना चाहिए या दीर्घतमा को सीमंतिनी के साथ राजप्रासाद में जाकर रहने जाना चाहिए?"

प्रद्वेषी आनेवाले दुर्भाग्य को अब पूरी तरह समझ गई और सहसा अपने अस्तित्व के प्रति वैराग्य भाव से भर गई। स्थिति को बदलना उसके वश में था नहीं और वह हृदय से दीर्घतमा की प्रणयिनी हो चुकी थी। संघर्ष कर स्थितियों को अपनी ओर मोड़ देने की उसकी इच्छाशक्ति परसों से ही क्रमशः उसका साथ छोड़ रही थी और भविष्य के दैत्याकार हाथों में स्वयं को छोड़ देने का कोई विकल्प उसे सूझ नहीं रहा था।

वह बोली, "आर्य कुलपते, आप बड़े हैं। जीवन की वास्तविकताओं और आवश्यकताओं को मुझसे कहीं अधिक अच्छी तरह से जानते और समझते हैं। इसलिए उचित-अनुचित आप भलीभाँति पहचानते हैं। आदेश दीजिए, मुझे क्या करना है?"

"प्रद्वेषी, तुमने बहुत अच्छा कहा। तुम जैसा दायित्च को समझनेवाली दुहिता से मुझे यही अपेक्षा थी। पुत्रि, तुम्हारे जिम्मे दो काम डाल रहा हूँ। तुम्हीं दीर्घतमा को समझाओ कि वह सीमंतिनी की ओर से विवाह प्रस्ताव आने पर उसे स्वीकार कर लें। और यदि राजदुहिता की ओर से राजप्रासाद में जाकर रहने का आग्रह हो तो उस आग्रह का भी वह सम्मान कर दें।"

प्रद्वेषी को लगा कि तीसरे दशक में ही उसके जीवन का सूर्यास्त होनेवाला है। इसका उसे कष्ट तो था ही। पर इससे अधिक कष्ट उसे इस बात का था कि उसे आत्मघात के लिए क्यों विवश किया जा रहा है। न तो सीमंतिनी ने पिछले दो दिनों में विवाह का कोई प्रस्ताव दीर्घतमा के सामने रखा है और सीमंतिनी को देखकर दीर्घतमा के प्रति उसके हृदय में निरंतर बढ़ते सम्मान को देखकर ऐसा नहीं लग रहा

कि वह उनके साथ विवाह के बाद आश्रम में नहीं रहना चाहेगी। तो क्या कुलपति बृहस्पति उससे दोनों ही बातों को लेकर मिथ्या भाषण कर रहे हैं? फिर सोचने लगी कि विवाह प्रस्ताव के बारे में वे मिथ्या प्रचार नहीं कर सकते। वैसा करेंगे तो स्वयं संकट में पड़ जाएँगे। पर प्रद्वेषी को ऐसा अवश्य लगा कि कोई बड़ी योजना बृहस्पति के मस्तिष्क में है, जिसे वे आर्य दीर्घतमा के माध्यम से पूरी करना चाह रहे हैं। दीर्घतमा पर चूँकि उनका कोई वश नहीं, इसलिए वे उसे दीर्घतमा को मनाने के लिए कह रहे हैं। प्रद्वेषी को कुछ समझ नहीं आ रहा था कि वह क्या करे? क्या संघर्ष करे? या समर्पण कर दे? सबकुछ भूल जाए? या स्थितियों को अपने अनुकूल करने में जुट जाए? उन सब प्रश्नों से उलझ रही प्रद्वेषी को फिर से उसके बढ़ते वैराग्यभाव ने आविष्ट कर लिया और वह बोली, "जो आज्ञा आर्य।"

कहकर प्रद्वेषी एक झटके से बाहर आ गई। मध्याह्न पूरी तरह चढ़ चुका था। सारा आश्रम विश्रामाधीन था। इसलिए किसी ने नहीं देखा कि प्रद्वेषी नामक एक तापसी उपानत् हाथों में उठाए नंगे पैर लगभग भागती हुई बदहवास अपनी पर्णकुटी की ओर जा रही थी। फिर यह कौन देख पाता कि अपनी पर्णकुटी में जाते ही उसने द्वार अंदर से भिड़ा दिया और शैया पर औंधे मुँह लेटकर सुबक-सुबककर रोने लगी थी?

9

प्रद्वेषी जितना आज रोई उतना वह तब भी नहीं रोई थी, जब उसकी माँ सुद्वेषी उसे पूरी तरह अनाथ बनाकर चली गई थी। माँ की मृत्यु हो जाने पर भी उसने स्वयं को अनाथ अनुभव नहीं किया था, क्योंकि दीघतमा की परिचर्या में वह सबकुछ भुला चुकी थी। फिर भी माँ तो माँ होती है। उसके चले जाने पर एक अकेलापन उसके जीवन में आ गया था। इसलिए वह उस दिन बहुत रोई थी। पर आज उसे लग रहा था कि उसका सबकुछ उससे छीन लिया जा रहा है और उसी से कहा जा रहा है कि वह सबकुछ छिन जाने की व्यवस्था भी करे। उसके आँसू थम ही नहीं रहे थे। औंधे मुँह लेटी वह लगातार रो रही थी।

सूर्यास्त होने को आया तो वह उठी। सारा शरीर टूट रहा था। दर्पण में जाकर अपना चेहरा देखा तो उसकी आँखें लाल-लाल हो रही थीं। उसने जैसे-तैसे दीया

जलाया। फिर याद आया। आर्य दीर्घतमा के लिए रात्रि के भोजन की व्यवस्था करनी है। रसोईकक्ष में जाने लगी तो स्मरण हो आया कि अब तो यह व्यवस्था आर्या सुकेशी के जिम्मे हो गई है। पर आर्या के यहाँ आर्य दीर्घतमा को ले जाने का दायित्व तो उसी का है। आज उसका मन पर्णकुटी से बाहर जाने को नहीं कर रहा था। उसे डर लग रहा था कि क्या वह आर्य दीर्घतमा को सहज रूप से देख पाएगी ? कहीं फूट-फूटकर रो तो नहीं पड़ेगी ? यदि वह जैसे-तैसे स्वयं को सँभाल भी ले तो आर्या सुकेशी उसकी आँखों को देखकर पहचान जाएँगी कि वह बहुत रोई है। पूछने पर कारण बताना पड़ेगा। झूठ बोल पाना सरल नहीं होगा। तो क्या वह कारण बता दे ?

थोड़ी देर तक प्रद्वेषी स्वयं से संघर्ष करती रही। सोचती रही कि कारण बताऊँ या न बताऊँ ? आज नहीं तो कल बताना ही पड़ेगा। कब तक छिपाऊँगी ? यदि आर्य को परसों ही राजप्रासाद चले जाना है तो कल उनसे बात करनी ही पड़ेगी। पर बात करना क्या आवश्यक है ? बात नहीं की तो कौन सी विपदा आ जाएगी ?

प्रद्वेषी की उलझन बढ़ती ही जा रही थी। वह जाकर दीये के सामने खड़ी हो गई। उसकी लौ को एकटक देखते हुए सोचने लगी, 'बुझा दूँ इस लौ को सदा के लिए या अभी जलता रहने दूँ? जिस दीये में प्रकाश फैलाने की ऊर्जा समाप्त हो जाए, क्या करना है उस दीये का ? क्या करना है उस दीये का जिसका स्नेह-तेल समाप्त हो चुका हो ? यह दीया तो फिर बाती को ही स्वाहा करता जाएगा ?' स्वयं से ही प्रश्न करती वह लगातार निर्निमेष नेत्रों से दीये को ही देखती रही। देखते-देखते उसकी आँखें थक गईं।

थोड़ी देर बाद वह पर्णकुटी के द्वार पर आ गई। एक ऋषिकुमार को आते देखा। उससे बोली, "जा तो, शरद्वान की माँ आर्या सुकेशी को कह आना कि प्रद्वेषी थोड़ा व्यस्त है, वे स्वयं ही जाकर आर्य दीर्घतमा को भोजन करा दें।"

सुकेशी को संदेश भिजवाने के बाद उसकी एक चिंता समाप्त हुई कि आर्य दीर्घतमा को समय पर भोजन मिल जाएगा। और इसके साथ ही उसका अंत:संघर्ष फिर से प्रारंभ हो गया, 'जब आर्य राजप्रासाद चले जाएँगे तो कौन उनके भोजन की चिंता करेगा ? सीमंतिनी ? वह तो स्वयं ही राजदुहिता है और जब वह स्वयं ही अपने दैनिक जीवन के लिए राजभृत्यों पर आश्रित है तो कैसे वह भला आर्य दीर्घतमा की चिंता कर पाएगी ? माना कि अभी आर्य कुछ दिनों के लिए ही राजप्रासाद जा रहे हैं। वे लौट भी आ सकते हैं। पर कुलपति बृहस्पति तो उनको विवाह के बाद सदा-सर्वदा

के लिए राजप्रासाद में भेजने की योजना बनाए बैठे हैं। मुझे उन्होंने यही तो कहा है कि मैं आर्य दीर्घतमा को राजप्रासाद में जाकर रहने के लिए मनाऊँ। क्यों मनाऊँ मैं? क्यों अपने हाथों अपनी ही जीवन नौका में छिद्र कर उसमें आपदाओं का जल भर जाने दूँ और उसे डूब जाने दूँ? क्या उपकार है कुलपति का मुझ पर कि मैं उनकी योजनाओं की पूर्ति में सहायक बनूँ और आर्य दीर्घतमा को सदा-सदा के लिए खो दूँ?"

सहसा प्रद्वेषी को विचार आया कि जाती हूँ कुलपति बृहस्पति के पास और कह देती हूँ कि मुझे उनके आदेश का पालन नहीं करना। मुझे नहीं कहना आर्य दीर्घतमा से कि वे राजदुहिता से विवाह करके राजप्रासाद चले जाएँ। पर इस आदेश-उल्लंघन के लिए क्या तर्क होगा मेरे पास? किस अधिकार से मैं आर्य दीर्घतमा को आश्रम में रोके रख पाऊँगी? मेरी अस्मिता ही क्या है? इतनी भर न कि आर्या ममता के कहने पर मैं वर्षों से आर्य दीर्घतमा की परिचर्या कर रही हूँ? मैं न करती तो क्या परिचर्या न होती? परिचर्या तो होती ही। मैं न करती तो कोई और करता। मैंने वह कर्तव्य पूरा किया है, जो मुझे सौंपा गया था। तो क्या अब अपने कर्तव्य पालन का शुल्क अपने आश्रम से माँगूँ कि आर्य दीर्घतमा राजदुहिता से विवाह न करें और आश्रम में ही रहें क्योंकि मैं कह रही हूँ?

सोचते-सोचते प्रद्वेषी की बेचैनी बढ़ गई। बाहर अँधेरा बढ़ रहा था और इधर प्रद्वेषी को अपने जीवन के सभी द्वार बंद होते दिखाई दे रहे थे। बेचैनी में वह आसंदी पर जाकर बैठ गई। 'मैंने कुलपति का आदेश पालन करने से मना किया तो कल प्रात:सवन में वे घोषणापूर्वक कह सकते हैं कि मैंने उनके आदेश का पालन नहीं किया। तब आश्रम में मैं क्या मुँह लेकर रहूँगी? किस अधिकार से फिर आर्य दीर्घतमा की परिचर्या के लिए कह सकूँगी?'

बेचैनी में प्रद्वेषी आसंदी से उठ खड़ी हुई और अपनी पर्णकुटी के छोटे से कक्ष में ही इधर-उधर घूमने लगी। 'मैं एक ही तर्क के आधार पर आर्य दीर्घतमा को रोक सकती हूँ कि कह दूँ कि मैं स्वयं आर्य से विवाह करना चाहती हूँ। पर क्या आर्य मुझसे विवाह करना चाहते होंगे? उनकी जो विचार दशा है उसे देखते हुए वे विवाह आदि के बारे में कभी सोचते भी होंगे? यदि आर्य ने हाँ कर दी तो क्या कुलपति बृहस्पति उन्हें और अधिक तंग नहीं करेंगे? पहले ही आर्य उनकी आँखों में तीर की तरह चुभते रहते हैं। मुझसे विवाह के बाद तो कुलपति उन्हें और भी तंग करेंगे, इस सीमा तक कि हम दोनों को आश्रम छोड़ने को विवश होना पड़ सकता है। फिर मैं आर्य को लेकर कहाँ जाऊँगी? किसी अन्य आश्रम में? अथवा

किसी ग्रामप्रदेश में? जहाँ भी उन्हें ले जाऊँगी, उन्हीं के लिए कष्ट बढ़ेगा। उनके और अपने भरण-पोषण की व्यवस्था के लिए मुझे बाहर जाना होगा तो पीछे आर्य अकेले पड़ जाएँगे। कष्ट तो उन्हीं के लिए बढ़ेगा न? यदि वैशालीनरेश ने उन्हें और मुझे सम्मानपूर्वक अपने पास रख लिया तो फिर बात तो वही हो गई। फिर आर्य को राजप्रासाद ही जाना पड़ा। राजप्रासाद ही जाना है तो सीमंतिनी क्या बुरी है। सीमंतिनी भला मेरा वहाँ रहना क्यों सहन करेगी?'

प्रद्वेषी को सोचते-सोचते पसीना आ गया और उसका सिर चकराने लगा। वह दूसरे कक्ष में जाकर अपनी शैया पर लेट गई। 'क्या करे प्रद्वेषी? ओ अभागी, तेरे हृदय में आर्य दीर्घतमा के लिए प्रणय का उदय इतना विलंब से क्यों हुआ? और जब हुआ तो इससे पहले कि कोई जान पाता और उसके पक्ष में कुछ कहने को खड़ा हो पाता, आर्य के सीमंतिनी के साथ विवाह की चर्चा चल पड़ी? अब मैं जाकर लोगों को बताऊँ कि मैं आर्य से प्रणय करती हूँ तो क्या होगी आश्रमवासियों की प्रतिक्रिया? क्या सब मुझे स्वार्थी नहीं कहेंगे? मिथ्याभाषिणी नहीं कहेंगे? क्षुद्र नहीं कहेंगे, जो आर्य का राजदुहिता से विवाह रोकने के लिए स्वाँग भर रही है?'

अचानक प्रद्वेषी को आशा की एक किरण दिखने लगी और उस किरण का नाम था-आर्या सुकेशी। 'आर्या के पास जाकर अपना मन खोल देती हूँ। कह देती हूँ कि मैं आर्य दीर्घतमा से प्रणय करने लगी हूँ और उनसे विवाह करना चाहती हूँ। हाँ, वे मेरी सहायता कर सकती हैं।' सोचकर प्रद्वेषी प्रसन्न हो गई और स्वयं को कोसने लगी कि उसे यह विचार अब तक क्यों नहीं आया। उसे तो कुलपति बृहस्पति से मिलने के बाद अपनी पर्णकुटी में आने के बजाय सीधे आर्या सुकेशी की कुटी चले जाना चाहिए था और सारी बात उनसे कह देनी चाहिए थी।

वह शैया से उठी। पैरों में उपानत् डाले और अपनी पर्णकुटी के द्वार तक आ गई। पर अचानक ठिठक गई। क्या आर्या सुकेशी के व्यक्तित्व में वह दृढता है कि वे इतने महत्त्व के निर्णायक अवसर पर दो टूक पक्ष ग्रहण कर सकें? और यदि वे मेरे पक्ष में खड़ी भी हो जाएँ तो आश्रम में कैसा परिदृश्य बनेगा? क्या सारा आश्रम और सारा विद्याकुल कुलपति बृहस्पति और आचार्य संवर्त के बीच दो हिस्सों में विभक्त नहीं हो जाएगा? द्वार पर खड़े-खड़े ही प्रद्वेषी सोचने लगी, 'तो क्या इस द्वंद्व में आर्य संवर्त कहीं ठहर पाएँगे? क्या उन्हें आश्रम छोड़ने पर विवश नहीं होना पड़ सकता? तो प्रद्वेषी क्या तू अपने स्वार्थ की पूर्ति के लिए आश्रम को तुड़वा देगी? छिः छिः।'

प्रद्वेषी स्वयं को ही धिक्कारने लगी। वह सोचने लगी, 'यह स्थिति ही उत्पन्न

नहीं होगी, क्योंकि आर्य संवर्त और आर्या सुकेशी मेरे पक्ष में खड़े ही नहीं हो पाएँगे। यदि उनमें इतनी ही क्षमता होती तो वे आर्या ममता के देहांत के बाद से कुछ तो विचार करते आर्य दीर्घतमा के बारे में। अपने कर्तव्याकर्तव्य के बारे में कभी तो सोचते। पर उन्होंने क्या किया? आज बरसों बाद आर्या सुकेशी को आर्य दीर्घतमा के ऋषि बनने के बाद उनकी सुध आई है। ठीक है वे छल नहीं कर रहीं। उनका वात्सल्य सहज और वास्तविक है। पर उनमें इतनी शक्ति आज भी नहीं है कि वे आर्य दीर्घतमा के लिए अपनी हानि उठाकर भी कुछ करने को तैयार हो जाएँ।'

निराश प्रद्वेषी वापस पर्णकुटी के अपने कक्ष में लौट आई। वह विचारशून्य और विकल्पहीन हो गई थी। उसे नियति का यह विधान अटल जैसा लग रहा था कि आर्य दीर्घतमा का विवाह सीमंतिनी से होगा। वे राजप्रासाद जाकर रहने लगेंगे और वह इधर आंगिरसों के आश्रम में अकेली रह जाएगी। पर उसने संकल्प कर लिया कि वह भला क्यों अकेली आंगिरसों के इस आश्रम में रहेगी, जहाँ उसके आर्य दीर्घतमा नहीं होंगे? और तो कोई उसका है नहीं इस आश्रम में। प्रद्वेषी की उत्तेजना अपने शिखर पर पहुँचकर शांत हो गई। जैसे रात्रि की नीरवता में सरोवर का जल एकदम शांत हो जाता है, वैसे ही विचारों और विकल्पों की नीरवता में उसका हृदय पूर्णरूप से शांत हो गया। उसने अपनी पर्णकुटी का दीया बुझाया और स्वयं कुटी से बाहर आ गई। चुपचाप उसने पूरे आश्रम का एक चक्कर लगाया। एक चक्कर लगाकर वापस अपनी पर्णकुटी की ओर लौटी तो दूर से देखा आर्य दीर्घतमा शरद्वान के कंधे पर हाथ रखकर उसकी पर्णकुटी की ओर जा रहे थे। वह उन दोनों की बातचीत सुन सकने तक की परिधि में आई तो उसने सुना आर्य दीर्घतमा कह रहे थे।

"वत्स शरद्वान, तुम्हें प्रद्वेषी की कुटी का पता है न?"

"हाँ आर्य भ्राता, मैं तो आर्या प्रद्वेषी के साथ कई बार वहाँ गया हूँ। लीजिए यह रही पर्णकुटी।"

"वत्स देखो तो, क्या कर रही है प्रद्वेषी?"

"आर्य लगता है, सो गई हैं।"

"तुमने कैसे जाना?"

"आर्य पर्णकुटी का द्वार खुला है और दीया नहीं जल रहा।"

"हाँ वत्स तो सोने दो उसे। उसका स्वास्थ्य मुझे कल से ही ठीक नहीं लग रहा था। चलो लौट चलें। कल उससे बात करेंगे।"

आर्य दीर्घतमा शरद्वान के कंधे पर हाथ टिकाए अपनी पर्णकुटी की ओर

लौट गए तो प्रद्वेषी एक शिला पर बैठकर फफक-फफककर रोने लगी। 'आर्य मेरे बिना आपकी क्या अवस्था हो जाएगी? कौन सँभालेगा आपको? आप जैसा विराट् मस्तिष्क क्या राजभृत्यों के वश का है? आर्य बताओ न मैं क्या करूँ?'

फिर उठी और विपरीत दिशा में उसने आश्रम का एक और चक्कर लगाया। चलते-चलते कुलपति की पर्णकुटी के पास जा पहुँची। दूर से देखा। आर्य दीर्घतमा अपनी पर्णकुटी के बरामदे में आसंदी पर बैठे शून्य की ओर देख रहे थे। सोचने लगी, 'आर्य को क्या देखना होता है? उन्हें तो सदैव शून्य ही देखना होता है और इसी शून्य में से वे विचारों और भावों का अनंत प्रवाह खींचकर ले आते हैं और हम सबको उस प्रवाह से तरल कर देते हैं। देखो, कितने ममता भरे हैं आर्य। आज मैं नहीं आ पाई तो वे मेरी पर्णकुटी आ गए। मुझे सोया हुआ जानकर मेरी नींद में कोई बाधा न पहुँचाने की बात उन्होंने की। पर आर्य जब आप राजप्रासाद चले जाएँगे तो कैसे मिलने आएँगे मुझे?'

उसकी इच्छा हुई कि आर्य दीर्घतमा के पास चली जाए। उनसे लिपट जाए और अपने हृदय की सारी ग्रंथियाँ उनके सामने खोलकर रख दे। पर उसने स्वयं को रोका। नियति के जिस चक्र की गति को वह भाँप चुकी थी, उसे रोकने की कोई चेष्टा उसने नहीं की। वह चल पड़ी। सारे आश्रम का उसने एक और चक्कर लगाया। अपनी पर्णकुटी के पास गई। भीतर नहीं गई। बाहर से ही उसने पर्णकुटी को प्रणाम किया। माँ को याद किया। पिता का स्मरण उसे हो आया। आँखों में आँसू आ गए। फिर से कुलपति के पर्णकुटी परिसर के पास आ गई। देखा दीर्घतमा बरामदे में ही बैठे थे, उसी आसंदी पर उसी मुद्रा में। उसने मन-ही-मन उनके चरणों में सिर झुकाया। फिर कुलपति की पर्णकुटी की ओर लक्ष्य करके बोली, "बृहस्पते, तुम्हारे आदेश का पालन मैं यही कर रही हूँ कि एक अज्ञात कुलशील व्यक्ति की तरह तुम्हारे दंभ और षड्यंत्रों की परिधि से सदा के लिए दूर जा रही हूँ।"

इसके बाद प्रद्वेषी तेजी से आश्रम से बाहर चली गई। घुप्प अँधेरे में उसके पाँव उसी तरफ बढ़े चले जा रहे थे, जिस तरफ गंडक नदी पूरे वेग के साथ बह रही थी। प्रद्वेषी चली जा रही थी और उसके मस्तिष्क में आर्य दीर्घतमा के वे शब्द गूँज रहे थे, जो उसने उनके मुख से आज अंतिम बार सुने थे, 'प्रद्वेषी तुम जानती हो कि असाध्य रोग से ग्रस्त रुग्ण व्यक्ति के चेहरे पर मृत्यु से पूर्व एक विशेष आभा का प्रसार हो जाता है? प्रद्वेषी जिस दीये का तेल समाप्त हो चुका हो बुझने से पूर्व उसकी एक लौ बहुत ऊँची उठ जाती है?'

इन्हीं शब्दों की अनुगूँज के सहारे प्रद्वेषी चली जा रही थी, चुपचाप पर दृढ संकल्प के साथ। तब तक पूरा आश्रम सो चुका था। जग रहे थे तो एक अकेले दीर्घतमा।

10

आज प्रात:सवन तक तो सब सामान्य चल रहा था। प्रद्वेषी को प्रात:सवन में न पाकर किसी को आश्चर्य नहीं हुआ, क्योंकि कई बार ऐसा होता था कि प्रद्वेषी वहाँ नहीं आ पाती थी। पर कुलपति बृहस्पति ने कुछ ताड़ लिया। आर्य दीर्घतमा प्रात:सवन में उपस्थित थे और शरद्वान की सहायता से वहाँ आए थे। प्रद्वेषी को वहाँ न देखकर और दीर्घतमा को शरद्वान की सहायता से वहाँ आया देखकर बृहस्पति समझ गए कि कुछ असामान्य हो गया है। प्रद्वेषी के साथ हुई अपनी बातचीत की साक्षी वे ही अकेले थे। इसलिए कल इस बातचीत के बाद से ही वे इस बात की स्वयं ही पड़ताल भी करने में लगे थे कि प्रद्वेषी कब दीर्घतमा से मिलने आती है और बात करती है। इसलिए उन्हें पता था कि कल के सायंकालीन भोजन के लिए दीर्घतमा को ले जाने के लिए प्रद्वेषी नहीं शरद्वान आए थे। आज प्रात: प्रद्वेषी के न आने के कारण दीर्घतमा ने शरद्वान को सहायता के लिए बुलवा भेजा था। उसी समय बृहस्पति को खटका हो गया था कि सबकुछ सामान्य नहीं है। प्रात:सवन के बाद उन्होंने एक ऋषिकुमार को प्रद्वेषी को बुला लाने को भेजा। उद्देश्य यह पता लगाना था कि प्रद्वेषी अपनी पर्णकुटी में है या नहीं, है तो क्या कर रही है। पर जब उन्हें बताया गया कि प्रद्वेषी पर्णकुटी में नहीं है, पर्णकुटी का द्वार खुला पड़ा है और वह आश्रम में कहीं भी नहीं है तो वे समझ गए कि कुछ असामान्य हो गया है।

प्रातराश के बाद वे सीधे आर्य संवर्त के पास गए। बोले, "आर्य संवर्त, आज प्रात: से ही प्रद्वेषी कहीं दिखाई नहीं दे रही। क्या आपने उसे कहीं भेजा है?"

"नहीं आर्य भ्राता। बल्कि वह कल सायंकाल को भी नहीं आई थी और उसने संदेश भिजवा दिया था कि वह कहीं व्यस्त है।"

"तो क्यों न वत्स शरद्वान को भेजकर उसे यहाँ बुलवा लिया जाए। पता तो चले कि वह आज बिना किसी सूचना के ही क्यों वत्स दीर्घतमा की परिचर्या से अनुपस्थित रही।"

प्रद्वेषी के बारे में चल रही बातचीत को सुनकर सुकेशी अपने रसोईकक्ष से बाहर आ गई। पूछने पर जब उसने भी अनभिज्ञता जताई तो उसने शरद्वान के साथ प्रद्वेषी की पर्णकुटी जाना चाहा। वहाँ गए तो शरद्वान ने अपनी माँ को बताया कि कल रात जब वह ज्येष्ठ भ्राता दीर्घतमा के साथ प्रद्वेषी की पर्णकुटी आया था तो भी कुटी का द्वार वैसे ही खुला पड़ा था जैसा अब खुला पड़ा था।

सुनकर सुकेशी का माथा ठनका। जब से दीर्घतमा के साथ सीमंतिनी के विवाह की चर्चा चली थी, तब से सुकेशी प्रद्वेषी के लिए चिंतित हो गई थी। उसके पास यह सिद्ध करने का कोई प्रमाण तो नहीं था, पर प्रद्वेषी और दीर्घतमा के साथ बातचीत के प्रसंगों में वह पिछले दो-तीन दिनों में कुछ-कुछ समझ चुकी थी कि प्रद्वेषी के हृदय में दीर्घतमा के लिए प्रणयाकर्षण है और कि दीर्घतमा सीमंतिनी की तुलना में प्रद्वेषी को अपने अधिक निकट मानते थे। इसलिए वह किसी आशंका को अपने मन पर प्रभावी नहीं होने देना चाहती थी। पर मन था कि प्रद्वेषी को लेकर कई तरह की आशंकाओं के कंटक मार्ग में बार-बार उलझता जा रहा था। उसने भीतर जाकर देखा। वहाँ कोई नहीं था।

जब वह अपनी पर्णकुटी लौटी तो उसका चेहरा लटका हुआ था। वह चुप थी, पर उसका चेहरा बोल रहा था कि वह प्रद्वेषी के साथ किसी अघटित की आशंका से ग्रस्त हो चुकी थी। बृहस्पति मन के किसी कोने में प्रसन्न थे कि यदि प्रद्वेषी ने अस्थायी रूप से ही सही, आश्रम छोड़ दिया है तो अच्छा ही हुआ है। अपने कल के संवाद की इतनी भारी सफलता की उन्हें भी आशा नहीं थी। पर अपने मन की इस प्रसन्नता पर चिंता का आवरण ओढ़ते हुए बृहस्पति बोले।

"आर्या सुकेशी आप व्याकुल न हों। संभव है कि प्रद्वेषी उधर गंडक नदी के किनारे वस्त्र प्रक्षालन आदि के लिए गई हो। थोड़ी प्रतीक्षा करें अभी आती होगी। पर इस तरह अपना परिचर्या कर्म छोड़कर उसे बिना आपको या मुझे सूचना दिए वस्त्र प्रक्षालन आदि के लिए भी नहीं जाना चाहिए। फिर भी पूरे आश्रम में पता करवाता हूँ।"

बृहस्पति के कथन का उत्तरार्ध सुकेशी ने मानो सुना ही नहीं। बस, कुलपति बृहस्पति के मुँह से गंडक नदी का नाम सुन उसका हृदय धक से रह गया। 'तो क्या प्रद्वेषी कल रात्रि ही गंडक नदी की ओर चली गई होगी?' सुकेशी इतना भर सोचकर व्याकुलता के शिखर पर पहुँच गई। वह इसके आगे सोचना भी नहीं चाहती थी। घबराहट से भरी आवाज में अटकती हुई वह बोली, "आर्य ज्येष्ठश्री, आप

आश्रम में उसका पता करवाइए मैं शरद्वान के साथ गंडक की ओर जाकर उसे ढूँढ़ कर लाती हूँ।"

सुकेशी ने ढूँढ़ने की बात तो कह दी, पर उसका मन चीख-चीखकर कह रहा था कि प्रद्वेषी चली गई! वह एक ही झटके में शरद्वान के साथ आश्रम से बाहर की ओर लगभग भागती हुई चल पड़ी और कुछ ही क्षणों में गंडक के किनारे जा पहुँची। उसने गंडक के किनारे इधर-उधर लगभग भागना प्रारंभ कर दिया। शरद्वान भी माँ के साथ-साथ भाग रहा था। सहसा बोल उठा, "माँ, वह देखो, आर्या प्रद्वेषी के उपानत् रहे वहाँ!" सुकेशी उधर ही भागी। देखा जो उपानत् गंडक के किनारे पड़े थे, वे प्रद्वेषी के ही पैरों के थे।

इसके बाद सुकेशी को विकट आशंका करने के लिए किसी प्रमाण की आवश्यकता नहीं थी। उसने निष्कर्ष निकाल लिया कि प्रद्वेषी कल रात ही गंडक आई थी और उसने पानी में कूदकर अपने प्राणों को न्योछावर कर दिया है। जब उसे अपने इस निष्कर्ष को झूठा साबित करने का कोई तर्क नहीं मिला तो उसका अपने ऊपर से नियंत्रण समाप्त हो गया और वह मूर्च्छित होकर गिर पड़ी।

शरद्वान अपनी माँ को इस तरह भूमि पर गिरा देख घबरा गया। इसी घबराहट के मारे वह एक ही दौड़ में वापस आश्रम जाकर अपनी पर्णकुटी पहुँचा और पिता संवर्त और तात बृहस्पति को लेकर गंडक की ओर वापस दौड़ पड़ा। दोनों भाइयों को तेज गति से आश्रम से बाहर जाता देख कई दूसरे आश्रमवासी भी साथ चल पड़े। गंडक के किनारे पहुँचे तो देखा कि सुकेशी घुटनों पर सिर रखकर सुबक-सुबककर रो रही है। शरद्वान की घबराहट थोड़ा यह देखकर कम हुई कि उसकी माँ उठ बैठी थी। वह जाकर अपनी माँ से लिपट गया। आश्रम के लोगों के साथ बृहस्पति और संवर्त को आया देखकर रोती हुई सुकेशी ने तर्जनी के संकेत से दिखाकर कहा, "ये रहे प्रद्वेषी के उपानत्। वह संभवत: गंडक के प्रवाह में कूद गई है।" उसके आगे वह नहीं बोल पाई और उसके रोने में पीड़ा का स्वर और गहरा हो गया।

थोड़ी ही देर में सारे आश्रम में चर्चा फैल गई कि प्रद्वेषी ने गंडक के प्रवाह में कूदकर प्राण दे दिए हैं। आश्रम की व्यवस्था में प्रद्वेषी की कोई भूमिका नहीं थी। वह आर्य दीर्घतमा की परिचर्या में लगी रहती है, इसके अतिरिक्त आश्रम में उसको लेकर और कोई चर्चा नहीं होती थी। प्रद्वेषी में अनेक गुण थे, पर दीर्घतमा की परिचर्या में उसने अपने सभी गुणों का समाहार कर दिया था, इसलिए उसकी अपनी कोई अस्मिता नहीं बन पाई थी। फिर वह आश्रम में चर्चा का विषय भला

कैसे बनती? पर आज अचानक प्रत्येक आश्रमवासी के होंठों पर एक ही नाम था—प्रद्वेषी। सभी को रह-रहकर आश्चर्य हो रहा था कि प्रद्वेषी ने नदी में छलाँग क्यों लगाई? क्या पीड़ा थी उसके मन में? क्या वह आर्य दीर्घतमा की परिचर्या करते-करते थक गई थी? अथवा माता की मृत्यु के बाद उसने इतना समय तो अकेले काट दिया, पर अब उससे अकेले नहीं रहा जा रहा था? जितने मुँह उतनी बातें थीं। पर प्रद्वेषी ने अपने प्राणों की बलि क्यों दी, इसका ठीक-ठीक पता लग पाया था, तो बस दो लोगों को—कुलपति बृहस्पति को और आर्या सुकेशी को। पर इन दोनों को भी केवल अपनी-अपनी बात का पता था। दोनों को यदि एक-दूसरे के बारे में भी पता होता तो ही आश्रमवासियों को पूरी तरह से ज्ञात हो पाता कि प्रद्वेषी ने ऐसा विकट कर्म क्यों किया? पर वैसा होने की संभावना दूर-दूर तक नहीं थी। इसलिए एक परमसुंदरी अत्यंत बुद्धिमत्ती और आर्य दीर्घतमा को समर्पित उस अपनी आश्रमकन्या के बारे में आश्रम कोई ठोस निष्कर्ष निकाल ही नहीं पाया। इससे बड़ी विडंबना भला क्या हो सकती थी?

परंतु आर्य दीर्घतमा से क्या छिपा था? आँखों से दृष्टिहीन दीर्घतमा का मन इतना जाग्रत् था कि वे आज प्रातःकाल से ही नहीं कल रात्रि से ही सबकुछ समझ चुके थे। प्रद्वेषी के हृदय को उसमें उत्पन्न हो चुके प्रणय को उनसे अधिक उस पूरे आश्रम में भला कौन जानता था? सीमंतिनी के साथ उनके प्रस्तावित विवाह के पीछे तात बृहस्पति की कोई योजना ही हो सकती थी, इसे उनसे अधिक भला कौन भाँप सकता था? इसलिए कल सायंकाल भोजन के समय प्रद्वेषी का न आना और उसके द्वारा शरद्वान को भिजवा देना, इसी से दीर्घतमा उनींद हो गए थे। रात भर वे सोए नहीं थे। बैठे रहे। आज प्रातः भी उन्हें प्रातःसवन में ले जाने के लिए प्रद्वेषी के बारे में उन्हें कोई सूचना नहीं मिली, तो उन्होंने प्रातःकाल ही निष्कर्ष निकाल लिया कि भोली-भाली प्रद्वेषी बृहस्पति की किसी योजना की वेदी पर बलि हो गई है। पर दीर्घतमा भी यह कल्पना तक नहीं कर पाए थे कि प्रद्वेषी कल रात ही गंडक में कूद गई होगी।

'क्यों कूदी प्रद्वेषी?' आर्य दीर्घतमा स्वयं से ही प्रश्न पूछ रहे थे। 'उसे किसने ऐसा क्या कह दिया कि वह जीवन से थक गई और उसने अपने प्राणों को त्याग दिया? क्यों त्याग दिए उसने अपने प्राण? अभी चार दिन पूर्व ही तो वह मेरे प्रति प्रणय के महाभाव में आने लगी थी। फिर उस महाभाव से इतना शीघ्र उसने अपना

नाता क्यों तोड़ दिया? तो क्या महाभावों का बंधन इतना शिथिल होता है कि व्यक्ति एक ही चुनौती सामने आने पर अपने से अलग हो जाना चाहता है?'

दीर्घतमा को विश्वास ही नहीं हो रहा था कि महाभाव से जुड़ना इतना शिथिल और दुर्बल हो सकता है। वे इस बात को स्वीकार करने को तैयार ही नहीं हो रहे थे कि सीमंतिनी के सहसा परिदृश्य में प्रवेश कर लेने के कारण प्रद्वेषी निराश हो गई होगी और उसने अपनी जीवनलीला समाप्त कर दी होगी। 'तो क्या मेरे जन्मकाल से मेरे साथ रहती आई प्रद्वेषी को विश्वास हो गया था कि मैं सीमंतिनी से विवाह कर लूँगा और उसे छोड़ दूँगा? उसने यह मान भी कैसे लिया कि मैं सीमंतिनी से विवाह कर लेनेवाला हूँ? अरे प्रद्वेषी, मेरी वाचाल प्रद्वेषी, तू चाहे मेरी परिचर्या कर रही थी, पर मैं तो स्वयं को तेरे संरक्षण में मानता था। तूने कैसे मान लिया कि मैं तुमसे स्वीकृति लिये बिना विवाह आदि की कोई चर्चा भी आगे चलाऊँगा? अभी तो सीमंतिनी ने विवाह प्रस्ताव रखा ही नहीं था। फिर क्यों तुमने अपना जीवन समाप्त कर दिया? और प्रस्ताव आता तो मैं उसे मान ही लेता, यह निर्णय भी तूने स्वयं ही कर लिया?' इतने अधिक विचार पाशों में उलझे दीर्घतमा यह मानने को तैयार ही नहीं हो रहे थे कि प्रद्वेषी के जीवनदान का कारण सीमंतिनी है। पिछले कुछ समय से प्रद्वेषी के हृदय में विचारों और भावों की जैसी गहराई आ रही थी, उसमें उतर चुकी प्रद्वेषी ईर्ष्या जैसे उथलेपन के आधार पर कोई बड़े निर्णय नहीं ले सकती। और निर्णय भी कैसा, जीवनदान का निर्णय, जीवन-यात्रा का अंतिम निर्णय?

दीर्घतमा अपनी आसंदी से उठे। बरामदे में ही धीरे-धीरे घूमने लगे। उन्हें इस तरह बरामदे में घूमने का पूरा अभ्यास था। थोड़ी देर तक ऐसे ही निरर्थक घूमते रहे। फिर से अंदर कक्ष में गए। घट में पात्र डालकर उसे बाहर निकाला और बाएँ हाथ को ही पत्रपुट जैसा बनाकर पानी पीने लगे। वे फिर बाहर बरामदे में आ गए। आसंदी पर बैठे तो विचारों की श्रृंखला फिर से अपनी बननी प्रारंभ हो गई। एक ही प्रश्न को केंद्र में रखकर दीर्घतमा के सारे विचारों का आलवाल बनता जा रहा था। प्रश्न था, प्रद्वेषी ने क्यों अपना जीवन समाप्त किया?

विचारों और भावों के विश्व में सदा रमण करनेवाले दीर्घतमा को अब तक स्वयंमेव स्पष्ट हो चुका था कि प्रद्वेषी के निधन का कारण सीमंतिनी नहीं है और इसलिए उसके हृदय में उत्पन्न हो रहे प्रणय महाभाव से मोहभंग को भी वे प्रद्वेषी की मृत्यु का कारण नहीं मान पा रहे थे। वे सोच रहे थे।

'प्रद्वेषी इतनी क्षुद्र नहीं हो सकती। जिस प्रद्वेषी ने मेरे जन्म के क्षण से मेरी

परिचर्या की, कभी प्रमाद नहीं दिखाया, कभी मेरे ऊपर क्रोध नहीं किया, कभी श्रांति का भाव नहीं दिखाया, तो निश्चित ही प्रद्वेषी को मन के किसी कोने में ऐसा लगा होगा कि कुछ ऐसा होनेवाला है कि जिसके कारण मेरे साथ कुछ ऐसा घट सकता है, जिसे देख पाना प्रद्वेषी के लिए संभव नहीं था। पर मेरे साथ ऐसा क्या घटनेवाला था कि जिसे मैं नहीं जानता था, तात संवर्त नहीं जानते थे, आर्या सुकेशी नहीं जानती थी, पर प्रद्वेषी जानती थी? क्या उसे मेरी परिचर्या से अलग कर दिया गया था, जिसे वह सह नहीं पाई? पर किसने अलग किया होगा? तात बृहस्पति ही एकमात्र ऐसे व्यक्ति हैं, जो ऐसा कर सकते हैं। पर वे भला ऐसा क्यों करेंगे? इसलिए कि मेरा सीमंतिनी से विवाह हो जाए, पर इसके लिए प्रद्वेषी को मेरी परिचर्या से हटाने की क्या आवश्यकता थी? सीमंतिनी को भी इस पर क्या आपत्ति हो सकती है कि प्रद्वेषी मेरी परिचर्या करती रहे? नहीं, नहीं। ऐसा नहीं हो सकता कि प्रद्वेषी को मुझसे दूर रहने को कह दिया गया हो। यदि कहा गया होता तो क्रुद्ध प्रद्वेषी अवश्य मुझे बताती। पर जितना आत्मविश्वास और निर्भीकता उसमें है, वह उस तरह के किसी भी आदेश को मानने से स्पष्ट रूप से मना कर सकती थी।'

दीर्घतमा कुछ भी निश्चित नहीं कर पा रहे थे। पर उन्हें एक बात समझ में आ रही थी कि कहीं-न-कहीं प्रद्वेषी को ऐसा आभास हुआ है कि मुझ पर कोई संकट आनेवाला है, जिसे दूर करने में उसने स्वयं को असमर्थ पाया होगा। इसलिए इससे पहले कि वह मुझे संकट में पड़ा हुआ देखे, मेरे जन्मकाल से ही मेरी परिचर्या में लगी मातृतुल्य प्रद्वेषी ने इस संसार को अंतिम प्रणाम कह दिया।

सोचकर दीर्घतमा रो पड़े। थोड़ी ही देर में वे बिलख-बिलखकर रोने लगे। प्रद्वेषी ने आत्मविसर्जन से पूर्व अवश्य गहरी मानसिक यातना झेली होगी, यह सोचकर दीर्घतमा का हृदय क्रंदन कर उठा। वे बहुत देर तक रोते रहे। प्रद्वेषी बैठी होती तो मेरे आँसू पोंछ डालती। हे प्रभो, तुम भी जन्मांधों के साथ कितना अन्याय करते हो। जब इस संसार के अँधेरे कुएँ में धकेला तो पिता उचथ्य के सुरक्षा कवच को पहले ही हटा दिया। फिर माँ ममता की स्नेहभरी छाँव को तात बृहस्पति की कामांधता का ग्रास बना दिया। माँ ने प्रद्वेषी का आश्रय-हस्त थमाया तो प्रभो तुमसे वह भी नहीं देखा गया। इतना यातना-दग्ध कर दिया उस मातृतुल्य प्रद्वेषी को, मेरी सद्यःप्रणयिनी नवसखी को कि वह मृत्यु का संकल्प लेने से पूर्व मुझसे बात ही नहीं कर पाई? बताओ न परमेश्वर, किस यातना में आपने उसे डाला? कौन था वह जिसने उसे इतना गहन मानसिक कष्ट दिया? कौन था वह अमानव? क्या तात बृहस्पति?

अचानक उन्हें लगा कि कोई उनकी पर्णकुटी की ओर आ रहा है। हे प्रभो, यह प्रद्वेषी हो। आ जाए और मेरा हाथ थाम ले। चाहे तो मुझसे लिपट जाए। प्रद्वेषी, आ जाओ, जो कहोगी वही करूँगा। एक बार आ तो जाओ।

"आर्य भ्राता।" दीर्घतमा की सभी आकांक्षाओं को प्रद्वेषी के जीवन की तरह भंगुर करते शरद्वान ने कहा, "तात बृहस्पति आर्य मरुत्त और आर्या सीमंतिनी के साथ थोड़ी देर में इधर ही आ रहे हैं। मुझे उन्होंने आपके कक्ष में सबके बैठने का प्रबंध कर देने को कहा है।" यह कहकर शरद्वान अपने काम में लग गया और दीर्घतमा सोचने लगे कि क्यों आ रहे हैं तात बृहस्पति? थोड़ी देर विचार करने के बाद बोले, "शरद्वान जाओ तो तात संवर्त और माँ सुकेशी से कहो कि वे दोनों भी तत्काल यहाँ आ जाएँ।"

शरद्वान बैठने का प्रबंध कर चुका था। बोला, "जी, आर्य भ्राता।"

शरद्वान चला गया तो दीर्घतमा फिर बेचैन होकर अपनी पर्णकुटी के बरामदे में घूमने लगे।

11

"आर्य ऋषे, परसों जब मैंने सभी आश्रमवासियों के बीच राजधानी में शीघ्र ही होनेवाले एकदिवसीय याग की चर्चा की थी और उसमें आपको आने का निमंत्रण दिया था, तब में और अब में इतना अंतर आ गया है कि मुझे कुछ भी कहने का साहस नहीं हो रहा।" राजा मरुत्त ने प्रणामपूर्वक यह बात दीर्घतमा से कही तो बृहस्पति फिर थोड़ा चिंतित हो गए कि नरेश कल प्रातः राजदुहिता सीमंतिनी के साथ राजधानी वापस चले जाएँगे और आज वे विवाह प्रस्ताव रखने में फिर से संकोच कर रहे हैं।

"आर्य राजन्," दीर्घतमा ने प्रतिक्रिया व्यक्त की, "आप संभवतः प्रद्वेषी को लेकर कुछ चिंतित दिखाई दे रहे हैं।"

"हाँ, आर्य दीर्घतमा।" मरुत्त ने कहा तो दीर्घतमा अचानक फिर से अपनी दार्शनिक मुद्रा में आ गए। बोले, "आर्य मरुत्त, क्या कभी एक व्यक्ति के आने या जाने से संसार यात्रा में कोई रुकावट उत्पन्न हो जाती है? वे मूर्ख ही होते हैं, जिन्हें प्रकृति के इस विराट् रंगमंच पर घटित प्रत्येक घटना से भय अनुभव होता रहता

है।" दीर्घतमा का स्पष्ट संकेत तात बृहस्पति की ओर था, जो सदैव घटनाचक्र को अपने गणित से मोड़ने की चिंता में व्यस्त रहा करते थे। दीर्घतमा कहते जा रहे थे, "ऐसे व्यक्ति तो गर्भस्थ भ्रूण से भी डरे रहते हैं कि जाने कौन पैदा हो जाए और जाने क्या-क्या करना प्रारंभ कर दे।" संकेत इतना स्पष्ट था कि मरुत्त को समझने में देर नहीं लगी कि जन्मजात विद्रोही दीर्घतमा कुलपति बृहस्पति को लक्ष्य कर कुछ कहे जा रहे थे। परंतु उनको यह समझ में नहीं आ रहा था कि आर्य दीर्घतमा ठीक इसी भेंट-प्रसंग में ऐसी बातें क्यों कर रहे हैं, जबकि दीर्घतमा अब तक लगभग मान चुके थे कि प्रद्वेषी को यह जगत् छोड़ देने की विवशता पैदा कर देने का अमानवीय कृत्य तात बृहस्पति के अतिरिक्त और कोई नहीं कर सकता। उनको इस बात का तो प्रामाणिक रूप से पता था ही कि उनकी माँ ममता के अल्पजीवन का कारण भी तात बृहस्पति का व्यवहार ही था।

"नहीं आर्य ऋषे," मरुत्त कहने लगे, "मैं अपनी बात इस संदर्भ में नहीं कर रहा हूँ। पर आर्या प्रद्वेषी के बिना आपको कितना अकेलापन अनुभव हो रहा होगा, मैं इसी बात को लक्ष्य करके कह रहा था।"

"राजन् मरुत्त, आप ठीक कह रहे हैं। प्रद्वेषी वास्तव में मेरे लिए बहुत बड़ा आश्रय थी और माँ सुकेशी से अधिक अच्छी तरह और कौन जानता होगा।" सबने देखा आर्या सुकेशी की आँखों में आँसू तैरने लगे थे। "पर राजन्," दीर्घतमा कह रहे थे, "एक अंधे के लिए क्या अकेलापन और क्या जनसमुदाय के बीच रहना। मेरे चारों ओर लोग बैठे हों और गीत-नृत्य चल रहा हो, जैसे परसों सायं इसी परिसर में चल रहा था, तो भी अंधा व्यक्ति अकेला ही होता है, क्योंकि वह तो अपने आसपास घट रहे इतिहास तक को नहीं देख पाता।"

दीर्घतमा की इस बात को सुनकर उन्हीं की पर्णकुटी में हो रहे लघु संवाद पर मौन छा गया। इस संवाद में दीर्घतमा के अतिरिक्त कुलपति, नरेश मरुत्त, राजदुहिता सीमंतिनी, आर्य संवर्त और आर्या सुकेशी भी भाग ले रहे थे। सभी को स्पष्ट अनुभव हो रहा था कि प्रद्वेषी के चले जाने के कारण आर्य दीर्घतमा कितना आहत अनुभव कर रहे थे। थोड़ी देर बाद इस मौन को तोड़ते हुए दीर्घतमा ने कहा, "राजन् मरुत्त, मैं ऐसे ही कुछ बातों में प्रलीन हो गया था। पर ऐसा लगता है कि आप कुछ विशेष कहने आए थे।"

"आर्य दीर्घतमा," सीमंतिनी ने कहना प्रारंभ किया तो बृहस्पति थोड़ा अधिक सतर्क होकर सुनने लगे, "अपने पिताश्री के साथ मैं आपसे एक अनुरोध करने आई थी।"

"कहिए राजदुहिता, मैं सावधान होकर सुन रहा हूँ।" दीर्घतमा बोले।

"आर्य," सीमंतिनी ने बोलना प्रारंभ किया, "पिछले चार दिनों से मैं देख रही हूँ कि आप प्राय: विचारों और भावों के आवेश में आकर एक विशेष तीव्रगामी अमूर्त प्रवाह में बहने लगते हैं।"

"आर्ये," दीर्घतमा बोले, "जल के मूर्त प्रवाह में ही जब इतनी शक्ति होती है कि प्रत्येक वस्तु या प्राणी को अपने साथ बहा ले जाने की क्षमता रखता है तो विचारों और भावों के अमूर्त प्रवाह की अद्‌भुत शक्ति का तो भला कहना ही क्या?"

"आर्य, आपका कथन ठीक है। पिताश्री का और मेरा ऐसा मानना है कि प्रवाह में बह जाने के इन अपूर्व क्षणों में आप जैसे विशिष्ट ऋषि को किसी व्यक्ति का निरंतर सहयोग आवश्यक है, ताकि आप विचारों के साथ निश्चिंत होकर अठखेलियाँ करते रहें।"

दीर्घतमा को बात कुछ जँची नहीं। बोले, "आर्ये सीमंतिनी, जब प्रकृति माँ किसी से उसके नेत्र ले लेती है तो वह उसके चारों ओर अपनी सुरक्षा का एक अनोखा चक्र भी बना देती है। मेरी आँखों में वह ज्योति तो नहीं है, जो आपके भव्य व्यक्तित्व को देखकर कृतार्थ हो सके, परंतु आर्ये मेरे भीतर एक विशिष्ट अग्नि सदैव प्रज्वलमान रहती है, जिससे आप सभी वंचित हैं। ये पायवो मामतेयं ते अग्ने पश्यतो अन्ध दुरितादरक्षन्।"

जैसे ही दीर्घतमा ने मंत्र रचना प्रारंभ किया, आर्या सुकेशी सराहनीय फुरती के साथ पर्णकुटी में पड़े पत्र-लेखनी-मसीपात्र को उठा लाई और मंत्र लिखने लगी।

"मैं तो हूँ ममता का पुत्र," दीर्घतमा बोल रहे थे, "और मैं तो माँ के गर्भ में ही अंधा हो गया था। सीमंतिनी मेरे भीतर तभी से जल रही उस अग्नि की रश्मियों ने मेरी प्रत्येक संकट से सदा रक्षा की है। ररक्ष तान्त्सुकृतो विश्ववेदा दिप्संत इद् रिपवो नाह देभु। वही रश्मियाँ अब भी मेरी उन शत्रुओं से रक्षा करेंगी जो मुझे हानि पहुँचाने के विचार से मेरी ओर आना चाहेंगे।" इस मंत्र में फिर से संतप्त दीर्घतमा ने तात बृहस्पति पर कटाक्ष किया था, इसे सीमंतिनी को छोड़कर शेष सभी अनुभव कर रहे थे। स्वयं बृहस्पति भी। उधर दीर्घतमा भावों के आवेश में बहते हुए बोले जा रहे थे, "हे अग्ने, जब-जब मेरा कोई शत्रु अपनी पाप इच्छाओं से मेरे मार्ग में बाधा उत्पन्न करने का प्रयास करे, तब-तब तुम मेरे मंत्र को ही मेरा पथ प्रदर्शक बना देना। मंत्रो गुरुः पुनरस्तु सो अस्मा।"

दीर्घतमा की आविष्ट वाणी को सुनकर फिर सन्नाटा छा गया और बृहस्पति

की झुँझलाहट कई गुना बढ़ गई। सीमंतिनी समझ गई कि दीर्घतमा उनकी बातें मानें वह तो बहुत दूर की बात थी, वे तो किसी को अपनी बात कहने का अवसर ही नहीं दे रहे थे। थोड़ी देर तक वह सोचती रही। फिर अचानक अपनी आसंदी से उठकर वह आर्य दीर्घतमा के पास आई और उनके हाथों को अपने हाथों में थामा तथा वाणी में आर्द्रता और मिठास भरकर बोली, "आर्य, आपका जीवन हम सब के लिए अतीव मूल्यवान है। हम सभी की इच्छा है कि आपका जीवन एक महान् मंत्रकार के रूप में चलता रहे, इसलिए आप कृपया मुझ अनुयायिनी को भी अपनी परिचर्या का अवसर वैसे ही प्रदान करें, जैसे आपने प्रद्वेषी को प्रदान किया था।"

"आर्ये सीमंतिनी, मैं आपकी इस सदिच्छा से सचमुच भाव विभोर हो गया हूँ। परंतु आर्ये आप जानती हैं एक विशिष्ट ज्योति को जिसका नाम है दिन और रात। रात को सभी ओर अंधकार हो जाता है, पर इस अंधकार में भी एक विशेष तेज छिपा होता है, जो सभी को राह दिखाता है। सीमंतिनी, मेरे लिए क्या दिन और क्या रात। कहूँ कि मेरे लिए तो सदा रात-ही-रात है। मेरे लिए सूर्योदय कभी होता ही नहीं। परंतु मेरी इस निरंतर रात का अँधेरा तब भी मेरा पथ-प्रदर्शक बना ही रहता है। इसलिए मेरे जीवन पर कभी कोई कष्ट आता ही नहीं है। फिर भी जैसे प्रद्वेषी के बारे में मेरी माँ ममता ने निर्णय लिया था, वैसे आपके बारे में माँ सुकेशी चाहें तो निर्णय ले सकती हैं। मुझे वह निर्णय शिरोधार्य होगा।"

सुकेशी इतना बड़ा निर्णय ले पाने में स्वयं को असमर्थ पा रही थी। उसने संवर्त की ओर देखा। संवर्त ने बृहस्पति को देखा। जब बहुत देर तक किसी ने कुछ नहीं कहा तो फिर से मौन को तोड़ते हुए दीर्घतमा ही बोले।

"आर्य सीमंतिनी जब इतने महत्त्वपूर्ण विषयों पर कोई कुछ बोल न पा रहा हो तो इसका अर्थ समझती हैं न आप?"

"क्या आर्य?" सीमंतिनी बोली।

"आर्ये, मुझे नहीं लगता कि जब मेरी माँ ममता ने मुझे प्रद्वेषी के हाथों सौंपा था तो उन्होंने इतना समय निर्णय करने में लगाया होगा। जब मनुष्य का मन स्वच्छ हो और उस पर कोई दबाव न हो तो निर्णय लेने में कोई विलंब नहीं होता। आर्ये, मैं चाहूँ तो आपके अनुरोध पर तुरंत हाँ या न में निर्णय ले सकता हूँ। पर यहाँ बैठे सभी लोग इतने लंबे मौन की यात्रा पर चले गए तो इसका अर्थ यह है कि सबके मस्तिष्क पर कोई भारी दबाव है, जो उन्हें तुरंत निर्णय लेने से रोक रहा है।"

"आर्य, ऐसे किस दबाव की कल्पना करते हैं आप?" सीमंतिनी ने पूछा तो

दीर्घतमा ने विलक्षण शैली में उत्तर दिया।

"आर्ये, आपने आर्य शुन:शेप की कथा सुनी है न?"

"नहीं आर्य। पर अब सुनना चाहती हूँ।"

"तो सुनें सीमंतिनी। आज से लगभग दो शती पूर्व की घटना सुना रहा हूँ, तब अयोध्या में सत्यव्रत त्रिशंकु के पुत्र हरिश्चंद्र राज्य कर रहे थे।"

"वही जिनका विश्वामित्र से बहुत संघर्ष हुआ था?" सुकेशी ने पूछा। "हाँ माँ, वही हरिश्चंद्र। उनको कोई पुत्र नहीं था। उन्होंने पुत्रप्राप्ति के लिए वरुण की स्तुति की। वरुण प्रसन्न हो गए। राजा ने उनसे इस आश्वासन पर एक पुत्र का वरदान पा लिया कि पैदा होने के बाद वे अपने पुत्र को वरुण की भेंट कर देंगे।"

"फिर ऐसा पुत्र प्राप्त करने का प्रयोजन क्या हुआ?" इस बार प्रश्न सीमंतिनी का था।

"सीमंतिनी, पुत्र हो ही नहीं इससे अच्छा है कि पुत्र हो और उसे देवता को अर्पित कर दिया जाए।"

"कुछ बात समझ नहीं आई!" मरुत्त बोले। बृहस्पति विवश, चुपचाप कथा सुन रहे थे।

"हाँ, पर इसका उत्तर तो हरिश्चंद्र ही दे सकते हैं और वे आज यहाँ हैं नहीं।" दीर्घतमा बोले तो सभी हलका सा हँस पड़े। "हरिश्चंद्र को पुत्र प्राप्त हुआ और उसका नाम रखा गया रोहित।" दीर्घतमा कथा सुनाए जा रहे थे। "पुत्र पा लेने के बाद राजा का मन बदल गया और वे उसे वरुण को सौंपने में आनाकानी करने लगे। कई वर्ष बीत गए। इस पर गुरु वसिष्ठ ने उन्हें चेताया तो राजा अपने पुत्र को वरुण को सौंपने को तैयार हो गए। जब रोहित को पता लगा कि मुझे वरुण को सौंप दिया जाएगा तो वे जंगल में भाग गए।"

सब लोग ध्यान से कथा सुन रहे थे।

दीर्घतमा बोल रहे थे। "आप जानते हैं न कि वे क्यों भाग सके?" फिर स्वयं ही उत्तर देते हुए बोले, "क्योंकि रोहित अंधे नहीं थे। रोहित तो बच गए। पर वसिष्ठ ने राजा हरिश्चंद्र को समझाया कि वरुण को सौंपना तो होगा ही, चाहे रोहित के बदले किसी दूसरे को सौंप दिया जाए। इस पर एक ऐसे व्यक्ति की खोज प्रारंभ हो गई जिसे रोहित के स्थान पर वरुण देवता को सौंपा जा सके। राजा इसके लिए प्रभूत धन देने को तैयार थे। ढूँढ़ते-ढूँढ़ते अजीगर्त नामक एक ब्राह्मण तैयार हो गया। उसके तीन पुत्र थे—शुन:पुच्छ, शुन:शेप, शुनोलांगूल। पिता ने कहा कि ज्येष्ठ पुत्र

शुन:पुच्छ मुझे अतीव प्रिय है, मैं इसे नहीं छोड़ सकता। माता बोली कि कनिष्ठ शुनोलांगूल मुझे प्रिय है इसे मैं नहीं छोड़ सकती। बेचारे मध्यम शुन:शेप को वरुण के पास बलि के रूप में भेजने को दे दिया गया। आर्ये सीमंतिनी, जिस पुत्र को न पिता बचाना चाहता हो और न माता उसके पक्ष में बोल पा रही हो तो ऐसे पुत्र को बलि चढ़ाने से भला कौन रोक सकता है?"

संवर्त ने देखा, बृहस्पति नीचे मुँह किए कहानी सुन रहे थे, जबकि सुकेशी की आँखें डबडबा आई थीं। भर्राई हुई आवाज में सुकेशी बोली।

"तो क्या शुन:शेप को बलि चढ़ा दिया गया?"

"नहीं माँ। उसे यज्ञ में यूप के साथ बाँध तो दिया गया। पर जैसे ही बलि चढ़ाने का कुत्सित अवसर आया तो ऋषि विश्वामित्र ने उसे बचा लिया और शुन:शेप उन्हीं विश्वामित्र का पुत्र होकर देवरात कहलाया और महान् मंत्रकार और सौ ऋचाएँ लिखनेवाला पहला शतर्ची ऋषि बना। उसके बाद आज तक कोई शतर्ची नहीं बना है।"

सुनकर सुकेशी ने चैन की लंबी साँस खींची तो मरुत्त बोले।

"आर्य ऋषे, जिस विचारावेश और भावावेश में आप प्राय: चले जाते हैं और जिस सहजता से मंत्र आपके मुँह से निकलते हैं, आप शतर्ची तो बनेंगे ही, ऋषि शुन:शेप से भी श्रेष्ठतर कवि माने जाएँगे। लीजिए मेरा आपको प्रस्ताव है कि आप कल प्रातः हमारे साथ राजप्रासाद चलिए। वहाँ आप दुहिता सीमंतिनी की देखरेख में निश्चिंत होकर रहिए और श्रेष्ठ कविकर्म में व्यापृत हो जाइए। आर्य दीर्घतमा मामतेय, ईश्वर ने तो आपको नेत्र नहीं दिए, पर इतिहास के उत्सुक नेत्र आपको देख रहे हैं। आर्य बृहस्पति, आर्य संवर्त, आर्या सुकेशी, आप सभी कृपा करके मेरा अनुरोध स्वीकार करें और आर्य दीर्घतमा को श्रेष्ठ से श्रेष्ठतर काव्य लिखने का आशीर्वाद प्रदान करें।"

मरुत्त वैशालीनरेश थे और स्थितियों के सबसे ज्यादा गहरे जानकार वे ही थे। दीर्घतमा ने शुन:शेप की कथा किस प्रसंग में सुनाई थी, इसका निहितार्थ वे जानते थे। दीर्घतमा के जीवन में प्रद्वेषी के महत्त्व को वे समझते थे और प्रद्वेषी के चले जाने के परिणामों को भी वे भलीभाँति जानते थे। दीर्घतमा के मस्तिष्क की विराट्ता के एकमात्र पूर्ण जानकार वे ही थे और इस विराट् व्यक्तित्व की रक्षा करने की उनकी इच्छा भरपूर थी। जब सीमंतिनी ने दीर्घतमा के साथ विवाह करने की इच्छा पिता के आगे रखी तो पिता मरुत्त ने उसे स्वीकार करने में कोई विलंब नहीं किया और तुरंत

एक अश्वारोही को भेजकर आश्रम आने की अपनी सूचना बृहस्पति तक पहुँचा दी थी। सीमंतिनी को इन सभी आयामों का कोई आभास नहीं था। उसने दीर्घतमा की विशिष्टताओं के बारे में कुछ सुन तो रखा था, पर उन्हें देखा उसी दिन था, जिस दिन उन्हें ज्ञानसत्र में ऋषित्व की प्रतिष्ठा प्राप्त हुई थी। पर चूँकि मरुत्त अधिक जानकार थे, इसलिए उनका दृष्टिकोण अधिक व्यावहारिक और अधिक पैना था। बोले, "आर्य बृहस्पते, मेरा प्रस्ताव यह है कि आर्य दीर्घतमा हमारे साथ कल राजधानी चलें। कुछ समय बाद जो बृहद् एकदिवसीय याग वहाँ होनेवाला है, वे तब तक वहाँ रहें और याग में सम्मिलित हों। इसके बाद भी यदि उनका मन करे तो वहाँ रहते रहें और वे चाहें तो वापस आश्रम में अपनी इसी पर्णकुटी में आकर रह सकते हैं।"

संवर्त और सुकेशी कुछ नहीं बोले। केवल कुलपति बृहस्पति की ओर देखते रहे। मानो कह रहे हों कि जैसा चाहे निर्णय लें। बृहस्पति को आश्चर्य था कि क्यों नहीं सीमंतिनी ने आज भी विवाह का अपना प्रस्ताव दीर्घतमा के आगे रखा। पर उन्हें इतनी निश्चिंतता थी कि दीर्घतमा राजप्रासाद जाएँगे। इससे उनकी योजनाएँ पूरी हो रही थीं। इसलिए उन्हें मरुत्त के प्रस्ताव पर हामी भरने में कोई कठिनाई नहीं आई। तय हो गया कि दीर्घतमा कल प्रात: मरुत्त और सीमंतिनी के साथ रथ में बैठकर राजप्रासाद जाएँगे।

पर किसी ने यह जानने का प्रयास नहीं किया कि दीर्घतमा की इच्छा क्या थी। आखिर वहाँ जाना तो दीर्घतमा को ही है और वहाँ निरंतर रहने या न रहने का निर्णय भी तो दीर्घतमा को ही करना है।

12

अगले दिन प्रात:सवन और प्रातराश के बाद कुलपति बृहस्पति के पर्णकुटी परिसर के बाहर रथ तैयार खड़ा था। दीर्घतमा ने राजप्रासाद जाकर रहने के लिए अपनी स्वीकृति दे दी थी। पर उन्होंने यह नहीं बताया था कि वे वहाँ कुछ दिनों बाद होनेवाले एकदिवसीय याग तक रहेंगे या उसके भी आगे वहाँ रहते रहेंगे। अभी इस रथ में आर्य दीर्घतमा और आर्या सीमंतिनी जा रहे थे। राजा मरुत्त याग की तैयारियों पर बृहस्पति और संवर्त से बातचीत करने के लिए अभी रुक गए थे और सायंकाल अपनी राजधानी लौटेंगे जब यही रथ उन्हें ले जाने के लिए वापस

आश्रम आएगा। चूँकि दो लोगों को ही रथ में बैठना था, इसलिए वहाँ एक अतिरिक्त आसंदी रखने की कोई आवश्यकता ही उत्पन्न नहीं हुई। राजाओं और राजन्यों के रथ प्रायः आश्रम के परिसर के बाहर ही ठहरा करते थे और बहुत ही विशेष परिस्थितियों में आश्रम के अंदर आते थे। आज की विशेष परिस्थिति यह थी कि आर्य दीर्घतमा को उस रथ में बैठना था और वे चूँकि दृष्टिहीन थे, उन्हें कम-से-कम कष्ट हो इसलिए रथ उनके पर्णकुटी परिसर तक ले आया गया।

दीर्घतमा ने अंततः राजप्रासाद जाने के मरुत्त के प्रस्ताव को स्वीकार कर लिया था, पर अपने रहने की अवधि को उन्होंने अपनी दार्शनिक शैली में ही टाल दिया था। कह रहे थे, "राजन् अवधि की बातें हम क्यों करें? कौन जानता है कि जीवन की अवधि क्या है? आपसे कहूँ कि एकदिवसीय याग के आगे भी रहूँगा या याग तक तो रहूँगा ही, पर कौन जाने प्रद्वेषी की तरह मेरे जीवन की परिधि प्रकृति ने पहले से ही नियत कर रखी हो? क्या पता वह अवधि आज ही अब ही पूरी हो जाए?"

वे राजप्रासाद रहने जा तो रहे थे, पर उनके मन में आश्रम छोड़कर राजप्रासाद जाकर रहने के लिए कोई उत्साह वैसे ही नहीं था, जैसे राजप्रासाद नहीं जाने के लिए कोई आग्रह या दुराग्रह नहीं था। वे मूलतः एक विचारक थे और प्रायः हर समय विचारों के विश्व में ही विचरण करते रहते थे। पर ममता के देहावसान के बाद उनका आश्रम तो क्या अपने जीवन से ही कोई लगाव नहीं रह गया था। प्रद्वेषी का उनके जीवन में सबसे बड़ा योगदान यही था कि उसने उनके पूरे जीवन क्रम को ऐसा नियमित और सरल बना दिया था कि उन्हें कोई कठिनाई अपने जीवन में उस तरह से कभी अनुभव ही नहीं होती थी। इसलिए प्रद्वेषी पर सारी चिंताएँ छोड़कर वे पूरे वैराग्य और संवेदना के मनोभाव से प्रकृति के रहस्यों को लेकर विचारों की क्रीडाएँ करते रहते थे। अब तो आर्या प्रद्वेषी भी नहीं थी और जीवन में दूसरी बार उन्हें घोर अकेलापन अनुभव हो रहा था। इसलिए राजप्रासाद नहीं जाना है, ऐसा आग्रह भी उनका नहीं था और जाना ही है ऐसी कोई विशेष इच्छा भी उनकी नहीं थी। प्रद्वेषी होती तो संभवतः दीर्घतमा ऐसे आग्रह या ऐसी इच्छा के बारे में कुछ सोचते। आश्रम में भी सुकेशी के अतिरिक्त अब कोई छोटा सा भी भावनात्मक बंधन उनके लिए नहीं बचा था। आर्या सुकेशी का बंधन भी कोई वैसा दृढ नहीं हो पाया था, इस बात की भी पूरी अनुभूति दीर्घतमा को थी। इससे पहले कि आर्या सुकेशी का पुनः जागृत मातृत्व भाव थोड़ा गहरा होता या प्रद्वेषी का नवप्रसूत प्रणयिनी भाव कोई, भले ही अमूर्त ही सही, परिभाषा ले पाता, प्रद्वेषी चली गई और दीर्घतमा नितांत अकेले रह गए।

इसलिए राजप्रासाद जाने या न जाने को लेकर दीर्घतमा के कोई निश्चित विचार नहीं थे। उन्हें राजप्रासाद भेजने में तात बृहस्पति का कोई स्वार्थ अवश्य पूरा हो रहा है इसका उन्हें आभास तो था। पर वह स्वार्थ क्या है यह जानने की कोई इच्छा उनमें अब नहीं बची थी। प्रद्वेषी की जीवन लीला की समाप्ति का पूरा दायित्व वे अपने मन में तात बृहस्पति को दे चुके थे। इसलिए ऐसे व्यक्ति के बारे में अब वे थोड़ा भी गंभीर होने को तैयार नहीं थे। वे बाहरी जगत् को वैसे भी देख नहीं पाते थे। उनके विचारों का प्रवाह इतना अदम्य था कि बाहरी जगत् उन्हें अपनी ओर बहुत आकृष्ट भी नहीं करता था। जितना आकर्षण था वह प्रद्वेषी के जाने के बाद लगभग भस्मीभूत हो चुका था।

तो क्यों जा रहे थे वे राजप्रासाद ? दीर्घतमा अपने मन के किसी कोने में आर्या सीमंतिनी का सम्मान करने लगे थे और उसके लिए प्रशंसा का भाव भी रखने लगे थे। तो क्या सीमंतिनी प्रद्वेषी का स्थान ले सकती थी ? स्पष्ट है कि सीमंतिनी प्रद्वेषी नहीं थी। हो भी नहीं सकती थी। प्रद्वेषी जन्म काल से उनके साथ थी, सीमंतिनी का उनके जीवन में प्रवेश इसी सप्ताह हुआ था। इसलिए सीमंतिनी प्रद्वेषी नहीं थी। पर सीमंतिनी सीमंतिनी थी। उसने ऐसा कुछ नहीं किया था कि आर्य दीर्घतमा उसके प्रति कोई उपेक्षा का भाव रखते। परंतु कभी उनके चरणों को स्पर्श कर, कभी उनके हाथों को अपने हाथों में थामकर और संवाद के समय अत्यंत श्रेष्ठ बुद्धिमत्ता की बातें कर सीमंतिनी ने दीर्घतमा के हृदय में एक स्थान तो बना ही लिया था। सीमंतिनी ने प्रद्वेषी का स्थान तो नहीं लिया था। पर प्रद्वेषी के पार्श्व में ही उसका भी स्थान कहीं-न-कहीं बन चुका था। यदि आर्य दीर्घतमा निस्पृह भाव से ही सही राजप्रासाद जाने के लिए उद्यत हो गए थे तो कहीं-न-कहीं सीमंतिनी के लिए उनके हृदय में उत्पन्न हो चुका आकर्षण और सम्मान भी इसके पीछे एक अव्यक्त कारण था। अव्यक्त इसलिए कि स्वयं दीर्घतमा अभी इस कारण की तीव्रता को रेखांकित नहीं कर पाए थे।

दीर्घतमा को राजप्रासाद भेजने के समय अन्य लोगों के अतिरिक्त आर्या सुकेशी विशेष रूप से आई थीं। वे अपने मन में अनुभव कर रही थीं कि यदि आर्या ममता के बाद उन्होंने दीर्घा को अपने स्नेह की सहज छाँव निर्भय और निर्द्वंद्व होकर दी होती तो आज दीर्घतमा आश्रम छोड़कर नहीं जा सकते थे। पर यदि ऐसा होता तो क्या प्रद्वेषी को भी इतना अकेलापन और सूनापन अनुभव होता कि वह गंडक में कूद पड़ती ? वे सोचने लगीं।

'यदि मैंने अपना व्यक्तित्व सच्चे अर्थों में माँ का बनाया होता तो क्या ज्येष्ठ बृहस्पति को दीर्घतमा के बारे में अकेले ही ऐसा निर्णय करने का साहस होता? दीर्घा के लिए प्रद्वेषी की प्रणय कामना जान लेने के बाद क्या मैं दोनों का विवाह नहीं करवा सकती थी? प्रद्वेषी को यदि मेरे संबंधों का संबल होता तो क्या अपने मन का संकट मुझे बताए बिना वह इस तरह चली जाती? मैंने तो कल सायं भी कोई निर्णय नहीं लिया। दीर्घा ने मुझे ही तो माँ का दायित्व दे दिया था कि मैं ही निर्णय करूँ कि क्या दीर्घा की परिचर्या का काम सीमंतिनी को सौंपा जा सकता है या नहीं। स्वयं सीमंतिनी परिचर्या का काम माँग रही थी और दीर्घा ने मेरे ही निर्णय को शिरोधार्य करने की बात कही थी। यदि मैं ही कह देती और सीमंतिनी से कहती कि यह परिचर्या आश्रम में रहकर करनी होगी तो सारा परिदृश्य कितना बदल जाता। दीर्घा यहाँ रहता। सीमंतिनी यहाँ रहती। ज्येष्ठ बृहस्पति दीर्घा को तंग नहीं कर पाते। एक नया प्रभात होता। नया वातावरण बनता। पर मैं चुप रह गई। सच है, संतानवती होने या माँ बनने की इच्छा से ही कोई माँ नहीं बन जाती। ममता का बंधन और ममता के आग्रह स्वाभाविक और गहरे होते हैं। और फिर माँ की ममता? मैं तो इस परीक्षा में असफल हो गई और इसी का परिणाम है कि मेरा दीर्घा आज मुझे छोड़कर जा रहा है।"

सुकेशी रोती ही जा रही थी। तात बृहस्पति और तात संवर्त के चरणों में प्रणाम करके जब दीर्घतमा रथ में बैठने लगे और नरेश मरुत्त ने उन्हें हाथ का सहारा दिया तो सुकेशी की स्थिति विकट हो गई। वह तेजी से चलकर दीर्घतमा की पर्णकुटी में चली गई और अंदर आसंदी पर बैठकर फूट-फूटकर रोने लगी। सबकुछ बदलकर ठीक कर देने की उसकी इच्छा और कुछ न कर पाने की उसकी असामर्थ्य—इन दो पाटों के बीच में फँसी सुकेशी रोते-रोते दीर्घतमा की पर्णकुटी के वासकक्ष में पड़ी आसंदी पर बैठी-बैठी ही मूर्च्छित हो गई। पर कोई यह देख ही नहीं पाया।

दीर्घतमा ने एक बार पूछा, "तात संवर्त, माँ सुकेशी नहीं आई क्या?" संवर्त क्या कहते? सच्चाई बतानी पड़ी। बोले, "वत्स आई थी। कैसे नहीं आती? पर वह तुमसे बात करने की शक्ति ही नहीं सँजो पाई। अभी ही आँखों में आँसू भरकर पर्णकुटी चली गई है।"

दीर्घतमा जैसा परम संवेदनशील व्यक्ति सब समझता था। पर वे जड़ बने रहे। शेष सभी लोगों के आपसी औपचारिक प्रणाम अभिवादन के बाद रथ चल पड़ा और धीरे-धीरे उसने अपनी गति पकड़ ली। चलते रथ में कुछ देर तक दीर्घतमा

और सीमंतिनी चुपचाप बैठे रहे। दीर्घतमा के चेहरे पर विषाद और उदासी की छाया इतनी गहरी थी कि कोई अत्यंत कारुणिक व्यक्ति ही उनसे बोलने का साहस जुटा सकता था। मौन को तोड़ने का यह साहस सीमंतिनी ने जुटाया। बोली, "आर्य दीर्घतमा, क्या आप प्रद्वेषी के बिना बहुत अधिक विषाद अनुभव कर रहे हैं?"

दीर्घतमा को अच्छा लगा कि सीमंतिनी ने उनके मन की बात कह दी है। इससे उनके हृदय में सीमंतिनी के लिए आदर का भाव और बढ़ गया था। आश्रम में आने से पूर्व सीमंतिनी को प्रद्वेषी के बारे में कुछ अधिक ज्ञात नहीं था। कोई आश्रम कन्या दीर्घतमा की परिचर्या करती है और उसका नाम प्रद्वेषी है, इससे अधिक उसे और कोई जानकारी नहीं थी। आश्रम आने पर ही उसने प्रद्वेषी को निकट से देखा तो उसे लगा कि ऐसी प्रद्वेषी केवल परिचारिका नहीं हो सकती। प्रद्वेषी के आत्म हनन का कारण तो उसे पता नहीं चल पाया (बृहस्पति और सुकेशी के अतिरिक्त और भला किसे पता चल पाया था?) पर प्रद्वेषी के चले जाने के बाद दीर्घतमा की दशा देखकर उसे अनुमान हो गया था कि दोनों के बीच कहीं-न-कहीं राग संबंध भी था, जो संभवत: प्रकट नहीं हो पाया था। इसलिए उसे संतोष था कि भले ही संयोगवश हुआ पर अच्छा हुआ कि उसने आर्य दीर्घतमा के आगे अभी तक विवाह प्रस्ताव नहीं रखा। परिचर्या का प्रस्ताव रखने का महत्त्व भी उसे आज समझ में आने लगा था, क्योंकि इस प्रस्ताव में प्रद्वेषी के लिए कहीं कोई उपेक्षा और अपमान नहीं थे, अपितु उसके व्यक्तित्व की स्वीकृति उसमें निहित थी। सीमंतिनी प्रसन्न थी कि एक बहुत ही मार्मिक अवसर पर दीर्घतमा जैसे अतिभावुक और अति विचारशील व्यक्ति ने उसके किसी भी व्यवहार या प्रस्ताव से आहत अनुभव नहीं किया। प्रद्वेषी को लेकर किया गया उसका प्रश्न इस बात का प्रतीक था कि वह दीर्घतमा की मन:स्थिति का समग्र आकलन अब तक कर चुकी थी।

दीर्घतमा बोले, "आर्या सीमंतिनी, मन है न। इसलिए जब तक मन है, तब तक वह इस तरह की संवेदनाओं का प्रसूतिस्थल भी बना रहेगा। परंतु आर्ये जैसे किसी वस्तु का अभाव हमें उसे पाने के लिए व्याकुल कर देता है, वैसे ही मैं अब अनुभव करता हूँ कि प्रद्वेषी का अर्थ मेरे जीवन में क्या हो गया था।"

"आर्य ऋषे," सीमंतिनी ने दीर्घतमा के हाथों को अपने हाथों में लेते हुए कहा, "क्या कभी ऐसा हो सकेगा कि मैं आपके विराट् हृदय में अपने लिए एक ऐसा छोटा सा स्थान बना सकूँ, जहाँ आप पर निरंतर स्नेह और आनंद की वर्षा होती रहे?"

"आर्ये," दीर्घतमा बोले, "वैसे भी इस नश्वर जीवन में प्रत्येक वस्तु, व्यक्ति

और संवदेना, प्रत्येक स्थिति और घटना का आदि भी है और अंत भी है। जब जीवन ही विनाशशील है तो उसमें फिर अविनाशी भावनाएँ और परिस्थितियाँ पैदा हो ही नहीं सकतीं। परंतु आर्या सीमंतिनी, पता नहीं क्यों कुछ संवेदनाएँ ऐसी बन जाती हैं कि जीवन के नष्ट हो जाने पर भी संभवत: नष्ट नहीं होतीं। आर्ये, मेरी माँ ममता और मेरी प्रद्वेषी मेरे हृदय में कुछ ऐसी संवेदनाएँ बनकर विराज गई हैं।"

"और आर्य मैं? आपकी सीमंतिनी?"

दीर्घतमा राजदुहिता की स्नेह और अनुराग से परिपूरित इस भावुकता से हिल गए। बोले, "आर्या सीमंतिनी, क्या आपने कभी अश्विनीकुमारों के रथ के बारे में सुना है? आर्य शुन:शेप ने कल्पना की थी कि अश्विनीकुमार जिस रथ में आते हैं, उस रथ में आपके ही इस रथ की तरह दो चक्र हैं। पर आर्ये, क्या जीवन रथ के पहिए दो से अधिक नहीं हो सकते? सीमंतिनी, यदि अश्विनीकुमारों को मैं तीन चक्रोंवाले रथ में आता हुआ अनुभव कर रहा हूँ तो क्या आप इस अनुभव को गलत मानना चाहेंगी?"

"नहीं आर्य, मैं आपके गहरी संवेदना से भरे अनुभव को गलत कैसे मान सकती हूँ? परंतु आर्य, मैं सहसा उठा दिए गए इस प्रसंग का अर्थ नहीं समझ पा रही हूँ।"

"आर्ये," दीर्घतमा बोले, "उसमें समझने या न समझने की ऐसी कोई बात नहीं। मैं अश्विनीकुमारों से केवल प्रार्थना ही तो कर सकता हूँ। प्रभात होता है। सूर्य की लालिमा पूर्व दिशा में छाने लगती है। सहसा मैं देखता हूँ, हाँ, आर्ये यह सब तो मैं देख ही लिया करता हूँ कि जैसे ही नीचे पृथ्वी पर प्रात:सवन के लिए अग्नि प्रज्वलित की गई तो सूर्य की लालिमा में से अश्विनीकुमारों के रथ का आविर्भाव होने लगा।"

इधर दीर्घतमा भावों के आवेश में आकर बोलते चले जा रहे थे, उधर परम आह्लाद से भरी सीमंतिनी के मन में इच्छा हो रही थी कि बस वह उठे और चलते रथ में ही दीर्घतमा को अपनी बाँहों के आलिंगन में बाँध ले। आकाश की लालिमा में से अश्विनीकुमारों का आविर्भाव देखनेवाली इन जन्मांध आँखों को अपना चुंबन देने को उसका हृदय उतावला हो उठा। पर सीमाएँ थीं और सीमंतिनी इन सीमाओं को खूब समझ रही थी। इसलिए उसने स्वयं को रोक तो लिया, पर बहुत नहीं रोक पाई। दीर्घतमा के साथ और भी सरककर वह बैठ गई और फिर से उनके हाथों को अपने हाथों में थामकर उनके चेहरे को एकटक देखती हुई सीमंतिनी वह सब सुनती

रही, जो दीर्घतमा बिना रुके बोले चले जा रहे थे।

"सूर्य की लालिमा से चमकते हुए इन अश्विनीकुमारों के रथ के तीन चक्र हैं। तीन चक्रोंवाला उनका यह रथ मधु से भरपूर है। आर्या सीमंतिनी, मेरी माँ ममता मुझे बड़े ही स्नेह से मधु खिलाया करती थी। माँ क्या गई, वह मानो मधु साथ ले गई। अश्विनीकुमार अपने रथ में उसी मधु को लेकर आ रहे हैं। उनका यह रथ हमारी ओर चला आ रहा है।"

"आर्य," दीर्घतमा बोल ही रहे थे कि सीमंतिनी बड़े ही स्नेह से अपनी गीली आवाज में इतना भर कह पाई और फिर दीर्घतमा के कंधे पर सिर रखकर सुनने लगी।

"और उस रथ में बैठे अश्विनीकुमार," दीर्घतमा की वाणी को विराम कहाँ था, "भूमि पर विचरण करनेवाले सभी मनुष्यों और पशुओं को सौभाग्य और सुख देते हुए चले आ रहे हैं—

अर्वाङ् त्रिचक्रो मधुवाहनो रथो।
जीराश्वो अश्विनोर्यातु सुष्टुतः।
त्रिबन्धुरो मघवा विश्वसौभगः।
शं न आ वक्षद् द्विपदे चतुष्पदे।"

चकित-चकित रह गई सीमंतिनी। दीर्घतमा जिस सहजता से मंत्ररचना कर लेते हैं, वैसे ऋषि के लिए सतत परिचर्या कितनी आवश्यक है, वह सोच रही थी। उसने मन-ही-मन प्रद्वेषी को प्रणाम किया। सीमंतिनी प्रसन्न थी कि दीर्घतमा राजप्रासाद चल रहे थे, क्योंकि वहाँ रहने पर वह स्वयं ही उनकी भरपूर परिचर्या कर पाएगी। परंतु अपनी बात की प्रतिक्रिया में दीर्घतमा द्वारा रचे गए इस मंत्र का संदर्भ उसे अभी भी समझ नहीं आ रहा था। उसने पूछा तो दीर्घतमा पूरे भावावेश में बताने लगे।

"सीमंतिनी, यह हम सब का जीवन एक रथ ही तो है। जिस सुख, सौभाग्य और आनंद की कल्पना हम करते हैं, वह एक ऐसा मधु है, जिसे हम प्रकृति माँ की कृपा से ही प्राप्त कर पाते हैं। हम सभी इस जीवन रथ के चक्र हैं। सीमंतिनी सामान्य रथ की तरह जीवन का हमारा रथ भी अकेले हमारे चक्र से नहीं चल पाता। उसमें सदा एक से अधिक चक्र चाहिए। दो तो चाहिए ही। यदि मैं इस रथ का एक चक्र हूँ, प्रद्वेषी उसका दूसरा चक्र बन गई थी, तो सीमंतिनी भी इस जीवन रथ का एक चक्र क्यों नहीं हो सकती? हमारे इस रथ पर बैठकर सीमंतिनी, जिस जीवन रथ को

हम चला रहे हैं, उस पर बैठकर प्रकृति माँ ही मानो अश्विनीकुमारों के रूप में अपने प्रत्येक दैवी रूप में हमारे ऊपर आनंद और सौभाग्य की वर्षा करती है। आर्ये यदि चक्र न हो तो रथ कैसे चलेगा? खड़े हुए रथ को तो प्रकृति भी आनंद नहीं देती। वह भी उसे जड़ बना देती है।"

सुनकर सीमंतिनी का हृदय प्रणयोल्लास से भर गया। उसे लगा कि आर्य दीर्घतमा प्रद्वेषी को कभी भूल नहीं पाएँगे। पर उनके जीवन में वह भी उनके साथ चल सकती है। वह सोचने लगी कि क्या उसे अपना विवाह प्रस्ताव आर्य दीर्घतमा के आगे रख देना चाहिए? वह निश्चय नहीं कर पा रही थी कि कब इस प्रस्ताव को रखे। क्या कुछ दिन प्रतीक्षा करनी चाहिए? कुछ ही दिनों में आर्य राजप्रासाद के वातावरण का अंग बन जाएँगे और सहज हो जाएँगे। मुझे भी वह और अधिक समझने लगेंगे। तभी प्रस्ताव रखना ठीक रहेगा। पर क्या आर्य दीर्घतमा मुझे अपनी पत्नी के रूप में स्वीकार कर लेंगे? क्या भावों और विचारों के आकाश में सदा रहनेवाले आर्य मुझ पर वैसा अनुग्रह करेंगे?' सीमंतिनी कुछ निश्चित नहीं कर पा रही थी।

उधर रथ राजप्रासाद के मुख्य द्वार पर जा पहुँचा।

13

राजप्रासाद में पहुँच गए ऋषि दीर्घतमा। वे राजप्रासादों में प्रायः नहीं गए थे। जब भी यज्ञ आदि के लिए गए, मानो छूकर वापस आश्रम लौट आए। वैसे ही जैसे सप्ताह भर पूर्व वे ज्ञानसत्र में भाग लेने के लिए यहीं वैशाली में नरेश मरुत्त के इसी राजप्रासाद में आए थे। तब भी पूर्वाह्न में ज्ञानसत्र में भाग लेकर अपराह्न में वापस चले गए थे। यहाँ तक कि कनिष्ठ भ्राता भरद्वाज से मिलने उनके कक्ष में भी नहीं जा सके थे। पर इस बार सबकुछ अलग सा था। वे वैशाली के राजप्रासाद में रहने आए थे। कब तक रह पाएँगे, इस बारे में वे स्वयं भी स्पष्ट नहीं थे। पर राजप्रासाद का वातावरण आश्रम के वातावरण से नितांत पृथक् था और दीर्घतमा प्रकृति के साथ मन से एकरूप हो चुके थे। इसलिए राजप्रासाद उन्हें बहुत आकृष्ट तो नहीं कर रहा था। पर नियति के वशीभूत दीर्घतमा वहाँ आ गए, जहाँ जाकर रहने के बारे में उन्होंने कभी सोचा तक नहीं था।

सीमंतिनी ने हाथ का सहारा देकर दीर्घतमा को रथ से उतरने में सहायता दी। उतरते ही उन्होंने कनिष्ठ भरद्वाज से मिलने की इच्छा व्यक्त की। सीमंतिनी ने शीघ्र ही स्वयं भी वहाँ पहुँचने की बात कह कर एक राजभृत्य के साथ उन्हें भरद्वाज के कक्ष में भिजवा दिया।

भरद्वाज के लिए मानो उत्सव हो गया। दीर्घतमा के प्रति उनके मन में अत्यधिक सम्मान का भाव था। चूँकि दीर्घतमा जन्मांध थे और पिता बृहस्पति द्वारा उपेक्षित थे, इसलिए भरद्वाज का सम्मान उनके प्रति और भी अधिक था। दीर्घतमा को अपने कक्ष में आया देख वे चकित हो गए, पर उनका मन आह्लाद से भर उठा। बोले, "आर्य भ्राता, यह बहुत अच्छा हुआ कि आप यहाँ आ गए।" भरद्वाज ने दीर्घतमा के चरणों में प्रणाम करते हुए कहा।

कल जब मरुत्त के साथ संवाद में यह निश्चित हो गया कि आर्य दीर्घतमा राजप्रासाद में रहेंगे तो राजा ने अपना एक राजभृत्य भेजकर भरद्वाज को यह सूचना दे दी थी। उसी राजभृत्य से प्रद्वेषी का समाचार भी भरद्वाज को मिल गया था। इतनी सूचनाएँ मिलने के बाद वे दीर्घतमा से मिलने की बस प्रतीक्षा ही कर रहे थे। वे आए तो प्रणाम कर भरद्वाज ने उन्हें अपने कक्ष में एक आसंदी पर बिठाया।

"मैं नहीं जानता भरद्वा कि तुम किस दृष्टि से मेरे यहाँ आने को अच्छा मान रहे हो," दीर्घतमा अपने छोटे भाई का हाथ अपने हाथों में बड़े स्नेह और अनुराग से पकड़ते हुए कहने लगे, "परंतु वत्स, यह जीवन भी कितना अद्‌भुत होता है। कई बार वर्ष के बाद वर्ष बीतते चले जाते हैं और कुछ घटना ही नहीं घटित होती। फिर अचानक एक झंझावात आता है, एक ऐसा पर्जन्य आता है कि क्षण भर में इतना कुछ घट जाता है और हम सब हतप्रभ रह जाते हैं।"

"हाँ आर्य भ्राता," भरद्वाज बोले, "आप आर्या प्रद्वेषी की बात कर रहे हैं न ?"

सुनकर दीर्घतमा की आँखों में आँसू आ गए। रास्ते भर सीमंतिनी से बातें करते हुए वे जैसे-तैसे स्वयं को सँभाले हुए थे। पर भाई के सामने आते ही वे स्वयं को रोक नहीं पाए और प्रद्वेषी की याद में रो पड़े। बोले।

"भरद्वा, एक सप्ताह की ही तो बात है। यही प्रद्वेषी थी, जो मेरा हाथ पकड़कर मेरा मार्गदर्शन करती हुई मुझे इसी राजप्रासाद में हुए ज्ञानसत्र में ले आई थी। आज सप्ताह के बाद मैं पुनः उसी स्थान पर आया हूँ और प्रद्वेषी अब इस संसार में नहीं है। भरद्वा, यह सब कैसे हो जाता है ?"

"आर्य, प्रकृति के रहस्यों पर जितनी तीव्र संवेदना से आप सोच पाते हैं

हम वैसा कहाँ कर पाते हैं?" भरद्वाज ने कहा और आज जीवन में पहली बार वे अनुभव कर रहे थे कि दीर्घतमा अपने हृदय में प्रद्वेषी के साथ गहन राग संबंध बना चुके थे। अपने आश्रम के लोगों की तरह यहाँ भरद्वाज को भी अब तक यही आभास था कि प्रद्वेषी आर्य दीर्घतमा की परिचर्या में लगी है और अपने कर्तव्य के प्रति पूरी तरह समर्पित है।

"वत्स भरद्वा," दीर्घतमा के आँसू थमने का नाम ही नहीं ले रहे थे। बोले, "यह क्या छोटी बात है कि कोई एक व्यक्ति स्वयं को भुलाकर अपने को दूसरों के लिए इतना समर्पित कर दे और संपूर्ण कष्ट झेलकर भी वह दूसरे को सुखी रखने की एकांत कामना से सदा सर्वदा परिचालित रहे?"

भरद्वाज दत्तचित्त होकर सुन रहे थे।

"अब तुम्हीं बताओ भरद्वा, प्रद्वेषी के जीवन का क्या उद्‌देश्य, क्या प्रयोजन रह गया था? माँ ममता के देहांत के बाद उसका निरंतर यही प्रयास था कि बस, मुझे कोई कष्ट न हो, मैं कभी अकेला अनुभव न करूँ।"

"हाँ, आर्य भ्राता।"

"इस दृष्टि से देखो तो प्रद्वेषी ने स्वयं को प्रकृति के साथ जितना एकाकार कर लिया था उतना हम में से कोई भी आज तक नहीं कर पाया। थोड़ा ध्यान से देखो तो इस प्रकृति माँ को। नदियों में निरंतर बहनेवाला जल, आकाश में सदा बहनेवाली वायु, सूर्य का नित्य प्रति मिलनेवाला तेज, हमें हर ऋतु के अनुसार अन्न-फल देनेवाली पृथ्वी और हमें निर्बाध विचरण का अवसर देनेवाला आकाश, यही तो है प्रकृति। और प्रकृति के ये सभी रूप हमें ही तो पुष्ट और स्वस्थ रखने के लिए हैं, हमारे मन और हमारी काया को ही तो प्रसन्न रखने के लिए हैं। ये सभी तत्त्व हम ही को तो समर्पित हैं भरद्वा।" दीर्घतमा के हृदय में प्रद्वेषी का स्थान जितना ऊँचा हो चुका था, वह क्रमश: प्रकट हो रहा था। भरद्वाज अपने भाई के विराट् विचारशील व्यक्तित्व से सुपरिचित थे। इसलिए बड़े ही ध्यान से वे इन बातों को सुन रहे थे। उधर दीर्घतमा का विचारावेश जारी था।

"जो व्यक्ति प्रकृति के इस गुण को स्वयं में समाहित कर ले, वह मानो प्रकृतिमय हो जाता है। और प्रकृति ही ईश्वर का दूसरा नाम रूप है तो कह सकते हैं कि वैसा समर्पित व्यक्ति ईश्वरमय हो जाता है। प्रद्वेषी इसी अर्थ में ईश्वरमय हो गई थी। उसने मेरी परिचर्या को अपने जीवन का ईश्वर मान लिया था और वह पूरी तरह उसे समर्पित हो गई थी।"

"पर आर्य भ्राता, प्रद्वेषी ने उस तरह से आत्मघात क्यों किया? कल जब आश्रम से लौटकर आए राजभृत्य ने मुझे प्रद्वेषी के बारे में बताया तो मुझे सहसा इस पर विश्वास ही नहीं हुआ।" भरद्वाज ने कहा तो दीर्घतमा बोले।

"हाँ भरद्वा, विश्वास कैसे आएगा। पर मैंने कहा न कि प्रद्वेषी मुझको ही समर्पित हो चुकी थी। और जब उसे क्षण भर को लगा कि वह मुझे अंतिम रूप से प्राप्त नहीं कर सकती तो उसने स्वयं को ही सदा के लिए समाप्त कर दिया।"

"आर्य मैं कुछ समझा नहीं।"

"कभी समय आने पर तुम्हें विस्तारपूर्वक बताऊँगा वत्स कि इस ज्ञानसत्र में मुझे ले आने के बाद प्रद्वेषी की मनोदशा क्या हो गई थी।" दीर्घतमा इतना भर कहकर चुप हो गए और उन्होंने भरद्वाज को यह बताना आवश्यक नहीं समझा कि कैसे यहाँ ज्ञानसत्र में ही प्रद्वेषी के मन में उनके प्रति प्रणय का महाभाव उत्पन्न हो गया था।

दोनों भाइयों में इस तरह बातचीत चल रही थी कि एक राजभृत्य सूचना दे गया कि राजदुहिता सीमंतिनी आर्य भरद्वाज के कक्ष में आ रही हैं। थोड़ी देर में सीमंतिनी आई और जैसे ही दोनों भाइयों को प्रणाम कर आसंदी पर बैठ गई तो दीर्घतमा बोले।

"आर्या सीमंतिनी अन्यथा न समझें तो एक बात पूछूँ?"

"हाँ, आर्य।"

"क्या यहाँ हर किसी को दूसरे के कक्ष में या कहीं भी जाने से पहले वैसी सूचना भिजवानी होती है?"

"हाँ आर्य, यह औपचारिकता अब राजप्रासादों के जीवन का स्वाभाविक अंग बन चुकी है। इसके लाभ भी हैं और हानियाँ भी हैं।"

"परंतु मनुष्य को मनुष्य से मिलने से पूर्व इस तरह की आवश्यकता क्यों होनी चाहिए, क्या यह एक-दूसरे पर अविश्वास का प्रतीक नहीं है, क्या इससे मनुष्य को मनुष्य से दूर रखने का भाव नहीं है?" दीर्घतमा बोले।

"हाँ आर्य," सीमंतिनी का नपा-तुला उत्तर था, "आपकी दोनों आपत्तियाँ उचित ही हैं। आपको आश्रम जीवन का अभ्यास है, जहाँ परस्पर विश्वास और सहज निकटता का वातावरण है। पर राजप्रासादों में इन दोनों ही मानवीय गुणों का प्रायः अभाव रहता है, इसलिए ये नई-नई औपचारिकताएँ उत्पन्न हो चुकी हैं।"

"पर आर्ये, आवश्यक तो नहीं कि हर आश्रम के वातावरण में इन मानवीय

गुणों का सम्मान हो। पर हम आश्रमवासियों ने पूर्व सूचना को इतना औपचारिक नहीं बनाया है।" दीर्घतमा ने कहा तो सीमंतिनी ने मंदहास्य के साथ बात समाप्त कर दी।

"आर्य, प्रारंभ में आर्य भरद्वाज को भी इस नियम से बड़ी कठिनाई होती थी। अब तो उन्होंने अन्य अनेक राजकीय आवश्यकताओं की तरह इस औपचारिकता को भी अपने व्यवहार में उतार लिया है।"

"तो क्या मुझे भी इस तरह पूर्व सूचनाएँ भिजवाते रहना होगा?" दीर्घतमा ने चौंककर पूछ लिया।

"नहीं आर्य, आप तो विशिष्ट हैं। आप तो महान् विचारक और कवि हैं। आप तो ऋषि हैं आर्य। आपकी परिचारिका मैं जो हूँ। आपकी ओर से ये सभी औपचारिकताएँ अपने-आप पूरी होती रहेंगी। आइए आर्य, मैं आपको आपके कक्ष में ले चलूँ।" सीमंतिनी बोल रही थी।

"किधर चलना होगा?" दीर्घतमा ने पूछा।

"आर्य भ्राता, आपका कक्ष आर्या सीमंतिनी के कक्ष के पार्श्व में ही निश्चित किया गया है। आइए मैं आपको वहाँ तक ले चलूँ।" भरद्वाज ने अपना हाथ आगे किया तो सीमंतिनी बोली।

"नहीं आर्य भरद्वाज, यह सौभाग्य तो मेरा ही रहेगा। आर्य का कक्ष मेरे कक्ष के पार्श्व में इसीलिए है कि कोई राजभृत्य या राज परिवार का कोई दूसरा व्यक्ति नहीं, अपितु मैं ही उनकी नित्य परिचर्या में रहनेवाली हूँ। आर्य दीर्घतमा, मैं अब आज से आपकी परिचर्या वैसे ही करने का प्रयास करूँगी, जैसे आर्या प्रद्वेषी किया करती थी। तो बताइए न आर्य दीर्घतमा, आर्या प्रद्वेषी कैसे आपको ले जाया करती थी? मैं भी आपको जहाँ आप कहेंगे वैसे ही ले जाऊँगी," सीमंतिनी की बातों में प्रद्वेषी के लिए श्रेष्ठ सम्मान का भाव प्रकट हो रहा था। दीर्घतमा बोले, "आर्या सीमंतिनी, परिचर्या कोई ऐसी तराशी हुई प्रतिमा नहीं होती कि जिसकी अनुकृति में कोई दूसरी प्रतिमा बनाई जा सके। परिचर्या एक ऐसा जीवंत भाव है, जिसकी परिभाषा परिचर्या करनेवाले को स्वयं लिखनी होती है। आर्ये, परिचर्या का संबंध अनुकृति से नहीं हृदय से है। नियमों से नहीं, वात्सल्य, ममता और लगाव से है। इसलिए सीमंतिनी, अपनी परिचर्या के स्वरूप का निर्धारण आपको स्वयं ही करना है।"

सुनकर भरद्वाज और सीमंतिनी चकित हो गए कि जन्मांध दीर्घतमा की दृष्टि प्रत्येक विषय में कितनी सूक्ष्म है। वे प्रकृति के गहन रहस्यों का विश्लेषण जितनी

सूक्ष्मता से करते हैं, उतनी ही सूक्ष्मता मानव स्वभाव के उनके विश्लेषण में भी है, यह देखकर सीमंतिनी गद्गद हो गई। पिछले सप्ताह भर से वह दीर्घतमा के चिंतन और भाव की विराटता के दर्शन कई बार और कई तरह से कर चुकी थी। उसने आगे बढ़कर दीर्घतमा का बायाँ हाथ अपने दाएँ हाथ से पकड़ लिया और बोली।

"आर्य मैं आपकी कृतज्ञ हूँ कि आपने मेरी आँखें खोल दीं। आइए आर्य मैं आपका हाथ थामकर आपको आपके कक्ष में ले चलती हूँ।"

दोनों भरद्वाज के कक्ष से बाहर चले गए। दीर्घतमा के लिए निश्चित किया गया कक्ष राजप्रासाद के भीतर ही था और पास ही था। चलते-चलते दीर्घतमा सीमंतिनी के बारे में सोचते जा रहे थे...

'कोई संदेह नहीं कि सीमंतिनी के हृदय में मेरे प्रति प्रणय का एक विराट् भाव बन चुका है। सीमंतिनी को कहीं-न-कहीं यह आभास भी हो चुका है कि प्रद्वेषी मुझसे प्रणय करने लगी थी। पर इससे न तो सीमंतिनी के हृदय में प्रद्वेषी के प्रति कोई ईर्ष्याभाव बना है और न ही उसके अपने प्रणय भाव में कोई कमी इससे आई है, बल्कि प्रद्वेषी के बारे में जानने के बाद सीमंतिनी के हृदय में मेरे और प्रद्वेषी के प्रति सम्मान का भाव और भी बढ़ गया है। क्या इसे सीमंतिनी के प्रणय की गहराई और विराट्ता न माना जाए कि उसके हृदय में मेरे और प्रद्वेषी के एक-दूसरे के प्रति राग संबंध के लिए पूरा आदर है?' दीर्घतमा सीमंतिनी के दिशानिर्देश में राजप्रासाद के बरामदों में चलते भी जा रहे थे और सोचते भी जा रहे थे।

यदि सीमंतिनी चाहती तो किसी राजभृत्य को मेरी परिचर्या का भार सौंप सकती थी और स्वयं एक राजदुहिता की तरह पूर्व सूचना देकर मुझसे मिलने आ सकती थी। तात बृहस्पति कह रहे थे कि सीमंतिनी मेरे साथ विवाह का प्रस्ताव रखने आश्रम आनेवाली थी। वह आश्रम आई इतने दिन रही, मुझसे इतना अधिक संवाद किया, पर विवाह का प्रस्ताव आज तक नहीं रखा, इसे क्या सीमंतिनी के व्यक्तित्व की गंभीरता न माना जाए? अब वह मेरी परिचर्या भी करना चाहती है। आश्रम में भी वह मेरी परिचर्या के लिए कह रही थी। तो क्या वह पहले मेरे हृदय में प्रद्वेषी का पद पा लेना चाहती है और फिर विवाह का प्रस्ताव रखना चाहती है या कि परिचर्या के द्वारा मेरे प्रति अपने समर्पण भाव को और अधिक गहरा करना चाहती है और मेरे ही मुँह से विवाह की बात सुनना चाहती है?'

इन विचारों में लीन सीमंतिनी का दायाँ हाथ थामे और उसके पार्श्व में उसके साथ-साथ चलते दीर्घतमा को एक कक्ष में ले जाकर सीमंतिनी बोली, "आर्य,

आपका वासकक्ष आ गया। आइए मैं आपको इस कक्ष की पूरी जानकारी दे दूँ।" यह कहकर सीमंतिनी दीर्घतमा को वैसे ही समझाने लगी, जैसे कोई माँ अपने पुत्र को समझाती है।

"आर्य, आपका यह कक्ष चार कक्षोंवाले मेरे ही आवास का एक अंग है।"

"तो क्या मैं आपके आवास में रहूँगा ?" दीर्घतमा चौंके।

"हाँ आर्य, आप कहीं भी रहें पर आप मेरे ही आवास में रहेंगे। आर्य ऋषि हमारा हृदय भी तो एक आवास है, जहाँ हमारे विचारों और भावों के साथ-साथ मनुष्यों का निवास भी होता है। आर्य जैसे वे ही विचार और वे ही भाव हमारे हृदय में रह पाते हैं, जो हमें अत्यंत प्रिय होते हैं, जो हमारे अपने होते हैं, वैसे ही आर्य केवल वे ही मनुष्य हमारे हृदय आवास में रह पाते हैं, जो हमारे प्रियतम होते हैं, हमारे अपने होते हैं।"

दीर्घतमा सुनकर आश्चर्य और प्रसन्नता से भर उठे। उन्हें आभास हुआ कि सीमंतिनी प्रणयिनी है और अत्यंत बुद्धिमत्ती भी। वह उन्हें अपने इतना निकट मानती है, यह जानकर भी दीर्घतमा का हृदय आह्लाद से भर गया। प्रद्वेषी के चले जाने के बाद आज पहली बार दीर्घतमा के हृदय ने आह्लाद अनुभव किया था और यह आह्लाद उन्हें दिया था सीमंतिनी ने। उन्हें लगा कि सीमंतिनी के सान्निध्य में इस राजप्रासाद में रहा जा सकता है।

"आर्य आपका यह कक्ष दस हाथ वर्गाकार में है।" सीमंतिनी ने कहा तो दीर्घतमा हँस पड़े और बोले, "आर्ये, आप तो मुझे ज्यामिती पढ़ा रही हैं।"

सीमंतिनी खिलखिलाकर हँस पड़ी। बोली, "आर्य, आप जैसे आध्यात्मिक पुरुष को मैं अपनी ज्यामिती में ही बाँध सकती हूँ। और तो कोई संपत्ति मेरे पास है नहीं।" सीमंतिनी का इतना कहना था कि दीर्घतमा भी खिलखिलाकर हँस पड़े और दोनों ही कुछ क्षण तक इसी तरह प्रसन्न मुद्रा में हँसते रहे। प्रद्वेषी को गए दो दिन हो गए थे और उसके बाद आज पहली बार दीर्घतमा स्वयं को स्वस्थ अनुभव कर रहे थे। उधर सीमंतिनी ने अपना कथन फिर से प्रारंभ किया, "आर्य जिस द्वार से हम कक्ष के भीतर आए हैं, वह इस दीवार के एकदम मध्य में है। भीतर आते ही सामने दीवार पर एक चित्र पर दृष्टि जाती है।"

"किसका चित्र है यह ?" दीर्घतमा ने पूछा।

"आपका है आर्य।"

"मेरा, मेरा चित्र यहाँ क्यों, कब बन गया मेरा चित्र, कैसे बन गया, किसने बना दिया ?"

"आर्य," प्रसन्न सीमंतिनी कहने लगी। "आपने तो प्रश्नों का पर्वत मेरे सामने खड़ा कर दिया है। सुनें आर्य, आप पिछले सप्ताह जब ज्ञानसत्र में भाग लेने सहसा यहाँ आ गए थे और सहसा परीक्षा में स्वयं को प्रस्तुत करने के बाद ऋषिपद पर प्रतिष्ठित हो गए थे तो पूरे राजप्रासाद में आपकी चर्चा हो गई। मैंने आपके विषय में कब से बहुत कुछ सुन रखा था। इसलिए मेरे मन में भी आपके दर्शन की लालसा ने जन्म लिया। जब आपको ज्ञानसत्रवाले कक्ष के बाहर खुले प्रांगण में देखा तो मन पर ऐसा प्रभाव पड़ा कि तुरंत मैंने चित्रकार को बुलवाया। उसने आपको ध्यान से देख लिया और दो दिन में चित्र बनाकर लाने को मैंने उसे कहा। जब मैं आश्रम में आपके विचारों की विराट्ता में अवगाहन कर रही थी तो इसी बीच वह चित्रकार चित्र बनाकर यहाँ इस कक्ष की दीवार पर लगा गया।"

"यहाँ क्यों?" मुग्ध भाव से दीर्घतमा ने पूछा।

"क्योंकि उसे यहाँ लगाने का आदेश देकर ही मैं आश्रम गई थी। आर्य मुझे यह चित्र अपने ही आवास में लगवाना था। और अब तो आप भी आ गए हैं। मुझे लगा कि आपके चित्रवाला कक्ष ही आपका कक्ष भी होना चाहिए।"

"ऐसा क्यों?" फिर से दीर्घतमा का प्रश्न था।

"आर्य, इसका कोई ठोस उत्तर तो मेरे पास भी नहीं है। जैसा मुझे लगा वैसा कर दिया। यदि आपको लगता है कि आपका चित्र आपके कक्ष में नहीं होना चाहिए तो इसे मैं अपने वासकक्ष में लगवा देती हूँ।"

"मैंने तो ऐसा नहीं कहा," दीर्घतमा का उत्तर सुनकर सीमंतिनी प्रसन्न हो गई। "पर इस चित्र में दिखाया क्या गया है?"

"आर्य, इस चित्र में आपको ज्ञानसत्र में अध्यक्षमंडल को संबोधित करते हुए अपना मंत्र गान करते हुए दिखाया गया है," सीमंतिनी ने कहा तो दीर्घतमा उसे प्रसन्न दिखाई दिए।

"हाँ तो आर्य, द्वार में प्रवेश करते ही दाईं ओर आपके लिए शैया रखवा दी गई है, जहाँ आप विश्राम कर सकते हैं। द्वार के बाईं ओर छह आसंदियाँ पड़ी हैं, जहाँ आप लोगों के साथ बैठकर मनचाहा संवाद कर सकते हैं। इन असंदियों के पीछेवाली दीवार में अर्थात् आपके चित्र के दाईं ओर एक द्वार है, जहाँ से बाहर उद्यान में जाया जा सकता है।"

"ठीक है।"

"आर्य, मेरा कक्ष आपके कक्ष के बाईं ओर है। आप मुझे जब चाहें पुकार

सकते हैं, पर आर्य मेरा हृदय और मेरे कान सदा आपके कक्ष की आवश्यकताएँ जानने के लिए स्वयमेव तत्पर रहेंगे। मुझे प्राय: आप अपने ही कक्ष में पाएँगे।"

"मेरा स्वाध्याय, आर्या सीमंतिनी?"

"आर्य ऋषे, मैं नित्य प्रात: प्रातराश के बाद आपके पास बैठकर आपको वह सब पढ़कर सुनाऊँगी जो भी आप चाहेंगे। आपके मंत्रों को पत्रों पर लिख लेने का दायित्व भी मेरा रहेगा। जो मंत्र आपने आज रथ में बैठकर रचा था, वह मैंने यहाँ आते ही लिख लिया है। जो आपके मंत्र आश्रम में आर्या प्रद्वेषी और माँ सुकेशी ने लिख लिये थे, वे भी सब मैं अपने साथ लेकर आई हूँ।"

थोड़ी देर रुककर सीमंतिनी ने कहा, "आर्य, अब आप विश्राम करें। मध्याह्न का भोजन लेकर मैं ही आऊँगी। आपका और मेरा प्रातराश तथा मध्याह्न-सायं का भोजन यहीं आपके कक्ष में हो सकता है न आर्य?"

"आर्ये, क्यों नहीं हो सकता।"

सीमंतिनी चली गई। वह बस बताकर चली गई। उसने जाने से पहले प्रणाम नहीं किया। जाने से पहले आर्य दीर्घतमा को वह जिस आसंदी पर बिठाकर गई, उसी पर बैठे-बैठे वे सोचने लगे।

'जीवन में कब क्या घट जाता है, हममें से कोई नहीं जान पाता। तीन दिन पूर्व तक मैं सोच ही नहीं सकता था कि प्रद्वेषी इस तरह हम सभी को रोता छोड़कर चली जाएगी। और जब वह चली गई तो मैंने कल्पना भी नहीं की थी कि सीमंतिनी इस तरह सहसा आकर उस रिक्ति की पूर्ति करने को तत्पर हो जाएगी, जो प्रद्वेषी के जाने से मेरे जीवन में पैदा हो गई है। प्रद्वेषी मेरे जन्मकाल से मेरी परिचर्या कर रही थी। अठारह वर्ष तक परिचर्या करने के बाद उसके हृदय में मेरे लिए प्रणय का भाव उत्पन्न हुआ और वही प्रणय भाव मानो अभिशाप बन गया और प्रणयिनी प्रद्वेषी चली गई। पर सीमंतिनी ने तो प्रारंभ ही प्रणय से किया है। उसके हर वाक्य हर स्पर्श में प्रणय का अनूठा भाव छिपा है। प्रणयिनी सीमंतिनी अब मेरी परिचर्या का कठिन व्रत उठाने जा रही है। हे प्रभो, इस सबकी क्या व्याख्या करूँ? अब जीवन में क्या होनेवाला है? जैसे परिचर्या में लीन प्रद्वेषी का प्रणय भाव अभिशाप बन गया, वैसे ही प्रणयिनी सीमंतिनी की परिचर्या-आतुरता क्या परिणाम लाएगी? क्या राजप्रासाद में मेरे जीवन का कोई नया क्रम प्रारंभ हुआ है या कि यह भी तीव्र घटनाओं के उस नए प्रवाह में एक अस्थायी तरंग मात्र बनकर रह जानेवाला है?' दीर्घतमा को लगा कि इन विचारों की शृंखला का कहीं कोई अंत नहीं है। वे सोचने लगे, 'मैं अपने

विचारों पर तो नियंत्रण कर सकता हूँ, पर अपनी नियति पर अपनी प्रकृति माँ के स्वभाव पर कैसे नियंत्रण कर सकता हूँ। वैसे तो मैं अपने विचारों और भावों पर भी कैसे नियंत्रण कर सकता हूँ? विराट् समुद्र की तरंगों की तरह वे भी स्वयमेव उठते-लहराते रहते हैं। प्रभो क्या होनेवाला है? क्या मेरा आश्रम मुझसे सदा के लिए छूट गया है या पिता उचथ्य और माँ ममता के प्रिय आश्रम में मैं पुनः लौटूँगा? क्या सीमंतिनी अब मेरी जीवन-यात्रा की संगिनी होगी या माँ और प्रद्वेषी की तरह उसे भी मुझे छोड़कर कहीं चले जाना है?'

14

प्रातराश के बाद आर्य दीर्घतमा अपने कक्ष के पीछे के बरामदे में एक आसंदी पर बैठे कुछ सोच रहे थे। उनकी इच्छा हुई कि वे थोड़ा नीचे उतरकर उद्यान में घूम लें। ठंडी मधुर हवा चल रही थी और उस वायु के स्पर्श में शीघ्र ही वर्षा होने की गंध आ रही थी। दीर्घतमा की इच्छा बरामदे से उतरकर उद्यान में जाकर उस मधुर शीतल वायु में रम जाने की हुई तो अचानक उन्हें बड़ा भारी नाद सुनाई दिया। यह नाद आकाश में उमड़-घुमड़कर आए मेघ का था। बादल की इस गरज को सुन दीर्घतमा ने उद्यान में जाकर विचरण करने का विचार छोड़ दिया और आसंदी पर बैठे-बैठे उनका मन अपने आश्रम में लौट गया था। वे सोचने लगे।

'मुझे यहाँ राजप्रासाद में आए तीन महीने होने को आए हैं, पर मेरे आश्रम का कोई समाचार ही इस बीच नहीं मिला। तात बृहस्पति से तो किसी समाचार की अपेक्षा वैसे भी नहीं थी। पर तात संवर्त और माँ सुकेशी को क्या हुआ? क्या वे भी मेरा विस्मरण कर बैठे हैं? मेरे ऋषि बनने के बाद माँ सुकेशी ने कितने स्नेह से मुझे अपने हाथों से भोजन कराया था और फिर कैसे मुझे आस्तरणिका पर लिटाकर, मेरे सिर को अपने अंक में रखकर, मेरे केशों को सहलाती रही थीं। ममता की अभिव्यक्ति भय के मारे रुक तो सकती है, पर ममता का नाटक नहीं हो सकता। अवश्य माँ सुकेशी किसी संकट में होंगी, अन्यथा क्या वे मेरा पता नहीं करतीं? वे अवश्य देखती-भालतीं कि उसका दीर्घा कैसा है, सुखी है या दुःखी है, प्रसन्न है या विषाद में है। कैसे पता चले माँ सुकेशी का?'

सोचते-सोचते दीर्घतमा की आँखों में आज अचानक आँसू आ गए। इधर मेघ

का घनगर्जन कानों में पड़ा, उधर उन्हें प्रद्वेषी की याद ने लगभग सता दिया। चाहे जितनी भयानक वृष्टि हो रही हो, जितना भयानक मेघगर्जन हो रहा हो, प्रद्वेषी ने अपनी परिचर्या को कभी संकट में नहीं पड़ने दिया। पानी में भीगती वह मेरे लिए प्रातराश लाया करती, स्वाध्याय के लिए आती, संवाद के लिए आती। प्रभो, आज प्रद्वेषी होती तो क्या वह मेरे आश्रम से आने के बाद मेरा कोई वृत्तांत न रखती? यह कैसे संभव था? तो क्या इसलिए प्रद्वेषी चली गई कि उसे मेरे आश्रम से इस तरह चले जाने का और फिर सभी से दूर हो जाने का पूर्वाभास हो गया था, क्या उसे अपनी भावी विवशताओं का पूर्वाभास हो गया था, इसलिए वह चली गई?

'हे प्रभो, मुझे आपने अंधा क्यों कर दिया?' आज अचानक दीर्घतमा को अपनी अंधता पर क्रोध आने लगा था। वे मानो विलाप कर रहे थे, 'मैं अंधा न होता तो स्वयं ही आश्रम जाकर सभी का समाचार ले आता। अंधा न होता तो आश्रम छोड़ने की स्थितियाँ ही क्यों पैदा होतीं? अंधा न होता तो क्या प्रद्वेषी को ऐसे अपनी जीवन लीला समाप्त करने देता? अंधा न होता तो क्या तात बृहस्पति को इस तरह से मनमानियाँ करने देता? कभी नहीं करने देता। फिर तो पूरे आश्रम की प्रतिमा ही दूसरी होती। वहाँ प्रतिदिन यज्ञ का वातावरण बोझिल नहीं, सात्त्विक होता। हर पर्व पर छात्र-छात्राओं का नृत्य गान होता। मैं अंधा न होता तो माँ सुकेशी को कोई कष्ट नहीं होने देता। तात संवर्त को सम्मान के शिखर पर पहुँचाता।'

सोचते-सोचते दीर्घतमा लगभग चीखने की स्थिति में आ गए। 'हे प्रभो, मेरा क्या अपराध था कि मुझे अंधा बना दिया? अपराध तो तात बृहस्पति ने किया और अंधा मैं हो गया? वे बने कुलपति और मैं हो गया एक पद आगे बढ़ाने के लिए भी दूसरे की सहायता को विवश?'

प्रद्वेषी तुम थीं तो मैंने कभी अंधा होने की परवशता नहीं अनुभव की। तुम गईं तो देखो क्या हुआ है? मेरा आश्रम मुझसे छूट गया है। माँ की उँगली छूट जाने पर भटके शिशु जैसी मेरी हालत हो गई है। तीन महीने हो गए प्रद्वेषी, पर कोई मेरे बारे में पता करने भी नहीं आया है।'

सोचकर दीर्घतमा फफक-फफक रोने लगे। आँसू तो आकाश भी बहा रहा था, पर पता नहीं वे आँसू प्रसन्नता के थे या विषाद के। पर यदि दीर्घतमा विषाद में थे तो आकाश को भी प्रसन्नता नहीं हो सकती थी। यदि प्रकृति पुत्र दीर्घतमा विवशता, क्रोध और विषाद में चीख-चिल्ला रहे थे तो मेघ का गर्जन भी किसी आह्लाद और उत्सव का प्रतीक नहीं हो सकता था।

"आर्य क्या बात है, क्यों इतना व्याकुल हो रहे हैं, क्या आश्रम का स्मरण हो आया है, प्रद्वेषी की याद आ रही है, माँ के बिना व्याकुल हो रहे हैं?" ये प्रश्न सीमंतिनी के थे, जो ऋतु में आए इस मधुर परिवर्तन का दीर्घतमा के साथ मिलकर बातें करते हुए आनंद लेने के लिए प्रातराश करवाने के बाद फिर से वहाँ आ गई थी।

"हाँ सीमंतिनी।" पिछले तीन महीने के राजप्रासाद के अपने जीवन में दीर्घतमा सीमंतिनी से इतना अधिक प्रभावित और आकृष्ट हो गए थे। मन से दोनों एक-दूसरे के इतना घनिष्ठ हो गए थे कि दीर्घतमा ने सीमंतिनी को आर्या कहकर संबोधित करना बंद कर दिया था। वे राजदुहिता के लिए अब सम्मानसूचक 'आप' आदि का प्रयोग भी प्रायः नहीं करते थे। बोले, "सीमंतिनी, पिछले तीन महीने में मैं तुम्हारे अनुराग और परिचर्या से इतना अभिभूत हूँ कि मुझे राजप्रासाद के नए और विचित्र वातावरण में आकर भी कोई कष्ट अनुभव नहीं हो रहा। पर सीमंतिनी, जहाँ बाल्यकाल बिताया हो, उस स्थान को तो हम आजीवन नहीं भुला सकते न? जहाँ चलना सीखा हो और जिसका चप्पा-चप्पा सुपरिचित हो, वहाँ जाने का मन करता है न? शैशव से ही जिनके साथ खेले हों, उनका नाम तो हमारे हृदयपटल पर स्थायी रूप से अंकित होता है न? सीमंतिनी, बताओ न, मैं अपनी माँ को कैसे मूल सकता हूँ? प्रद्वेषी को कैसे भूल सकता हूँ सीमंतिनी?"

"आर्य यदि आप माँ ममता को भूल जाएँगे, आर्या प्रद्वेषी का नाम हृदय पटल पर धुँधला हो जाने देंगे तो आप निश्चित ही कृतघ्न माने जाएँगे और स्वयं अपने ही सामने आपका आकार छोटा पड़ जाएगा। परंतु आर्य आप इतने व्याकुल न हों। धीरे-धीरे सब ठीक हो जाएगा।"

"नहीं सीमंतिनी, कैसे ठीक हो जाएगा? आज आश्रम से आए मुझे तीन महीने होने को आए, परंतु मेरे पास आश्रम का कोई समाचार नहीं है, कोई वृत्तांत नहीं है। मन करता है कि आकाश में उमड़-घुमड़ रहे इन मेघों पर सवार हो जाऊँ और क्षण भर में अपने आश्रम पहुँच जाऊँ। और तो कोई वहाँ मिलेगा नहीं, न माँ ममता और न ही प्रद्वेषी। परंतु सीमंतिनी, माँ सुकेशी तो वहाँ होंगी, उन्हीं के अंक में सिर रखकर दिन भर माँ और प्रद्वेषी की याद में रोऊँगा तो व्याकुलता कम हो जाएगी।"

सीमंतिनी चिंतित हो उठी। दीर्घतमा अपनी माँ और प्रद्वेषी को याद तो प्रायः करते थे। पर आज उनकी व्याकुलता उसे सीमातीत दिखाई दे रही थी। सीमंतिनी अब तक अपने पिता मरुत्त से जान चुकी थी कि आर्य दीर्घतमा के लिए आश्रम

में स्थितियाँ कभी अनुकूल नहीं थीं और प्रद्वेषी के चले जाने के बाद तो और भी प्रतिकूल हो गई हैं। इसलिए उनका वापस आश्रम जाना सीमंतिनी को ठीक नहीं लग रहा था। उसने हाथ पकड़कर दीर्घतमा को आसंदी से उठाया और भीतर कक्ष में ले आई। जब दीर्घतमा आसंदी पर बैठ गए तो उसने उनके चरणों पर अपना सिर रख दिया।

वह बोली, "आर्य मुझसे ऐसा क्या अपराध हो गया है कि आप राजप्रासाद छोड़कर वापस आश्रम जाना चाहते हैं?"

"नहीं सीमंतिनी, नहीं ऐसा मत कहो। तुमसे भला कुछ ऐसा अपराध क्यों हुआ होगा? प्रद्वेषी के चले जाने के बाद तुम्हीं तो हो, जिसने मेरा इतना अधिक विचार किया है। राजदुहिता होकर तुमने स्वयं को मेरी परिचर्या में लगा दिया है, क्या यह कुछ कम है? सारी मर्यादाओं को एक ओर रखकर मेरे लिए प्रातराश लाती हो, भोजन लाती हो, मुझे स्वाध्याय सुनाती हो, मेरी मंत्ररचनाओं को लिखती हो, सीमंतिनी यह क्या कम है? तुम्हें अपराधी कहकर तो मैं स्वयं अपराधी हो जाऊँगा। उठो, सीमंतिनी मेरे पाँवों को छोड़कर, अब मेरे सामने स्वाभिमानिनी नारी की तरह खड़ी हो जाओ। मुझे नारी का ममता और स्वाभिमान से भरा व्यक्तित्व सुहाता है, चरणों पर गिरा हुआ दयनीय रूप नहीं।"

"परंतु आर्य पहले कहिए कि अब आप आश्रम वापस नहीं जाएँगे, तभी मैं आपके सामने खड़ी होऊँगी।"

"सीमंतिनी, कौन कब कहाँ जाएगा, इसका विधान तुम और मैं नहीं करते, प्रकृति माँ करती है। जिस दिन मैं ज्ञानसत्र में यहाँ आया था, क्या उस दिन तुमने या मैंने सोचा था कि मैं अब राजप्रासाद में रहना प्रारंभ कर दूँगा? कल को मैं कहाँ जाऊँगा या तुम कहाँ जाओगी, इसका निर्धारण मैं और तुम कर ही नहीं सकते। परंतु सीमंतिनी, इतना अवश्य कहता हूँ कि अभी मैं तुरंत आश्रम वापस नहीं जा रहा हूँ। जब भी जाऊँगा, जहाँ भी जाऊँगा तुमसे अनुमति लेकर ही जाऊँगा। अब तो उठो सीमंतिनी।"

सीमंतिनी उठकर खड़ी हो गई। दीर्घतमा को अपने आलिंगन में बाँधकर वह उनकी व्याकुलता को समाप्त कर देना चाहती थी। उसे लगा कि अब आर्य दीर्घतमा के आगे विवाह प्रस्ताव रख देना चाहिए और उन्हें सदा के लिए राजप्रासाद का सदस्य बना देना चाहिए।

सीमंतिनी बोली, "आर्य, आज मध्याह्न के भोजन में पिताश्री भी आएँगे और हम तीनों एकसाथ भोजन करेंगे।"

"क्यों आज कुछ विशेष बात है कि नरेश मरुत्त को यहाँ आने का आयास करना पड़ रहा है?" दीर्घतमा ने पूछा तो सीमंतिनी बोली।

"हाँ आर्य, कुछ विशेष ही है और जो है अच्छा ही है।"

"तो प्रतीक्षा की जाए।" दीर्घतमा ने कहा तो सीमंतिनी चली गई। अब वे कक्ष के भीतर अपनी आसंदी पर बैठे सोचने लगे, 'अकृति ने नारी को प्रणयिनी कैसे बना दिया है? सीमंतिनी पिछले तीन महीनों से मेरे साथ अपने विवाह का प्रस्ताव रखने की सोच रही है, पर रख नहीं पा रही। उसका प्रणयभाव निरंतर बढ़ता जा रहा है। यह इस प्रणय का ही तो बल है कि राजदुहिता होकर, सभी मर्यादाओं की परिधियों को लाँघकर, वह मेरी परिचर्या कर रही है। मुझे व्याकुल देखकर उसके चित्त की शांति भंग हो जाती है। मेरा थोड़ा सा कष्ट भी उसे चिंतित कर देता है और मेरी प्रसन्नता उसके उल्लास को कई गुना बढ़ा देती है। यह सीमंतिनी के मेरे प्रति अगाध प्रणय का ही तो परिणाम है कि वह उन सभी का सम्मान करना चाहती है, जिनके लिए मेरे हृदय में सम्मान है। मैं आश्रम वापस जाना चाहता हूँ, इसके संकेत मात्र से वह कितनी व्याकुल हो गई थी।' सोचते-सोचते दीर्घतमा आसंदी से उठे और शैया पर जाकर लेट गए। फिर से सोचने लगे, 'आज राजा मरुत्त मेरे साथ मध्याह्न का भोजन करने क्यों आ रहे हैं? तीन महीने हो गए मुझे यहाँ आए हुए। इस बीच वे एक बार ही आए थे, यह कहने कि जब शरद के प्रारंभ में वैशाली में एकदिवसीय याग होगा तो पाँचालनरेश दुष्यंत पुत्र भरत शाकुतलेय भी उसमें भाग लेने यहाँ आएँगे। हो सकता है कुशल क्षेम पूछने की औपचारिकता निभाने आ रहे हों। हो सकता है कुछ और बात हो।' सोचते-सोचते दीर्घतमा की आँख लग गई।

जब नींद खुली और वे शैया पर उठकर बैठे तो उन्हें नरेश मरुत्त का स्वर सुनाई दिया।

"आर्य दीर्घतमा, मैं मरुत्त आपका सादर अभिवादन करता हूँ।"

हड़बड़ी में दीर्घतमा खड़े हो गए। आगे बढ़ने लगे तो सीमंतिनी ने उन्हें सहारा दिया। बोले, "क्षमा करें राजन् ऐसे ही थोड़ा आँख लग गई थी। आप दोनों कब पधारे?"

"चिंता न करें। हमें आए अभी कुछ क्षण ही हुए हैं। आइए बैठें तो कोई बातचीत प्रारंभ हो।" नरेश बोले। सीमंतिनी ने हाथ का सहारा देकर दीर्घतमा को आसंदी पर बिठाया। फिर नरेश मरुत्त और राजदुहिता सीमंतिनी भी आसंदियों पर

बैठ गए। कुछ क्षण मौन बना रहा। ऐसे ही मानो कहीं देखते हुए दीर्घतमा मंद-मंद मुसकरा रहे थे। मौन तोड़ते हुए राजा बोले।

"आर्य दीर्घतमा, आपको किसी प्रकार का कोई कष्ट अथवा समस्या तो नहीं है यहाँ?"

"आर्य राजन्, जब स्वयं राजदुहिता सीमंतिनी ने सारा दायित्व सँभाल रखा हो तो फिर समस्या होने का प्रश्न ही नहीं है।"

"आर्य ऋषे, दुहिता सीमंतिनी के व्यवहार में कोई त्रुटि तो आपको देखने में नहीं आती?" फिर से मरुत्त ने पूछा।

"आर्य मरुत्त, सीमंतिनी अत्यंत बुद्धिमत्ती है और मेरा बहुत ध्यान रखती है। मुझे तो इनमें कई बार साक्षात् प्रद्वेषी की उपस्थिति अनुभव होती है। अपनी प्रतिभा से सीमंतिनी मेरे विचारों के प्रवाह को स्वच्छंद दौड़ने की श्रेष्ठ प्रेरणा भी देती रहती है। राजन् अपने मन की बात बताऊँ, आर्या सीमंतिनी के लिए मेरे हृदय में विशेष आकर्षण का भाव उत्पन्न हो चुका है, एक स्वाभाविक संबंध जिस पर मुझे भरोसा है।"

यह सुनकर मरुत्त प्रसन्न हो गए। इतने में भोजन आ गया। सबके आगे पड़े एक-एक काष्ठफलक पर भोजन रख दिया गया तो मरुत्त के अनुरोध पर सबने भोजन प्रारंभ किया। भोजन प्रारंभ होते ही राजा मरुत्त को लगा कि उन्हें अब अपनी बात भी प्रारंभ कर देनी चाहिए, जिसके लिए वे पिछले तीन महीनों से प्रयास कर रहे थे।

राजा मरुत बोले, "आर्य दीर्घतमा, मैं जिस प्रार्थना के लिए आज से तीन माह पूर्व आश्रम में आया था, एक या अन्य कारण से वह बात टलती ही आ रही है। आप राजप्रासाद आ गए तो मुझे लगा कि पहले आप यहाँ के वातावरण से समरसता अनुभव करने लगें तो फिर मैं आपके सामने अपनी दुहिता सीमंतिनी के आपके साथ विवाह का प्रस्ताव रखूँ। तो आर्य आंगिरस, मेरा आपसे निवेदन है कि आप दुहिता सीमंतिनी से विवाह का मेरा यह प्रस्ताव सहर्ष स्वीकार कर मुझ पर अपना असीम अनुग्रह करें।"

जिस प्रस्ताव को रखने की बात पर पिछले तीन महीनों से राजदुहिता सीमंतिनी के मन में ऊहापोह चल रहा था, वह प्रस्ताव आज उसने अंततः अपने पिता से रखवा ही दिया। सीमंतिनी एक विशेष प्रतीक्षा के भाव से आर्य दीर्घतमा को देखने लगी। मरुत्त और सीमंतिनी के चेहरे पर क्या भाव आ रहे थे और जा रहे थे, इस सबसे अपरिचित दीर्घतमा प्रस्ताव सुनकर चुपचाप भोजन करते रहे। सोच रहे थे कि

'हे प्रभो, यह तुम्हारी कैसी माया है? आज ही मेरा मन राजप्रासाद छोड़कर आश्रम जाने को कर रहा था और आज ही आपने मुझे राजप्रासाद से बाँध देनेवाला यह प्रस्ताव रखवा दिया है?' दीर्घतमा का मौन थोड़ा लंबा हो गया और मरुत्त के तथा विशेष रूप से सीमंतिनी के मन का उद्वेग बढ़ने लगा। जब बहुत देर हो गई तो मरुत्त को लगा कि एक बार फिर उन्हीं को बात करनी पड़ेगी।

मरुत्त बोले, "आर्य दीर्घतमा क्या यह प्रस्ताव रखकर मैंने कोई अपराध किया है? क्या दुहिता सीमंतिनी आपके मानदंडों पर कम पड़ती है?"

"नहीं आर्य राजन्, ऐसा मत कहिए। आप जैसा विज्ञ पुरुष प्रत्येक पक्ष-विपक्ष का विचार किए बिना जीवन संबंधी अति महत्त्वपूर्ण प्रस्तावों को कैसे रख देगा? और फिर आर्या सीमंतिनी? उनकी जितनी प्रशस्ति की जाए कम है। पिछले तीन महीनों से मैं उनके सान्निध्य को अति निकट से अनुभव कर रहा हूँ। इसलिए उनके बारे में दुर्बल शब्दों के प्रयोग का अपराधी मैं तो नहीं बन सकता।"

"फिर आर्य इस लंबे मौन का कारण क्या है?" राजा मरुत्त ने पूछा तो दीर्घतमा अचानक विचारों के सोपान पर चढ़ गए। बोले।

"आर्य राजन्, विवाह तो जीवन की सबसे महत्त्वपूर्ण घटना है। प्रकृति ने अपने को मनुष्य के नाते दो ही रूपों में व्यक्त किया है, स्त्री और पुरुष। विवाह प्रकृति के इन दो रूपों को मिलाकर एक कर देता है तो बताओ सीमंतिनी, मनुष्य जन्म के बाद इससे बड़ा पर्व उसके जीवन में और क्या हो सकता है? इसलिए प्रकृति हमसे अपेक्षा रखती है कि केवल वही पुरुष स्त्री से विवाह करे, जो स्त्री रूप हो जाने की क्षमता रखता हो और वही स्त्री भी पुरुष से विवाह करने की सोचे, जो पुरुषरूप हो जाने की क्षमता से युक्त हो। आर्या सीमंतिनी तो हर दृष्टि से विवाह की इस परिभाषा पर खरी उतरती हैं। राजन् मरुत्त, क्या मेरे विषय में भी आप इतने ही विश्वास से यह बात कह सकते हैं, क्या मैं भी विवाह की इस परिभाषा के योग्य सिद्ध होता हूँ?"

"क्यों नहीं आर्य दीर्घतमा।" राजा बोले।

"नहीं राजन्, आप जानते हैं, पर सत्य को छिपा रहे हैं। स्त्री को सँभालने के लिए पहले पता तो हो कि स्त्री कौन है। पुरुष को सँभालने के लिए पहले पता तो हो कि पुरुष कौन है। स्त्री कौन है, पुरुष कौन है, यह विवेक आँखोंवाले तो कर सकते हैं। पर हे राजन् मरुत्त, हे राजदुहिता सीमंतिनी एक अंधा बेचारा स्त्री-पुरुष विवेक कैसे प्राप्त कर सकता है? और जब तक उसके पास यह विवेक न हो तो वह कैसे विवाह के परम उत्तरदायित्व को स्वीकार कर ले?

स्त्रियः सतीस्ताँ उ मे पुंस आहुः
पश्यदक्षण्वान्न वि चेतदन्धः।
कविर्यः पुत्रः स ई मा चिकेत
यस्ता विजानात् स पितुष्पितासत्।

"इसलिए राजन् जो भी स्त्री मुझसे विवाह करेगी, उसके लिए विधाता ने दो नियतियाँ पहले से ही लिख दी हैं। वह स्त्री पत्नी तो कहलाएगी, पर वह आजीवन रहेगी मेरी परिचारिका ही। और फिर मैं न तो परिवार के भरण-पोषण में, न ही परिरक्षण में उसका सहभागी बन पाऊँगा। उस स्त्री की रक्षा तो मैं नहीं ही कर पाऊँगा। तो राजन् आँखों से न देख पाते हुए भी क्या मैं मन से भी सोचना बंद कर दूँ और विवाह के बाद अपनी पत्नी के नाम दुर्भाग्य के ये लेख अग्रिम रूप से लिख दूँ? मैं ऐसा नहीं कर सकता।"

सीमंतिनी दीर्घतमा के इस विवाह वैराग्य से निराश हो रही थी। पर जैसे ही दीर्घतमा ने मंत्र रचना प्रारंभ किया, वह तीव्रता से उठकर लेखनी-मसीपात्र-पत्र ले आई और उसने पूरा मंत्र लिख लिया।

राजा मरुत्त का मन दीर्घतमा के तर्क और मंत्र रचना सुनते ही दो नावों पर सवार हो गया। एक नाव उन्हें उस किनारे पर ले जा रही थी, जहाँ उनके कुलपुरोहितों के दीर्घतमा नामक वंशज के उद्भट मंत्र सामर्थ्य को देखकर उनका मन श्रद्धा और आदर से गद्गद हुआ जा रहा था। दूसरी नाव उन्हें उस किनारे पर ले जा रही थी, जहाँ दीर्घतमा की इस मंत्र प्रतिक्रिया के कारण उनकी दुहिता का आजीवन अविवाहित रहने का संकट उभरता दिखाई दे रहा था। इसलिए वे तो बस चुप हो गए। पर सीमंतिनी? वह तो मन-ही-मन दीर्घतमा को अपना पति मान चुकी थी। दीर्घतमा के अब तक के व्यवहार को देखकर उसे लग रहा था कि विवाह प्रस्ताव रखे जाते ही दीर्घतमा उसे एकदम स्वीकार कर लेंगे। उसे स्वप्न में भी विश्वास नहीं था कि इस तरह की प्रतिक्रिया उसे सुनने को मिलेगी। दीर्घतमा के प्रति विशिष्ट प्रणयभाव के कारण उदासी की इस मनोदशा में भी वह उनके द्वारा अचानक रच दिए गए मंत्र को लिखने से नहीं चूकी। पर विवाह के इस प्रस्ताव को एक ही झटके में अस्वीकृत कर दिए जाने के कारण उदासी और किंकर्तव्यविमूढ़ता के जिस महानद में वह जा डूबी थी, उसे दीर्घतमा भला कैसे देख पाते? वे तो चुपचाप भोजन कर रहे थे।

15

"तात संवर्त, बताइए न, माँ सुकेशी कैसी हैं? आप उन्हें अपने साथ क्यों नहीं ले आए? वत्स शरद्धान क्या करता है? तात सभी आश्रमवासी कैसे हैं? मुझे स्मरण करते हैं क्या?" तात संवर्त को देखते ही दीर्घतमा प्रसन्नता से मानो नाच उठे और प्रणाम करने के बाद उन्होंने प्रश्नों की झड़ी लगा दी।

शरद पूर्णिमा तो कल है, पर आर्य दीर्घतमा आज प्रात:काल से ही बड़े प्रसन्न थे। प्रसन्न इसलिए कि आज तात संवर्त नरेश मरुत्त के एकदिवसीय याग का संचालन करने के लिए राजप्रासाद आनेवाले थे। याग की तैयारी के लिए आर्य संवर्त ने जिन कुछ छात्रों को दो दिन पूर्व ही भेज दिया था, उनसे मिलकर दीर्घतमा को प्रसन्नतादायक समाचार यह मिल चुका था कि तात बृहस्पति कहीं अन्यत्र व्यस्त होने के कारण याग में नहीं आ पाएँगे और उनके स्थान पर आर्य संवर्त ही इस यज्ञ का संचालन करेंगे। राजा मरुत्त संवर्त का कितना अधिक सम्मान करते हैं, इस बात का दीर्घतमा को भलीभाँति पता था। आश्रम से आए दीर्घतमा को छह महीने हो गए थे और उस बीच आश्रम से पूरी तरह कट चुका उनका संपर्क आज पहली बार तात संवर्त से जुड़नेवाला था।

"वत्स दीर्घतमा, ज्येष्ठ भ्राता बृहस्पति के न आ पाने के कारणों का तुम्हें पता पड़ ही चुका होगा। पर आर्या सुकेशी तो स्वस्थ नहीं है। तुम्हारे और प्रद्वेषी के बिना आश्रम उसे अच्छा नहीं लगता। वह आश्रम छोड़ देना चाहती है। पर कोई दूसरा विकल्प है नहीं।"

संवर्त से माँ सुकेशी के अस्वास्थ्य का समाचार सुनकर दीर्घतमा उदास हो गए। बोले, "तात संवर्त, माँ सुकेशी के स्वास्थ्य को कैसी हानि हुई है?"

"वत्स दीर्घतमा, ऐसे कोई रोग तो सुकेशी को नहीं है। पर शरीर में थकान और मन में उदासी बढ़ती जा रही है। इसलिए किसी काम में उसका मन नहीं लग रहा। तुम्हें बहुत स्मरण करती है वह। प्रद्वेषी का आत्मघात उसे गहरा मानसिक आघात पहुँचा गया लगता है।"

दीर्घतमा की इच्छा हुई कि कहीं से उनके शरीर को पंख लग जाएँ और वे उड़कर आश्रम में माँ सुकेशी के पास पहुँच जाएँ। वे आकांक्षा के इस आकाश में उड़ ही रहे थे कि संवर्त बोले, "वत्स आज सायं याग के बाद मैं तुम्हारे कक्ष में फिर से आऊँगा। फिर और बातें होंगी। **अभी** यज्ञ की तैयारियों में जुटता हूँ। तुम भी जल्दी

आना।" कहकर संवर्त दीर्घतमा के कक्ष से चले गए।

आसंदी पर अपने कक्ष में अकेले बैठने का पिछले छह महीनों में दीर्घतमा को पर्याप्त अभ्यास हो गया था। सीमंतिनी दिन के अधिकांश समय उनके कक्ष में होती थी। जब वह नहीं होती, तब वे अकेले होते थे। विवाह-प्रस्ताव पर अपनी सटीक अभिव्यक्ति देने के बाद स्थितियाँ और भी विचित्र हो गई थीं। सीमंतिनी के हृदय में उनके लिए अनुराग निरंतर बढ़ रहा था, इसको दीर्घतमा सीमंतिनी के व्यवहार और परिचर्या की शैली से समझ रहे थे। जब तक सीमंतिनी उनके कक्ष में होती तो दोनों के बीच प्रकृति और ब्रह्मांड के रहस्यों पर भारी चर्चा होती रहती। इन चर्चाओं में सीमंतिनी का प्रखर बौद्धिक व्यक्तित्व बार-बार उभरता था, जिससे दीर्घतमा पहले से ही बहुत प्रभावित थे। इन सब कारणों से सीमंतिनी पर उनकी निर्भरता बढ़ती जा रही थी। पर उस सबके बावजूद विवाह न करने का उनका संकल्प पक्का था और संकल्प की संपूर्ण अभिव्यक्ति के बावजूद सीमंतिनी के व्यवहार में न केवल कोई अंतर नहीं आया था, अपितु उसका प्रणयभाव और भी अधिक गहरा हो गया था और दीर्घतमा के लिए सम्मान भी बढ़ता जा रहा था।

पर आज माँ सुकेशी के अस्वास्थ्य के समाचार से वे अतीव उदास हो गए थे। इस उदासी के निराश चेहरे के साथ वे आसंदी पर बैठे थे तो सीमंतिनी ने प्रवेश किया।

वह बोली, "यदि दर्शन की कोई गुत्थी सुलझाने में मेरी सहायता की आवश्यकता न हो तो मैं आर्य को यज्ञस्थल पर ले चलूँ?"

"सीमंतिनी, वहाँ तो चलना ही है। मनुष्य जीवन की यही तो त्रासद विडंबना है कि वह उदास हो या विक्षिप्त हो, जीवन के कर्म तो उसे करने ही होंगे। चलो सीमंतिनी।"

सीमंतिनी का हाथ पकड़कर दीर्घतमा यज्ञस्थल की ओर चल पड़े। वहाँ पहुँचने पर उन्हें एक ऊँचे बड़े आसन पर बिठा दिया गया। यह वह आसन था, जहाँ बृहस्पति के साथ संवर्त को यज्ञसंचालन के लिए बैठना था। चूँकि कुलपति बृहस्पति नहीं आ सके थे, इसलिए नरेश मरुत्त ने काफी सोच-विचार कर दीर्घतमा को बृहस्पति के स्थान पर बिठा देने का निर्णय किया था। सीमंतिनी भी इस आसन के निकट ही एक आसंदी पर बैठीं।

थोड़ी देर में आर्य संवर्त भी दीर्घतमा के पास आकर बैठ गए। बैठते ही उन्होंने दीर्घतमा को धीमी आवाज में एक महत्त्वपूर्ण सूचना दी कि पाँचालनरेश पौरव

भरत भी यज्ञ मंडप में पधार चुके हैं, वे ठीक उन दोनों के सामने एक बड़ी आसंदी पर बैठे हैं और उनके दाएँ-बाएँ राजा मरुत्त के वित्तसचिव और कर्मसचिव उनसे वार्त्तालाप में लीन हैं।

जैसे ही थोड़ी देर में राजा मरुत्त यजमान के रूप में यज्ञवेदी के पास पहुँचे और अपने आसन पर बैठे तो यज्ञ का कर्मकांड तुरंत प्रारंभ हो गया। भरद्वाज कर्मकांड में लगे याज्ञिकों की सहायता में लगे थे। यजुर्वेद के मंत्रोच्चार के बीच जैसे ही अग्निप्रज्वलन का कर्म प्रारंभ होने लगा तो अपने आसन पर खड़े होकर आर्य संवर्त ने ऊँचे स्वर में घोषणा की, "हमारा सौभाग्य है कि आज इस एकदिवसीय याग में दिवंगत कुलपति उचथ्य के पुत्र और मेरे भ्रातृव्य ऋषि दीर्घतमा मामतेय भी उपस्थित हैं और मेरे साथ ही इस आसन पर बैठे हैं। हम सभी उनसे सुपरिचित हैं कि इस युवा ऋषि का उदय देश और समाज के एक बड़े विचारक के रूप में हो रहा है। इससे पहले कि यज्ञ की अग्नि का समिधाओं और अरणियों की सहायता से प्रज्वलन हो और यजुषों की सहायता से उसमें हविष्य का अधान किया जाए, मेरा आर्य दीर्घतमा से अनुरोध है कि वे आग्नितत्त्व पर कुछ कहकर हमारा मार्गदर्शन करें।

जैसे ही आर्य संवर्त अपना संक्षिप्त वक्तव्य समाप्त कर आसन पर बैठ गए, राजदुहिता सीमंतिनी अपनी आसंदी से उठी और तेजी से दीर्घतमा के कक्ष में जाकर लेखनी-मसीपात्र-पत्र ले आई। आर्य दीर्घतमा के स्वभाव से वह अब तक पूरी तरह से सुपरिचित हो चली थी। जब-जब कहीं संवाद या आलाप का अवसर आता, उनके द्वारा सहज रूप से मंत्ररचना प्रारंभ हो जाती, जिसे लिखना सीमंतिनी ने अपना दायित्व स्वयं ही मान लिया था। ऐसे अनेक मंत्र वह अब तक लिख चुकी थी, जिनका संग्रह उसने एक मंजूषा में कर रखा था। उसे विश्वास था कि आर्य दीर्घतमा अग्नि पर प्रवचन दें और मंत्रों की सृष्टि उनके हृदय से न हो, यह संभव ही नहीं था।

उधर तात संवर्त की घोषणा से सारे यज्ञमंडप में विपुल हर्षनाद हुआ। मरुत्त द्वारा आयोजित यह एकदिवसीय यज्ञ राजप्रासाद के बाहर एक बहुत बड़े खुले प्रांगण में हो रहा था। वहाँ गोलाकार ढंग से एक विशाल मंडप बना दिया गया था, जिसमें बीचोबीच यज्ञवेदी थी और उसके चारों ओर बड़ी-बड़ी कोमल आस्तरणिकाएँ वितान के नीचे बिछा दी गई थीं। बहुत बड़ी संख्या में यज्ञ देखने आए प्रजाजन इन आस्तरणिकाओं पर बैठे थे और सारा दृश्य देख रहे थे। विशिष्ट जनों के लिए यज्ञवेदी के आसपास कुछ आसंदियाँ रख दी गई थीं। आर्य दीर्घतमा

पिछले छह महीनों से राजप्रासाद में थे और वे कितने विलक्षण गौरवशाली ढंग से ऋषिपद पर प्रतिष्ठित हुए, इस घटना से वैशाली के सभी नागरिक सुपरिचित थे। वैशाली में दीर्घतमा प्राय: चर्चा का विषय इसी कारण से बन जाया करते थे। आज उनके विचारों को सुनने का अवसर पाकर वहाँ उपस्थित प्रजाजन का विपुल हर्षनाद करना स्वाभाविक ही था।

पाँचालनरेश भरत ने दीर्घतमा का नाम इसलिए सुन रखा था, क्योंकि वे वैशालीनरेश मरुत्त से मैत्री होने के कारण प्राय: उनसे मिलने वहाँ आते थे और भरद्धाज के सुकोमल और बुद्धिमान व्यक्तित्व से प्रभावित थे। इन्हीं प्रसंगों में दीर्घतमा नाम से भी वे परिचित हो गए थे। पर आज दीर्घतमा का भव्य व्यक्तित्व देखकर उनके आनंद की सीमा न रही। आर्य संवर्त की सूचना के बाद वे पर्याप्त उत्सुकता से दीर्घतमा के विचारक-व्यक्तित्व का परिचय पाने के लिए सावधान हो गए।

"आर्य नरेश मरुत्त, आर्य नरेश भरत शाकुंतलेय, आर्या सीमंतिनी, आर्य तात संवर्त और उपस्थित प्रजाजनों को अपना प्रणाम समर्पित करने के साथ ही मैं दीर्घतमा मामतेय अपनी अग्नियात्रा के कुछ अनुभवों का सहयात्री आपको बनाना चाहता हूँ।" जैसे ही दीर्घतमा ने अपनी धीर-गंभीर आवाज में बोलना प्रारंभ किया तो पूरे यज्ञमंडप में एक उत्सुक निश्शब्दता का साम्राज्य छा गया। दीर्घतमा को यह जानकर प्रसन्नता हुर्ह थी कि राजा भरत अपने को शाकुंतलेय कहकर गौरवान्वित अनुभव करते हैं। इससे उनके हृदय में पाँचालनरेश के लिए अतिरिक्त सम्मान और श्रद्धा का भाव उत्पन्न हो चुका था। उधर अपने को इस तरह से संबोधित हुआ सुनकर शकुंतला पुत्र भरत को ममता पुत्र दीर्घतमा के प्रति विशिष्ट आकर्षण का अनुभव हुआ।

उधर दीर्घतमा का प्रवचन जारी था, "आप सब यज्ञ में बैठे हैं। अभी आपके सामने अरणियों की सहायता से अग्नि का प्रज्वलन किया जाएगा। फिर उसे समिधा, घृत और हविष्य की सहायता से और अधिक बढ़ाया जाएगा। इस अग्नि को देखकर क्यों हमारे हृदयों में आनंद का संचार होता है? याज्ञिकों का कहना है कि अग्नि हमारा पुरोधा है, क्योंकि हमारे हविष्य को यह देवताओं तक पहुँचाता है। ठीक है, पर क्या अग्नि हमें इसलिए प्रिय नहीं है कि यह अन्न को हमारे भोजन के योग्य बनाता है, शीत से हमारी रक्षा करता है और हमारे दैनिक जीवन में जो कुछ भी व्यर्थ होता है, उसे भस्मसात कर पूरे वातावरण को स्वच्छ और निर्मल कर देता है?"

भरत पौरव चकित होकर दीर्घतमा की बातों को सुन रहे थे। वे इसलिए चकित

थे कि जिस अग्नि को याज्ञिकों ने दैवी रूप प्रदान कर कुछ विशिष्ट, अप्राप्य सा बना दिया था, उस अग्नि को वे जीवन के साथ जोड़कर सभी के लिए सहज बनाए जा रहे थे। दीर्घतमा कह रहे थे, "तो हमारे विचार का विषय यह होना चाहिए कि जो यह अग्नि हमारे नेत्रों की साक्षी में यज्ञों में और हमारे घरों में जलती है, जो हमारे लिए कच्चे अन्न को भोजन के योग्य बनाकर पकाती है और जो हमारे हविष्य को देवलोक तक पहुँचाती है, क्या यही एकमात्र अग्नि है ? ऐसा कैसे हो सकता है ? मैं दीर्घतमा दृष्टिहीन हूँ, पर अग्नि की लपटों से उठता प्रकाश मेरे मन में इस विश्वास को दृढ करता है कि यही एकमात्र अग्नि नहीं है। यदि लोक तीन हैं और यदि इन तीनों लोकों पर प्रकृति माँ समान रूप से कृपालु हैं, तो फिर अग्नि भी एक नहीं हो सकती। अग्नियाँ भी तीन ही होनी चाहिए।"

इस दार्शनिक तर्क पर सारे यज्ञमंडप में एक विशिष्ट उल्लास सूचक निनाद का संचार हुआ। यज्ञवेदी में यजमान के आसन पर बैठे नरेश मरुत्त अपने कुलपुरोहितों के इस युवा उत्तराधिकारी की वैचारिक विराट्ता को देखकर मुग्ध हो रहे थे तो उधर वेदी से बाहर आसंदी पर बैठे राजा भरत विस्फारित नेत्रों से इस नेत्रहीन भव्य आकृति को एकटक देखते हुए सोच रहे थे कि इस विचार-निधि से वे अब तक मिले क्यों नहीं। जैसे ही यज्ञमंडप में उठा हर्ष-निनाद थमा तो दीर्घतमा ने फिर से बोलना प्रारंभ किया। इस बार उनके वक्तव्य में मंत्रकार की चेतना ने मानो प्रवेश कर लिया।

"यही सूर्य तो है सारे जगत् का स्वामी जो अपनी सात रश्मियों की सहायता से सारे जगत् पर शासन कर रहा है। यही सूर्य सबसे अधिक काम्य है, क्योंकि यही पृथ्वी के गर्भ में फूटनेवाले अन्न को पकाता है और सबका पालन करनेवाला है। यही सूर्य ही है सबसे श्रेष्ठ अग्नि जिसका मझोला भाई अंतरिक्ष की अग्नि है जो सबकुछ खा जाता है और जो पृथ्वी को वृष्टि के जल का संप्रेषण कर उसे तृप्त कर देता है। और यह रही तीसरी अग्नि, जो हमारे सामने जलती है, जो हमारे अन्न को पकाकर हमारे लिए भोजन बनाती है, हमारे हविष्य को देवताओं तक पहुँचाकर उन्हें तृप्त और प्रसन्न करती है और जिसकी पीठ पर घी की आहुति डालकर हम उसे निरंतर तृप्त करते रहते हैं।"

बोलते-बोलते दीर्घतमा एकदम आविष्ट हो गए। मंत्र उनके हृदय से निस्सृत होकर पूरे यज्ञमंडप में मानो विलीन होने लगा। जैसे ही उन्होंने मंत्र रचना प्रारंभ किया, सीमंतिनी ने तुरंत लिखना प्रारंभ कर दिया। दीर्घतमा गा रहे थे—

अस्य वामस्य पालितस्य होतुः
तस्य भ्राता मध्यमो अस्त्यश्नः
तृतीयो भ्राता मृतपृष्ठो अस्य
अत्रापश्यं विश्पतिं सप्तपुत्रम्।

अग्नि ही वह ऊर्जा है, जो सारे विश्व को चला रही है। प्रजाजनो इस अग्नि में घी डालो, ताकि यह बढ़े और इससे हमारी ऊर्जा बढ़े। यह अग्नि ऊर्जावान होगी तो बाकी दोनों अग्नियों की ऊर्जा भी उसी मात्रा में बढ़ जाएगी।"

चुप हो गए दीर्घतमा। शांत हो गए और थक गए। सारे यज्ञमंडप में बैठे लोग आनंदाभिभूत होकर खड़े हो गए। नरेश मरुत्त और राजदुहिता सीमंतिनी की आँखों से हर्ष के आँसू बह रहे थे। मंत्ररचना की साक्षात् सृष्टि का ऐसा दृष्टांत वैशाली के नागरिकों ने और प्रतिष्ठान नरेश भरत ने पहली बार देखा था। सहसा अपनी गंभीर आवाज में राजा भरत ने बोलना प्रारंभ किया।

"आर्या दुहिता सीमंतिनी, जैसा कि मैं देख पा रहा था, तुमने ऋषि दीर्घतमा की इस नूतन मंत्रसृष्टि को लिख लिया है। मेरा अनुरोध है कि तुम इसे एक बार गाओ तो सारा यज्ञमंडप तुम्हारे पीछे-पीछे मंत्रगान करना चाहता है।"

सीमंतिनी मानो इसी अवसर की प्रतीक्षा में थी। सीधा उठकर यज्ञवेदी में आ गई और आर्य संवर्त की अनुमति पाकर उस आसन पर जाकर खड़ी हो गई, जिस आसन पर संवर्त के साथ दीर्घतमा बैठे हुए थे। उसने आर्य दीर्घतमा के चरणों को स्पर्श किया और उस मंत्र के एक-एक चरण का गान प्रारंभ किया तो सारा यज्ञमंडप एक स्वर होकर इस गान को दोहराने लगा। सभी के लिए यह एक नया अनुभव था कि यज्ञवेदी पर ही मंत्ररचना हो रही थी। हर्ष और निनाद के इसी वातावरण में दिन भर यज्ञ का कार्यक्रम चला, जो अपराह्न में जाकर संपन्न हो गया। संवर्त आज हर्षातिरेक में थे, कई महीने बाद।

सायंकाल को जब सब उठकर अपने-अपने आवास की ओर जाने लगे तो सीमंतिनी भी दीर्घतमा का हाथ थामकर उन्हें उनके कक्ष की ओर ले जा रही थी। सभी लोग दीर्घतमा-मय हो चुके थे। पर राजा भरत के मन में एक अतिरिक्त विचार आ रहा था, 'क्यों न ऋषि दीर्घतमा को राजधानी प्रतिष्ठान ले जाकर इन महान् ऋषि को पौरव राज्य के कुलगुरु के पद पर अभिषिक्त किया जाए?'

16

आज सायंकाल दीर्घतमा के कक्ष की कोई आसंदी खाली नहीं थी। एक आसंदी पर वे स्वयं बैठे थे। वहाँ बैठे दीर्घतमा पर्याप्त श्रांत दिखाई दे रहे थे। एक आसंदी पर आर्य भरद्वाज बैठे थे, जो प्राय: सायंकाल को अपने ज्येष्ठ भ्राता से मिलने यहाँ उनके कक्ष में आ जाया करते और फिर दोनों बहुत देर तक पिछवाड़े के उद्यान में भ्रमण करते हुए बातें करते रहते। एक आसंदी पर आर्या सीमंतिनी बैठी थी, जो उस दिन का याग संपन्न हो जाने के बाद दीर्घतमा को उनके कक्ष में छोड़ने आई थी, पर इतनी प्रसन्न थी कि उसका एकदम वहाँ से चले जाने का मन नहीं किया। दीर्घतमा ने आज नए ढंग से मंत्ररचना की थी, यज्ञवेदी पर बैठकर इतने प्रजाजनों के मध्य और अपने युग के सर्वाधिक तेजस्वी सम्राट् भरत की उपस्थिति में और इस बात का गहरा प्रसन्नतादायक प्रभाव उसके मन पर पड़ा था। इसलिए दीर्घतमा के पास बैठकर वह अभी उस प्रभाव का पर्याप्त आनंद उठा लेना चाहती थी। एक आसंदी पर आर्य संवर्त बैठे थे, जो आज प्रात:काल ही आश्रम से यह मन बनाकर राजप्रासाद आए थे कि कुलपति बृहस्पति की अनिच्छा के बावजूद वे दीर्घतमा को कुछ समय के लिए आश्रम वापस ले जाएँगे। नरेश मरुत्त बैठे थे, जो आज दीर्घतमा की इस नई प्रतिष्ठा से, जो उनके प्रजाजनों के बीच स्वयं दीर्घतमा के हाथों हुई थी, बहुत ही अधिक प्रभावित थे। पर इस कक्ष में विशिष्टतम उपस्थिति दुष्यंतपुत्र सम्राट् भरत की थी, जो प्रात: मंत्ररचना के चमत्कार को साक्षात् देखकर दीर्घतमा को अपना कुलगुरु बनाने का संकल्प अब तक बना चुके थे। वही इस समय बोल रहे थे और उनका ध्यान दीर्घतमा के उस चित्र पर था, जो उसी कक्ष में द्वार से प्रवेश करते ही सामने दिखाई पड़ता था।

"आर्य ऋषे दीर्घतमा, जैसा कि मैं अनुमान लगा पा रहा हूँ, आपका यह भव्य चित्र ज्ञानसत्र की उस विशिष्ट घटना का विवरण दे रहा है, जब आपको ऋषिपद पर प्रतिष्ठित किया गया था। परंतु आर्य जिस विशिष्ट घटना के बारे में आज मैं यज्ञ के समय नरेश मरुत्त के सचिवों से ही जान पाया, उससे भी अधिक विशिष्ट इतिहास को हम सबने आज प्रत्यक्ष घटते देखा है, जब प्रजाजनों के बीच और यज्ञवेदी पर बैठकर आपने अग्नि के स्वरूप की नूतन व्याख्या कर दी और उस पर मंत्रसृष्टि भी कर दी।"

भरत बोल रहे थे और दीर्घतमा चुपचाप सुन रहे थे, जबकि नरेश मरुत्त और

राजदुहिता सीमंतिनी के हर्ष का कोई पारावार नहीं था। भरत का क्रम जारी था—

"हे आंगिरसकुल शिरोमणे, आर्य ऋषे, मेरा अपनी ओर से और मेरी समस्त प्रजा की ओर से अभिवादन आप स्वीकार करें। आप वास्तव में इस देश का गौरव हैं, जिनकी प्रतिभा का आकलन आज ही नहीं सदियों तक और पुनः-पुनः होता रहेगा।"

"हाँ तात भरत," सीमंतिनी स्वयं को बोलने से रोक नहीं पाई, "आज की मंत्रसृष्टि तो वास्तव में अतिविशिष्ट परिस्थितियों में हुई है, परंतु आर्य राजन् मैं आपको एक बात कहकर ईर्ष्याग्रस्त कर देने का विचार रखती हूँ।"

"वह क्या दुहिता?" भरत ने उत्सुकता से भरी आवाज में पूछा तो सभी का ध्यान सीमंतिनी की ओर चला गया।

"तात आपने आज जो चमत्कार देखा है, मंत्रसृष्टि के वैसे चमत्कारपूर्ण अवसर तो, आर्य हमें यहाँ प्राय: मिलते हैं। जिस सरस्वती में आपने आज अवगाहन किया है, उस गंगा में स्नान करने का शुभ अवसर हमें प्राय: मिलता रहता है।"

"आर्य नरेश मरुत्त और दुहिता सीमंतिनी," भरत ने फिर से कहना प्रारंभ किया, "आप इस बात से सहमत होंगे कि आर्य दीर्घतमा जैसी प्रतिभाएँ किसी परिवार या राज्यविशेष का एकाधिकार नहीं हो सकतीं। पूरे देश का उन पर अधिकार होता है। मैं तो यहाँ तक कहूँगा, आर्य संवर्त कि ऐसे विशिष्ट महापुरुषों का स्वयं अपने जीवन पर भी अधिकार नहीं होता।"

"अर्थात्" बीच में ही भरद्वाज ने पूछ लिया।

"मेरा कहने का तात्पर्य यह है वत्स," भरत ने समझाते हुए कहा, "कि ऐसे विशिष्ट महापुरुषों को अपने जीवन को कष्ट में डालकर भी देश और समाज के कल्याण के लिए कई काम करने पड़ते हैं। उनका जीवन और उनका समय उनका नहीं, प्रजाजन का हो जाता है।"

"हाँ आर्य भरत, मैं सहमत हूँ।" मरुत्त बोले।

सम्राट् भरत लगभग पैंतालीस वर्ष की आयु के थे और राजा मरुत्त के गहरे मित्र थे। दोनों मित्र प्राय: एक-दूसरे से मिलने एक-दूसरे की राजधानियों में जाते रहा करते थे। अपने नाना कण्व के आश्रम में शैशव बिताने के बाद बाल्यकाल से ही प्राय: वहाँ भी जाते रहने के कारण भरत के मन में आश्रमों व तापसों के प्रति विशिष्ट आकर्षण था। इसलिए मरुत्त के राजप्रासाद में रहनेवाले बृहस्पति-पुत्र भरद्वाज से वे बहुत प्रभावित थे। आज भरद्वाज के ज्येष्ठ भ्राता दीर्घतमा के भव्य

काव्यकर्म को देखकर वे इतने चकित थे कि इन युवा जन्मांध ऋषि को उन्होंने अपना कुलगुरु मान लिया था और अपनी इस इच्छा को क्रमश: औपचारिक रूप देने का मन भी वे बना चुके थे। इसी भावना से प्रेरित होकर भरत ने फिर से कहना प्रारंभ किया।

"आर्य संवर्त, मैं आपको और आपके ज्येष्ठ भ्राता बृहस्पति को साधुवाद देना चाहता हूँ कि आपने मरुत्त नरेश का प्रस्ताव स्वीकार कर आर्य दीर्घतमा को वैशाली के राजप्रासाद में रहने के लिए भेज दिया। दीर्घतमा आश्रम में रहकर वहाँ के तापसों व विद्याकुल के छात्र-छात्राओं को अपने ज्ञान और अनुभूतियों से अनुप्राणित कर ही रहे थे। परंतु चंद्रमा की चाँदनी क्या किसी एक प्रांगण तक सीमित रह सकती है? क्या पवन का झोंका किसी एक पेड़ के पत्तों को झुलाकर कृतकृत्य हो सकता है? आज जिस तरह से वैशाली के प्रजाजन ने प्रतिभा के इस सूर्योदय को स्पष्ट अनुभव किया है और ऊर्जा प्राप्त की है, उससे मेरी बात प्रामाणिक सिद्ध हो जाती है कि ऐसे विशिष्ट महापुरुषों को प्रजाजन के निरंतर संपर्क में रखने की व्यवस्था हमें करनी चाहिए, जिन्हें समाज ने मर्यादा की स्थापना का दायित्व दे रखा है।"

सीमंतिनी के अतिरिक्त वहाँ बैठे शेष सभी लोग जानते थे कि आर्य दीर्घतमा के वैशाली राजप्रासाद में आकर रहने के कारण कुछ और थे, कुलपति बृहस्पति की उदारता नहीं। पर सम्राट् भरत जिस प्रवाह में बोल रहे थे, उसमें बाधा डालने की भी इच्छा किसी की नहीं थी। भरत का कथन चल ही रहा था।

"इसलिए आर्य मरुत्त और आर्य संवर्त चूँकि ऋषि दीर्घतमा के संरक्षक आप दोनों हैं, इसलिए मेरा आप दोनों को विनम्र प्रस्ताव है कि अब से आर्य दीर्घतमा पौरव राज्य की राजधानी प्रतिष्ठान में रहें, ताकि गंगा और सरस्वती नदियों के बीच रह रहे प्रजाजनों को भारतवर्ष के इस महान् विचारक को साक्षात् जानने और सुनने का सुअवसर प्राप्त हो सके।"

अपनी बात बड़े ही अकाट्य और प्रभावशाली ढंग से रखकर सम्राट् भरत चुप हो गए। उनका प्रस्ताव इतना सटीक और समर्थ था कि किसी के पास असहमत होने का कोई कारण नहीं था। पर सभी अपने-अपने करणों से यह प्रस्ताव सुनकर हतप्रभ रह गए। दीर्घतमा इस प्रस्ताव में नियति का संदेश पढ़ने का प्रयास कर रहे थे कि क्या जीवन में सदा ऐसी उथल-पुथल और भटकाव चलता रहेगा? क्या हृदय के अंतरतम से जुड़ जानेवाले व्यक्तियों से बार-बार पृथक् होना पड़ेगा? पहले मेरी माँ ममता मुझे वात्सल्य देकर चली गई। फिर प्रद्वेषी मेरी परिचर्या करते-करते

प्रणयिनी बनकर मुझे छोड़ गई। तो क्या अब परिस्थितियाँ मुझे उस सीमंतिनी से दूर ले जाएँगी, जिसने अपनी सघन परिचर्या और गहरे प्रणय से मेरे जीवन में नया प्रभात ला दिया है?

सम्राट् भरत के इस प्रस्ताव पर बहुत देर तक मौन छाया रहा। फिर थोड़ा साहस कर नरेश मरुत्त बोले।

"आर्य भरत, आपने अपना प्रस्ताव इतने युक्तिसंगत ढंग से रखा है कि मेरे पास इससे असहमत होने का कोई तर्क ही नहीं है। परंतु मित्र, इतना अनुरोध तो आप मेरा मानेंगे ही कि कुछ समय प्रतिष्ठान में रहने के बाद हम आर्य दीर्घतमा को सादर वैशाली वापस आने की प्रार्थना करें।"

"प्रिय मित्र मरुत्त," भरत बोले, "आर्य दीर्घतमा को आप जब चाहें वैशाली के प्रजाजनों से मिलने के अवसर प्रदान कर सकते हैं। पर राजन्, मैं यह कहना चाहता हूँ कि केवल वैशाली और प्रतिष्ठान ही क्यों, क्यों न समस्त भारत के विभिन्न राज्यों के प्रजाजन को दीर्घतमा ऋषि के श्रेष्ठ विचारों का प्रसाद मिलना चाहिए।"

"आर्य राजन्, इस पर थोड़ा विस्तार से बताएँ तो" आर्य संवर्त ने पूछा। वे तो आज इस विचार से वैशाली आए थे कि वत्स दीर्घतमा को अब वापस आश्रम ले जाएँगे। पर इससे पूर्व कि वे अपने मन की बात कह पाते, इस नए प्रस्ताव से वे विचलित हो गए थे। पर मना करते उनसे भी नहीं बन पा रहा था। भरत ने उत्तर दिया।

"आर्य संवर्त, आप जैसे आचार्यों को यह बताना सूर्य को दीपक दिखाने जैसा ही है कि हमारा देश राजनीति के स्थान पर विचारों को अधिक महत्त्व देता है। मैं प्रणाम करता हूँ अयोध्यानरेश ऋषभपुत्र जड़भरत को जो इतना अधिक विचारलीन हो गए कि समाज ने उन्हें जड़भरत कह दिया और इतना आदर और सम्मान दिया कि पूरे देश को उनके नाम से भारतवर्ष नाम प्राप्त हो गया। इसलिए आर्य मरुत्त और आर्य संवर्त, क्या ही अच्छा हो कि प्रतिष्ठान को यह सौभाग्य मिले कि वहाँ जाने के बाद आर्य दीर्घतमा को महात्मा जड़भरत के इस भारतवर्ष में स्थान-स्थान पर ले जाने की व्यवस्था की जाए, जिससे उन्हें कोई कष्ट न हो और देश की प्रजा को उनके विचारों के मधु का आनंद प्राप्त होता रहे।" सम्राट् भरत ने फिर से अपना प्रस्ताव इतना प्रभावशाली ढंग से रख दिया था कि किसी को असहमत होने का साहस नहीं हो रहा था। पर नरेश मरुत्त और सीमंतिनी अपने-अपने कारणों से मन-ही-मन बहुत व्याकुल हो रहे थे और उन्हें सम्राट् भरत के इतने अधिक

लोककल्याणकारी प्रस्ताव का विरोध करने का साहस भी नहीं हो रहा था। भरद्वाज को कष्ट यह था कि जीवन में पहली बार उन्हें अपने ज्येष्ठ भ्राता के साथ रहने का अवसर मिला था और सम्राट् भरत उनसे यह अवसर छीन लिये जा रहे थे।

जब किसी को कोई प्रतिकार नहीं सूझ रहा था तो सहसा संवर्त बोल उठे, "जिस व्यक्ति के बारे में हम इतनी देर से परस्पर संवाद कर रहे हैं, एक बार उससे भी तो पूछा जाए कि उसे इस प्रस्ताव के विषय में क्या कहना है। वत्स दीर्घतमा जब से यज्ञ से निवृत्त होकर इस कक्ष में आए हैं, वे तभी से मौन और शांत बैठे हैं। क्यों न उन्हीं से निवेदन करें कि वे भी अपनी बात कह दें।"

सीमंतिनी को अब आशा की एक किरण उभरती दिखाई दी। वह बड़े ही उत्सुकभाव से दीर्घतमा की ओर देखने लगी। संवर्त की बात सुनकर सम्राट् भरत ने हाथ जोड़कर दीर्घतमा से अनुरोध किया कि वे उनके प्रस्ताव पर अपनी स्वीकृति दें तो दीर्घतमा बहुत देर तक चुप बैठे रहे। जब उन्होंने अपना लंबा मौन तोड़ा तो कुछ इस तरह से तोड़ा।

"मेरी माँ ममता कितनी सहनशील थी। उन्हें अपने पति का संग कुछ ही समय के लिए प्राप्त हुआ था। उनकी शेष आयु तो मेरे पिता की अंतहीन प्रतीक्षा में ही समाप्त हो गई और प्रतीक्षा के प्रतिकार के रूप में उन्हें मिला अपमान और तिरस्कार उस व्यक्ति से जो उस ममतामयी का पति होने के योग्य ही नहीं था। तो क्या द्यावा की प्रतीक्षा में पृथ्वी सदा विलाप करती रहेगी? क्या पृथ्वी से दूर कर दिए गए आकाश के पास भी पृथ्वी की प्रतीक्षा में विलाप करने का कोई विकल्प नहीं है?"

सभी आश्चर्य में थे कि यह दीर्घतमा क्या बोल रहे हैं। राजा भरत को कुछ समझ में नहीं आ रहा था कि आज ही प्रातः यज्ञवेदी पर अद्भुत ज्ञान का प्रसार करनेवाले आर्य दीर्घतमा को क्या हो गया है कि जो बोल रहे हैं, वह समझ ही नहीं आ रहा।

पर अकेली सीमंतिनी ऐसी थी जो जान रही थी कि दीर्घतमा नितांत मौलिक भावों के किसी अद्भुत पथ के पथिक इस समय बन रहे थे। संयोगवश कक्ष में उस समय जहाँ वह बैठी थी, पत्र-मसीपात्र-लेखनी उसके पास ही वहाँ रखे हुए थे। पिछले छह महीनों से दीर्घतमा के साथ रहते-रहते वह उनके सृजनात्मक क्षणों के स्वभाव से बहुत कुछ परिचित हो चुकी थी। उसने जान लिया कि राजा भरत आदि सभी लोग कुछ विचित्र अनुभव कर रहे थे। इसलिए उसने संकेत से सभी को चुप

रहकर धैर्य रखने को कहा। उधर दीर्घतमा अपनी विचारयात्रा पर चले जा रहे थे, 'क्या वत्स दीर्घतमा को सदा प्रतीक्षा और विलाप में ही अपनी जीवनगाथा कहनी पड़ेगी? सीमंतिनी तुम्हीं बताओ, क्यों प्रकृति माँ ने मुझे अपनी माँ से पृथक् कर दिया था? कर दिया था तो फिर प्रद्वेषी के अंक में इसलिए बिठा दिया कि जब वह अंक प्रणय और अनुराग से भर उठे तो वह अंक भी मुझसे छीन लिया जाए? तो क्या प्रद्वेषी के प्रणय और अनुराग को परिचर्या में विस्तीर्ण करनेवाली तुम भी अब मुझे प्रतिष्ठान भेज दोगी? क्या द्यावा और पृथ्वी को सदा एक-दूसरे की प्रतीक्षा में पृथक् ही रहना है? क्या मिलन की प्रतीक्षा में विलाप ही उनकी नियति है?"

क्रमशः सभी को समझ में आ रहा था कि दीर्घतमा कितने प्रबल मानसिक संताप में ये सब बातें कह रहे थे। उनके कथन में इस प्रश्न का उत्तर तो नहीं मिला कि वे भरत के प्रस्ताव से सहमत हैं या नहीं। पर सीमंतिनी से वियुक्त होने का कितना अधिक संताप अचानक उन पर छा गया था, इसकी तीव्र अनुभूति वहाँ सभी को हुई। राजदुहिता सीमंतिनी तो लगभग रो रही थी। उसे आज पहली बार अनुभव हुआ था कि आर्य दीर्घतमा हृदय के स्तर पर उससे कितना जुड़ चुके थे। दीर्घतमा विवाह का प्रस्ताव ठुकरा चुके थे, इसका पता उसके और पिता मरुत्त के अतिरिक्त और किसी को नहीं था। पर इन दोनों को भी इसका कोई संताप नहीं था, क्योंकि दीर्घतमा की विराट्ता के आगे प्रस्ताव की स्वीकृति या अस्वीकृति नगण्य थी। सीमंतिनी ने हृदय से स्वयं को दीर्घतमा की पत्नी मान लिया था और उसे यह देखकर अपार संतोष हुआ कि दीर्घतमा उससे कितने गहरे जुड़ चुके थे। अब यदि दीर्घतमा को लोककल्याण के लिए वैशाली राजप्रासाद छोड़ना पड़ा तो वह शेष जीवन दीर्घतमा की स्मृतियों के संग बिताने को तैयार हो रही थी। उसे बस कष्ट था तो यही कि पहले माँ ममता फिर प्रद्वेषी और अब उससे वियुक्त होकर दीर्घतमा के संवेदनशील मन पर कितना विपरीत प्रभाव पड़ेगा।

उधर सभी के हृदय में विशेषकर सीमंतिनी के हृदय में उस तरह के द्वंद्व आ-जा रहे थे, उधर दीर्घतमा का प्रवचन जारी था।

"परंतु प्रतीक्षा और विलाप की इस नियति को स्वीकार करके भी द्यावापृथ्वी ने लोक के भरण-पोषण के अपने दायित्व से कभी मुँह नहीं मोड़ा। जब अपेक्षित होता है, तभी वृष्टिसंपात कर द्यावा ने सदा लोगों को प्रसाद से परिपूर्ण रखा है। समस्त प्राणियों को अन्नजल देकर पृथ्वी ने भी सदा अपने कर्तव्य का पालन किया है। सीमंतिनी, अपने हृदय के विलाप को मन की संवेदना को नष्ट कर अपना कर्तव्य

तो प्रत्येक को पूरा करना ही होता है। परंतु सखी सीमंतिनी, क्या इसका भारी मूल्य हम सबको नहीं देना पड़ता? इसलिए आर्य राजन् मैं आकाश नामक उस पिता को प्रणाम करता हूँ, जिसके मन में पृथ्वी से वियुक्त होने पर भी किसी के लिए द्रोह का भाव नहीं है। हे राजन्, मैं पृथ्वी के उस महत्त्व का गान करना चाहता हूँ, जिसके कारण पृथ्वी को हम पृथ्वी कह उठते हैं। एक-दूसरे की प्रतीक्षा में उदास रहकर भी द्यावापृथ्वी अपनी महानता के वशीभूत होकर समस्त प्रजा के जीवन में स्वास्थ्य और समृद्धि बढ़ानेवाले अन्न और धन की वृष्टि करते रहते हैं—

उत मन्ये पितुरद्रुहो मनो
मातुर्महि स्वतवस्तद्धवीमभिः।
सुरेतसा पितरा भूम चक्रतुः
उरु प्रजाया अमृतं वरीयभिः।

"इसलिए हे नरेश मरुत्त, तात संवर्त, मुझे सम्राट् भरत की लोक कल्याण की भावना के पथ पर चले जाने दो। सीमंतिनी, सदा मुझसे पृथक् रहकर भी तुम उस कल्याणमार्ग से विचलित न होना, जिस पर मेरा हृदय मुझे भी चलने को विवश कर रहा है। सीमंतिनी, समष्टि के लिए व्यष्टि को व्यय होने दो, नष्ट होने दो। हे प्रभो, क्या मेरा हृदय इतने तीव्र वियोग आघात को सह पाएगा?"

सभी की आँखों में आँसू थे। सभी ने देखा सम्राट् भरत ने अपने नेत्रों को बंद कर लिया था। और आँखों का जल वहाँ से झर-झर बह रहा था। सभी को ऐसा लगा कि सम्राट् भरत का प्रस्ताव लोककल्याण की उत्कट कामना से भरा है। पर उसकी पूर्ति के लिए दीर्घतमा को इतना भारी हार्दिक और संवेदनाओं का बलिदान देना पड़ रहा है, इसकी कल्पना किसी को भी नहीं थी। स्वयं भरत को भी नहीं। फिर से एक गंभीर मौन सब पर छा गया था। इम मौन को चुनौती देने का काम भी सम्राट् भरत ने किया। बोले, "आर्य दीर्घतमा, मैं भी नहीं जानता था कि लोककल्याण का व्रत धारण करनेवालों को इतना कष्ट उठाना पड़ता है, इतना बलिदान देना पड़ता है। परंतु आर्य, कोई विकल्प नहीं है अब। इस मार्ग पर चलना ही है। मित्र मरुत्त, कल प्रातः आर्य दीर्घतमा के साथ प्रतिष्ठान की ओर प्रस्थान करने की आपसे अनुमति चाहता हूँ।"

नरेश मरुत्त बस एक उदास करुणापूर्ण मुसकान ही उत्तर के रूप में दे पाए। दीर्घतमा का कल वैशाली राजप्रासाद छोड़ना तय हो गया। सभी अपनी-अपनी आसंदियों से उठे। उठते-उठते सीमंतिनी सोच रही थी, 'आर्य ने मुझे तो सुरक्षित

मार्ग पर चला दिया। पर आर्य की सुरक्षा? हे प्रभो, हे प्रकृति माँ, मेरे प्रियतम का ध्यान रखना। उन्हें जीवन में कोई कष्ट न आए।' अपने बहते आँसू वह नहीं रोक पा रही थी।

17

प्रतिष्ठान। गंगा नदी के किनारे बसी पुरुवंशियों की राजधानी। प्रतिष्ठान एक बहुत ही बड़ा और सुंदर नगर था। राजधानी का राजप्रासाद भी गंगा के किनारे ही बना हुआ था। राजप्रासाद बहुत बड़ा था, जिसके चारों ओर ऊँची मजबूत दीवार बनी हुई थी। राजप्रासाद में प्रवेश के लिए उस दीवार में एक ही बड़ा द्वार बना हुआ था। जब कभी गंगा में बाढ़ आती थी तो इसी द्वार को पानी के प्रवेश से सुरक्षित कर पूरे राजप्रासाद को जलौघ से बचा लिया जाता था। राजधानी का निर्माण भरत से लगभग बारह सौ वर्ष पूर्व नहुष के पुत्र ययाति ने किया था, जिसके पुत्र पुरु के नाम पर इस वंश का नाम पड़ गया था। गंगा के किनारे बसी प्रतिष्ठान नामक राजधानी गंगा से थोड़ा दूर थी और ऊँचाई पर थी। इसलिए गंगा का बाढ़ का पानी राजधानी में नहीं आ पाता था। पौरवों का यह नया राजप्रासाद भरत के पिता दुष्यंत ने अपनी पत्नी शकुंतला के लिए बनवाया था, जिसमें अब सम्राट् भरत अपने परिवार और मंत्रियों के परिवारों के साथ रहते थे।

वैशाली से प्रतिष्ठान तक की दो दिनों की लंबी और थका देनेवाली यात्रा रथ पर बैठकर पूरी करने के बाद दीर्घतमा ने भरत के साथ राजप्रासाद में प्रवेश किया। रथ को रोककर पहले भरत स्वयं उतरे और फिर उन्होंने हाथ का सहारा देकर दीर्घतमा को उतारा। दीर्घतमा बहुत थके हुए दिखाई दे रहे थे, परंतु यात्रा समाप्त हो जाने की एक निश्चिंतता भी उनके चेहरे पर थी। उनकी थकान को मानो दूर करने के विचार से भरत ने कहा, "आर्य दीर्घतमा, मेरी माँ शकुंतला से विवाह करने के बाद पिताश्री सम्राट् दुष्यंत ने यह राजप्रासाद उन्हीं के लिए बनवाया था।"

"आर्य राजन्, मैंने सुना है कि महाराज दुष्यंत वानप्रस्थी हो गए थे?"

"हाँ आर्य। आज से पचीस वर्ष पूर्व मुझे राज्य का सारा दायित्व सौंपकर वे मेरी माँ शकुंतला के साथ कण्व मुनि के उसी आश्रम में वापस चले गए थे, जहाँ उन्होंने मेरी माँ के साथ गंधर्व विवाह किया था।"

"इसका अर्थ तो यह हुआ कि वे पर्याप्त कम आयु में ही राजकाज छोड़कर वनवास कर गए।" दीर्घतमा ने बात को आगे बढ़ाया तो भरत ने बड़े ही उदास होकर कहा।

"हाँ आर्य, विदर्भराजकन्याओं से मेरा अभी विवाह हुआ ही था कि माँ शकुंतला ने वनवास के लिए आग्रह किया। उनका विवाह से पूर्व का सारा जीवन पितामह कण्व के आश्रम में बीता था। विवाह के बाद भी लगभग चार वर्ष तक वे मालिनी नदी के किनारे बने कण्व आश्रम में ही रही थीं। और मेरा जन्म वहीं हुआ था। मालिनी नदी को याद कर करके वे प्राय: भावविह्वल हो जाया करती थीं। राजमहिषी बन जाने के बावजूद वे आश्रम का अपना सरल स्वभाव कभी नहीं छोड़ पाई थीं। एक दिन सहसा उन्होंने पिताश्री से कहा कि जब सर्वदमन भरत हर प्रकार से राज्य चलाने के योग्य हो गया है तो क्यों नहीं उसे सम्राट् के पद पर अभिषिक्त कर हम फिर से उसी आश्रम में चले जाएँ, जहाँ सर्वदमन का जन्म हुआ था।"

दीर्घतमा भरत का हाथ पकड़कर चलते भी जा रहे थे और इतिहास भी सुनते जा रहे थे।

"मेरे पिताश्री दुष्यंत मेरी माँ शकुंतला से अत्यंत स्नेह करते थे।" जब भरत ने ऐसा कहा तो पिता उचथ्य के देहावसान के बाद माँ ममता की तात बृहस्पति के हाथों हुई उपेक्षा और तिरस्कार को याद कर दीर्घतमा की आँखों में आँसू आ गए। राजा भरत ने इन आँसुओं को नहीं देखा और वे स्मृतियों में खोए हुए अपनी ही बात किए जा रहे थे। "माँ की किसी भी बात को वे कभी उपेक्षा के दृष्टि से नहीं देखते थे।"

"परंतु आर्य मैंने तो सुना है कि जब आपको लेकर आपकी माँ शकुंतला आश्रम छोड़ राजप्रासाद आई तो आर्य दुष्यंत ने उन्हें भूल जाने का नाटक किया था?" दीर्घतमा उत्सुकतावश पूछ बैठे।

"आपने ठीक सुना है आर्य," भरत ने उदास होकर उत्तर दिया। "पता नहीं क्या विवशता थी उनकी। कहते हैं कि मेरी दूसरी माताओं के संभावित कोप से डरकर पिताश्री ने वैसा किया था। कई लोग इसे दैव का ही विधान मानते हैं कि मेरे पिताश्री को मेरी माँ की विस्मृति हो गई थी। परंतु आर्य, मेरी माँ ने तो बड़े ही साहस का परिचय दिया। वे वहीं राजप्रासाद के बाहर एक आस्तरणिका बिछाकर बैठ गईं। अनेक दिन मेरी माँ वहीं बैठी रहीं तो भी पिताश्री का हृदय नहीं बदला तो वे फिर आश्रम से आए अपने संरक्षकों के साथ ही हिमालय में मारीच ऋषि के आश्रम में चली गईं।"

"ये मारीच ऋषि कौन हैं?" दीर्घतमा के प्रश्न के उत्तर में भरत बोले, "आर्य वे मेरे मातामह कण्व के अभिन्न मित्र थे और हिमालय के एक ऊँचे स्थान पर उनका बड़ा ही दिव्य आश्रम था। वहीं एक बार संयोगवश पिताश्री का आना हुआ तो फिर हम सभी यहाँ प्रतिष्ठान आए। यहाँ आने के बाद मेरी माँ शकुंतला का पट्टमहिषी का संस्कार हुआ।"

"राजन्, ऐसा क्यों है कि प्रत्येक कष्ट स्त्री को ही झेलना पड़ता है?" दीर्घतमा ने पूछा तो भरत ने मुसकराकर कहा, "परंतु आर्य, आर्या सीमंतिनी से अलग कर दिए जाने का कष्ट तो आपने भी उठाया है।" सीमंतिनी की बात सुनकर दीर्घतमा कहीं शून्य में खो गए। थोड़ी देर बाद वे संतुलित हुए तो फिर से पुराने विषय पर बोलने लगे।

"आर्य राजन्, आजकल महाराज दुष्यंत और माँ शकुंतला का वृत्त क्या है?"

"ये दोनों मातामह कण्व के आश्रम की एक पर्णकुटी में रहते हैं। कण्व तो अब नहीं हैं। उन्हीं के एक शिष्य शाङ्गर व और पुत्र बाह्लीक काण्व मिलकर आश्रम का संचालन करते हैं। आर्य बड़ा ही भव्य आश्रम है। जब कभी माँ और पिताश्री से मिलने वहाँ जाता हूँ तो शैशव की उस क्रीड़ास्थली से मेरा वापस इधर लौटने का मन ही नहीं करता।"

"आर्य राजन्, आप इस राजप्रासाद के विषय में कुछ बता रहे थे।" दीर्घतमा ने याद दिलाया तो सम्राट् बोले, "हाँ, आर्य पिताश्री दुष्यंत उस घटना का कभी विस्मरण नहीं कर पाए कि उनकी प्रियतमा पत्नी शकुंतला और पुत्र सर्वदमन ने उसी राजप्रासाद के बाहर तोरणद्वार पर कई दिन खुले में बिताए थे। इसलिए उन्हें उस राजप्रासाद से वितृष्णा हो गई। उन्होंने संकल्प किया और माँ के साथ मुझे मारीच ऋषि के आश्रम से प्रतिष्ठान ले आने के कुछ ही वर्षों के भीतर यह राजप्रासाद बनवा दिया।"

"आर्य, आपकी माँ शकुंतला तो विश्वामित्र कुल की कन्या हैं, जिनका जन्म मेनका अप्सरा के गर्भ से हुआ था। क्या कभी आप अपनी मातामही मेनका से मिले हैं?"

"नहीं आर्य, अप्सरा नारियाँ तो इस भारतभूमि पर अब प्रायः आती नहीं हैं। मैं ही कभी उत्तर की ओर हिमालय में बसे त्रिविष्टप में जाऊँ और मातामही मेनका से मिलकर आऊँ, तभी कुछ बात बनेगी।"

"क्या अभी हमें पर्याप्त चलना होगा?" दीर्घतमा ने पूछा।

"नहीं आर्य, अपने ही परिवार और अपने ही जन्म का इतिहास सुनाने में लीन हो जाने के कारण गति थोड़ी मंद हो गई थी। अन्यथा हमारे आवास अब सामने ही दिखाई पड़ रहे हैं। मैं यहीं से देख पा रहा हूँ कि सामने मेरी पट्टमहिषी आर्या सुनंदा बैठी हैं और हमारी ओर तो बड़े ध्यान से देख रही हैं।"

उधर दूर अपने वासकक्ष में खड़ी सुनंदा देख रही थी कि उनके तेजस्वी पति महाराज भरत किसी दृष्टिहीन सुदर्शन युवा का हाथ थामे उसी कक्ष की ओर बढ़े चले आ रहे हैं। उसने सोचा कि जिसका हाथ स्वयं भरत जैसे अदम्य सम्राट् ने पकड़ रखा है, वह युवा कोई विशिष्ट पुरुष ही होना चाहिए। भरत जब दीर्घतमा का मार्गदर्शन करते हुए सुनंदा के कक्ष की ओर जा रहे थे तो वे श्रेष्ठ उत्साह में थे और आह्लाद मानो उनके चेहरे पर लिखा पड़ा था। सुनंदा के कक्ष में पहुँचकर सम्राट् भरत ने दीर्घतमा को एक आसंदी पर बिठाया, कैसे एक ज्ञानसत्र में उन्होंने विशिष्ट शैली में ऋषिपद प्राप्त किया, यह विस्तार से बताते हुए पट्टमहिषी से बोले, "लो साम्राज्ञी सुनंदा, आर्य दीर्घतमा से मिलो और अब जितना बुद्धिविलास करना हो, इनसे करो।"

सुनंदा इस नाम से सुपरिचित थी, हालाँकि प्रतिष्ठानवाला समाचार उनके लिए नया था। सुनंदा का चेहरा खिल उठा। वे उनके चरणों में प्रणाम निवेदन करती हुई बोलीं, "आपके दर्शनों की लालसा तो मन में थी, पर नहीं जानती थी कि मेरा सौभाग्य इतना शीघ्र मुझ पर कृपालु हो जाएगा।"

"आर्या सुनंदा, मुझे मार्ग में रथयात्रा के समय आर्य भरत ने बताया कि आप काशीराज सर्वसेन की पुत्री हैं और पुत्र प्राप्ति के सौभाग्य से अभी तक वंचित हैं। पर जीवन और प्रकृति के रहस्यों का विश्लेषण आपको प्रिय है, मेरे लिए उससे बढ़कर प्रसन्नता का और क्या विषय हो सकता है।"

"आर्य दीर्घतमा, मैं पुत्रप्राप्ति के सौभाग्य से वंचित हूँ, यह तो ठीक है। परंतु यदि पुत्र नहीं है तो जीवन व्यर्थ है ऐसा मानने की मेरी कोई इच्छा नहीं है।" सुनंदा बोली।

"यह तो मैं एक नई बात सुन रहा हूँ सम्राट् भरत। प्रायः राजा लोग यज्ञों में आशीर्वाद के रूप में शतशः पुत्रों की कामना करते हैं। और यहाँ एक ऐसी नारी से मैं मिल रहा हूँ, जिसे पुत्र का अभाव वैसा अभाव लग ही नहीं रहा।"

"आर्य ऋषे," सुनंदा ने संक्षिप्त उत्तर दिया, "वंश चलाने की इच्छा को मैं ऐसा पाश मानती हूँ, जो हम स्वयं अपने जीवन के आनंद के क्षणों का हरण करने

के लिए आविष्कृत करते हैं। यदि प्रकृति को यही प्रिय है कि हमारा वंश हमारे साथ ही समाप्त हो जाना चाहिए तो हमारा कर्तव्य क्या बनता है? हम प्रकृति के इस संदेश का सम्मान करते हुए जीवन के आनंद को नया रूप आकार दे दें या उस पुत्र की प्रतीक्षा में जो हमें मिलनेवाला नहीं है, हम अपने मन और शरीर के सौंदर्य और स्वास्थ्य को क्रमश: नष्ट होते रहने दें?"

दीर्घतमा सुनंदा की इस तर्क शृंखला से बहुत प्रभावित हुए। वे सुनंदा से सहमत होना चाहते थे। फिर भी उन्होंने पूछा।

"तो क्या आर्य भरत को यह चिंता नहीं सताती कि उनका राज्य उनके बाद किसके हाथों में जाएगा? क्या प्रजा का कल्याण कर सकने योग्य हाथों में राज्य सौंपना एक राजा के कर्तव्यों में नहीं आता, आर्या सुनंदा।"

सुनंदा पैंतीस वर्ष की थी। वह काशीराज सर्वसेन की पुत्री थी और भरत की चार रानियों में आयु में सबसे छोटी पर पट्टमहिषी थी। भरत को उनसे कोई पुत्र प्राप्त नहीं हुआ था और पुत्र प्राप्त होने की कोई आशा भी नहीं थी। भरत की शेष तीन रानियाँ विदर्भकन्याएँ थीं और तीनों परस्पर बहनें थीं। इन तीन रानियों से भरत को तीन पुत्र प्राप्त हुए थे, पर दुर्भाग्यवश तीनों पुत्र दुष्ट और षड्यंत्रकारी थे। सुनंदा से पुत्र के अभाव और शेष तीन रानियों से प्राप्त तीन दुष्ट पुत्रों के बावजूद भरत को उत्तराधिकार की समस्या ने कभी नहीं घेरा। वे निश्चय कर चुके थे कि अपनी प्रजा का दायित्व वे उनमें से किसी को नहीं सौपेंगे। पर राज्यविस्तार की महत्त्वाकांक्षा को इसके बावजूद उन्होंने कभी कम नहीं होने दिया था। राजा भरत के ये विचार पूरे राजपरिवार और उनकी मंत्रिपरिषद् में सर्वविदित थे कि वे अपने राजपरिवार से बाहर भी किसी योग्य व्यक्ति को अपना पूरा उत्तराधिकार सौंप सकते हैं। इसलिए प्रजा की कल्याण कामना में निरंतर लगे रहनेवाले राजा भरत प्राय: अश्वमेध यज्ञ कर राज्य विस्तार भी करते रहते थे।

सुनंदा परमसुंदरी और परमयुवती थी। वह मंत्रकार तो नहीं थी, पर विदुषी और गहन संवेदनशील महिला थी। राजा भरत से वे प्राय: जीवन और प्रकृति के विभिन्न रहस्यों और आयामों पर चर्चा करतीं। भरत को ये चर्चाएँ प्रिय थीं, इनमें स्वयं सक्रिय भाग लेना उनके लिए एक सीमा से आगे संभव नहीं था। उनकी बुद्धि में अच्छे राज्यशासन के तर्क जितनी शीघ्रता से आते थे, वैसे दार्शनिक विवेचन के आयाम उन्हें नहीं छू पाते थे। पर बौद्धिक बातों को सुनना उन्हें अच्छा लगता था और विद्वानों का आदर करना उनका स्वभाव था। सुनंदा स्वयं अतीव विदुषी थी

और बौद्धिक चर्चाएँ उनका प्रिय विषय था। दीर्घतमा को अपने निकट पाकर वे इसलिए भी प्रसन्न थीं कि अब उनके साथ वे ऐसी सभी चर्चाएँ सानंद कर सकेंगी। दीर्घतमा के प्रश्न का उत्तर सुनंदा ने कुछ इस तरह दिया।

"आर्य दीर्घतमा, महाराज भरत का दृढ विचार है कि राज्य का संचालन उनके बाद किसी योग्य व्यक्ति के हाथों में होना चाहिए। यदि वैसा योग्य व्यक्ति अपने कुल में नहीं है तो अपने राजपरिवार से बाहर के किसी योग्य व्यक्ति को यह उत्तराधिकार सौंपा जा सकता है।"

सुनंदा की यह बात सुनकर दीर्घतमा को आश्चर्यमिश्रित हर्ष हुआ और राजा भरत के लिए उनके हृदय में सम्मान और बढ़ गया। पर सुनंदा की वंश परंपरावाली बात को वे अभी भी आगे बढ़ाना चाहते थे। बोले, "आर्या सुनंदा राजा भरत ने अपने राज्य के बारे में जो निर्णय लिया है, मैं उसकी सराहना करता हूँ। परंतु, आर्या, वंश परंपरावाले आपके तर्क पर मैं आपसे कुछ और बातें करना चाहता हूँ।"

इस बीच भरत निरंतर चुप बैठे हुए थे। सुनंदा और दीर्घतमा का इस तरह संवादलीन हो जाना उन्हें अच्छा लग रहा था। बोले, "आर्या सुनंदा, यदि आर्य दीर्घतमा के आवास, भोजन आदि का प्रबंध आपका दायित्व मान लिया जाए तो मैं निश्चिंत हो जाऊँ और आप दोनों से अवकाश लेकर राजकार्य में लग जाऊँ?"

सुनंदा ने सहमति प्रदान कर दी तो राजा भरत चले गए। तत्काल महारानी ने एक परिचारिका को बुलाया और उसे आदेश देते हुए कहा, "अनागसा, मेरे कक्ष के बाहरवाला प्रांगण पार करने के बाद सामने जो चार कक्षोंवाली अतिथिशाला बनी हुई है, उसके प्रारंभ के दो कक्षों में आर्य दीर्घतमा के लिए विशेष प्रबंध कर दो।"

"जो आज्ञा, महारानी।" अनागसा ने कहा।

"और सुनो एक कक्ष में यज्ञाग्निवाला विशाल चित्र मेरे साथवाले कक्ष से उठाकर वहाँ लगा दो और सात-आठ भव्य आसंदियाँ और काष्ठफलक वहाँ रख दो। दूसरे कक्ष को आर्य के विश्राम के लिए वासकक्ष बना दो।"

"जी!" अनागसा का संक्षिप्त कथन था।

"अनागसा, आज से आर्य को नित्य गंगा में प्रातः-सायं स्नान करा आना, उनके लिए प्रातराश और मध्याह्न तथा सायंकाल के भोजन का प्रबंध करना तुम्हारा दायित्व रहेगा। परंतु यदि आर्य को कहीं जाना होगा, अतिथिशाला के उद्यान में या गंगा के किनारे परिभ्रमण करना होगा या वे मेरे या महाराज भरत के वासकक्ष में आने की इच्छा प्रकट करेंगे तो उनके ये सभी कार्य मैं स्वयं संपन्न करूँगी।" सुनंदा

का आदेश सुनकर परिचारिका चली गई।

अनागसा के चले जाने के बाद सुनंदा दीर्घतमा की ओर उन्मुख होकर बोली, "आर्य, आप वैशाली से प्रतिष्ठान तक की लंबी रथयात्रा से श्रांत हो गए होंगे। मार्ग में विश्राम भी पर्याप्त नहीं कर पाए होंगे। तो अभी सायंकाल के भोजन से पूर्व स्नान करने की इच्छा हो रही है या नहीं?"

दीर्घतमा ने अनिच्छा व्यक्त की तो सुनंदा ने सायंकाल का आज का भोजन अपने ही कक्ष में मँगवा लिया और एक राजभृत्य को भेजकर महाराज भरत को भी बुलवा लिया। भोजन आने में थोड़ी देर थी तो सुनंदा बोली, "आर्य, क्या इस समय बाहर उद्यान में भ्रमण करने की इच्छा हो रही है?"

"आर्या, आप जैसी विदुषी के साथ तो कहीं भी परिभ्रमण पर जाया जा सकता है।" दीर्घतमा बोले जो अब तक महारानी सुनंदा की बुद्धिमत्ता से पर्याप्त प्रभावित हो चुके थे। सुनंदा ने दीर्घतमा का हाथ थामा और दोनों सुनंदा के वासकक्ष से निकलकर बाहर उद्यान में आ गए। दीर्घतमा का हाथ थामे हुए सुनंदा उनके साथ परिभ्रमण कर रही थी। और बोल रही थी।

"हाँ तो आर्य दीर्घतमा, आप वंश परंपरावाली कोई बात कहना चाह रहे थे। मुझे लग रहा है कि आप वंश परंपरा को बहुत महत्त्वपूर्ण मानते हैं।"

"हाँ आर्या सुनंदा," दीर्घतमा बोले, "यदि सभी लोग संतान प्राप्ति के लिए इस तरह निस्पृह हो जाएँ तो क्या समाज की परंपरा में विच्छेद नहीं आ जाएगा?"

"निश्चित ही आ जाएगा।"

"तो फिर क्यों नहीं वंश परंपरावाली बात की गंभीरता को समझा जाए?"

"जी" सुनंदा ने जिज्ञासु होकर कहा तो दीर्घतमा कहने लगे।

"आर्ये, यह सृष्टि दो तत्त्वों के आधार पर चल रही है—ऋत और सत्य। आप विदुषी हैं और स्वयं भी जान सकती हैं। सत्य एक ऐसा तत्त्व है, जिसका वास्तविक स्वरूप कभी पूरी तरह समझ में नहीं आता। इस सृष्टि का कोई नियामक तत्त्व है, जो इस सृष्टि का कारण है, जो अक्षय और असीम है, जिसके स्वरूप और जिसकी परिभाषा से हमारा पूर्ण परिचय कभी नहीं हो पाता, पर जिसकी अदृश्य सत्ता को मानने का और उसे जानने का मन हमारा करता है। यही हमारी सत्य की खोज है, जो आजीवन चलती रहती है, पर कभी न तो पूरी होती है और न ही पूरी तरह से सफल होती है।"

सुनंदा को लग रहा था कि बात गंभीर है और उसे ध्यान से सुनना चाहिए।

इसलिए वह और अधिक सतर्क हो गई।

"उस सत्य की खोज हम अमूर्त में नहीं कर सकते। एक व्यवस्था में रहकर ही कर सकते हैं। वह व्यवस्था रहेगी और सुचारु रूप से रहेगी तो सत्य की खोज का हमारा प्रयास चलता रहेगा। पर यदि व्यवस्था ही न रही तो हम कहाँ रहकर, कहाँ बैठकर सत्य को जानने का प्रयास करेंगे और इसी व्यवस्था का नाम ऋत है।"

"आर्य, कोई उदाहरण देकर समझाएँ तो जल्दी समझ में आ जाएगा।" सुनंदा बोली।

"आर्या, आर्य भरत और मैं वैशाली से चले। लक्ष्य था प्रतिष्ठान जाना। आप चाहें तो प्रतिष्ठान को सत्य मान सकती हैं। अब यदि इस सत्य को पाना था तो हमें राजमार्ग पर रथ या पदाति से ही यात्रा करके उसे पाना था। आप चाहें तो इस राजमार्ग को इस रथ को वह व्यवस्था या ऋत मान सकते हैं, जिस पर चलकर हमें प्रतिष्ठान नामक सत्य को पाना था। मान लीजिए यह मार्ग न होता तो कठिनाई आती और संभव था कि हम अपनी यात्रा प्रारंभ ही नहीं करते।"

सुनंदा लगातार आर्य दीर्घतमा के भव्य और सुंदर पर दृष्टिहीन चेहरे की ओर देखकर आनंदित हुई जा रही थी। व्यक्ति इतना बुद्धिशाली हो सकता है, यही सोच-सोचकर वह दीर्घतमा से प्रभावित हुई जा रही थी। दीर्घतमा का हाथ पकड़े परिभ्रमण करते-करते ही वह बोली, "आर्य, बात समझ में आ रही है।"

"आर्या सुनंदा, यह जो हम संतान प्राप्ति के लिए विवाह करते हैं, यह जो हम छात्र-छात्राओं को विद्या प्रदान करते हैं, यह जो हम देवताओं को हवि देने के लिए यज्ञ करते हैं, यह सब ऋत है। इनके कारण समाज में व्यवस्था बनी रहती है और समाज चलता रहता है। जब हम एक मूर्त व्यवस्थित समाज में रह रहे होते हैं, तभी अमूर्त सत्य को जानने का प्रयास भी कर सकते हैं। पुत्रप्राप्ति और पुत्रीप्राप्ति इस संसार यात्रा को आगे बढ़ाने का कारण बनते हैं। इसलिए हमें सत्य को जानने के लिए उस ऋत की उपासना करते रहना चाहिए आर्ये, जिसके कारण हम स्वयं को सत्यप्राप्ति के योग्य बनाते हैं।"

सारी बात सुनकर सुनंदा भाव-विभोर हो गई। वह बड़े ही स्नेह से उस जन्मांध युवा के चेहरे को देखने लगी, जिसमें से इस तरह की तेजस्वी, विचारशील वाणी उत्पन्न हो रही थी। उसे दीर्घतमा पर करुणा होने लगी कि क्यों इतना उज्ज्वल मस्तिष्क देकर प्रकृति ने उन्हें दृष्टिहीन बना दिया है। सुनंदा को लगा कि देश की इस निधि की रक्षा करनी चाहिए। उसे लगा कि दीर्घतमा को सम्राट् भरत

के उन पुत्रों से बचाना चाहिए, जो दुष्ट षड्यंत्रकारी हैं और जो किसी को कुछ भी हानि पहुँचा सकते हैं।

18

अनागसा प्रातराश कराकर चली गई तो अपने कक्ष में आसंदी पर अकेले बैठे दीर्घतमा पर आज अचानक गहरी उदासी भरे सोच ने आक्रमण कर दिया। वे सोच रहे थे कि मनुष्य के जीवन में किसकी भूमिका अधिक निर्णायक होती है, कर्म की या नियति की? वे जन्मांध पैदा हुए थे, इसलिए उनकी माँ ममता ने बाल्यकाल से ही उन्हें आत्मविश्वास से भर देने के लिए यही संस्कार दिए थे कि आँखों में ज्योति नहीं है तो क्या हुआ, प्रभु ने प्रतिभा दी है, स्वस्थ शरीर दिया है, इसलिए बुद्धिमत्तापूर्वक कर्म करते हुए अपना जीवन महान् बनाना चाहिए। इन संस्कारों के वशीभूत दीर्घतमा आज तक अपने जीवन से निराश नहीं हुए थे। उदासी जरूर उन्हें कभी-कभी घेर लिया करती थी, पर निराश होकर हाथ-पर-हाथ रखकर बैठ जाना और जीवन से निवृत्त होने की या विरक्त होने की सोचना, ऐसा उनके साथ कभी नहीं हुआ था।

पर आज की उनकी उदासी कुछ असामान्य कोटि की थी। वे आसंदी पर बैठे हुए अपने-आप से ही प्रश्न करने लगे, 'मैं अपने कर्म के अधीन हूँ या नियति के? माँ, तुम कहती थीं कि मैं अपने को कभी भी निराश न होने दूँ और सदा स्वयं को कर्म से जोड़े रखूँ। वही तो कर रहा हूँ माँ। पर यह तो बताओ कि सोचने के अतिरिक्त और कौन सा ऐसा कर्म है, जो मैं अपने-आप कर सकता हूँ? फिर कैसे मान लूँ कि मैं कर्म के अधीन हूँ, नियति के नहीं?' दीर्घतमा को पौरव राजधानी प्रतिष्ठान में आए लगभग छह महीने होने को थे। आज वासंत नवरात्र का प्रारंभ था और सम्राट् भरत आज से अश्वमेध की प्रक्रिया शुरू करनेवाले थे। आज यज्ञ का कार्यक्रम था। जिस अश्व को छोड़ा जाना है, उसकी पूजा कल होगी। परसों समारोहपूर्वक अश्व को छोड़ देने की योजना थी। सम्राट् भरत किसी नए क्षेत्र की विजय के लिए इस बार अश्वमेध यज्ञ नहीं कर रहे थे। इस बार उनका उद्देश्य दूसरा था और सीमित था। वे अश्व को अपने राज्य की सीमाओं के भीतर ही भ्रमण करवाकर राज्य में अपनी राजसत्ता का प्रभाव उसके माध्यम से आँकना चाहते थे।

इसलिए वासंत नवरात्र के एक मास के भीतर ही अश्व को राजधानी प्रतिष्ठान लौटा लाने की आज्ञा सैनिकों को दे दी गई थी।

दीर्घतमा के राजधानी प्रतिष्ठान आने के बाद राजा भरत पहली बार कोई यज्ञ कर रहे थे। वैशालीनरेश मरुत्त के यहाँ हुए एकदिवसीय याग में वे दीर्घतमा का प्रतिभा चमत्कार देख चुके थे। उन्हें अपना कुलगुरु बनाने का संकल्प वे तभी से किए बैठे थे। पर वैसा करने से पहले वे चाहते थे कि आर्य दीर्घतमा की इस विलक्षण प्रतिभा का परिचय राजपरिवार के सभी सदस्यों से, राजन्यवृंद से और राजधानी की जनता से हो जाए, ताकि उनके भावी कुलगुरु का सभी के साथ सीधा विचार-संपर्क स्थापित हो जाए। आज होनेवाले याग में उन्हें इस प्रयोजन के पूरा हो जाने में सहायता मिलने की आशा थी। राज्य के कुलगुरु पद पर प्रतिष्ठित करना भी एक बड़ा राजकीय निर्णय था। इसके लिए वे अपनी राजसत्ता की दृढता को भी पूरी तरह से आँक लेना चाहते थे। वासंत नवरात्र के दिनों में उनका अश्व पूरे राज्य में परिभ्रमण शुरू करेगा। और जब लौटेगा तो वह उनकी सत्ता को नए सिरे से प्रतिष्ठापित कर आया होगा। इसलिए पौरवराज चाह रहे थे कि क्यों न उसके शीघ्र बाद आर्य दीर्घतमा को पुरुवंश के कुलगुरु पद पर अभिषिक्त कर दिया जाए?

थोड़ी ही देर में राजा भरत और महारानी सुनंदा आनेवाले थे और आर्य दीर्घतमा उन्हीं की प्रतीक्षा में बैठे विचारलीन हो गए थे। उनका मानसिक संघर्ष आज काफी तीव्र हो चुका था और एक तरह से उनका अपने पर से नियंत्रण समाप्त हो चुका था। वे लगातार अपनी माँ से ही संवाद कर रहे थे, मन-ही-मन। 'बताओ तो माँ, इसमें मेरा क्या अपराध था कि मैं तुम्हारे गर्भ से जन्मांध पैदा हुआ? यदि प्रद्वेषी का कहना ठीक था तो मेरी इस अंधता का मूल और कोई नहीं तात बृहस्पति थे। उन्होंने तुम्हें इतना त्रस्त कर दिया कि उसका सीधा दुष्प्रभाव तुम्हारे गर्भ पर पड़ा और मेरी आँखों की ज्योति चली गई। तो अपराध किया तात बृहस्पति ने और उसका दंड मिला तुम्हें और मुझे? फिर कैसे मान लूँ कि मैं अपने कर्म से अपना जीवन निर्माण कर सकता हूँ? यहाँ तो दुष्कर्म किया किसी और ने और उसका परिणाम ढोने के लिए मैं विवश हूँ। माँ, इसे नियति न मानूँ तो और क्या मानूँ?'

दीर्घतमा की आँखों में आँसू आ गए। आज क्रोध और उदासी के विचित्र मिश्रण में उनका दिल बैठा जा रहा था। वे निश्चय नहीं कर पा रहे थे कि उन्हें क्या करना चाहिए, क्या सोचना चाहिए। विचार उन पर हावी थे और वे भावनाओं के आवर्त में आकंठ डूबे हुए थे। अपनी नियति पर विलाप करते हुए वे अपने समस्त

भूतकाल की संक्षिप्त यात्रा कर आए। 'नियति ने मुझे जन्मांध बना दिया। जन्म से पहले पिता को छीन लिया। माँ का स्नेह मुझे कभी निर्द्वंद्व रूप से नहीं मिल सका। मेरे लिए हर क्षण व्याकुल रहनेवाली मेरी माँ तात बृहस्पति के आतंक के मारे मुझसे कभी निश्शंक होकर नहीं मिल पाती थी। स्नेह और अनुराग के भूखे मेरे हृदय को प्रद्वेषी का आश्रय मिला तो उन्हीं तात बृहस्पति की किन्हीं कुत्सित योजनाओं ने मेरी सद्य:प्रणयिनी प्रद्वेषी को प्राण त्यागने को विवश कर दिया। तो क्या किसी को केवल कर्म ही करना है, मनमाना कर्म करना है, उचित अनुचित का विवेक किए बिना नितांत स्वार्थपूर्ण कर्म करना है और किसी को केवल उन कर्मों के फलों की नियति को भुगतना है? कैसा न्याय है यह? क्या प्रकृति भी अन्याय करती है? कौन जाने?'

दीर्घतमा आभास और अनुमान के सहारे अपने कक्ष से निकलकर बाहर प्रागंण में आ गए। कोमल घास पर धीरे-धीरे विचरण करने लगे। उन्हें कोमल घास की शीतलता को अपने पाँवों के तलों से अनुभव कर बहुत सुख मिला। सोचने लगे, 'मनुष्य उसी की खोज में रहता है, जिसका उसके जीवन में अभाव रहता है। मुझे मेरी माँ नहीं मिली। पूरी तरह से नहीं मिली। तो क्या मैं इसीलिए स्नेह का, अनुराग प्राप्ति का भूखा हो गया? क्या इसीलिए मुझे अपना हृदय सदा खाली नजर आता है? क्या इसीलिए उस खाली स्थान को सदा स्नेह और अनुराग की खोज रहती है? माँ तुम क्यों चली गईं? क्यों मुझे अकेला छोड़कर चली गईं? देखो तुम जो वात्सल्य मुझे नहीं दे पाईं, उसकी खोज में मेरा हृदय कैसा भटकता रहता है। कहीं कोई ठौर नहीं मिल रहा। माँ, तुम छोड़ गईं। प्रद्वेषी आई, पर जैसे ही वह परिचारिका से उठकर प्रणयिनी हुई, वह काल के गाल में समा गई। फिर परिस्थितियों ने सीमंतिनी से मुझे मिला दिया। उस प्रखर बुद्धिमत्ती राजकन्या ने अपने हृदय का पूर्ण समर्पण मेरे सामने कर दिया। पर भयभीत और आशंकित दीर्घतमा निश्शंक होकर उसे स्वीकार नहीं कर पाया। डरता रहा मैं कि कहीं नियति का प्रहार फिर से न हो जाए और मेरी सीमंतिनी भी माँ और प्रद्वेषी की राह न चली जाए। पर इस बार नियति ने ऐसा खेल किया कि मुझे ही वैशाली से उठाकर प्रतिष्ठान में ला पटका।'

सोचते हुए दीर्घतमा ठिठककर रुक गए। क्या मैं राजा भरत के प्रस्ताव को अस्वीकार नहीं कर सकता था? क्या मैं प्रतिष्ठान आने से मना नहीं कर सकता था? मैं नहीं कह देता तो क्या राजा भरत मुझे बलात् मुझे इधर ले आते? फिर किस प्रेरणा से मैं यहाँ आने को मान गया? विचारों के किस तीव्र और वेगपूर्ण

प्रवाह के आगे मैं टिक नहीं पाया और यहाँ आने को मान गया। और यहाँ आकर भेंट हुई आर्या सुनंदा से, जो मेरे साथ हृदय के स्तर पर इतना अधिक बँध चुकी लगती हैं कि मेरे बिना रह नहीं पातीं? एक दिन मुझसे न मिलें तो उनका चित्त उदासी से भर जाता है? संतानहीन सुनंदा की इस स्थिति को राजा भरत भी क्या नहीं समझते होंगे? क्या इसलिए उन्होंने मेरी परिचर्या के लिए अपनी इस परम बुद्धिमती महारानी को नियुक्त कर रखा है? हे प्रभो, यह कैसा नया चमत्कार तुमने कर दिया है?"

प्रतिष्ठान आने के बाद दीर्घतमा आर्या सुनंदा से हृदय के स्तर पर कहीं-न-कहीं बँध चुके थे। जब तक वे सुनंदा से नित्य दो-तीन घंटे संवाद न कर लें, उन्हें बेचैनी रहती थी। जब तक वे सुनंदा के हाथों को थामकर अपने आवास से बाहर प्रांगण में घास पर परिभ्रमण न कर लें, वे अपने शरीर को थका-थका और अतृप्त अनुभव करते थे। राजा भरत सुनंदा के सात्त्विक चरित्र और अपने प्रति श्रेष्ठ अनुराग और सम्मान के सहज भाव से सुपरिचित थे। पर सुनंदा और दीर्घतमा के बीच जिस तरह का भाव विकसित हो रहा था, उसका भी वे गहन अध्ययन कर रहे थे। वे इसे संतानहीन सुनंदा के अतृप्त मातृत्व की एक सहज अभिव्यक्ति मानते थे, जो दीर्घतमा के प्रति सिर्फ पुत्रभाव से ही नहीं, अपितु सखीभाव से भी व्यक्त हो रही थी। इसलिए कल रात्रि शयन से पूर्व अपने पति की विशाल भुजाओं में विश्वास और अनुराग की सहज मुद्रा में सोई सुनंदा ने जब बालसुलभ उत्कंठा से कहा कि वह कल के यज्ञ की बेचैनी से प्रतीक्षा कर रही है, क्योंकि उसमें दीर्घतमा की प्रतिभा का नया विस्फोट संभावित है, तो अपनी पत्नी की इस निश्छल मुद्रा से राजा भरत लगभग हिल गए और अपनी इस असाधारण सहधर्मचारिणी को उन्होंने भुजाओं के पाश में और भी अधिक कसकर बाँध लिया। भरत तो मानो मुग्ध हो गए कि कैसे प्रत्युत्तर में सुनंदा ने भी उन्हें अपनी भुजाओं के पाश में उतना ही कसकर बाँध लिया था और वह केवल उतना भर करके रुक नहीं गई थी।

"आर्य दीर्घतमा, अब यदि मैं यह पूछूँ कि आप किन विचारों में लीन हैं, तो क्या आप इसे नया प्रश्न मानेंगे?" सुनंदा ने कहा जो अपने पति राजा भरत के साथ दीर्घतमा के आवास आ पहुँची थी, पर दीर्घतमा को बाहर घास पर परिभ्रमण करते देख समझ गई थी कि किसी विचार-आवेग के मारे ही दीर्घतमा भीतर कक्ष में आसंदी पर बैठकर असहज अनुभव कर रहे होंगे, इसलिए बाहर आकर परिभ्रमण कर रहे हैं और विचारों की किसी बड़ी यात्रा पर निकले हैं।

इससे पहले कि दीर्घतमा कुछ कहते, राजा भरत ने उनके चरणों को स्पर्श कर प्रणाम करते हुए आशीर्वाद माँगा।

"यह क्या कर रहे हैं आर्य राजन्, मेरे चरणों को इस तरह स्पर्श करना क्या आप जैसे तेजस्वी सम्राट् के लिए उचित माना जाएगा? मैं तो आपसे आयुष्य में छोटा और पुत्रसमान हूँ।"

"आर्य ऋषे, व्यावहारिक धरातल पर बैठकर विचार करें तो आपके कथन के किसी भी अंश से असहमत हो पाना कठिन होगा। पर आपके प्रतिभावैभव और विलक्षण ऋषित्व को देखकर मुझ जैसे सामान्य राजा की तो बात ही क्या है, स्वयं स्वर्ग के अधिपति इंद्र का भी मन करेगा कि वह आपके चरणों को स्पर्श कर अपना जीवन कृतार्थ कर ले।" भरत ने कहा तो दीर्घतमा भाव-विभोर हो गए। अभी थोड़ी देर पहले वे उदासी और विषाद के जिस त्रासद चक्र में फँस गए थे, राजा भरत की इस समर्पण वाणी ने उन्हें सहज कर दिया। उनके मौन चेहरे की असाधारण मुखरता के निःशब्द नाद में भरत और सुनंदा भी कहीं खो गए तो थोड़ी देर बाद दीर्घतमा के हाथों को स्नेहपूर्वक थामते हुए एक भव्य मुसकान के साथ आर्य भरत को देखते हुए और अपने चेहरे पर मानो शरारत का भाव लाते हुए सुनंदा ने इस मौन को यह कहते हुए तोड़ा।

"आर्य दीर्घतमा, क्या मेरा प्रश्न कहीं महाराज भरत के भारी-भरकम आदरभाव के नीचे दब तो नहीं गया?"

"आर्या सुनंदा, आपके किसी भी प्रश्न को भुला पाना मेरे लिए अब संभव ही कहाँ रह गया है? आपसे संवाद करने के बाद मैं विचारों के जिस अनंत-असीम आकाश में उड़ने लगता हूँ, आपके प्रश्न तो मेरे लिए वहाँ सहज पंखों का काम करने लगते हैं। आपके प्रश्नों के पंख न मिलें तो लगता है कि विचारों में उड़ान की ही कहीं सीमा न बँध जाए।"

"आर्य ऋषे, हम दोनों आपको यज्ञभूमि में ले चलने के लिए आए हैं। मेरा प्रस्ताव है कि हम लोग चलते भी रहें और चलते-चलते विचारों का आदान-प्रदान भी होता रहे।" भरत ने कहा तो सबने यज्ञभूमि की ओर चलना प्रारंभ कर दिया। दीर्घतमा मध्य में थे और उनके दाएँ और बाएँ हाथ को उनके पार्श्व में चल रहे सुनंदा और भरत ने क्रमशः थामा हुआ था। चलते-चलते और आकाश की ओर मानो सूर्य को देखते हुए दीर्घतमा कहने लगे।

"हाँ, आर्या सुनंदा, आज प्रातःकाल से ही मेरा मन विचित्र व्याकुलता से भर गया था। मेरा मन निश्चय नहीं कर पा रहा था कि क्या मनुष्य अपने कर्म के आधार

पर अपना जीवन बनाता है या वह अपनी नियति के अधीन है? क्या वह कर्म करके अपने जीवन का मार्ग प्रशस्त करता है या नियति ने उसके जीवन का मार्ग निश्चित कर रखा है और उस नियत मार्ग पर चलते हुए ही उसे इन पुष्पों की सुगंध अनुभव होती है, जो उसके लिए वहाँ मार्ग में खिला दिए गए हैं और पैरों में वे काँटे चुभने ही हैं, जो उसके लिए वहाँ बिछा दिए गए हैं?"

"आर्य ऋषे," भरत बोले, "मैं इस तरह के प्रश्नों से कभी विचलित नहीं हुआ करता। आर्य मैं उन व्यक्तियों को अहंकारी मानता हूँ, जो नियति को पूरी तरह उपेक्षित कर अपने कर्म को ही जीवन का प्रथम और अंतिम सत्य मानते हैं। पर ऐसे लोगों में भी मेरी कोई श्रद्धा नहीं, जिनके लिए कर्म का कोई अर्थ ही नहीं है और जिन्होंने अपने को नियति के हाथों की पुत्तलिका मान लिया है।"

"आर्य राजन्," इससे पहले कि दीर्घतमा कुछ बोलें, सुनंदा ने अपना एक तर्कपूर्ण हस्तक्षेप कर दिया, "जीवन सदा सामंजस्यपूर्ण रहे, ऐसा दृष्टिकोण रखनेवालों को आपका उत्तर अवश्य प्रभावित करेगा, परंतु अनेक प्रश्नों के उत्तर हमें इससे नहीं मिल पाते।"

"कौन से प्रश्न?" भरत ने कहा तो सुनंदा ने तुरंत उत्तर दिया।

"यह प्रश्न कि आर्य दीर्घतमा जन्मांध क्यों हुए? यह कि क्यों कोई व्यक्ति राजकुल में उत्पन्न हो जाता है तो दूसरे के हिस्से में दरिद्र परिवार का अंग बन जाना आता है? यह प्रश्न भी कि क्यों आर्य भरत जैसे परमतेजस्वी सम्राट् को तीन-तीन पुत्र प्राप्त होते हैं, पर उनमें से एक भी ऐसा नहीं होता कि जिसे उत्तराधिकारी बनाने के बारे में सोचा जा सके?"

निरुत्तर हो गए भरत, हालाँकि सुनंदा के प्रश्न कोई ऐसे नए नहीं थे कि जिनके उत्तर दे पाना भरत के लिए कठिन होता। पर वे सोचने लगे कि जब दीर्घतमा जैसा कोई उद्भट विचारक प्रश्न उठाता है और उसे यदि सामान्य ढंग से निपटा देने का प्रयास किया जाए, जैसा कि मैंने किया तो फिर कोई भी सुनंदा उन प्रतिप्रश्नों की बौछार लगा सकती थी, जो कि उसने लगाई। परंतु पता नहीं क्यों भरत का निरुत्तर हो जाना दीर्घतमा को अच्छा नहीं लगा। वे बोले, "आर्य सम्राट् जब भी हम इस तरह के प्रश्नों के जंगल में उलझ जाएँ, जहाँ से बाहर निकलने के लिए हमें उत्तरों की पगडंडियाँ न मिल रही हों तो हमें स्वयं को प्रकृति के अंक में बिठा देना चाहिए। राजन्, प्रकृति माँ कभी अपने पुत्रों को निराश नहीं करती। वह हमें मार्ग अवश्य दिखाती है।"

"आर्य, यह कर्म के स्थान पर नियति को अधिक महत्त्व देना ही तो हुआ'', सुनंदा ने टोक दिया।

"उसमें संदेह ही कहाँ है, आर्या सुनंदा। प्रश्नों की जिस बौछार से आपने अभी अपने विद्वान् पति के जिज्ञासु मन को नहला दिया था, उन प्रश्नों का भी तो संदेश यही है। जैसे सत्य की खोज के लिए हमें ऋत का आश्रय चाहिए, क्योंकि ऋत की मूर्त व्यवस्था का आश्रय लिये बिना हम अमूर्त सत्य का अनुसंधान नहीं कर सकते, वैसे ही नियति के मूर्त तंत्र को स्वीकार किए बिना हम कर्म के अमूर्त प्रभाव को कैसे हृदयंगम कर पाएँगे?"

"आर्य, थोड़ा विस्तार से समझाएँ तो," भरत बोले।

"आर्य राजन्, ऐसा लग रहा है कि आज के यज्ञ में मुझे प्रजाजनों के साथ इसी पर एक संभाषण कर देना होगा। पर क्या यह स्पष्ट नहीं कि हम सब नियति के बनाए एक तंत्र के भीतर ही अपने-अपने कर्म करने को स्वतंत्र हैं? आर्य भरत, आर्या सुनंदा, यदि ऐसा न हो तो मैं कभी नहीं बता पाऊँगा कि अपने किस कर्मदोष के कारण मैं जन्मांध उत्पन्न हुआ। यदि नियति का तंत्र नहीं स्वीकार करेंगे तो कौन बता पाएगा कि क्यों मैं सहसा विचारों और भावों से आविष्ट हो जाता हूँ? कहाँ से आते हैं ये विचार? कौन उड़ेल जाता है मेरे सामने भावों की विपुल समृद्धि? और आर्या सुनंदा, यदि नियति का मूर्त चक्र नहीं है तो कैसे समझाऊँ मैं अपने हृदय को कि क्यों मेरी माँ का स्नेह मुझे नहीं मिल पाया? क्यों मेरी माँ मुझसे दूर रहने को विवश कर दी गई? क्यों मुझे प्राप्त कर सकने में स्वयं को असमर्थ पाकर प्रद्वेषी ने अपने प्राणों का उत्सर्ग मेरे लिए कर दिया? और क्यों लोकहित की अचानक पैदा कर दी गई मेरी उत्कट अभिलाषा ने सीमंतिनी को मुझसे अलग कर दिया?"

सुनंदा की आँखों में आँसू आ गए। भरी हुई आवाज में बस इतना ही बोल पाई, "आर्य, आप सचमुच महान् हैं।" जो बात वह नहीं कह पाई वह यह थी कि 'आर्य दीर्घतमा, आपके जीवन में आ गए इस अभाव की पूर्ति अब मैं करूँगी। कभी आपको अकेला और उदास नहीं छोड़ूँगी।' अपनी इस अव्यक्त वाणी को सुनंदा ने अनुराग के जिस विशिष्ट भाव से दीर्घतमा को देखकर नेत्रों द्वारा व्यक्त किया उसे जन्मांध दीर्घतमा भला कहाँ देख पाए? पर सुनंदा के हाथों के स्पर्श की ऊष्मा को भी क्या उन्होंने अनुभव नहीं किया? उनके चेहरे पर उभरी तृप्ति इसका सटीक उत्तर दे रही थी।

संवाद करते-करते ही चलते हुए वे तीनों यज्ञमंडप में जा पहुँचे। अश्वमेध

यज्ञ का सारा कार्यक्रम राजप्रासाद से बाहर निकट ही एक खुले प्रांगण में हो रहा था। सारी तैयारियाँ हो चुकी थीं। न केवल राजा भरत के मंत्रिपरिषद् के सभी सदस्यों व राजन्यों ने अपना-अपना स्थान ग्रहण कर लिया था, अपितु भरत की शेष तीनों पत्नियाँ व उनके पुत्र भी यथास्थान विराज चुके थे। एक बड़े वितान की सहायता से बनाए गए इस विशाल यज्ञमंडप में हजारों प्रजाजन काफी समय पहले से ही आकर भूमि पर बिछी आस्तरणिकाओं पर बैठ चुके थे। गोल आकारवाले इस विशाल मंडप के बीचोबीच यज्ञवेदी बनाई गई थी। इसी वेदी के एक कोने में शुभ्र-सफेद वस्त्रों से ढका एक ऊँचा मंच सरीखा बड़ा आसन बनाया गया था, जिस पर तीन आसंदियाँ रखी थीं। सभी ने देखा कि आर्य दीर्घतमा, आर्य भरत और आर्या सुनंदा आसन के पीछे बना दी गई सीढ़ियों के रास्ते चढ़कर ऊपर आ गए और इन तीन आसंदियों पर बैठ गए। दीर्घतमा मध्य में रखी आसंदी पर बैठे थे, जो शेष दो आसंदियों से थोड़ी ऊँची थी। उसी बड़े आसन के एक कोने में दीर्घतमा की दाईं ओर वाली आसंदी के पास, जिस पर महारानी सुनंदा बैठी थी, पत्र-मसीपात्र व लेखनी भी रख दिए गए थे। ऐसा आर्या सुनंदा के आदेश पर किया गया था। भरत बाईं ओर बैठ गए।

तभी यज्ञवेदी के पास खड़े होकर पुरोधा ने आर्य दीर्घतमा को अपना प्रवचन देने के लिए आमंत्रित किया तो विशाल यज्ञमंडप में एक हर्ष निनाद हुआ, जिसे सुनकर दीर्घतमा को वैशाली के एकदिवसीय याग के ऐसे ही एक अवसर पर ऐसे ही एक हर्ष निनाद की याद आ गई और अचानक दीर्घतमा सीमंतिनी की स्मृतियों में खो गए। पर उस निनाद के बाद जैसे ही सन्नाटा छा गया, तो दीर्घतमा ने स्वयं को सँभाला और एक नई ही शैली में उन्होंने बोलना प्रारंभ किया।

"क्या कई बार इच्छा नहीं होती कि तेजी से और निरंतर दौड़ रहे इस काल को थाम लिया जाए? क्या कई बार इच्छा नहीं होती कि इस काल को वह दिशा दे दी जाए, जो हम चाहते हैं? क्या कई बार यह इच्छा नहीं होती कि काल के आक्रामक रूप को बदलकर उसे अपनी इच्छा का सरल और सौम्य रूप दे दिया जाए?" दीर्घतमा ने जैसे ही अपनी धीर-गंभीर वाणी में बोलना प्रारंभ किया तो प्रसन्नता से सराबोर राजा भरत को रोमांच हो आया। सुनंदा ने स्पष्ट अनुभव किया कि आर्य दीर्घतमा ने विचारों के उस तंतु को अभी भी थाम रखा है, जिस पर मार्ग में चलते-चलते वे अभी-अभी बोल रहे थे।

"किंतु प्रजाजनो, इस काल को समझना सरल नहीं," दीर्घतमा का अव्याहत

प्रवचन जारी था, "जिस काल ने मुझे जन्म से ही दृष्टिहीन बना दिया, जिस काल ने सर्वदमन को राजा भरत बना दिया और जिस काल ने काशीराज सर्वसेन की दुहिता आर्या सुनंदा को सम्राट् भरत की पट्टमहिषी बना दिया, उसको अपनी इच्छा के अनुसार किसी दिशा की ओर मोड़ देना संभव नहीं। जिस काल ने मुझे आश्रम से उठाकर वैशाली पहुँचा दिया, जिस काल ने फिर मुझे आपसे संवाद करने के लिए प्रतिष्ठान में आकर बसा दिया, उस काल की आक्रामकता को सरल आकृति दे पाना संभव नहीं।"

सहसा दीर्घतमा बोलते-बोलते चुप हो गए और निर्निमेष नेत्रों से आकाश में क्रमश: ऊपर उठ आए सूर्य की ओर देखने लगे। लोग देखकर चकित थे कि नेत्रहीन दीर्घतमा आकाश की ओर क्या देख रहे हैं? पर दीर्घतमा की गंभीर वाणी से मंत्रमुग्ध कर दिए गए सभी प्रजाजन भी, आर्य भरत और आर्या सुनंदा भी आकाश की ओर देखने लग गए।

"वह देखो, सूर्य को देखो, नित्य प्राची में उदित होकर सायं पश्चिम में अस्त हो जानेवाले सूर्य को देखो। यही वह सूर्य है, जो काल का प्रतीक है और काल का नियामक है। सूर्य उदय न हो तो रात्रि अनंत हो जाए और हम सभी को गतिशील रखनेवाली ऊर्जा सूर्य से मिलना बंद हो जाए। सूर्य उदय न हो तो हम सभी ऊर्जाविहीन होकर अपनी गति खो बैठें और क्रमश: हम सभी गतिहीनता और मृत्यु के गर्त में जाकर गिर जाएँ। सूर्य गतिशील रहता है, उदय हो-होकर अस्त होता रहता है, अस्त हो-होकर उदय होता रहता है तो हम सभी को जीवन से भरपूर और गति से समृद्ध रखता है। आर्य प्रजाजनो, आओ हम सब मिलकर उस सूर्य को प्रणाम करें, जिसने हमें जीवन दे रखा है और जिसने हम सबको गति प्रदान कर रखी है।"

दीर्घतमा के प्रवचन का कुछ ऐसा जादू भरा प्रभाव पड़ा था कि राजा भरत और महारानी सुनंदा सहित सभी प्रजाजन अपने-अपने स्थानों पर खड़े होकर सूर्य को प्रणाम करने लगे। दीर्घतमा को आश्चर्य हुआ कि यज्ञमंडप में सहसा इतनी ध्वनि कैसे होने लग गई? उन्होंने सभी प्रजाजनों को अपने स्थान पर बैठने का अनुरोध कर फिर से प्रश्न पूछनेवाली शैली में बोलना प्रारंभ किया।

"तो क्या हम सूर्य का तत्त्वार्थ समझने का प्रयास नहीं कर सकते? क्या हम उसे प्रणाम करने के अतिरिक्त उसके स्वरूप को जानने का प्रयास नहीं कर सकते? सूर्य के आकार को थोड़ा ध्यान से देखो। क्या देख पाते हैं उसे? क्या

उस पर नेत्र केंद्रित करने से पहले ही हमारे निमेष नीचे झुककर नेत्रों को बंद नहीं कर देते?"

अब तक सभी लोग बैठ चुके थे और दीर्घतमा द्वारा पूछे गए प्रश्नों में सभी का चित्त रम गया लग रहा था। दीर्घतमा ने अब समझाने की मुद्रा में बोलना प्रारंभ किया, "सूर्य को देखो, उस आदित्य को देखो। उसके गोल आकार को समझने का प्रयास करो। क्यों है सूर्य गोल चक्राकार? क्यों न सूर्य के गोल आकार को एक चक्र के समान मान लिया जाए? यदि सूर्य काल का प्रतीक है, यदि सूर्य काल का नियामक है तो क्यों न चक्र के सदृश गोल आकारवाले सूर्य को कालचक्र का प्रतीक मान लिया जाए?"

आर्य दीर्घतमा अब विचारों और भावों द्वारा पूरी तरह से आविष्ट किए जा चुके थे। उधर आर्य भरत धीरे से सुनंदा से कह रहे थे, "आर्या, जरा इस विलक्षण मस्तिष्कवाले युवा दीर्घतमा को तो देखो, कितनी अद्‍भुत सहजता से इस ऋषि ने काल को चक्र कहकर कालचक्र की एक नई अवधारणा प्रस्तुत कर दी है?"

सारा यज्ञमंडप आश्चर्य विभोर होकर दीर्घतमा को सुन रहा था। जैसे ही उन्होंने कालचक्र की नितांत नई अवधारणा प्रस्तुत की, विशाल मंडप में धीरे से एक ध्वनि का विस्तार हुआ, मानो लोगों ने उनकी इस नई अवधारणा को स्वीकृति और सहमति का स्वागत प्रदान कर दिया हो।

"किंतु बड़ा ही विलक्षण है यह कालचक्र," उधर दीर्घतमा को भला कौन रोक सकता था? वे तो आवेश में आ चुके थे। "नियति और गति के जिस रथ को सूर्य हर क्षण हाँकता रहता है, उस रथ में यह सूर्य नामक एक ही कालचक्र लगा है और इसी एक कालचक्र के सहारे यह अदम्य रथ निरंतर चला जा रहा है। इस रथ के इस अकेले कालचक्र में सात घोड़े लगे हैं, जो चक्र के बीचोबीच बनी धुरी से जुड़े हुए हैं। कौन हैं ये सात घोड़े? क्या ये सात दिन हैं, जो एक के बाद एक आकर पूरे काल को सप्ताह में बाँध देते हैं? क्या ये सात ऋतुएँ हैं, जो एक के बाद एक आकर काल को वर्ष में बाँध देती हैं? आप चाहें तो इन्हें सूर्य के सात घोड़े कह लें और इच्छा हो तो इन्हें सूर्य की सात रश्मियाँ मान लें।"

"सप्त युंजन्ति रथमेकचक्रमूं" कहते हुए जैसे ही दीर्घतमा ने अचानक मंत्ररचना प्रारंभ कर दी तो अनुराग मुग्ध सुनंदा ने पास ही में रखी लेखन सामग्री उठा ली और उधर पूरे यज्ञमंडप में कानों को बहरा कर देनेवाला हर्षनाद उठ खड़ा हुआ। विचारों और भावों से पूरी तरह आविष्ट होकर दीर्घतमा गा रहे थे—

"सप्त युंजन्ति रथमेकचक्रम्
एको अश्वो वहति सप्तनामा
त्रिनाभि चक्रमजरमनर्वम्।
यत्रेमा विश्वा भुवनानि तस्थुः।"

पर दीर्घतमा को मानो एक मंत्र से तृप्ति नहीं हुई। तत्काल उन्होंने एक और मंत्र की सृष्टि की—

"इमं रथमधि ये सप्त तस्थुः
सप्तचक्रं सप्त वहन्तयश्वाः
सप्त स्वसारो अभि सं नयन्ते
यत्र गवां विहिता सप्त नाम।"

मंत्ररचना करने के साथ ही थक गए दीर्घतमा चुप हो गए थे। पर आसंदी पर नहीं बैठे। वहीं खड़े रहे। मानो अभी कुछ और बोलना चाह रहे हों। दीर्घतमा की श्रांत स्थिति को देखते हुए भरत और सुनंदा उन्हें सहारा देने के लिए उनके पास आकर खड़े हो गए। थोड़ी देर चुप रहकर दीर्घतमा ने फिर से बोलना प्रारंभ किया तो उन्हें अपने सामने ही मंत्ररचना करते देख स्तब्ध और हर्षोन्मत्त प्रजाजन ने ध्यान से सुनना चाहा।

वे कह रहे थे, "यही तो है वह कालचक्र, जो निरंतर चल रहा है और हमारे जीवन की नियति का नियमन कर रहा है। हममें से कोई एक भी प्राणी ऐसा नहीं जो इस कालचक्र के प्रभाव से, जो इस कालचक्र के नियंत्रण से मुक्त हो। पर जिस तरह सूर्य से ऊष्मा ग्रहण करते हुए भी, उससे ऊर्जा ग्रहण करते हुए भी हम सूर्य को अनुभव तो कर पाते हैं, पर उसके अति तेजस्वी रूप को एकपलक भर भी देख नहीं पाते, वैसे ही सूर्य के आकार के प्रतीक इस कालचक्र को हम प्रतिक्षण अनुभव तो करते हैं, पर देख नहीं पाते, क्योंकि यह अति तेजस्वी है, अतिप्रतापी है, दुर्धर्ष है। इसीलिए हम इसे चाहकर भी थाम नहीं पाते। चाहकर भी हम उसे अपनी मनचाही दिशा नहीं दे पाते। चाहकर भी हम उसके तेजस्वी रूप को निहार नहीं पाते। आओ तो क्यों न हम सभी इस कालचक्र को, अपनी नियति की अनिवार्यता को स्वीकार कर उसी में रहते हुए ही अपनी समस्त कर्मों का उत्सव मनाएँ? क्यों न हम सभी इस काल की स्तुति में नाचे-गाएँ?"

राजा भरत के लिए दीर्घतमा को प्रजाजनों के बीच मंत्रसृष्टि करते हुए देखने का यह दूसरा अवसर था। वे परम आह्लाद में थे कि वे जैसा चाहते थे, ठीक

वैसा हुआ है और आर्य दीर्घतमा की प्रतिभा का एक भव्य रचनात्मक विस्फोट राजपरिवार और मंत्रिपरिषद् के सभी सदस्यों और प्रजाजनों के बीच बहुत ही उचित तरीके से हो गया है। उन्हें लगा कि मंत्रिपरिषद् में अब दीर्घतमा को पौरव राजवंश का कुलगुरु बनाने का निर्णय पारित करवाने में कोई कठिनाई नहीं आएगी। पर सुनंदा के लिए दीर्घतमा को इस रूप में देखने का यह पहला अवसर था। इसलिए वे आश्चर्य और हर्ष की किसी विचित्र स्थिति में जा पहुँची थीं। सुनंदा का मन किया कि जिस दीर्घतमा को वे अपना सखा मान चुकी हैं और जिसके प्रति उनका हृदय सात्त्विक अनुराग से भर गया है, वे अभी और तत्काल उन दीर्घतमा को अपने प्रगाढ़ आलिंगन में बाँध ले। पर मर्यादा? उसका उल्लंघन सरल होता है क्या? सुनंदा मन मसोसकर रह गई। पर अचानक उनके मन पर भय और आतंक की काली छाया तब घिर गई, जब उन्होंने देखा कि राजा भरत को विदर्भ राजकन्याओं से प्राप्त हुए तीनों पुत्र दीर्घतमा की ओर संकेत कर ऊँचे-ऊँचे बोलते हुए और अश्लील अट्टहास करते हुए एक साथ राजप्रासाद की ओर जा रहे थे। सुनंदा ने भरत को वह दृश्य दिखाया और स्वयं दीर्घतमा के हाथों को मजबूती से थाम लिया। उधर याज्ञिकों ने यज्ञ का कामकाज प्रारंभ कर दिया था।

19

"बहुत ज्यादा सोचने-विचारने के बावजूद मैं तय नहीं कर पा रहा कि आखिर हमारे पिता भरत क्यों इस अंधे कवि को राजप्रासाद में रखे हुए हैं?" भरत के तीन पुत्रों में से सबसे छोटे ने कक्ष में उपस्थित शेष चार लोगों से पूछा तो सबसे ज्येष्ठ ने उत्तर दिया।

"आज सात महीने बाद तुम यह प्रश्न पूछ रहे हो, कनिष्ठ! जब दीर्घतमा पिताश्री के साथ राजप्रासाद में आया था, तभी मैंने तुम सभी को चेता दिया था कि इसे यहाँ अकारण नहीं लाया गया है। पर आप में से किसी ने भी तब मेरी चेतावनी पर ध्यान नहीं दिया।"

"परंतु भ्राताश्री," वही कनिष्ठ फिर बोला, "दीर्घतमा को हमारे राजप्रासाद में आए सात महीने से अधिक हो गए हैं और इस गणित से आपकी चेतावनी की आयु भी सात मास हो चुकी है। इतना समय बीत जाने के बावजूद भ्राताश्री, आप आज भी

नहीं बता पा रहे हैं कि आखिर दीर्घतमा को इधर राजप्रासाद में लाया ही क्यों गया? वैशाली से उसे यहाँ लाने में पिता भरत का क्या प्रयोजन हो सकता है?"

"आप सभी जानते हैं कि हमारे पिताश्री महाराज भरत हममें से किसी को भी अपना उत्तराधिकार देने की इच्छा नहीं रखते," अब तीनों भाइयों में से मध्यम के बोलने की बारी थी, "हो सकता है कि महाराज इस अंधे के हाथ अपना राजपाट सौंपने की सोच रहे हों।"

"अंधे के हाथ? और राजपाट? असंभव," चेहरे पर निपट उपेक्षा का भाव लाते हुए ज्येष्ठ ने कहा, "मैं तो नहीं मानता कि महाराज इस अंधे को अपना उत्तराधिकारी बनाएँगे।"

"परंतु भ्राताश्री, यह तो आप भी मानते हैं न कि पिता भरत हममें से किसी को भी अपना उत्तराधिकार नहीं देना चाहते?" मध्यम ने सीधा प्रश्न पूछा।

"हाँ, मैं इस बात पर सहमत हूँ।"

"तो फिर मेरी बात गलत कहाँ हुई? हमें पिताश्री राज्य देना नहीं चाहते और अचानक एक अंधे युवक को राजप्रासाद में ले आए और उसको महत्त्वपूर्ण बनाते जा रहे हैं।" मध्यम बोला।

"उसे महत्त्वपूर्ण तो बना रहे हैं," कनिष्ठ ने ज्येष्ठ के समर्थन में तर्क दिया, "पर अंधे को राजपाट देकर हमारे पिता प्रजा के बीच अपकीर्ति क्यों प्राप्त करना चाहेंगे?"

"आप तीनों भाइयों को मानसिक संत्रास पहुँचाने के प्रयोजन से वे अंधे को भी अपना उत्तराधिकार सौंप सकते हैं!" सेवक त्रैतन ने थोड़ा गंभीर होकर कहा तो विपाक को भी अपनी बात कहने का मौका मिल गया। चेहरे पर शरारती और षड्यंत्रकारी मुसकान बिखेरते हुए मंत्री विपाक बोला, "यदि ऐसा हुआ तो हमारा काम वैसे ही, सरलतापूर्वक संपन्न हो जाएगा।"

"कौन सा काम?" शेष सभी ने उत्सुकता से भरी आवाज में एक साथ पूछ लिया।

"कौन सा काम? अरे वही, ज्येष्ठ राजकुमार को राजा बनाने का काम।" विपाक ने इस तरह से कहा कि मानो बाकी सारे मूर्ख हों, जिन्हें इतनी छोटी सी और आसान बात भी समझ में नहीं आ रही।

यह संवाद भरत के तीनों पुत्रों मंत्री विपाक और सेवक त्रैतन के बीच हो रहा था। विदर्भराजकन्याओं से भरत को प्राप्त इन तीनों पुत्रों में से एक भी ऐसा नहीं था

कि जिसे भरत अपना संपूर्ण उत्तराधिकार सौंपकर निश्चिंत हो जाते, बल्कि भरत ने लगभग संकल्प कर लिया था कि वे अपने इन तीनों पुत्रों में से किसी को भी अपना राजपाट नहीं सौंपेंगे। तीनों भरतपुत्रों को अपने प्रतापी पिता के इस संकल्प का अच्छी तरह से पता था। पर पिता के इस कठोर संकल्प की प्रतिक्रिया में स्वयं को बदलने और भरत का उत्तराधिकार पा सकने लायक बनाने के बजाय, तीनों भाइयों ने प्रतिकार और प्रतिशोध को ही अपना लक्ष्य बना लिया था। इनमें से किसी भी भाई ने न तो तरीके से कोई शास्त्र ही पढ़ा था और न ही शस्त्रविद्या सीखने में कोई रुचि दिखाई थी। उसके विपरीत इन्हें राजप्रासाद में आनेवाला हर व्यक्ति अपना प्रतिद्वंद्वी नजर आता, जिसे जैसे भी करके वे राजप्रासाद से बाहर निकालने या उसका प्राणांत कर देने के बारे में सोचते रहते। दीर्घतमा के बारे में यह षड्यंत्रकारी मंत्रणा उसी संदर्भ में हो रही थी।

"दीर्घतमा को बेशक भरत महाराज अपना उत्तराधिकारी न बनाएँ," त्रैतन ने रहस्य खोलनेवाली भाषा शैली में बोलना शुरू किया, "पर मैंने सुना है कि महाराज तो भरद्वाज को अपना उत्तराधिकारी बनाना चाहते हैं।"

"भरद्वाज? कौन भरद्वाज?" सभी लगभग चीखने की मुद्रा में बोल उठे। "आदरणीय राजकुमारों के और मंत्री विपाक के सामने मेरी स्थिति ही क्या है। आप सभी राजपरिवार के हैं, राजन्य हैं और मैं आप सभी का सामान्य सेवक हूँ। पर मुझे अपने साथ उठने-बैठने का अवसर देकर और अपनी मंत्रणाओं में भाग लेने का सौभाग्य प्रदान कर जो आपने मुझे गौरव दिया है और मुझमें विश्वास रखा है, उसी के आधार पर कहना चाहता हूँ कि आपको भरद्वाज नामक प्राणी से सावधान रहना चाहिए," त्रैतन ने कहा तो छूटते ही ज्येष्ठ राजकुमार बोला, "क्या वही भरद्वाज जिसका लालन-पालन वैशालीनरेश मरुत्त के यहाँ हो रहा है?"

"त्रैतन, यह भरद्वाज तो दीर्घतमा का छोटा भाई है न!" मध्यम ने भी अपनी जानकारी उसमें जोड़ दी।

मंत्री विपाक सारी बात ध्यान से सुन रहा था। विपाक सम्राट् भरत की मंत्रिपरिषद् का सदस्य था, पर स्वभाव से कुटिल और षड्यंत्रकारी होने के कारण उसे भरत के इन तीनों पुत्रों की संगति में बड़ा आनंद आता था और वह इनका वैसे ही विश्वासपात्र बन गया था, जैसे सेवक त्रैतन। भरद्वाज से जुड़ी सारी चर्चा सुनकर विपाक थोड़ा अधिक सावधान हो गया और बोला।

"प्रिय राजकुमारो, चूँकि महाराज भरत आप तीनों से प्रसन्न नहीं हैं और

वे संकल्प कर चुके हैं कि वे आप में से किसी को भी अपना उत्तराधिकारी नहीं बनाएँगे तो निश्चित ही वे किसी ऐसे व्यक्ति की खोज में होंगे, जिसे वे साधिकार अपना उत्तराधिकारी घोषित कर सकें, और इस तरह से कर सकें कि न केवल इन्हें मंत्रिपरिषद् से, अपितु सभा और समिति से भी उसके लिए समर्थन सरल रूप से मिल जाए।"

"आर्य विपाक, लगता है कि आप कुछ महत्त्वपूर्ण बात कहना चाहते हैं? इसलिए थोड़ा विस्तार से समझाएँ। अभी तो आपका कथन प्रहेलिका जैसा लग रहा है।" ज्येष्ठ ने कहा।

जिस कक्ष में यह मंत्रणा चल रही थी, वह कक्ष भरत के ज्येष्ठ पुत्र का था। कक्ष में चारों ओर दीवारों पर गुलाबी रंग के चमकीले कौशेय वस्त्र के भव्य परदे लटक रहे थे और कक्ष के प्रवेश द्वार पर छोटी-छोटी सीपियों को धागों में बाँधकर एक सुंदर परदे की आकृति में लटका दिया गया था। कक्ष काफी बड़ा था, जिसके एक कोने में शैया रखी थी, जिसके तल्प पर हलकी गुलाबी रेशमी चादर फैला दी गई थी और शिरोधान के धवल ऊपरी वस्त्र पर मद्यपात्र और चषक की आकृतियों को चटकदार रंगों में अंकित कर दिया गया था। दूसरे कोने में एक वाद्ययंत्र पड़ा था और उसके पास ही पड़ी एक काष्ठपीठिका पर तीन तरह की मदिराएँ रखी थीं और कई तरह के चषकपात्र भी सजाकर रखे थे। कक्ष के बीचोबीच एक भव्य ऊनी आस्तरणिका पर छह सुंदर आसंदियाँ वृत्त बनाकर रखी थीं, जिनके मध्य में एक काष्ठफलक पड़ा था, जिस पर विविध फल रखे थे। इन आसंदियों पर भरत के ज्येष्ठ, मध्यम और कनिष्ठ पुत्र, मंत्री विपाक और सेवक त्रैतन बैठे मंत्रणालीन थे। तीनों राजपुत्र अपनी हर मंत्रणा में विपाक और त्रैतन को सम्मिलित करते थे और इसी कारण त्रैतन को भी क्रमश: इतनी छूट मिल गई थी कि वह सेवक होने के बावजूद अपने स्वामी राजपुत्रों के साथ आसंदियों पर बैठ सके।

"मेरा कथन आज प्रहेलिका लग सकता है, पर जैसे हर प्रहेलिका का अपना एक समाधान भी होता है, इसी तरह मेरी यह प्रहेलिका कल समाधान का भयानक आकार लेकर हम सबके सामने स्पष्ट भी हो सकती है।" विपाक बोल रहे थे और तीनों राजपुत्र थोड़ा चकित और थोड़ा भयभीत मुद्रा में उसकी बात को सुन रहे थे।

"आप सब जानते हैं कि भरद्वाज कुलपति बृहस्पति का पुत्र है और वह बाल्यकाल से ही वह वैशालीनरेश मरुत्त के यहाँ रहता है।" विपाक बोल रहे थे।

"यह इसलिए ही तो कि उसकी माँ ममता का तभी निधन हो गया था, जब

भरद्वाज सात–आठ वर्ष का रहा होगा और कुलपति बृहस्पति ने उसके उचित लालन–पालन के लिए राजप्रासाद भेज दिया होगा।" ज्येष्ठ बोला।

"कारण चाहे कुछ भी रहा हो, पर परिणाम यह है कि भरद्वाज राजकाज के तौर–तरीके जानता है और एक ऋषिकुमार होते हुए भी राजकुमारोंवाली बौद्धिक क्षमताएँ उसके पास अब हैं।" विपाक ने तर्क दिथा।

"पर इससे यह निष्कर्ष कैसे निकला कि हमारे पिताश्री उसी को अपना उत्तराधिकारी बना देंगे ?" यह संदेह कनिष्ठ ने प्रकट किया था।

"और इसलिए उसके बड़े भाई दीर्घतमा को प्रतिष्ठान लाया गया है।" थोड़ा व्यंग्य क्यते हुए मध्यम ने कहा।

"राजपुत्रो, न तो बात को हवा में उड़ा देने की जरूरत और न मुझ पर व्यंग्य करने की। मैं आपका हितैषी सेवक हूँ, इसलिए मेरी बात थोड़ा ज्यादा ध्यान से सुन लेने में कोई हानि नहीं।" विपाक बोला तो वातावरण थोड़ा गंभीर और सभी राजपुत्र अपनी–अपनी आसंदियों पर बैठे ही विपाक के थोड़ा और निकट आ गए।

"आप सभी इस बात से सहमत हैं कि महाराज भरत के हृदय में आश्रमों और मुनियों के लिए भारी आकर्षण और सम्मान का भाव है ?" विपाक ने क्रमश: अपना तर्क रखने का निर्णय किया।

"आप ठीक कह रहे हैं आर्य विपाक।" मध्यम बोला।

"आप सभी इस बात से भी सहमत हैं कि आर्य भरद्वाज अपने श्रेष्ठ स्वभाव के कारण विभिन्न राजकुलों में सम्मानित हैं ?" विपाक ने तर्क को आगे बढ़ाया।

"हाँ, हम सहमत हैं।" फिर से मध्यम बोला।

"आर्य, महाराज भरत और वैशालीनरेश मरुत्त परस्पर मित्र हैं और इस नाते हमारे महाराज वैशाली जाते रहते हैं और भरद्वाज से सुपरिचित हैं ?" विपाक अब अपने तर्क के अंतिम छोर तक पहुँचनेवाले थे।

"हाँ, यह भी ठीक है।" तीनों भाई बोल उठे।

"तो राजपुत्रो," विपाक ने निष्कर्ष शैली में अपनी बात समेटते हुए कहा, "मेरा भय यह है कि महाराज ने कहीं–न–कहीं अपने मन में निश्चय कर लिया है कि वे भरद्वाज को अपना उत्तराधिकारी बनाएँगे। चूँकि भरद्वाज को सहसा प्रजा पर आरोपित करना कठिन हो सकता है, इसलिए वे पहले उसके बड़े भाई दीर्घतमा को यहाँ लाए हैं, ताकि प्रतिष्ठान में उसका अच्छा प्रभाव पड़े और इस आधार पर फिर आगे चलकर भरद्वाज को यहाँ राजप्रासाद में आरोपित किया जा सके।"

"तो क्या आर्य विपाक," ज्येष्ठ राजकुमार बोला, "इसलिए पिछले माह हुए याग में इस अंधे कवि का प्रवचन करवा दिया गया, ताकि प्रजा पर उसका प्रभाव पड़ सके?"

इस पर विपाक ने 'हाँ' कहते हुए जोड़ा, "और दीर्घतमा उस दिन जो बोला वह एकदम नई और अद्भुत बात थी और याग में उपस्थित प्रजाजनों पर उसका जबरदस्त प्रभाव पड़ा है।"

"आर्य विपाक," ज्येष्ठ राजपुत्र बोलने लगे, "आपकी बात तो तर्कपूर्ण लगती है, पर अभी मैं इसे पूरी तरह से मानने को तैयार नहीं हूँ। दीर्घतमा की अच्छी छवि बनाकर पिताश्री उसके छोटे भाई को प्रतिष्ठान राजकुल में अपने भावी उत्तराधिकारी के रूप में स्थापित करना चाहते हैं, यह बात ऊपर से ठीक मालूम पड़ने पर भी बहुत गहरे तक प्रभावित नहीं कर पा रही।" ज्येष्ठ को आशंका तो होने लगी थी, पर फिर भी वे बात की अभी और तह तक पहुँचना चाह रहे थे। इसलिए बोले, "परंतु आर्य, मैं आपकी बात का खंडन भी नहीं कर पा रहा हूँ। इस अनुमान का निर्धारण अब इस बात से होगा कि पिताश्री महाराज इस अंधे कवि को राजप्रासाद में क्या स्थान देते हैं।"

"अभी तो वह आर्या सुनंदा के अतिथिगृह में ठहरा हुआ है।" कनिष्ठ बोला।

"इसलिए हो भी सकता है कि दीर्घतमा के ऐसे एक दो व्याख्यान करवा कर महाराज उसे वापस वैशाली भेज दें। इसलिए जब तक दीर्घतमा को कोई औपचारिक पद और औपचारिक आवास प्रदान नहीं किए जाते, तब तक हमें सावधान होकर स्थितियों पर तीखी दृष्टि रखनी चाहिए।" ज्येष्ठ बोला।

"और मान लीजिए महाराज उसे कोई औपचारिक पद दे देते हैं तो?" मध्यम ने प्रश्न खड़ा किया।

"तब ऐसे व्यक्तियों का क्या करना होता है इसे त्रैतन भलीभाँति जानता है। ऐसे कई काँटें वह हमारे रास्ते से हटा चुका है।" विपाक ने आश्वस्ति के भाव में कहा।

"ज्येष्ठ भ्राताश्री," मध्यम बोला, "मैं आपसे इतना तो सहमत हो पा रहा हूँ कि हमें अभी प्रतीक्षा करनी चाहिए, परंतु कहीं ऐसा न हो कि हम प्रतीक्षा करते रहें और तब तक दीर्घतमा का प्रभाव और प्रतिष्ठा बढ़ते जाएँ।"

"आप सभी क्षमा करें तो एक बात कहूँ," त्रैतन ने कहा तो उसके मन में कोई युक्ति है इसे समझकर विपाक बोला, "कहो, कहो।"

"बात आर्या सुनंदा के बारे में है," त्रैतन ने काफी सकुचाते हुए अपनी बात कही।

"हाँ, हाँ, आर्या सुनंदा हम सबकी आदरणीय हैं। कहो, उनके बारे में क्या कहना चाहते हो?" विपाक ने त्रैतन को उकसाना चाहा।

"आर्य स्वामिन, अपराध क्षमा करें," त्रैतन ने शालीन होते हुए कहा, "आप सब जानते हैं कि दीर्घतमा पट्टमहिषी आर्या सुनंदा की अतिथिशाला में रह रहे हैं। आर्या नित्य प्रात:-सायं दीर्घतमा के साथ उद्यान में भ्रमण करती हैं और कभी वे दीर्घतमा के कक्ष में तो कभी दीर्घतमा आर्या सुनंदा के वासकक्ष में आकर घंटों वार्त्तालाप करते रहते हैं। इस बारे में आप सभी की क्या राय है?"

विपाक ने समझ लिया कि त्रैतन का संकेत क्या था। पर त्रैतन की बुद्धि सेवकोंवाली थी तो विपाक हर स्थिति के अच्छे-बुरे पक्षों का भलीभाँति विचार करके ही योजनाएँ बनाता था। दीर्घतमा की बौद्धिक श्रेष्ठताओं को विपाक ने समझ लिया था और आर्या सुनंदा के श्रेष्ठ चरित्र की ख्याति को भी वह अच्छी तरह जानता था। इन दोनों के आपसी संबंधों को लेकर कोई क्षीण बात कहने के कुपरिणामों से वह इस संवाद में लगे सभी लोगों में से सबसे ज्यादा समझता था। उसे आभास था कि जैसे ही इन भरतपुत्रों ने या स्वयं उसने आर्या सुनंदा के चरित्र के बारे में वाणी की शिथिलता बरती तो इन सभी के राज्य से ही निष्कासन का संकट पैदा हो सकता था और ऐसा वहाँ बैठा कोई भी क्यों चाहेगा? इसलिए त्रैतन का संकेत ग्रहण कर इन राजपुत्रों में से कोई विपरीत टिप्पणी के लिए उद्यत हो उससे पहले ही विपाक ने कहना श्रेयस्कर समझा।

"सम्मान्य राजपुत्रों के सामने मैं एक बात भली प्रकार से कह देना अपना कर्तव्य समझता हूँ। हम सबका लक्ष्य यह होना चाहिए कि महाराज भरत आप तीनों कुमारों को अपना उत्तराधिकार सौंपें और ज्येष्ठ राजपुत्र उनके बाद प्रतिष्ठान के सम्राट् बनें। इस लक्ष्य की प्राप्ति के लिए हमें अपने रास्ते में आनेवाले कंटकों को तो निर्ममतापूर्वक हटा देना चाहिए, परंतु स्वयं को व्यर्थ के विवादों में नहीं फँसाना चाहिए।"

"मेरी आर्य विपाक के कथन से पूरी सहमति है," कनिष्ठ ने कहा तो मानो उसकी बात को अनसुना कर विपाक बोले ही जा रहा था, "इसलिए हमारी चिंता का विषय यह जानना तो हो सकता है कि दीर्घतमा को इस राजप्रासाद में किस प्रयोजन से लाया गया है, पर आर्या सुनंदा के साथ उसके संबंधों की अविश्वसनीय कहानियाँ फैलाकर हम एक ऐसे व्यर्थ के विवाद को जन्म देंगे, जिसका परिणाम अंतत: हम सबके विरुद्ध भी हो सकता है।"

त्रैतन की व्यर्थ की कुटिलता को लगाम लगाने के लिए विपाक को इतना लंबा वक्तव्य देना पड़ा। पर बात त्रैतन की समझ में भी आ गई और तीनों राजपुत्रों की भी। विपाक की बात सुनकर त्रैतन ने मानो अपने प्रस्ताव को वापस लेने की मुद्रा में पूछा, "तो स्वामियों की मेरे लिए क्या आज्ञा है?"

विपाक ने कहा, "त्रैतन, तुम अपने मन को इस बात के लिए तैयार कर लो कि तुम्हें आवश्यकता पड़ने पर दीर्घतमा नामक कंटक को राजपुत्रों के मार्ग से हटाना पड़ सकता है। पर वैसा करने का समय अभी नहीं आया। ज्येष्ठ कुमार, इसमें संदेह नहीं कि दीर्घतमा को किसी विशेष प्रयोजन के लिए ही प्रतिष्ठान लाया गया है। भरत जैसे अतिविशिष्ट प्रतिभा संपन्न सम्राट् कभी भी कोई काम बिना प्रयोजन के नहीं कर सकते। यदि प्रयोजन अंततः भरद्वाज को युवराज बनाना है तो दीर्घतमा को निश्चित ही उसकी पूर्व तैयारी के लिए लाया गया है और इसलिए उसका महत्त्व क्रमशः और भी बढ़ सकता है।"

"और यदि भरद्वाज को युवराज बनाना लक्ष्य नहीं हो तो!" ज्येष्ठ राजकुमार ने अपनी जिज्ञासा रख दी।

"तो हमें धैर्यपूर्वक प्रतीक्षा कर प्रयोजन को स्पष्ट होने देना चाहिए।" विपाक ने निर्णय जैसा सुना दिया। उस निर्णय पर मानो अपनी स्वीकृति की मुहर लगाते हुए कनिष्ठ ने कहा, "और जैसे ही प्रयोजन स्पष्ट हो जाए हमें दीर्घतमा को राजप्रासाद से सदा के लिए हटा देना चाहिए।"

सभी ने हामी भरी और मानो निर्णय हो गया। कहाँ तो राजा भरत दीर्घतमा को मंत्रिपरिषद् की बैठक बुलाकर कुलगुरु का पद प्रदान करने की तैयारी में चुपचाप लगे थे और कहाँ इस कक्ष में दीर्घतमा का प्राणांत कर देने का कुटिल षड्यंत्र रच दिया गया था। दीर्घतमा को नियति के हिंडोले पर चढ़ाकर राजपुत्र, मंत्री विपाक और सेवक त्रैतन के साथ, मदिरा के चषक भर-भरकर पीने में खो गए।

20

आज बहुत हैरान थे दीर्घतमा। वे हैरान इसलिए थे कि उनके मन ने आज उनकी ज्योतिविहीन आँखों से विद्रोह कर दिया था और वह उस चाहत में रम गया था, जो उसे मिलनेवाली नहीं थी। वे हैरान थे कि आज उनके मन में

अचानक सुनंदा को देखने की इच्छा क्यों पैदा हुई है? वे जन्मांध थे और वैसा होने के कारण उन्हें जितने कष्ट और संताप अनुभव करने पड़ते थे, वे वह सब अनुभव करने को विवश थे। आँखों में ज्योति नहीं है, इसका कष्ट तो उन्हें प्रायः होता था, पर किसी वस्तु या व्यक्ति को देखने को वे अब तक कभी उतावले नहीं हुए थे। फिर आज यह उतावलापन क्यों? कैसी है यह ललक एक ऐसा शरीर देखने की, जो अकसर उनके आसपास वैसे भी होता है? जब पता है कि यह इच्छा पूरा हो पाना त्रिकाल असंभव है, फिर भी क्यों है यह लालसा जो बढ़ती ही जा रही है? कल रात से वे इसी सवाल से जूझ रहे थे और कोई जवाब उन्हें मिल नहीं रहा था।

'आर्या सुनंदा मेरा इतना ध्यान रखती हैं। मेरे प्रति उनके हृदय में अनुराग और स्नेह की जितनी तीव्र संवेदना है, जितना उद्दाम भाव है, उसकी उष्णता को, उसकी गरमी को मैंने प्रायः उनके हाथों के स्पर्श से अनुभव किया है। क्या मुझ जैसे मंदभाग्य के लिए इतना ही पर्याप्त नहीं है, जो अचानक बीती रात से मुझे आर्या को प्रत्यक्ष देखने की चाहत पैदा हो गई है?' दीर्घतमा तय नहीं कर पा रहे थे। पर इस नई उलझन का शिकार होने के बाद से उनके मन का चैन जैसे उनसे रूठ गया था। वे रात भर तरीके से सो नहीं पाए थे। अनागसा आई थी। उन्हें प्रातः स्नान के लिए गंगा ले गई थी। उन्होंने स्नान किया था। बाद में कक्ष में आकर प्रातराश भी किया था। पर हर काम उन्होंने एक यंत्र की तरह ही किया, क्योंकि उनका मन तो इस उलझन को समर्पित हो चुका था।

प्रातः ध्यान में भी उनका मन नहीं लगा था। प्राणायाम तो वे कर ही नहीं पाए थे, क्योंकि अपने प्राणों पर, अपने श्वास पर उनका नियंत्रण आज था ही कहाँ? वे हैरान इसलिए भी थे कि ऐसी ललक तो उनके मन में अपनी माँ को भी देखने की पैदा नहीं हुई थी। फिर आर्या सुनंदा को जी भरकर देखने का उनका मन क्यों कर रहा है? वे सोचते जा रहे थे, 'ठीक है कि माँ के बारे में बातें कर कर के प्रद्वेषी ने माँ की एक तसवीर मेरे मन में बना दी थी। पर क्या यह उत्तर पर्याप्त है? क्या यह उत्तर पर्याप्त है इस प्रश्न का कि क्यों मेरे मन में उस माँ को तो देखने की इच्छा पैदा नहीं हुई, जिसके शरीर में मैंने नौ महीने वास किया था, पर आर्या सुनंदा को देखने को मन मचल उठा है? जब से संसार को समझना शुरू किया, तब से प्रद्वेषी मेरे साथ थी। पर प्रद्वेषी को देखने की इच्छा तो मन में कभी नहीं उपजी। तब भी नहीं, जब वह मेरी परिचारिका से मेरी प्रणयिनी हो गई थी। सीमंतिनी का संग मुझे कई महीनों तक मिला। पर क्यों उसे देखने की इच्छा मन में पैदा नहीं हुई? क्यों

तब भी नहीं हुई जब राजा मरुत्त ने उसके साथ मेरे विवाह का प्रस्ताव रखा था?' दीर्घतमा को इनमें से किसी भी प्रश्न का उत्तर नहीं मिल रहा था। इसलिए बढ़ती उलझन से उनके चित्त का विक्षोभ भी लगातार बढ़ रहा था। वे सोच रहे थे, 'क्या कारण हो सकता है इसका? क्यों आर्या सुनंदा के सौंदर्य को अपनी दृष्टिहीन आँखों में समा लेने का मन कर रहा है? निश्चित ही आर्या सुनंदा बहुत सुंदर होंगी। एक प्रतापी राज्य की पट्टमहिषी हैं तो उनके पूरे व्यक्तित्व में एक तेजस्विता भी होगी, एक प्रखरता भी होगी। मेरे हृदय में उनके प्रति अनुराग का अतिरेक है और प्रकृति माँ साक्षी हैं कि यह अनुराग सहज प्रेम से भरा है, विवश आकर्षण से भरा है, किसी कुविचार से नहीं। तो फिर क्या है आर्या के व्यक्तित्व में जो मुझे उन्हें देखने की लालसा से पागल बना रहा है?'

अपने ही प्रश्नों से पराजित हो रहे थे दीर्घतमा। पर यह पराजय उनके मनोबल को तोड़ने के बजाय सुनंदा को देखने की उनकी लालसा को तीव्र से तीव्रतर किए जा रही थी। दीर्घतमा बुद्धिमान तो थे ही। वे जानते थे कि उनकी इस अंधी लालसा को सफलता के नेत्र मिलनेवाले नहीं हैं। पर वे इस लालसा से इस कदर अभिभूत हो चुके थे, उससे जुड़े प्रश्नों से पराजित होने की सुखद अनुभूति से इस कदर भर चुके थे कि उन्होंने उससे पूछकर उसे समाप्त करने की कोई कोशिश नहीं की। वैसी कोई इच्छा भी नहीं रखी। बस सुनंदा को आँख भर देख लेने की अपनी नेत्रविहीन चाहत को उन्होंने खुद को समर्पित कर दिया और मन-ही-मन एक ऐसी नारी आकृति की रचना शुरू कर दी, जो आर्या सुनंदा की आकृति थी, क्योंकि आज उनका मन जो भी नारी आकृति बनाता, वह सुनंदा के अलावा और किसी की भला हो भी कैसे सकती थी?

दीर्घतमा की कल्पना की कूँची चलने लगी। उनकी अँधियारी आँखों में रंगों की कमी नहीं थी। मानव शरीर को कभी प्रत्यक्ष न देखनेवाले उनके सजग मन में नखशिख के समायोजन का कोई दुर्भिक्ष नहीं था। अनंत आकाश उनके लिए धवल चीनांशुक था जिस पर उनकी कल्पना की कूँची ने एक नारी शरीर की रचना शुरू की। सबसे पहले क्या बनाया जाए?' वे सोचने लगे। पर सोचते-सोचते ही उनकी कल्पना ने सुनंदा की आँखों की रचना कर दी और उस रचना पर दीर्घतमा मुग्ध हो गए। कितनी सुंदर आँखें थीं। दीर्घतमा सोचने लगे कि क्या उनकी अपनी आँखें भी इतनी सुंदर होंगी। लोग अकसर उनके शरीर की ही नहीं उनकी आँखों के सौंदर्य की भी प्रशंसा किया करते थे। वे सोचने लगे कि उनकी आँखों में ज्योति होती तो वे भी

सुनंदा को वैसे ही देख पाते जैसे सुनंदा उनको देख पाती हैं, बस आँखों की रचना कर उन्होंने सुनंदा के चेहरे की कल्पना की। कल्पना करते-करते वे चेहरे से नीचे आर्या सुनंदा की सुंदर ग्रीवा को छूते हुए स्तनों तक जा पहुँचे। माँ के स्तनों का पान करते समय उन्हें छूने के बाद दीर्घतमा ने आज तक नारी के स्तनों की कल्पना नहीं की थी। स्पर्श करने की तो बात ही क्या। आज उनका मन सुनंदा के उन सुंदर पुष्ट स्तनों को, जिन्हें उनकी कल्पना की कूँची ने तराशा, स्पर्श करने का हुआ और वे फिर इन्हीं पर अपना सिर रखकर सो गए।

दीर्घतमा अपनी ही कल्पना की बनाई उस आकृति में रम गए थे, खो गए थे। उन्होंने बहुत ही सुंदर आकृति बनाई थी। एक औसत कद की परम गौरवर्ण काया, जिसके प्रत्येक अंग से सौंदर्य और लावण्य की स्वर्णाभा फूट रही थी। उनकी इस आकृति की आयु क्या थी, वे नहीं जानते थे। जानना भी नहीं चाहते थे। जानकर उन्हें करना भी क्या था? बस एक पूर्ण युवा देहयष्टि जिसका हर अंग सुंदर और उद्दीपक था, आकर्षक और उन्मत्त कर देनेवाला था। वे नहीं चाहते थे कि उनकी इस आकृति को वस्त्र न पहनाए जाएँ। पर वे उसे वस्त्रों से पूरी तरह ढक भी नहीं देना चाहते थे। वे उस आकृति को बस अनुभव करते रहना चाहते थे, निहारते रहना चाहते थे, उन आँखों से जिन आँखों से वे प्रकृति के गहनतम रहस्यों में अनायास ही भीतर तक प्रवेश कर जाया करते थे। उन्हें अनुभव हुआ कि निश्चय ही नारी की आकृति भी प्रकृति के गहनतम रहस्यों में से एक है, जिसमें सृजन की अद्‌भुत संभावनाएँ भरी होती हैं। उनकी इच्छा हुई कि वे प्रकृति के इस गहनतम रहस्य में भी भीतर तक प्रवेश कर जाएँ और वहाँ छिपी पड़ी सृजन की अनंत संभावनाओं में खलबली मचा दें। वे अपनी इस मनोरम इच्छा में खो गए और तब तक खोए रहे जब अचानक एक सुपरिचित आवाज ने उनकी इस मादक एकाग्रता को भंग कर दिया, "आर्य दीर्घतमा।"

आवाज महारानी सुनंदा की थी, जो उन्हें मंत्रिपरिषद् की बैठक में लिवा लाने के लिए उनके वासकक्ष में आई थीं। राजा भरत ने आज पूर्वाह्न में ही अपनी मंत्रिपरिषद् की बैठक बुला ली थी। यज्ञ के बाद अश्व को छोड़े हुए आज तीन महीने हो गए थे। उनके पूरे राज्य की परिक्रमा कर वह अश्व कल सायं प्रतिष्ठान के राजप्रासाद में लौट आया था। भरत के राज्य की परिधि को देखते हुए यज्ञ के उस अश्व को एक ही माह में वापस लौट आना चाहिए था। पर अश्व के साथ जा रहे सैनिकों और विद्वानों को निर्देश था कि वे प्रत्येक गाँव तक जाएँ और सर्वत्र राजा

भरत की शासनप्रणाली की विशेषताओं के साथ-साथ आर्य दीर्घतमा का भी पूरा परिचय सभी स्थानों पर अच्छी तरह से दें। चूँकि उद्देश्य किसी को आतंकित करना नहीं, बल्कि प्रजा को आश्वस्त करना था, इसलिए प्रजाजनों के साथ घुलने-मिलने में समय लग जाना स्वाभाविक था। इस अश्वमेध द्वारा राजा भरत की इच्छा अपने साम्राज्य में अपना प्रभाव आँकने की थी, ताकि वे उसके बाद दीर्घतमा को अपने राज्य का कुलगुरु बनवा सकें। आज की मंत्रिपरिषद् का विचारणीय विषय भी यही था। राजा स्वयं मंत्रिपरिषद् की बैठक की अध्यक्षता कर रहे थे और इसलिए उन्होंने स्वयं न आकर महारानी सुनंदा को दीर्घतमा को लिवा लाने को भेज दिया था, जो मंत्रिपरिषद् की दूसरी सबसे महत्त्वपूर्ण सदस्य थीं और सम्राट् की अनुपस्थिति में परिषद् की बैठकों की अध्यक्षता का दायित्व भी पूरा करती थीं।

आर्या सुनंदा की आवाज सुनकर दीर्घतमा खिल उठे। वे आसंदी से उठकर खड़े हो गए और जैसे ही महारानी ने निकट आकर उनका हाथ थामा तो वे बोल उठे, "आर्या, आज एक विचित्र सा प्रश्न मन में उठ रहा है, जिसका उत्तर आप ही दे सकती हैं।"

सुनंदा ने देखा कि आज दीर्घतमा के चेहरे पर एक विशेष प्रकार का उल्लास है, जो उनके ऋषित्व के तेज से मिलकर अपूर्व दमक पैदा कर रहा था। उन्हें समझते देर नहीं लगी कि आर्य आज किसी अभूतपूर्व भाव से बँधे हैं, इसलिए किसी असहज प्रश्न को सुनने को उन्होंने स्वयं को तैयार कर लिया। बोलीं, "आर्य, आप जो भी चाहें, जैसा भी चाहें प्रश्न पूछने को स्वतंत्र हैं। आप जैसी अद्भुत प्रतिभा के रास्ते में मैं प्रश्नों की मर्यादा को रुकावट नहीं बनने देना चाहती। पूछिए न आर्य, यथासंभव उत्तर देने का प्रयास करूँगी।"

"आर्या यह बताइए कि स्त्री का वास्तविक रूप क्या है, माँ का या प्रेयसी का? उसकी सहज अभिव्यक्ति क्या है, वात्सल्य या प्रणय?" दीर्घतमा कल रात से जिस उलझन में थे उसे उन्होंने इस प्रश्न के माध्यम से काफी कुछ हलका कर लिया था।

"आर्य, प्रकृति के रहस्यों के जैसे ज्ञाता आप हैं, वैसी मैं भला कहाँ हूँ? पर आपने जिस निश्छलता से एक विचित्र प्रश्न कर दिया है, उसका उत्तर उतना विचित्र नहीं। आर्य स्त्री का एक ही रूप है, जिसकी आकृति बना पाना सरल नहीं, जिसे कोई परिभाषा दे पाना संभव नहीं। पर इतना निश्चित है आर्य कि जो स्त्री प्रणयिनी नहीं बनी, वह माँ भी नहीं बन सकती। जिस स्त्री ने प्रणय नहीं किया, उसका

वात्सल्य भी पूर्णता को पा नहीं सकता। कोई-कोई ही अनुभव कर पाता है कि जिस स्त्री को पुरुष प्रणयिनी मान रहा होता है, उस प्रणयिनी के भीतर से कहीं माँ का आकार झाँक रहा होता है और जिस स्त्री को वह माँ कह रहा होता है, उसके हृदय का वात्सल्य प्रणय की गर्भनाल में से उपजा होता है। आर्य अपने जिन स्तनों से स्त्री पुरुष के हृदय में काम उत्तेजित करती है, उन्हीं स्तनों से निकलनेवाले दूध की ममता से वह ऊर्जा की अद्‌भुत सृष्टि भी करती है। मैं नहीं जानती आर्य कि आपने यह प्रश्न क्यों किया है, पर एक प्रणयिनी की पूर्णता उसके माँ हो जाने में है और निश्चित ही माँ का अर्थ मात्र संतानवती होना नहीं होता, वैसे ही जैसे प्रणयिनी का अर्थ किसी की पत्नी होना नहीं होता।"

दीर्घतमा प्रसन्न हो गए। मुग्ध हो गए थे। सहसा उन्होंने आर्या सुनंदा को अपनी विशाल भुजाओं में भर लेना चाहा और उनकी आँखों से अश्रुधारा बह निकली। दीर्घतमा को इस मनोभाव में देखकर सुनंदा को आश्चर्य तो हुआ, पर, उन्हें अटपटा कुछ नहीं लगा। उन्होंने स्वयं को भावनाओं के स्वाभाविक उद्रेक में बह जाने दिया। उसी में बहते हुए सुनंदा ने दीर्घतमा के इस संभावित आलिंगन को सँभाल लिया और अपने पल्लू से उनकी आँखों के आँसू पोंछने लगीं। थोड़ी देर बाद जब दोनों सहज हो गए तो सुनंदा ने दीर्घतमा को फिर से आसंदी पर बिठाया और स्वयं दूसरी आसदी पर बैठ गईं। बोलीं, "आर्य आज क्या बात है? मन में क्या उथल-पुथल मची है?"

"आर्या सुनंदा," दीर्घतमा बोले, "जाने क्यों आज आपको देखने को मन कर रहा था। मैं ठहरा जन्मांध, मैं भला आपको क्या देख पाता। इसलिए कल्पना की आँखों से मैंने आपकी एक आकृति बना डाली। और जब आकृति की रचना हो गई तो सहसा मुझे लगा कि यह मधुर और आकर्षक आकृति सृजन की अपार संभावनाओं से भरी हुई है और मैंने स्वयं को उन संभावनाओं का साक्षी बना देना चाहा। मैं बस उन्हीं मादक कल्पनाओं में खोया था कि आपकी आवाज ने मानो मुझे जगा दिया और मेरे मन से यह प्रश्न फूट पड़ा।"

"आर्य, आपने जो चाहा वह स्वाभाविक था। आपने जो आकृति बनाई वह आवश्यक थी।"

"यह कैसे आर्या? आवश्यक क्यों?"

"इसलिए आर्य," सुनंदा कह रही थीं, "कि दीर्घतमा केवल मस्तिष्क ही नहीं एक हृदय का नाम भी है। वह केवल विचारों का अविराम पुंज नहीं भावनाओं का

स्रोत भी है और एक शरीर भी है। हर समय बुद्धिविलास में लगे दीर्घतमा के भीतर कहीं-न-कहीं प्रणय की लौ भी लगी है। उस लौ की इच्छा किसी शरीर को छूने की होती है तो वह केवल मन से ही नहीं, नेत्रों से भी किसी शरीर का स्पर्श करती है और हाथों से भी करती है। आपकी इच्छाओं के पास नेत्रों का मार्ग नहीं था, इसलिए उन्होंने कल्पना के हाथों से एक आकृति का स्पर्श कर लिया।"

दीर्घतमा निपट आराम की मुद्रा में आँखों पर पलकों की चादर ओढ़े चुपचाप सुनते चले जा रहे थे। सुनंदा कह रही थीं, "आर्य आपकी कल्पना के मनोरम हाथों में अगर मेरा शरीर न होकर कोई और शरीर आज होता तो सचमुच मुझे आश्चर्य होता। इसलिए आर्य मुझे इस पर भी आश्चर्य नहीं हो रहा कि आपने उसमें सृजन की संभावनाएँ देखीं। यह भी आपके आज के मनोभाव के अनुरूप ही था, सहज था। आर्य दीर्घतमा यह ब्रह्मांड जितना गहन है, हमारा मन उससे भी ज्यादा गहन है। जो वह सोचता है, वह ठीक है या गलत, पाप है या पुण्य, उचित है या अनुचित इसे नापने का पैमाना न आज तक बन पाया है और न ही कभी बन पाएगा।"

दीर्घतमा निरंतर चुप बैठे थे।

"हमारा मन ही वह कसौटी है, जिस पर कसकर हम स्वयं निर्णय करते हैं कि हमने जो किया वह ठीक था या गलत था।"

"पर आर्या, क्या हर किसी के लिए यह संभव है कि वह मन को कसौटी मानकर उसके निर्णयों पर श्रद्धा रख सके?" दीर्घतमा बहुत देर बाद अपना मौन तोड़ पाए थे।

"नहीं होता आर्य, नहीं होता। इसलिए तो हर कोई दीर्घतमा भी नहीं बन सकता। और इसीलिए आर्य मैं आपको प्रिय दीर्घतमा कहूँ, जैसा कि आप चाहते हैं या कि मैं आपको वत्स दीर्घतमा कहूँ, जैसा कि अपनी आयु के हिसाब से मुझे कहना चाहिए, इससे आपको या सुनंदा को क्या अंतर पड़नेवाला है? रहेंगे तो हम एक-दूसरे के लिए दीर्घतमा और सुनंदा ही। परंतु आर्य क्यों न अब इन तमाम कल्पनाओं को यहीं विराम दे दें? और सुनंदा-दीर्घतमा के बीच उपजी संबंधों की भावुकता को प्रणय स्नेह या वात्सल्य का कोई सुपरिभाषित नाम देने के बजाय उसे कुछ मिलाजुला अनाम अनंत और अमूर्त ही रह जाने दें?"

सुनंदा के इतना कहते ही पूरा वातावरण आह्लाद के एक खास तरह के गीलेपन से भर गया, जिसमें से मौन ने जन्म लिया और जन्म लेने के बाद कुछ क्षण आँख-मिचौली कर वह आकाश में उड़ गया। मौन टूटा तो सुनंदा बोलीं, "आर्य, मैं

आपको मंत्रिपरिषद् की बैठक में लिवा लाने को आई थी। आर्य सम्राट् भरत और अन्य मंत्री आपकी प्रतीक्षा कर रहे हैं। आइए चलते हैं। इस बारे में मैं आपके प्रश्नों के उत्तर रथ में ही दे दूँगी।"

आज दीर्घतमा परम आह्लाद में थे। सुनंदा से अब वे कोई भी प्रश्न पूछने के मनोभाव में थे ही नहीं। वे तो बस सुनंदा को समर्पित थे, उसका हर कहा मानने को तैयार। एक खास उमंग में सुनंदा का हाथ थामे वे चल पड़े।

दोनों जाकर रथ में बैठ गए तो सारथि ने घोड़ों को हाँकना शुरू कर दिया।

21

सुनंदा और दीर्घतमा थोड़ी ही देर में वहाँ जा पहुँचे, जहाँ राजा भरत अपनी मंत्रिपरिषद् के साथ बैठे थे। दीर्घतमा के उस कक्ष में प्रवेश करते ही सभी उनके सम्मान में खड़े हो गए। एक बड़े आयताकार कक्ष में यह बैठक हो रही थी, जिसके चारों कोनों में एक-एक प्रवेश द्वार था। सफेद रंग पुती छत जिन चार दीवारों पर टिकी थी, वे दीवारें ध्रुव उत्तानपाद के जीवन पर आधारित भित्तिचित्रों से सजी थीं। कैसे दूसरी रानी सुरुचि से अधिक अनुराग होने के कारण राजा उत्तानपाद अपनी पहली पत्नी सुनीति का सम्मान नहीं करते थे, कैसे एक बार सुनीति के पुत्र ध्रुव को पितृस्नेह का अभाव कचोट गया, कैसे सुनीति ने अपने संतप्त पुत्र ध्रुव को ईश्वर की उपासना कर मन को शांत करने का उपदेश दिया, कैसे ध्रुव ने वन में जाकर तपस्या की, कैसे उन्हें ईश्वर के दर्शन हुए और कैसे वह बालक ध्रुव आकाश में सदा चमकनेवाले तारे का स्थान पा गया, यह तमाम कथावृत्तांत उन भित्तिचित्रों में विभिन्न रंगों के साथ उकेरा गया था। पूर्व की छोटी दीवार के आगे तीन आसंदियाँ पड़ी थीं, जिनमें मध्यवाली आसंदी राजा भरत के लिए थी और उनके बाईं ओर आर्या सुनंदा की आसंदी थी। प्रायः यही दो आसंदियाँ वहाँ हुआ करती थीं। आज आर्य दीर्घतमा के बैठने के लिए एक तीसरी आसंदी सम्राट् भरत के दाईं ओर रख दी गई थी। सामने की दीवार के आगे दो आसंदियाँ रखी थीं, जिस पर वित्तसचिव और कर्मसचिव बैठे थे। बीच के हिस्से में दोनों ओर सात-सात आसंदियाँ रखी थीं, जिन पर शेष मंत्री बैठे थे। सभी आसंदियों के आगे काष्ठफलक रखे थे और हर काष्ठफलक पर पत्र-मसीपात्र-लेखनी रखे थे। मौसम ग्रीष्म का

था, इसलिए इन दोनों लंबी दीवारों में बने गवाक्षों के किवाड़ खोल दिए गए थे, ताकि आर-पार होती हुई हवा कक्ष को भी शीतल बनाए रखे। कक्ष के चार द्वारों में से तीन बंद थे और जिस तरफ आर्य दीर्घतमा की आसंदी रख दी गई थी, वह द्वार खुला था, जो राजप्रासाद की ओर ले जाता था, जहाँ से होकर आर्या सुनंदा ने और आर्य दीर्घतमा ने कक्ष में प्रवेश किया था।

सम्राट् भरत तेजी से आर्य दीर्घतमा की तरफ गए और पूरे आदर से उन्हें उस आसंदी तक ले आए जहाँ उन्हें बैठना था। जब सभी बैठ गए तो भरत ने महारानी सुनंदा की ओर देखा और वे अपने आसन से खड़ी होकर कहने लगीं।

"आर्य सम्राट् भरत, आर्य ऋषि दीर्घतमा, वित्तसचिव कार्यसचिव और अन्य सचिवों को अभिवादनपूर्वक मैं अपनी बात अति संक्षेप में रखना चाहती हूँ। जब से आर्य दीर्घतमा का शुभ आगमन प्रतिष्ठान के राजप्रासाद में हुआ है, हमारे राज्य में एक नई हलचल दिख रही है। दूर प्रदेशों के विद्वान् और प्रजाजन आर्य ऋषि से संवाद करने यहाँ आते हैं और इनके संभाषणों से तृप्त होकर पूरे वातावरण को नई नैतिकता और नए मूल्यों से समृद्ध करके जाते हैं। परम प्रतापी सम्राट् भरत के हृदय में ऋषियों और आश्रमों के प्रति गहरे आदर और श्रद्धा के भाव से पूरा पौरव राज्य परिचित है। आर्य सम्राट् की इच्छाओं का सम्मान करते हुए मैं मंत्रिपरिषद् से करबद्ध निवेदन करती हूँ कि वह आर्य दीर्घतमा से पौरव राज्य का कुलगुरु पद स्वीकार करने का आग्रह करे, ताकि उनके निर्देश में इस देश की राजनीति को विचार और चिंतन का उचित मार्ग प्राप्त हो सके।" अपना संक्षिप्त किंतु बहुत ही सार्थक वक्तव्य प्रस्तुत कर महारानी सुनंदा फिर से अपनी आसंदी पर बैठ गईं। पूरा कक्ष करतलध्वनि से गूँज उठा, जो इस बात की साक्षी था कि आर्य दीर्घतमा की गहरी दार्शनिकता का कितना जबरदस्त प्रभाव पूरे मंत्रिमंडल पर छाया हुआ था। इधर करतलध्वनि हो रही थी, उधर सम्राट् भरत के चेहरे पर तृप्ति के भाव आ रहे थे। करतलध्वनि थमी तो कर्मसचिव ने खड़े होकर पहले तो दीर्घतमा को प्रणाम कहा फिर उस निवेदन का अनुमोदन किया, जो आर्या सुनंदा ने अभी-अभी रखा था और अंत में आर्य दीर्घतमा से आर्या सुनंदा के निवेदन को स्वीकार करने की प्रार्थना करते हुए प्रवचन देने का भी आग्रह किया।

दीर्घतमा सारे घटनाचक्र पर विस्मित थे। इस तरह की औपचारिक पर अर्थ से भरी बैठकों का उन्हें कोई अनुभव नहीं था। वे हैरान थे कि कुछ क्षणों में ही इस मंत्रिपरिषद् की बैठक ने उनके जीवन का पूरा आयाम बदल दिया था। उन्हें ज्यादा

हैरानी तो आर्या सुनंदा पर हो रही थी कि उनके अपने वासकक्ष में वे भावुकता और आर्द्रता की परम अवस्था में थीं और मंत्रिपरिषद् की बैठक में वे एकदम अलग रूप में बहुत ही प्रतापी और राजकीय रूप में बोल रही थीं। वे इस पर भी हैरान थे कि रथ में बैठकर आर्या सुनंदा और तो कई बातें करती रहीं, पर मंत्रिपरिषद् की बैठक में क्या होनेवाला है इस बारे में उन्होंने कोई संकेत तक नहीं दिया। आर्या सुनंदा के व्यक्तित्व की इस गतिशीलता पर वे उन पर मुग्ध हो गए। पर चूँकि यहाँ वे एक औपचारिक बैठक में थे और इसका पूरा आभास उन्हें अब तक हो गया था, इसलिए जब वे बोलना शुरू हुए तो पूरी सँभाल में थे।

"आर्य सम्राट् भरत," दीर्घतमा ने अपनी गंभीर वाणी में अपनी आसंदी पर बैठे-बैठे ही बोलना प्रारंभ किया तो भरत के चेहरे पर आतुरता और उत्सुकता के लक्षण उभर आए। वे अपने मंत्रिमंडल के प्रस्ताव पर दीर्घतमा की स्वीकृति सुनने की बेचैन प्रतीक्षा में थे। हालाँकि दीर्घतमा को राजकीय व्यवहार का रंचमात्र भी अनुभव नहीं था, जबकि उनके भाई भरद्वाज इसमें लगभग निष्णात हो चुके थे। परंतु वे बुद्धिमान थे और समझ रहे थे कि सम्राट् भरत को इस समय उनसे क्या अपेक्षा है। इसलिए वे सीधे उसी विषय पर आए। "इतने बड़े सम्मान को नकारने की धृष्टता मुझ जैसा दीर्घतमा भला कैसे कर सकता है? इसलिए मैं प्रतिष्ठान के मंत्रिमंडल के इस प्रस्ताव पर अपनी औपचारिक सहमति प्रदान करता हूँ, किंतु एक-दो बातें और भी कहना चाहता हूँ।"

भरत आश्वस्त हो गए। उनके हृदय में प्रतीक्षा का जो भाव अब तक बना हुआ था, उसका स्थान इस उत्सुकता ने ले लिया कि देखें आर्य दीर्घतमा इस अवसर पर क्या कहते हैं। सुनंदा प्रसन्न थीं कि दीर्घतमा सहज थे और उनके व्यवहार पर उस मनोभाव का कोई आतंक इस समय नहीं था जिसमें वे इस बैठक में आने से पहले तक डूबे थे। पर इस अवसर पर एक हृदय कुटिल धड़कन से आविष्ट हो रहा था और उस हृदय के दास का नाम था विपाक। मंत्रिपरिषद् का सदस्य होने के नाते उसके पास राजकीय निर्णयों की हर जानकारी रहना स्वाभाविक था और आज के निर्णय की जानकारी तीनों राजकुमारों को देने के लिए वह उतावला हो रहा था, जो दीर्घतमा के राजप्रासाद में आने के बाद से आशंकित हो गए थे। पर जब तक बैठक चलेगी, तब तक वहाँ अपने षड्यंत्री मन के साथ बैठना विपाक की विवशता थी।

"मैं ठहरा जन्मांध," दीर्घतमा बोल रहे थे, "जिसे अपना मार्ग पाने के लिए दूसरे के सहारे की आवश्यकता होती है। ऐसे में मैं प्रतिष्ठान राज्य और उसके

नागरिकों को क्या मार्ग दिखा पाऊँगा, इस विडंबना का उत्तर मेरे पास तो नहीं है। पर जिस राज्य को भरत जैसे तेजस्वी नायक का नेतृत्व मिला हो, उस राज्य को मार्ग से भटकने अथवा कुपथगामी होने की आशंका मुझे तो नहीं है।"

इतना कहकर दीर्घतमा कुछ देर रुक गए। सम्राट् भरत देख रहे थे कि आर्य दीर्घतमा जो कुछ भी बोल रहे हैं, केवल एक औपचारिकता पूरी कर रहे हैं। वे उनके उस तेजस्वी ऋषिरूप की प्रतीक्षा में थे, जिसके दर्शन उन्हें वैशाली के एकदिवसीय याग में पहली बार हुए थे और अपने यहाँ के अश्वमेध के अवसर पर वे पुनः एक बार उस रूप के दर्शन कर निहाल हो चुके थे। उन्हें ज्यादा देर प्रतीक्षा नहीं करनी पड़ी और उन्होंने देखा कि अचानक दीर्घतमा अपनी आसंदी से उठकर खड़े हो गए हैं और एक आविष्ट महर्षि की तरह उनकी वाणी कुछ इस तरह विफरित हो रही थी—

"तो कौन होता है राजा, क्या होती हैं उससे अपेक्षाएँ? मैं उन लोगों से सहमत नहीं हूँ जो राजा को ईश्वर का अंश मानकर उसे पूजा के योग्य मान लेते हैं। मैं इसलिए सहमत नहीं, क्योंकि मैं राजा को ईश्वर का अंश नहीं ईश्वर से भी बड़ा मानता हूँ। ईश्वर को हम इसलिए ईश्वर कह देते हैं, क्योंकि हमारे मन में धारणा बना दी गई है कि वह सारे जगत् का स्वामी है और वह समस्त प्राणियों के भरण-पोषण की चिंता करता है। राजा पर भी अपने राज्य की समस्त प्रजा के भरण-पोषण और रक्षा का दायित्व है और इसलिए वह भी हमें ईश्वर जैसा लगता है। पर राजा को चूँकि हम ईश्वर का समकक्ष मानने को सहसा तैयार नहीं हो पाते, इसलिए हम उसे ईश्वर का अंश मानकर अपनी कृतज्ञता को एक नाम दे देते हैं। पर मित्रो, मैं राजा को ईश्वर का अंश नहीं ईश्वर से भी बड़ा मानता हूँ। आप जानना चाहते होंगे, क्यों?"

भरत की उस सर्वशक्तिमान मंत्रिपरिषद् के सभी सदस्य विस्फारित नेत्रों से उस नेत्रहीन द्रष्टा को देख रहे थे और एक निःशब्द मौन उस समय उस कक्ष में छा गया था। उसी मौन को सभी मत्रियों की सामूहिक जिज्ञासा का प्रतीक मानकर दीर्घतमा ने अपने प्रश्न का उत्तर देना प्रारंभ किया, "ईश्वर हमें दिखता नहीं। वह अदृश्य है और अदृश्य शक्ति के प्रति हमारे हृदय की श्रद्धा हमेशा अपने-आप ही उमड़ती रहा करती है। पर राजा तो दृश्य शक्ति है, साक्षात् हमारे सामने खड़ा है, हमारे बीच में ही विचर रहा हाड़-मांस का हमारे जैसा पुतला है वह। इसलिए अपनी अद्‌भुत कार्यशक्ति के कारण यदि वह हमें अपने से बड़ा, अपने से श्रेष्ठ, अपने

से विलक्षण नजर आता है तो क्यों हमारे सामने खड़े इस ईश्वर को हम कभी न दिखनेवाले ईश्वर से बड़ा मानें?"

बड़ा ही विचित्र तर्क था दीर्घतमा का। पर तर्क ऐसा था कि सभी मंत्रमुग्ध हुए सुनने को लालायित हो रहे थे और सहमत होने को विवश अनुभव कर रहे थे। "बताइए तो मंत्रिपरिषद् के श्रेष्ठ सदस्यो," दीर्घतमा का वक्तव्य जारी था, "यदि ईश्वर के रहते भी कोई व्यक्ति भूखा रह जाए, रुग्ण हो जाए, महामारी या आतंक का ग्रास बन जाए तो क्या हमने कभी ईश्वर से पूछा कि क्यों उसने वैसा किया? क्या हम कभी समूह बनाकर उसके पास अपना रोष जताने गए। कैसे जाएँगे भला? जब वह दिखता ही नहीं तो कैसे उसे उसकी असफलताएँ गिनाने जाएँगे? पर यदि किसी राज्य में कोई नागरिक भूख के मारे मर जाए, पूरी कृषि किसी ईति के कारण नष्टभ्रष्ट हो जाए, प्रजा किसी महामारी के कारण अकालमृत्यु मरने लगे तो कैसा होता है हमारा राजा के प्रति क्रोध? कैसी होती है हमारी उसके प्रति निर्मम घृणा? क्या हम उस राजा को क्षमा कर पाते हैं? क्या हम उसे क्षणभर के लिए भी सिंहासन पर बैठा देख पाते हैं?"

लगातार बने उस सन्नाटे में से व्यक्त हो रही मंत्रिपरिषद् की भाव-विभोर सहमति को मानो और भी गहरा बनाते हुए वे जन्मांध ऋषि बोले जा रहे थे, "क्या तत्काल हम उस राजा को हटाकर उसके स्थान पर नया राजा नहीं चुन लेते? किसी श्रेष्ठ राजा की संतान उसकी योग्य उत्तराधिकारी न बन पाए तो क्या हम उसके स्थान पर किसी अन्य व्यक्ति को राजा के रूप में नहीं चुन लेते?"

यह तर्क सुनते ही कक्ष में थोड़ी हलचल हुई, क्योंकि सभी जानते थे कि राजा भरत अपने तीनों पुत्रों में से किसी को भी अपने उत्तराधिकार के योग्य नहीं मानते थे और किसी बाहर के श्रेष्ठ व्यक्ति को अपना उत्तराधिकारी बनाने में उन्हें कोई संकोच नहीं था और दीर्घतमा ने मानो अपने तर्क से उसी मनोभाव को छू दिया था। विपाक ने इस तर्क को इस रूप में ग्रहण किया कि दीर्घतमा भरत के तीनों पुत्रों को उनका उत्तराधिकारी बनने के नितांत अयोग्य ठहराकर अपने भाई भरद्वाज को वहाँ स्थापित करने की पृष्ठभूमि तैयार कर रहे हैं। कुलगुरु पद पर अभिषिक्त हो जाने के बाद उनके तर्क में बल और गरिमा दोनों अधिक बढ़ जाने की निश्चित संभावनाओं पर वह सोचने लगा था। उधर सुननेवालों की एकाग्रता और भी बढ़ गई, जब दीर्घतमा ने आगे तर्क दिया।

"राजा के कर्तव्य ठीक वही हैं जो ईश्वर के हैं। पर ईश्वर हमें वह सब काम

करता दिखाई नहीं देता, जैसे राजा दिखाई देता है। ईश्वर का वह दायित्व हमने निश्चित नहीं किया होता, पर राजा का सारा दायित्व हमने ही बनाया होता है। ईश्वर हममें से एक नहीं होता, राजा हम ही में से एक होता है। ईश्वर से रोष हो तो कहाँ कहे अपनी व्यथा? कौन है सुननेवाला? पर राजा से अपनी व्यथा तत्काल कह पाते हैं। न सुने तो उस राजा को हम सह तक नहीं पाते। राजा को हम स्वयं चुन पाते हैं, पर ईश्वर तो हम पर परंपरा से आरोपित है, जिसका हम चाहकर भी बाल बाँका तक नहीं कर पाते। तो फिर राजा को ईश्वर का अंश मानें या ईश्वर से हजार गुना बड़ा?"

अपने राज्य के नए कुलगुरु की अद्भुत तर्कवाणी सुनकर सभी के मन में गर्व और चेहरों पर तृप्ति का भाव था। उधर दीर्घतमा बोल रहे थे, "ऐसे राजा को, ईश्वर से भी बढ़कर इस राजा को सचमुच मेरा मन प्रणाम करने को करता है। राजा अपने-आप में कुछ नहीं। प्रजा की भावनाओं के आकार का नाम है राजा। प्रजा के मन में जिस राजा के प्रति भावना अच्छी हैं, वह राजा श्रेष्ठ है, ईश्वर का भी ईश्वर है। प्रजा के मन में जो राजा स्थान नहीं बना पाता तो आप उसे ईश्वर का अंश मानने की परंपरा का पालन कर लें या उसकी आराधना की औपचारिकता निभा लें, रहेगा वह राजा व्यर्थ का एक प्राणी ही, जिसे पता ही नहीं कि क्यों उसे प्रजा ने अपना राजा चुना है। धन्य है पौरव राज्य की प्रजा, जिसके पास एक ऐसा भरत है, जो राजा होने की हर कसौटी पर खरा है। मंत्रिपरिषद् के श्रेष्ठ महानुभावो, यदि अपने राज्य की प्रगति और समृद्धि चाहते हो तो अपने मध्य खड़े इस ईश्वर के ईश्वर सम्राट् भरत के प्रति अपना संपूर्ण समर्पण कर दो। आराधना करो इस विलक्षण सम्राट् की।"

कहकर दीर्घतमा रुक गए। सभी उनके प्रकाशित मुख की ओर देख रहे थे। सभी को ऐसा लगा कि अभी दीर्घतमा कुछ और भी कहना चाहते हैं। इस बार का मौन सभी के मन में उठी प्रतीक्षा का प्रतीक था। कुछ क्षण चुप रहने के बाद आर्य दीर्घतमा ने अपनी बात को एकदम नया आयाम देते हुए कहा, "परंतु आर्या सुनंदा, क्या कोई मनुष्य के मन की असीम गहराइयों की थाह पा सका है? क्या कोई जान सकता है कि आज मैं जो सोच रहा हूँ, कल उसके ठीक विपरीत सोचना प्रारंभ नहीं कर दूँगा? किसके मन में कब कुटिलता का आवेग ठाठें मारने लगे, कौन जानता है? मंत्रिमंडल के विद्वान् सदस्यो, आर्या सुनंदा के प्रस्ताव का आप सभी ने करतलध्वनि की जिस सामूहिकता के साथ स्वागत किया है, उसका संदेश एक ही

है और वह यह कि सम्राट् भरत के प्रति आपकी स्वामिभक्ति में कोई संशय नहीं है। पर कौन दावे से कह सकता है कि कल आप में से किसी के भी मन में सम्राट् भरत के प्रति विद्वेष का भाव पैदा नहीं होगा? कौन दावे से कह सकता है?"

उस बैठक में बैठे किसी को भी ऐसी उम्मीद नहीं थी कि आर्य दीर्घतमा का आज का संभाषण उनकी राजकीय निष्ठाओं पर तर्जनी उठानेवाला होगा। पर फिर भी सभी की दृष्टि विपाक पर जा पड़ी थी, जो नीचे मुँह किए हैरान होकर सोच रहा था कि आखिर दीर्घतमा को उसके बारे में किसने जानकारी दी होगी? उधर निश्छल हृदय दीर्घतमा इस सबसे अनभिज्ञ अपने विचारों को धीरे-धीरे दार्शनिकता के सोपान तक ले जा रहे थे।

"इसलिए हे पौरवराज्य के मंत्रियो, सम्राट् भरत एक व्यक्ति नहीं हैं। वे प्रतीक हैं उस व्यवस्था के, जिसके सुचारु चलने से ही राष्ट्र का कल्याण है। प्रतिष्ठान केवल एक राज्य नहीं है, वह एक माध्यम है जो धन और बल से संपन्न रहेगा तो प्रजा में परम सुख का संचार होगा। अन्यथा कोई मुझे बताए, जिसके मन में प्रजा और राष्ट्र के कल्याण के बदले व्यक्तिगत महत्त्वाकांक्षाओं का समुद्र लहरा रहा हो, वही मुझे बताए कि क्या किसी ने पृथ्वी का ओर-छोर और मध्य देखा है? कोई बताए तो कैसे समस्त प्राणियों को धनधान्य की प्राप्ति होती है? कहाँ है आकाश की सीमा जिसमें पृथ्वी का निवास है?

"पृच्छमि त्वा परमन्तं पृथिव्याः।
पृच्छमि यत्र भुवनस्य नाभिः।
पृच्छमि त्वा वृष्णो अश्वस्य रेतः।
पृच्छमि वाचः परमं व्योम।"

दीर्घतमा फिर रुक गए। परिषद् की बैठक में तो सन्नाटा छाया ही था। कुछ क्षण का एक और मध्यांतर कर दीर्घतमा ने उस कक्ष की छत के पार फैले अनंत आकाश में से अपने विचित्र प्रश्नों के मानो उत्तर खोजने के प्रयास में अंतःज्योति से प्रकाशित अपनी दृष्टिहीन आँखों से एकाग्र निहारते हुए कहा, "इसलिए हे प्रतिष्ठान के आधारस्तंभो, जब हममें से किसी के पास इन प्रश्नों के उत्तर नहीं हैं तो फिर काहे की कुटिल महत्त्वाकाक्षाएँ और काहे का विश्वासघात? आओ, हम सभी मिलकर एक जन की तरह सम्राट् भरत नामक प्रतीक की मंगलकामना करें, क्योंकि वे ही हमारी पृथ्वी की अंतिम सीमा हैं। हमारी समस्त इच्छाएँ प्रतिष्ठान के कल्याण में समा जाएँ, क्योंकि यही हमारे ब्रह्मांड की नाभि है, जहाँ कुछ माह पूर्व अश्वमेध यज्ञ

हुआ था। और उस यज्ञ के जिस अश्व ने तीन महीने तक पौरव राज्य की परिक्रमा की है और जो हमारी समस्त कामनाओं का प्रतीक है, आओ हम उसी की आराधना में समस्त प्रजा के कल्याण में जुट जाएँ और उस ब्रह्म को मनाएँ जो वाणी का परम आवास है। उठो अपने हृदयों को निश्शंक करो और मेरे पीछे-पीछे इस मंत्र का गान करो कि जिससे आर्य सम्राट् भरत, उनकी यह अद्वितीय मंत्रिपरिषद् और यह परमप्रतापी प्रतिष्ठान राज्य सभी मिलकर प्रजा की सुखकामना में जुट जाएँ।" उधर दीर्घतमा ने मंत्रगान प्रारंभ किया⋯

"इयं वेदिः परी अन्तः पृथिव्याः।
अयं यज्ञो भुवनस्य नाभिः।
अयं सोमो वृष्णो अश्वस्य रेतः।
ब्रह्मायं वाचंः परमं व्योम।"

⋯उधर मंत्रिमंडल के प्रत्येक सदस्य ने दीर्घतमा के पीछे-पीछे अनुगान किया। यह क्रम तीन-चार बार चलता रहा। भरत रोमांचित थे तो सुनंदा के नेत्रों से खुशी के आँसुओं का प्रवाह थमने का नाम ही नहीं ले रहा था। वहाँ उपस्थित सभी मंत्री एक-एक कर दीर्घतमा के चरणस्पर्श के लिए उनके पास आने लगे तो भरत ने घोषणा की कि वर्षाकाल के बाद आनेवाली शरदपूर्णिमा के मदनोत्सव के संपन्न होते ही किसी शुभदिन आर्य दीर्घतमा का कुलगुरु के पद पर अभिषेक संपन्न किया जाएगा।

भावनाओं के समुद्र में बहते हुए किसी ने भी वहाँ इस बात पर ध्यान नहीं दिया कि कब मंत्री विपाक चुपचाप वहाँ से खिसक लिया और उसका गंतव्य था, ज्येष्ठ राजकुमार का आवास।

आज सारा प्रतिष्ठान मदनमहोत्सव में लीन था। साँझ उतर आई थी और शरद ऋतु की पूर्णिमा का चंद्रोदय होने में अभी कुछ देर थी। इसी चंद्रोदय की प्रतीक्षा में सारे नगरवासी काम उत्सव की तैयारियाँ पूरी करने में लीन थे। जैसे देश के अन्य नगरों और ग्रामों में शरदपूर्णिमा को काम उत्सव के रूप में मनाने की प्रथा अज्ञात कालवेला से चलती आ रही थी, वही स्थिति प्रतिष्ठान नगर की भी थी। वर्षा ऋतु बीत जाने के बाद जब चारों ओर प्रकृति अपने पूरे सौंदर्य के साथ बिखरी हुई हो, आकाश से धूलि के समस्त कणों को चार महीने के सतत वर्षाकाल ने साफ कर दिया हो, ग्रीष्म का स्थान हलके-हलके शीत ने ले लिया हो, जिस पर चंद्रमा अपने यौवन पर हो तो उसकी चाँदनी में बैठकर ऐसा कौन होगा, जिसे काम के

अलावा किसी और भावना की सुध भी आ सकती होगी। बस सारा प्रतिष्ठान इसी भाव में बेसुध होने को मचल रहा था और नगर का प्रत्येक नागरिक बाल, युवा, प्रौढ़ और वृद्ध अर्धरात्रि की प्रतीक्षा में था, जब चंद्रमा ठीक आकाश के मध्य में आ जाएगा और वह अपने वार्षिक कालक्रम में पृथ्वी के सर्वाधिक निकट आकर हर पृथ्वीवासी को अपनी किरणों के हाथों से स्पर्श कर मानो अपनी सुधा में नहला देना चाहता होगा।

जैसे ही किशोरी संध्या धीरे-धीरे रात्रि के युवा अंधकार के साथ आलिंगनबद्ध होकर उसी में खो जाने को विवश हो गई, सारा नगर विशेष आलोक से प्रकाशित हो उठा। राज्यशासन की ओर से हर चौराहे पर खंभों से लटके हुए दीपों की व्यवस्था की गई थी, जिनमें बस उतना ही तेल था, जितना अर्धरात्रि से पूर्व तक दीपों को प्रज्वलित रखने में काम आ सके। उसके बाद फिर प्रकाश की आवश्यकता ही नहीं थी। चंद्रमा की चाँदनी से ही वह काम पूरा हो जानेवाला था। परंतु यह प्रकाश भी उस चतुर संध्या अभिसारिका को खोज नहीं पाया कि आखिर वह किस कोने में अपने अंधकार नायक के वक्ष पर अपने को बिछाकर छिपी पड़ी है। नागरिकों को तो खैर संध्या-अंधकार के अभिसार का पीछा करने की कोई चाहत ही नहीं थी, क्योंकि आज हर कोई अपनी मनमर्जी के अभिसार की तैयारी में था, अपने में ही खो जाने की बेताबी इस हद तक थी कि राजमार्ग में एक-दूसरे के हाथों-में-हाथ डालकर उन्माद में घूम रहे युगलों को अपने साथ चल रहा दूसरा युगल तक नजर नहीं आ रहा था। किसी युगल को यह देखने की सुध नहीं थी कि साथी युगल कामक्रिया के किस सोपान पर है, कौन अभी केवल फुसफुसाहट की देहलीज तक ही पहुँचा है, कौन चुंबन-आलिंगन के प्रांगण में पहुँच गया है और कौन उससे आगे बढ़कर वासकक्ष में प्रवेश करने को उतावला हो रहा है।

नागरिकों को कोई भी कष्ट न हो, कोई बाधा उनके काम-महोत्सव में पैदा न हो, इसका पूरा प्रबंध राजशासन की ओर से था। मार्गों में स्थान-स्थान पर पुष्पों के थाल सजाकर रख दिए गए थे। जो युवा अविवाहित थे, उन्हें उससे बड़ी सहायता मिल रही थी। सड़कों पर घूमते युवाओं की टोलियाँ, बिना किसी हिचक के अविवाहित युवतियों की टोलियाँ बनाकर घूम रही कन्याओं पर पुष्पों के कामास्त्र निर्धारित लक्ष्यों पर फेंककर अपनी अतृप्त इच्छाओं की परोक्ष पूर्ति कर रहे थे। गुलालों के जो थाल स्थान-स्थान पर रखवा दिए गए थे, वे विवाहित युगलों को भी खूब आनंदित कर रहे थे, क्योंकि दूसरे युगलों पर गुलाल उड़ाकर वे अपनी

कामेच्छाओं का एक ऐसा मनमाना विस्तार कर पा रहे थे, जिससे दूसरे को आनंद तो आ सकता है, हानि नहीं हो सकती। पर इस काम-महोत्सव का सबसे विचित्र पक्ष यह था कि राजशासन की ओर से उन गणिकाओं और वेश्याओं को, जो राजकोष में नियमित कर जमा करवाती थीं, राजमार्गों के विभिन्न स्थलों पर अपने कक्ष और मंच सजाने की अनुमति दे दी गई थी, ताकि काम-अभिव्यक्तियों में कभी किसी की इच्छा मर्यादा लाँघने की हो तो वैसा किया जा सके और दूसरों को कोई कष्ट और असंतोष भी नहीं हो। इन सबसे बेखबर बच्चे गज-रोहण में और हिंडोलों में मस्त थे, जिनका प्रबंध पूरे राजधानी नगर में स्थान-स्थान पर राजशासन की ओर से कर दिया गया था। सड़कों पर जगह-जगह पर भाव-ताव किए आ रहे थे और परे मोल-तोल के याद ही वस्तुओं का सघन क्रय-विक्रय अच्छी तरह से हो रहा था। तत्काल पकाए जा रहे विभिन्न पकवानों को खानेवाले परिवारों और टोलियों की भी कमी नहीं थी। पूरा नगर मगन था, मुग्ध था।

प्रतिष्ठान डूबा हुआ था और राजमागों पर भ्रमण कर रहे नागरिक उल्लास और विलास के जलाशयों में आकंठ नहा रहे थे। सहसा स्थान-स्थान से उठ रहा हर्ष नाद सुनाई देने लगा, जो इस बात का प्रतीक था कि चंद्रोदय हो गया। तुरही का नाद सुनते ही राजमार्गों पर घूम रहे नागरिकों ने हर्ष की एक ऐसी विलक्षण अभिव्यक्ति की जिसे इस तरह खुले में वर्ष में केवल एक बार ही सुना जा सकता था। इस हर्षनाद को उत्तेजना मिली उनमुक्त नृत्यों से जो गणिकाओं के खुले मंचों पर नागरिकों के आनंद के लिए सहसा प्रारंभ कर दिए गए थे। तुरही का नाद नागरिकों की हर्ष-अभिव्यक्ति और गणिकाओं के नृत्यों ने मानो सूचना दी थी कि शरदपूर्णिमा का काम उत्सव प्रारंभ हो गया है। पर काम उत्सवों ने क्या कभी प्रारंभ होने की घोषणाओं का बंधन माना ? क्या समय की मर्यादाओं को स्वीकार किया ? उत्सव की इस प्रारंभिक घोषणा का भारी स्वागत इस रूप में अवश्य हुआ कि अविवाहित युवकों और युवतियों की टोलियों की मुखरता और बढ़ गई तो युगलों की गति और मंथर हो गई।

अर्धरात्रि निकट आने तक पूरा प्रतिष्ठान नगर काम की मादकता का पर्यायवाची बन चुका था। नृत्य करती हुई गणिकाएँ थक चुकी थीं, पर रुकने का नाम नहीं ले रही थीं। सारा वायुमंडल गुलाल से भर चुका था और एक-दूसरे पर फेंके जा रहे पुष्पों को विराम नहीं मिल रहा था। मदिरा पीकर कामोन्माद बढ़ाने में संकोच समाप्त होता जा रहा था और एक-दूसरे को थामे हुए युगल अब अपने-

अपने आवासों की छतों पर जाकर अपनी क्रीड़ा और उन्माद को पूर्णता तक ले जाने को उतावले हो रहे थे। हर छत पर धवल आवारक से सजे तल्प बिछे थे और हर परिवार ने दूध का बना कोई-न-कोई मिष्टान्न तैयार कर वहीं पास ही काष्ठफलक पर रखवा दिया था। सारे नगर की इस मोहक मनोदशा को मानो निकट से देखने को लालायित चंद्रमा ने और अधिक तेजी से पृथ्वी की ओर चलना शुरू कर दिया था और ब्रह्मांड में छितरे विभिन्न नक्षत्रों के पारस्परिक आकर्षण-प्रत्याकर्षण की सीमाओं में बँधा वह आज पृथ्वी के जितना निकट आ सकता था, उतना निकट आ गया। उसने देखा कि राजमार्गों पर दीपों का प्रकाश लगभग समाप्त हो चुका था, युवाओं की टोलियाँ थककर अपने-अपने घरों की ओर जा रही थीं। छतों पर हर परिवार अपने सभी सदस्यों के साथ शरदपूर्णिमा की इस चाँदनी का आनंद लेने को इकट्ठा था, जहाँ कई तरह की क्रियाएँ की जा रही थीं। किंतु जिन परिवारों में केवल नव-दंपती थे, उन कुछ आवासों की छतों पर चंद्रमा से लजाते युवक-युवतियाँ एक-दूसरे में ही छिप जाने की कोशिश में लगे थे।

ऐसी ही एक छत प्रतिष्ठान नगर की सीमाओं के बाहर बने राजप्रासाद के एक आवास की थी, जहाँ भरत और सुनंदा एक-दूसरे की बातों में लीन थे, एक-दूसरे के मन और शरीर में थे। एक नवदंपती की तरह।

"आर्य महाराज भरत, शरदपूर्णिमा की यह रात वर्ष में चाहे एक बार आती हो, पर इस रात की मादकता हर बार इतनी निराली होती है और इससे मिलनेवाला सुख हर बार इतना नया होता है कि इसकी प्रतीक्षा में हम सभी कितने आतुर और व्याकुल हो जाते हैं," सुनंदा बहुत ही सहज भाव से अपना एक बहुत ही स्वाभाविक मनोभाव व्यक्त कर रही थी। पर भरत थे कि उनकी आँखों में चमक बढ़ती ही जा रही थी और चेहरे पर छाई मुसकान में चपलता उभर रही थी। सुनंदा ने न तो अपने पति के चेहरे का वह भाव पढ़ा और न ही आँखों की चमक को निहारा। वे तो बस अपने पति की अंक में सिर रखकर आकाश में पूर्ण विकसित चंद्र को देखकर ऐसी मुग्ध हुई जा रही थीं कि बस अपनी ही कहे जा रही थीं।

"अब देखिए न आर्य," सुनंदा कह रही थीं, "आप हर पल मेरे पास होते हैं, हर रात्रि मैं आपकी विशाल बलिष्ठ भुजाओं में होती हूँ, जब-जब मैं आपसे काम चाहती हूँ, आपसे मुझे सदा परमतृप्ति मिलती है,। रात्रि का पूर्णचंद्र विकसित होगा, कब प्रासाद की छत पर तल्प रखा जाएगा, उस पर धवल बिस्तर बिछाया जाएगा और कब वहाँ मैं आपके अंक में सिर रखकर ऐसे सपनों में खो जाऊँगी, आप में

ऐसी समा जाऊँगी, आपको स्वयं में ऐसे आविष्ट कर लूँगी कि जैसा मानो पहले कभी हुआ नहीं होगा।" कहते-कहते सुनंदा ने भरत के अंक में लेटे-लेटे ही अपनी दोनों बाँहें पीछे की ओर करके भरत के गले में डाल दीं और परम मुग्धावस्था में आँखें बंद कर लीं।

भरत की आँखों में वही चंचलता थी और चेहरे पर वही मुसकान। शरद पूर्णिमा की उस रात्रि को वे बस एकटक सुनंदा के चेहरे को ही निहारते जा रहे थे, जिस पर मधुर आमंत्रण के चिह्न अब तक साफ लिखे जा चुके थे। प्रतिष्ठान के परमप्रतापी सम्राट् अपने प्रासाद की विशाल छत पर बिछाए गए दुग्ध धवल बिस्तर पर बैठे थे और उनकी प्रिया पत्नी उनके अंक में सिर रखकर लेटी थीं। अर्धरात्रि आ चुकी थी, पर उससे बेखबर दोनों इस तरह आलाप में लीन थे कि मानो आज की रात्रि उनका प्रथम मिलन हो रहा हो। छत पर पूर्णचंद्र की चाँदनी फैली थी और उस धवल चाँदनी में ही धवल बिस्तर पर बैठे और लेटे उस दंपती ने धवल वस्त्र ही धारण कर रखे थे। सुनंदा को उस मुग्धावस्था में देखकर भरत रह नहीं पाए और उन्होंने अपनी प्रियतमा प्रेमिका के कपोलों को अपनी हथेलियों में छिपाकर उसके होंठों पर नजर गड़ा ली और अपना चेहरा नीचे झुका लिया।

कुछ देर दोनों इसी मुद्रा में भावलीन रहे। फिर अचानक सुनंदा ने अपने हाथों से भरत के चेहरे को ऊपर उठाया, भरत के हाथों को अपने कपोलों पर से हटाया और वे खड़ी हो गईं। हाथ का सहारा देकर सुनंदा ने अलसाए भरत को भी खड़ा किया और फिर दोनों चिरयुवा प्रेमी प्रासाद की छत पर ही एक-दूसरे की कटि में हाथ डाले विचरते रहे। सुनंदा बोलीं, "आर्य मैंने अभी-अभी जो कुछ पूछा था, उस पर आपने कुछ कहा ही नहीं। बताइए न आर्य क्यों शरदपूर्णिमा की यह रात्रि हर वर्ष नई जैसी लगती है।"

"आर्ये, कुछ बातें ऐसी होती हैं जो ठीक होती हैं, पर वे ठीक क्यों हैं इसका कारण बता पाना उतना सरल नहीं होता। पर मुझे लगता है कि आज की इस विरल रात्रि को इस तरह की कारणमीमांसा में क्यों व्यर्थ किया जाए और क्यों न इससे मिलनेवाले आनंद के परमप्रवाह में स्वयं को अविराम बह जाने दिया जाए? अर्धरात्रि हो गई है और शीत का प्रभाव भी बढ़ने लगा है। क्यों न अपने वासकक्ष में चलकर इस रात्रि के संदेश को इसकी परिपूर्णता में समझा जाए?"

"हाँ आर्य," सुनंदा ने उसी मस्ती में छत पर घूमते हुए कहा, जिस मस्ती में वे भरत के अंक में लेटी हुई बातें कर रही थीं। "कितना विचित्र है कि कई बार हमारा

मन ऋतु के विपरीत काम करने को करता है। अब देखिए न आर्य शीत बढ़ रहा है, पर मेरा मन ही नहीं कर रहा कि कुछ और परिधान पहन लिये जाएँ, बल्कि मन में तो इन पहने हुए परिधानों के प्रति भी विद्रोह का भाव पैदा हो रहा है।"

"तो क्या कहता है मन?" भरत ने सुनंदा को लगभग आलिंगन में बाँधते हुए पूछा।

"यदि आपको यह भी नहीं पता तो आपको सुनंदा का प्रणयी होने का कोई अधिकार नहीं।" भरत को छेड़ते हुए सुनंदा बोलीं तो भरत ने उन्हें अपने भरपूर आलिंगन में बाँध लिया और फिर सुनंदा को अपनी भुजाओं में उठाकर नीचे वासकक्ष में ले गए, जहाँ दोनों तल्प पर बिछे भव्य बिस्तर में खो गए। "आर्य भरत, इस समय आर्य दीर्घतमा क्या कर रहे होंगे।" भरत की भुजाओं में सिमटी सुनंदा ने सहसा एक अप्रत्याशित प्रश्न कर दिया तो भरत के स्वर में भी चिंता आ गई। बोले, "सुनंदा, आर्य दीर्घतमा के बारे में मैं जितना अधिक विचार करता हूँ, उतना मेरे मन की चिंता और पीड़ा बढ़ जाती है। देखो न, आर्य सदा प्रकृति की बात करते हैं, उसी की शरण में जाने के लिए प्रत्येक से कहते हैं, प्रकृति के विभिन्न रूपों की व्याख्या करने में अपनी पूरी प्रतिभा लगा देते हैं? पर उसी प्रकृति ने, जिसे वे प्रकृति माँ कहते हैं, उनसे कितना अन्याय किया है कि उन्हें दृष्टिहीन बना दिया है।"

"अब देखिए न आर्य, आज शरदपूर्णिमा की मादक रात्रि है और हर कोई काम के उल्लास में डूबा है। पर एक दीर्घतमा हैं कि जिनके जीवन में कोई रस नहीं, आनंद नहीं, उनकी कोई प्रणयिनी नहीं। क्या आर्य दीर्घतमा को यह अभाव कचोटता नहीं होगा?" सुनंदा ने प्रश्न पूरा किया तो भरत ने सोचा कि उन्हें पूरी बात बता ही दी जाए। बोले, "प्रिये सुनंदा, तुम धन्य हो कि तुम आर्यऋषि के विषय में इतना सोचती हो। तुम्हें सुनकर कष्ट तो होगा, पर तुम्हें बताए बिना नहीं रह पाऊँगा। सुनो, जब आर्य दीर्घतमा वैशाली में थे और मैंने उन्हें प्रतिष्ठान चलकर रहने के लिए बलपूर्वक मना लिया तो जानती हो क्या हुआ?"

"क्या हुआ आर्य?" सुनंदा के प्रश्न में उत्कंठा इतनी अधिक थी कि अब तक वह भरत के वामपार्श्व में लेटी थीं पर वे अचानक भरत की ओर उन्मुख हो गईं। "सुनंदा जिस तरह आर्य दीर्घतमा ने वैशाली छोड़ने का अपना कष्ट व्यक्त किया, उससे स्पष्ट था कि वे मरुत्त की कन्या सीमंतिनी से प्रणय करने लगे थे, जिसे छोड़कर प्रतिष्ठान आने की परमपीड़ा उन्हें व्याप गई थी।"

"आर्य, यदि ऐसा था तो फिर वे इधर आना माने ही क्यों?" सुनंदा के मन में

सहज जिज्ञासा उठी, जिसका समाधान भरत के पास था। बोले, "आर्या यही तो इस युवा ऋषि की महानता है। उन्हें लोकहित में प्रतिष्ठान चलने के लिए मैं इस कदर संकल्प में बाँध चुका था कि उस संकल्प को पूरा करने की महानता में उन्होंने अपने प्रणय का बलिदान करने की ठान ली।"

"आर्य, यह आपने ठीक नहीं किया। आर्य जिन महापुरुषों को लोग उनके श्रेष्ठ और विराट् मस्तिष्कों के लिए जानते हैं, उनके हृदय में प्रणय का समुद्र किस तरह चुपचाप ठाठें मार रहा होता है, इसका अनुमान वे कभी लगा ही नहीं पाते। आर्य इस युवा ऋषि के हृदय में उत्ताल तरंगोंवाले प्रणयमहासमुद्र के दर्शन मैंने किए हैं। इसलिए मुझे सचमुच कष्ट हो रहा है कि मेरे आर्य भरत दीर्घतमा को उनके प्रणय से दूर करने का कारण बने।" कहते-कहते सुनंदा की आँखों में आँसू आ गए।

भरत उदास थे। उन्हें सपने में भी आभास नहीं था कि उनकी इस बार की शरदपूर्णिमा की रात्रि इस तरह बीतेगी, पर वे राजा थे तो एक हृदयवान मनुष्य भी थे। बोले, "सुनंदा आर्य दीर्घतमा के प्रणयी हृदय को अकेला कर देने का पाप मेरे हाथों हुआ है। पर अब क्या हो इसका उपचार?"

इस प्रश्न का उत्तर न भरत के पास था और न ही सुनंदा के पास। सुनंदा को दीर्घतमा की मनोदशा का तिल-तिल पता था। पर वह नहीं जानती थी कि इस मनोदशा का उपचार अब क्या हो सकता है। वह अपने पति से दीर्घतमा की मनोदशा की बात कैसे कहे उसे समझ नहीं आ रहा था। शब्द उसका साथ छोड़ रहे थे और असमंजस उसकी अभिव्यक्ति पर हावी हो रहा था। उधर भरत भी बुद्धिमान थे। जानते थे कि कैसे दीर्घतमा को प्रतिष्ठान लाकर उन्होंने सीमंतिनी से उन्हें अलग कर दिया है। वे अपने मित्र राजा मरुत्त से कहकर सीमंतिनी का विवाह दीर्घतमा से कर देने का प्रस्ताव रख सकते थे। पर वे अनुभव कर रहे थे कि इस तरह का प्रस्ताव रखने का उनका अधिकार तब तक नहीं बनता था, जब तक दीर्घतमा उन्हें वैसा करने के लिए न कहें। फिर वे यह भी देख रहे थे कि सुनंदा और दीर्घतमा के बीच गहरा हार्दिक संबंध स्थापित हो चुका है। इस संबंध को वे क्या नाम दें, इसकी क्या परिभाषा करें, स्वयं उन्हें इन प्रश्नों के उत्तर नहीं मिल रहे थे, क्योंकि स्वयं उनके अपने प्रति सुनंदा के अनुराग और सम्मान में कोई कमी आई ही नहीं थी। पति-पत्नी के उनके संबंधों को अंशमात्र कोई हानि पहुँची ही नहीं थी।

दोनों बहुत देर तक चुप बैठे रहे। सुनंदा उठीं, उन्होंने एक परिचारिका को बुलाया और उसे दो पात्रों में वह खीर लाने को कहा, जो छत पर चाँदनी में रखी थी। परिचारिका खीर ले आई और दो चमस भी। सुनंदा ने भरत को अपने हाथ से खीर खिलाना प्रारंभ किया। भरत विभोर हो गए। उनकी आँखों में आँसू आ गए। उन्होंने भी अपने हाथों से सुनंदा को खीर खिलानी प्रारंभ की तो सुनंदा बोलीं।

"आर्य महाराज भरत, आज आप अपनी सुनंदा से खुलकर बातें क्यों नहीं कर रहे? मौन क्यों हो गए हैं? मैं ही तो हूँ आपकी प्रत्येक समस्या का समाधान। आप मुझे एक ओर रखकर किसी समस्या का समाधान करने की सोचेंगे तो वही होगा, जो इस क्षण हो रहा है।"

"क्या सुनंदा?"

"यही कि आपकी वाणी आपसे रूठ जाएगी। आर्य मैं आपकी परिणीता पत्नी हूँ और प्रणयिनी भी। मैं आपकी उन संतानों की माँ हूँ, जो आप मुझसे प्राप्त नहीं कर सके। आर्य मैं आपके हृदय की भावना भी हूँ और आपके मस्तिष्क का विचार भी। इसलिए आर्य भरत, मैं आपकी वाणी भी हूँ और आपका मौन भी।"

"मौन भी? वह कैसे?" भरत हैरान होकर पूछने लगे।

"यह इस तरह आर्य कि जब आपको किसी समस्या के समाधान के लिए मुझसे पूछना चाहिए और आप मौन हैं तो मैं कैसे न मानूँ कि आपकी वाणी के रास्ते में मैं ही अवरोध बनकर खड़ी हूँ?"

सुनकर भरत चकित रह गए और अपनी पत्नी की तीव्र प्रतिभा पर पूरी तरह रीझ गए। पर भरत को कुछ सूझा ही नहीं कि वे क्या कहें क्या न कहें। वे बस तल्प से उठकर खड़े हो गए। वे हर्ष और आश्चर्य से इतना भर गए कि अपनी प्रियतमा पत्नी को कुछ कहने को बेचैन हो गए। उन्हें शब्द फिर भी नहीं मिल रहे थे और बिना बोले उनका मन नहीं मान रहा था। पहले वे स्वयं तल्प से उठकर खड़े हो गए, फिर उन्होंने सुनंदा को खड़ा किया, उसे अपनी भुजाओं में भरकर उसके अंग-प्रत्यंग पर चुंबनों की वर्षा कर दी, थमे तो फिर उसे अपनी बाँहों में ही उठाकर सारा कक्ष घूमते रहे, प्रसन्नता के अतिरेक में गुनगुनाते रहे, फिर उन्होंने सुनंदा को तल्प पर बिठाया, स्वयं उसके सामने जा बैठे, सुनंदा के कपोलों को अपनी हथेलियों में थाम लिया और उसकी आँखों में अपनी आँखें डुबोकर बोले।

"सुनंदा प्रिये, यह जो युवा ऋषि हमारे राज्य में विराजमान है, वह विचारों का पर्वत और भावनाओं का समुद्र है। वह हमारे राज्य की निधि है और प्रजा की

अमूल्य नैतिक संपत्ति है। सुनंदा, विचारों के ऐसे उत्तुंग शिखर और भावनाओं के ऐसे गहरे समुद्र प्राय: अकेले होते हैं। फिर दीर्घतमा तो जन्मांध हैं। उनके अकेलेपन की तो कोई सीमा ही नहीं है। ऐसे विराट् व्यक्तित्वों को सँभालना पड़ता है अन्यथा वे कब स्वयं को नष्ट कर दें, इसका कुछ भी पता नहीं चलता। मैं स्वयं को आर्य दीर्घतमा के सामने इतना छोटा अनुभव करता हूँ कि कैसे उनका परिरक्षण करूँ, मैं इसका कभी निश्चय ही नहीं कर पाता। प्रिये, तुम मुझसे कहीं अधिक परिपक्व और मानवीय हो। आर्य की तरह तुम भी निश्छलता का प्रतीक हो। तुम ही उस युवा ऋषि के हृदय और मस्तिष्क को उचित संरक्षण दे सकती हो। वैशाली से लाने का और उनकी प्रणयिनी सीमंतिनी से उन्हें अलग कर देने का अपराध तो मुझसे हो ही गया है। पर अब उनकी साज-सँभाल का दायित्व निभाकर तुम मेरे अपराध बोध को कम कर सकती हो। करोगी न सुनंदा? बोलो करोगी न?"

कहते कहते भरत की आँखों में फिर से आँसू आ गए। सुनंदा अपलक नेत्रों से भरत को देखती जा रही थी। वह कानों से नहीं, अपने उन नेत्रों से ही भरत की बातें सुन भी रही थी। उसकी भी आँखें भर आईं। वह चकित थी कि आज सहसा उसके पति क्या कहते जा रहे हैं। भाव-विभोर सुनंदा ने बस इतना ही कहा, "आर्य आप निश्चित रहें। इस ऋषि को मैंने हर तरह से सँभाल रखा है।" इससे अधिक वह बोल नहीं पाई और भरी आँखों से वे दोनों दंपती एक-दूसरे को देखते रहे और मुसकराते रहे। फिर दोनों ने आँखें बंद कर लीं, वासकक्ष के दीप को विदा किया और एक-दूसरे में समाते चले गए।

पर उन दोनों को ही यह कहाँ पता था कि ठीक आज की ही रात दीर्घतमा का प्राणांत कर देने की तैयारी पूरी हो चुकी थी।

23

दीर्घतमा के प्राणांत का दायित्व त्रैतन को सौंपा गया था। युवा जन्मांध कवि के प्राणों को हर लेने के संकल्प के साथ वह शरदपूर्णिमा की उस अर्धरात्रि अपने आवास से निकला था और दीर्घतमा के वासकक्ष में प्रवेश कर चुका था, पर अब वह बहुत ही विचलित अवस्था में था। अश्वमेध यज्ञ के अश्व के पूरे राज्य की लंबी और गहन परिक्रमा कर वापस लौट आने के बाद हुई मंत्रिपरिषद् की बैठक में

दीर्घतमा को प्रतिष्ठान राजवंश का कुलगुरु बनाने का निर्णय जिस दिन लिया गया था, उसी सायं भरत के, तीनों पुत्रों और मंत्री विपाक की एक अतिगोपनीय मंत्रणा में दीर्घतमा का प्राणांत कर देने का अचूक षड्यंत्र रच ही लिया गया था। इस षड्यंत्र सभा में त्रैतन भी सदा की तरह उपस्थित था ही। मंत्रिमंडल की बैठक के पूरी तरह संपन्न होने से थोड़ा पहले ही मंत्री विपाक वहाँ से खिसक लिया था और वहाँ से वह सीधा ज्येष्ठ राजकुमार के पास जाकर मंत्रिपरिषद् के निर्णय की जानकारी उसे दे आया था। निर्णय सुनकर ठनके माथेवाले ज्येष्ठ राजकुमार ने तत्काल अपने दोनों भाइयों को जाकर इसकी सूचना दी और सायंकाल भोजन के समय इसी पर विचार-विमर्श के लिए एक बैठक उसने अपने कक्ष में बुला ली थी। काफी विचार-विमर्श के बाद उस बैठक का निष्कर्ष यह था कि महाराज भरत दीर्घतमा को कुलगुरु इसलिए बना रहे हैं, ताकि उसे राजकीय आवास आदि सभी सुविधाएँ प्रदान की जा सकें, जिससे दीर्घतमा का प्रभाव राज्य की प्रजा के बीच बढ़ता जाए। उसके माध्यम से उसके भाई भरद्वाज का भी प्रतिष्ठान में आना-जाना हो और प्रजा के बीच उसे ज्येष्ठ राजकुमार के विकल्प के रूप में क्रमशः स्थापित किया जा सके। वैसा हो जाने पर फिर किसी भी दिन भरद्वाज को प्रतिष्ठान राज्य का युवराज घोषित कर देना महाराज भरत के लिए कठिन नहीं होगा। इसलिए तीनों राजकुमार चाहते थे कि त्रैतन के हाथों दीर्घतमा का प्राणांत करवाकर भविष्य की सभी संभावनाओं को सिरे से ही समाप्त कर दिया जाए।

चूँकि दीर्घतमा को कुलगुरु पद पर प्रतिष्ठित करने का अभिषेक शरद पूर्णिमा के मदनमहोत्सव के बाद किसी शुभ मुहूर्त पर करने का निर्णय मंत्रिपरिषद् की उसी बैठक में कर लिया गया था, इसलिए इस षड्यंत्री बैठक में यही ठीक पाया गया कि शरदपूर्णिमा की अर्धरात्रि को ही दीर्घतमा का वध कर दिया जाए। उस अर्धरात्रि सारा राजधानी नगर और राजप्रासाद उत्सव और उसकी थकान में बेसुध होगा और त्रैतन के लिए कुछ भी कठिन नहीं होगा कि अपने कक्ष में अकेले रहनेवाले दीर्घतमा को रात्रि की नीरवता में सदा के लिए निस्पंद कर फिर निर्जन राजप्रासाद में से बाहर ले जाकर उसके प्राणहीन शरीर को वह गंगा में बहा दे। शरदपूर्णिमा वाली रात्रि वध करने का सुझाव स्वयं त्रैतन ने दिया था। दीर्घतमा का वध चूँकि उसी को करना था, इसलिए उसकी सुविधा को देखते हुए उसके सुझाव पर निर्णय की मुहर लगा दी गई थी। शरदपूर्णिमा की रात्रि की नीरवता में दीर्घतमा का प्राणांत कर देने का सुझाव बेशक त्रैतन का अपना था, पर कुछ तो अपने ही सुझाव के कारण और कुछ

अन्य कारणों से वह अब बहुत विचलित था। कक्ष में प्रवेश करते ही उसने देखा कि दीर्घतमा सोए हुए हैं। एक बड़े तल्प पर सुंदर बिछौना लगा था, जिस पर धवल आस्तरणिका बिछा दी गई थी। उस सफेद आस्तरणिका पर जो विराट् व्यक्तित्व सोया था, उस ऋषि दीर्घतमा का शरीर भी गौरवर्ण था, परम गौरवर्ण। कक्ष में दीया जल रहा था और दीये के मद्धिम प्रकाश में भी त्रैतन की आँखें उस तेजस्वी गौरवर्ण काया को देखकर चौंधिया गई थीं। त्रैतन स्वभाव से कुटिल था और अशिक्षित था। पर जितनी कथा-गाथाएँ उसने अपने बाल्यकाल से लेकर अब तक सुन रखी थीं, उनमें से बस एक गाथा उसे याद आ गई और उसे लगा कि सफेद ऐरावत हाथी पर सवारी करनेवाला देवताओं का राजा इंद्र भी ऐसा ही सुंदर लगता होगा। उसने दीर्घतमा को आज पहली बार जी भरकर देखा और उसे किसी अपूर्व तृप्ति का अनुभव हुआ। इससे पहले त्रैतन ने दीर्घतमा को वासंत नवरात्र के प्रथम दिन हुए अश्वमेध यज्ञ के अवसर पर देखा था, जब दीर्घतमा ने यज्ञवेदी पर ही मंत्रमुग्ध कर देनेवाला प्रवचन दिया था और कालचक्र की एक नितांत नई अवधारणा दे दी थी। पर उस दिन त्रैतन कुटिल मन:स्थिति में था और भरत के तीनों पुत्रों की तरह वह भी मदिरा के दो-तीन चषक पीकर यज्ञ भूमि में आया था। इसलिए तब के और आज के उसके दीर्घतमा-दर्शन में आकाश-पाताल का अंतर था। आज जिस महाकवि के प्राणों का अंत करने का संकल्प लेकर वह अपने घर से निकला था, उस दीर्घतमा के गौरवर्ण शरीर से उसे ऐसी मोहक किरणें फूटतीं नजर आईं कि वह विचलित हो गया। त्रैतन का अपने पर से बस मानो समाप्त हो गया और वह सोचने लगा।

'इस अंधे ने मेरा क्या बिगाड़ा है कि मैं उसे मारने को तैयार हो गया हूँ? एक तो बेचारा अंधा, ऊपर से वह बेसुध सो रहा है। काया इतनी सुंदर है कि देखनेवाला बस देखता ही रह जाए। फिर इसकी आयु ही क्या है? बीस-इक्कीस से ऊपर का तो यह लगता नहीं। ऐसे व्यक्ति को मारने से क्या मेरा पाप कई गुना होकर मुझे नहीं डसेगा?'

किसी के भी प्राणों को हर लेने की कला में सिद्धहस्त त्रैतन आज अचानक दार्शनिक हो उठा और उसका हृदय ममता से भर उठा। उसके हृदय का विचलन तो घर से निकलने के बाद से ही प्रारंभ हो गया था। राजमार्गों पर फैली चाँदनी में नहाता हुआ वह, जब दीर्घतमा के आवास की ओर आ रहा था, तभी से उसका संकल्प उसका साथ छोड़ने लगा था। वह सोचने लगा था, 'मैं भी कैसा अभागा हूँ। सारा प्रतिष्ठान आज मदनमहोत्सव में लीन था, पर मेरे मन में ऐसी निर्ममता छाई थी कि

उत्सव की सारी भंगिमाओं से बेसुध मैं बस एक ही लक्ष्य से बिंधा रहा कि आज अंधे दीर्घतमा को मार ही देना है। नगर और राजप्रासाद का हर प्राणी आज अपने प्रियजन से मिलने को आतुर था, एक मैं हूँ कि जिसके पास जा रहा हूँ, उसके प्राणों को ही उससे छीन लेनेवाला हूँ। हर कोई अपने बच्चों के साथ, अपनी प्रिया के साथ उत्सव के उत्साह में मुदित था, पर एक मैं हूँ कि अपनी पत्नी को अकेला छोड़कर, अपने बच्चों को सोता छोड़कर निकल पड़ा हूँ, एक ऐसे व्यक्ति को मारने, जिसे मैं आज तक भली प्रकार देख भी नहीं पाया हूँ।'

अपने मन में आ बसी पाप-भावना से त्रैतन इतना डर गया था कि धरती पर फैली अनंत चाँदनी भी उसे अपने मन का कलुष धोने में असमर्थ दिख रही थी। इससे पहले कई बार राजपुत्रों को प्रसन्न करने के लिए कई कुकृत्य कर चुका था और किसी भी बार उसके मन पर एक छोटी सी चींटी भी नहीं रेंगी थी। पर आज पाप का बोझ कई तरह के भयानक साँपों का आकार धारण कर बार-बार उसके मन को डसे जा रहा था और वह उसके आगे अपने को नितांत असमर्थ पा रहा था। इन्हीं विचारों और भावों की शृंखलाओं में जकड़े त्रैतन ने एक बार फिर स्वयं को झकझोरा, अपने भीतर के दुर्बल पड़ रहे दुस्साहस को जगाने का अंतिम बलशाली प्रयास किया और निश्चय किया कि पाप और मोह के सहसा आ पड़े बोझ को एक ओर फेंक वह अपना कर्तव्य पूरा कर देगा, जिसके लिए उसे यहाँ भेजा गया था। बस एक झटके में उसने अपनी कटि में बँधी कटार को निकाला और दीर्घतमा के हृदय में भौंक देने के संकल्प से निशाना साधा। पर जैसे ही उसने वार करने के निश्चय से कटार को दोनों हाथों से ऊपर उठाकर तेजी से नीचे की ओर घुमाया कि उसके हाथ काँप गए और वह ठिठककर एक ओर हटकर खड़ा हो गया। थोड़ी देर वहीं खड़े रहकर वह दीर्घतमा को एकटक देखता रहा और फिर घबराहट में वह पसीना-पसीना होकर दीर्घतमा के आवास के दूसरे कक्ष में जा पहुँचा और एक आसंदी पर बैठ गया। उसकी साँस फूल रही थी। दीर्घतमा को मारने के प्रयास में वह विचलित होने की जिस हालत में से गुजरा वैसा अनुभव आज से पहले उसे कभी नहीं हुआ था। उसकी साँस तो फूल ही गई थी, गला भी सूख रहा था। आसंदी की पीठ के सहारे बैठ उसी आसंदी की दोनों भुजाओं पर अपनी कोहनियाँ टिकाए दोनों हाथों से चेहरे को थामे त्रैतन बस शून्य में ही एकटक देखने लग गया।

पाँच-छह क्षण तक वह उसी मुद्रा में बैठा रहा और उसके बाद उसने पक्का संकल्प कर लिया कि वह दीर्घतमा का वध नहीं करेगा।

'तो क्या तीनों राजकुमार और मंत्री विपाक मिलकर मुझे आज्ञापालन न करने का दंड नहीं देंगे? क्या वे दंडस्वरूप मेरा ही वध नहीं करवा देंगे?' त्रैतन अपने-आप से ही प्रश्न करने लगा और फिर स्वयं ही स्वयं को उत्तर भी देने लगा कि ये यदि आज्ञापालन न करने के मेरे इस अपराध के दंडस्वरूप मेरा वध कर दें तो भी उसका स्वागत है। पर दीर्घतमा को मारने का पाप ढोकर मैं नहीं जी सकता। मैं दीर्घतमा का वध नहीं करूँगा।"

त्रैतन पूरी तरह बदल चुका था। एक महाधूर्त और निर्मम व्यक्ति का मानो आज हृदयपरिवर्तन हो चुका था। जब उसने संकल्प कर लिया कि वह दीर्घतमा का वध नहीं करेगा तो उसे उस आवास में और उस आसंदी पर बहुत देर तक बैठना व्यर्थ लगा। वह उठा और दीर्घतमा के आवास से बाहर आकर हरी घास पर बिछी सफेद चाँदनी पर धीरे-धीरे चलने लगा। आज वह किसी अपूर्व प्रसन्नता का अनुभव कर रहा था, एक ऐसा अनुभव जो उसे आज जीवन में पहली बार हो रहा था। उसने तो बस एक काम किया भर नहीं था, जिसे करने का उसे आदेश हुआ था और जिसे पूरा करने के सहज भाव से वह अपने घर से निकला था। पर एक काम ऐसा भी हो सकता है, जिसे न करना दूसरे किए सौ कामों से अधिक बड़ी उपलब्धि का आह्लाद दे सकता है, इस महाभाव से ओत-प्रोत त्रैतन का मानो अपने पर से बस ही समाप्त हो गया। उसने अनुभव किया कि वह आज पुण्य के किसी ऐसे ऊँचे सिंहासन पर जा बैठा है, जिसके सामने वे सभी पाप बहुत बौने हो गए हैं, जो उसने अपने जीवन में कई तरह के दुष्कर्मों के कारण अपने ऊपर ढो लिये हैं। त्रैतन की इच्छा हुई कि उसके इस सिंहासन को पंख लग जाएँ और वह तुरंत अपनी पत्नी और बच्चों के पास पहुँच जाए।

यही सोचता हुआ त्रैतन वापस अपने घर लौट चला।

पर अभी चार कदम ही चला होगा कि वह एक बार फिर ठिठककर खड़ा हो गया। इस बार उसके ठिठकने के कारण दूसरे थे। वह सोचने लगा, 'यदि मैं दीर्घतमा को बिना मारे वापस लौट गया और राजपुत्रों के क्रोध के मारे मेरे प्राण छीन लिये गए तो भी कोई बात नहीं। पर क्या उससे दीर्घतमा बच जाएँगे? आज नहीं तो कल तीनों राजपुत्र और विपाक उसका वध करवा के ही मानेंगे। तो क्या किया जाए? क्या दीर्घतमा की रक्षा का कोई उपाय सोचा जाए?'

यही सोचता हुआ त्रैतन वापस लौट आया। दीर्घतमा को बचाने का उसे एक ही उपाय सूझा कि उन्हें रस्सियों से बाँधकर एक नाव में लिटाकर गंगा में प्रवाहित

कर दिया जाए। उसके बाद दीर्घतमा जहाँ भी पहुँचेंगे, पहुँचेंगे। पर जहाँ भी रहेंगे, जीवित रहेंगे। वह सोचने लगा, 'क्या करना है दीर्घतमा को प्रतिष्ठान का कुलगुरु बना कर? ये राजपुत्र उन्हें कभी कुलगुरु बनने नहीं देंगे। इसलिए यही अच्छा है कि वे प्रतिष्ठान के राजप्रासाद से ही दूर कर दिए जाएँ। जहाँ वे पहुँचेंगे और वहाँ से जब उनका समाचार कभी प्रतिष्ठान के राजप्रासाद तक पहुँचेगा, तब तक स्थितियाँ बदल चुकी होंगी। तब जो होगा सो होगा। दीर्घतमा की जैसी नियति होगी वैसा होता रहेगा।'

अपने इस सरल तर्क से स्वयं ही बहुत प्रभावित हो गया त्रैतन। वह तेजी से दीर्घतमा के आवास की ओर लौटा और उन्हें रस्सी से बाँधने के बारे में सोचने लगा। उसके पास रस्सी थी ही। पहले दीर्घतमा का वध कर उनके मृत शरीर को लकड़ी के एक बड़े फलक से बाँधकर गंगा में बहा देने के लिए वह जो रस्सी लाया था, अब वही रस्सी दीर्घतमा के प्राण बचाने के काम आनेवाली थी। दीर्घतमा को बाँधने में उसने अपने उत्तरीय का भी उपयोग करने का मन बना लिया। बस उसे अब एक ही चिंता सताने लगी। कहीं बाँधने का काम रंचमात्र भी शिथिल हुआ तो दीर्घतमा संघर्ष करने की स्थिति में आ सकते हैं और उस प्रक्रिया में शोर मचने का भय था, जिससे राजप्रासाद के दूसरे आवासों के लोग और प्रहरी उठकर वहाँ आ सकते थे।

उसने अब एक नया संकल्प किया कि वह सारा काम इतनी कुशलता से करेगा कि न तो दीर्घतमा इधर-उधर हिल-डुल सकें और न ही वे अपने मुँह से कोई ध्वनि निकाल सकें। और उसने अपना काम पूरी कुशलता से संपन्न भी कर लिया। पहले अपनी कटार से उसने रस्सी के चार छोटे और एक बड़ा हिस्सा बनाया। चार छोटे हिस्सों से उसने दीर्घतमा के तल्प पर बिछी धवल आस्तरिणका के चारों पल्लुओं को एक-एक कर कसकर बाँध लिया। फिर उन चारों को रस्सी के पाँचवें और बड़े हिस्से से इस तरह से गूँथ दिया कि लंबी रस्सी खींचते ही आस्तरिणका एक ऐसी गठरी बन जाए कि दीर्घतमा के शरीर का एक भी अंग, न हाथ और न पाँव ही, कोई क्रिया-प्रतिक्रिया कर सकें। उसकी कुशलता की चरम सीमा यही थी कि उस लंबी रस्सी को खींचने और अपने उत्तरीय से दीर्घतमा का मुँह बाँधने का काम त्रैतन ने एक ही क्षण में एक साथ इतनी तेज़ी से किया कि न तो दीर्घतमा कोई चेष्टा ही कर पाए और न ही अपने मुँह से कोई ध्वनि तक कर पाए।

इसके बाद त्रैतन का बहुत थोड़ा काम शेष बचा था। उसने गठरी में बँधे

दीर्घतमा को पूरी रस्सी से कसकर बाँध लिया और उन्हें कंधों पर उठाकर वह गंगा की ओर चल पड़ा। राजप्रासाद के सारे प्रहरी शरदपूर्णिमा के उन्माद में सोए थे। किसी ने त्रैतन की पदचाप तक नहीं सुनी और त्रैतन को राजप्रासाद पार कर उसके मुख्यद्वार से बाहर निकलने में कोई कठिनाई नहीं आई। दीर्घतमा पर्याप्त बलिष्ठ थे। इसलिए थोड़ी दूर चलने के बाद ही त्रैतन को थकान अनुभव हुई। अपनी श्रांति दूर करने के लिए त्रैतन ने कुछ क्षणों के लिए दीर्घतमा को भूमि पर रख दिया। उसे इस बात का कोई संताप नहीं था कि देश की इतनी बड़ी विचार-निधि के साथ वह कैसी अभद्र चेष्टाएँ कर रहा था। पर उसे इस बात का संतोष अवश्य था कि उसने दीर्घतमा को राजपुत्रों की रक्त-पिपासा से बचा लिया है। थोड़ा हलका अनुभव करने के बाद त्रैतन ने फिर से दीर्घतमा को कंधों पर ढो लिया और चूँकि गंगा का किनारा राजप्रासाद के निकट ही था, वह कुछ ही क्षणों में गंगातट पर आ पहुँचा।

दीर्घतमा को कंधों पर ढोए ही त्रैतन ने तट पर खड़ी नौकाओं का निरीक्षण किया। एक नौका उसे अधिक लंबी और चौड़ी लगी। उसी में दीर्घतमा को रखकर नौका को बहा देना ठीक रहेगा, यह सोचकर उसने उन्हें उसी नौका में उसी बँधी हुई अवस्था में ही लिटा दिया और स्वयं पानी में खड़े-खड़े ही उस नाव के एक किनारे नाव ठेलने की मुद्रा में आ गया। उसकी योजना यह थी कि नाव को गंगाप्रवाह के ठीक मध्य में लाकर फिर उसे उस पूर्व दिशा की ओर प्रवाहित कर दिया जाए, जिस ओर गंगा बहती जा रही थी। तभी उसे लगा कि दीर्घतमा जग चुके थे, चूँकि उनका मुँह त्रैतन के उत्तरीय से बँधा था, इसलिए वे कुछ भी बोलने में असमर्थ थे। नाव चलाकर त्रैतन ने जैसे ही दीर्घतमा के मुँह पर बँधा उत्तरीय हटाया तो दीर्घतमा का पहला ही प्रश्न था, "कौन हो तुम ? यहाँ मुझे कहाँ ले जा रहे हो ?"

"क्षमा करें आर्य," त्रैतन ने विनम्र वाणी में कहा, "मैं आपको नाव में लिटाकर गंगा में प्रवाहित कर देना चाहता हूँ, ताकि आप प्रतिष्ठान से बहुत दूर चले जाएँ।"

"पर तुम हो कौन ? क्यों मुझे प्रतिष्ठान से दूर बहा देना चाहते हो ?" दीर्घतमा भला उसे कहाँ से देख पाते।

"मेरा नाम त्रैतन है आर्य। मैं महाराज भरत के तीनों पुत्रों का सेवक हूँ। मेरे पास आपसे बातें करने का समय नहीं है। संक्षेप में इतना जान लीजिए कि भरत महाराज के पुत्रों ने मुझे आपका वध करने के लिए आपके पास भेजा था। पर आपके पास पहुँच जाने के बाद मेरा मन नहीं माना और आपका वध करने

की अपेक्षा मैंने आपको गंगा में प्रवाहित कर देने का निर्णय किया। आपको बाँधा इसलिए ताकि आप अपनी चेष्टाओं से या वाणी से मेरा प्रतिरोध न कर सकें।"

"तुमने राजपुत्रों की आज्ञा का पालन नहीं किया तो क्या वे तुम्हें इसका दंड नहीं देंगे?" सरल हृदय दीर्घतमा को अपने वध का कारण जानने के बजाय त्रैतन के भविष्य की अधिक चिंता होने लगी।

अब तक नाव गंगाप्रवाह के मध्य में आ चुकी थी। त्रैतन ने नाव को रोका और पानी में खड़े-खड़े ही दीर्घतमा के चरणों को प्रणाम कर कहने लगा, "आप धन्य हैं आर्य। आपको अपने नहीं मेरे भविष्य की चिंता है। आर्य मैं अब प्रतिष्ठान तो लौट नहीं सकता। मैं तो बस वन की ओर भाग निकलूँगा और जब किसी दूसरे प्रदेश में अपना आवास ठीक कर लूँगा तो अपनी पत्नी और बच्चों को भी चुपचाप प्रतिष्ठान से निकलवा लूँगा।"

इतना कहकर त्रैतन नाव के उस पश्चिमी छोर पर आ पहुँचा, जिस ओर दीर्घतमा का सिर था। नाव को पूर्व की ओर पूरी शक्ति से धकेलते हुए त्रैतन जोर से बोला, "आर्य, हो सके तो मुझ पर भी एक मंत्र रचना कर दीजिएगा। जाइए आर्य, ईश्वर आपकी रक्षा करे और आपको किसी भद्र व्यक्ति के हाथों में सौंपे।"

बह चले दीर्घतमा गंगाप्रवाह में पूर्व की ओर। वे रस्सी से क्या बँधे थे, मानो अपनी नियति से बँधे थे और अपनी इच्छा से कुछ भी कर सकने में असमर्थ थे। उन्होंने चुपचाप स्वयं को नियति के उस प्रवाह को सौंप दिया और स्मृतियों में खो गए। वे नहीं जानते थे कि किस क्षण क्या होनेवाला है।

24

दीर्घतमा ने कभी नहीं सोचा था कि उनके जीवन में इस तरह की स्थिति भी आ सकती है कि वे आपादमस्तक रस्सी से बँधे हैं, एक आस्तरणिका में इस तरह गठरी बना दिए गए हैं कि कोई चेष्टा नहीं कर सकते, बस एक नाव पर पड़े हैं और नाव है कि उन्हें कहीं बहाए ले जा रही है। सोचने लगे, 'कितना विवश हो जाता है मनुष्य। ऊपर से उसकी विवशता को बढ़ा देने में उसके आसपास के लोग ही सहायता कर देते हैं। मैं अंधा हूँ, यह तो एक विवशता प्रकृति की ओर से ही मिली है। पर ऐसा आज पहली बार हुआ है कि मेरी विवशता का इतनी निर्ममता से दोहन

कर मुझे और अधिक विवश बना दिया गया है। अन्यथा आज तक तो हर दूसरे व्यक्ति ने मेरी सहायता ही की है। आज मैं ऐसा विवश हूँ कि जिस नाव को अपनी मनमर्जी से चलाकर मनुष्य नदी पार कर जाते हैं, आज मैं उसी नाव के बस में हूँ और नाव है कि मुझे अपनी मनमर्जी से बहाए चली जा रही है। पता नहीं कहाँ।'

अपनी इस कल्पना पर दीर्घतमा को थोड़ी हँसी आ गई। वे बँधे पड़े थे और अपनी विषम स्थिति और उससे भी विषम कल्पना पर मंदस्मित कर रहे थे। स्मित और आनंद की इस हलकी सी थपकी से मानो पुलकित होकर और भी अधिक विषम कल्पना करने का उनका मन करने लगा। वे इसके अतिरिक्त और कर भी क्या सकते थे? 'आज क्या ही अद्भुत संयोग बना है' मंद-मंद मुसकराते हुए दीर्घतमा अपने से ही बात रहे थे, 'मैं भी अंधा और यह नाव भी अंधी। एक अंधा दूसरे अंधे को भला क्या मार्ग दिखा पाएगा? तो यह नाव मुझे भला क्या मार्ग दिखा पाएगी? जब नाव को ही नहीं पता कि उसे जाना कहाँ है तो वह मुझे भला कहाँ ले जा पाएगी? पर एक अंधे की तुलना में इस नाव को एक सुविधा अवश्य है। अंधे को अपने हाथ शून्य आकाश में हिला-हिलाकर अपने पैरों को अपरिचित भूमि पर सँभलकर धीरे-धीरे रखते हुए अपना मार्ग खोजना पड़ता है, और उसे सदा भय सताए रहता है कि पता नहीं कब उसका पैर किसी शिला से टकरा जाए या उसका पूरा-का-पूरा शरीर ही न जाने कब किसी गर्त में जा गिरे, जहाँ से उसे बाहर उठानेवाला कोई न हो। पर यह नाव कितनी सौभाग्यशाली है। उसे अपना मार्ग नहीं बनाना। जल के प्रवाह ने उसका मार्ग बना रखा है और उसे तो बस उस पर निरंतर निर्बाध बहते चले जाना है।'

अचानक नाव किसी पदार्थ से जा टकराई। दीर्घतमा थोड़ा घबरा गए, पर वे निश्चित कर पाने की स्थिति में थे ही नहीं कि नाव टकराई किससे? किनारे से टकराई या किनारे के किसी पेड़ की पानी में गिरी पड़ी टहनी आदि से टकराई? पर थोड़ी देर इधर-उधर हिचकोले खाने के बाद नाव फिर से सीधी बहने लगी और दीर्घतमा ने अनुभव किया कि वह अपने प्रवाह पर फिर से आ गई है। दीर्घतमा बहुत ही विचलित हो गए। आसपास कुछ हुआ, किंतु वे निश्चय ही नहीं कर पाए कि हुआ क्या। सोचने लगे, इतना अधिक विवशता से भरा जीवन जीने से क्या लाभ? क्या उद्देश्य हो सकता है मेरे जीवन का? माँ ने कहा था, कर्म करते रहना बस। पर ऐसी बँधी काया के साथ अंधी नाव से ठेला जाता हुआ मैं, जन्म से अंधा दीर्घतमा भला कर्म भी करूँ तो कौन सा? मैं तो यह भी नहीं जानता कि इस समय आकाश में

तारे हैं या कि बादलों ने तारों को अपनी काया से वैसे ही छिपा दिया है, जैसे अंधेपन के बादल ने मेरे नेत्रों की ज्योति के आगे आवरण डाल रखा है ?'

इन्हीं निराश भावनाओं की लहरों पर सवार दीर्घतमा का मन उदास हो गया। उदासी में उन्हें पिछले इतिहास की घटनाएँ एक-एक कर याद आने लगीं। 'सुनंदा ? क्या कर रही होंगी वे ? जब उन्हें पता चलेगा कि मैं अपने वासकक्ष में नहीं हूँ तो पूरे राजप्रासाद में वे मुझे खोजेंगी और जब मैं कहीं नहीं मिलूँगा, पूरे प्रतिष्ठान तक में मेरा कोई चिह्न नहीं होगा तो क्या बीतेगी उन पर ? वे तो रो पड़ेंगी। विलाप कर उठेंगी वे। सीमंतिनी ? जितना अन्याय मैंने उससे किया है, उतना मेरे हाथों और किसी से भी वैसा अन्याय नहीं हुआ। प्रद्वेषी के इस जगत् से चले जाने के बाद मैं अकेला रह गया था और सीमंतिनी ने ही मुझे आश्रय दिया था, मेरे हृदय को मेरी अनाथ भावनाओं को उसी ने थामा था। ऐसी अद्भुत प्रणयिनी के विवाह-प्रस्ताव को मैंने इतनी निष्ठुरता से क्यों ठुकरा दिया ? पर कितनी विराट् हृदया है सीमंतिनी कि उसके प्रणयी हृदय ने मुझसे संताप या क्रोध का एक शब्द भी नहीं कहा और न ही उसके व्यवहार में रंचमात्र भी परिवर्तन हुआ। मेरा ध्यान वह उसी तरह रखती रही जैसे विवाह प्रस्ताव रखने से पहले वह करती रही थी। और प्रद्वेषी ?'

बस प्रद्वेषी को याद करते ही दीर्घतमा बेचैन हो गए। उनकी आँखों में आँसू आ गए। पर अपने ही आँसू पोंछ लेने की क्षमता उनमें उस समय नहीं थी। 'प्रद्वेषी' दीर्घतमा बोलने लग गए अपने-आप से ही, 'तुम होतीं तो आँसू पोंछ लेतीं। किंतु प्रद्वेषी तुम होतीं तो आँसू आते ही क्यों ? मेरी माँ जब मुझे रोता छोड़ गई थी तो तुम्हीं ने मेरे आँसू पोंछे थे। पर जब तुम्हीं छोड़ गई तो फिर कौन है आँसू पोंछनेवाला ? तुम मेरे साथ इतना अधिक एकाकार हो गई थीं कि तुम्हें कहीं से पूर्वाभास हो गया था कि मुझ पर संकटों की शृंखला का प्रहार होनेवाला है, जिसे देख पाना तुम्हारे लिए संभव नहीं था और तुम मुझे सदा-सदा के लिए छोड़कर चली गईं।'

दीर्घतमा चुप हो गए। प्रद्वेषी की याद में खो गए। उसी अवस्था में उन्हें एक समान इतिहास याद आने लगा, जिसके बारे में आर्य संवर्त से उन्होंने अपने छात्रकाल में कई बार सुन रखा था। इतिहास मनु का था। जब देश के उत्तरी भाग में अचानक जलौघ आया था और एक मनु को छोड़कर आसपास का सारा प्राणीजगत् और वनस्पतिजगत् पानी में डूब गया था तो मनु एक नाव पर बैठे उस विराट् जलराशि को पार करने के प्रयास में थे। दीर्घतमा सोचने लगे, 'मनु भी नाव पर थे और मैं भी नाव पर हूँ। वे भी नहीं जानते थे कि उनकी नाव बहकर कहाँ जाएगी

और मैं भी नहीं जानता कि मेरी नाव अंततः कहाँ जाएगी। मार्ग में ही कहीं तट से जा टकराएगी या किसी गंगासागर की मिलन स्थली में उलटकर डूब जाएगी और मुझे भी सदा-सदा के लिए जल के अथाह सागर में विलीन कर देगी। पर दो अंतर अवश्य हैं। कहते हैं मनु की नाव को एक ऐसी मछली खींच रही थी, जो मनुष्य की भाषा में बोल रही थी, जबकि मुझे तो यह अंधी नाव ही अज्ञात दिशा की ओर खींचे लिये जा रही है। दूसरा अंतर यह है कि मनु दृष्टिवान थे और मैं दृष्टिहीन हूँ।'

पर स्वयं को मनु के समकक्ष मानकर दीर्घतमा को एक विलक्षण गर्व की अनुभूति हुई। फिर वे मनुकथा के शेष अंश को याद करने लगे। कैसे जलौघ उतर जाने के बाद मनु ने विवाह किया, उन्हें अपनी पत्नी श्रद्धा से संतान की प्राप्ति हुई। और अपने पुत्र के साथ मिलकर उन्होंने फिर से अपने राज्य की स्थापना की। बस मनुकथा के इस अंश को याद कर दीर्घतमा आह्लाद से भर गए और रोमांचित हो उठे। 'जब जलौध के बाद मनु फिर से अपने जीवन को नए और अद्‍भुत आयाम दे सकते हैं तो मैं वैसा क्यों नहीं कर सकता ? मैं अंधा हूँ तो क्या हुआ ? क्या अंधे लोग अपने जीवन में श्रेष्ठ और अद्‍भुत उपलब्धियाँ प्राप्त नहीं कर सकते ? क्या उनका जीवन केवल निराशा और विलाप के लिए बना है ? नहीं, ऐसा नहीं हो सकता और मुझे अब निराशा और विलाप के दुश्चक्र को भेदकर जीवन को नए सिरे से बनाना है, उसे नए तरह से सँवारना है और उसे सार्थक और सोद्‍देश्य बना देना है।'

भावनाओं के उस नए विचार के परम उत्साह में दीर्घतमा ने एक झटके से उठने का प्रयास किया तो उन्हें हँसी आई कि वे भूल कैसे गए कि वे बँधे पड़े हैं। बस वे वैसे ही उस नाव में पड़े रहे, किंतु उसके बावजूद उनके इस नए उत्साह में कोई कमी नहीं आई। इसके विपरीत रस्सियों का जो बंधन अब तक उनके मन में निराशा और विषाद उत्पन्न कर रहा था, उसी बंधन को अब वे चुनौती मानने लगे थे। एक ऐसी चुनौती कि जिससे छुटकारा मिलते ही वे नया जीवन प्रारंभ करने का संकल्प सँजोने लगे।

दीर्घतमा मूलतः एक भावुक व्यक्ति थे। जब भी वे भावनाओं के प्रवाह में बहने लगते तो विचारों और भावों को अतिरेक की सीमाओं तक ले जाने में उन्हें देर नहीं लगती थी। उनके जीवन में निराशा, विषाद और विलाप भी इसी अतिरेक में से उत्पन्न होते थे तो अद्‍भुत काव्य की सृष्टि, नई-नई अवधारणाओं से भरी अद्‍भुत काव्यसृष्टि भी इसी अतिरेक के गर्भ में से जन्म लेती थी। आज उत्साह और रचना के जिस भाव से वे ओत-प्रोत हो रहे थे, वैसा उनके जीवन में लंबे समय बाद हुआ

था। प्रद्वेषी की मृत्यु के बाद तो आज पहली बार ऐसा हुआ था कि वे एक रचनात्मक उत्साह में थे और आशा और उल्लास उन पर छाया हुआ था। ऐसा सभंवत: इसलिए हो पाया था, क्योंकि आज पहली बार वे ऐसी स्थिति में डाल दिए गए थे, जहाँ उन्हें पता नहीं था कि वे वर्तमान में कहाँ हैं, वे जानते नहीं थे कि भविष्य में वे कहाँ जानेवाले हूँ, वे जीवित भी रहेंगे या नहीं, जीवित रहे तो किस देश में होंगे, कौन होंगे उनके आसपास और क्या बीतेगी उन पर। इस सबसे बढ़कर वे इतना अधिक निश्चेष्ट बना दिए गए थे कि अंधकार से भरे गतिशून्य वर्तमान और अनिश्चय से भरे अनजाने भविष्य की विवशता से भरी मूक साक्षी बनने का कोई विकल्प उनके पास नहीं था। इस त्रासद अकेलेपन में विषाद के महासागर में डूब भी सकते थे और उल्लास के शिखर पर चढ़ भी सकते थे। यह संयोग ही था कि मनु और जलौघ की कथा ने उनके मन में विषाद की अपेक्षा उल्लास और निराशा के बजाय सृजन की भावनाओं को भर दिया। नियति ने उनके लिए क्या लिख रखा है, इससे निपट अनजान दीर्घतमा ने अपने भावी जीवन का ताना-बाना बुनना प्रारंभ कर दिया था।

'क्या मुझे अब विवाह नहीं कर लेना चाहिए? प्रकृति माँ मुझ पर कितनी कृपालु अब तक रही हैं। मेरी माँ की ममता को मुझसे असमय छीनकर प्रकृति ने जो अभाव मेरे जीवन में उत्पन्न कर दिया था, क्या उसकी भरपूर भरपाई भी उसने नहीं कर दी है? क्या कोई दूसरा व्यक्ति ऐसा है, जिसे जीवन में इतना अधिक निश्छल स्नेह मिला हो। इतना अधिक? प्रद्वेषी, सीमंतिनी और सुनंदा सभी ने कितना स्नेह मुझसे किया है। सभी ने मुझ पर ममता और प्रणय की कैसी विलक्षण वृष्टि की है? यह वृष्टि नहीं हुई होती तो क्या मैं आज तक जीवित रह पाता? प्रद्वेषी को तो विधाता ने ठीक तभी मुझसे छीन लिया, जब उसके ममता से भरे हृदय में प्रणय ने अपनी पदचाप सुनानी प्रारंभ की थी। आर्या सुनंदा के स्नेह को ममता और प्रणय में से किस कोटि में रखा जाए, इसका निर्णय न सुनंदा कर पाईं और न ही मैं कर पा रहा हूँ। पर प्रभो, सीमंतिनी के विवाह प्रस्ताव को ठुकराकर मैंने जो अपराध उस सरलहृदया प्रणयिनी से किया है, उसके लिए मैं सचमुच दंड का पात्र हूँ। यदि कहीं सीमंतिनी मुझे फिर से मिल जाए तो मैं स्वयं ही उससे विवाह प्रस्ताव रख दूँगा। और अपने पिछले अपराध के लिए उससे करबद्ध क्षमा माँग लूँगा। प्रभो, मैं अब इस जीवन को विषाद और विलाप नहीं, सृजन और प्रसाद से भर देना चाहता हूँ। मेरी एक पत्नी हो, संतति हो, परिवार हो, मेरा एक विद्याकुल हो, वहाँ छात्र-छात्राएँ हों, जिन्हें मैं नित्य शिक्षा प्रदान करूँ। हे प्रभो क्या होगा ऐसा? नहीं चाहिए मुझे अब राजप्रासाद।

मुझे मेरा प्रणय लौटा दो प्रभो, जिसमें से मैं अपने लिए नए जीवन की सृष्टि कर देना चाहता हूँ।'कहाँ हो त्रैतन' अचानक दीर्घतमा परम भावावेश में आ गए, 'तुम कह रहे थे न कि मैं तुम पर मंत्ररचना करूँ। तुम तो मेरा सिर काटने आए थे त्रैतन, पर मुझे बचाकर अपने ही जीवन को तुमने संकट में डाल दिया—

शिरो यदस्य त्रैतनो वितक्षत्
स्वयं दास उरी अंसावधिग्ध।

'लो रच दिया मैंने तुम पर मंत्र। पर कहाँ है प्रद्वेषी, कहाँ है सीमंतिनी, कहाँ है सुनंदा जो इसे लिख सकें? हे ब्रह्मदेव तुम्हीं मेरी सहायता करो। मुझे नए जीवन की ओर तुम ही ले जाओ। यह नाव तो अंधी है, जो पानी पर बही जा रही है, तुम ही उसके सारथि बन जाओ—

अपामर्थं यतीनां
ब्रह्मा भवति सारथिः।'

भावों के इतने विराद आवेश में गोता लगाकर दीर्घतमा थक गए और निढाल हो गए। कब उस बहती नाव में ही उन पर निद्रा हावी हो गई उन्हें पता ही नहीं चला। वे लगभग मूर्च्छित हो गए।

पर जब उनकी नींद टूटी तो उन्होंने अनुभव किया कि आसपास कुछ कोलाहल जैसा हो रहा है। उन्हें अपना शरीर भी अब बँधा नहीं लग रहा था, क्योंकि जिस तल्प पर वे अपने को पड़ा हुआ अनुभव कर रहे थे, उसके कोमल बिछौने को वे स्पर्श कर पा रहे थे और अपने हाथों-पैरों को जैसे चाहें गति दे पा रहे थे। वे थोड़ी देर उसी स्थिति में चुपचाप लेटे रहे। धीरे-धीरे कोलाहल कम होते-होते समाप्तप्राय हो गया। वे थोड़ा सतर्क हो गए तो उन्हें आभास हुआ कि कोई उनकी ओर धीरे-धीरे चला आ रहा है। पदचाप की स्वल्प ध्वनियों का आभास भी उन्हें अच्छी तरह हो जाया करता था। उन्होंने जानबूझकर स्वयं को थोड़ा हिलाया, ताकि उनकी ओर आ रहा व्यक्ति जान जाए कि वे जग गए हैं और उनसे संवाद कर सके।

"आर्य" यह एक नारी स्वर था, अत्यंत मधुर और स्नेह से भरा हुआ।

दीर्घतमा चुप रह गए। उन्होंने कोई उत्तर नहीं दिया। सहसा वे अपनी पहचान को लेकर सतर्क हो गए। वे निश्चय नहीं कर पा रहे थे कि वे एक अपरिचित व्यक्ति को अपने बारे में सबकुछ बता दें। यह नारी स्वर चूँकि उनके लिए नितांत नया और अपरिचित था, इसलिए वे नहीं चाहते थे कि सभी परिस्थितियों और वहाँ के व्यक्तियों को समझे बिना वे अपने बारे में सभी कुछ बता दें। त्रैतन की चेतावनी

उन्हें याद थी कि प्रतिष्ठान के तीनों राजकुमार उनका वध कर देना चाहते थे, जबकि अपनी विलक्षण नौकायात्रा के दौरान वे अपने नए जीवन के बारे में संकल्प कर चुके थे। इसलिए वे कुछ भी ऐसा करना और बोलना नहीं चाहते थे, जिससे उन्हें किसी कठिनाई में फँस जाना पड़े और वे उससे उबर ही न सकें।

"आर्य, क्या आप जग गए? आप स्वस्थ तो हैं?" दो-एक क्षण बाद फिर से उन्हें वही नारी स्वर सुनने को मिला।

"आप कौन हैं? मैं कहाँ हूँ? मैं तो नाव में था, अब कहाँ हूँ?" दीर्घतमा के प्रश्न स्वाभाविक थे।

"आर्य मैं औशीनरी हूँ।"

"कौन औशीनरी?"

"औशीनरी उशिज की कन्या औशिजा। आर्य मैं अंग देश के महाराज बलि की पट्टमहिषी आर्या सुदेष्णा की परिचारिका हूँ, उनकी श्रृंगार प्रसाधिका।"

सुनकर दीर्घतमा संतप्त हो गए। ये सोचकर कि वे फिर से किसी राजप्रासाद में आ गए हैं, वे उदास हो गए। उसी उदासी के स्वर में उन्होंने पूछा, "आर्या औशीनरी, क्या मैं इस समय राजप्रासाद में हूँ?"

"नहीं आर्य, आप राजप्रासाद में नहीं मेरे एक छोटे से आवास में हैं, जो गंगा नदी के किनारे एक गाँव में बना है। क्या आप राजकुमार हैं? क्या आप राजप्रासाद चलना चाहेंगे?" औशीनरी के बोलने में कुछ ऐसा प्रभाव था कि दीर्घतमा को उस पर विश्वास सा होने लगा। औशीनरी को अभी तक भी आभास नहीं हुआ था कि दीर्घतमा दृष्टिहीन हैं। उसके सरल प्रश्नों का तत्काल उत्तर देने की इच्छा से दीर्घतमा बोले, "नहीं आर्या, मैंने तो ऐसा नहीं कहा। आपने कहा कि आप राजप्रासाद में पट्टमहिषी की परिचारिका हैं, उससे ही मैं ऐसा अनुमान लगाने को बाध्य हुआ हूँ। आर्या, बातचीत से आप मृदुभाषी और सुशिक्षिता प्रतीत हो रही हैं। आपसे आलाप कर मन को सुख और शांति मिल रही है। मेरे बारे में आप अधिक जानना चाहती हैं यह स्वाभाविक ही है। पर जहाँ मैं सहसा पहुँचा दिया गया हूँ और जिन अपरिचित लोगों के बीच मैं आ गया हूँ यदि पहले उस बारे में कुछ आप बता सकें तो क्या उचित नहीं रहेगा?"

"आपका कथन ठीक ही है आर्य, सुनिए।" अभी औशीनरी ने इतना ही कहा था कि दीर्घतमा की देखने की शैली से उसे कुछ आभास होने लगा कि वे दृष्टिहीन हैं। उसने साहस करके बड़े ही क्षमाप्रार्थी स्वर में जैसे ही जानना चाहा तो उसके

पूछने की शैली से ही प्रश्न में छिपी जिज्ञासा को भाँपकर दीर्घतमा बोले, "आर्या, आप व्यथित न हों। मैं दृष्टिहीन हूँ और प्रकृति की कुछ ऐसी इच्छा रही कि मैं जन्म से ही ऐसा हूँ।"

सुनकर औशीनरी चकित रह गई। इतना भव्य शरीर, इतनी सुंदर आकृति, ऐसी युवावस्था और दृष्टि का अभाव? उसकी आँखें डबडबा आईं और गला रुँध गया। जैसे ही वह फिर से बोलना प्रारंभ हुई तो उसकी भर्राई आवाज ने उसकी व्यथा को प्रारंभ में ही व्यक्त कर दिया और उसकी बात को काटते हुए दीर्घतमा बोले।

"आर्या औशीनरी, क्या जीवन के प्रत्येक आयाम को, फिर वह आह्लादकारी हो या दु:खद, बहुत ही स्वाभाविक मानकर स्वीकार नहीं कर लेना चाहिए? जो अपरिहार्य है उसे अपरिहार्य मानने में शांति है, किंतु उसे स्वाभाविक मान लेने में शांति के साथ-साथ क्या सुख भी नहीं मिलने लगता?"

"आर्य, अभी आपसे पूरा परिचय तो नहीं हुआ, मैं तो आपका नाम तक अभी नहीं जानती, किंतु आपकी बातें किसी साधारण पुरुष की बातें नहीं हैं।" औशीनरी के हृदय में दीर्घतमा के लिए सहानुभूति का उत्कट भाव उत्पन्न हो चुका था। उसी भाव के गीलेपन में अपनी वाणी को भिगोकर वह कह रही थी, "आर्य आज प्रात: जब मैं गंगा स्नान करने गई तो तट पर आ टिकी एक नौका में आप सोए हुए थे। आप रस्सियों से बँधे हुए थे और लगभग मूर्च्छावस्था में थे। मैंने अपने गाँव के कुछ पुरुषों को बुलाया और वे सभी आपको उठाकर वहाँ ले आए, जहाँ आप अभी विश्राम कर रहे हैं।"

सहसा दीर्घतमा को लगा कि एक अपरिचित स्त्री के सामने इस तरह लेटे रहना अभद्रता है। वे हड़बड़ाकर उठे और उसी तल्प पर पालथी की मुद्रा में बैठ गए। उधर औशीनरी का बोलना चल रहा था, "प्रात: से दो घंटे अब तक हो चुके हैं और आपकी नींद या मूर्च्छा बस अभी टूटी है। आपके जगने से थोड़ा ही पहले मेरे गाँव के बाकी लोग यहाँ से अपने-अपने घरों को लौटे हैं। मध्याह्न के भोजन के बाद वे सभी फिर आपके बोर में पता करने आएँगे। मैंने अपना परिचय तो आपको दे ही दिया है। मैं राजप्रासाद में परिचारिका तो हूँ, पर यहीं इस गाँव के अपने आवास में ही रहती हूँ। मैंने अपने पिता से शास्त्रों का पर्याप्त अध्ययन किया था। मेरे पिताश्री अब जीवित नहीं हैं। तीन वर्ष पूर्व उनका देहावसान हो गया था, तब मैं पंद्रह वर्ष की किशोरी थी। तब से मैं इस आवास में अकेली ही रहती हूँ। इस गाँव के ग्रामणी मेरे संरक्षक हैं और पूर्ण स्वस्थ हो जाने के बाद आपके विषय में ग्रामणी ही निश्चय

करेंगे कि आप कहाँ रहेंगे। तब तक आप मेरे अतिथि हैं।"

कहकर औशीनरी चुप हो गई और एकटक दीर्घतमा की ओर देखने लगी कि वे क्या अपने बारे में बताते हैं। पर दीर्घतमा चुप बैठे थे। औशीनरी एक भद्र स्त्री है जिस पर विश्वास किया जा सकता है, ऐसा मन–ही–मन अनुभव करने के बाद भी दीर्घतमा अभी दुविधा में थे कि वे अपने विषय में क्या और कितनी जानकारी अभी दें। वे नहीं चाहते थे कि उनके बारे में तत्काल कोई समाचार वैशाली, प्रतिष्ठान अथवा उनके अपने आश्रम में पहुँचे। जिस नए जीवन को प्रारंभ करने का संकल्प कर उन्होंने ब्रह्मदेव का आह्वान किया था, उस नए जीवन को एक उचित आकार देकर ही वे अपने परिचित स्थानों को अपने विषय में जानने देना चाहते थे। इसलिए जब उन्होंने अपना परिचय देना प्रारंभ किया तो अत्यंत सतर्क होकर ही वैसा किया। पर जैसे ही वे बोलना प्रारंभ हुए औशीनरी को रोमांच हो आया और अठारह वर्षीय वह युवती मुग्ध भाव से एकटक होकर दीर्घतमा की दृष्टिहीन, किंतु अत्यंत सुंदर आँखों को देखते हुए उन्हीं में खो गई।

25

दीर्घतमा को औशीनरी के घर में रहते हुए आज चार दिन हो गए थे। वे अब पूर्णरूप से स्वस्थ थे। रोग तो उन्हें वैसे भी कोई था नहीं। त्रैतन के निर्मम हाथों से बाँध दिया जाना और वह भी रस्सियों से कसकर बाँध दिया जाना, उनके जीवन का एक ऐसा अनुभव था, जो उनके शरीर को थोड़ा असहज कर गया था। उस बँधी अवस्था में ही पानी में बहती नाव में अनिश्चय की काली छाया में कुछ समय रहने से शरीर की असहजता और बढ़ गई थी। चार दिनों में ही वे पूरी तरह सहज हो चुके थे। उधर औशीनरी ने जिस तल्लीनता से दीर्घतमा की परिचर्या इन चार दिनों में की थी, इससे उनका मन बहुत ही संतुष्ट था। अपनी अद्‌भुत नौकायात्रा के दौरान वे जिस नए जीवन को प्रारंभ करने का संकल्प ले चुके थे, उस संकल्प की पूर्ति में औशीनरी का सहभाग उन्हें बहुत ही महत्त्वपूर्ण प्रतीत होने लगा था। इन चार दिनों में ही औशीनरी उनके प्रति अत्यधिक आकृष्ट हो चुकी थी और उनके मन में भी औशीनरी के प्रति उत्कृष्ट आदर का भाव उत्पन्न हो चुका था। अभी तक उन्होंने औशीनरी को न तो अपना नाम बताया था और न ही अपने जीवन को

लेकर कोई विस्तृत जानकारी दी थी। बस इतना ही कहा था कि वे जन्मांध हैं और उनके माता-पिता नहीं हैं, किन्हीं दुष्ट षड्यंत्रकारियों की दुरभिसंधि के कारण वे रस्सियों से बाँधकर एक नाव पर रखकर नदी में प्रवाहित कर दिए गए। और अब वे एक नया जीवन प्रारंभ करना चाहते हैं। आज ग्राम के प्रधान ग्रामणी औशीनरी के घर आकर दीर्घतमा के इस गाँव में रहने, कहाँ और कैसे रहने के विषय में अंतिम निर्णय करनेवाले थे, जिसकी घोषणा फिर उन्हीं ग्रामणी को सायंकाल के भोजन के बाद इकट्ठा होनेवाली ग्रामसभा में करनी थी। दीर्घतमा को लगा कि यह एक उचित अवसर होगा, जब ग्रामणी और औशीनरी को विश्वास में लेकर अपने भूतकाल और भविष्य की योजनाओं के विषय में सबकुछ बता दिया जाए। वे आज उत्साह में थे, क्योंकि यदि ग्रामणी के साथ उनका सार्थक संवाद हो गया तो वे इसी ग्राम में अपना एक विद्याकुल प्रारंभ करने का मन बना चुके थे। ग्रामणी आते होंगे उनकी उत्कंठा भरी प्रतीक्षा में लगे दीर्घतमा सोच रहे थे।

'क्या विश्वामित्र की अदम्य संकल्पशक्ति से मुझे प्रेरणा नहीं लेनी चाहिए? वे ब्राह्मण बनने को कितने उत्सुक थे और वसिष्ठ ने उनके मार्ग में बाधाओं के न जाने कितने ही कंटक बिछा दिए थे। पर विश्वामित्र ने कहाँ कभी पराजय स्वीकार की? सागरानूप में जाकर उन्होंने कई वर्ष तप किया और तप करके जब वे अपने मित्र सत्यव्रत त्रिशंकु की राजसभा में अयोध्या आए तो अयोध्या के कुलगुरु होने का इतना अहंकार वसिष्ठ को था कि उन्होंने विश्वामित्र को ब्राह्मण मानना तो दूर उनका उचित सत्कार तक नहीं किया। इससे बड़ा अपमान क्या किसी का हो सकता है कि भरी राजसभा में उसका वह सत्कार न किया जाए, जिसके वह योग्य हो चुका हो?'

विश्वामित्र के इस अपमान से तुलना करने पर दीर्घतमा को प्रतिष्ठान के राजकुमारों के हाथों हुआ अपना अपमान तिनका समान भी नहीं प्रतीत हुआ, क्योंकि उनका अपमान तो अर्धरात्रि की नीरवता और अंधकार में हुआ था, जबकि विश्वामित्र का अपमान भरी राजसभा में हुआ था। वे स्वयं को ही संबोधित कर कहने लगे, 'अरे ओ दीर्घतमा, विश्वामित्र तो एक सम्राट् थे, जिन्होंने सर्वस्व त्याग कर तप किया था। तुम तो एक सामान्य मंत्रकार हो, जिसे उसके मित्रों के अतिरिक्त अभी और जानता ही कौन है? जब इतना बड़ा संकट झेलकर भी विश्वामित्र नहीं डिगे, साधना करते रहे और गायत्री मंत्र की रचना कर प्रथम मंत्रकार कवि होने का यश पाया तो जीवन संग्राम में थोड़े-बहुत संघर्षों की मार के बाद क्या मैं अपने नए जीवन में सफल नहीं हो सकता?'

'निश्चित ही हो सकता हूँ,' यह कहते हुए जैसे ही दीर्घतमा अपने आसन से एक झटके से उठ खड़े हुए तो चकित औशीनरी ने पूछ लिया, "आर्य, आप किससे बातें कर रहे हैं और क्या बातें कर रहे हैं?"

"कुछ विशेष बात नहीं है आर्या औशीनरी, बस ऐसे ही भूतकाल से कुछ संघर्ष करने की मुद्रा में आ गया था।" दीर्घतमा ने कहा तो औशीनरी ने भी अपने मन की बात कह ही दी।

"आर्य, अन्यथा न समझें तो एक बात कहूँ?"

"कहिए आर्या, जो कहना चाहती हैं निस्संकोच कहिए।"

"आर्य, आपका भूतकाल इतना मात्र नहीं है, जितना आपने मुझे अभी तक बताया है। अभी आप जिस त्वरा और तीव्रता से स्वयं से ही संघर्ष कर रहे थे, उसी से स्पष्ट है कि आपके व्यक्तित्व के भूगर्भ में इतना कुछ पक चुका है, जो आप जब तक किसी आत्मीय को पूरी तरह से नहीं बता देंगे, तब तक आपका मन शांत नहीं हो पाएगा।"

दीर्घतमा चुपचाप सुन रहे थे और औशीनरी अपनी अधूरी बात पूरा कर रही थी। "और आर्य इतना भी जान लीजिए कि इस ग्राम में आपको मुझसे अधिक आत्मीय और कोई नहीं मिलेगा। बाकी जैसी आपकी इच्छा।"

औशीनरी के कथन के पीछे के आत्मविश्वास से दीर्घतमा हिल गए। उनका मन जाने क्यों एक विशेष कृतज्ञता के भाव से भर गया। इससे पहले कि वे औशीनरी की जिज्ञासा शांत करने का प्रयास करते, ग्रामणी ने वहाँ प्रवेश किया और वे दीर्घतमा के पास आकर उन्हें प्रणाम कर एक आसंदी पर बैठ गए। औशीनरी ने दीर्घतमा को भी एक आसंदी पर बिठाया और स्वयं भी उन दोनों के मध्य अपनी आसंदी रखकर उस पर बैठ गई।

"आर्य ग्रामणी, मैं आपका नाम नहीं जानता इसलिए आपको पदनाम से पुकार रहा हूँ," दीर्घतमा ने बोलना प्रारंभ किया। "मैं आपको अपने विषय में वह सब बता रहा हूँ, जो मुझे लगता है कि आप जैसे हितचिंतकों को नहीं बताऊँगा तो परमकृतघ्न माना जाऊँगा।"

ग्रामणी थोड़ा सतर्क हो गए। औशीनरी अधिक सावधान हो गई और उसने अपनी आसंदी ग्रामणी की आसंदी के निकट खिसका ली। उधर दीर्घतमा ने एक क्षण का विराम देकर फिर कहना प्रारंभ किया, "आर्य ग्रामणी, आर्या औशीनरी, मेरा नाम है दीर्घतमा। दीर्घतमा मामतेय। मैं आर्य उचथ्य और आर्या ममता का पुत्र हूँ।"

इससे पहले कि दीर्घतमा और कुछ कहते ग्रामणी अपनी आसंदी से खड़े हो गए और प्रणाम की मुद्रा में दीर्घतमा के चरणों पर गिर पड़े। औशीनरी चकित थी, पर कुछ अज्ञात कारणों से परममुदित भी हो रही थी। चकित इसलिए थी कि सहसा ऐसा क्या हुआ है कि नाम सुनते ही ग्रामणी अतिथि के चरणों को प्रणाम करने लगे हैं और परममुदित इसलिए कि जिस अतिथि के प्रति वह हृदय से आकृष्ट अनुभव कर रही थी, वह अतिथि अब कोई सामान्य जन प्रतीत नहीं हो रहा था।

"आर्य, आप वही दीर्घतमा हैं जिन्हें वैशाली के ज्ञानसत्र में ऋषिपद की प्राप्ति हुई थी?" ग्रामणी को यह घटना अपने एक उस मित्र के कारण पता थी, जो ज्ञानसत्रवाली घटना के दिन वैशाली में था और जिससे मिले अब ग्रामणी को एक वर्ष से ऊपर हो चला था।

"हाँ आर्य ग्रामणी, मैं ही हूँ वह हतभाग्य।"

"हतभाग्य क्यों आर्य ऋषे?" अब दीर्घतमा के चरणों पर प्रणाम करने की औशीनरी की बारी थी और उसने यह प्रश्न प्रणाम करते-करते ही पूछा।

प्रश्न के उत्तर में दीर्घतमा ने तब से लेकर अब तक का सारा इतिहास पूरे विस्तार से बता दिया, जिसे ग्रामणी और औशीनरी बस विस्फारित नेत्रों से सुनते रहे। जब तक पूरा वृत्तांत सुना दिया गया, तब तक मध्याह्न हो गया था। दीर्घतमा पर्याप्त श्रांत लगने लगे थे, मन से भी और शरीर से भी। औशीनरी ने इस बात को अनुभव कर लिया। वह उठी और पात्र में शीतल जल ले आई। दीर्घतमा ने जल पिया और फिर लंबी साँस लेकर कहा, "न मैं वैशाली के ज्ञानसत्र में ऋषि बना होता, न ही सीमंतिनी मेरे प्रति आकृष्ट होती और न ही मेरी जीवन-यात्रा को इतने उच्चावच सहन करने पड़ते।"

सारा वृत्तांत सुनकर ग्रामणी अभिभूत थे और औशीनरी गद्गद। औशीनरी ने तो मन-ही-मन संकल्प कर लिया था कि अब वही बनेगी दीर्घतमा की प्रद्वेषी। इतिहासयात्रा के इस पड़ाव पर आ पहुँचने के बाद सभी लोग किसी विशेष तृप्ति के भाव में डूब गए थे। जब थोड़ी देर हो गई और मौन एक अनावश्यक उद्वेग उत्पन्न करने लगा तो ग्रामणी ने पूरे वातावरण को सहज बनाने की इच्छा से एक अतिविनम्र प्रस्तुति वहाँ कर दी।

"तो अब क्या आज्ञा है आर्य?"

दीर्घतमा इस अति आदर भाव से सकुचा गए। पर पिछले अपने लगभग दो वर्ष के जीवन में उन्हें इस तरह के आदर युक्त, संबोधनों का पर्याप्त अभ्यास हो

चुका था। वे बोले, "आर्य ग्रामणी, मेरे आपसे दो अनुरोध हैं।"

"आप आदेश दीजिए, आर्य ऋषे।"

"आर्य ग्रामणी, आर्या औशीनरी, मेरा पहला अनुरोध यह है कि मुझे इस ग्राम में रहने और यहाँ रहकर छात्रों और छात्राओं के लिए एक विद्याकुल चलाने की अनुमति और सुविधा दी जाए।"

"आर्य, आज से यह ग्राम आपका है," ग्रामणी ने हर्ष से भरकर कहा, "आज रात ही ग्रामसभा की बैठक में आपको लेकर विस्तृत विमर्श पहले से ही प्रस्तावित है। इन चार दिनों में ही आपने जिस तरह का विशिष्ट प्रभाव पूरे ग्राम समाज पर डाला है, मैं यदि उसका ठीक आकलन कर पाया हूँ तो निश्चित ही आपके प्रस्ताव पर पूर्ण सहमति और स्वीकृति मिल जाने में मुझे पूरा विश्वास है। फिर आपके व्यक्तित्व का पूरा परिचय मिल जाने के बाद तो मुझे इस प्रस्ताव की सफलता में कोई संदेह ही नहीं है।"

"परंतु आर्य," दीर्घतमा कहने लगे, "मेरा दूसरा अनुरोध मेरे परिचय को लेकर है। आर्य, मैं नहीं चाहता कि मेरे विषय में सामान्य से कहीं अधिक चर्चाएँ नहीं हों।"

"अर्थात्?" ग्रामणी थोड़ा चिंतित लगे।

"अर्थात् यह आर्य कि मैं नहीं चाहता कि मेरे आश्रम में या वैशाली और प्रतिष्ठान के राजप्रासादों में मेरे विषय में समाचार भेजने की कोई अतिरिक्त त्वरा या अकुलाहट दिखाई जाए।"

"पर ऐसा आप क्यों चाहते हैं?" औशीनरी ने थोड़ा व्यग्र होकर पूछा तो दीर्घतमा का संतुलित उत्तर था, "आर्या औशीनरी, मेरे अपने आश्रम में मेरी जैसी विषम स्थिति हो चुकी है, उसमें आप भी नहीं चाहेंगी कि मैं अपने आश्रम वापस लौट जाऊँ। उधर वैशाली राजप्रासाद में जाना, अब भावनाओं से जुड़ी कई प्रकार की समस्याओं को जन्म देगा, जबकि प्रतिष्ठान जाने में वैसे भी अभी संकट है।"

"हूँ" ग्रामणी को बात समझ में आ रही थी।

"आर्य, मेरा मंतव्य यह नहीं है कि मेरे विषय में सबकुछ गोपनीय ही रखा जाए। वैसा करना न आवश्यक है और न ही संभव है। पर समाचार यदि धीरे-धीरे और स्वाभाविक गति से अपने गंतव्य स्थानों तक पहुँचेंगे तो वे किसी के भी उद्वेग अथवा व्याकुलता का कारण नहीं बनेंगे। स्थितियाँ सहज रहें, इसमें भला किसी को क्या आपत्ति हो सकती है?"

ग्रामणी और औशीनरी को बात तर्कपूर्ण लगी और वे इस योजना से पूरी तरह सहमत हो गए। यह भी निश्चय किया गया कि प्रथम चरण के रूप में स्वयं अंगदेश के राजप्रासाद में भी दीर्घतमा के आगमन को किसी बड़ी घटना की तरह बताया ही न जाए। औशीनरी का तो यहाँ तक मानना था कि दीर्घतमा के विषय में राजप्रासाद में कुछ बताया ही न जाए। अपने-आप जब वहाँ लोगों को पता चलेगा कि दीर्घतमा इस ग्राम में हैं, वे एक विद्याकुल चला रहे हैं, वही उचित और स्वाभाविक रहेगा। अर्थात् दीर्घतमा के विषय में सभी सूचनाओं को अपनी स्वाभाविक गति से ही क्रमशः फैलने दिया जाए। इसमें सहायक तत्त्व यह था कि दीर्घतमा की विशिष्टता का जितना पता ग्रामणी को पहले से ही था, वैसा इस ग्राम में और किसी को नहीं था, स्वयं औशीनरी को भी नहीं, जो अन्यथा एक प्रबुद्ध और सुशिक्षित स्त्री थी। और अब इन दोनों को जितना पता चल गया था, उसे जगह-जगह जाकर बताते रहने में दोनों की कोई रुचि नहीं थी। इसलिए दीर्घतमा आश्वस्त रह सकते थे।

ग्रामणी का दीर्घतमा से संवाद जब संपन्न हो गया तो वे जाने का विचार करने लगे। वे अपनी आसंदी से उठे और औशीनरी की ओर उन्मुख होकर कहे बिना रह नहीं पाए, "औशीनरी वत्से, इतना वृत्तांत सुनने के बाद तुम्हें बताना आवश्यक नहीं कि तुम्हें कितने बड़े महापुरुष के आतिथ्य का सौभाग्य मिला है। तुम्हारे पूर्वजन्मों के पुण्यों का तब सहसा उदय हुआ था, जब उस दिन तुम उस नाव के पास जा पहुँचीं, जिसमें दीर्घतमा थे। दीर्घतमा को प्रकृति ने जन्मांध तो बना दिया है, पर इस देश और समाज को नूतन दृष्टि देने का वृहद् दायित्व भी इनकी प्रतिभा पर डाल दिया है। शीघ्र ही इनके आवास इत्यादि का प्रबंध हो जाएगा तब तक इनके उचित आतिथ्य सत्कार और परिचर्या का ध्यान तुम्हारे ही जिम्मे है।"

"आप निश्चिंत रहे तात।" औशीनरी ने जैसे ही कहा, वैसे ही ग्रामणी उठकर बाहर जाने को हुए। पर जाते-जाते फिर रुक गए और हँसते हुए बोले, "आर्य दीर्घतमा, मुझे मेरे ग्रामवासियों ने अपना ग्रामणी तो चुन लिया है, पर मेरा नाम ग्रामणी नहीं है। आप मुझे संपाति कहकर भी पुकार सकते हैं। अच्छा, अब मुझे चलने की आज्ञा दीजिए।"

"गच्छतु भवान् पुनर्दर्शनाय, हालाँकि मैं यह दर्शन आँखों से नहीं, हृदय से ही कर पाता हूँ, तात संपाति।" जैसे ही दीर्घतमा ने ऐसा कहा तो ग्रामणी भावुक हो गए। वे और अधिक रुक नहीं पाए और दीर्घतमा को प्रणाम कर चले गए। उनके जाते ही औशीनरी दीर्घतमा के पास आ गई। हाथ का सहारा देकर उसने उन्हें आसंदी पर

बिठाया और शरारतभरी शैली में पूछने लगी, "आर्य, आपने तात को ऐसा क्यों कहा कि आप आँखों से नहीं हृदय से देखते हैं?"

"इसमें अनुचित या अभद्र क्या है?"

"कुछ नहीं, किंतु तात बहुत ही भावप्रवण हैं और आपकी बात सुनकर उनकी आँखें छलछला आई थीं।"

औशीनरी की यह बात सुनकर दीर्घतमा मौन हो गए। कहीं अंदर गहरे खो गए वे। सोचने लगे यदि एक ओर प्रतिष्ठान के राजपुत्र हैं, जो अकारण ही मेरा वध करवाना चाह रहे थे तो दूसरी ओर त्रैतन जैसे हत्यारे हैं, जो सहसा त्राता बन जाते हैं। ऐसे में तात संपाति जैसे निश्छल हृदयों का तो कहना ही क्या जो निस्स्वार्थ सहायक ही नहीं हो जाते, अपितु स्नेह का ऐसा विराट् समुद्र बन जाते हैं कि जिसे बस अनुभव ही किया जा सकता है।

दीर्घतमा भावनाओं के जगत् में कहीं गहरे लीन हुए जा रहे थे। ऐसे क्षणों में वे प्राय: अपनी माँ ममता को याद करने लगते थे। माँ की याद उन्हें अनिवार्य रूप से प्रद्वेषी की याद से जोड़ देती थी और फिर स्मृतियों के गवाक्ष पर सीमंतिनी का चित्र आ उभरता था, जिसे अनुभव कर वे बेचैन हो जाते थे। सुनंदा से वे बहुत ही विचित्र परिस्थितियों के दबाव में अलग कर दिए गए थे, इसलिए प्रतिष्ठान में उनके साथ बीते समय का आवेग भी वे पूरी तरह से झेल नहीं पा रहे थे। पर नौका-यात्रा के दौरान हुए उनके संकल्प-परिवर्तन ने उनके मन को कहीं कठोर भी बना दिया था। यह कठोरता कितनी स्वाभाविक थी और कितनी आरोपित, यह निश्चित कर पाना अभी किसी के लिए भी सरल नहीं हो सकता था स्वयं दीर्घतमा के लिए भी नहीं, क्योंकि उनके इस संकल्प और निश्चय की परीक्षा अभी हुई ही कहाँ थी? और वैसी परीक्षा करनेवाला अभी वहाँ था भी कौन? परंतु दीर्घतमा चूँकि अभी अपने नए संकल्प भाव के उदय से प्रसन्न थे, इसलिए वे सुनंदा से अपने अलगाव को वियोग की अपेक्षा दूरी के भाव से ही देख रहे थे।

कुछ इसी तरह के मनोभाव में दीर्घतमा उस समय खोए हुए थे। औशीनरी इस अवस्था में बैठे दीर्घतमा को एकटक देखे जा रही है, इसका आभास उन्हें भला कैसे हो सकता था? दीर्घतमा की इस आत्मलीनता का लाभ उठाकर औशीनरी न केवल एकटक देखे जा रही थी, अपितु उनके बारे में कुछ बहुत ही विचित्र बातें भी सोचे जा रही थी।

'कैसा जीवन रहा है दीर्घतमा का? जन्म से पहले ही पिता से वंचित कर दिए

गए। पैदा हुए तो जन्म से ही दृष्टिहीन। आठ वर्ष के हुए तो माँ चल बसी। उसके बाद सौतेले पिता से मिली तो केवल निष्ठुरता और तिरस्कार। सचमुच उनके जीवन में प्रद्वेषी न होती तो क्या आज दीर्घतमा वैसे होते जैसे वे आज हैं ?'

प्रद्वेषी का विचार मन में आते ही औशीनरी दीर्घतमा के प्रणयप्रसंगों को लेकर थोड़ा व्यावहारिक होकर सोचने लगी, 'आर्य दीर्घतमा को जीवन में तीन-तीन स्त्रियों का प्रणय मिला। क्या मैं इसे इनका सौभाग्य मानूँ या कामुकता ? कोई भी सामान्य व्यक्ति यदि इस विषय में सोचेगा तो वह दीर्घतमा को पहली ही प्रतिक्रियाओं में कामुक कह देगा। पर क्या दीर्घतमा कामुक हैं ?' इस प्रश्न का उत्तर खोजते ही औशीनरी थोड़ा ठिठक गई। उसने ध्यान से दीर्घतमा की ओर और अधिक तल्लीन होकर देखा तो पाया कि दीर्घतमा के मुख पर मंदस्मित उभर आया था, जिसे देखकर कोई भी अनुमान लगा सकता था कि वे इस समय इतिहास की किसी मधुर स्मृति में खोए हैं। औशीनरी शंकालु हो उठी। सोचने लगी किसका स्मरण कर रहे हैं आर्य ? क्या प्रद्वेषी का ? सीमंतिनी का या सुनंदा का ? क्या आर्य दीर्घतमा ने भी इन तीनों स्त्रियों से प्रणय किया होगा ? कैसे कोई व्यक्ति जीवन में और वह भी इतनी अल्प आयु में एक से अधिक प्रणय कर सकता है ? क्या इनमें से किसी के साथ भी आर्य ने शारीरिक संबंध नहीं बनाया होगा ? क्या किसी के साथ भी सहवास नहीं किया ?'

अपनी शंकाओं और प्रश्नों में स्वयं ही उलझी जा रही थी औशीनरी। उसने एक ही राजमहिषी देखी थी—सुदेष्णा। बहुत ही सुंदर और लोभ पैदा करनेवाली स्त्री, जिसका भरा बदन किसी के भी मन को डाँवाँडोल कर सकता था। वह इसी संदर्भ में स्वयं से ही पूछ रही थी, क्या सुनंदा के सौंदर्य से प्रभावित होकर आर्य दीर्घतमा का विचलन नहीं हुआ होगा ? क्या सीमंतिनी के यौवन से आर्य नितांत अप्रभावित रहे होंगे ? प्रद्वेषी के बारे में मैं कुछ नहीं कह सकती। आर्य से दस वर्ष बड़ी होने के बावजूद वह नवयौवना तो थी ही, किंतु शिशु अवस्था से उसे माँ की स्थानापन्न मानकर हो सकता है आर्य का व्यवहार उसके प्रति शालीन रहा हो। पर सुनंदा ? सीमंतिनी ?'

अचानक उसने देखा कि दीर्घतमा की आँखों से आँसू आने लगे थे। अब तक जो औशीनरी दीर्घतमा को कामुकता के सागर में डुबो चुकी थी, अब वह स्वयं को ही धिक्कारने लगी, 'मैं भी कैसी हीन मनोवृत्ति की हूँ। आर्य के विषय में सोचते हुए मुझे केवल कुत्सित विचार ही क्यों आ रहे हैं। इतनी युवतियों के हृदय में आर्य के

लिए प्रणय का भाव उत्पन्न हुआ, क्या यह आर्य की ही महानता का प्रतीक नहीं हो सकता ? क्या वे सभी स्त्रियाँ आर्य की प्रतिभा से प्रभावित होकर उनकी ओर खिंची नहीं गई होंगी ? मेरा क्या हुआ है ? क्या मैं भी प्रथम दृष्टि में ही आर्य के आकर्षण में बँधा अनुभव नहीं कर रही थी ? यदि आर्य के चरित्र में कामुकता का अंशमात्र भी होता तो क्या वे मेरे साथ इतनी शालीनता से रहते जैसे कि वे पिछले चार दिनों से रह रहे हैं ? वे जानते हैं मैं अठारह वर्षीया नवयौवना हूँ, इस आवास में अकेली रहती हूँ। पर इस पूरे समय में उन्होंने मुझे एक भी शिथिल शब्द नहीं कहा। सबसे बड़ी बात तो यह है कि तात ग्रामणी के साथ बातचीत में उन्होंने इन सभी स्त्रियों के साथ अपने प्रणयभाव को जिस निश्छल शैली में विस्तार से बताया, क्या वही प्रमाण नहीं है इस बात का कि आर्य चाँदनी की तरह स्वच्छ और स्फटिक की तरह निष्कलुष हैं ? मैं भी तो पिछले चार दिनों से उनका हाथ थामकर उन्हें सहारा दे रही हूँ, पर उन्होंने तो एक बार भी मेरे हाथ को इस तरह स्पर्श नहीं किया कि मेरे मन में कोई विकार जन्म ले सके ?'

"आर्या औशीनरी," सहसा आर्य दीर्घतमा ने पूछ लिया, "क्या मेरे से कोई अपराध हो गया है कि तात संपाति के जाने के बाद से आप मुझसे कोई संवाद ही नहीं कर रही हैं ?"

"नहीं आर्य, क्षमा करें मैं ऐसा सोच भी कैसे सकती हूँ ?" औशीनरी ने कह तो दिया पर फिर से मन-ही-मन स्वयं को धिक्कारने लगी कि अपराध तो उससे हुआ है जो वह आर्य के विषय में इतने अधिक कुत्सित विचारों के भँवर में जा फँसी थी। "आपको अन्यथा न लगे तो कुछ कहूँ ?" औशीनरी ने पूछा ?

"आर्या आप तो मेरी संरक्षिका हैं इस समय। आपको मुझसे कुछ भी पूछने का अधिकार है।" दीर्घतमा ने इतने सहज भाव से उसे संरक्षिका कह दिया कि औशीनरी सकुचा गई और दीर्घतमा की गुरुता के सामने स्वयं को बहुत ही छोटा अनुभव करने लगी। बोली, "आर्य आपने मुझे संरक्षिका कहकर इतने ऊँचे आसन पर बिठा दिया है कि अब सत्य बोलना ही मेरा एकमात्र धर्म है। आर्य मैं आपको एकटक देख रही थी।"

दीर्घतमा थोड़ा विचलित हुए। पर शीघ्र ही उन्होंने स्वयं को सँभाल लिया। बोले, "आर्या, आप मुझे एकटक देख रही थीं, यह सुनकर मुझे आश्चर्य हुआ। सत्य बोलने को आपने मेरी संरक्षिका होने के नाते अपना धर्म मानकर जो कहा है, मैं उसे मिथ्या या प्रशस्ति कैसे मान सकता हूँ ? पर उसी सत्य का आश्रय लेकर बताइए

आर्या औशीनरी कि आप मुझे एकटक क्यों देख रही थीं?"

औशीनरी इस प्रश्न के लिए तैयार थी। एकटक देखनेवाली सत्य बात कहकर वह दीर्घतमा से इतना अधिक आत्मीय अनुभव कर रही थी कि अब वह उनसे कुछ भी पूछने और जानने की मानसिकता बना चुकी थी। बोली, "आर्य, मैं जब आपको एकटक देख रही थी तो मेरे मन में एक दुविधा थी, जिस पर उसी एकाग्रता से विचार कर रही थी, जिस एकाग्रता से मैं आपको एकटक देख रही थी।"

"आर्या औशीनरी, यदि आप दो बातों पर एक साथ एकाग्र थीं, मुझ पर और अपनी दुविधा पर तो निश्चित ही वह दुविधा भी मेरे विषय में होगी?"

"हाँ आर्य, मेरी दुविधा आपके विषय में थी और मैं वह आपको बताने ही वाली हूँ, फिर चाहे आप मुझ पर रुष्ट हों या प्रसन्न हों।" औशीनरी इससे आगे कुछ बोलती, इससे पहले ही दीर्घतमा ने उसकी बात को बीच में काटते हुए कहा, "आर्या आप निश्चिंत रहें। यदि आपकी बात सुनकर प्रसन्न होने का विकल्प भी है तो मैं वही चुनूँगा, रुष्ट होकर क्यों अपना मन विकारग्रस्त करूँगा?"

सुनकर औशीनरी चकित भी रह गई और प्रसन्न भी हो गई। क्या कोई प्रसन्न या रुष्ट होने का विकल्प स्वयं चुन सकता है, इस पर वह चकित थी। प्रसन्न इस बात पर थी कि दीर्घतमा ने अपने सात्त्विक व्यवहार से खुले संवाद का वातावरण बना दिया था। बोली, "आर्य, आपने अपने जीवन में तीन-तीन स्त्रियों से प्रणय किया, इसे मैं आपकी कामुकता का प्रतीक मानूँ या हृदय की निश्छलता का?"

दीर्घतमा को स्वप्न में भी आभास नहीं था कि कोई उनसे कभी इस तरह का प्रश्न भी कर सकता है। वे मौन हो गए। सोचने लगे, 'प्रणय के इस पक्ष पर मैंने आज तक कभी विचार ही नहीं किया। कभी सोचा तक नहीं कि कोई मुझे कामुकता के पंक का जीव भी मान सकता है। पता नहीं इस पर कभी विचार न कर मैंने ठीक किया या गलत, पर धन्य है यह औशीनरी, जिसने निस्संकोच एक ऐसा प्रश्न कर दिया है, जिसे पूछने का साहस कोई विरला ही जुटा सकता है।'

"आर्य, आप मौन क्यों हो गए।" औशीनरी चिंतित हो उठी कि कहीं उसने दीर्घतमा के हृदय को आघात तो नहीं पहुँचा दिया है।

"आर्ये, आपके साथ सत्य का कुछ ऐसा संबंध बन गया है कि इसके विपरीत मैं कुछ बोल ही नहीं सकता। जब मैं दो-चार क्षणों के लिए मौन हो गया था तो दो भाव मेरे मन में बहुत ही तीव्रता से आ गए थे।"

"कौन से भाव, आर्य?" औशीनरी ने स्नेह से परिपूरित आवाज में पूछा, क्योंकि

उसके साथ सत्य का संबंध जुड़ जाने की दीर्घतमा की बात से वह द्रवित हो उठी थी।

"एक तो यह औशीनरी कि मैं स्वयं पर चकित था कि प्रणय के कामुकतावाले पक्ष पर मैंने आज तक विचार क्यों नहीं किया। क्यों नहीं मुझे ऐसा विचार आया कि प्रणय के कामुकतावाले पक्ष के प्रति भी व्यक्ति को सहज रहना चाहिए।"

"और दूसरा भाव क्या था आर्य?" पता नहीं क्यों औशीनरी अब दीर्घतमा के प्रति अपने मन के आकर्षण को और भी अधिक तीव्रता से अनुभव करने लग गई थी।

"और यह कि कैसी विलक्षण बालिका है यह औशीनरी, कि जिसके मन को एक अल्प परिचित पुरुष से इस तरह का प्रश्न पूछने में किसी भय अथवा संकोच की बाधा ने पीड़ित ही नहीं किया? पर औशीनरी, अब जबकि आपने प्रश्न पूछ ही लिया है और मैं इसका उत्तर दूँगा ही तो पहले आप बताइए कि स्त्री के हृदय में प्रणय का उदय कामुकता की प्रेरणा से होता है या अनुराग की प्रेरणा से?"

"आर्य, प्रश्न तो कठिन है। पर इस प्रश्न का मेरा उत्तर यह है कि यदि किसी स्त्री के हृदय में वास्तव में प्रणय का उदय हुआ है तो इसका कारण अनुराग ही हो सकता है कामुकता नहीं।"

"ऐसा क्यों कह रही हैं आप?" दीर्घतमा का फिर से प्रश्न था।

"ऐसा इसलिए आर्य कि स्त्री चाहे किसी पुरुष की पत्नी हो भगिनी हो या माँ, उसके स्वभाव की चरम परिणति माँ वाले रूप की ही है, पुरुष को संरक्षण देने की ही है। और आर्य आप भी इस बात पर मुझसे सहमत होंगे कि स्त्री का माँ रूप कभी कामुकता से प्रेरित नहीं हो सकता। उसका मूलस्वभाव अनुराग का ही है, पति अथवा प्रेमी के प्रति वही अनुराग प्रणय बन जाता है, भाई के प्रति वही अनुराग स्नेह रूप में बदल जाता है तो संतान के प्रति वही अनुराग वात्सल्य की धारा प्रवाहित करने लगता है।"

सुनकर दीर्घतमा चमत्कृत रह गए। वे चकित थे कि ठीक यही बात एक बार उन्होंने सुनंदा के मुँह से भी सुनी थी। थोड़ा रुककर उन्होंने वह सारा घटनाचक्र औशीनरी को बताया कि कैसे उनके मन ने एक बार हठ ठान लिया था कि जन्मांध दीर्घतमा सुनंदा को देखकर ही रहेगा, फिर कैसे उन्होंने सुनंदा का एक काल्पनिक चित्र बनाया, कैसे वे उसके काल्पित अंग-प्रत्यंग में खो गए थे, कैसे उनका फिर उस पूरे विषय पर सुनंदा से संवाद हुआ था और कैसे सुनंदा ने ठीक वही बातें कही थीं जो औशीनरी ने कही हैं। इसके बाद थोड़ा रुककर दीर्घतमा ने एक और ही प्रश्न

नितांत अप्रत्याशित रूप से पूछ लिया।

"आर्या औशीनरी, आप परिचारिका क्यों हैं? आपको तो शिक्षिका होना चाहिए था।"

"क्यों आर्य, परिचारिका होना क्या व्यक्ति को हीन बना देता है? क्या शिक्षिका बन सकने योग्य स्त्री परिचारिका नहीं हो सकती? क्या प्रद्वेषी और सीमंतिनी आपकी परिचारिकाएँ नहीं थीं? क्या वे तुच्छ थीं?"

दीर्घतमा कटकर रह गए। उनके प्रश्न के पीछे का मंतव्य कुछ और था, जबकि औशीनरी ने उसे एकदम नया आयाम देकर उन्हें झकझोर दिया। उन्होंने तुरंत क्षमा माँग ली यह कहते हुए कि उनका यह मंतव्य नहीं था तो औशीनरी बोली, "मैं जानती हूँ आर्य, आपका यह मंतव्य नहीं था। पर मैंने जानबूझकर आपके प्रश्न को विकृत आयाम दे दिया, ताकि ऐसे प्रश्न पूछे ही नहीं जाने चाहिए।"

दीर्घतमा गद्गद थे। उन्हें इस उत्तर में भी सुनंदा के उस कथन की प्रतिच्छाया लगी, जो प्रतिष्ठान की उस पट्टमहिषी ने दीर्घतमा द्वारा उनकी संतान के अभाव को लेकर पूछे गए प्रश्न के उत्तर में प्रस्तुत किया था। उन्हें लगा कि औशीनरी उस सुनंदा का ही नया रूप है जिससे विधाता ने उन्हें इस तरह अकस्मात् मिलवा दिया है। अपने इसी प्रसन्नता के अतिरेक में दीर्घतमा ने औशीनरी से एक और प्रश्न पूछ लेना चाहा।

"आर्ये, जब आप मेरे विषय में दुविधाग्रस्त थीं तो आपके मन में उस प्रश्न का क्या उत्तर था? आपका मन मेरे प्रणय संबंधों के बारे में क्या सोच रहा था?"

"आर्य, मेरा मन आपको निश्छल मान चुका था। मेरी दुविधा समाप्त हो चुकी थी। तभी तो मैं प्रश्न पूछने का साहस सँजो पाई थी।"

"पर ऐसा निष्कर्ष आपने मेरे बारे में कैसे निकाल लिया?" दीर्घतमा ने उत्सुकतावश पूछा तो औशीनरी का उत्तर उत्सुकता घटाने के बजाय और बढ़ानेवाला था।

"आर्य इसका उत्तर आपको कल मिल जाएगा।"

"कल क्यों, अभी क्यों नहीं?" दीर्घतमा ने पूछा।

"क्या आप चौबीस घंटे भी प्रतीक्षा नहीं कर सकते?" अब इस प्रश्न का उत्तर बेचारे दीर्घतमा के पास कहाँ से आता? वे सदा की तरह शून्य में देखने को बाध्य थे, जबकि औशीनरी खिलखिलाती हुई रसोई की ओर चल दी।

26

चार वर्ष से ऊपर हो गए, किंतु आर्य दीर्घतमा उस खिलखिलाहट को आज तक नहीं भूले। कुछ ऐसी सरल और आह्लादभरी खिलखिलाहट थी वह कि उसके बाद दीर्घतमा के जीवन में विषाद ने प्रवेश ही नहीं किया। उन्होंने औशीनरी से विवाह किया, जिसका प्रस्ताव स्वयं औशीनरी ने ग्रामणी संपाति के माध्यम से रखवाया था। अपनी नौकायात्रा के दौरान ही दीर्घतमा नए जीवन का संकल्प कर चुके थे, इसलिए इस बार उन्होंने उस विवाह प्रस्ताव को ठुकराने की वैसी भूल नहीं की, जैसी भूल उन्होंने सीमंतिनी के विवाह प्रस्ताव को ठुकरा कर की थी और जिसका पश्चात्ताप भी वे बाद में कर रहे थे। विवाह के शीघ्र बाद ग्रामसभा की अनुमति से और उसी की देख-रेख में दीर्घतमा ने उसी ग्राम में एक छोटे से विद्याकुल की स्थापना भी कर ली थी, जिसमें वे उसी ग्राम के बालक-बालिकाओं को पढ़ाते थे। छात्र-छात्राओं की संख्या किसी भी वर्ष पंद्रह से ऊपर नहीं रही थी, पर दीर्घतमा उन्हीं को पढ़ाकर प्रसन्न थे और अभी इस कुल का विस्तार नहीं करना चाह रहे थे। वे छात्र और छात्राएँ अपने-अपने माता-पिता के पास अपने ही घरों में रहा करते थे, इसलिए अपने विद्याकुल के लिए उन्हें अलग से किसी भूखंड की आवश्यकता ही नहीं हुई, जहाँ वे अपना आश्रम जैसा कुछ बनाने का प्रयास करते। इसलिए औशीनरी के साथ अपने विवाह के बाद वे उसी आवास में रहने लगे थे, जो औशीनरी का था और जहाँ वे त्रैतन द्वारा रस्सियों से बाँधकर गंगा में प्रवाहित कर दिए जाने के बाद पहली बार लाए गए थे। विवाह के बाद एक वर्ष के भीतर ही उन्हें औशीनरी से एक पुत्र की प्राप्ति हुई थी। दोनों पति-पत्नी ने मिलकर बड़े ही स्नेह से अपने पुत्र का नाम रखा था कक्षीवान।

दीर्घतमा नहीं चाहते थे कि उनके विषय में कोई सूचना अतिरिक्त उत्साह अथवा त्वरा के साथ उन स्थानों पर भेजी जाए, जहाँ-जहाँ वे अब तक रह आए थे। उनके मन में प्रद्वेषी बसी हुई थी। पर जिस आश्रम ने प्रद्वेषी की रक्षा नहीं की, उस आश्रम को वे भूल जाना चाहते थे। वे नहीं चाहते थे कि उस आश्रम के कुलपति को अर्थात् बृहस्पति को आभास भी हो कि वे कहाँ हैं। जब से वे आश्रम छोड़ वैशाली गए थे, फिर वहाँ से वे प्रतिष्ठान ले जाए गए, उस पूरी कालावधि में उनके अपने आश्रम ने उनके विषय में कोई पता तक नहीं किया था। कोई उनसे कहीं भी मिलने तक नहीं आया था। बस एक बार तात संवर्त वैशाली आए थे। पर वे भी वहाँ उनसे

मिलने नहीं, अपितु यज्ञ में पौरोहित्य करने आए थे। बस उनको एक ही दुःख था कि इस प्रकार का आग्रह पालकर वे माता सुकेशी को भी अपने विषय में किसी भी तरह की सूचना से वंचित कर रहे थे। पर उसको लेकर दीर्घतमा को इसलिए कोई संताप नहीं था, क्योंकि वे अपने शांत जीवन को किसी भी रूप में अब विघ्नों से आहत नहीं करना चाहते थे, जो उन्हें अपनी माँ ममता के देहावसान के बाद पहली बार मिला था।

औशीनरी प्राय: सीमंतिनी की बातें करती थी। सीमंतिनी के विषय में बातें करना दीर्घतमा को भी अतीव सुखकर लगता था। औशीनरी को अपनी दोनों माताओं और अपने तीनों प्रणयों के बारे में वे कई बार बड़े ही विस्तार से बताया करते थे और औशीनरी को बस सीमंतिनी के प्रति जाने क्यों सर्वाधिक आकर्षण हो गया था। वह कहती थी कि जिस स्त्री ने विवाह प्रस्ताव ठुकराए जाने पर भी प्रणय की तीव्रता को कम नहीं होने दिया, वह कोई सामान्य स्त्री नहीं हो सकती। वह अतिविशिष्ट और असाधारण नारी होनी चाहिए। औशीनरी सीमंतिनी के विषय में इतनी घनिष्ठ संवेदनाएँ इतनी बार व्यक्त कर चुकी थी कि दीर्घतमा को एक अपराध बोध ने जकड़ लिया था कि सीमंतिनी के विवाह प्रस्ताव को तो उन्होंने जिन कुछ तर्कों का आश्रय लेकर ठुकरा दिया था, वे तर्क अभी भी जैसे के तैसे थे, पर उन्होंने औशीनरी से भी विवाह कर लिया है। औशीनरी कई बार दीर्घतमा को कहती कि वे सीमंतिनी से विवाह कर लें। वे हँस पड़ते, पर औशीनरी के पास अपना तर्क था। वह देख रही थी कि उसके पति के हृदय में भी सीमंतिनी के प्रति विशिष्ट आकर्षण है। प्रद्वेषी उनकी संरक्षिका रही थी। उसका प्रणयिनी काल तो बस कुछ दिनों का ही था। सुनंदा एक विवाहिता स्त्री थी। उनके प्रणय में भी संरक्षिकावाला भाव अधिक रहा होगा। पर सीमंतिनी ने दीर्घतमा से प्रेम किया था, एक पत्नी का प्रेम और दीर्घतमा को भी इस सत्य की पूरी अनुभूति तो थी ही, उसकी तीव्रता को भी वे प्राय: अपनी पत्नी औशीनरी के सामने व्यक्त करते रहते थे। इसलिए औशीनरी को लगता था कि यदि सीमंतिनी फिर से आर्य दीर्घतमा के जीवन में प्रवेश कर जाए तो आर्य की प्रतिभा का विस्फोट इसलिए चमत्कार उत्पन्न करेगा, क्योंकि उनके हृदय के एक अति संवेदनशील अभाव की प्रणयपूर्ति हो जाएगी। ऊपर से वह सीमंतिनी से विवाह का तर्क यही दिया करती थी कि उसका अपना अकेलापन दूर हो जाएगा।

पर दीर्घतमा नहीं चाहते थे कि सीमंतिनी से विवाह की बात तो दूर उनके अपने बारे में कोई सूचना भी वहाँ तक पहुँचे। उन्हें भय था कि वैशाली में जैसे ही

उनको लेकर कोई सूचना पहुँची नहीं कि उसी सायंकाल उसका प्रसार उनके आश्रम तक हो जाएगा। बस केवल यही दु:ख उन्हें था कि उनके इस आग्रह के कारण भरद्वाज भी उनके बारे में किसी भी जानकारी से वंचित रहेगा। पर माँ सुकेशी की तरह भ्राता भरद्वाज के कष्ट की भी वे इसलिए उपेक्षा करने का मन बना चुके थे, ताकि उनकी इस नूतन सृष्टि को समय से पहले किसी की कुदृष्टि न लग जाए।

औशीनरी आर्या सुनंदा से क्रुद्ध भी थी और उनके प्रति कृतज्ञ भी। क्रुद्ध इसलिए कि यह जानते हुए भी कि महाराज भरत के विदर्भ राजकन्याओं से हुए तीनों पुत्र परमदुष्ट थे, वे आर्य को कुछ भी हानि पहुँचा सकने की सामर्थ्य रखते थे, आर्या सुनंदा ने आर्य दीर्घतमा की सुरक्षा का कोई प्रबंध ही नहीं किया। आर्य दृष्टिहीन हैं, इसलिए उनकी विशिष्ट सुरक्षा तो और भी आवश्यक थी। विधाता की कृपा थी, आर्य को कोई हानि नहीं हुई। पर इससे क्या आर्या सुनंदा का प्रमाद क्षमा के योग्य हो जाता है? पर वह कृतज्ञ भी थी इसलिए कि यदि आर्य वहाँ किसी सुरक्षाचक्र के बंदी होते तो न तो त्रैतन-कांड ही घटा होता और न ही आर्य से फिर उसका ऐसा प्रणय-मिलन हुआ होता। पर औशीनरी आर्य दीर्घतमा के साथ संवाद में सुनंदा से सदा प्रभावित भी रहा करती कि कितनी प्रतिभासंपन्न होती होंगी उनकी बातें। वह सुनंदा से इसलिए भी प्रभावित थी कि उसे समझ नहीं आ रहा था कि विवाहिता होकर भी, महाराज भरत की पतिव्रता पत्नी होकर भी किस तरह का प्रणयसंबंध उन्होंने आर्य दीर्घतमा के साथ स्थापित किया होगा। उसकी बहुत इच्छा थी कि वह उनसे किसी तरह भी मिले, पर आर्य थे कि अपने विषय में कोई सूचना प्रतिष्ठान में भी भेजने की अनुमति देने को तैयार नहीं थे।

आर्य दीर्घतमा की इच्छा थी कि उनके विषय में कोई भी सूचना इनमें से किसी भी स्थान तक न पहुँचे। अपने इस उद्देश्य में सफल रहने के लिए दीर्घतमा को कोई अतिरिक्त प्रयास नहीं करना पड़ा था। अत्यंत बुद्धिमान ग्रामणी संपाति की दूरदृष्टि से यह कार्य सरलतापूर्वक संपन्न हो गया। आर्य के ग्राम में आने के चार दिन बाद जिस सायंकाल ग्रामसभा की बैठक में आर्य दीर्घतमा के प्रस्ताव पर विचार कर उसे स्वीकृति प्रदान की गई थी, उसी बैठक में ग्रामणी ने सभी से आग्रह कर दिया था कि आर्य के बारे में कोई भी बात ग्राम से बाहर किसी व्यक्ति से न की जाए। ग्रामणी ने तर्क यह दिया कि चूँकि आर्य दीर्घतमा का जीवन कष्टमय रहा है, इसलिए वे इस ग्राम में एक छोटा सा विद्याकुल चलाकर शांत जीवन व्यतीत करना चाहते थे। ग्रामणी और फिर औशीनरी के अतिरिक्त चूँकि कोई भी दूसरा ग्रामवासी दीर्घतमा के नाम से

नितांत अपरिचित था, इसलिए किसी को भी ग्रामणी का अनुरोध मान लेने में कोई विशेष कठिनाईवाली बात नहीं लगी। औशीनरी ने राजप्रासाद में इतना ही बताया कि उसने विवाह कर लिया है, पर किससे किया है इस बारे में महारानी सुदेष्णा द्वारा दो-एक बार पूछे जाने पर उसने सामान्य रूप से कुछ बता दिया। ग्राम और राजप्रासाद के बीच चार कोस की दूरी थी। नित्य प्रात: रथ आता जो औशीनरी को राजप्रासाद ले जाता और अपराह्न में आकर छोड़ जाता। इसलिए विवाह हो गया, इससे अधिक चर्चा के लिए अवकाश वहाँ कम ही था। उधर विदर्भ राजकन्याओं के तीनों पुत्रों को त्रैतन ने प्रतिष्ठान छोड़ देने से पूर्व अपने एक मित्र के हाथों संदेश भिजवा दिया था कि उसने उनकी आज्ञा का पालन कर दिया है और वह स्वयं कुछ दिन बाद राजधानी लौट आएगा। त्रैतन इन राजकुमारों का परम विश्वासपात्र था। उसकी बात को यथावत मानकर राजकुमार निश्चिंत हो गए थे। इसलिए उन राजकुमारों ने शरदपूर्णिमा के अगले ही दिन त्रैतन का संदेश मिलते ही महाराज भरत तक उन्हीं के द्वारा दीर्घतमा के वध आदि का संदेश अत्यंत गोपनीय ढंग से पहुँचा दिया था। दीर्घतमा की हत्या की बात सुन परमप्रतापी सम्राट् हाथ मलते रहे गए, अपने दुष्ट पुत्रों का तत्काल कुछ बिगाड़ नहीं पाए। वे बस रो पड़े और आर्या सुनंदा तो एक लंबे विषाद में डूब गईं। पर दीर्घतमा को वापस लाना तो अब संभव था ही नहीं। बस, भरत ने एक क्षमायाची सूचना इस संबंध में वैशालीनरेश मरुत्त को भिजवा दी थी और लज्जावश वे वहाँ जा ही नहीं पाए। सुनते ही सीमंतिनी भी बस चुप हो गई और कई दिन तक उसके मुँह से एक शब्द भी नहीं निकला। जब बोली तो उसने पिता से कह दिया कि वह अब विवाह नहीं करेगी। सीमंतिनी का विवाह न करने का संकल्प सुनकर मरुत्त व्याकुल हो गए। वे पिता थे, उनकी व्याकुलता स्वाभाविक थी, पर वे सीमंतिनी को भी जानते थे, इसलिए बस मन मसोसकर रह गए। भरद्वाज भी कई दिनों तक उदास घूमते रहे, पर धीरे-धीरे सामान्य हो गए। वैशालीनरेश के माध्यम से दीर्घतमा संबंधी सूचना बृहस्पति के आश्रम तक पहुँचा दी गई थी। सुनते ही आर्या सुकेशी मूर्च्छित हो गईं। उनकी मूर्च्छा फिर कभी टूटी ही नहीं। बृहस्पति के मन में क्या उथल-पुथल यह सुनकर मची, इसे कोई नहीं जान पाया।

इस संपूर्ण घटनाचक्र से नितांत अपरिचित आर्य दीर्घतमा इस गाँव में अपने छोटे से परिवार के साथ सुखी और शांत जीवन बिता रहे थे। भविष्य के एक बड़े विद्याकुल का स्वप्न सँजोए वे अभी अपने आवास में ही छोटा सा विद्याकुल चला रहे थे। उनकी इच्छा उसे पहले एक पूर्ण विद्याकुल और आश्रम में परिवर्तित कर

देने की थी, जहाँ वे आर्य संवर्त को कुलपति बनाना चाहते थे। उस स्वर्णिम अवसर पर एक विराट् यज्ञ करने की उनकी इच्छा थी, जिसमें नरेश मरुत्त और सीमंतिनी को महाराज भरत और आर्या सुनंदा को आमंत्रित करने की उनकी योजना थी। तब माँ सुकेशी और शरद्वान के साथ भरद्वाज को भी वे उसी आश्रम में बसाना चाहते थे। इन सबसे मिलने का उनका मन बहुत करता था। इस इच्छा की पूर्ति वे अभी औशीनरी से इन सबके विषय में ढेरों बातें करके पूरी कर लिया करते थे, क्योंकि अपनी योजनाओं की पूर्ति तक वे एकाकी और शांत जीवन व्यतीत करना चाहते थे।

इन्हीं इच्छाओं, उद्देश्यों और योजनाओं के साथ दीर्घतमा ने चार वर्ष से अधिक का समय औशीनरी की प्रणयछाया में बिताया। आज वसंतपंचमी थी। आज वर्षों बाद दीर्घतमा अपने जीवन में परम उल्लास में थे, क्योंकि आज उनके पुत्र कक्षीवान का विद्यारंभ होना था। प्रात:काल का समय था। स्नान आदि से निवृत्त होकर दीर्घतमा अपनी प्राणप्रिया पत्नी औशीनरी के अंक में सिर रखकर धवल आस्तरणिका पर लेटे हुए थे। औशीनरी उनके घने घुँघराले केशों को अपनी उँगलियों से विशिष्ट प्रणयभाव से सहला रही थी और बातें भी कर रही थी।

"आर्य, आज कैसा अनुभव हो रहा है?"

"औशीनरी, तुम जानती हो आज मैं परम उल्लास में हूँ।" दीर्घतमा बोले। पर औशीनरी को तो चपलता सूझ रही थी। उसने अपनी उसी चपल मुद्रा में पूछा, "क्यों मैं भला कैसे जान सकती हूँ कि आज आप परम उल्लास में हैं?"

औशीनरी और दीर्घतमा समवयस्क थे। औशीनरी लगभग दो वर्ष कम आयु की थी। वह एक विद्वान् पिता की विदुषी पुत्री थी। उसके पिता अंगदेश के राजा बलि की राजसभा के एक सम्मानित सदस्य थे। रहते इसी ग्राम में इसी आवास में थे, जहाँ आजकल औशीनरी और दीर्घतमा रह रहे थे। औशीनरी बहुत ही सुंदर और मेधावी थी। अपने पिता के साथ वह प्राय: राजप्रासाद जाया करती थी। वहाँ उसे जब एक दिन रानी सुदेष्णा ने देखा तो उसने अपने पति अंगराज बलि से अनुरोध करवाकर औशीनरी को अपने पास रखने के लिए उसके पिता को मनवा लिया। तब से औशीनरी रानी सुदेष्णा की सेवा में थी और उनकी शृंगार प्रसाधिका थी। चूँकि वह विद्वान् पिता की विदुषी पुत्री थी, इसलिए उसका स्थान अन्य परिचारिकाओं से नितांत पृथक् था। वह राजप्रासाद में रहने की अपेक्षा अपने ग्राम आवास में अपने पिता के साथ रहती थी और रानी सुदेष्णा का भेजा हुआ रथ नित्य उसे राजप्रासाद ले जाता और अपराह्न में वापस घर छोड़ जाता। पिछले दस वर्षों से वह रानी सुदेष्णा

की सेवा में थी और अब बाईस वर्ष की पूर्ण युवती औशीनरी दीर्घतमा के पुत्र की माँ थी। जब चार वर्ष पूर्व उसका दीर्घतमा से विवाह हुआ था तब वह अठारह वर्ष की परमसुदरी पूर्णयुवती कन्या थी, किंतु अब चार वर्ष बाद उसके शारीरिक सौंदर्य और आकर्षण में अद्भुत वृद्धि हुई थी। जिस आवास में वह और उसके साथ विवाह के बाद दीर्घतमा रहा करते थे, उसमें तीन वासकक्ष एक ही पंक्ति में थे, जिनके आगे एक सीधा बरामदा था। बरामदे के आगे एक खासा बड़ा प्रांगण था। जिसके बीचोबीच अश्वत्थ का एक वृक्ष था, खूब बड़ा और विकसित। रसोई कक्ष उसी बरामदे में बाईं ओर था। उसी आवास के प्रांगण में अश्वत्थ के नीचे दीर्घतमा और औशीनरी घनिष्ठ बातें कर रहे थे जब सहसा एक चपल भाव ने औशीनरी के स्वर में व्यंग्य का समावेश कर दिया था। पर दीर्घतमा चपलता से कोसों दूर कहीं खोए हुए थे। बोले, "औशीनरी, मैं तुम्हारे स्वर के पीछे की चपलता को भलीभाँति समझ रहा हूँ। पर मैं तुम्हारी इस चपलता को कोई अंक आज देनेवाला नहीं। आज मैं सचमुच परम उल्लास में हूँ। औशीनरी, आज से चार वर्ष पूर्व मैंने स्नेह के अत्यंत उत्कृष्ट क्षणों में जो बीज तुम्हें प्रदान किया था और भावुकता की जिस श्रेष्ठ अवस्था में तुमने उसे स्वीकार कर अपने शरीर में पालपोसकर बड़ा किया और फिर कक्षीवान बना दिया, उसी कक्षीवान का आज विद्यारंभ है, इससे बढ़कर तुम्हारे और मेरे लिए आज और दूसरा उल्लास क्या हो सकता है?"

"हाँ आर्य," औशीनरी भी भावुक हो उठी और वह और भी अधिक स्नेह से दीर्घतमा के केशों को अपनी उँगलियों से सहलाने लगी। थोड़ी देर दोनों चुप रहे। फिर उसी तरह दीर्घतमा के केशों को सहलाते हुए औशीनरी ने कहा, "आर्य, वत्स कक्षीवान के विषय में लगता है आज आप कई सपने सँजो रहे हैं। आर्य, आपको आज अपना विद्यारंभ दिवस भी स्मरण हो आया होगा?"

"हाँ औशीनरी, मैं भी तब इसी आयु का था, जब मेरी माँ ममता ने मुझे पहली बार नादपूर्वक ओंकार का जप करना सिखाया था। मैं माँ के अंक में बैठा था, मेरे सामने यजुर्वेद की प्रति पड़ी थी और उस पर माँ ने मेरा हाथ रखवाया, फिर धीरे-धीरे ओंकार बोलना सिखाया। प्रद्वेषी मेरे पास ही बैठी थी, किंतु तात बृहस्पति उस दिन किसी कार्यविशेष के व्याज से आश्रम से बाहर चले गए थे।"

"आर्य, उस दिन आपके आश्रम में कुछ वैसा ही नृत्य-संगीत हुआ होगा, जैसा आज आपके विद्यालय की छात्र-छात्राएँ करने की तैयारी में हैं?"

"नहीं औशीनरी, नहीं, " लंबी साँस खींचते हुए दीर्घतमा बोले, "पिता उचश्य

होते तो वही सबकुछ होता जो तुम कह रही हो। पर तात बृहस्पति ने वैसा कुछ नहीं किया और मुझे लगता है कि उनके भय के मारे तात संवर्त ने भी विद्याकुल के आचार्यों व छात्र-छात्राओं को कुछ भी करने को उत्साहित नहीं किया होगा।"

सहसा प्रांगण में एक मौन छा गया। औशीनरी को पश्चात्ताप होने लगा कि व्यर्थ ही उसने बीता इतिहास याद करवाकर आर्य के उल्लास को प्रभावित होने दिया है। वह सोचने लगी कि कैसे फिर से स्थितियों को सहज बनाया जाए, ताकि वे उल्लास के अपने मनोभाव में वापस आ जाएँ। इससे पहले कि वह कुछ कहती, परिस्थितियों ने उसकी सहायता कर दी। सहसा तात ग्रामणी सजे-धजे कक्षीवान को कंधे पर उठाए नाचते गाते हुए उनके आवास में प्रवेश कर गए। उनके पीछे-पीछे दीर्घतमा के छोटे से विद्यालय के सभी छात्र-छात्राएँ उल्लास का कोलाहल करते हुए भीतर आ गए। दीर्घतमा को सारी बात समझने में कोई देर नहीं लगी। वे अत्यंत प्रसन्न मुद्रा में उठकर खड़े हो गए। औशीनरी ने उनका हाथ थामकर उन्हें अपने आवास के बरामदे में पड़ी आसंदी पर बिठाया और शेष आसंदियों पर तात संपाति और स्वयं औशीनरी बैठ गए। अब तक कक्षीवान अपने पिता दीर्घतमा की गोद में आकर बैठ चुका था। बोला, "पितरौ, मैं स्वाध्याय के लिए तैयार हूँ।"

कक्षीवान का इतना बोलना था कि ग्रामणी ने मस्त होकर नाचना प्रारंभ कर दिया और सभी छात्र-छात्राएँ उसी भावावेश में गा-गाकर सरस्वती वंदना करने लगे। दीर्घतमा समझ गए कि कक्षीवान ने ठीक वही वाक्य उसी क्षण वैसा बोल दिया है, जिस क्षण जैसा बोलने का प्रशिक्षण उसे ग्रामणी और छात्र-छात्राओं की टोली ने दिया होगा। उनकी हर्षविभोर आँखों से स्नेह का जल बह निकला और वे कक्षीवान का सिर सूँघते हुए उसे चूमने लग गए। औशीनरी प्रसन्न थी कि आर्य फिर से अपने परम उल्लास के अद्‌भुत क्षणों में लौट आए थे। जब वंदना संपन्न हो गई तो दीर्घतमा अपने पुत्र कक्षीवान को अंक में लेकर खड़े हो गए और उसे ग्रामणी को सौंपते हुए बोले।

"वत्स कक्षीवान, आर्य संपाति हम सभी के पूजनीय हैं। तुम्हारा विद्यारंभ इन्हीं के द्वारा होगा।" सुनकर ग्रामणी भाव-विभोर हो गए। वे अपनी आसंदी पर फिर से बैठ गए। शिशु कक्षीवान को उन्होंने अपनी बाईं ओर गोद में बिठाया, एक छात्र से कहकर काष्ठफलक पर यजुर्वेद की प्रति रखवाई, कक्षीवान के हाथों को यजुर्वेद का स्पर्श कराया और ओंकार का नादपूर्वक उच्चारण करने को कहा। पहले उच्चारण ग्रामणी ने किया, फिर कक्षीवान ने किया और फिर सभी छात्र-छात्राओं ने

वैसा कर सारा वातावरण गुँजा दिया। इस पूरे उत्सवकाल में ग्राम के दूसरे आवासों से भी कुछ लोग वहाँ आ गए थे और पूरा प्रांगण हर्ष का सजीव चित्र बन गया था।

कक्षीवान का विद्यारंभ हो गया। दीर्घतमा इतने अधिक हर्षातिरेक में थे कि उनसे कुछ बोला नहीं जा रहा था। आवेश में आकर नई-नई उद्भावनाएँ करनेवाले दीर्घतमा आज कक्षीवान को समर्पित थे और बस आँसुओं से ही अपनी बात कहे जा रहे थे। दीर्घतमा की मनोदशा का मर्म समझकर ग्रामणी ने बोलना प्रारंभ किया।

"आर्य दीर्घतमा, वत्सा औशीनरी, पूरे ग्राम समाज की ओर से, विद्याकुल की ओर से और स्वयं अपनी ओर से मैं आपको वर्धापन देना चाहता हूँ। सारा ग्राम और ये सभी छात्र-छात्राएँ आपकी कृतज्ञ हैं कि आपने इस पूरे ग्राम का स्वभाव ही बदल दिया है। आपके आने के बाद मेरी वत्सा औशीनरी को नई जीवनधारा मिली है, विद्याकुल की स्थापना से ग्राम में ज्ञान का आलोक फैला है और प्रत्येक सायंकाल आप जिस तरह से ग्रामसभा के चतुष्पाल पर सभी ग्रामजनों से मिलते हैं, उससे यहाँ सौहार्द और प्रसाद का अद्भुत वातावरण बना है। आर्य आपके आने से हम वास्तव में धन्य हो गए हैं। कक्षीवान का विद्यारंभ तो आपके आवास के प्रांगण में हो गया। इसका दिन भर का उल्लास आज मेरे घर में होगा। आर्य, कक्षीवान के विद्यारंभ की प्रसन्नता में आज सारे ग्रामवासियों का मध्याह्न भोज मेरे घर में है। आप दोनों भी उस भोज में सादर आमंत्रित हैं।"

ग्रामणी ने देखा औशीनरी और दीर्घतमा दोनों के ही नेत्र अश्रुपूरित थे। उन्होंने बस थोड़ा हास्य करके ग्रामणी के आमंत्रण को स्वीकृति जैसी प्रदान कर दी। उनके मुँह से कोई शब्द निकल ही नहीं पाया। ग्रामणी इसी से प्रसन्न हो गए। उन्होंने फिर से कक्षीवान को अपने कंधे पर बिठा लिया और वे और छात्र-छात्राएँ उसी तरह से नाचते-गाते हुए औशीनरी-दीर्घतमा के आवास से बाहर चले गए जैसे नाचते-गाते वे आए थे।

फिर से औशीनरी और दीर्घतमा अपने आवास में एकाकी रह गए। औशीनरी ने बरामदे से दो आसंदियाँ उठाकर अपने घर के प्रांगण में अश्वत्थ के नीचे वहीं रख दीं, जहाँ पहले आस्तरणिका बिछी थी। उसने पहले दीर्घतमा को एक आसंदी पर सहारा देकर बिठाया, फिर वह रसोईकक्ष में गई, कुछ फल लेकर आई और दोनों आसंदियों के बीच एक काष्ठफलक रख उस पर फल रख दिए। अब औशीनरी आर्य दीर्घतमा के पास ही आसंदी पर बैठकर फल काटती जा रही थी और बड़े ही स्नेह से दीर्घतमा को खिलाती जा रही थी। फल खाते-खाते दोनों बातें भी करते

जा रहे थे और आज औशीनरी से बातें करते हुए दीर्घतमा को विशेष आह्लाद की अनुभूति हो रही थी। थोड़ी देर बाद औशीनरी उठी, एक कक्ष में जाकर एक छोटा सा ग्रंथ ले आई, जिसमें उसने अपने हाथ से वे सभी मंत्र लिख रखे थे, जो दीर्घतमा ने आजतक रचे थे। औशीनरी से विवाह के बाद भी दीर्घतमा ने अनेक मंत्रों की रचना की थी, जो सभी उस ग्रंथ में लिखे हुए थे। औशीनरी उस ग्रंथ में से मंत्र पढ़-पढ़कर दीर्घतमा को सुनाती रही थी और वे सुनकर प्रसन्न होते रहे। सबसे अंत में उसने वह मंत्र सुनाया, जिस पर दीर्घतमा को ऋषित्व की प्राप्ति हुई थी। और वह मंत्र सुनने के बाद दीर्घतमा बहुत देर तक प्रद्वेषी की, अपने आश्रम की और माँ ममता की बातें औशीनरी से करते रहे। पर आज इन सभी बातों में दीर्घतमा आह्लाद से भरे दिखाई दिए। इसी तरह एक-दूसरे में भावलीन उस दंपती को बातें करते-करते दोपहर हो गई तो औशीनरी ने तात ग्रामणी के घर मध्याह्न भोज में चलने का निमंत्रण याद दिलाया। पर दीर्घतमा तो किसी और ही मनोभाव में थे। उन्होंने औशीनरी से फिर से प्रात:काल की तरह अपने अंक में लिटाने को कहा। औशीनरी को रोमांच हो आया। वह कक्ष के भीतर गई धवल आस्तरणिका ले आई उसे अश्वत्थ की छाँव में फिर से बिछाया, फिर आर्य दीर्घतमा को आसंदी से उठाया, उन्हें आस्तरणिका पर लिटाकर अपने अंक में उनका सिर रखा। फिर वह पहले की ही तरह दीर्घतमा के घने घुँघराले केशों को अपनी स्नेह से भरी उँगलियों से चुपचाप सहलाने लगी। वह निरंतर दीर्घतमा की अत्यंत सुंदर पर दृष्टिहीन आँखों को देखे जा रही थी। सहसा उस पर भावुकता का ऐसा आवेग छाया कि औशीनरी ने दीर्घतमा की आँखों को अपने होंठों से चुंबन देने प्रारंभ कर दिए। दीर्घतमा पुलकित हो गए। जैसे ही औशीनरी सहज हुई तो उसकी आँखों के आँसू दीर्घतमा के वक्ष पर गिरने लगे। दीर्घतमा औशीनरी के मन के उल्लास और आवेग को समझ रहे थे। समान भावावेश में आकर वे बोले।

"औशीनरी, देखो हम मनुष्यों को, एक जीवन ठीक तरह से जी लेने में हमें कितना आयास करना पड़ता है। कभी प्रसाद तो कभी विषाद, कभी उल्लास तो कभी परम उल्लास। कभी हम हँस पड़ते हैं तो कभी विलाप करने लगते हैं। पर एक सूर्य है जो नित्य एक जीवन जीता है, नित्य प्रात: उठता है, रात्रि को कहीं जाकर सो जाता है, कहाँ सो जाता होगा वह? जैसे कोई तेजस्वी सिंह रात्रि के अंधकार में किसी काली गह्वर गुफा में जाकर विश्राम करने लगता है। क्या प्रतापी सूर्य भी वैसा ही कुछ करता होगा? मृगो न भीमः कुचरो गिरिष्ठः? किंतु प्रात: उठकर वह

फिर से अपने कर्म में व्यस्त हो जाता है। और देखो तो औशीनरी, कैसा प्रतापी है यह सूर्य कि केवल तीन पद चलकर ही वह सारे जगत् का भ्रमण पूरा कर लेता है। प्रातः आई, मध्याह्न हुई और फिर सायंकाल, बस इन्हीं तीन विक्रमों से संपन्न हो जाती है प्रकाशस्तंभ सूर्य की दैनिक जीवनयात्रा। यस्योरुषु त्रिषु विक्रमणेषु अधि क्षियन्ति भुवनानि विश्वा।"

औशीनरी प्रसन्न थी कि आर्य आज बहुत दिनों बाद मंत्र रच रहे थे। वह शीघ्र कक्ष में जाकर पत्र-मसीपात्र-लेखनी लेकर आए, वैसा उसने नहीं किया। वह वहीं बैठी दीर्घतमा के केशों को अपनी उँगलियों से सहलाती रही। वह नहीं चाहती थी कि आर्य के भाव-प्रवाह को कहीं से भी कोई बाधा पहुँचे। बीच-बीच में वह दीर्घतमा को मधुर चुंबन भी प्रदान किए जा रही थी, कभी आँखों पर, कभी कपोलों पर, कभी ओष्ठों पर, कभी माथे पर। मानो इससे ही दीर्घतमा को कोई अदृश्य ऊर्जा मिल रही हो। वे थोड़ी देर रुककर फिर बोलना प्रारंभ हुए।

"सचमुच ऐसे महान् सूर्य को प्रणाम करने को मेरा मन करता है। **बिष्णोर्नु कं वीर्याणि प्रवोचम् यः पार्थिवानि विममे रजांसि।** पर औशीनरी, ऐसा विलक्षण सूर्य केवल पृथ्वी को ही तो आलोकित नहीं करता होगा। पृथ्वी से ऊपर का अंतरिक्ष लोक और उससे ऊपर का द्युलोक भी तो उसी से, उसी विष्णु के प्रकाश से आलोकित होते होंगे। **ओ अस्कभायदुत्तरं सधस्थं विचक्रमाणस्त्रेधोरुगायः।** पर औशीनरी, मुझे बहुधा आश्चर्य होता है कि इतना प्रबल विक्रम करने की बृहत् ऊर्जा इस महान् कर्मयोगी सूर्य को कहाँ से मिलती होगी? मुझे तो औशीनरी, हर बालक की तरह ऊर्जा दी थी माँ ममता ने अपना स्नेह से आलोड़ित दूध पिलाकर, अपने हाथों से मीठा मधु खिलाकर। पर सूर्य को कहाँ से मिलती होगी ऊर्जा? कौन पिलाता होगा उसे दूध? कौन खिलाता होगा उसे मधु?"

औशीनरी मंद-मंद स्मित कर रही थी कि जब उसके आर्य इस तरह के भावावेश में होते हैं, पता नहीं कहाँ से कहाँ की भावयात्रा वे कर आते हैं। फिर आज तो वे वर्षों बाद उल्लास की चरम अवस्था में थे। आज की अपनी भावयात्रा में तो वैसे-वैसे स्थानों पर होकर आएँगे, जो सामान्य मनुष्यों के लिए अकल्पनीय होते हैं। और सचमुच दीर्घतमा ऐसी ही अद्भुत उल्लासयात्रा पर ही थे, जब उन्होंने कहा, "देखो इस सूर्य का आवास, जैसे हमारा यह आवास है, निश्चित ही एक ऐसे उच्चतम लोक में होगा, जहाँ बड़े-बड़े सींगोंवाली गाएँ अपनी अक्षय क्षीरधारा से दुग्ध के अनंत प्रवाह को निरंतर बहाए रखती होंगी। **यत्र गावो भूरिशृंगा अयासः।**

और जहाँ मधु के भंडार कभी समाप्त तो क्या कम भी नहीं होते होंगे। **यत्र त्री पूर्णा मधुना पदानि अक्षीयमाणा स्वधया मदंति।** आओ मेरी जीवनसंगिनी औशीनरी, हम उसी उच्चतम लोक में चलने का संकल्प करें, जहाँ आनंद-ही-आनंद है, उल्लास-ही-उल्लास है, जहाँ दुग्ध की अक्षय धारा है, मधु का अक्षय भंडार है और जहाँ मेरी माँ ममता का वास है। **ता वां वास्तून्युश्मसि गमध्यै।"**

चुप हो गए दीर्घतमा। कहीं खो गए। औशीनरी प्रभु से कामना कर रही थी कि उनके आर्य को बस कभी विषाद न हो और उल्लास के ऐसे क्षण उनके जीवन का स्थायीभाव बन जाएँ। पर विधाता की कुछ और ही योजना थी। नियति की डोर से बँधे दीर्घतमा को किसी दूसरी डगर पर मानो ले जाने के लिए एक रथ वहाँ घर के द्वार पर आ गया। औशीनरी ने पहचान लिया कि रथ अंगराज बलि के राजप्रासाद से आया है। वह चकित थी कि वह तो महारानी सुदेष्णा से आज परिचर्या के लिए न आने को कह आई थी। फिर यह रथ क्यों आया? और वह भी इतना विलंब से?

तब तक रथ से उतरकर दो राजपुरुष वहाँ आ गए। औशीनरी और दीर्घतमा को प्रणाम कर उन्होंने औशीनरी से कहा, "आर्या, महाराज बलि ने आर्य दीर्घतमा से अपनी राजसभा में आने की प्रार्थना की है। आर्ये कल जब आप महारानी सुदेष्णा के पास जाएँगी, तभी आर्य दीर्घतमा भी आपके साथ चलेंगे। हम ही कल फिर से रथ लेकर आएँगे।"

राजपुरुष तो अपनी बात विनम्रता और सहजता से कह रहे थे। पर राजप्रासाद, राजपुरुष, राजसभा आदि शब्दों से अब दीर्घतमा विचलित होने लग गए थे। सहसा उन्हें वह रथ याद आ गया जो उन्हें प्रद्वेषी की मृत्यु के बाद वैशाली राजप्रासाद ले गया था।

राजपुरुष चले गए। पर दीर्घतमा को विचलित कर गए।

27

"मैं अंगराज बलि अपनी पत्नी सुदेष्णा के साथ आर्य दीर्घतमा के चरणों में प्रणाम करता हूँ।" जैसे ही दीर्घतमा ने ये शब्द सुने, वे अपनी आसंदी से उठकर खड़े हो गए। आज प्रात: ही एक रथ दीर्घतमा के आवास जाकर औशीनरी के साथ उनको भी राजप्रासाद ले आया था। रथ राजप्रासाद के भीतर जाकर रुका

और औशीनरी नित्य की तरह महारानी सुदेष्णा की शृंगार प्रसाधन परिचर्या में चली गई, जबकि एक राजपुरुष दीर्घतमा को राजा बलि और रानी सुदेष्णा से मिलवाने राजप्रासाद के विशिष्ट अतिथिकक्ष में ले गया। कक्ष बहुत बड़ा नहीं था, पर बहुत ही भव्य था। लकड़ी की बनी उसकी चारों भित्तियों पर हलके नीले रंग के कौशेय वस्त्र लटक रहे थे और सुंदर कढ़ाई से सजी ऊनी आस्तरणिका फर्श पर बिछी थी। फर्श पर कक्ष के बीचोबीच आठ आसंदियाँ गोलाकर रूप में पड़ी थीं। आसंदियों के मध्य में एक गोल काष्ठपीठिका थी, जिस पर कुछ फूल रखे थे। आसपास के सौंदर्य से नितांत अपरिचित दीर्घतमा उन्हीं आसंदियों में से एक पर बैठे थे, जब एक भित्ति के कोने पर बने प्रवेश द्वार में से भीतर कक्ष में प्रवेश कर महाराज बलि ने उन्हें प्रणाम कहा।

जैसे ही आर्य दीर्घतमा अपनी आसंदी से उठकर खड़े हो गए, वैसे ही महारानी सुदेष्णा ने उनका हाथ थामकर फिर से उन्हें सादर उसी आसंदी पर बिठा दिया। दीर्घतमा कल से ही चकित थे कि अंतत: किस माध्यम से राजा बलि को उनके उस ग्राम में होने की सूचना मिली होगी। पिछले चार वर्ष से अधिक समय से वे वहाँ रह रहे थे। ग्राम और राजप्रासाद के बीच एक ही दैनिक संपर्कसूत्र था, जिसका नाम था औशीनरी। इस औशीनरी ने तो इस रहस्य पर से आवरण हटाया नहीं होगा। उसने तो आज तक भी आर्या सुदेष्णा के बारे में मुझसे कोई चर्चा नहीं की। वह भला क्यों चूक गई होगी और सुदेष्णा देवी को मेरे विषय में कुछ सूचना प्रमादवश दे बैठी होगी? फिर दूसरा माध्यम क्या हो सकता है? दीर्घतमा सोचकर आए थे कि वे राजा बलि से मिलने का प्रथम अवसर हाथ में आते ही यही जानने का प्रयास करेंगे। पर इससे पहले कि वे कुछ पूछ पाते, महारानी सुदेष्णा ने बहुत ही तरल वाणी में कह डाला, "यह औशीनरी भी बड़ी ही चपल है। अब देखिए न आर्य दीर्घतमा, वह बाल्यकाल से ही मेरी परिचर्या में है और पिछले चार वर्षों से आपकी परिणीता है। पर उसका विवाह एक शिक्षक से हुआ है इतना भर बताने के अतिरिक्त उसने आपके विषय में एक बार भी चर्चा तक नहीं की।"

"कितने आश्चर्य की बात है आर्य," अब राजा बलि के बोलने की बारी थी, "कि आप चार वर्ष से हमारे राज्य की सीमाओं में रह रहे हैं और वह भी राजप्रासाद के इतना निकट और हमें पता ही नहीं चला कि हम एक महापुरुष की कोमल छाया में जी रहे हैं। परंतु आर्य, मेरे इस अज्ञान दुर्भाग्य का अंत कल प्रात:काल हुआ, जब मेरे गुप्तचरों ने मुझे आपके बारे में विस्तार से विवरण दिया।"

दीर्घतमा अब तक चुप बैठे थे। उनके आश्चर्य को पहला उत्तर तो मिल गया कि राजा बलि को उनके बारे में जानकारी किसी अन्य स्रोत से नहीं, अपने ही गुप्तचरों से मिली है। पर इससे उनका यह आश्चर्य और बढ़ गया कि पूरी कथा में गुप्तचरोंवाला तत्त्व कैसे आ गया? ये गुप्तचर भला उनकी गुप्तचरी क्यों कर रहे थे? उसी जिज्ञासा से भरे उन्होंने धीरे से पूछ लिया, "राजन् आपको अपने गुप्तचरों से इतनी सूक्ष्म सूचनाएँ तक मिल जाती हूँ, यह आपके तंत्र की कुशलता का प्रमाण है। पर गुप्तचरों ने मेरे संबंध में जानकारियाँ क्यों एकत्र कीं, इसका कोई ठीक समाधान मैं स्वयं को नहीं दे पा रहा हूँ।"

राजा बलि को दीर्घतमा की जिज्ञासा का मर्म समझते देर नहीं लगी। वे राजा थे, बहुत ही प्रतिभाशाली और शालीन थे। इसलिए दीर्घतमा की इस जिज्ञासा का पूरा समाधान कर देना उन्हें आवश्यक लगा। "इसमें ऐसे किसी समाधान जैसी कोई समस्या नहीं है आर्य ऋषे," राजा ने कहना प्रारंभ किया। "मेरे गुप्तचर राज्य के प्रत्येक नगर और ग्राम में जाते रहते हैं। नगरों में उनका जाना प्राय: होता रहता है अपितु वे रहते ही नगरों में हैं, इसलिए नगरों में घटनेवाली घटनाओं की सूचनाएँ हमें अधिक तीव्रता से प्राप्त हो जाती हैं। पर ग्रामों की संख्या अधिक होने के कारण और वहाँ अपेक्षाकृत शांति और सौमनस्य का वातावरण होने के कारण वहाँ गुप्तचरों का जाना देर से ही हो पाता है। इसलिए आपके संबंध में इतने दिनों से मैं अंधकार में रहा, इसके लिए मैं आपका क्षमाप्रार्थी हूँ।" राजा बहुत ही विनम्र भाव से बोल रहे थे।

"परंतु आर्य, मैं समझ नहीं पा रही हूँ कि आपने अपने यहाँ होने की घटना को इतना गोपनीय क्यों रखा?" यह प्रश्न सुदेष्णा का था, जो दीर्घतमा को देखते ही उनके शारीरिक सौंदर्य और तेजस्विता पर मुग्ध हो गई थी। सुदेष्णा सुंदर थी, बुद्धिमती थी। पर उसके जीवन में दो अभाव थे। एक तो उसे, अपने पति से संतान प्राप्त नहीं हुई थी। इस कष्ट को उसने विधि का विधान मान लिया था। पर उसे अपने पति से कामसुख भी नहीं मिला था, इससे उसके मन पर प्राय: संताप की ज्वाला अपना प्रभाव दिखा दिया करती थी। चूँकि वह बुद्धिमती थी, इसलिए वह अपने को जैसे-तैसे सँभाले चली आ रही थी। पर आज दीर्घतमा को देखकर उसकी सँभाल उसका साथ मानो छोड़ रही थी और उसका मन डाँवाँडोल हो रहा था। प्रात: से ही राजा बलि अनेक बार दीर्घतमा की चमत्कारी मंत्रप्रतिभा की प्रशंसा कर चुके थे। इस छवि की पृष्ठभूमि में जब उसने दीर्घतमा के शारीरिक सौंदर्य और

सौष्ठव को देखा तो उसके मन में एक विशेष मंथन प्रारंभ हो गया। उसे तो अपनी परिचारिका औशीनरी से ही ईर्ष्या होने लगी कि उसे कितना श्रेष्ठ पुरुष पति के रूप में मिला है। और वह भी संतान दे सकने में समर्थ।

"नहीं आर्या सुदेष्णा, इसमें गोपनीय रखने जैसी कोई बात नहीं है। बस कुछ समय एकांत में शांति से बिताने की तीव्र इच्छा के कारण ही मैंने इधर-उधर भ्रमण नहीं किया।" दीर्घतमा का संक्षिप्त उत्तर था।

"आर्य, जिस दिन से आपको वैशाली के ज्ञानसत्र में ऋषिपद की प्रतिष्ठा मिली, तभी से आपसे मिलने को मैं व्याकुल हो रहा था। फिर सूचना मिली कि आप वैशाली राजप्रासाद में ही रहने आ गए हैं। वैशाली यहाँ से दो दिनों की यात्रा की दूरी पर है। आपके गुणों से आकृष्ट मैं एक दिन आपके दर्शनार्थ अपने मित्र मरुत्त की राजधानी चला गया। मरुत्तनरेश वहाँ थे नहीं, आर्य बृहस्पति से मिलने आश्रम गए हुए थे। राजपुत्री सीमंतिनी वहाँ थी।"

राजा बलि के मुँह से सीमंतिनी की चर्चा सुन दीर्घतमा को रोमांच हो आया। उनके स्मृतिपटल पर वैशाली में बिताए दिन आने लगे। पर अभी उन्हें राजा बलि की बातों पर ध्यान देना अधिक आवश्यक लगा जो निरंतर अपनी बात कहे जा रहे थे।

"आर्य, सीमंतिनी ने बताया कि महाराज भरत आपको सादर प्रतिष्ठान लिवा ले गए हैं। राजपुत्री से बातें बस आपके ही विषय में हुई। कैसे-कैसे वहाँ आपने यज्ञभूमि में और अन्य अवसरों पर मंत्ररचना की, इस बारे में सीमंतिनी कहती हुई थक ही नहीं रही थी। आपको स्मरण कर उसके नेत्रों से छलकते आँसू भी मैंने देखे आर्य।"

यह कहकर राजा बलि भी थोड़ा रुक गए। सुदेष्णा को ऐसा लगा कि सीमंतिनी भी अवश्य दीर्घतमा के प्रति आकृष्ट रही होगी। उधर दीर्घतमा ऐसी विवश स्थिति में थे कि सीमंतिनी के बारे में न तो कोई चर्चा कर सकते थे और न ही कोई भाव प्रदर्शित कर सकते थे। बस अपने हृदय की पूरी उमंग को उन्होंने एक वाक्य में ही कहकर संतोष पा लिया, "आर्य महाराज, सीमंतिनी एक अद्भुत स्त्री है, शेष राजपुत्रियों से पृथक्, संवेदना से परिपूर्ण।"

"हाँ आर्य।" राजा बलि को अपनी बात पूरी कर देने की इच्छा हुई, "सीमंतिनी ने इतना कुछ बताया आपके विषय में कि एक बार मन किया तुरंत वैशाली से ही उसी रथ पर बैठकर प्रतिष्ठान चला जाऊँ और आपको अंगराज्य में आने का आग्रह करूँ। पर राजकीय विवशताएँ मुझे वापस राजप्रासाद ले आईं और मैं आपके दर्शनों

को वंचित रह गया।" इतना कहने के बाद राजा बलि फिर थोड़ा रुके। उसके बाद उन्होंने पूछ लिया।

"आर्य, प्रतिष्ठान आपने कब छोड़ा? स्वयं ही छोड़ा अथवा वहाँ कुछ संकट आ गया था? मेरे गुप्तचरों ने जो जानकारियाँ मुझे दी हैं वे तो कुछ विचित्र प्रकार की हैं।"

"हाँ राजन् कुछ विचित्र प्रकार की परिस्थितियों में ही मैं प्रतिष्ठान से लौटा था। इस पर कभी विस्तार से आपसे चर्चा करूँगा। परंतु आर्य, यदि आप अन्यथा न समझें तो मेरी जानने की इच्छा हो रही है कि आज मुझे यहाँ किस प्रयोजन से सहसा बुलवा लिया गया है?" दीर्घतमा वास्तव में जानना चाहते थे।

"आर्य ऋषे, आप जैसे परमप्रतिभासंपन्न महापुरुष से मिलने मुझे स्वयं ही आपके आवास आना चाहिए था। परंतु आर्य एक तो आपके विषय में मैं अभी पूरी तरह आश्वस्त होकर ही आपके आवास आना चाहता था। इसलिए आपको यहाँ आने का कष्ट दिया। दूसरे, मैं आपसे मिलने आता तो अकेला आता। परंतु आपके यहाँ आ जाने से मेरी मंत्रिपरिषद्, इस राज्य की सभा और समिति के सदस्य भी आपके दर्शनों और विचारों का सौभाग्य पा लेंगे।" थोड़ा विराम देकर राजा ने कहा, "आज मध्याह्न भोजन के बाद ही मैंने इन सभी निकायों की एक संयुक्त बैठक आपके सम्मान में बुला ली है।"

निस्संदेह बलि और सुदेष्णा के दीर्घतमा के प्रति व्यवहार में विनम्रता और सद्भाव का अद्भुत मिश्रण था। इससे उनके सामने एक निजी समस्या उत्पन्न हो गई थी। वे स्वयं अभी तक अपने एकांत को छोड़कर सार्वजनिक व्यक्ति बनने को कतई इच्छुक नहीं थे, जबकि आज मध्याह्न बाद की प्रस्तावित राजकीय बैठक उन्हें सीधे-सीधे सार्वजनिकता के प्रकाश में ला देनेवाली थी। उनका कल का परम उल्लास उनके एकांत जीवन के कारण ही संभव हो पाया था, जिसे वे किसी भी स्थिति में छोड़ना नहीं चाहते थे, परंतु अब उन्हें लगने लगा था कि अपने को अपने परिवार, ग्राम और विद्याकुल तक सीमित रखने की उनकी योजना अब भंग होकर रहेगी। क्यों नहीं राजा बलि उनके वहाँ होने की सूचना वैशाली और प्रतिष्ठान भेजेंगे? वे वैसा न करें, इसके लिए दीर्घतमा को कोई उचित तर्क अब नहीं सूझ रहा था। उसके बाद स्वभावत: ही वह सूचना आश्रम भी पहुँच जाएगी और फिर सभी का इधर आना-जाना इतना बढ़ जाएगा कि जिन विशिष्ट योजनाओं का सपना बुनते हुए वे जीवन जी रहे थे, उसमें भारी व्यवधान आ जाना अब स्वाभाविक लग

रहा था, जो उन्हें अच्छा नहीं लग रहा था। दो राजप्रासादों के अनुभव के बाद वे कठिनाई से स्वायत्त हुए थे और एक बार फिर से वे अपनी प्रकृति माँ के प्रांगण से दूर राजप्रासाद के बोझिल और थका देनेवाले वातावरण में आ फँसे थे, जहाँ से वे शीघ्रातिशीघ्र बाहर चले जाना चाहते थे। परंतु उनकी विवशता यह भी थी कि अब वे राजकीय अतिथि थे और ऐसा कोई व्यवहार भी वे नहीं करना चाहते थे और न ही कोई ऐसी बात अपने मुँह से निकालना चाहते थे कि जिससे उनके बारे में अभद्र धारणा वहाँ बने। इसीलिए बस शालीनतावश उन्होंने राजा बलि के निमंत्रण का सम्मान करने की अपनी सहमति व्यक्त कर दी।

जैसे ही दीर्घतमा ने हामी भरी, महारानी सुदेष्णा ने अपने एक अत्यंत विश्वस्त राजभृत्य को बुलवाकर आदेश दिया, "धौत, आर्य दीर्घतमा आज रात्रि राजप्रासाद के अतिथि हैं। मेरे आवास के पास जो अतिथिशाला है वहाँ इनको अभी लेकर जाओ और इनके रात्रि निवास के लिए सभी सुविधाएँ भी वहाँ जुटा दो। औशीनरी को मेरी ओर से संदेश भिजवा दो कि आज मध्याह्न भोजन के बाद आर्य दीर्घतमा मंत्रिपरिषद् सभा और समिति की संयुक्त बैठक को संबोधित करनेवाले हैं। इसलिए आर्य उसके साथ आज नहीं कल अपराह्न में ही अपने आवास वापस जाएँगे।"

जब औपचारिकता पूरी हो गई तो राजा बलि सुदेष्णा के साथ जाने को उद्यत हुए, "तो आर्य, अब आज्ञा दीजिए। अभी आप मध्याह्न भोजन के बाद विश्राम कीजिए। उसके बाद मैं स्वयं देवी सुदेष्णा के साथ आपको उस सभागार में ले चलूँगा, जहाँ सभा, समिति और मंत्रिपरिषद् के सदस्य आपके दर्शनों को एकत्र होंगे।"

बलि और सुदेष्णा प्रणाम करके चले गए। दीर्घतमा को कुछ भी समझ में नहीं आ रहा था। धौत ने उन्हें अतिथिशाला में चलने का निवेदन किया तो उन्होंने कुछ समय अभी वहीं अतिथिकक्ष में ही बैठे रहने की इच्छा व्यक्त कर उसे कुछ देर बाद आने को कह दिया। वे बहुत देर तक एकाकी उस अतिथिकक्ष में बैठे सोचते रहे, यह सहसा परिवर्तन क्यों हो गया? क्या इच्छा है नियति की अब? अब चूँकि मेरा एकांत में चुपचाप शेष विश्व से दूर रहना संभव नहीं होगा तो क्या मुझे अब अपनी योजनाओं में परिवर्तन कर उनको शीघ्र क्रियान्वित करने के विषय में सोचना चाहिए? क्या मुझे अपने ग्राम के निकट ही आश्रम और विद्याकुल बनाने के प्रस्ताव पर शीघ्र आचरण नहीं कर देना चाहिए?'

अचानक उनको अपनी माँ का स्मरण हो आया। वे अभिभूत हो गए। फिर

माँ से बात करने लगे, 'देखो माँ, तुम्हारे ही आदेश का पालन कर रहा हूँ और कर्म कर रहा हूँ।'

दीर्घतमा की वापस वैशाली, प्रतिष्ठान या अपने आश्रम लौटने की कोई इच्छा नहीं थी। उनके कार्यक्रम के अनुसार तो उनको ग्राम के पास ही जब उनका एक आश्रम बन जाता, वहाँ एक विद्याकुल स्थापित हो जाता, तभी बड़े यज्ञ के अवसर पर उनका सब से पुन: परिचय होता।' पर अब के कारण उनके बारे में सूचनाएँ समय से पूर्व सर्वत्र पहुँच जाने की पर्याप्त संभावनाएँ थीं। वे फिर भी अब अपनी योजनाओं में थोड़ा फेरबदल करने को तो तैयार थे, पर उनसे डिगने को तैयार नहीं थे। चार वर्ष पूर्व अपनी एक अद्भुत थोप दी गई नौकायात्रा के दौरान उन्होंने जिस नए जीवन का संकल्प लिया था, उसी संकल्पमार्ग पर वे अब और आगे बढ़ने को तत्पर थे। औशीनरी के साथ विवाह ने उनके जीवन में आशा और विश्वास की नई रेखाएँ खींच दी थीं। औशीनरी और प्रकृति इन दोनों की छाँव से दूर होने से उनको अब डर लगने लगा था। इस राजप्रासाद में रहने की उनकी कोई इच्छा नहीं थी और उन्हें संतोष इस बात का था कि राजा बलि का वैसा कोई प्रस्ताव भी नहीं था। पर अपनी योजनाओं को समय से पूर्व आकार देने की अपनी सद्य: उत्पन्न इच्छा में वे अंगराज की सहायता लेने का मन बनाने लगे थे।

इसलिए जब मध्याह्न भोजन के लिए राजभृत्य धौत उन्हें बुलाने आया तो वे बदली हुई मनोदशा में आ चुके थे। कल अपने आवास पर राजरथ के आ जाने से वे विचलित हो गए थे। आज जब वे यहाँ आए तो उनकी कोई रुचि राजप्रासाद या बलि-सुदेष्णा में नहीं थी। पर जब वे भोजन के लिए निकले तो उनके मन में एक नई दिशा जन्म ले चुकी थी। बस एक ही उदासी उनके मन में थी कि आज विवाह के बाद पहली बार उन्हें एक अपरिचित स्थान पर अकेले रात्रि बितानी पड़ेगी, औशीनरी के बिना। वे दु:खी थे कि औशीनरी भी अकेले कैसे रह पाएगी। पर उन्हें संतोष था कि उसके पास अपना कक्षीवान तो है, उसी को बार-बार ओंकारनाद करवाती वह समय बिता लेगी।

उसी दिन का अपराह्न। एक बहुत बड़े विशालकक्ष के एक कोने में बने छोटे से मंच पर आर्य दीर्घतमा एक बडी आसंदी पर बैठे थे। उनके दाएँ-बाएँ राजा बलि और महारानी सुदेष्णा अपनी-अपनी आसंदियों पर विराजमान थे। विशालकक्ष गोलाकार था, जिसमें कुल मिलाकर छह द्वार थे। हर एक द्वार से दूसरे द्वार तक की दीवार गवाक्ष आकार में बनी थी और इस तरह पूरा विशालकक्ष गवाक्ष आकार का

हो गया था। ऐसे में वहाँ वायु और प्रकाश की कोई समस्या थी ही नहीं, अपितु बाहर चारों ओर बने गोलाकार बरामदे में बैठे लोग भीतर की काररवाई देख भी सकते थे। राजकीय राजकाज की इस पारदर्शिता का लाभ प्रजाजन कई बार उठाया भी करते थे। परंतु आज का कार्यक्रम इतनी शीघ्रता में बनाया गया था कि बहुत थोड़े क्षेत्रों में इसकी सार्वजनिक घोषणा की जा सकी थी। फिर अंग राजधानी के लोगों में दीर्घतमा एक नया और नितांत अपरिचित नाम था, इसलिए बरामदे की आसंदियाँ लगभग खाली पड़ी थीं। किंतु चार विशाल स्तंभों पर टिके उस भव्य विशालकक्ष के भीतर आर्य दीर्घतमा के सामने काष्ठपीठिकाओं के साथ सजी आसंदियों पर सभा समिति और मंत्रिपरिषद् के माननीय सदस्यगण बैठे थे। दो सौ चालीस सदस्यों की सभा के सभी सदस्य राज्य की जनता द्वारा चुनकर भेजे गए थे। प्रत्येक सभा सदस्य का चुनाव कई ग्राम पंचायतों के निकाय मिलकर करते थे, जबकि नगरों का प्रतिनिधित्व जनसंख्या के आधार पर होता था। जो नगर अपनी जनसंख्या कम होने के कारण अपना सभेय अर्थात् सभा का सदस्य नहीं भेज सकता था तो उसके साथ सटी कुछ ग्राम पंचायतों के निकाय मिलकर वांछित जनसंख्या पूरी कर देते थे। इन दो सौ चालीस सभेयों के अतिरिक्त समिति के सभी पचपन सदस्य भी वहाँ बैठे थे। इन सामितेयो अर्थात् समिति के सदस्यों में अधिकांश राजकुल के महत्त्वपूर्ण सदस्य थे या फिर राज्य के कुछ अतिविशिष्ट व्यक्ति थे जो सामितेय के रूप में मनोनीत किए गए थे। राजा बलि अपनी मंत्रिपरिषद् के चौदह सदस्यों का चयन इन्हीं सभेयों और सामितेयों में से किया करते थे।

ये सभी लोग आज एक साझा बैठक में आर्य दीर्घतमा का प्रवचन सुनने की इच्छा से आए थे। जब सभी सदस्यगण अपने-अपने स्थानों पर बैठ गए तो राजा बलि ने संक्षेप में आर्य दीर्घतमा का परिचय दिया। उनके ऋषिपद पर प्रतिष्ठित होने की घटना बताए जाने पर जैसी करतलध्वनि वहाँ हुई, उससे दीर्घतमा को रोमांच हो आया। अपनी प्रस्तुति में राजा ने घोषणा कर दी कि आर्य दीर्घतमा अपने ग्राम के पास एक आश्रम बनाना चाहते हैं और वहीं एक विद्याकुल भी चलाना चाहते हैं? ऐसा उनको उस ग्राम के निवासियों से पता चला है, जहाँ आर्य दीर्घतमा का आवास है। राज्य की ओर से इसके लिए पूरी सहायता की बात कर राजा बलि ने दीर्घतमा की उस इच्छा को वाणी दे दी, जिस पर वे भोजन के पूर्व मन-ही-मन विचार कर रहे थे। फिर जब राजा ने आर्य दीर्घतमा से प्रवचन देने की प्रार्थना की तो विशालकक्ष में हर्षनाद हुआ, जिसे सुनकर सुदेष्णा को विशेष प्रकार का रोमांच हो

आया। वह चाहने लगी कि किसी तरह आर्य दीर्घतमा से एक बार एकांत में मिलना हो तो वह उन्हें बस देखती रहे। उसका मन किया कि आर्य दोर्घतमा की नेत्रज्योति ठीक होती और वे उसे देख पाते तो वह धन्य हो जाती। 'क्या वे मेरे सौंदर्य पर मुग्ध नहीं हो जाते?' वह सोच रही थी।

"अंगदेश के शासको," दीर्घतमा ने विलक्षण संबोधन के साथ अपना प्रवचन प्रारंभ किया तो विशालकक्ष में एक भारी करतलध्वनि हुई, क्योंकि वहाँ बैठे लोगों को ऐसा संबोधन आज किसी ने पहली बार किया था। "सहसा आपके मध्य बिठा दिया गया मैं आपसे क्या बातें करूँ, कुछ समझ तो नहीं आ रहा। फिर भी अतिसंक्षेप में कुछ कहना चाहता हूँ, क्योंकि राजा बलि और रानी सुदेष्णा के अनुरोध का सम्मान करने की मेरी इच्छा है।"

दीर्घतमा ने तो सम्मान की बात स्वाभाविक रूप से कही थी और राजा बलि ने उसे उसी रूप में लिया भी था। परंतु सुदेष्णा स्वयं को इसके बाद कुछ विशिष्ट, कुछ अधिक सुंदर और कमनीय मानने लगी थी। थोड़ी देर रुककर दीर्घतमा ने फिर कहना प्रारंभ किया, "मैं देख तो नहीं सकता, पर कल्पना का एक चित्र आपके सामने खींच जरूर सकता हूँ। आप बैठे तो इस विशालकक्ष में हैं, पर कल्पना करिए कि आप वन में हैं और फलों से लदे एक वृक्ष के नीचे उसकी छाया में विश्राम कर रहे हैं। सहसा आपकी दृष्टि ऊपर वृक्ष पर चली जाती है। आप देखते हैं कि उस वृक्ष की एक शाखा पर दो पक्षी बैठे हैं। और पक्षी भी कैसे हैं?"

दीर्घतमा ने अनुभव किया कि विशालकक्ष में शब्द के नाम पर पत्ते हिलने जैसी ध्वनि तक नहीं थी। उससे उन्हें लगा कि जो चित्र वे कल्पना की भित्ति पर बना रहे हैं, उसे ठीक प्रकार से ग्रहण किया जा रहा है। उनका प्रवचन चलता रहा, उस बात से अनजान कि रानी सुदेष्णा की अतृप्त आँखें उन पर एकटक जमी हुई थीं और वे स्वयं भी नहीं जानती थीं कि वे दीर्घतमा को देख रही थीं या सुन रही थीं।

दीर्घतमा कह रहे थे, "कैसे हैं वे पक्षी? वे दो पक्षी हैं। दोनों के पंख इतने सुंदर रंगोंवाले हैं कि मानो उनमें से स्वर्णिम आभा फूट रही हो। दोनों एकदम एक जैसे मानो वे अपनी माँ के पेट से निकले अंडे में से जुड़वाँ पैदा हुए हों। दोनों में घनिष्ठ मित्रता है और एक के बिना दूसरा रह नहीं पाता। वे दोनों एक ही शाखा पर बैठे हैं और बस यहीं तक उनकी समानता है। इसके बाद उनमें पृथक्ता प्रारंभ हो जाती है। आप जानना चाहते होंगे वह पृथक्ता?" फिर उत्तर में वही घन मौन, जो इस बात का मुखर प्रतीक था कि सभी लोग धीरजभरी उत्कंठा से युक्त बैठे हैं पृथक्ता सुनने के

लिए। तो इस पर दीर्घतमा बोले, "पृथक्ता यह है मित्रों कि इन दोनों में से एक पक्षी ऐसा है, जो उस वृक्ष के स्वादिष्ट फल खाने में व्यस्त है, जबकि दूसरा ऐसा है, जो फलों की ओर ताक भर रहा है और खाने की सोच तक नहीं रहा।"

दीर्घतमा ने अनुभव किया कि विशालकक्ष में थोड़ी हलचल, थोड़ी ध्वनि हुई है, जो इस बात का संकेत है कि इस उपमान का तात्पर्य समझने की इच्छा लोगों में जग रही है। इसी का समाधान करते हुए दीर्घतमा बोले, "हे सभासदो, आप सभी अंगराज्य के प्रशासक हैं और राजा बलि के निर्देश में हैं। इस राज्य नामक महावृक्ष की दो इकाइयाँ हैं—शासन देनेवाले आप और आपके शासन में रहनेवाली प्रजा। दोनों ही फलों से समृद्ध इस राज्यवृक्ष की शाखा पर बैठे दो पक्षी हैं, जिनमें कोई अंतर नहीं। बस अंतर यही है कि आप एक ऐसा पक्षी हैं, जिसे इस राज्य के महावृक्ष के फलों को नहीं चखना, अपने लिए इस राज्य का उपयोग नहीं करना, अपने स्वार्थ में इसका प्रयोग नहीं करना। राज्यशासन के फल प्रजा के लिए हैं। आपको वे फल प्रजा को उपभोग के लिए देने भर हैं और एक तटस्थ द्रष्टा की तरह इन फलों के उपभोग से स्वयं को दूर रखना है।"

फिर वही अनवरत करतलध्वनि। सभी विस्मित थे कि उनके कर्तव्यों को इतनी सहजता से समझा देनेवाले दीर्घतमा पहले व्यक्ति हैं। करतलध्वनि थमी तो दीर्घतमा ने फिर से कहना प्रारंभ किया, "मंत्रिपरिषद् के सदस्यो, सामितेयो और सभेयो! यदि आपको वास्तव में यह चित्र भा गया है तो सुनिए इसका शब्दों का परिधान और अच्छा लगे तो गाइए मेरे साथ।"

दीर्घतमा ने मंत्र गाना शुरू किया—

"द्वा सुपर्णा सयुजा सखाया
समानं वृक्षं परिषस्वजाते
त्योरन्यः पिप्पलं स्वादु अत्ति
अनश्नन् अन्यो अमिचाकशीति।"

जैसे ही वे मंत्र गाकर अपनी आसंदी पर बैठे, वैसे ही सारे सभासद खड़े हो गए और करतलध्वनि के साथ मंत्र दोहराने लगे। हर्षनाद के बीच सभा विसर्जित हुई। विसर्जित सभा के सभी सदस्य आज अपने कर्तव्यबोध से आपूरित थे। बस एक सुदेष्णा थी, जिसका अपने पर से वश क्रमशः समाप्त हो रहा था। वह रात्रि की प्रतीक्षा करने लगी थी।

28

रात्रि का दूसरा प्रहर प्रारंभ हो चुका था और चारों ओर नीरव अंधकार छाया हुआ था। राजमार्गों के दीपों का तेल समाप्त हो चुका था, जिससे मार्ग और पगंडडी के बीच का अंतर पहचानना कठिन हो रहा था। अंग राजप्रासाद के लोग सो चुके थे, किंतु अतिथिशाला के अपने वासकक्ष में बैठे दीर्घतमा को नींद नहीं आ रही थी। रात्रि भोजन के उपरांत आर्या सुदेष्णा का विश्वस्त राजभृत्य उन्हें जिस आसंदी पर बिठा गया था, वे तब से उसी आसंदी पर बैठे थे। कुछ तो भविष्य की योजनाओं ने उनके मन को व्यस्त कर रखा था और राज्य की ओर से सहायता की संभावनाओं ने उनके स्वप्नों को शीघ्र आकार धारण कर लेने का एक अतिरिक्त विश्वास उनके मन में पैदा कर रखा था, जिससे वे उत्साहित थे। वे बार-बार औशीनरी को भी याद कर रहे थे कि उसे मेरे बिना आज कैसा लग रहा होगा। कहीं बार-बार मेरे विषय में पूछकर शिशु कक्षीवान ने उसे तंग तो नहीं कर रखा होगा?

वे सो जाना चाहते थे, पर सो नहीं पा रहे थे। उसी उनींदेपन में वे चाहने लगे कि कब रात्रि बीते, प्रभात हो, नित्यकर्म और प्रातराश से वे निवृत्त हो फिर मध्याह्न भोजन के बाद वे अपनी औशीनरी के साथ वापस घर जाएँगे तो पूरा मार्ग वे उसे बताते जाएँगे कि आज विशालकक्ष में उनका प्रवचन कैसा रहा। कक्ष में दीप जल रहा था, उनकी ज्योतिविहीन आँखों को भी जलते दीप की ज्योति का आभास हो रहा था। उनकी इच्छा हुई कि वे उठें और दीप को विदा कर शैया पर जाकर सो जाएँ। पर दीप बुझाने के लिए उठते समय और उसके बाद शैया तक जाते समय दिशाभ्रम का संकट था। आज वे दिशाभ्रम को आमंत्रित करने को बिल्कुल भी इच्छुक नहीं थे। इसलिए जलते दीप के प्रकाश में ही उन्होंने सो जाने का निर्णय किया, यह सोचकर कि तेल समाप्त हो जाने पर जो दीप स्वयमेव निर्वाण पा लेगा, उसे वे समयपूर्व उस स्थिति में क्यों डाल दें।

वे आसंदी से उठे। पास ही पड़ी शैया पर जैसा कि उन्हें धौत बता गया था सोने के लिए उद्यत हुए। सहसा उन्हें ऐसा आभास हुआ कि उनके वासकक्ष में कोई है।

"कौन है?" उन्होंने पूछा। कोई उत्तर नहीं आया तो उन्हें घबराहट हुई। 'क्या त्रैतन फिर से आ गया?' वे सोचने लगे। पर फिर स्वयं पर ही उन्हें हँसी आ गई, त्रैतन भला यहाँ कहाँ से आ गया। पर प्रभो, अब किसी त्रैतन को नहीं भेजना। मैं

नहीं बिछुड़ना चाहता, अब किसी से भी नहीं, न अपनी औशीनरी से, न अपने कक्षीवान से और न ही अपने स्वप्नों से।' त्रैतन की बात याद करके ही उन्हें पसीना आ गया उतरते शीत के नितांत मीठे मौसम में वे स्वेदयुक्त हो गए। ये वही दीर्घतमा थे जिन्होंने तब त्रैतन से यह जानना भी आवश्यक नहीं समझा था कि भरत राजपुत्र क्यों उनका वध करना चाहते हैं, बल्कि उन्हें त्रैतन के प्राणों को बचाने की चिंता तब अधिक सता रही थी। वही दीर्घतमा आज संबंधों की ममता में इतना मुग्ध हो चुके थे कि त्रैतन का स्मरण तक उन्हें भीत कर गया।

कोई उत्तर तो उन्हें नहीं मिला, पर उन्हें पुष्पों की सुगंध आने लगी तो वे समझ गए कि आगंतुक कोई स्त्री है। अब वे थोड़ा असमंजस में पड़ गए। उन्होंने फिर जोर से पूछा, "कौन है ?"

"आर्य उत्तेजित न हों। मैं हूँ आपकी दासी।" यह उत्तर सुदेष्णा का था, जो रात्रि के इस नीरव अंधकार में दीर्घतमा से मिलने अतिथिशाला के उनके वासकक्ष में आ गई थी। आज प्रातःकाल से ही दीर्घतमा को देखकर वह जिस कामातुरता में आ गई थी और जो आतुरता सायंकाल होते-होते संयमहीनता में बदल चुकी थी, वही सुदेष्णा मन में कई तरह की अपेक्षाएँ लिये दीर्घतमा के पास आई थी।

"कौन दासी, कौन हैं आप ?" उस नारी स्वर से सीधा प्रश्न किया आर्य दीर्घतमा ने। स्वर सुदेष्णा का है वे जान नहीं पाए, क्योंकि उस स्वर से अभी उनका उतना परिचय कहाँ हुआ था। फिर उस समय सुदेष्णा का स्वर अस्वाभाविक भी हो रहा था।

"आर्य, मैं सुदेष्णा हूँ।"

"अरे आर्या सुदेष्णा, आप, आप इस समय ? रात्रि का एक प्रहर बीत चुका है। ऐसा क्या संकट आ पड़ा है कि आपको इस समय मेरे पास आने की विवशता हुई ? क्या आर्य महाराज भी आए हैं ?"

"नहीं आर्य, महाराज सो रहे हैं।" सुदेष्णा ने कहा।

दीर्घतमा थोड़ा घबरा गए। अपने जीवन में उन्हें ऐसा अनुभव कभी नहीं हुआ था। आर्या सुनंदा से उनके संबंध प्रगाढ़ थे। पर ऐसा अनुभव उन्हें वहाँ भी कभी नहीं हुआ था। सीमंतिनी तो उनसे विवाह करना चाहती थी। पर कितना शालीन था उसका सारा व्यवहार। कितना सुंदर जीवन बीता था उनका वैशाली में और प्रतिष्ठान में। वे समझ गए कि आज कुछ अघटित होनेवाला है। पर उन्होंने स्वयं को स्थिर किया और फिर बोले।

"आर्या सुदेष्णा, रात्रि बहुत हो चुकी है। अभी आप अपने आवास चली जाइए। आपका इस समय यहाँ रुकना आपके लिए भी और मेरे लिए भी उचित नहीं। प्रभात होते ही नित्यकर्म के बाद मैं स्वयं आपके आवास में उपस्थित होता हूँ।"

"आर्य दीर्घतमा," सुदेष्णा बोली, "यदि कोई स्त्री रात्रि की इस नीरवता और एकांत में किसी परपुरुष के वासकक्ष में आती है तो निश्चित ही वह अकारण नहीं आ सकती। फिर यदि वह स्त्री राजा की पट्टमहिषी है और अपयश के संकट का परिधान पहनने का साहस जुटाकर भी इस तरह आती है तो निश्चित ही उसका अपना संकट बहुत अधिक घना हो चुका है।"

दीर्घतमा को कुछ सूझा ही नहीं कि वे क्या कहें। वे चुप थे।

"आर्य, आज यह वासकक्ष आपका है और मैं आपकी अतिथि हूँ। क्या आप अपने अतिथि को बैठने का अनुरोध भी नहीं करेंगे?"

"आर्या सुदेष्णा, आइए बैठिए। यह सारा साम्राज्य आपका ही है। अतिथि तो वास्तव में मैं हूँ। पर जब सहसा भूमिकाएँ बदल जाएँ, वह भी रात्रि के इस प्रहर में और वह भी इन विचित्र परिस्थितियों में तो इस नई भूमिका का स्वागत मैं तो नहीं कर सकता। फिर भी बैठिए आर्ये, और बताइए कि मैं आपकी क्या सेवा कर सकता हूँ।" दीर्घतमा के स्वर में अब कठोरता थी। वे पूरी तरह स्थितप्रज्ञ थे।

"आर्य दीर्घतमा, मैं आपके पास संतान की कामना से आई हूँ," सुदेष्णा ने काँपती वाणी में कहा जो अब तक आसंदी पर बैठ चुकी थीं।

"आर्ये, आप परिणीता स्त्री हैं। आपको मुझ जैसे परपुरुष से नहीं, अपने पति से संतान कामना करनी चाहिए। मेरे से ऐसी कामना करके आप स्वयं को भी और मुझे भी महापातकी बना रही हैं," दीर्घतमा के स्वर में कठोरता बनी हुई थी।

"आर्य पाप क्या है पुण्य क्या है, इसका निर्णय कोई आज तक कर पाया है क्या? आप कर सकते हैं तो आप ही कर दीजिए। आप ही बताइए पाप क्या है?"

"आर्ये, इसमें कोई कठिनाई नहीं। मन जिस काम को करने की आज्ञा न दे तो भी हम उसे करें तो वह पाप है।" दीर्घतमा ने कहा।

"तो पुण्य क्या है आर्य?" सुदेष्णा ने चेहरे पर व्यंग्यभरा स्मित बिखेरते हुए कहा जिसे दीर्घतमा भला कहाँ से देख पाते?

"जो काम करने से किसी को सुख पहुँचे वही पुण्य है।"

दीर्घतमा का उत्तर सुनते ही सुदेष्णा खिलखिलाकर हँस पड़ी। दीर्घतमा को

यह हँसी अच्छी नहीं लगी। सुदेष्णा बोली, "आर्य, फिर तो कोई समस्या ही नहीं है। मैं आपके पास संतान की कामना से आई हूँ और मैं वैसा करके कोई पाप नहीं कर रही हूँ, क्योंकि मैं अपने मन की अनुमति से ही यहाँ आई हूँ। हाँ, आप यदि मेरी कामना पूरी कर देते हैं तो मुझे सुख पहुँचाने का काम करके आप अवश्य पुण्य के भागी बन जाएँगे।"

"मैं आपका तात्पर्य नहीं समझ पाया हूँ, आर्या सुदेष्णा।"

"मैं आपके पास संतान की कामना से इसलिए आई हूँ," सुदेष्णा बोली, "क्योंकि मेरे पति मेरी कामना पूरी करने में समर्थ नहीं।"

"अर्थात्?" दीर्घतमा सकपका गए थे।

"अर्थात् यह आर्य कि मेरे पति मुझे संतान दे पाने में असमर्थ हैं। हमारे विवाह को पाँच वर्ष हो चुके हैं। परंतु वे मुझे आज तक भी संतान नहीं दे पाए। मैं महाराज बलि की पट्टमहिषी हूँ। उनकी चार रानियाँ और भी हैं। वे किसी को भी संतान सुख नहीं दे पाए। और न ही दे पाएँगे।"

"ऐसा विश्वासपूर्वक कैसे कह पा रही हैं आप आर्या," दीर्घतमा का स्वर थोड़ा बदला। उसमें सकपकाहट के साथ भय का भी समावेश हो गया था। जितने आत्मविश्वास से सुदेष्णा सारी बातें कहे जा रही थी, उससे उन्हें भय लगने लगा था।

"ऐसा मैं इसलिए कह पा रही हूँ आर्य दीर्घतमा कि महाराज बलि हम पत्नियों को कामसुख देने में भी नितांत असमर्थ हैं।"

"क्या वे नपुंसक हैं?" दीर्घतमा ने बिना शब्दयोजना के ही सीधा पूछ लिया पर संभवतः ठीक ही पूछ लिया।

"नहीं आर्य, नहीं। महाराज नपुंसक नहीं हैं। पर फिर भी कामसुख नहीं दे सकते।" सुदेष्णा ने रोते हुए कहा, "क्या आप कल्पना कर सकते हैं कि मेरे विवाह के पाँच वर्ष बाद भी मैं नहीं जानती कि संभोग क्या होता है?" दीर्घतमा के चेहरे पर बेचैनी ने अपना एक आलेख लिख दिया था, जिसे सुदेष्णा ने तत्काल पढ़ लिया। थोड़ी देर तक उस वासकक्ष में चुप्पी छाई रही, जहाँ दोनों प्राणी एक-दूसरे के अतिथि बने हुए थे। फिर पर्याप्त विचार करके दीर्घतमा बोले, "आर्या सुदेष्णा, मैं आपका कष्ट समझ रहा हूँ। पर उस कष्ट के निवारण का जो उपाय आपने चुना है, मैं उससे सहमत नहीं।"

"क्यों? क्या माँ बनना मेरा अधिकार नहीं? क्या नारी की पूर्णता उसके मातृत्व में नहीं?" सुदेष्णा के स्वर में क्रोध आ गया था, जो उसके रोने के स्वर के

साथ मिलकर तीव्र संताप का आभास किसी को भी दे सकता था।

"आर्या सुदेष्णा, आपकी किसी भी बात से असहमत हो पाना सरल नहीं। माँ बनना स्त्री का अधिकार है। मातृत्व को लेकर आपके विचार ठीक हो सकते हैं, वैसे इस बात पर विवाद हो सकता है कि स्त्री या पुरुष की पूर्णता की परिभाषा क्या होनी चाहिए। किंतु यह तो बताइए आर्या सुदेष्णा कि क्या मातृत्व केवल संतानवती होने का ही पर्यायवाची है? मैं इससे सहमत नहीं। मातृत्व की पूर्णता माँ का हृदय पाने में है। वैसा हृदय पा लिया तो अपनी संतान न होने पर भी हर किसी को आपसे माँ का वात्सल्य मिलता अनुभव होगा। आपके पास जब माँ का वैसा हृदय आ जाएगा, तो आप मुझे भी फिर अपनी संतान मान पाएँगी। परंतु क्षमा कीजिए, आपके व्यवहार में मुझे कहीं से भी मातृहृदय की अनुभूति नहीं हो रही। इतना ही नहीं, मुझे आपके इस समय इस तरह यहाँ आ जाने पर एक आपत्ति और भी है।"

सुदेष्णा चुप थी। उसे दीर्घतमा से इस व्यवहार की अपेक्षा थी ही नहीं। वह तो यह अपेक्षा लेकर आई थी कि जैसे ही दीर्घतमा को उसके आने के प्रयोजन का पता चलेगा तो वे उसके मांसल युवा शरीर को अपने युवा पौरुष के अधीन कर देंगे। अर्थात् सुदेष्णा एक ऐसी अधीनता की खोज में यहाँ आई थी, जिसका विवाह के पाँच वर्ष बाद भी उसे आज तक कभी अनुभव नहीं हो पाया था। पर यहाँ तो संसार ही एकदम पृथक् था। उसे ऐसे-ऐसे प्रश्नों का उत्तर देना पड़ रहा था, जिनके लिए वह तैयार ही नहीं थी। वह अन्यथा बुद्धिमती थी। पर काम ने पिछले पाँच वर्षों में ऐसा घोर अन्याय उससे किया था कि आज उसकी बुद्धि उसका साथ छोड़ गई लगती थी। इसलिए वह चुप थी।

उधर थोड़ी देर बाद दीर्घतमा फिर बोले, "संतान का अभाव केवल आपको ही नहीं, आपके पति महाराज बलि को भी उतना ही संताप देता होगा। इसलिए क्या आपको इस संकट का उपाय मिलकर नहीं सोचना चाहिए? क्या आपने वैसा किया? चूँकि नहीं किया, इसलिए हे आर्या सुदेष्णा, मैं इस समय आपको एक ऐसी कामुक स्त्री के अतिरिक्त और कुछ मान ही नहीं सकता, जो मेरे पास संतान और मातृत्व के आदर्शों की पतवार के सहारे संभोग की नौका की सवारी करने आई थी। बताइए आर्या क्या यह झूठ है?"

"नहीं सच है यह, यही सच है।" सुदेष्णा लगभग चीखने के स्वर में बोल रही थी, "फिर भी बताइए न आर्य, बताइए मैं क्या करूँ? क्या करूँ मैं जब मेरा पति मुझे कामसुख देने में नितांत असमर्थ हो? क्या करूँ कि जब मुझे अपने वासकक्ष

में अकेले सोते पाँच वर्ष हो गए हों और पूरा जीवन वैसे ही बिताने को पड़ा हो? क्या करूँ मैं जब राज्य की पट्टमहिषी होने का दायित्व मुझे अवसर ही नहीं दे रहा हो कि मैं अपने मन और शरीर का संताप किसी से कह सकूँ? बताइए आर्य, आप तो ऋषि हैं, बताइए मैं क्या करूँ?" कहते-कहते वह बिलख-बिलखकर रो पड़ी।

"आर्या सुदेष्णा आपका संताप उचित है। पर मेरे पास आपके संताप का कोई समाधान नहीं। मैं आपको कोई समाधान देने को बाध्य भी नहीं।" दीर्घतमा ने दो टूक कह दिया।

पर सुदेष्णा आज खाली हाथ वापस लौटने को नहीं आई थी। बोली, "आप एक बुद्धिमान पुरुष हैं। एक नारी की कामव्यथा को समझकर भी आप उसकी सहायता नहीं करेंगे तो आप पातकी होंगे। आर्य क्या आप मुझे एक बार, केवल एक बार भी कामसुख नहीं देना चाहेंगे?"

"नहीं आर्या, आप इस समय जो भी कह रही हैं कामातुर अवस्था में कह रही हैं। काम, क्रोध, ईर्ष्या अथवा किसी भी भाव में अंधा होकर जब व्यक्ति कोई बात कहता है तो उसका कोई भी कथन अथवा निर्णय विवेकपूर्ण नहीं होता। पाप और पुण्य के उसके निर्णय बिल्कुल भी संगत नहीं होते। मैं काम की तुलना में प्रणय को अधिक महत्त्वपूर्ण मानता हूँ। प्रणय हुआ, काम नहीं हुआ तो कोई हानि नहीं। परंतु बिना प्रणय के काम को मैं अपराध भी मानता हूँ और पाप भी। मैं आपसे प्रणय से बँधा नहीं हूँ, इसलिए कामसुख की आपकी इच्छा का सम्मान मैं नहीं कर सकता।"

"परंतु आर्य, मैं तो आप से प्रणय करती हूँ।"

"यह भी आप झूठ बोल रही हैं। आपके मन में मेरे प्रति प्रणय होता तो उसकी प्रणय अभिव्यक्ति संभोग की याचना में नहीं होती। आप तो मेरे शरीर पर मुग्ध हैं। और फिर आप कभी संतान की, कभी कामसुख की, कभी प्रणय की बात कर रही हैं। आपकी किसी भी बात पर विश्वास नहीं किया जा सकता। आप तो बस मेरे अंधेपन का लाभ उठाने आई हैं।"

दीर्घतमा के इस अंतिम कथन ने सुदेष्णा को क्रोध से भर दिया। बोली, "दीर्घतमा, तुम अंधे हो, इसलिए देख नहीं पा रहे हो कि दासी औशीनरी और पट्टमहिषी सुदेष्णा के सौंदर्य और यौवन में कोई तुलना ही नहीं है। एक बार देख सकते होते तो भूल जाते औशीनरी को और मेरे पीछे-पीछे दास बन घूमते रहा करते।"

"क्षमा करें आर्या, मैं आपसे एक ही बात कहूँगा, अधिक नहीं। प्रणय मन से

होता है, शरीर से नहीं। आर्या सुदेष्णा, आपके लिए यह समझना तो कठिन है ही, यह समझना और भी कठिन है कि कामसुख का संबंध भी मन से है शरीर से नहीं। अब आप जाइए अन्यथा मुझे ही कुछ करना होगा, वैसे मैं अंधा विशेष कुछ कर नहीं पाऊँगा, आपको यहाँ से हटाने के लिए।"

दीर्घतमा का यह कहना था कि सुदेष्णा आगबबूला हो गई। उसने वहाँ काष्ठपीठिका पर पड़े पुष्पगुच्छ के पात्र को, दीर्घतमा के सिर पर दे मारा और वहाँ से सर्पिणी की तरह फुँकारती हुई चली गई। माथे से निकलते हलके रक्तप्रवाह को अपने उत्तरीय से दबाकर बैठे हुए दीर्घतमा को रात भर नींद नहीं आई। बस आँखें आँसुओं से भरी रहीं।

29

प्रभात के समय धौत वहाँ आया। उसने देखा कि आर्य दीर्घतमा अपने उत्तरीय से माथा बाँधे और उसे पकड़े बैठे हैं और उत्तरीय रक्त से लाल हुआ पड़ा है। उसने आर्य से पूछा तो वे चुप रहे। कुछ बताया नहीं दीर्घतमा ने। वह भागता हुआ सीधा आर्या सुदेष्णा के आवास में गया। पता चला कि वे अभी सो रही हैं। रात्रि को उनका स्वास्थ्य कुछ ठीक नहीं था, इसलिए देर से नींद आई और प्रभात हो जाने पर भी वे अभी तक जगी नहीं हैं। वह भागता हुआ महाराज बलि के आवास की ओर गया। उनके द्वारपाल को दीर्घतमा की चिंताजनक स्थिति के बारे में समझाकर महाराज के वासकक्ष के भीतर भेजा तो कुछ ही क्षणों में राजा बलि बाहर आ गए और राजभृत्य धौत के साथ लगभग भागते हुए अतिथिशाला के उस वासकक्ष में जा पहुँचे, जहाँ दीर्घतमा थे। मार्ग में उन्होंने राजवैद्य को वहाँ आने को कहलवा भेजा।

देखा, दीर्घतमा माथे पर उत्तरीय बाँधे, आँखें बंद किए आसंदी की पीठ पर अपनी पीठ टिकाए लेटे हुए थे और उनके नेत्रों से आँसू बहते जा रहे थे। उत्तरीय रक्त से सना पड़ा था। अत्यंत चिंतित स्वर में राजा ने पूछा।

"आर्य ऋषे, यह कब हुआ, कैसे हो गया, किसने किया?"

राजा की आवाज सुनकर प्रणाम कहते हुए जैसे ही दीर्घतमा आसंदी से उठने लगे तो बलि ने उन्हें कंधों से सँभालकर उसी आसंदी पर फिर से बिठा दिया और स्वयं पास पड़ी उसी आसंदी पर बैठ गए, जहाँ रात को महारानी सुदेष्णा बैठी थीं।

अपने मुख पर मंदहास्य लाते हुए दीर्घतमा बोले।

"महाराज, आप इतना अधिक उत्कंठित न हों। मैं अंधा हूँ न, आज जीवन में वर्षों बाद अकेला था और अपनी एक उत्साही मूर्खता का फल भोग रहा हूँ।"

"मैं कुछ समझा नहीं आर्य," राजा की चिंता कम नहीं हुई।

"बस रात्रि को सोने से पूर्व दीप को विदा देने के लिए उठा तो पुष्पों की सुगंध से आकृष्ट होकर काष्ठपीठिका पर पड़े उसके पात्र को उठा लिया, बस अपनी नासा को सुगंधपरिपूर्ण करने के लिए।"

"फिर" राजा का वही चिंतित स्वर बना हुआ था।

"फिर यह कि मुझे अपनी इंद्रियलोलुपता का फल भोगना पड़ा, जैसा कि किसी भी इंद्रियलोलुपता को भोगना पड़ सकता है। मेरा पाँव पता नहीं आसंदी से या पता नहीं काष्ठपीठिका से जा टकराया और पहले पुष्पगुच्छ का पात्र मेरे हाथों से गिरा और फिर मैं उसी पर गिर पड़ा। परिणाम आपके सामने है।"

राजा बलि को इस विवरण पर विश्वास नहीं आ रहा था। पर जब ऋषि दीर्घतमा कह रहे हों तो अविश्वास का कोई कारण भी नहीं था। इस बीच राजवैद्य आ गए। उन्होंने प्रवेश करते ही अपना उपचार प्रारंभ कर दिया। पहले दीर्घतमा को आसंदी से उठाकर शैया पर लिटाया, फिर उनका उत्तरीय उस व्रण से हटाया, जहाँ पुष्पगुच्छ के पात्र की चोट से रक्त बहा था, व्रण पर एक विशेष आलेप किया, फिर उस पर एक पट्टी बाँध दी। राजा अभी भी उस विवरण से संतुष्ट नहीं थे। पर दीर्घतमा से अपने मन की बात कैसे कहें? उस वक्तव्य की परीक्षा का उन्हें एक उपाय सूझा। बोले, "आर्य, आप गिर पड़े तो आपने किसी को बुलाया भी नहीं? कोई सेवक आया भी नहीं?"

"आर्य राजन्, सेवकों को कोई दोष क्यों दें। मैंने दो-तीन बार पुकारा तो, पर संभव है कि मेरी क्षीण आवाज सोते हुए सेवकों को जगाने में असमर्थ रही हो।"

राजा को फिर भी विश्वास नहीं हुआ। वे बोले, "धौत कल यहाँ रात्रि कौन नियुक्त था?"

"जी कल रात्रि यहाँ मुझे नियुक्त किया गया था।" धौत ने डरते हुए उत्तर दिया।

"तो फिर तुम क्यों नहीं आर्य की सहायता के लिए आए?"

"अपराध क्षमा करें देव। कल रात्रि राजमहिषी ने सहसा मुझे नगर भेज दिया सुगंधित पुष्पों के हार मँगवाने के लिए। मैं तो वहाँ चला गया था और पीछे कोई

दूसरा संभवतः था नहीं।" धौत ने अपनी सत्यकथा कह दी, पर इससे राजा की संतुष्टि फिर भी नहीं हुई। इस बीच वे राजवैद्य से बोले।

"आर्य समादेश, आप तब तक आर्य दीर्घतमा की उपचर्या में सिद्ध रहिए, जब तक उनका व्रण पूरी तरह से भर न जाए।"

"पर मैं तो आज अपराह्न अपने ग्राम आवास वापस लौट जाना चाहूँगा!" दीर्घतमा ने कहा तो राजा का स्वाभाविक प्रश्न था, "क्यों आर्य, यहाँ आपका उपचार भलीभाँति हो पाएगा।"

"आर्य राजन्, जो उपचार राजवैद्य समादेश आर्य यहाँ करेंगे, वह मुझे बनाकर दे दें, मैं अपने साथ ले जाऊँगा और औशीनरी से करवाता रहूँगा। आर्य आप भी स्वीकार करेंगे कि औशीनरी और कक्षीवान के साथ रहूँगा, अपने ग्रामवासियों के मध्य रहूँगा तो व्रण और भी जल्दी भर जाएगा।" दीर्घतमा का तर्क सटीक था। राजा कुछ कह नहीं पाए। पर जाने से पूर्व उन्होंने एक प्रश्न और पूछ ही लिया।

"आर्य दीर्घतमा, आप चाहें तो मेरे एक संशय का निवारण कर सकते हैं।"

"वह क्या महाराज?"

"आर्य, जब मैं इस वासकक्ष में आया तो आपके नेत्रों से अश्रुओं की अविरल धारा बह रही थी।"

"राजन्," हँसते हुए दीर्घतमा बोले, "मैं मंत्र अवश्य रचता हूँ, पर मंत्रों की अधिष्ठाता देवता न होकर मंत्र रचनेवाला एक सामान्य मनुष्य हूँ।"

"अर्थात्?" राजा थोड़ा विस्मय में आ गए।

"अर्थात् यह राजन् कि मेरा मन भी मनुष्य का है और हृदय भी। मेरे शरीर को कष्ट हुआ तो पीड़ावश आँसू आ गए। पीड़ा में अपनों का स्मरण बहुत तीव्रता से होता है तो अपनों का स्मरण करके मेरी आँखें भर आईं।" फिर हँसते हुए दीर्घतमा बोले, "क्या ऐसी अवस्था में आँसू निकल आने के विरुद्ध कोई राजकीय आदेश तो नहीं है?"

सभी हँस पड़े। समादेश बोले, "आर्य राजन्, ऐसे रोगियों के व्रणों को उपचार की कोई आवश्यकता ही नहीं होती। अपने स्वस्थ मन से वे अपनी तो क्या दूसरों की व्यथा भी दूर कर सकते हैं।"

दीर्घतमा को रात्रि का सारा संदर्भ स्मरण हो आया, जो इस कथन की पुष्टि नहीं कर रहा था। फिर भी बोले, "आर्य समादेश, खाने-पीने के बारे में कोई आदेश?"

फिर सभी हँस पड़े। राजवैद्य ने कहा, "कुछ विशेष नहीं। बस मध्याह्न भोजन मत लीजिए। उसके स्थान पर उष्ण दुग्ध पी लीजिए।"

धौत को वैसा करने का आदेश देकर राजा बलि राजवैद्य के साथ चले गए। दीर्घतमा को झपकी आ गई।

दीर्घतमा ने राजा बलि को तो कुछ नहीं बताया। पर जब वे रथ में वापस आ रहे थे तो उन्होंने औशीनरी को सारी घटना विस्तार से बताना आवश्यक समझा। चूँकि दीर्घतमा अब एक विशिष्ट राजकीय अतिथि थे और फिर अस्वस्थ भी थे, इसलिए उन्हें जिस रथ में वापस भेजा गया, वह एक विशिष्ट बड़ा रथ था। उसमें बैठने का स्थान काष्ठ और कौशेय से ढका था, जिसके भीतर स्थान इतना था कि आराम से लेटकर आया जा सके। दीर्घतमा अपने स्वभाववश औशीनरी के अंक में सिर रखकर लेट गए और पूरी घटना विस्तार से बताने लगे। जैसे ही उन्होंने महारानी के हाथों उनके माथे पर किए गए प्रहार की बात बताई, औशीनरी क्रोध से अंगार हो गई। पर वह चुप रही, आर्य दीर्घतमा को अपने क्रोध की बात बताकर वह और अधिक संतप्त नहीं करना चाहती थी। अपने आवास पहुँचकर उसने आर्य दीर्घतमा को सावधानी से उतारा और अंदर कक्ष में जाकर एक शैया पर बिछे कोमल बिस्तर पर लिटाया। फिर आर्य ग्रामणी को वहाँ बुला लिया। जब तक ग्रामणी आते उसने आर्य दीर्घतमा का वस्त्रपरिवर्तन करवा दिया और उष्ण दूध पीने को दे दिया। इस तरह सहज होने के बाद दीर्घतमा कक्षीवान को पुचकारने लगे तो उधर से ग्रामणी ने प्रवेश किया। उनके प्रवेश करते ही औशीनरी ने उनसे कहा।

"आर्य आपकी आज यहाँ आवश्यकता है। आर्य दीर्घतमा, आज थोड़ा अस्वस्थ हैं और इसका सारा विवरण आपको देंगे। मेरे पास आज रथ की सुविधा है, उसका उपयोग कर मैं नगर जाकर कुछ आवश्यक वस्तुएँ लेकर आ रही हूँ।"

यह कहकर औशीनरी रथ में जा बैठी। बैठते ही सारथी को आदेश दिया कि वह रथ वापस राजप्रासाद ले चले। रथ वापस राजप्रासाद की ओर चल पड़ा। रथ में बैठी औशीनरी क्रोध से अंगार हो रही थी, जो महारानी सुदेष्णा को भस्म करने की सामर्थ्य रखती थी। उधर रथ राजप्रासाद की ओर भाग रहा था, इधर औशीनरी का मन रानी सुदेष्णा के आवास की ओर उससे भी तीव्र गति से भाग रहा था। उसे क्रोध इस बात का था, सुदेष्णा को मेरे महान् पति दीर्घतमा से कामयाचना का दुस्साहस कैसे हुआ ? उनसे इतना अधिक अनर्गल प्रलाप का दुस्साहस कैसे हुआ ? इतना ही नहीं, उस दुष्टा ने मेरे महाकवि पर प्रहार तक कर दिया ? ऐसा भयंकर

अपराध ? एक बार मैं उसके पास पहुँच जाऊँ, फिर उस कामातुरा को पता चलेगा कि औशीनरी के लोकोत्तर पति को सताने का दंड क्या होता है।

पहुँच गया रथ राजप्रासाद में। औशीनरी ने रथ के रुकने का प्रतीक्षा ही नहीं की। उसकी गति मंद होते ही वह एक ही प्लुति में नीचे उतर गई। वहाँ से वह दौड़ी और एक ही साँस में वहाँ जा पहुँची, जहाँ एक बहुत बड़े दर्पण के आगे बैठी सुदेष्णा अपने सौंदर्य को निहार रही थी।

"अरी ओ रूपगर्विता दुष्टा," क्रोध से आगबबूला उस औशीनरी ने न आव देखा न ताव, उसने उस शृंगारकक्ष में प्रवेश करते ही रानी सुदेष्णा को केशों से घसीटकर भूमि पर गिरा दिया। रानी सुदेष्णा पीठ के बल गिर पड़ी थीं और औशीनरी उसकी छाती पर सवार थी। दोनों में थोड़ा मुष्टामुष्टी हुई और उसके बाद जब सुदेष्णा स्वयं को औशीनरी से छुड़वा लेने में सफल हो गई तो अपने विशाल तल्प के पीछे खड़ी होकर बोली, "औशीनरी, मूर्ख, अंगराज की पट्टमहिषी को इस प्रकार प्रताड़ित करने का दंड जानती हो ?"

"अरे तुम क्या मुझे दंड दोगी। मेरे ऋषि दीर्घतमा पर तुम्हारे जैसे सौ अंगराज न्योछावर हैं। उनके सम्मान की रक्षा के लिए तो मैं प्राण तक दे सकती हूँ। इससे बड़ा क्या दंड है तुम्हारे पास ?"

"तुम्हें देशनिकाला भी हो सकता है," सुदेष्णा के पास झेंप मिटाने के लिए शब्दों का भीषण दुर्भिक्ष पड़ गया था। उसकी साँस डर के मारे फूल रही थी कि कहीं इस द्वंद्व का समाचार उसके शृंगारकक्ष से बाहर न फैल जाए। पर औशीनरी को ऐसा कोई बंधन नहीं था।

वह बोली, "यह रहा तुम्हारी शृंगारपरिचर्या का काम मेरे एक पैर के नीचे और यह रहा तुम्हारा राजप्रासाद मेरे दूसरे पाँव के तले। मैं दोनों को घृणापूर्वक रौंद रही हूँ। अरी ओ कामांध राक्षसी, तू हमें क्या देशनिकाला देगी। मैं ही कल तेरी उद्दंडता का रहस्य महाराज आर्य बलि के सामने बोलूँगी तो तुम्हारा अपना जीवन संकट में पड़ जाएगा।" कहती हुई क्रोध से पैर पटकती हुई औशीनरी शृंगारकक्ष से बाहर चली गई।

अँधेरा घिर आया था और रात्रि का प्रथम प्रहर प्रारंभ हो चुका था। सुदेष्णा की चिंता यह थी कि कहीं औशीनरी ने कल महाराज बलि से आकर अतिथिशाला की घटना का सत्य विवरण दे दिया तो उसके लिए गंभीर समस्याएँ उत्पन्न हो जाएँगी। राजा बलि उसे प्राणदंड भी दिलवा सकते हैं। आर्य दीर्घतमा कुछ कहते तो

उनकी बात पर अविश्वास करनेवालों की संख्या भी कम नहीं होती और पूरी घटना विवादास्पद हो जाती, जिसमें से संदेह का लाभ सुदेष्णा को स्त्री होने के कारण मिल सकता था। पर यदि औशीनरी ने रहस्य पर से आवरण हटा दिया तो कठिनाई आ सकती है। आज महाराज सुदेष्णा को जब दीर्घतमा द्वारा दिया गया विवरण बता रहे थे तो उन्हें उस पर विश्वास नहीं हो रहा, ऐसा भी वे कह रहे थे। पर यदि औशीनरी ने सत्य बता दिया तो महाराज बलि का क्रोध किसी भी सीमा तक पहुँच सकता है।

अपनी इस चिंता का निवारण सुदेष्णा को अपने अतीव विश्वसनीय राजभृत्य धौत में दिखाई दिया। उसने धौत को बुलाया और सारी समस्या उसे समझाकर कहा, "ऐसा कर दो कि जिससे औशीनरी राजप्रासाद आना तो बंद कर ही दे, इस घटना पर भी मौन धारण किए रहे।"

धौत ने महारानी को निश्चिंत हो जाने को कहा। सुदेष्णा से उसने इतना भर और पूछा कि औशीनरी अभी-अभी किस मार्ग से गई है।

30

धौत कल पूर्वाह्न से ही आर्य दीर्घतमा की सेवकाई में था। केवल रात्रि के समय उसे रानी सुदेष्णा ने पुष्प लाने राजप्रासाद से बाहर नगर भेज दिया था। अन्यथा वह सदा दीर्घतमा के साथ था, इसलिए उसे पता था कि आज आर्य दीर्घतमा और औशीनरी किस रथ से वापस अपने ग्राम आवास लौटे थे। उसे यह भी पता था कि औशीनरी उसी रथ से सायंकाल वापस राजप्रासाद आई थी और आते ही अत्यंत तीव्र गति से महारानी सुदेष्णा के वासकक्ष की ओर चली गई थी। वासकक्ष के भीतर शृंगारकक्ष में कुछ हुआ, इसकी उसे कोई जानकारी नहीं थी। रात्रि प्रारंभ हो चुकी थी और अन्य दास-दासियाँ भी जा चुके थे, अतः उसे कोई जानकारी मिल भी नहीं पाई कि भीतर शृंगारकक्ष में क्या हुआ। रात्रि के समय रानी की सेवा में नियुक्त सेवक अभी आए ही थे और जब भीतर शृंगारकक्ष में रानी और औशीनरी के बीच द्वंद्व चल रहा था तो वे बाहर खड़े बात कर रहे थे। जब सभी सेवक अपने-अपने नियुक्त कार्य के लिए भीतर चले जा रहे थे, तभी धौत ने देखा कि औशीनरी क्रोध से उन्मत्त अवस्था में रानी के वासकक्ष से बाहर निकल रही थी। उसके जाते ही जब रानी ने धौत को बुलाकर औशीनरी के संबंध में कुछ आदेश दिए तो वह समझ गया

कि स्थिति सामान्य नहीं है और आर्या महारानी की सहायता नहीं की तो वे संकट में पड़ सकती हैं।

रानी सुदेष्णा को धौत पर बड़ा विश्वास था। धौत ने भी उनके विश्वास को कभी आहत नहीं किया था। पचीस वर्ष का धौत सामान्य कदकाठी का था। वह बाल्यकाल से ही राजप्रासाद में अपने पिता के साथ आया-जाया करता था और पिछले आठ वर्षों से वहाँ नियुक्त भी था। विवाह के पहले दिन से ही सुदेष्णा ने उसे अपना सेवक बना लिया था। पता नहीं वह सुदेष्णा के व्यक्तित्व की आभा से चमत्कृत था या एक महारानी का व्यक्तिगत सेवक हो जाने की प्रोन्नति से कृतज्ञता भाव से भरा था, पर पहले ही दिन से आर्या सुदेष्णा की प्रसन्नता ही उसके जीवन का एकमात्र लक्ष्य बन चुकी थी। सामान्य बुद्धि का धौत राजप्रासाद में अन्यथा होनेवाली धूर्तताओं और छल-कपट से परे था। परंतु रानी सुदेष्णा को प्रसन्न करने के लिए वह किसी भी सीमा तक जा सकता था। इसलिए उसे अच्छा नहीं लगा कि महारानी की परिचारिका होकर भी औशीनरी इस तरह क्रोधाविष्ट होकर आर्या सुदेष्णा के पास जाए और क्रोध से उबलती हुई वापस लौटे। जब सुदेष्णा ने उसे औशीनरी के विषय में कुछ आदेश दिए तो उसे निश्चित आभास हो गया कि औशीनरी के कारण महारानी संकट में हैं। रानी सुदेष्णा के वासकक्ष से वह सीधा रथशाला में गया और उसने वही रथ वहाँ से निकलवाया, जिस पर बैठकर औशीनरी सायंकाल राजप्रासाद आई थी। उसने स्वयं रथ चलाया और औशीनरी के ग्राम की ओर ले जानेवाले मार्ग पर चल पड़ा। थोड़ी दूर चलने पर ही उसे औशीनरी अपने ग्राम की ओर तेजी से पैदल चलकर जाती दिखाई दी। उसने रथ औशीनरी के पास जाकर रोक दिया और प्रणाम की मुद्रा में बोला।

"आर्या औशीनरी, आइए रथ में बैठिए। आपको इस रात्रि के अंधकार में ऐसे अपने आवास की ओर नहीं लौटना चाहिए था।" उसने औशीनरी से उसी सम्मान के भाव में बात की जैसे प्रासाद के शेष सेवक करते थे, क्योंकि सभी जानते थे कि औशीनरी राजमहिषी की शृंगार परिचारिका तो है, पर वह परिचारिका मात्र नहीं। अपनी बात पूरी करते हुए वह बोला, "आइए रथ में बैठ जाइए। मैं आपको आपके आवास तक छोड़कर आता हूँ।"

औशीनरी ने कोई उत्तर नहीं दिया। पर वह रथ में नहीं बैठी। पैदल ही चलती रही। धौत ने एक-दो बार फिर अनुनय की फिर भी औशीनरी का हृदय परिवर्तन नहीं हुआ तो धौत रथ से नीचे उतर आया। पैदल चली जा रही औशीनरी का मार्ग

रोककर उसने फिर से प्रणाम मुद्रा में कहा, "आर्या क्या बात है, क्या आप महारानी सुदेष्णा से अत्यधिक रुष्ट हैं?" धौत वास्तव में रोष का कारण नहीं जानता था।

कोई उत्तर नहीं मिला तो धौत ने समझाने की शैली में कहा, "देखिए आर्या, महारानी कितनी सौम्य हैं। हम सभी का कितना विचार करती हैं। उनका स्वभाव ही ऐसा है कि हम उनसे बँधे रहने को विवश अनुभव करते हैं। मैं तो ठहरा जन्मजात सेवक। आप तो अच्छे कुल की सुशिक्षिता स्त्री हैं, किंतु आपने भी उनकी श्रृंगार परिचारिका बनना स्वीकार किया तो आर्या राजमहिषी के गुणों के आकर्षण के कारण ही तो?"

धौत बोले जा रहा था। औशीनरी की ओर से कोई उत्तर न मिलने पर भी उसका धैर्य अभी भंग नहीं हुआ था। बोला, "आज आप महारानी से रुष्ट हैं तो निश्चित ही कुछ ऐसा हुआ होगा जिससे आपका स्वाभिमान टूटा है। परंतु आर्या क्या आप इस घटना को भूल नहीं सकतीं?"

"नहीं," पहली बार औशीनरी ने उत्तर दिया, लगभग क्रंदन करते हुए। धौत को लगा कि बात कुछ अधिक गंभीर है। पर उसने प्रयास नहीं छोड़ा। कहा, "क्या यह आवश्यक है कि जो कुछ भी घटा है, उसका निवेदन महाराज बलि से किया ही जाए?" धौत को अतिथिशाला के वासकक्ष की उस रात्रि-दुर्घटना के वास्तविक कारणों का सचमुच पता नहीं था। इसलिए उसका धैर्य थोड़ा शिथिल हुआ जब औशीनरी ने उसी क्रंदन शैली में कहा।

"हाँ धौत, हाँ। मैं कल प्रात: अपनी बात महाराज बलि से कहकर रहूँगी। आर्या सुदेष्णा क्या समझती हैं कि वे हमारे सम्मान से जब चाहें खेल सकती हैं?" फिर थोड़ा रुककर बोली, "जाओ धौत, जाओ। जाकर कह दो अपनी सौंदर्य की उस अहंकारिणी पुत्तलिका से कि कल जब महाराज सारी बात सुनकर उसे कठोर दंड सुनाएँगे तो उसे पता चलेगा कि मनुष्य के तिरस्कार का अर्थ क्या होता है। अब तुम जाओ।"

यह कहकर जैसे ही औशीनरी ने एक ओर से निकलकर अपने मार्ग पर आगे बढ़ने का प्रयास किया तो धौत ने पूरी स्फूर्ति से उसके कंधे पकड़कर उसे रोक लिया। वह समझ गया कि कुछ अतिविकट हुआ है, जिसे औशीनरी भूलने को तैयार नहीं। वह कल राजप्रासाद आकर महाराज को कुछ ऐसा बताकर ही रहेगी कि जिससे उसकी महारानी सुदेष्णा संकट में पड़ सकती हैं। आर्या सुदेष्णा के सम्मान की रक्षा से बढ़कर उसके लिए जीवन में कुछ भी नहीं था। औशीनरी तो

कहीं ठहरती ही नहीं थी। पर उसने अपनी स्वामिनी के आदेश का पालन करते हुए एक प्रयास और किया और कहा, "आर्या औशीनरी, मेरी एक प्रार्थना मान जाइए।"

"क्या है ?" औशीनरी उसी क्रोध में थी।

"आप कुछ दिन राजप्रासाद मत आइए। अवकाश ले लीजिए। कहिए तो मैं कल आपकी ओर से न आने की सूचना राजप्रासाद में दे दूँ।" धौत को लगा कि कुछ दिनों में औशीनरी का क्रोथ शांत हो जाएगा और उसके बाद महारानी सुदेष्णा उन्हें किसी भी तरह से समझा–बुझाकर प्रसन्न कर लेंगी। पर उसका धैर्य तब उसका साथ छोड़ गया, जब औशीनरी ने गरजते हुए कहा।

"धौत, तुम कौन होते हो मुझे राजप्रासाद में आने से रोकनेवाले ? तुम तो क्या साक्षात् ब्रह्मदेव भी मुझे आकर ऐसा करने को कहेंगे तो मैं उनकी बात भी नहीं मानूँगी। तुम जाओ। तुमसे मेरा कोई विवाद नहीं।"

औशीनरी की ओर से अब कुछ कहने को नहीं बचा था। उसने धौत को एक ओर झटका दिया और तेजी से चल पड़ी। धौत समझ गया कि रानी सुदेष्णा के आदेश का पालन करने में वह नितांत विफल रहा है। यह स्थिति उसके लिए असह्य थी। औशीनरी को कल राजप्रासाद आने से रोकना उस समय उसे अपना परमकर्तव्य लगा। वह तेजी से चल रही औशीनरी के पीछे भागा। उसे ग्रीवा से उसने कसकर पकड़कर रोक लिया। पर इस प्रयास में उसके पुष्ट हाथों से औशीनरी का टेंटुआ दब गया, इसका उसे कुछ पता ही नहीं चला। वह औशीनरी की ग्रीवा तब तक पकड़े रखने की सोच चुका था, जब तक वह उसकी राजप्रासाद न आने की बात नहीं मान लेगी। पर अब औशीनरी कहाँ से कह पाती ? उसके तो प्राणपखेरू उड़ चुके थे और धौत को पता ही नहीं चला कि उसके हाथों एक हत्या हो चुकी है। थोड़ी देर में उसकी पकड़ स्वयमेव शिथिल हुई तो औशीनरी का मृत शरीर पृथ्वी पर गिर पड़ा। धौत प्रसन्न था कि औशीनरो मूर्च्छित हो गई है और अब वह अस्वस्थ होने के कारण राजप्रासाद नहीं आ पाएगी।

अपना कर्तव्यपालन हो जाने की अपूर्व संतुष्टि में धौत ने औशीनरी को उठाया और फिर प्रयत्नपूर्वक रथ में उसी स्थान पर लिटा दिया, जिस स्थान पर आज अपराह्न आर्य दीर्घतमा अपनी प्राणप्रिया औशीनरी के अंक में सिर रखकर लेटे थे और विस्तार से उस दुर्घटना का विवरण दे रहे थे, जो कल रात्रि राजप्रासाद की अतिथिशाला के वासकक्ष में उनके साथ घटी थी।

रथ को धीरे–धीरे हाँककर धौत ने उसे औशीनरी के आवास के आगे खड़ा

कर दिया। धौत ने पूरा मार्ग रथ को बड़े ही प्रयासपूर्वक चलाया था ताकि उच्चावच भूमि पर वह इतना न हिले-डुले कि औशीनरी को उससे कष्ट हो। रथ से उतरकर उसने द्वार खोला। द्वार खुलने की ध्वनि कानों में पड़ते ही दीर्घतमा अपने हाथों से मार्ग खोजते हुए द्वार तक आ गए और बोले।

"आ गई हो औशीनरी, इतना विलंब कर दिया?"

"आर्य," आवाज धौत की थी। "आर्या औशीनरी कुछ अस्वस्थ हैं। मैं उन्हें उनके तल्प पर लिटा देता हूँ। कल प्रभात तक वे स्वस्थ हो जाएँगी। मेरा आपको परामर्श है कि उन्हें पूरी तरह स्वस्थ होने तक आप राजप्रासाद मत भेजिए।" कहकर जब धौत औशीनरी को अपनी बलिष्ठ भुजाओं से उठाकर तल्प पर बिछे बिस्तर पर लिटा रहा था तो दीर्घतमा बड़बड़ा रहे थे।

"यह औशीनरी एक दिन मेरे लिए प्राण दे देगी। मेरे साथ इसका प्रणय अब मोह जैसा बन चुका है। मेरा अपमान तो यह क्या सहन करेगी, मेरे शरीर और मर्यादा को लगनेवाली एक खरौंच तक अब इसे असह्य है। आज सायंकाल से ही वह जिस मनोदशा में थी, उससे उसका अस्वस्थ हो जाना स्वाभाविक था। पर औशीनरी, इतना भी अस्वस्थ मत हो जाना कि मुझे इस विश्व में एकाकी छोड़कर चली जाना। मैं तो फिर विक्षिप्त ही हो जाऊँगा। मैं कैसे फिर अपने प्राणों का बोझ उठा पाऊँगा? तुम्हीं उठाओ औशीनरी मेरा बोझ। मैं और कुछ नहीं जानता।"

दीर्घतमा को प्रणाम कर धौत चला गया। कक्षीवान सो रहा था। पर दीर्घतमा को नींद कहाँ? आज तीसरी रात्रि थी कि वे निरंतर बेचैनी में उनींदें हो रहे थे। पर आज की रात्रि? हे प्रभो, कल प्रात: जब दीर्घतमा का सत्य से साक्षात्कार होगा तो क्या होगा?

31

औशीनरी और दीर्घतमा का आवास। उस आवास में एक ही पंक्ति में बने तीन कक्षों के आगे जो लंबा बरामदा है, उस बरामदे में एक आसंदी पर आर्य दीर्घतमा बैठे हैं। आसंदी की पीठ-से-पीठ टिकाए अपने चेहरे को ऊपर आकाश की ओर किए हुए मानो आकाश के पट पर अपने लिए लिखे गए भाग्य के किसी लेख को पढ़ रहे हों या भविष्य के लिए कोई संदेश वहाँ से समझने का प्रयास कर

रहे हों। पर दृष्टिहीन दीर्घतमा भला क्या देख या पढ़ सकते थे? इसलिए इससे कोई अंतर नहीं पड़ता था कि आकाश की ओर एकाग्र अपनी आँखों की पलकों को वे कभी खोल लेते तो कभी बंद कर लेते, परंतु वे पर्याप्त समय से उसी मुद्रा में बैठे थे। उनकी आँखें आज खाली थीं। जिन आँखों से परसों रात्रि अनवरत अश्रुधारा बह रही थी, जिसे देखकर महाराज बलि भी प्रश्न पूछने को बाध्य हो गए थे, उन आँखों से आज आँसू मानो रूठ गए थे। हो सकता है कि आँसुओं का सारा भंडार कल रात्रि ही खाली हो गया हो और अब वहाँ कोई आँसू शेष बचा ही न हो। वैसे आँसुओं में भी हृदय की पीड़ा का साथ निभाने की कोई-न-कोई एक सीमा होती होगी। उससे आगे पीड़ा का साथ निभाने की उनकी क्षमता भी उनका साथ छोड़ देती होगी। तो क्या आज दीर्घतमा के हृदय की पीड़ा इतनी अधिक तीव्र थी, इतनी अधिक घनी थी, उसमें संवेदना का बोझ इतना अधिक था कि उनके नेत्रों के अश्रुओं में उस पीड़ा को व्यक्त करने की सामर्थ्य ही नहीं थी? इसलिए वे आँसू अपना मुँह छिपाते फिर रहे थे?

आर्य दीर्घतमा के आवास के प्रांगण में बैठे ग्रामवासियों की चिंता का विषय यही था। उनकी इच्छा थी कि किसी भी तरह दीर्घतमा रोएँ। जिस औशीनरी से वे इतना अधिक अनुराग करते थे, जो औशीनरी अपने को पूरी तरह भूलकर मानो दीर्घतमामय हो चुकी थी, जो औशीनरी उनके पुत्र कक्षीवान की माँ थी और एकमात्र आश्रय थी, जिस औशीनरी के बिना अब दीर्घतमा अपने जीवन की कल्पना तक नहीं कर सकते थे, उस औशीनरी का निष्प्राण शरीर उनकी आसंदी के पास बरामदे में पड़ा था, जिस पर गहरे लाल रंग का कौशेय वस्त्र डालकर उसे आपादमस्तक ढक दिया गया था। ग्राम के लगभग सभी आवासों से वहाँ आए लोगों की इच्छा थी कि दीर्घतमा रोएँ, ताकि उनके हृदय की पीड़ा आँसुओं के मार्ग से बाहर निकल आए, जिससे फिर वे शनैः शनैः उस जीवन को जीने के योग्य बना सकें, जो जीवन उन्हें न चाहकर भी जीना ही है। और किसी के लिए नहीं तो कक्षीवान के लिए तो जीना ही है। वे नहीं रोए तो पीड़ा का यह अतिरेक उनके मस्तिष्क और मन पर निर्णायक दुष्प्रभाव डाल सकता था और वहाँ बैठे दीर्घतमा के सभी हितैषी इसी संभावना से चिंतित थे।

पर वे रोएँ कैसे, कौन रुलाएगा उन्हें? प्रातः कक्षीवान को उनके अंक में बिठाकर उनके भीतर के उस मातृत्व को जगाने का प्रयास किया गया, जो प्रत्येक पुरुष के हृदय में कहीं-न-कहीं पौरुषजन्य किसी मिथ्या अहंकार के मनोभाव के

भारी बोझ के तले छिपा पड़ा होता है। पर कोई परिणाम नहीं। इसके बाद शिशु कक्षीवान को ग्रामणी के घर भेज दिया गया।

दीर्घतमा वैसे ही शून्य की ओर दृष्टिहीन नेत्रों से देखते रहे। पास में पड़ा शव दिखाकर उनके संतप्त हृदय को उद्वेलित करने का कोई प्रयास सफल हो ही नहीं सकता था। प्रांगण में बैठे कुछ लोगों ने एक-दो बार प्रयास किया कि विलाप का आर्त्तस्वर उत्पन्न कर दीर्घतमा के प्रसुप्त विलाप को आमंत्रित किया जाए। पर पता नहीं दीर्घतमा ने आमंत्रण की इस भाषा को सुना भी या नहीं, समझा भी या नहीं।

इसलिए सब चिंतित थे। उसी चिंता में सब बार-बार एक प्रश्न भी कर रहे थे कि औशीनरी की इस तरह सहसा मृत्यु कैसे हो गई? आस-पड़ोस के लोगों ने देखा था कि नित्य की तरह कल पूर्वाह्न में भी वह राजप्रासाद सें आए रथ पर बैठकर महारानी सुदेष्णा की परिचर्या में गई थी। हाँ, दीर्घतमा के घर में न होने के कारण वह थोड़ा उदास अवश्य थी, किंतु उदासी ऐसी नहीं थी कि इस असमय मृत्यु का कारण बन जाती। सायंकाल के समय का विवरण आर्य ग्रामणी के पास था। उन्होंने सभी को बताया था कि आर्य दीर्घतमा को वापस घर पहुँचाकर वह उसी रथ में नगर चली गई थी और उन्हें दीर्घतमा के पास इसलिए छोड़ गई थी, क्योंकि रात्रि को उनके माथे पर थोड़ा चोट लग जाने के कारण उन्हें किसी की सहायता की आवश्यकता थी। ग्रामणी बता रहे थे कि तब वह कुछ उद्विग्न अवश्य थी, पर वह उद्वेग ऐसा नहीं था कि किसी गंभीर संकट का, वह भी मृत्यु जैसे संकट का पूर्वाभास दे रहा हो। उसके बाद का विवरण ग्रामणी प्रातः दीर्घतमा के घर आकर उनसे पूछ ही गए थे कि रात को रथवान ने जिसका नाम अथवा परिचय दीर्घतमा को पता नहीं था, औशीनरी को सहायता देकर तल्प पर लिटाया था और कहा था कि आर्या औशीनरी कुछ अस्वस्थ हैं। वहाँ बैठे लोगों को इतना तो समझ में आ रहा था कि इस मृत्यु का संबंध उस अस्वास्थ्य से है, किंतु वह अस्वास्थ्य कैसा था उसका ठीक-ठीक पता तो उसी रथवान से ही मिल सकता था। ग्रामणी सोच रहे थे, यहाँ के अंतिम संस्कार से निवृत्त होकर वे स्वयं राजप्रासाद जाएँगे और उसी रथवान को ढूँढ़ निकालेंगे, जिससे कि कुछ पता तो चले कि सहसा औशीनरी को क्या हुआ और कैसे वह अस्वस्थ हो गई थी।

औशीनरी की मृत्यु कैसे हुई, इसका पता उन दीर्घतमा को भी नहीं था, जिनके साथ औशीनरी का मन और तन का एक ऐसा बंधन बँध गया था कि जिसे उन्होंने जीवन में इससे पहले कभी अनुभव ही नहीं किया था। उन्हें कुछ-कुछ आभास तो

था कि कल जब वे उसे आर्या सुदेष्णावाली घटना का विवरण दे रहे थे तो उसके स्वर और स्पर्श में उद्वेग था। पर उस उद्वेग की अभिव्यक्ति उससे आगे क्या हुई और उसका संबंध इस मृत्यु से कैसे है, इसका उन्हें कुछ भी पता नहीं था और आज दीर्घतमा जो इस तरह मौन हो गए थे, उसका मूल कारण यही था और इसी से फिर वे और आगे बहुत कुछ सोचते हुए पाषाणवत हो गए थे।

'मैं भी कैसा अभागा हूँ,' दीर्घतमा जब अपने दृष्टिहीन नेत्रों से निर्निमेष आकाश की ओर देख रहे थे, तो वे वास्तव में देख नहीं रहे थे, अपितु अपने जीवन की गाथा ही मानो अपने भविष्य के पाठकों के लिए लिख रहे थे कि 'दृष्टिहीन होने के कारण मुझे आज तक पता ही नहीं चला कि मेरी प्रद्वेषी ने क्यों आत्मविसर्जन कर दिया था। बस, मैं अनुमान ही लगाता रह गया कि तात बृहस्पति की किसी कुटिल योजना से त्रस्त होकर प्रद्वेषी ने गंडक में कूदकर आत्मविसर्जन कर दिया। जो प्रद्वेषी बाल्यकाल से मेरी संरक्षिका थी और जिसके हृदय में प्रणय जैसे विशिष्ट महाभाव का अभी उदय ही हुआ था, पता नहीं पूरी तरह विकसित होकर उस महाभाव की अभिव्यक्ति किन-किन रूपों में होती, उस प्रद्वेषी से मैं सहसा वियुक्त कर दिया गया था और मैं हतभाग्य आज तक नहीं जान पाया कि यह सब हुआ कैसे?'

वहाँ बैठे लोगों को क्या पता कि मौन के तट से बँधे दीर्घतमा के हृदय महासागर में क्या-क्या हिलोरें उठ रही थीं। वे तो अपनी ओर से ठीक ही सोच रहे थे कि दीर्घतमा को रुलाया जाए। पर उन्हें क्या पता कि रुदन की पकड़ से परे दीर्घतमा एक ऐसे अनंत में खोए थे, जहाँ जाना प्रत्येक के वश में नहीं होता।

'विधाता,' दीर्घतमा का आक्रोश चल रहा था, 'जो छल तुमने प्रद्वेषी से किया वही औशीनरी से भी कर दिया? क्या आनंद आया तुम्हें इसमें कि न मुझे प्रद्वेषी के मृत्यु के कारणों का पता चला और न ही अब औशीनरी के देहावसान के कारणों का पता चल रहा है? बस एक आभास कारण का तुमने तब दे दिया, बृहस्पति का और कारण का एक आभास तुमने अब भी दे दिया है, सुदेष्णा वाली घटना से उत्पन्न उद्वेग का। तो क्या आभास को ही सत्य मान लूँ मैं? अथवा सत्य को आभास मान लूँ? क्या इच्छा है तुम्हारी प्रभो? क्या सीमंतिनी भी आभास थी? आभास ही तो थी जो तुमने पहले उसे मेरे जीवन में ला दिया और फिर मुझे प्रतिष्ठान चले जाने की प्रेरणा दे दी। क्यों दी प्रेरणा पता नहीं। पर क्यों मान ली मैंने वह प्रेरणा यह भी पता नहीं। और सुनंदा? क्या वे भी आभास थीं? हाँ, वे भी तो आभास ही थीं अन्यथा न मुझे पता और न ही संभवतः आर्या सुनंदा को ही पता चला कि क्यों विदर्भ कन्याओं

के राजपुत्र मुझे मार डालना चाहते थे? और यदि वे मेरा वध चाहते ही थे तो मेरे वध के लिए नियुक्त त्रैतन ने क्यों नहीं मेरा प्राणांत कर दिया, मुझे कुछ नहीं पता। ऐसा तो हो नहीं सकता, इस प्रत्येक घटना के पीछे कोई कारण न हो, पर जो इन घटनाओं का सीधा लक्ष्य बन रहा है, जो पीड़ा का प्रहार सीधा झेल रहा है, उसे किसी भी कारण का पता नहीं। हे प्रभो कैसा विधान है तुम्हारा?'

जब औशीनरी के देहांत से उत्पन्न पीड़ा की प्रतिक्रिया का रूप यह हो तब कहाँ से आते अश्रू? दीर्घतमा तो किसी दूसरे ही धरातल पर जा पहुँचे थे। उन्हें अब अपनी योजनाओं पर कटु व्यंग्य होने लगा, जो वे परसों के मध्याह्न भोजन के समय बना रहे थे। उन्हें लगा कि कैसी योजनाएँ? कैसा आश्रम? कैसा विद्याकुल? कुछ नहीं बनाना मुझे। जब विधाता को सब नष्ट-भ्रष्ट ही कर देना है तो फिर मैं कुछ बनाऊँ ही क्यों? उसी ने बनाया है, उसी ने नष्ट किया है। उसी ने दिया है फिर उसी ने छीन भी लिया है। जब मनुष्य के अधीन कुछ भी नहीं तो फिर बनाया ही क्यों था मनुष्य को? लो फिर तुम्हीं कर लो सबकुछ। कुछ नहीं करना-धरना मुझे।'

औशीनरी की मृत्यु से उत्पन्न पीड़ा जैसे ही दीर्घतमा को निष्कर्मता की इस अवस्था तक ले आई, तभी उनके आवास के बाहर मानो उन्हें फिर से व्यवस्था और जीवन के प्रपंच से जोड़ने का प्रतीक बनकर राजप्रासाद का रथ आ गया। ग्रामणी द्वार की ओर बढ़ चले, यह सोचकर कि नित्य की तरह यह रथ औशीनरी को राजप्रासाद ले जाने के लिए आया है और रथवान को सारी स्थिति समझाकर वापस भेज दिया जाए। पर वे चकित रह गए कि जब रथ के प्रकोष्ठ का कौशेय आवरण हटा तो उसमें से और कोई नहीं, स्वयं महाराज बलि उतरते दिखाई दिए। ग्रामणी को कुछ सूझ ही नहीं रहा था कि वे क्या कहें। प्रणाम कर इतना ही कह पाए "महाराज, आप यहाँ?"

"हाँ आर्य, मैं बलि हूँ। आपका परिचय?"

"आर्य महाराज आइए, भीतर आइए, मैं आपका ग्रामणी हूँ। मेरा नाम संपाति है।"

"आर्य संपाति प्रणाम। आर्य दीर्घतमा का स्वास्थ्य कैसा है? परसों उन्हें माथे पर चोट लग गई थी, सोचा कि इतने बड़े मंत्रकार का राजप्रासाद आना हुआ, पर वे वहाँ से अस्वस्थ होकर लौटे। जाकर उनके स्वास्थ्य का समाचार नहीं लूँगा तो प्रमाद हो जाएगा। आर्या औशीनरी को लेने रथ आना ही था। मैं स्वयं ही उस रथ में बैठकर इधर आ गया। अब औशीनरी के साथ राजप्रासाद चला जाऊँगा।"

यह कहते-कहते अंगराज बलि भीतर प्रांगण में आ गए। वहाँ इकट्ठा हुए जनसमूह को देखकर पहले उन्हें आश्चर्य हुआ। फिर बरामदे में पड़े एक शव को देखकर वे सकपकाए, पर समझ गए कि कोई मृत्यु यहाँ हुई है, जिसकी संवेदना के लिए ग्रामवासी यहाँ इकट्ठा हुए हैं। पूछा, किसकी मृत्यु हुई है तो ग्रामणी ने बता दिया। इस बीच महाराज के आने का समाचार सारे प्रांगण में फैल गया और लोग अपने-अपने स्थानों पर खड़े हो गए। आर्य दीर्घतमा को पता चला तो वे भी प्रणाम की मुद्रा में आसंदी से खड़े हो गए। राजा बलि उनके पास गए, चकित पर संतुलित प्रणाम की मुद्रा में खड़े दीर्घतमा के दोनों हाथों को अपने दोनों हाथों से थाम लिया और बोले, "आर्य, यह सब कैसे हो गया?"

"विधि का विधान है आर्य महाराज। मैं बैठा-बैठा यही सोच रहा था कि विधाता कितने खेल खेलता है मेरे साथ।" बस इससे आगे दीर्घतमा नहीं बोल पाए और उन्होंने महाराज बलि के कंधे पर सिर रख दिया। महाराज बलि ने उनसे सांत्वना के कुछ शब्द कहे, उन्हें फिर से आसंदी पर बिठाया और स्वयं ग्रामवासियों के साथ, दीर्घतमा के पास ही भूमि पर बैठ गए। सारे प्रांगण में मौन छाया था। राजा बलि वहाँ बैठे हों वह भी ऐसे अवसर पर और वह भी भूमि पर तो किसी के मुँह से कोई ध्वनि तक भी कैसे निकल सकती थी? थोड़ी देर बैठने के बाद राजा को लगा कि यहाँ अधिक रुकने से सभी लोग नितांत असहज अनुभव करते रहेंगे, सो उन्हें अब लौट जाना चाहिए।

"आर्य दीर्घतमा," राजा ने उठकर और थोड़ा झुककर आसंदी पर बैठे दीर्घतमा के कंधे स्पर्श करते हुए कहा, "मैं आपसे अनुमति लेकर चलता हूँ। कल पूर्वाह्न फिर आऊँगा।"

चलते-चलते ग्रामणी से पूछा, "आर्य दाह-संस्कार कब करेंगे?"

"बस अभी थोड़ी देर में महाराज।"

"आर्य ग्रामणी आप अनुभवी हैं, सब जानते हैं। आर्य दीर्घतमा का पूरा-पूरा ध्यान रखिए। मुझसे कोई आवश्यकता हो तो कहने में संकोच कभी मत करिए।" कहकर महाराज बलि चले गए।

उसके बाद दाह-संस्कार का सारा कर्म संपन्न किया गया। वहीं गाँव के बाहर गंगा के किनारे ठीक उसी स्थान पर जहाँ औशीनरी ने पहली बार दीर्घतमा को एक नौका में रस्सियों से बँधा पड़ा देखा था।

सायंकाल का समय। औशीनरी-दीर्घतमा के आवास में, बरामदे में दो आसंदियों पर दीर्घतमा और ग्रामणी संपाति बैठे हैं। पूरे आवास में इस समय और कोई नहीं है। सारे ग्रामवासी एक-एक कर अपने-अपने घरों को लौट चुके हैं। कक्षीवान आज प्रभात से ही ग्रामणी के घर में उनके परिवार के लोगों के पास है। बहुत देर तक दोनों मौन बैठे रहे। दीर्घतमा को तो घंटों मौन समाधि में डूबे रहने का अभ्यास था। पर ग्रामणी को यह मौन कचोट रहा था। दीर्घतमा की असहाय स्थिति को देखकर उनका मन पीड़ा और आशंकाओं से भरा हुआ था। पर कुछ बोलने का साहस वे सँजो नहीं पा रहे थे। सहसा मौन के आतंक को छिन्न-भिन्न करते हुए दीर्घतमा ने कहा।

"आर्य संपाति, बहुत अधिक सोच-विचार के बाद मैं इस निष्कर्ष पर पहुँचा हूँ कि मुझे अब अपने आश्रम वापस लौट जाना चाहिए।"

"क्यों आर्य, क्या हमसे कोई अपराध···" इससे पहले कि संपाति अपना वाक्य पूरा करते दीर्घतमा ने उनकी बात को बीच में ही काट दिया।

"आर्य ऐसा कहकर आप मेरी पीड़ा मत बढ़ाइए। आर्य कारण दूसरे हैं और मेरी बात सुनकर आप भी इन कारणों से सहमत हो जाएँगे।"

"बताइए आर्य।" दीर्घतमा इस ग्राम से चले जाएँगे, इतना सोचते ही ग्रामणी का मन उदास हो गया था। पर दीर्घतमा का व्यक्तित्व इतना बड़ा था कि वे उन पर अपनी इच्छाएँ थोप भी नहीं सकते थे। फिर भी उन्होंने कारण सुनना ठीक समझा।

"आर्य," दीर्घतमा बोले, "मुझे आश्रम से बाहर आए लगभग छह वर्ष हो गए हैं। इन वर्षों में मैं इधर-उधर बहुत भटक लिया हूँ। आप तो मेरी संपूर्ण कथा से सुपरिचित हैं। कितने ही मधुर और तिक्त अनुभव इस बीच जीवन में हो गए हैं। अब मुझे ऐसा लगने लगा है आर्य कि मेरी नियति मुझे वापस अपने जन्मस्थान लौटने को बाध्य कर रही है।"

"फिर तात बृहस्पति, उनका व्यवहार?" ग्रामणी दीर्घतमा के इस तर्क से कोई विशेष प्रभावित नहीं हुए थे। इसलिए उन्होंने अपनी ओर से एक प्रतिकारण देकर आर्य दीर्घतमा को आश्रम लौट जाने से रोकने का प्रयास किया। "आर्य संपाति, आप ही बताइए क्या तात बृहस्पति मेरी नियति से भी बड़े हैं? जिस नियति ने मुझे सहसा औशीनरी जैसी औशीनरी से मिलवा दिया और फिर सहसा बिना माँगी मिली इस अनमोल औशीनरी को मुझसे छीन लिया, क्या तात बृहस्पति उस नियति से भी बड़े हैं?" फिर थोड़ी देर रुककर वे बोले, "तात संपाति, जिस ग्राम में और जिस

आवास में औशीनरी के साथ चार अद्‌भुत वर्ष बीते हैं और जहाँ मुझे उसने मेरा एक प्रतिरूप एक दृष्टिवान प्रतिरूप देकर कृतार्थ कर दिया, उस ग्राम में और उस आवास में अब औशीनरी के बिना रहना मेरे लिए संभव नहीं।"

ग्रामणी को आज प्रात:काल से ही भय सता रहा था कि आर्य दीर्घतमा इस तरह का मनोभाव किसी भी क्षण व्यक्त कर सकते हैं। इस कारण का कोई प्रतिउत्तर भी उनके पास नहीं था। वे बस चुप रह गए और थोड़ी देर चुप रहकर इतना ही कह पाए, "आर्य, आपका मनोभाव मैं समझ पा रहा हूँ। यह विधि भी कितना क्रूर है।"

पर दीर्घतमा को अपने इस निष्कर्ष का सबसे बड़ा आधार तो अभी बताना था। बोले, "आर्य, औशीनरी तो चली गई। पर अपना एक संकल्प वह मुझे दे गई है। उस संकल्प का नाम कक्षीवान है आर्य, और उस संकल्प की सुरक्षा और विकास अब मेरा कर्तव्य है, जो मैंने पूरा न किया तो मैं औशीनरी के सामने स्वयं को सदा अपराधी मानता रहूँगा।"

ग्रामणी दत्तचित्त होकर सुन रहे थे।

"आर्य, कक्षीवान को उसके कुल के लोगों के पास पहुँचा देना, मैं इस समय अपना परम कर्तव्य मानता हूँ। आर्य, मैं जन्मांध हूँ। अपनी रक्षा मैं कर नहीं सकता। कक्षीवान की सँभाल मैं भला कैसे कर पाऊँगा। आश्रम जाकर कक्षीवान को तात संवर्त और माँ सुकेशी को सौंपकर इसकी रक्षा और भविष्य का दायित्व फिर वत्स शरद्वान और भ्राता भरद्वाज को सौंपकर मैं निश्चिंत हो जाना चाहता हूँ।"

"आर्य, मेरा अनुरोध स्वीकार करें तो मैं भी आपसे अपनी सहमति कहूँ।" ग्रामणी के इस कथन पर दीर्घतमा को थोड़ा आश्चर्य हुआ।

फिर भी बोले, "आर्य, आप तो पूज्य हैं। आप आदेश कीजिए।"

"आर्य, मैं भी आपके साथ आश्रम चलूँगा।"

"आप, क्यों?" दीर्घतमा ने स्वाभाविक प्रश्न पूछा।

"आर्य," ग्रामणी बोले, "आप लाख चाहें अकेला तो मैं आपको किसी भी अवस्था में जाने नहीं दूँगा। किसी को तो आपके साथ जाना ही है। फिर वह सहयात्री मैं क्यों नहीं हो सकता?"

"आर्य, आप मार्ग के सहयात्री हैं या आश्रम के सहयात्री बनने का प्रस्ताव कर रहे हैं?" इस प्रश्न का उत्तर देने में ग्रामणी को कोई संकोच नहीं हुआ। वे संभवत: कुछ निश्चित कर चुके थे। बोले।

"आर्य ऋषे, इस आयुष्य में अब आश्रम जाऊँगा तो काहे को लौटकर वापस

आऊँगा। जीवन में सब पा लिया। सब देख लिया। मेरा परिवार हर प्रकार से सुखी और समृद्ध है। जीवन के इस छोर पर आपका संग मिला है, उसे मैं नहीं छोड़ सकता। आर्य, मैं आपकी प्रद्वेषी और औशीनरी तो नहीं बन सकता। पर आपका संपाति तो हो ही सकता हूँ। कक्षीवान का मातामह तो हो सकता हूँ।"

प्रस्ताव दीर्घतमा को जँच गया। ग्रामणी के साथ निर्णय हो गया कि कल पूर्वाह्न में आश्रम की ओर चल पड़ना है। शेष प्रबंध ग्रामणी ने अपने हाथ में ले लिया था।

32

"आर्य संपाति," दीर्घतमा ने बड़े ही अन्यमनस्क होकर ग्रामणी से पूछा, "इस समय हम कहाँ रुके हैं, क्यों रुक गए हैं?"

"आर्य," ग्रामणी का नपा-तुला उत्तर था, "हम एक बड़े वृक्ष के नीचे हैं और चारों ओर वन-ही-वन दिखाई दे रहे हैं। रात्रि का प्रथम प्रहर है। हम इस समय कहाँ हैं? यह बताना मेरे लिए इसलिए संभव नहीं, क्योंकि मैं वैशाली जानेवाले इस मार्ग से पूर्वपरिचित नहीं हूँ।"

"परंतु आर्य, हम वैशाली तो नहीं जा रहे? हम आश्रम जा रहे हैं न।" लगभग बच्चों जैसे भोलेपन के साथ दीर्घतमा ने पूछा तो संपाति थोड़ा भयभीत हो गए। उन्हें ऐसा प्रतीत हुआ कि औशीनरी के देहांत ने आर्य दीर्घतमा के मस्तिष्क पर कुछ ऐसा दुष्प्रभाव डाल दिया है कि उनका आचरण विचित्र दिखने लगा है। फिर भी उन्होंने धैर्य का आश्रय लेकर कहा।

"आर्य, यह मार्ग तो वैशाली जाता है, पर आपका आश्रम उससे दस कोस पहले ही आ जाएगा। इसलिए मैंने इसे वैशाली जानेवाला मार्ग कहा है अन्यथा हम आपके आश्रम ही जा रहे हैं।"

ग्रामणी संपाति को दीर्घतमा के मस्तिष्क पर औशीनरी-दुर्घटना के प्रभाव का यह पहला प्रमाण मिला। आर्य दीर्घतमा पूरी तरह से स्वस्थ नहीं हैं? इसका आभास उन्हें आज अपराह्न से ही मिलना प्रारंभ हो गया था, जब वे बच्चों की तरह अपनी इस जिद पर अड़ गए थे कि चाहे कुछ भी हो, आज यह ग्राम छोड़कर आश्रम के लिए प्रस्थान कर देना है। आज प्रात: सूर्योदय से पर्याप्त पहले ही ग्रामणी महाराज बलि को आर्य दीर्घतमा के आश्रम जाने के निर्णय की सूचना देने राजप्रासाद गए थे।

जिस आदर और आत्मीयता के भाव से स्वयं चलकर महाराज बलि आर्य दीर्घतमा से मिलने आए थे, उसे देखते हुए ग्रामणी को उचित लगा कि इस निर्णय का पता अंगराज को रहना चाहिए। दीर्घतमा के इस निर्णय को सुनकर राजा को कुछ विषाद तो हुआ, किंतु वे इसे स्वाभाविक निर्णय भी मान रहे थे। इसलिए दीर्घतमा को रोकना उन्हें ठीक नहीं लगा। पर उन्होंने ग्रामणी को एक रथ दे दिया, ताकि आर्य दीर्घतमा की यात्रा उतनी कष्टप्रद न हो। रथ में ही उन्होंने तीन दिन का पाथेय भी रखवा दिया, ताकि भोजन आदि की समस्या उत्पन्न ही न हो। ग्रामणी रथ चलाना जानते थे। इसलिए अलग से एक सारथी की उन्हें आवश्यकता नहीं थी। साथ में राजा बलि ने यह भी कह दिया कि शीघ्र ही पट्टमहिषी सुदेष्णा के साथ वे आर्य दीर्घतमा से मिलने आश्रम आएँगे। इसी आवागमन में विलंब हो गया था और संपाति की इच्छा थी कि अगले दिन प्रभात बेला में यात्रा प्रारंभ की जाए। पर परम उत्कंठित दीर्घतमा को ग्राम में अब एक-एक क्षण एक-एक युग जैसा लग रहा था। इसलिए उन्होंने नियमों के विपरीत अपराह्न में ही एक लंबी यात्रा प्रारंभ करने के लिए उन्हें विवश कर दिया था।

ग्रामणी का उत्तर सुनकर दीर्घतमा चुप हो गए। उधर ग्रामणी ने एक बार रथ के प्रकोष्ठ में जाकर देखा। कक्षीवान को आराम से सोते हुए देखकर वे थोड़ा निश्चिंत हो गए। फिर वे आर्य दीर्घतमा और अपने लिए पाथेय का प्रबंध करने लगे। खाने योग्य कुछ सामग्री उस पाथेय में से निकालकर और उसे दो अलग-अलग पात्रों में रखकर वे दीर्घतमा के पास गए तो देखा कि वे वहाँ बैठे ही नहीं थे। जहाँ उन्हें बिठाकर वे गए थे। ग्रामणी ने पुकारा तो दीर्घतमा ने थोड़ी दूर से अपने वहाँ होने का संदेश दिया। रात्रि के अंधकार में केवल ध्वनि के सहारे ही दिशा का ज्ञान कर ग्रामणी संपाति उस ओर भागे जिधर दीर्घतमा के होने का उन्हें आभास हुआ। ग्रामणी को अधिक देर तक दुःखी नहीं होना पड़ा। शीघ्र ही उन्हें दीर्घतमा मिल गए। ग्रामणी की साँस-में-साँस आई। उन्होंने विधाता को अनुग्रह के शब्द कहे कि अच्छा हुआ उन्हें दीर्घतमा के साथ जाने की सद्बुद्धि आ गई। अन्यथा पता नहीं अकेले निकल पड़ने पर इनकी क्या दुरवस्था होती। भविष्य के लिए स्वयं को अधिक सतर्क कर ग्रामणी बोले, "आर्य, आप कहाँ चल पड़े थे?"

"आर्य, आपने महाराज जड़भरत की कथा सुनी है?"

"नहीं आर्य, बताइए तो।" संपाति को अच्छा लगा कि आर्य थोड़ा सामान्य हो रहे हैं।

"आर्य संपाति," दीर्घतमा वास्तव में कुछ-कुछ ही सामान्य हो पाए थे। बोले, "महाराज भरत अयोध्या के नरेश थे। इतने प्रतापी सम्राट् और इतना अधिक वैराग्य था उनमें कि प्रजा के बीच वे जड़भरत के नाम से प्रसिद्ध हो गए। आर्य, यह जो हमारे देश का नाम भारतवर्ष है, यह उन्हीं महाराज जड़भरत के नाम से ही पड़ गया है। इतना विराट् प्रभाव था उनका। उनके पिता थे, महाराज ऋषभदेव। वे भी परमवैराग्यशील सम्राट् थे। इतने वैराग्यशील कि उन्हें तीर्थंकर कहा जाता है, आर्य संपाति," दीर्घतमा निरंतर कथावाचन किए जा रहे थे, "कहते हैं कि जब महाराज ऋषभ ने अपना संपूर्ण राज्य युवा भरत को दे दिया तो उसके बाद वे राजप्रासाद में नहीं रहे। वे वन चले गए और वहीं दिगंबर होकर रहने लगे। आर्य मैं भी महाराज ऋषभ की भाँति वनगमन कर लूँ तो क्या ठीक नहीं रहेगा?"

संपाति चकित थे कि विधाता ने कैसी प्रतिभा दी है, इस युवा ऋषि को? कैसा उद्वेलन होता रहता है उनके मानस में? वे अब चाहने लगे थे कि जैसे भी हो दीर्घतमा को शीघ्रातिशीघ्र आश्रम पहुँचाकर ही विराम लेना चाहिए। अन्यथा मार्ग में कुछ भी हो सकता है। उन्होंने संकल्प किया कि वे रात्रि को सोएँगे नहीं और अपनी पूरी सावधानी आर्य दीर्घतमा पर टिकाए रखेंगे। दीर्घतमा को मानो कर्तव्यबोध कराने के उद्देश्य से वे बोले, "आर्य, आप वनगमन कर जाएँ, इसमें भला कोई आपत्ति क्यों हो? परंतु इससे पूर्व अपनी संतान कक्षीवान को उसके संरक्षकों के पास उसके कुलबंधुओं को सौंपना क्या आवश्यक नहीं?"

इस प्रश्न ने दीर्घतमा को लगभग सामान्य कर दिया। बोले, "हाँ आर्य, आपका कथन उचित है।" उन्होंने मानो कुछ याद करते हुए कहा, "मैं तो अपने कर्तव्य से विमुख हो रहा था। अच्छा हुआ कि आपने मुझे फिर से कर्तव्यमार्ग दिखा दिया। यदि मैं कक्षीवान को उसके संरक्षक के हाथों में नहीं सौंप पाया तो औशीनरी मुझे कभी क्षमा नहीं करेगी। अब और कहीं नहीं जाना। बस आश्रम ही पहुँचना है।"

थोड़ी देर मौन छाया रहा। पाथेय खाया जाता रहा। जब दीर्घतमा भोजन कर चुके तो अपनी सहज भावमुद्रा में बोले, "आर्य संपाति एक बात बड़ी विचित्र है।"

"क्या बात है आर्य?"

"यह कि मेरी माँ ममता को जब मुझ पर बहुत अधिक स्नेह उमड़ता था तो पता है वह क्या करती थीं?"

"क्या आर्य," ग्रामणी सचमुच बातें कर करके दीर्घतमा को तब तक जगाना चाहते थे, जब तक वे पर्याप्त श्रांत होकर सो न जाएँ।

"आर्य, मेरी माँ तब भूमि पर आस्तरणिका बिछातीं, मुझे उस पर लिटातीं और फिर मेरे सिर को अपने अंक में रखकर मेरे केशों को अपनी उँगलियों से सहलातीं। आर्य जब मैं ऋषिपद पर प्रतिष्ठित हुआ, तब माँ सुकेशी ने भी ठीक ऐसे ही किया था। वे भी उस दिन बहुत प्रसन्न थीं और हर्षातिरेक में उनकी आँखों से आँसू बह निकले थे। परंतु आर्य, सबसे आश्चर्य की बात तो यह है कि औशीनरी भी ऐसे ही किया करती थी। जब कभी उसका हृदय प्रणयातिरेक से भर जाता तो वह घर के प्रांगण में अश्वत्थ की छाँव में धवल आस्तरणिका बिछाती, वहाँ मुझे लिटाती, फिर मेरे सिर को अपने अंक में रखकर मेरे केशों को अपनी उँगलियों से सहलाती।" फिर थोड़ी देर रुककर उन्होंने पूछा, "आर्य, इन तीनों में यह समानता कैसे हो गई ?"

संपाति असमंजस में पड़ गए। क्या उत्तर दें इसका ? बस इतना ही कह पाए, "आर्य, न तो मैं आपकी माँ हूँ और न ही पत्नी। फिर बताइए मैं कैसे उत्तर दे पाऊँगा इस भावना से भरे प्रश्न का ? आर्य, आश्रम चल रहे हैं। वहाँ आर्या सुकेशी से यही प्रश्न करेंगे। उनके पास अवश्य इसका उत्तर होगा।" पता नहीं दीर्घतमा ने सुना या नहीं। पर संपाति ने देखा कि इसके बाद दीर्घतमा कहीं शून्य में खो गए। थोड़ी देर बाद बोले, "आर्य संपाति, निद्रा आ रही है। सोना चाहता हूँ।"

संपाति ने सोचा, आर्य दीर्घतमा को वन की इस भूमि पर पेड़ के नीचे सुलाना ठीक नहों रहेगा। उन्होंने दीर्घतमा को हाथ का सहारा देकर उठाया, फिर रथ के प्रकोष्ठ में बिठाया और वहीं सुला दिया। यह वही रथ था, जिसमें दीर्घतमा दो दिन पूर्व औशीनरी के साथ उसके अंक में सिर रखकर उससे बातें करते हुए आए थे। पर रथ वही है इसका पता न ग्रामणी को था और न ही दीर्घतमा को। अपने बिछौने पर सिर रखते ही दीर्घतमा को निद्रा ने अपने अंक में ले लिया।

ग्रामणी भी उसी प्रकोष्ठ के एक कोने में बैठ गए। उन्होंने संकल्प कर लिया था कि जब तक आर्य दीर्घतमा और शिशु कक्षीवान सकुशल आश्रम नहीं पहुँच जाते, तब तक वे सोएँगे नहीं। वे अनुभव कर रहे थे कि दीर्घतमा का इस समय अपने पर पूरी तरह से वश नहीं था। बीच-बोच में वे अल्प-उन्माद में जिस तरह से आज अपराह्न से आ रहे थे, इससे उन्हें चिंता होने लगी थी। अब उनका संकल्प था, दीर्घतमा और कक्षीवान को आर्य संवर्त के हाथों में सौंपना। वे निश्चय कर चुके थे कि अब वे आजीवन दीर्घतमा की परिचर्या में रहेंगे और इसके लिए कुलपति बृहस्पति से औपचारिक अनुमति लेने का उन्होंने मन बना लिया था। अनुमति न

मिलने पर महाराज बलि की संस्तुति का आश्रय लेने की भी वे सोच रहे थे, जिन्होंने शीघ्र ही आश्रम में आने की बात कही थी। पर उनकी तात्कालिक चिंता थी सकुशल आश्रम पहुँचना और वैसा होने में अभी भी कम-से-कम एक रात्रि और इस तरह व्यतीत होना उन्हें अनिवार्य लग रहा था। कक्षीवान के सिर के बालों को सहलाते हुए वे रथ के प्रकोष्ठ के कोने में इसी चिंता में लीन थे। उनकी आँखें चौकस थीं।

33

जब दीर्घतमा आश्रम पहुँच गए तो रथ को आश्रम के मुख्य प्रवेश द्वार के पास ही खड़ा करवा दिया। दीर्घतमा ने आश्रम की इस मर्यादा के विषय में बताया तो ग्रामणी को यह सुनकर बड़ी प्रसन्नता हुई और उन्होंने उतनी ही प्रसन्नता से उसका पालन भी किया। तब तक संध्या हो चुकी थी, पर अभी अँधेरा नहीं घिरा था। अपने आश्रम में छह वर्ष बाद लौटने पर दीर्घतमा को जो रोमांच होना चाहिए था, वैसा कुछ भी उनके साथ नहीं हो रहा था और वे नितांत रागशून्य मानस के साथ वहाँ आए थे। उनकी माँ तो कब की इस आश्रम से अपना नाता तोड़ चुकी थीं, कब से मृत्यु ने उन्हें इस आश्रम से सदा के लिए दूर कर दिया था। छह वर्ष पूर्व प्रद्वेषी भी गंडक की भेंट चढ़ चुकी थी। कुलपति बृहस्पति उनके लिए आकर्षण के स्थान पर निवारक ही अधिक थे। बस एक थे आर्य संवर्त, एक थीं माँ सुकेशी और एक था वत्स शरद्वान, जो उनके वापस आश्रम में आने का कारण थे, जिनके हाथों में कक्षीवान को सौंपकर निश्चिंत हो जाना, उनके जीवन का अब एकमात्र लक्ष्य हो चुका था। वे छात्र-छात्राएँ अब आश्रम में होंगे ही नहीं, जिनके मध्य स्वाध्याय काल बिताकर आर्य दीर्घतमा इस आश्रम में अठारह वर्ष के हुए थे। और फिर वे आत्म-विस्मरण और अल्प-उन्माद की जिस अवस्था में कुछ-कुछ आ गए थे, जिसके एक दो दृष्टांत आर्य संपाति ने यात्रा के इन दो दिनों में देखे थे, वैसी उखड़ी हुई मानसिक अवस्था में उनके हृदय में आश्रम लौटने पर उत्कंठा और उत्साह जन्म लेते भी तो कहाँ से?

जैसे ही ग्रामणी ने उन्हें आश्रम आ पहुँचने की बात कही और उनका रथ आश्रम के प्रवेशद्वार पर ही रुक गया, दीर्घतमा अपनी भावुकता के स्वभाव के परिणामस्वरूप अपनी असंख्य पुरानी स्मृतियों में डूब गए। किंतु उस बारे में कुछ भी

बोल सकने की उनकी स्थिति नहीं थी। ग्रामणी ने उनका हाथ थामा और कक्षीवान ने अपने पिता के बाएँ हाथ की तर्जनी पकड़ ली और इस तरह तीन व्यक्तियों ने आश्रम में प्रवेश किया। आर्य दीर्घतमा के माथे पर व्रण के चिह्न अभी भी थे और उस पर छोटी पट्टी अभी भी बँधी थी। कुछ पद चलने के पश्चात् ही आश्रम के लोग इधर-उधर आते दिखना प्रारंभ हो गए। जिसकी भी दृष्टि दीर्घतमा पर पड़ती वह थोड़ा चकित होता, एक विशेष आश्चर्यमिश्रित दृष्टि से उन्हें प्रणाम कहता या चरणस्पर्श करता और आगे बढ़ जाता। ग्रामणी को कुछ समझ नहीं आ रहा था कि इतने बड़े ऋषि दीर्घतमा के साथ, उनके अपने ही आश्रम के लोग, उस आश्रम के जहाँ दीर्घतमा का जन्म हुआ और अठारह वर्ष बीते ऐसा परायों जैसा व्यवहार क्यों कर रहे हैं? कुछ क्षण धैर्य रखने के बाद ग्रामणी ने अंततः दीर्घतमा से ही इसका कारण पूछ लिया तो दीर्घतमा ने सहज रूप से बताया।

"आर्य संपाति, इन सबके पास मेरे बारे में क्या सूचना हो सकती है? छह वर्ष से मैं आश्रम से बाहर हूँ, पिछले चार वर्ष से हम सभी के प्रयासों से मेरा कोई अता-पता इनके पास नहीं है तो क्या संभव नहीं कि तात बृहस्पति ने मेरे इस शरीर के समाप्त हो जाने की घोषणा इन सबके बीच कर दी हो और इसलिए मुझे देखकर सबको आश्चर्य भी हो रहा हो और भय भी?"

ग्रामणी इस तर्क से सहमत नहीं हो पा रहे थे। पर बात आर्य दीर्घतमा ने कही थी तो वे क्या उत्तर देते? बस चुप हो गए और दीर्घतमा के निर्देश में आगे बढ़ते रहे। और शनैः-शनैः चलते हुए कुलपति बृहस्पति के आवास के पास पहुँच गए, उनकी उस पर्णकुटी के द्वार पर जहाँ स्वयं दीर्घतमा की भी एक अपनी छोटी सी पर्णकुटी थी, जिसमें उनके जीवन के अठारह वर्ष माँ ममता और संरक्षिका प्रद्वेषी की छाँव में बीते थे। तीनों प्राणी कुलपति बृहस्पति के आवास के बाहर खड़े थे, चुप प्रत्येक व्यक्ति अपनी-अपनी आयु और पृष्ठभूमि के संदर्भ में अपने में समाया हुआ। थोड़ी देर चुप रहने के बाद दीर्घतमा ने कहा।

"आर्य संपाति, मैं कक्षीवान का हाथ पकड़े यहाँ खड़ा हूँ। आप भीतर जाकर तात बृहस्पति को बता आइए।" संपाति को थोड़ा आश्चर्य तो हुआ कि दीर्घतमा इतना औपचारिक क्यों हो रहे हैं। पर वे उनके पूर्वजीवन के संपूर्ण घटनाचक्र के विषय में अच्छी तरह जानते थे, इसलिए वे बिना कुछ कहे पर्णकुटी के भीतर चले गए। एक लंबा मार्ग पार करने के बाद वे बृहस्पति की पर्णकुटी के बरामदे के पास पहुँचे, जिसके बाहर प्रांगण में घास पर कई आसंदियाँ पड़ी थीं, जिनमें से एक

आसंदी पर बृहस्पति बैठे थे, जिन्हें वे पहचानते नहीं थे।

बड़ी ही शालीन भाषा में ग्रामणी ने कहा, "आर्य प्रणाम। यदि मैं ठीक समझ पा रहा हूँ तो मैं इस समय कुलपति बृहस्पति की सेवा में खड़ा हूँ।" इतनी मधुर और विनम्र वाणी सुनकर बृहस्पति प्रसन्न हो गए। उन्होंने 'हाँ' कहा तो संपाति सीधे उनके चरणों में गिर पड़े। फिर जब उन्होंने दो क्षणों में ही संक्षेप में सारी सूचना उसी मधुर और विनम्र वाणी में दे दी तो बृहस्पति के मानो धरती पर से पैर उखड़ गए। बोले, "हैं, ऐसा कैसे हो सकता है? दीर्घतमा तो मर चुके हैं और उनका देहांत हुए चार वर्ष से अधिक हो गए हैं?" इतना कहते-कहते वे थोड़ा भयभीत हो गए। संपाति थोड़ा सकपकाए कि ऐसा क्यों कह रहे हैं। पर परिस्थितियों की विचित्रता को समझकर वे बस मौन रह गए। उधर बृहस्पति ने अपनी पर्णकुटी के भीतर रसोईकक्ष में काम कर रहे एक ऋषिकुमार को आर्य संवर्त को दीर्घतमा के आने की सूचना देने और वत्स शरद्वान के साथ मेरे आवास में तुरंत आने को कहा। फिर वे स्वयं अपने उत्तरीय को ठीक से अपने कंधों पर रखते हुए लभगभ दौड़ते हुए ग्रामणी से भी आगे-आगे अपनी पर्णकुटी के द्वार पर आ गए। वे उस द्वार पर आकर एक क्षण को ठिठके। उन्हें अब तक यही सूचना थी कि दीर्घतमा का प्राणांत हो चुका है और वे इस विश्व में अब नहीं हैं। पर सहसा उनका वहाँ आना? क्या कोई पितृबाधा तो नहीं? पर उन्होंने देखा कि वहाँ सचमुच दीर्घतमा का पार्थिव शरीर खड़ा था, जीवित और प्राणवान्, जिसने एक शिशु को अपने हाथ से पकड़ा हुआ था, जिसके विषय में संपाति ने उन्हें अभी-अभी बताया था कि वह कक्षीवान है और दीर्घतमा का पुत्र है।

"दीर्घतमा, तुम्हें देखकर मैं चकित भी हूँ और हर्षविभोर भी। तुम आश्रम आ गए, अब सब ठीक हो जाएगा। आओ आओ, भीतर आओ।" बृहस्पति ने कहा और दीर्घतमा का हाथ पकड़कर भीतर पर्णकुटी की ओर चलने लगे तो दीर्घतमा ने सोचा, कितना आश्चर्य है कि जीवन में कुछ भी ऊपर-नीचे हो जाए पर मनुष्य बदलता नहीं। तात बृहस्पति बिल्कुल वैसे ही हैं? झूठे और कृत्रिम। ऊपर से इतना मधुर और आत्मीय बनने का प्रयास कर रहे हैं, केवल ग्रामणी संपाति को प्रभावित करने के लिए। पर भीतर से उनका कलुष वैसा का वैसा ही है। अन्यथा वे बताएँ कि मेरे आश्रम लौट आने पर अब वह सब क्या है जो ठीक हो जाएगा? जब मैं आश्रम में था, तब क्या सब ठीक नहीं था?'

इसी कटु प्रतिक्रिया में व्यस्त दीर्घतमा शेष सभी के साथ कुलपति बृहस्पति की पर्णकुटी के बाहर पड़ी आसंदियों के पास आ गए। सभी आसंदियों पर बैठ

गए। कक्षीवान को ग्रामणी ने अपने अंक में बिठा लिया। आसंदी पर बैठने के बाद दीर्घतमा फिर अपने-आप से उलझ गए, 'सचमुच मनुष्य बदलता नहीं। मैं भी कहाँ बदला हूँ? हो सकता है तात बृहस्पति की आज की मधुरता और आत्मीयता सच्ची ही हो। पर उनके प्रति मेरे मन में जो दुराग्रह बन चुके हैं, मैं भी उनसे अभी तक कहाँ उभर पाया हूँ? उनके हर काम को, उनकी हर बात को संदेह की वेदी पर बलि कर देने के अपने स्वभाव पर मैं भी तो विजय प्राप्त नहीं कर पाया। क्या मुझे तात बृहस्पति को प्रणाम नहीं करना चाहिए था? कक्षीवान को भी वैसा करने को नहीं कहना चाहिए था मुझे? यदि मैं उन्हें प्रणाम करता तो क्या मेरे अनुकरण पर वत्स कक्षीवान भी वैसा नहीं करता? क्या आदर्श मैंने रखा उस शिशु के सामने? तात ग्रामणी भी क्या सोच रहे होंगे?'

दीर्घतमा स्वयं से भयानक संघर्ष में उलझे ही थे कि उन्हें तात संवर्त और वत्स शरद्वान के आने की बात बृहस्पति ने कही। वे अपनी आसंदी से उठकर खड़े हो गए और जैसे ही संवर्त निकट आए दीर्घतमा बोले, "तात बृहस्पति, तात संवर्त मैं दोनों के चरणों में प्रणाम करता हूँ।" कहकर जैसे ही दीर्घतमा प्रणाम करने को झुके तो आर्य संवर्त ने उन्हें अपनी बाँहों में भर लिया और दीर्घतमा की आँखों को चूमते हुए लगभग रोते हुए गद्गद स्वर में बोले, "आज पता चल गया कि दीर्घतमा जैसे पुण्यात्मा के तपोबल का प्रभाव हो तो सूर्य पश्चिम से उदय होने को भी बाध्य हो सकता है। अन्यथा तुमसे पुनर्मिलन होगा, हम तो सभी भूल चुके थे।" इस बीच शरद्वान दीर्घतमा को प्रणाम कर चुपचाप एक ओर खड़े होकर सारा परिदृश्य देख रहा था।

"ऐसा क्यों तात?" दीर्घतमा का चकित प्रश्न था, पर संवर्त ने उतनी ही सहजता से कहा, "हम तो कथाओं में ही सुनते हैं कि किसी शैब्या ने अपने पुत्र रोहिताश्व के प्राणों के लिए मृत्यु को भी अपना मार्ग छोड़ने को बाध्य कर दिया था। आज मेरा दीर्घतमा एक वैसा दृष्टांत बन गया है।"

"पर आर्य मेरा आश्रम में आना उतना असंभव क्यों मान लिया आपने? अपितु मेरा आपसे एक विसंवाद है कि अपने इस अंधे पुत्र को आश्रम से भेजने के बाद किसी ने एक बार भी मेरा वृत्त जानने का प्रयास नहीं किया। बस एक बार तात संवर्त आप वैशाली राजप्रासाद आए थे। पर आप भी जानते हैं कि आप मुझसे मिलने वहाँ नहीं आए थे। मैं प्रतिष्ठान चला गया, किसी को इससे कोई लेना-देना नहीं था। मैं तो वहाँ बस मृत्यु के मुख का ग्रास बनते-बनते रह गया। पर मान लीजिए कि मैं

वैसा ग्रास बन गया होता तो भी आपको तो कोई अंतर पड़ता नहीं। आपने तो मुझे वृत्तहीनता के अँधेरे गर्त में गिरा ही दिया था।" कहते-कहते दीर्घतमा रो पड़े। सब उनका विसंवाद चुपचाप सुन रहे थे। थोड़ी देर में वे फिर बोले उसी भरी हुई गद्‌गद वाणी में, "मैं माँ सुकेशी से मिलना चाहता हूँ।"

सब चुप। कोई उत्तर नहीं।

"वत्स शरद्वान" दीर्घतमा बोले।

"जी, आर्य दीर्घतमा," शरद्वान दीर्घतमा के पास आ गए। दीर्घतमा ने उसका हाथ पकड़ लिया। फिर खड़े हो गए और उसके दोनों हाथों को अपने हाथों में डालकर बोले, "वत्स शरद्वान, अब तुम उसी आयुष्य में आ गए होगे, जिसमें मैं तब था, जब मैं आश्रम से वैशाली राजप्रासाद चला गया था। मैं आश्रम दो उद्‌देश्यों से आया हूँ। एक तो आप सबसे मिलने आया हूँ। आश्रम आऊँगा तो आप सभी से कैसे नहीं मिलूँगा। साथ ही शिशु कक्षीवान को तुम्हारे तात संवर्त और माँ सुकेशी के संरक्षण में सौंपने आया हूँ। चार वर्ष पूर्व मेरा विवाह तात संपाति की पुत्री समान औशीनरी औशिजा से हुआ था। कक्षीवान का जन्म हमारे विवाह के एक वर्ष बाद हुआ था और अब वह आप सभी के संरक्षण में है। तात ग्रामणी लाइए तो कक्षीवान को।"

संपाति ने कक्षीवान को दीर्घतमा की बाँहों में दिया तो उन्होंने उसे शरद्वान को सौंप दिया। शरद्वान ने शिशु कक्षीवान को अपनी युवा भुजाओं में सँभालकर गले लगा लिया और बहुत देर तक गले लगाए रखा। शरद्वान भाव-विभोर हो उठा था।

थोड़ी देर रुककर बोला। "आर्य भ्राता, माँ औशीनरी आपके साथ नहीं आईं क्या?"

दीर्घतमा की आँखों में आँसू आ गए। उन्होंने ग्रामणी से सारी कथा विस्तार से बताने का अनुरोध किया। पर कहा, "आर्य संवर्त, माँ सुकेशी अब तक क्यों नहीं आईं? मैं जब राजप्रासाद जा रहा था, वे तब भी नहीं आई थीं, बस रोती हुई कहीं अलग छिपी थीं।"

"वत्स दीर्घतमा," संवर्त ने बताने का साहस सँजोया। "जिस दिन तुम आश्रम छोड़ राजप्रासाद गए थे, उस दिन सुकेशी इतना अधिक विह्वल थीं कि लगभग मूर्छावस्था में थीं। तुम्हारे जाने के बाद वह कभी सामान्य नहीं हो पाई। फिर भी जीवनयात्रा जैसे-तैसे चल रही थी। पर जिस क्षण तुम्हारे देहावसान का समाचार उसे मिला तो वह ऐसी मूर्छित हुई कि उसकी मूर्छा फिर उसके प्राण ही ले गई।"

"मैं, मेरा देहावसान, किसने आपको दिग्भ्रमित किया?"

"वत्स दीर्घतमा, इसमें दिग्भ्रमित होने जैसी कोई बात तब तो नहीं थी, पर अब लगता है कि वास्तव में हम सभी दिग्भ्रमित थे। प्रतिष्ठान से वैशालीनरेश को समाचार दिया गया था कि भरत के विदर्भ कन्याओं से हुए तीन पुत्रों ने तुम्हारा कहीं वध कर दिया है। वही समाचार वैशालीनरेश ने हमें भी दिया तो उसका कुपरिणाम सुकेशी की प्राणघाती मूर्छा के रूप में हमारे सामने आया।"

इस संपूर्ण वार्त्तालाप को बृहस्पति बस चकित मौन से सुन रहे थे, जबकि ग्रामणी इस संवाद को उन जानकारियों से जोड़ने के निरंतर प्रयास में थे, जो दीर्घतमा के जीवन के विषय में उनके पास पहले से ही थीं। परंतु दीर्घतमा को सारी परिस्थिति समझने में देर नहीं लगी। इससे पहले कि वे कुछ कहते, शरद्वान बोले, "कितनी विचित्र बात है कि न तो मनुष्य का अपने स्वभाव पर नियंत्रण होता है और न ही परिस्थितियों पर। हम जान रहे होते हैं कि हमारा स्वभाव परिस्थितियों का निर्माण कर रहा है, जिससे कई बार हमारा निर्माण होता है तो कभी ध्वंस, पर उस स्वभाव को हम फिर भी अपने वश में नहीं कर पाते।"

सभी चकित थे कि शरद्वान ने इतनी गंभीर बात कैसे कह दी और क्यों कह दी। पर दीर्घतमा के मन में यह सुनने के बाद पता नहीं क्यों एक विश्वास सा जगा कि उनका कक्षीवान परिपक्व संरक्षण में पहुँच गया है। पर सुकेशी का समाचार सुनकर वे लगभग परास्त हो गए थे। इस आश्रम से उन्हें भावना के स्तर पर जोड़नेवाला एक ही तंतु बचा था और उस तंतु का नाम था, माँ सुकेशी। पर अब वह तंतु भी टूट गया था। सुकेशी की मृत्यु का समाचार सुनते ही वे स्वयं पर से नियंत्रण खो बैठे। उन पर उस उन्माद ने अपना प्रभाव फिर से दिखाना प्रारंभ कर दिया, जिसके एक-दो दृष्टांत ग्रामणी संपाति को आश्रम आते समय मार्ग में मिले थे। उसी अर्ध विक्षिप्तावस्था में वे बोले।

"शरद्वान, क्या इस जीवन में किसी से राग नहीं करना चाहिए? राग न करे तो फिर मनुष्य क्या करे? क्या पशु हो जाए? क्या पशु भी राग नहीं करते होंगे? नहीं करते होंगे तो कैसे गाय अपने व्रज वापस लौटते समय जोर से रंभा उठती है और कैसे अपने वत्स को देखकर उसके स्तनों का दूध बाहर निकलने को व्याकुल हो उठता है? कुछ तो राग का ही संबंध होता होगा, जब वानरी अपने मरे हुए बच्चे को छोड़ती ही नहीं, बस अपनी छाती से चिपकाकर घूमती रहती है। शरद्वान, वही राग संबंध मुझसे बार-बार पूछता है कि माँ ममता का स्मरण करूँ या न करूँ?

प्रद्वेषी को भूल जाऊँ ? औशीनरी को विस्मृति के प्रकोष्ठ में सुला दूँ ? ऐसा कैसे कर पाऊँगा मैं, शरद्वान बोलो, ऐसा कैसे कर पाऊँगा ? मैं तो उन्मत्त हो जाऊँगा प्रभो, पर मैं उन्मत्त नहीं होना चाहता, मैं उन्मत्त नहीं होना चाहता। और अब माँ सुकेशी ?"

कहते-कहते वे मूर्छित से होने लगे। शरद्वान ने उन्हें सँभाल लिया और उन्हें उसी लघु पर्णकुटी में ले गए, जो दीर्घतमा की माँ ममता ने बड़े ही स्नेह से अपने जन्मांध पुत्र के लिए बनवाई थी, जहाँ दीर्घतमा ने अपने जीवन के अनेक वर्ष व्यतीत किए थे और पिछले चार वर्ष से शरद्वान उस कुटी में रह रहे थे। एक सादे बिछौने पर उन्हें लिटाकर शरद्वान स्वयं आसंदी खींचकर उनके पास बैठ गए। उधर बृहस्पति की पर्णकुटी के बाहर प्रांगण में रखी आसंदियों पर बैठे बृहस्पति, संपाति और संवर्त दीर्घतमा के पिछले छह वर्षों के जीवन के बारे में सूचनाओं का आदान-प्रदान कर रहे थे और इधर शरद्वान अपने ज्येष्ठ भ्राता की सेवा में थे। कक्षीवान ग्रामणी के पास था और वहीं प्रांगण में क्रीड़ाओं में व्यस्त था। छह वर्ष की लंबी कालावधि के बाद दीर्घतमा वापस आश्रम आए थे और आते ही अपने परिवार के ध्यान का केंद्र-बिंदु फिर से वैसे ही बन गए थे, जैसे वे छह वर्ष पूर्व हुआ करते थे।

दीर्घतमा के आश्रम वापस लौटने पर शरद्वान को विशेष प्रसन्नता हुई थी। वह प्रारंभ से ही अपने ज्येष्ठ भ्राता के प्रति आकर्षण से भरा रहता था। दीर्घतमा चले गए उस समय वह बारह वर्ष की एक ऐसी अवस्था में था, जब परिस्थितियों को प्रभावित करना उसके वश में था नहीं। हालाँकि वह सब समझने लगा था। पर पिछले छह वर्षों के स्वाध्याय और जीवन के अनुभवों ने उसे पर्याप्त परिपक्व बना दिया था और दीर्घतमा के अभाव को वह बहुत ही तीव्रता से अनुभव किया करता था। जब वैशाली से दीर्घतमा के जीवनांत की सूचना आई तो वह तीन दिन तक आँसुओं से भरा रहा। उस उदासी को उसकी माँ की मूर्छा और मृत्यु ने कई गुना बढ़ा दिया था। जब वह थोड़ा सहज हुआ तो उसने कुलपति बृहस्पति से उसी लघु पर्णकुटी में रहने की इच्छा व्यक्त की जहाँ आर्य दीर्घतमा रहा करते थे। बृहस्पति को भला उसमें क्या आपत्ति हो सकती थी ? उनकी स्वीकृति मिलते ही शरद्वान उस पर्णकुटी में आ गया था और दीर्घतमा को ही अपना आदर्श मानकर जीवन में वैसा बनने की उसकी इच्छा तीव्र से तीव्रतर होती गई थी। आज अपने ज्येष्ठ भ्राता को पुन: प्राप्त करना उसके जीवन में मानो वरदान बनकर आया और वह उनकी सेवा में तत्पर हो गया।

उधर बाहर प्रांगण में जब दीर्घतमा के संबंध में सूचनाओं का आदान-प्रदान

लगभग पूरा हो गया तो अंत में बृहस्पति ने पूछा, "आर्य संपाति, कल महाराज भरत और पट्टमहिषी सुनंदा इधर आश्रम आनेवाले हैं। भरद्वाज के संबंध में एक महत्त्वपूर्ण राजकीय विषय पर उन्हें मरुत्तनरेश से परामर्श करना है। इसलिए राजपुत्री सीमंतिनी और वत्स भरद्वाज के साथ मरुत्तनरेश भी कल यहाँ आएँगे। वत्स दीर्घतमा की जो स्थिति है, उसमें हमें उसके स्वास्थ्य को लेकर अतिरिक्त सावधान रहना होगा। पिछला इतिहास देखते हुए स्थितियाँ असाधारण और विकट हो सकती हैं। प्रिय संवर्त, वत्स शरद्वान की भूमिका इसमें महत्त्वपूर्ण हो सकती है। उससे कहिए कि उस पर अपने ज्येष्ठ भ्राता को स्वस्थ रखने का गुरुतर दायित्व है। अभी दीर्घतमा को इन सभी विषयों पर बताना ठीक नहीं रहेगा। कल प्रात:काल प्रातराश के समय इस पर फिर चर्चा करते हैं। संवर्त, यदि आर्य ग्रामणी और वत्स कक्षीवान आपकी ही पर्णकुटी में रहें तो कैसा रहेगा?"

"आपका आदेश शिरोधार्य है आर्य।" संवर्त बोले।

34

आर्य दीर्घतमा माँ ममता के पेट से जनमें जरूर थे, पर वास्तव में वे ममता के पुत्र कम और नियति की संतान ही अधिक थे। कल रात्रि से वे मूर्छा में थे, इस बात से अनजान कि आज का दिन उनके जीवन में कितना महत्त्वपूर्ण होने जा रहा है। अपने अब तक के छोटे से जीवनकाल में प्रकृति ने, जिसे वे प्रकृति माँ कहते हैं, उनको अनुभवों और अनुभूतियों के इतने लंबे मार्ग पर चला दिया था कि जिसकी तुलना उनके साथ के किसी भी व्यक्ति की जीवनयात्रा से नहीं की जा सकती थी। उनकी आज की मूर्छा और अर्धविक्षिप्तावस्था उन्हीं अनुभवों और अनुभूतियों के उस महासागर को पार करने का ही परिणाम था, जिसे पार करते-करते वे थककर हार चुके थे, मन से भी, शरीर से भी। उनके मन की शांति का उपचार कौन करेगा, कोई अब कर भी पाएगा या नहीं, यह तो नियति के गर्भ में छिपा था। पर उनके शरीर के उपचार का दायित्व ग्रामणी और शरद्वान ने स्वयमेव अपने ऊपर ले लिया था।

दीर्घतमा की लघुपर्णकुटी के साथ ही थी कुलपति बृहस्पति की विशाल पर्णकुटी और उसी पर्णकुटी परिसर में था एक बड़ा प्रांगण जिसकी घास पर रखी आसंदियों पर बैठे थे स्वयं कुलपति, प्रतिष्ठाननरेश भरत और उनकी पट्टमहिषी

सुनंदा, अंगराज बलि और रानी सुदेष्णा, वैशालीनरेश मरुत्त और राजकुमारी सीमंतिनी, आर्य भरद्वाज और आर्य शरद्वान। सायंकाल का समय था और आर्य दीर्घतमा की दिन भर परिचर्या में लगे शरद्वान को इस विमर्श में बैठने के लिए भेजकर आर्य संपाति दीर्घतमा के शिरोधान के पास बैठ गए थे। संवर्त किसी आवश्यक कार्य से आश्रम से बाहर थे, और रात्रि में लौटनेवाले थे। जिन बृहस्पति के पर्णकुटी परिसर में यह संगोष्ठी लगी थी, वे कल सायंकाल से ही विचित्र मनःस्थिति में थे। जब तक दीर्घतमा आश्रम में थे, वे उनसे पीछा छुड़ाना चाहते थे। दीर्घतमा पहले वैशाली राजप्रासाद चले गए और वहाँ से प्रतिष्ठान चले गए थे। दीर्घतमा आश्रम से इतना दूर चले गए थे कि अब वे उनके लिए पहले जैसी समस्या नहीं रह गए थे। और जब उनके प्राणांत का समाचार आया था, उसके बाद तो सारा परिदृश्य ही बदल गया। जब व्यक्ति ही नहीं रहा, तब क्या समस्या और क्या उसके निवारण के लिए रणनीति बनाना? इसलिए उस समाचार के बाद से बृहस्पति की पूरी मनोभूमिका नया रूप धारण कर चुकी थी। उधर जब से प्रतिष्ठाननरेश भरत ने भरद्वाज को अपने राज्य का युवराज बनाने का निर्णय लिया, तब से परिदृश्य में और भो अधिक परिवर्तन आ गया था, जिसकी बृहस्पति ने न तो कल्पना की थी और न ही कभी योजना बनाई थी। परंतु सहसा दीर्घतमा के पुनः प्रकट हो जाने से बृहस्पति चकरा गए थे। निस्संदेह दीर्घतमा अब उनके लिए समस्या नहीं थे और न ही वे उनको लेकर बहुत चिंतित थे। परंतु इसका अर्थ यह भी नहीं था कि वे दीर्घतमा के प्रति उदार हो गए थे। उनके स्वास्थ्य की चिंता उन्हें कल से अवश्य थी, परंतु वह बस इसलिए थी, क्योंकि दीर्घतमा अब आश्रम में थे, उनके नेतृत्व में चल रहे आश्रम में। उनके वध का समाचार सुनकर जिस व्यक्ति की मनोदशा को कोई जान नहीं पाया, उस कठोर हृदय से उदारता की अपेक्षा की भी कैसे जा सकती थी?

एक लंबी यात्रा कर महाराज भरत और महारानी सुनंदा इसलिए इधर आश्रम में आए थे, ताकि आर्य भरद्वाज को प्रतिष्ठान का युवराज बनाने के विषय में नरेशमरुत्त और भरद्वाज के पिता कुलपति बृहस्पति से एक साथ और विस्तार से संवाद हो जाए। जब से विदर्भकन्याओं से उत्पन्न उनके तीन पुत्रों ने उन्हें सूचना दी थी कि उन्होंने दीर्घतमा का वध करवा दिया है, तब से महाराज भरत अपने उत्तराधिकारी के विषय में अधिक चिंतित हो गए थे। उनमें से किसी को अपना उत्तराधिकारी नहीं बनाना, यह संकल्प उन्होंने कर लिया था। बृहस्पति के पुत्र भरद्वाज से वे पहले से ही आकृष्ट थे। भरद्वाज आश्रम की संतान थे और आश्रमों

से राजा भरत को अतिरिक्त लगाव था। भरद्वाज बुद्धिमान और प्रतिभाशाली थे ही, व्यवहार भी जानते थे और बाल्यकाल से ही वैशाली राजगृह में रहने के कारण राजकार्य को अच्छी तरह समझते थे। मरुत्त से मैत्री होने के कारण राजा भरत का वैशाली आना-जाना होता रहता था और आर्य भरद्वाज से वे सुपरिचित थे। दीर्घतमा कांड हो जाने के बाद भरद्वाज को अपना उत्तराधिकारी बनाने की इच्छा को उन्होंने संकल्प बना लिया था जिस पर आचरण करने के लिए वे विचारार्थ आश्रम आए थे।

आश्रम आने के बाद बृहस्पति ने ग्रामणी संपाति को महाराज भरत और पट्टमहिषी सुनंदा के पास भेज दिया था। संयोगवश जब संपाति उन्हें दीर्घतमा का सारा विवरण सुनाने को उद्यत हुए तभी वैशालीनरेश मरुत्त और राजकुमारी सीमंतिनी भी आश्रम में प्रवेश कर चुके थे। इसलिए संपाति को अपना विवरण दो बार नहीं देना पड़ा। सुनने के बाद जैसी प्रतिक्रियाएँ होनी थीं वैसी हुईं। भरत लज्जित थे तो सुनंदा आत्मविभोर। परंतु सीमंतिनी थोड़ा व्यथित थी। उसकी व्यथा यह थी कि आर्य दीर्घतमा ने उसका विवाह प्रस्ताव तो ठुकरा दिया, किंतु बाद में औशीनरी से विवाह कर लिया। दीर्घतमा के प्राणांत का समाचार मिलने पर उसने विवाह न करने की प्रतिज्ञा अपने पिता से कह दी थी। अपनी प्रतिज्ञा के पीछे की नैतिक शक्ति को लेकर वह अब असमंजस में पड़ गई थी। वह स्वयं अपनी दृष्टि में ही हास्यास्पद बन गई थी। आश्रम में आने के बाद भरत, सुनंदा और मरुत्त अपनी पर्णकुटी में अस्वस्थ और मूर्छित पड़े आर्य दीर्घतमा को देख आए थे, बस देख भर आए थे, क्योंकि उनसे कोई संवाद संभव था ही नहीं। पर सीमंतिनी ने वहाँ जाने से मना कर दिया था। वह नहीं गई। वह रुष्ट थी।

सायंकाल जब ये सभी लोग बृहस्पति की पर्णकुटी के प्रांगण में इकट्ठा हो रहे थे, तभी अंगनरेश बलि अपनी महारानी सुदेष्णा के साथ आश्रम आ पहुँचे। उनके साथ राजवैद्य समादेश भी आए थे। बलि व सुदेष्णा किसी दिन आएँगे, ऐसा संपाति ने बृहस्पति से कह दिया था। पर संयोग ऐसा बना कि वे तभी आए जब दो राजपरिवार और भी वहाँ आ चुके थे। आश्रम में आने के बाद समादेश को तुरंत दीर्घतमा के उपचार के लिए भिजवा दिया गया।

बलि कुछ विलंब से भी आ सकते थे। उनके शीघ्र आने का कारण सुदेष्णा थी। जब सुदेष्णा को पता चला कि धौत से हुए छोटे से द्वंद्व के बाद औशीनरी का प्राणांत हो गया था तो वह स्वयं को इस दुर्घटना का कारण मानने लग गई थी। उस दिन दीर्घतमा के प्रति क्रमशः किंतु तीव्र गति से बढ़े कामाकर्षण ने सुदेष्णा को

लगभग कामांध कर दिया था, जिसका परिणाम उस दुर्घटना के रूप में सामने आया, जो अतिथिशाला के वासकक्ष में घटी थी। रूपगर्विता होने के अतिरिक्त सुदेष्णा में कोई ऐसा स्वभावगत दुर्गुण नहीं था कि वह खलनायिका मानी जाती। इसलिए दो बातों का उसके मस्तिष्क पर गहरा प्रभाव पड़ा। दीर्घतमा ने महाराज बलि को अपनी माथे की चोट का कुछ और ही कारण बता दिया था, जिससे उसके मन पर बहुत बोझ था। पर औशीनरी के प्राणांत का वृत्त सुनने के बाद यह बोझ उसके लिए असह्य हो गया। अगले ही दिन सुदेष्णा ने बलि को सारी बातें पूरे विस्तार से बता दीं और दीर्घतमा के चरणों को पकड़कर क्षमा माँगने के लिए तुरंत आश्रम चलने का आग्रह किया। बलि तो परमबुद्धिमान थे। अपनी शारीरिक अक्षमता से सुपरिचित थे। इसलिए सुदेष्णा पर क्रोध करने की अपेक्षा उन्होंने क्षमा याचना के लिए आश्रम चलना श्रेष्ठतर समझा। वे दोनों भी दीर्घतमा को उनकी मूर्छावस्था में देख आए थे और क्षमा न माँग सकने के कारण बहुत उद्वेग में थे।

बलि और सुदेष्णा के अतिरिक्त शेष सभी के इकट्ठा होने का उद्देश्य भरद्वाज के यौवराज्य पर विचार करना था। पर आश्रम में आने के बाद दीर्घतमा एकमात्र विचारणीय विषय बन गए थे। बृहस्पति हों या भरद्वाज और शरद्वान, भरत-सुनंदा हों या मरुत्त और सीमंतिनी, सभी किसी-न-किसी कारणवश दीर्घतमा रार बातचीत करना चाहते थे। इसलिए बलि-सुदेष्णा को इस समूह में बैठकर दीर्घतमा पर चर्चा करना कठिन नहीं था, यह बात अलग है कि वे दोनों ही इस स्थिति में नहीं थे कि अपनी क्षमा याचना के वास्तविक कारण वहाँ किसी को बता सकें। सभी चुप बैठे थे। सबके जीवन में आर्य दीर्घतमा एक विशिष्ट प्रभाव छोड़कर आए थे। वह प्रभाव भी ऐसा जबरदस्त था कि कोई उनके बारे में बात प्रारंभ करने का साहस नहीं जुटा पा रहा था। इस पूरी संगोष्ठी में प्रतिष्ठाननरेश भरत ही सर्वाधिक प्रतापी थे और वे ही स्वयं को सबसे बड़ा अपराधी भी अनुभव कर रहे थे। इसलिए उन्होंने ही बात प्रारंभ की।

"एक बार आर्या सुनंदा, आर्य दीर्घतमा और मैं इस बात पर विवाद कर रहे थे कि जीवन में क्या अधिक महत्त्वपूर्ण है, पुरुषार्थ अथवा नियति।" जैसे ही भरत ने बोलना प्रारंभ किया तो चुपचाप बैठे सभी लोगों में मानो प्राणों का संचार हो गया। सभी दत्तचित्त हो सुनने लगे और भरत कह रहे थे, "मेरा विचार पुरुषार्थ के पक्ष में जा रहा था, जबकि आर्य दीर्घतमा और आर्या सुनंदा नियति को अधिक महत्त्वपूर्ण मान रहे थे। आर्य दीर्घतमा के साथ प्रतिष्ठान में मेरे ही पुत्रों के हाथों जो दुर्व्यवहार

हुआ और उसके बाद जो कठिन और अज्ञात जीवन आर्य को व्यतीत करना पड़ा, उसे देखते हुए मैं स्वयं को पराजित मानने को बाध्य हो रहा हूँ।"

"तात भरत," सीमंतिनी ने मानो प्रतिष्ठाननरेश की बात पर आपत्ति करते हुए कहा, "आप नियति के आगे समर्पण कहीं इसलिए तो नहीं कर रहे कि आप आर्य दीर्घतमा की सुरक्षा का उचित प्रबंध नहीं कर सके?"

"हो सकता है दुहिता।" भरत का उत्तर था, "हो सकता है कि मेरे मन-मस्तिष्क में कहीं अपनी असफलता पर सुंदर आवरण डाल देने की इच्छा से नियति के आगे समर्पण का तर्क उत्पन्न हो गया है। पर इतना अवश्य है कि मैं आर्य दीर्घतमा को वह संरक्षण नहीं दे पाया, जिसका उद्घोष कर मैं अपने मित्र मरुत्त के यहाँ से उन्हें प्रतिष्ठान ले गया था।"

मरुत्त चुप बैठे थे। उन्हें समझ नहीं आ रहा था कि वे क्या बात करें और कहाँ से प्रारंभ करें। दीर्घतमा उनके कुल पुरोहितों की सर्वाधिक प्रतिभाशाली संतान थे। उन्होंने स्वयं बृहस्पति को सीमंतिनी-दीर्घतमा के विवाह का प्रस्ताव रखने की बात कही थी। फिर राजप्रासाद में उन्होंने वह प्रस्ताव दीर्घतमा के सामने रखा भी था, जिसे उन्होंने एक विशेष तर्क का आश्रय देकर ठुकरा दिया था। इसके बाद भी उनके मन में दीर्घतमा के लिए कोई दुर्भाव नहीं था। आज यह जानकर कि दीर्घतमा ने अंग में जाकर किसी औशीनरी औशिजा से विवाह कर लिया था, उन्हें कुछ विचित्र सा लगा। इससे वे कुछ संतप्त अवश्य थे। परंतु मरुत्त बहुत ही परिपक्व और कुशल राजा थे। व्यक्तिगत संतापों से ऊपर उठकर स्थितियों को देखने-समझने की प्रखर शक्ति उनमें थी। वैशाली में हुए ज्ञानसत्र वाले दिन से ही उन्होंने दीर्घतमा की प्रतिभा को पहचान लिया था। उस प्रतिभा को उचित प्रतिष्ठा देने की उनकी इच्छा आज भी थी। उसी विषय में उन्होंने कहा।

"आर्य भरत, दुहिता सीमंतिनी जो कह रही है वह ठीक है या नहीं, इस विवाद में जाने की भला क्या आवश्यकता है? जो हो गया सो हो गया। सीमंतिनी की इच्छा आर्य दीर्घतमा से विवाह की थी, जिसे वे नहीं माने। आर्य भरत उनको लोककल्याण की यात्रा पर ले जाना चाहते थे, जो किसी षड्यंत्रवश ठीक से प्रारंभ ही नहीं हो पाई। परंतु मैं आज भी मानता हूँ कि आर्य दीर्घतमा के विषय में दो काम होने ही चाहिए।"

"कौन से दो काम?" प्रश्न शरद्धान का था।

"एक यह कि आर्य दीर्घतमा का अब इस आश्रम में आवास का स्थायी प्रबंध

किया जाए। वे जन्मांध हैं और इस विवशता के साथ उन्हें इधर–उधर भटकाना ठीक नहीं।"

बृहस्पति के कान खड़े हो गए। वे देख रहे थे कि बात कुछ ऐसी हो रही है जिसमें वे हस्तक्षेप नहीं कर सकते, किंतु प्रभावित वे ही होनेवाले हैं। उधर मरुत्त कहे जा रहे थे, "स्थायी आवास इसलिए आवश्यक है, क्योंकि आर्य की अद्‍भुत मंत्रप्रतिभा को अभिव्यक्ति का पूरा अवसर तभी मिल सकता है, जब अपने विषय में वे कुछ बातों को लेकर निश्चित हों।"

"मैं मरुत्तनरेश से पूरी तरह सहमत हूँ।" सहसा राजा बलि बीच में बोल पड़े। "आर्य जब अंग में थे तो वे वहीं अपना एक आश्रम बनाने की बात भी कर रहे थे।"

"फिर इस प्रस्ताव का क्या हुआ?" प्रश्न बृहस्पति का था, जिसका तात्पर्य केवल मरुत्त समझ पा रहे थे।

"आर्य के प्रस्ताव को हमारे राज्य की सभा समिति और मंत्रिपरिषद् का पूरा समर्थन था। पर बीच में दुर्घटना ही ऐसी घट गई कि सब बदल गया।" राजा बलि के ऐसा कहने पर सुनंदा बोलीं, "पर आर्य मरुत्त की दूसरी बात भी हमको पहले सुन लेनी चाहिए।"

"दूसरी बात यह," मरुत्त बोले, "मित्र भरत अपने एक पुराने प्रस्ताव पर फिर से आचरण का मन बनाएँ।"

"कौन सा प्रस्ताव? आर्य को प्रतिष्ठान का कुलगुरु बनाने का?" प्रश्न भरद्वाज का था।

"नहीं, मैं उस प्रस्ताव की बात नहीं कर रहा हूँ। वह प्रतिष्ठान राज्य का अपना आंतरिक विषय है जिस पर मुझे कुछ नहीं कहना।" मरुत्त बोले।

"तो कौन सा प्रस्ताव?" इस बार शरद्वान ने जिज्ञासा रखी।

"प्रस्ताव मुझे स्मरण है," भरत बोले, "मेरा प्रस्ताव यह था कि लोककल्याण के निमित्त आर्य दीर्घतमा देशाटन करें और लोगों के बीच अपने विचारों का प्रतिभादान करें।"

सुनकर मरुत्त प्रसन्न हुए। अपने मित्र भरत पर उन्हें गर्व हो आया। "आपके सभी प्रस्ताव बहुत श्रेष्ठ हैं। पर कुछ मूलभूत बातों का पता हम सभी को रहना चाहिए," सुनंदा के इस कथन पर सभी उन्हें देखने लग गए प्रश्नवाचक दृष्टि से।

"मैंने इस युवा ऋषि से बहुत ही प्रगाढ़ मैत्री की है," सुनंदा बोली तो सुदेष्णा विस्फारित नेत्रों से उन्हें देखने लगीं। "मैंने इस युवा मस्तिष्क से प्रगाढ़ मैत्री ही नहीं

की, भावुक अनुराग भी किया है।" सुनंदा के इस कथन पर अब चकित होने की बारी सीमंतिनी की थी।

"तो फिर?" सुदेष्णा ने पूछ ही लिया।

"फिर यह सखी सुदेष्णा कि दीर्घतमा निस्संदेह इस समय देश के सर्वाधिक प्रतिभाशाली कवि हैं, जिनके काव्य में दार्शनिकता का स्वर अद्भुत है।"

"इसमें संदेह नहीं।" सुनंदा के कथन पर भरद्वाज ने हामी भरी।

इधर सुनंदा निरंतर बोल रही थी, "पर इस युवा ऋषि को माँ का अभाव ऐसा खाली कर गया है कि जिस शून्य को भरने के लिए उसे प्रणय और स्नेह का अखंड आश्रय चाहिए।"

सुदेष्णा अवाक् होकर सुन रही थी।

"मैंने इस खालीपन को स्नेह से भरने का भरपूर प्रयास किया और उस समय उस द्रष्टा का उल्लास देखने योग्य था। पर इस युवा हृदय को निश्छल प्रणय चाहिए। जो नारी इसे अपना सर्वस्व दे देगी, वह इसे भारतवर्ष की अमर विभूति बना देगी।" सुनंदा ने कहा तो सीमंतिनी के हृदय में हलचल मच गई। पति भरत से शरदपूर्णिमा की रात्रि हुए अपने संवाद को स्मरण करते हुए सुनंदा ने एक चंचल प्रश्न भी कर दिया, "क्यों सीमंतिनी, तुम क्या सोचती हो?"

"हो सकता है, आपका कहना ठीक हो।"

सीमंतिनी ने तो औपचारिक उत्तर दे दिया, पर उधर सुदेष्णा के हृदय पर सुनंदा की बातों ने गंभीर प्रभाव डाला। दीर्घतमा को कामोपभोग को न्योतने की अपनी मूर्खता पर उसका पश्चात्ताप और गहरा हो गया और वह चाहने लगी कि कब दीर्घतमा स्वस्थ हों और कब वह उनके चरणों में गिरकर उनसे क्षमा माँगे।

"मैं सुनंदा की बात से शतप्रतिशत सहमत हूँ।" भरत का कहना था, जिसमें शरद्वान भी अपनी ओर से कुछ जोड़ना चाह रहे थे, "माँ सुनंदा ठीक कह रही हैं। मैंने शिशु अवस्था से ही देखा है कि आर्य भ्राता भावुकता और दर्शन में कितना ही गहरे उतर जाया करते थे, परंतु माँ ममता के अभाव को वे कभी मूल नहीं पाए और अब जब माँ सुकेशी के देहावसान का समाचार उन्हें मिला तो वे इतना अधिक आहत हो गए कि तब से उनकी मूर्छा ही नहीं टूट रही।"

"इसलिए मैं आप सभी से अनुरोध करता हूँ कि हम जितना ध्यान आर्य दीर्घतमा के स्वस्थ होने पर दें, बाद में उतना ही ध्यान उनके हृदय के स्वास्थ्य पर भी दें। वे प्रतिष्ठान के कुलगुरु हों अथवा वैशाली के, इससे आर्य के ऋषि

व्यक्तित्व में कोई अंतर नहीं पड़नेवाला। वे इसी आश्रम में रहें अथवा अंगदेश में उनके लिए नए आश्रम का निर्माण हो, इससे भी भला उनकी प्रतिभा की अभिव्यक्ति में क्या वृद्धि होनेवाली है ? उनके देशाटन का प्रबंध अंगदेश, वैशाली और प्रतिष्ठान मिलकर भी कर सकते हैं। पर प्रथम संकट उनके अकेलेपन का है।" भरत द्वारा अपनी बात को निर्णायक स्वर दे देने पर सभी चुप हो गए।

उधर सुनंदा एकटक सीमंतिनी को देखे जा रही थी, जबकि सीमंतिनी के हृदय में एक ऐसा मंथन चल रहा था, जिसका कुछ-कुछ आभास उसके पिता मरुत्त को ही था। पर उनका कुछ कहने का साहस नहीं हो रहा था। जब सभी चुप बैठे हुए थे और किसी को कुछ कहने की नहीं सूझ रही थी तो आर्या सुनंदा फिर से बोली, "आर्य दीर्घतमा निश्छल ऋषि हैं। उनके कहने और करने के पीछे कोई छल अथवा दूरगामी योजना नहीं होती। जब वे मेरे साथ बातें करते थे तो अंतरंग क्षणों में वे कभी प्रद्वेषी का स्मरण कर रो पड़ते तो कभी सीमंतिनी की स्मृति में व्याकुल हो जाते। ममता की बातें तो उन्मत्त पुत्र की तरह करते थे। मेरे प्रति उनके हृदय में कोई अद्भुत भाव आ गया है ऐसा वे अनेकशः कह दिया करते थे। दीर्घतमा ने एक बार मुझे देखने की इच्छा सँजो ली थी और मेरा एक काल्पनिक भावचित्र भी बना दिया था, कुछ-कुछ प्रणययुक्त चित्र और फिर मुझे बता भी दिया था।"

सब हैरान होकर सुन रहे थे। भरत मुसकरा रहे थे। सुदेष्णा की आँखें विस्फारित थीं।

"ऐसे पवित्र हृदय से क्या विसंवाद और क्या कलह ?" सुनंदा फिर से थोड़ा रुककर बोली, "आज तो आर्य दीर्घतमा को एक ऐसा हृदय चाहिए, जो उन्हें इसी आश्रम में बसा सके। उनके कक्षीवान को माँ का संरक्षण दे सके और उनसे अखंड प्रणय कर सके।"

सुनंदा मौन हुई तो भरत से अब नहीं रहा गया। बोले, "बोलो दुहिता सीमंतिनी, चुप क्यों हो? इतिहास की आँखें तुम पर टिकी हैं और तुम शांतचित्त होने का आवरण क्यों उन आँखों पर डाल रही हो ?"

सभी की आँखें सीमंतिनी पर जा टिकीं। बात बलि और सुदेष्णा की समझ में भी आ गई थी। बाकी लोग तो पहले से ही समझे बैठे थे। पर सीमंतिनी रोते हुए जोर जोर से "नहीं, अब नहीं," कहती हुई अपने उस कक्ष की ओर भागती हुई चली गई, जो इस परिसर के बाईं ओर बना हुआ था।

तभी आर्य संपाति राजवैद्य समादेश को लेकर आए। समादेश ने शुभ समाचार

दिया, "आर्य दीर्घतमा की मूर्छा टूट गई है। पर वे बहुत ही दुर्बल अनुभव कर रहे हैं।"

सभी प्रसन्नता के आवेश में उस लघु पर्णकुटी की ओर तेजी से लपके। सबसे आगे थे, आर्य शरद्वान।

35

उसी दिन बैठक के बाद की रात्रि। सीमंतिनी सायंकाल को जब आर्या सुनंदा और महाराज भरत के उद्बोधन के बाद 'नहीं, अब नहीं' कहती हुई अपनी कुटी की ओर भागी तो सीधे जाकर अपने तल्प पर औंधेमुँह पड़ गई। वह सुबक-सुबक कर रोने लगी। उसके मन पर इतने तरह का बोझ पड़ गया था कि वह निश्चित ही नहीं कर पा रही थी कि वह क्या करे। आज सायंकाल की बैठक में सभी लोग आर्य दीर्घतमा के विषय में जितनी बातें कर रहे थे, उनमें से एक भी ऐसी बात नहीं थी जिससे वह स्वयं को असहमत पा सकती। परंतु उसका मन स्थिर होकर निश्चित नहीं कर पा रहा था कि वह क्या करे, हालाँकि उसका अस्थिर मन उसे बार-बार कह रहा था कि अब दीर्घतमा के साथ कोई संवाद नहीं, उनके बारे में कोई विचार नहीं, आर्य दीर्घतमा के साथ अब कोई संबंध नहीं।

दीर्घतमा की मूर्छा टूटने के बाद उस प्रांगण गोष्ठी के सभी सदस्य तीव्र गति से चलकर आर्य से मिलने उनकी लघु पर्णकुटी गए थे, पर सीमंतिनी 'नहीं, अब नहीं' कहती हुई अपने कक्ष में आ गई थी। वह तय नहीं कर पा रही थी कि वह जाए या नहीं। पर उसका अस्थिर मन उसे बलपूर्वक वहाँ जाने से रोक रहा था। उसके पिता मरुत्त जब आर्य दीर्घतमा से मिलकर सीमंतिनी के पास आए तो वह निश्चित नहीं कर पाई कि अपने पिता से आर्य के स्वास्थ्य के बारे में पूछे। पर उसका अस्थिर मन उस पर हावी हो गया और उसने आर्य दीर्घतमा के स्वास्थ्य के विषय में अपने पिता से कुछ नहीं पूछा। मरुत्त ने स्वयमेव कह दिया था कि आर्य दीर्घतमा की मूर्छा तो टूट गई है, पर वे न तो अभी चल-फिर सकने में समर्थ हैं और न ही कोई बातचीत कर पा रहे हैं। बस आँखें बंद करके पड़े हैं। और बीच-बीच में बड़बड़ाते रहते हैं। कभी बोलते हैं दुग्ध, कभी मधु शब्द का उच्चारण मुँह से निकाल देते हैं तो कभी कह देते हैं पक्षी। जब मरुत्त के इतना बता देने के बाद भी सीमंतिनी ने आर्य

दीर्घतमा के स्वास्थ्य के बारे में एक शब्द भी मुँह से नहीं निकाला तो वे बस इतना भर कहकर अपने कक्ष की ओर चले गए थे कि यदि किसी संकल्पशील व्यक्ति ने उन्हें नहीं सँभाला तो आर्य दीर्घतमा उन्मत्त भी हो सकते हैं।

पिता मरुत्त के जाने के बाद सीमंतिनी अपने तल्प से उठी। उसने दीप जलाया और एकटक उसकी ली को देखने लगी। सोचने लगी, 'जब तक इस दीये में तैल रहेगा, यह जलता रहेगा। पर जैसे ही तैल समाप्त हो जाएगा, इसका प्रकाश फिर अंधकार में विलीन हो जाएगा। क्यों है ऐसा? क्यों नहीं जल सकती यह बाती बिना तैल के? कैसे जल सकती है भला।' वह स्वयं से ही पूछने लगी। 'मैं भी तभी तक प्रफुल्लित थी, जब तक आर्य मेरे पास थे। विवाह करना नहीं माने तो क्या? थे तो मेरे पास ही न? मैं कैसे प्रसन्न थी। कैसे प्रकाशित थी। पर जैसे ही वे प्रतिष्ठान चले गए मेरी प्रसन्नता का प्रकाश मंद पड़ गया। पर प्रकाश तो फिर भी रहा न? उनके प्राणांत का समाचार आया तो क्यों नहीं मैं उस समय बुझ गई? इसलिए ही न कि मुझे संतोष था कि आर्य का प्रणय मेरे साथ था। वे चले गए पर प्रणय की अनंत तैलराशि मेरे मनोदीप में डाल गए और मैं आज अपराह्न तक प्रकाशित रही।'

बस तभी सीमंतिनी की आँखों में आँसू आ गए। सोच रही थी, जैसे ही मुझे ज्ञात हुआ कि वह प्रणयराशि मेरे मनोदीप से निकालकर औशीनरी को प्रदान हो गई है, मेरी प्रसन्नता का दीप बुझ गया और चारों ओर अँधेरा छा गया। आर्य, क्यों आपने ऐसा किया? क्यों आपने मुझे तो विवाह से मना कर दिया और स्वयं औशीनरी से विवाह कर लिया? मुझे तो आपने यह कह दिया कि जब तक स्त्री और पुरुष को अपने जीवनसहचर का पता न हो, उसे देख पाना संभव न हो तब तक विवाह कैसा? तो क्या आपने औशीनरी को देख लिया था? क्या आपको उसका पता चल गया था? आर्य क्यों, आपने मेरे साथ तर्क का छल किया?'

इस छलवाले अपने ही तर्क से वह फिर असहमत हो गई। सोचने लगी, 'आर्य जो भी हो, पर वे छली नहीं हो सकते। आर्या सुनंदा ठीक ही कह रही थीं कि आर्य दीर्घतमा नितांत निश्छल हैं। एक छली व्यक्ति के मस्तिष्क में इतने मौलिक विचारों की उद्भावनाएँ नहीं हो सकतीं। यदि वे छली होते तो इतनी उत्कृष्ट काव्यरचना कभी नहीं कर पाते। इसलिए वे कुछ भी हों मेरे साथ उन्होंने जो भी व्यवहार किया हो वे छली नहीं हो सकते।'

'किंतु फिर उन्होंने चार वर्ष तक अपने बारे में कोई भी समाचार मेरे पास क्यों नहीं भेजा? प्रतिष्ठान में उन्होंने कोई समाचार नहीं भेजा तो ठीक ही किया। वहाँ

उनके जीवन को संकट जो था। कुलपति बृहस्पति उन्हें स्नेह नहीं करते। यदि मेरे पिताश्री का यह कथन ठीक है तो आश्रम में उनके पास भी अपना कोई समाचार न भेजकर आर्य ने कुछ अनुचित नहीं किया। पर मैं? सीमंतिनी? मेरे पास भी कोई समाचार नहीं? कोई वृत्त नहीं? आर्य जीवित हैं, विवाह कर चुके हैं, एक पुत्र के पिता हो गए हैं और मेरे पास वृत्त यह कि उनका प्राणांत कर दिया गया है? उनके प्राणांत के बाद मैंने आजीवन कुमारी रहने का व्रत धारण कर लिया और आर्य ने विवाह कर लिया? इतना अपमान मेरे व्रत का?'

सीमंतिनी का अहंकार उसे कक्ष से बाहर ले आया। चारों ओर रात्रि का अंधकार था। आकाश में प्रकाश का दंभ भरते तारे चारों ओर टिमटिमा रहे थे और शुक्ल पक्ष में भी प्रकाश का जनक चंद्रमा मानो किसी अमावस्या की काली चादर के पीछे कहीं छिपा दिया गया था। वह अभी उदय नहीं हुआ था। अपने अहंकार के दबाव में सीमंतिनी तेजी से घास पर चलने लगी। उसका मन इस समय अपनी तीव्रतम गति में था। इतना अपमान कि मैं आर्य की स्मृति में धवल वस्त्र धारण किए रही और वे दांपत्य के रंगभरे आनंद में डूब गए? राजप्रासाद के लोगों को पता चलेगा तो क्या सोचेंगे सब? क्या सभी मुझ पर हँसेंगे नहीं? क्या मेरे धवल वस्त्रों का कोरापन मेरे विचारहीन मस्तिष्क का प्रतीक नहीं मान लिया जाएगा? मेरे लिए वह अनलिखे प्रश्नों का एक अभिशाप पत्र नहीं बन जाएगा?'

परंतु यह अहंकार उसके मनोरथ का सारथी बहुत देर तक नहीं बना रह सका। सीमंतिनी ने चारों ओर देखा, आकाश की अनंत सीमाओं को पकड़ने का प्रयास किया। पर्णकुटी परिसर के चारों ओर लहराते अशोक के वृक्षों के पत्तों की गति को नापने का प्रयास किया। पैरों के नीचेवाली घास की पत्तियों को गिनने का प्रयास किया। जब कुछ नहीं कर पाई तो घबरा गई। सोचने लगी, 'तो क्यों हर मनुष्य का जीवन वैसे ही व्यतीत होना चाहिए, जैसा मैं चाहती हूँ? अपने जीवन को मैंने जैसे जिया है, उसी पर मैं अब स्वयं प्रश्नचिह्न लगा रही हूँ, पर चाहती हूँ कि आर्य दीर्घतमा का जीवन ठीक वैसे ही बीतना चाहिए था, जैसा मैं चाहूँ। ऐसा कैसे हो सकता है भला?'

'मेरा तो स्वयं अपने पर ही वश नहीं है।' सीमंतिनी का अस्थिर मन सहसा एक दूसरी ही दिशा की ओर मुड़ गया। 'जब आर्य को पहली बार देखा था और उनके लिए मेरे हृदय में प्रणय का उदय हुआ था तो आर्य ने तो नहीं कहा था मुझे कुछ। जो मेरे हृदय ने कहा वही हुआ। प्रणय करना या नहीं करना किसी के आदेश

या प्रेरणा से तो हो नहीं सकता। हृदय की प्रेरणा हो तो ही तो प्रणय होता है और हृदय की इस साक्षी को बलात् तो बुलाया नहीं जा सकता। आज मेरा हृदय आर्य से रुष्ट है तो कैसे मान लूँ कि जो हृदय प्रणय कर रहा था, वह तो ठीक है, पर जो हृदय आर्य से रुष्ट हो रहा है, वह ठीक नहीं? यह कैसे हो सकता है?'

इस विचार से सीमंतिनी के अस्थिर मन में आत्मविश्वास का उदय हुआ और अस्थिर मन के इस आत्मविश्वास ने सीमंतिनी को दीर्घतमा के प्रति रोष और उपेक्षा से भर दिया। जब आर्य को विधि के दुर्विधान वश प्रद्वेषी से वियुक्त होना पड़ा था तो मैंने ही तो आश्रय दिया था आर्य को। कैसे वे मुझे प्रद्वेषी के समकक्ष रख रहे थे और मेरे प्रणय का सम्मान भी कर रहे थे। फिर क्यों औशीनरी से विवाह किया? और यदि किया और उससे भी वियुक्त होना पड़ा तो क्या प्रत्येक वियोग में आश्रय देना मेरा ही दायित्व है? आर्य का हृदय तो स्वतंत्र है। जब वे जो चाहें करें। फिर मेरा हृदय क्यों परायत्त होना चाहिए? क्यों नहीं वह भी स्वायत्त होना चाहिए? क्यों वह सदा वही करे, जिसकी आवश्यकता आर्य को है? क्यों नहीं मुझे वही करना चाहिए जो मेरा हृदय ठीक मानता है? बस बहुत हो चुका। अब और नहीं।'

सीमंतिनी का हृदय आर्य दीर्घतमा के साथ इतना अभिन्न और एकाकार हो चुका था कि उसे अब दीर्घतमा से पृथक् कुछ सोचने के लिए बहुत अधिक आयास करना पड़ रहा था। अपने अभिन्न सहचर से जुड़े रहने को उतावले हृदय को बार-बार नए-नए तर्कों का रसायन पिलाकर नया व्यक्तित्व पाने को बलात् प्रेरित करना पड़ रहा था। पर हर बार इस रसायन का प्रभाव नितांत अस्थायी सिद्ध होने लगता। हृदय फिर दुर्बल पड़ जाता।

उसी घास पर घूमते हुए सीमंतिनी को वह वैशाखी याद हो आई, जिस दिन उनके पिताश्री वैशालीनरेश ने ऋषि पद पर प्रतिष्ठित होने के उपलक्ष्य में आर्य दीर्घतमा को सम्मानित किया था। कैसे उस अवसर पर विद्याकुल के छात्र-छात्राओं ने नृत्य-गीत का हृदयहारी आयोजन किया था और उस आयोजन के बाद हुए एक वार्त्तालाप से पुलकित आर्य ने यहीं इसी स्थान पर दो मंत्रों की रचना की थी। सीमंतिनी ने अपने जीवन में पहली बार इस तरह मंत्ररचना होते देखी थी। उस क्षण की स्मृति में मगन सीमंतिनी भागकर उस बरामदे में जा पहुँची, जहाँ एक आसंदी पर बैठकर आर्य ने वह अद्भुत मंत्ररचना की थी। स्मृतियों में खोई सीमंतिनी को फिर वह मंत्ररचना याद आ गई, जो आर्य ने वैशाली में यज्ञवेदिका पर की थी।

'पर क्या करूँ मैं अब इन आर्य का? जिन्होंने मेरा विचार नहीं किया, क्यों मैं

उनका इतना अधिक विचार करूँ?' फिर से वही सीमंतिनी अपने को उन अभिन्न हो चुकी स्मृतियों से अलग करने के तर्क खोजने लगी। 'यदि आर्या सुनंदा को उनकी इतनी ही चिंता है तो वे उन्हें फिर से रख लें प्रतिष्ठान में। भरद्वाज तो वहाँ के युवराज बन ही रहे हैं। उन्हीं के साथ आर्य भी वहाँ रह लेंगे। मुझे अब आर्य से कोई संबंध नहीं रखना।'

सीमंतिनी के अस्थिर मन ने अंतिम निर्णय कर लिया था। आर्य के प्रति अपने प्रणय को विस्मृत कर देने का निर्णय उसने कर लिया था। पिछले छह वर्षों में दीर्घतमा को केंद्रबिंदु बनाकर विकसित हुए अपने व्यक्तित्व को उसने गंडक में विलीन कर देने का निर्णय कर लिया था। विस्मृति के अंबार पर खड़े होकर एक नई सीमंतिनी के निर्माण का निर्णय भी उसने कर लिया था। सीमंतिनी ने आकाश की ओर देखा। धीमे टिमटिमाते तारों की साक्षी ली। पृथ्वी पर उगे घास के तिनकों को झुककर स्पर्श किया। अपनी पर्णकुटी के वासकक्ष को देखा, जहाँ दीया बुझ चुका था। उसने अनुभव किया कि नई सीमंतिनी का जन्म हो चुका है, जो कल से राजकुमारियों जैसे सुंदर आभूषण और परिधान धारण करेगी। नई अनुभूति की इसी भंगुर छाया में गर्व से इतराती वह नई सीमंतिनी अपने वासकक्ष की ओर चल पड़ी, अपने कक्ष का द्वार खुला रखा, ताकि नई सीमंतिनी को बाहर का पवन भीतर आकर स्पर्श करता रहे। तल्प पर जाकर लेट गई और इस विश्वास से अपनी आँखें मूँद लीं कि आज रात ऐसी गहरी नींद आएगी कि इस गहरी नींद की निर्माणशाला में से कल प्रात: नई सीमंतिनी पककर निकलेगी।

सीमंतिनी उस नई सीमंतिनी से मिलने को उतावली हो गई, जिसके जीवन में आर्य दीर्घतमा नहीं होंगे।

36

यह संघर्ष रात भर चलता रहा। नई सीमंतिनी के जन्म की प्रतीक्षा में दीर्घतमा की प्रणयिनी सीमंतिनी रात भर सो पाई या नहीं, इसका निर्णय तक वह नहीं कर पाई। जब नींद रात भर उसे नहीं आई और दो सीमंतिनियों का संघर्ष किसी परिणाम तक पहुँच नहीं पाया, कोई नई परिभाषा बना नहीं पाया, कोई नया आकार तराश नहीं पाया तो सहसा दीर्घतमा की प्रणयिनी को लगने लगा कि कोई भी नई

सृष्टि प्रणय की ऊष्मा के बिना संभव ही नहीं है। स्नेह के अतिरेक के बिना वह आलोकित हो ही नहीं सकती। अहंकार उसका पिता हो नहीं सकता और संपूर्ण समर्पण के अभाव में उसका कोई आकार बना पाना संभव ही नहीं होता। क्या कोई ऐसा यज्ञ भी हो सकता है, जो बिना पूर्णाहुति के संपन्न हो जाए? क्या आहुतियों की अनवरत श्रृंखला भी किसी यज्ञ की पूर्णाहुति की स्थानापन्न हो सकती है? उसकी जगह भर सकती है? और क्या पूर्णाहुति के बिना कोई यज्ञ फल देने में समर्थ हो सकता है?

इन प्रश्नों के उत्तर सीमंतिनी के पास नहीं थे और न ही इन तर्कों के प्रतितर्क उसे मिल रहे थे। सीमंतिनी का सिर चकराने लगा। वह एक झटके से तल्प से उठी और बाहर प्रांगण में आ गई। पौ फटने की तैयारी हो रही थी। इक्का-दुक्का तापस वहाँ आश्रम में कुछ-कुछ कामों में लगने प्रारंभ हो रहे थे, पर अधिकांश अभी अपनी पर्णकुटियों में ही थे। सो रहे होंगे या फिर उठने की तैयारी में होंगे।

क्या आर्य दीर्घतमा भी अभी सो रहे होंगे? वह एक ही साँस में भागकर उनकी लघु पर्णकुटी में प्रवेश कर गई। भीतर देखा, आर्य अपने तल्प पर नहीं थे। ग्रामणी और शरद्वान गहरी नींद में थे। उसका हृदय धक से रह गया। कहाँ गए होंगे? वह स्वयं से पूछने लगी। हो सकता है वे स्नान कर रहे हों। पिछवाड़े में देखती हूँ।' एक ही दौड़ में वह पीछेवाले हिस्से में हो आई, परंतु आर्य वहाँ भी नहीं थे और न ही वहाँ कोई ऐसा चिह्न था कि कोई वहाँ से अभी-अभी स्नान करके गया हो।

व्याकुलता की मूर्ति वह राजकन्या घबरा गई। अपनी उसी घबराहट के आवेग में उसने कुलपति बृहस्पति के पूरे पर्णकुटी परिसर में दौड़-दौड़कर चक्कर लगा लिया। परिसर में बनी तीनों पर्णकुटियों का एक-एक कक्ष वह हो आई, सारा प्रांगण वह दौड़-दौड़कर पूरा देख आई और उस परिसर का हर वृक्ष और हर झाड़ उसने छान मारा। आर्य कहीं नहीं थे।

'कहाँ गए आर्य? कौन उन्हें ले गया? क्या तात भरत के तीनों दुष्ट पुत्र उन्हें समाप्त करने की योजना से उनका अपहरण तो नहीं कर गए?' उसे किसी भी प्रश्न का उत्तर नहीं मिल रहा था। जब वह अपने अनुत्तरित प्रश्नों के आक्रमण को नहीं झेल पाई तो वह सुबक-सुबककर रो पड़ी और उसी रुदन से भरे क्रंदन के साथ भयानक चीख में पुकारने लगी, "आर्य आप कहाँ हैं? आर्य आप कहाँ चले गए?" चीख की प्रतिध्वनि से सारा आश्रम मुखरित हो उठा।

क्रंदन इतना भयानक था, चीख इतनी तीखी थी और प्रतिध्वनि इतनी मुखर

कि उस परिसर की तीन कुटियों में सो रहे आर्य मरुत्त, कुलपति बृहस्पति, आर्य शरद्वान और आर्य संपाति तो उठ ही बैठे, आसपास की पर्णकुटियों के कुछ तापस-तापसियाँ भी जग गईं। सभी अपनी-अपनी कुटियों से बाहर आ गए देखने कि हुआ क्या है। सभी ने देखा कि राजकुमारी सीमंतिनी "आर्य आप कहाँ हैं, आर्य आप कहीं हैं" चिल्लाती हुई उस मार्ग पर दौड़ी चली जा रही थी, जो आश्रम से बाहर जाता है। दौड़ती हुई उस राजकुमारी को दो बातों ने लगभग तोड़ दिया था। उसे स्मरण हो आया कि आज से छह वर्ष पूर्व प्रद्वेषी भी इस तरह खो गई थी और बाद में पता चला कि उसने गंडक में कूदकर आत्मविसर्जन कर दिया है। सीमंतिनी को अपने पिता के कल रात के शब्द भी याद आ रहे थे कि यदि किसी संकल्पशील व्यक्ति ने नहीं सँभाला तो आर्य दीर्घतमा उन्मत्त भी हो सकते हैं।

तो क्या आर्य उन्माद के वश में आ गए? क्या वे उसी अवस्था में आश्रम से बाहर चले गए होंगे? वे देख तो सकते नहीं। पर प्रद्वेषी ने तो उनके शैशव काल से ही उन्हें सारे आश्रम का चप्पा-चप्पा सुपरिचित करवा रखा था। एक-एक पद उनका गिना हुआ है और वह गिनती उनके पैरों को याद है, तो क्या उनके दृष्टिवान पैर उन्हें गंडक की ओर ले गए? क्या आर्य ने आत्मविसर्जन कर दिया?'

उन्हीं कुशंकाओं ने सीमंतिनी की दौड़ में एक अद्‌भुत गति ला दी थी। वह आश्रम से बाहर जानेवाले मार्ग पर परवश उन्मत्त की तरह दौड़ी चली जा रही थी और अनेक अन्य लोग उसके पीछे-पीछे भागे चले जा रहे थे, जिनमें मरुत्त, बृहस्पति, शरद्वान और संपाति सभी थे। पर सीमंतिनी की गति को स्पर्श तक नहीं कर पा रहे थे।

दौड़ती हुई सीमंतिनी स्वयं को मन-ही-मन कोसती जा रही थी, ऐ सीमंतिनी, मिल ले अब नई सीमंतिनी से। अब हो जा प्रसन्न कि पता नहीं उस सीमंतिनी के जीवन में दीर्घतमा होंगे या नहीं, कभी मिलेंगे भी या नहीं। रात को तुम्हें सारा संसार ठुकराकर उनकी सेवा में आ जाना चाहिए था। पर रात तो क्या, कल अपराह्न आश्रम में आने के बाद आर्य संपाति से पूरा वृत्त सुनते ही अहंकार का ऐसा प्रचंड आवेग तुम पर सवार हुआ कि तुम भूल गई कि इसी परिसर में देश की एक अद्‌भुत प्रतिभा रह रही है जो जीवन के भयानक संकटों से बार-बार गुजरती है और उस प्रतिभा को आज तुम्हारे प्रणयस्पर्श की सबसे अधिक आवश्यकता है। जरा सोच, क्या आर्य ने औशीनरी को प्रद्वेषी और मेरे प्रणय के बारे में नहीं बताया होगा? औशीनरी ने तो संपूर्ण समर्पण कर कक्षीवान पा लिया, पर तू अहंकार के हिंडोले पर

सवार होकर आर्य को क्रमशः समाप्त होते देखती रही? औशीनरी को तो सीमंतिनी से कोई विसंवाद नहीं हुआ। पर तू औशीनरी की सौतन बन बैठी? ले अब रोती रह संपूर्ण जीवन। चले गए हैं तेरे आर्य दीर्घतमा।'

'पर गए कहाँ?' इसी प्रश्न के उत्तर की व्याकुल खोज में सीमंतिनी रौद्र गति से भागते-भागते गंडक के पास जा पहुँची। दीर्घतमा कहीं नहीं थे। थोड़ी देर में उसे आर्य दीर्घतमा का वह उत्तरीय दिखाई दिया जो उन्होंने अपने माथे पर बाँध रखा था और व्रण के भर जाने के पूर्व के कुछ रक्तचिह्न अभी भी जिस पर लगे थे। सीमंतिनी ने वह वस्त्र उठा लिया और उसे अपने हृदय से लगाकर रो पड़ी। 'तो क्या चले गए आर्य? बस मुझे अपना उत्तरीय मात्र दे गए?' रोते-रोते वह गंडक के किनारे फिर से दौड़ने लगी, दक्षिण की ओर जिस ओर उसका प्रवाह अपने पूरे वेग के साथ बहा करता था। वह दौड़ती जा रही थी और लगभग आधा कोस दौड़ने के बाद उसे दिखाई दिए आर्य दीर्घतमा, जो बहुत ही उखड़ी हुई चाल से धीरे-धीरे चलते चले जा रहे थे। कहाँ जा रहे थे, इसका उन्हें यदि पता होता तो एक तिहाई आश्रम उनके पीछे इस तरह क्यों दौड़ता चला आता?

सीमंतिनी की साँस-में-साँस आई। एक क्षण को वह रुकी, उसने दूर से आर्य को देखा। तब तक प्रभात की अरुणिमा आकाश पर छा चुकी थी और अंधकार को उसके दैनिक गह्वर में सुलाकर प्रकाश चारों ओर अच्छी तरह फैल चुका था। एक क्षण भर रुकने के बाद सीमंतिनी ने एक दौड़ और लगाई और जा पहुँची अपने प्रियतम के पास। पास जाकर सुना, दीर्घतमा पागलों-उन्मादियों की तरह कुछ बड़बड़ाते जा रहे थे, "यह दोनों पक्षी मैं ही हूँ। मैं ही था, जो अब तक फल खा रहा था और मैं ही हूँ जो अब शेष विश्व को फल खाते देखूँगा, दूर से, एक द्रष्टा की तरह, पर खाऊँगा नहीं।"

सीमंतिनी को इसका न तो अर्थ समझ में आया और न ही संदर्भ। पर भावुकता के अतिरेक में उसकी आँखों में फिर से आँसू आ गए। वह आर्य की बड़बड़ाहट को सुनते हुए उनके पीछे-पीछे चलने लगी। फिर वह मानो बालसुलभ उत्साह में उनके आगे आकर उनकी ओर मुँह करके पीठ की ओर चलने लगी, उलटे पाँव। वह बस आर्य दीर्घतमा को देखती जा रही थी और धीरे-धीरे, मानो जैसे उस पर भी उन्माद चढ़ गया हो, हँसती भी जा रही थी। पर उसकी इस हँसी से अनजान दीर्घतमा का बड़बड़ाना जारी था।

"मुझे वह मधु चाहिए। हे विष्णु, मैं तुम्हारे उस परमधाम में आना चाहता हूँ,

जहाँ हर समय मधु बहता रहता है और बड़े-बड़े सींगोंवाली गायों के पुष्ट स्तनों से अमृत की धारा निरंतर प्रवाहित होती रहती है। मैं अब वहीं आना चाहता हूँ। हे सूर्य, हे सविता, हे विष्णु, तुम्हारे उसी परमधाम में, उसी परमपद में मधु के उस अनंत स्रोत में, अपनी माँ के पास।"

सीमंतिनी रो रही थी। आर्य दीर्घतमा का अचानक बड़बड़ाना बंद हो गया। वे चलना भी बंद कर दिए और खड़े हो गए। सीमंतिनी डर गई। वह उनके दक्षिण पार्श्व में आकर खड़ी हो गई। दो-तीन क्षणों तक खड़े रहे दीर्घतमा। फिर वे सँभल नहीं पाए और संज्ञाहीन होकर गिरने जैसे हो गए। दक्षिण पार्श्व में खड़ी सीमंतिनी ने उन्हें सँभाल लिया और अपनी बाँहों में सहारा देकर आर्य के नेत्रों, कपोलों और आँखों पर चुंबनों की वर्षा कर दी। पता नहीं क्या सोचकर।

दीर्घतमा सँभल नहीं पाए तो सीमंतिनी ने उन्हें अपने आलिंगन में कस लिया। पर दीर्घतमा थे कहाँ? वे तो अपनी उस अनंत-यात्रा पर जा चुके थे, जहाँ के लिए वे आज ब्रह्मवेला में अपनी लघु पर्णकुटी से अकेले ही निकल आए थे। सीमंतिनी की भुजाओं में जो था, वह दीर्घतमा नहीं उनका निष्प्राण शरीर था। बस। धीरे-धीरे आश्रम के बाकी लोग भी वहाँ आ पहुँचे। वंचित, विपन्न और हारे हुए।

□□□